鉄网铜钩

吴仕民 / 著

作家出版社

朱元璋走后，懂得诗文的方丈将墙上题诗细细一读，心里一震，觉得这诗非同一般。诗人自称统率水师，鏖战布列在鄱阳湖的百万大军，叱咤风云，龙泉喋血。没有吞海吐云的胸襟和笑看刀光剑影的豪壮铁胆，决然写不出这样气势磅礴的诗来。只是诗中有着掩饰不住的狂傲，且弥漫着血腥和暴戾之气，与寺庙这烧香礼佛的净土空门很不相宜。便叫来几个和尚，取水笤帚，将墙上的墨迹全部刷去。当然，他不曾料到，那题诗的英雄还会再来。

目 录

第一章 风起涛涌

『船拗不过舵，人拗不过命。』然而有人却要奋力地去扳一扳那命运之舵，且不管是否能够由此操控自己人生的大船。

大祠堂前的游戏

七千万年前，浩浩长江中下游的南端，是一个巨大的盆地，以一肩扛着这片土地的是一条神鳌。尽管至今也没有人见过那神鳌是什么模样，但世世代代生活在这片土地的人们坚定地相信，它一定存在于这片土地之下的某个地方。

没有力大无穷、永不疲倦的人，大概也没有这样的神。天长地久，沧海桑田，神鳌实在有些力乏神疲，便想转换一个肩头。不料在换肩时，稍不留神，扛在肩头上的土地轰然跌落。在漫天烟尘中，那盆地更是深深地下陷，雨落水聚，更有江河汇入，便成为一片汪洋。日月更替，山河换形，这片水域逐时而长，变成了纵横800里的水乡泽国，成为中华大地上的第一大淡水湖。这湖的名字初叫彭蠡，也叫彭浦，在秦汉时定名为鄱阳湖。

鄱阳湖宽广、美丽、富饶、神奇。古往今来，赢得许多赞词，就好像公主的头上戴着一顶又一顶漂亮的桂冠。有人称之为“母亲湖”，有人喻之为“明珠湖”，有人赞之为“聚宝盆”。还有人状之为大镜面，其中一首咏赞鄱阳湖的诗是这样写的：

万里波涛片片帆，西东南北望回环。
鸢飞鱼跃无穷妙，都在壶中一镜涵。

妙哉！把鄱阳湖喻作镜面，真是神来之词。这天下无双的镜子里辉映着天地万象，虚涵着人间古今，收纳着五颜六色，也含藏着神奇迷离。

鄱阳湖的秀美和神奇全都是因为有了渔村、渔民、渔船，渔村给了鄱阳湖魅力，渔民给了鄱阳湖灵性，渔船给了鄱阳湖活力。没有了渔村、渔民、渔船，鄱阳湖便只能是一个徒具壮美的苍白空壳和没有意义的存在。

湖滨有一个县，名叫余南县，这个县的得名与鄱阳湖直接相关。鄱阳湖的巨波大浪涌到岸边时，便成了余波细浪，加之县城位于鄱阳湖南面，由此便得名为“余南”。有诗人在城头吟得诗句曰：“余浪百里雪，势欲掩南城。”这诗句不仅描绘了湖边波浪的雄浑气势，也道出了余南县名的由来。这是秦始皇统一中国的当年设立的第一批县之一，既有广袤坦荡的肥沃平原，又有世罕其匹的大片水域，盛产稻米和鱼类，历来称作“鱼米之乡”。

一方水土养一方人，大湖养育了湖边一代又一代的渔民、一个又一个渔村。

湖边有一个叫铜钩赵家的村落。这一带的村落大都聚族而居，村名往往直观地显示出这个村子的地理位置、周边环境和居民的姓氏、职业等要素。铜钩赵家这个村名，标志着这个村子的人以用钩捕鱼为业，村民全部姓赵或绝大部分姓赵，这赵家是远近闻名的大村落。其实湖边的渔村规模都不小，原因是小姓小村在湖边很难安身立命、发展繁盛，在传统的宗法制度下，小村往往受到大村大姓的欺侮和挤压，于是只好带着怨恨，无奈地迁往外地。大浪淘沙，留在湖边并占据着有利位置的便都是大村大族大姓。只是这个铜钩赵家则是非同一般的大，号称每日有2000条渔船出湖捕鱼，人口有9000之众。村子依一湖汊而建，三面环水，另一面是高高低低的丘陵，是一个依水、用水、吃水的村子。

这个村子还有一个特别之处，村里的建筑是清一色的青砖灰瓦、木柱木梁，很有徽派建筑的风格，而非当地民居的模样。这个村的形成很有些与众不同，村民先祖原本居住在淮河边上，也以渔业为生。北宋王朝在河南开封败亡南逃后，这个村民的先祖当时居住的一带便成了南宋和金朝的边界线，不堪兵燹，也为了追随赵氏皇帝，村里的一些人便亡命南奔。据说以赵氏宗谱论，这个村的赵姓和宋朝皇帝还有点血缘关系。于是，南奔便还有了些忠君忠国的意味。

但南迁的村民并没有进入南宋皇都临安一带，而是在人烟稀少、地荒湖阔的鄱阳湖边开地建村，扎下根来，形成村落，并依然以世代相传的捕鱼业为生。潮涨潮落，800多年的时光，赵家村遂成为一个很大的村落。

在村东头是一座许多村子都有的大祠堂。这祠堂气势宏伟，前后三进，可容纳2000人聚会。柱子房梁和墙壁门窗，都有许多精致的雕刻。雕刻材料有木、竹、砖、石；雕刻内容有花鸟虫鱼，戏文故事。很值得一提的是，那祠堂共有10个六边形的窗户，每个窗户中间的图案都不相同，再细一看，可以辨认出这是10个变形字：仁、义、礼、智、信、忠、勇、节、孝、悌。入门处粗大的樟木横梁上雕的多是《三国演义》和《水浒传》中的故事，其中有“三英战吕布”“借东风”“闹江州”“野猪林”等，每一幅图画都刻得细致入微却又大气磅礴，人物众多而又栩栩如生。凡路过这个祠堂的人，便会想象着这个村子的历史久远、人口众多和生活殷实。

当然，村里的祠堂不止这一座，因为一座祠堂满足不了人口代代增长的需要，还按血缘的远近陆续建有多个小祠堂，这个最早、最大的祠堂便成了全村人共有共用的祠堂，人们习惯性地称之为“大祠堂”。

大祠堂前面的空地上，一群小孩正在做游戏。小男孩们分成两拨，互为对手。正在进行的是“十字棍”游戏，孩子们分成两拨相对站立，每人手里拿着一根5尺来长、大拇指般粗的竹棍。游戏规则是，一方用自己手中的竹棍猛向对方的头部砸去，被砸方可以用手中的竹棍横起招架遮挡，也可以闪身躲避，并迅速攻防转换，击中对方则为胜。据说当年太平天国军队路过这里时，童子军的训练中有这种套路，被赵家村的人传习了下来。

站在排头的是一个7岁的男孩，叫赵仁生。也许预示着这个孩子一生会命运多舛，出生的那天晚上，风雨大作，湖浪汹涌。在孩子取名时家里便起了一次小小的波澜。父亲见第二天风停雨收，白云生于天际，便想给孩子起名为“云起”。但爷爷不同意，说起名要合族规，不能有违祖训，轮到这一代的名字应是“生”字辈，于是提出取名为“仁生”。父亲又说了一些世道在变、人也当变的道理，认为换个起名的思路也很好。但爷爷说，世上好多东西可以变，但祖训族规可不能变。父亲无奈，只好服从。因为在乡村，爷爷对孙子叫什么名字，有着极大的裁夺权。

喝了7年鄱阳湖的水，这仁生已长成了一个中等个儿，是个显得结实而又机灵的渔家崽。他从小聪明过人，5岁时，一次一个成年人以当地常用的方式与他开玩笑：“仁生，昨晚我睡觉时摸着你的脚了。”对此，一般孩子要么无言以对，要么以一句骂人话作答。

仁生的回答却是与众不同：“是呀，我也摸到你的脚哩。”旁边的人一阵大笑，哈哈，这聪明的小孩今天上当了。

因为大人的话里藏着陷阱。有人便继续追问："那昨天晚上他真的和你睡在一张床上了？你妈妈也在同一张床上吧？"

"不是。我昨晚是在他家睡的。"仁生回答，众人又是一阵大笑。

自此仁生的回答就成了小孩们的标准答案，大人们也便越来越少地用这句话与孩童开玩笑了。

一个能说会道、外号"蛇叔"的人听闻后，要亲自试试这小家伙的机灵到底是真是假。一次碰上仁生，便说："我要跟你说件事。"

"啥个事？"

"我想，一根棍子两个蛋，到你家里赶夜饭。行吗？"

仁生想了一会儿，回答说："不行！"

"为啥哩？"

"因为你的棍子快要断，你的蛋也有点烂。"说完一溜烟地跑开了。

蛇叔望着仁生的背影，带着笑意自言自语地说："看来，铜钩村又多了一个油嘴铲刚[①]。"

在今天的游戏中，和仁生对面的男孩叫赵礼生，老天爷对这个孩子有点不公，他因病一条腿残疾，成了个拐子。他们是堂兄堂弟。仁生的堂兄堂弟中还有叫义生、礼生、祥生、智生、信生、孝生……只见礼生挥起竹棍，用尽全身力气向仁生猛地打去，许多小孩子此时一般的反应是躲闪，或一面招架，一面躲闪。赵仁生却选择了站立不动，只是运力用手中的竹棍横在头顶并向上提举，硬碰硬地迎击对方砸下来的竹棍。其结果一般都是两棍双交，不分胜负。

但这次出了意外，仁生手中的竹棍是一根有点变形、表皮灰中带白并已有虫眼的旧竹棍。只听"咔嚓"一声响，仁生手中的竹棍断为两截，他急忙把头一偏，礼生手中的竹棍顺着仁生的左脸颊劈了下来。竹节上残存的竹丫把仁生的脸划开一道很长的口子，顿时脸上像趴了一条长长的血蚯蚓，那血蚯蚓一滴一滴往下吐着鲜血。仁生满不在乎地蹲下来，让有点负疚的礼生在地

① 铲刚：是当地对不怕事、敢作敢为但有时行为不合常理者的称谓，近似"金刚"的含义。

上抓了些尘土，撒在伤口上，转眼间血蚯蚓变成了灰蚯蚓。游戏继续进行。

孩子们玩的第二场游戏是许许多多的人小时候玩过的，用竹子制成汲汲筒，汲上水互相对射。孩子们进攻、追逐、躲闪、喊叫，快活而热闹。突然，几个孩子几乎同时大喊起来："谁的竹筒里喷出来的是臭水呀？"仁生就近向勇生的身上一看、一闻，果然很臭，勇生衣服上还沾上了发黑带黄的东西，看来有人汲汲筒里装的是粪水。这是违约犯规的损招。

仁生招呼大家暂停了下来，并问："谁用歪招，汲了粪水喷人？"无人应声。

仁生便对汲水筒逐个检查，用歪招的人马上现形，是拐子礼生。但礼生却满不在乎地说："没有规定用什么水呀？"

仁生有些生气地说："洗澡脱裤子，这还用说吗？"

"你们也可以用嘛，又没有捆住你们的手脚。"礼生狡辩着。

"你做错了事，还说歪舌头话[①]？"

"我就这样，不玩拉倒。"礼生依然不服气。

"违规就得受处罚，不能这样就算了。大家说对不对？"勇生插话了。这勇生的明显特征是眼睛又大又圆，像牯牛的眼睛。他还和大家不一样的是，他是跟着入赘他村的父亲半年前回到赵家村的，姓名也是回村后根据辈分和排行新定的。但他和小伙伴们关系已经很融洽。

"操你个老拐，谁敢？"礼生急了。

仁生问大家："做错事了还骂人，更要罚他。大家敢不敢？"

"庙里青面獠牙的罗汉、金刚我们都不怕。敢！"和仁生一拨的小孩中有人大喊。

于是四五个男孩上前，把礼生按在地上，扒了他的衣服，又扯了他的裤子……然后有人从地上捡起一段稻草绳，准备绑住他的小鸡鸡后游行。礼生在地上又叫又骂，但小孩子们不加理会。哼，谁叫你做臭事？你厉害，我们比你还厉害。

正在这时，不远处有人急急地大喊："仁生，仁生，快回家。你家出事了。"

---

① 歪舌头话：意为强词夺理。

仁生一听，赶忙放开礼生，离开小伙伴，像一只受惊的猫一样，绕树丛，过篱笆，进胡同，跑回家里。

爷爷的心事

仁生一进家门，立即感到气氛异常。在昏暗的里屋，亮着一盏火苗像黄豆芽似的菜油灯。父亲躺在床上，脸肿得像南瓜，还不断有鲜血溢出，一只眼睛的上下眼眶因红肿而合在一起，像一只桃子，无法睁开。母亲含着眼泪，跪在床上用毛巾给父亲轻轻擦洗身上的血迹，放在床边的木脸盆里的水经过几次投洗毛巾后，已成了一盆红中带黑的血水。母亲抬起父亲一只放在腰边的胳膊，那胳膊已无任何生命的迹象，成了死灰的颜色，显然已经断了，只是皮还和肩以下的地方粘连在一起，就像树枝被风刮断了，只有表皮还和树干相连着一样。爷爷和叔叔双林围在床边，悲恺地看着正奄奄一息的父亲。

仁生走近父亲，紧张得只是轻声地喊了一声“爹”。

见仁生来到床前，父亲拼尽最后的力气，想转动一下沉重的脑袋，好好看看自己的儿子，但他已经丧失了这个能力，几次努力都失败后，便放弃了，然后断断续续地说着：“仁生，我是……被铁网朱家人打的……我也把他们……两个人打落到水里，不要想为我报仇……两个村……世世代代结仇，就会成为永远不能了结的仇恨……你要好好读书，长大了，离开……”仁生在等待着下文，但父亲发黑的嘴唇只是费力地嗫嚅着，无法发出声音，并且永远没有了下文。

“天哪！”母亲发出一声令人毛骨悚然的长喊，然后扑到父亲身上放声大哭，对她来说，此刻确实是天塌下来了。仁生和爷爷、叔叔也声声抽泣。眼泪流下来，流在仁生受伤的脸颊上，和那条血蚯蚓混合在一起，生痛生痛。他下意识地用手背揩了揩脸颊，沾在手上的是湿乎乎、黏糊糊的一片，分不清是血还是泪。但眼前这惨痛的画面却是分外清晰。

父亲的丧事办完后，仁生大致知道了父亲死去的原因。多少年来，自己所在的铜钩赵家与相隔不远的铁网朱家的村民，在鄱阳湖上常因捕鱼发生冲突，往往由争吵、对骂到挥拳动脚，甚至动刀动枪，造成伤亡。这次父亲成了彼此间又一次冲突的牺牲品，当然对方也有伤亡。这件事，在他幼小的心灵如刀刻锥刺般留下了深深的、痛苦的印记，此刻他似懂非懂地明白了父亲临死前对自己嘱托的含意。

到了报名入学的时间，仁生想起了父亲临死时的叮嘱，向爷爷提出了上学的请求。

爷爷是一个聪明过人而又非常勤劳的渔把式，已年过50，本来是个中等个头的他，因年龄和生病的原因，显得又瘦又小。身子骨单薄得就像湖边枯萎的芦苇，好像一阵大风就能把他吹倒。他常常咳嗽，有时还会咳出大口大口的鲜血，仁生常常会因爷爷剧烈的咳嗽声从梦中惊醒，那咳嗽声有时一阵紧似一阵，似乎五脏六腑都要被咳出来。爷爷对仁生上学的要求只是频频点头，没有明确表示是行还是不行。

又过了几天，礼生拄着拐杖，背着蓝靛染过的土布缝成的书包来邀仁生去上学。但仁生只是本能地看了一眼爷爷，什么也没说。

“你不想上学了？”

对礼生的问话，仁生只是摇了摇头。

“为什么像菩萨似的不开口，有话你说呀？”生来性急的礼生忍不住催问了。

“我爷爷还没有答应。”仁生嘟噜着小嘴。

“那我也不上学了。我宁愿干活也不喜欢上学，家里硬逼着要我去读书。这样，我回去就说你也不上学，我们就可以都不上学了。”礼生说着，真的就折返身，又蹦又跳地回家去了。

仁生慢慢吞吞地走到了爷爷面前。其实，仁生和礼生刚才的对话爷爷都听见了。他正在痛苦地盘算着：俗话说，富要养猪，穷要读书。孙子是该上学了，虽然读书不一定能做官发财，但识得字算对仁生自己、对家庭都无疑大有好处。让爷爷犯难的是，大儿子已死，儿媳妇已成寡妇，自己只剩半条命，已无力劳作。小儿子双林年近30，因家贫还没有完婚。大儿子一死，家里的生计都成了问题，哪有可能再让孙子读书？孩子长到七八岁就可以干活挣钱养活自己了，仁生聪明又不怕吃苦受累，已经能帮家里做许多事情了。这孙子上学的事还真像鱼刺卡在喉咙里，上不得上，下不得下。

仁生看了看满脸胡楂、面色红中发灰的爷爷，喃喃地说："爷爷，我喜欢读书。人家都上学去了，我什么时候去上学？"

孙子的话让爷爷喉咙里的那根"刺"又晃动了几下，显得更疼了。他把仁生拉到身边，无可奈何地说："你是该上学了。可是你爹去世了，你上学不但要花一些钱，还不能帮家里干活。我现在是上不了船、布不了钩，你说怎么办？"

"不是还有叔叔吗？"仁生仰着脸向爷爷反问，眼神里充满对读书的渴求。

听了这句话，更触动了爷爷心头的心病。小儿子双林现在还没有娶亲，如果娶了亲，就要单户另过。仁生和妈妈就成孤儿寡母了，别说上学，就是一日三次让灶里冒炊烟都成问题。

爷爷不愿让孙子伤心、失望，又搂了一下孙子，说："我和你妈妈再商量一下吧。"

仁生走后，爷爷又开始琢磨起来，想着想着，他本来因忧愁变得灰暗的双眼突然有些光亮了，就像油灯拨了一下灯芯，变得豁亮了许多。他又皱着眉头想了一会儿，决定和儿媳妇认认真真地谈谈他的想法。

随着他的呼唤声，仁生妈站在了他的面前。这是一个家里家外都很受称道的贤惠女性，虽然湖上的风浪、终年的劳作，使她青春早逝，身子也略显单薄，却是十分干练，连划船布钩的这些事也都是行家里手。

爷爷清了清嗓子："孩子，有件事，老憋在心里不痛快，想了好久好久，还是得和你说说。"

仁生妈多少有点奇怪，从来没有见过公公如此认真、郑重地同她谈过什么事情，家里的大事小事本不用她去操心的。于是，她点了点头，走到了公公面前。

"大林希望仁生能上学，仁生自己也很想上学，这几天老缠着要去报名上学，你说怎么办？"爷爷说完以期待的目光看着儿媳妇，希望她能给出一个圆满的答案。

"要我说，就让他去上学吧。"仁生妈想了一会儿，做了回答。

爷爷叹了一口气："可他一上学，家里就缺了人手干活，还要花钱。"

"那……"仁生妈知道自己的家底，一说到钱，她便像秋后的蝉——无言无声了。

“我倒有个既能让仁生上学又不影响家里过日子的法子。”仁生爷爷的这句话说得有些犹犹豫豫。

“啥个法子呢?”仁生妈略带喜悦地抬起了头。

“我说出来，不管你同意不同意，可都不要生气。”

仁生妈一怔：有让孩子上学的好办法，还生什么气？她没搭腔，只是带着狐疑而又期待的目光看了公公一眼，意思是——你说吧。

爷爷欲言又止，但还是喘了喘气，定了定神，说出了他的想法：让仁生妈、双林结为夫妻，叔嫂成婚。这样虽然没有了大林，但整个家庭依然能完整地存在。儿媳不会成为寡妇，双林也不再是光棍，仁生也不会成为孤儿并且还可以上学。

仁生妈听完，没有回话，连点头摇头的动作也没有，一副发木发呆的样子，接着眼泪扑簌簌地往下掉。然后双手捂着脸跑进了自己的房间，躺到床上，抽泣着，呜咽着……

第二天一大早，她到丈夫大林的坟前点起了三支香，真情地跪拜着，放纵地哭泣着，尽情地倾诉着……

私塾里的苏先生

这是一个学校教育处在变革的年代，村里有刚办起来不久的国民小学，还有一所传统的私塾。许多人还依然愿意把孩子送到私塾念书。

仁生和礼生一起走进了大祠堂边的私塾。这是一所很有些年头的私塾，由一位姓苏的先生执教。

这个私塾先生年纪四十上下，外表上的一大特点是留着稀稀疏疏的口髯，一年四季都穿着一件灰色的长袍，袍子就像和肉长在了一起，永远揭不下来。他来自邻县，现在依然和刚来时一样，独身一人。其实他有妻室，而离妻别家的原因是他妻子生产时难产。妻子生产持续了两天两夜，不断痛苦地喊叫，不停地汩汩流血，可以说是在阎王爷那里打了几个转转。结果是，孩子死了，大人保住了。苏先生也在惊心动魄和痛苦不堪中煎熬了两天两夜，一会儿坐着，一会儿站着，一会儿在屋里机械地来回踱步，一会儿在庭院里像断了一截的蚯蚓似的胡乱移动。妻子每在屋里喊叫一声，他的心就跟着收缩一阵，妻子在流血，他的心也在滴血。他还不断地喃喃自语："造物主无道无情，我之不仁不义也!"

兹后他再也不和妻子同室而居。但又有人提醒说，妻子难产，这不是你的罪过。现在你这样别室而居，让妻子守活寡，才真的是不仁不义。他若有所思地点了点头，几天后他把家产尽数交给了妻子，并交代：留家、出嫁完全由你自己做主，本人概不干涉。他还把这些话写在一张纸上，并郑重地签上名字、摁上手印，交妻子留执。然后只身来到了铜钩赵家教书。

他自称是苏东坡的后代，因为苏东坡的小儿子曾在他居住的县里做过官，那里至今也还有苏氏聚居，所以他说自己是苏氏后代并非虚构自夸。铜钩村很少有人知道苏东坡是谁，但却很喜欢这个私塾先生。他十分敬业，上课，一丝不苟；解惑，不厌其烦。对学生既宽厚又严厉。并且平常哪家哪户要写个对子、喜帖、寿幛，给新生儿取个名字，他都欣然应允并做得极为认真，甚至以此为乐。

他来到村子里教书伊始，就同大家开了一个小小的玩笑。因为他是孤身一人，便在每个学生家轮流吃饭。伙食标准约定为："无鱼肉也可，无鸡蛋也可，无蔬菜豆腐不可。"大家都觉得这个苏先生要求不高，饭菜中只要求有蔬菜豆腐等素菜，无须鱼肉鸡蛋等荤菜，可能是个戒斋奉佛的读书人吧，所以天天给他吃的菜肴都是青菜豆腐。

过了一个多月后，苏先生找到村长，称伙食最好有所改善，现在顿顿不见有鱼、肉等物，肚子里没油，人有点乏力。村长带着微笑按当时的约定应答。

苏先生也笑着说，非也。当时约定的意思你们可能没弄明白，或者说我没说清楚，约定是这样的：无鱼肉也可，是说无鱼、有肉也可以；无鸡蛋也可，是说无鸡、有蛋也可以。

村长连连点头，啊，是这个意思，我们是大老粗，确实没弄明白先生的意思，现在明白了。经过这一段时间，大家已很认可这苏先生。所以对起初关于伙食约定的解释被当作了有趣的笑谈，于是饭桌上出现荤菜的时候明显增多。

仁生和礼生走到了先生面前。先生叫他们先站立着，然后认真注视着他们。这是苏先生的一个秘招，他可以通过这一站一看，迅速地大致知道学生的性格，进而思考着如何因材施教。

仁生规规矩矩地站着一动也不动，像根木桩似的。那礼生却是大不相同，像只很少安静的猴子，一会儿动腿，一会儿抬胳膊，一双小眼睛滴溜溜地左顾右盼。

先生开腔了："你们记住，读书之要是用心用脑。一定坐要正，心要静。脑子不能胡思乱想，身体不要左右摇晃。"

仁生只是点点头，什么也没有说，礼生却是嘻嘻哈哈地应答着，然后各自坐到了自己的位子上。

仁生在学校很快表现出了喜爱读书的性格和极好的天赋。先生教过的课文几遍后便可背诵，先生讲述的内容听了一遍便可复述，并很爱提问，这很让先生喜欢。

一次，先生讲授《百家姓》时，仁生问了一个问题："为什么'姓'字是由'女'和'生'两个字组成？莫非最早用姓的是女子？"

苏先生连连点头："问得好，想得对。因为人类社会曾有过只知其母、不知其父的时代。所以，中国的姓氏应当是女子最先使用。一些姓氏的偏旁带'女'字，如姜姓和姬姓，都能说明这个问题。"

苏先生一次对仁生的叔叔说："你这孩子天分好，很用功。要是还有科举，他考个进士之类当是可期的。"

双林回答说："感谢先生。大富大贵不敢想，我们只希望他读书知理，长大了有些出息。"

双林第二天到集市上卖鱼的时候，花10斤鱼的价钱给仁生买回来一支自来水笔，仁生成了班上第一个口袋里插着自来水笔的学生，这让所有的同学们羡慕不已。

礼生则是另一番表现，课堂上总是坐不住，难以集中精力，写的字也像鬼画道符。学习成绩是全班的尾巴，正如当地人的一句俗语所说的，是教了三遍也不会犁地的牛，很让先生头痛。

一次上课时，苏先生在黑板上写了个“渔”字和一个“鱼”字，准备向学生提问。每到这个时候，礼生总是迅速低下头，目光不和老师对视，恨不得像鱼儿一样，遇到危险时赶紧沉到水中躲藏。可这次先生不点富生、贵生，也不点义生、智生，偏偏点了礼生，让他解释这两个字的含义有什么不同。

礼生站起来，故意揉了揉眼睛，好像是要把黑板上的字看得更清楚一些，又挠着脸颊想了一会儿，然后以低低的声音说：“一个是活鱼，一个是死鱼。”课堂上一片笑声。

先生让他具体解释。他接着回答说：“鱼离不开水，所以带水旁的‘渔’字是活鱼的意思。那无水旁的‘鱼’字是死鱼的意思，因为鱼离开了水必然会死。不信大家回家问爹去。”又是一次哄堂大笑。

礼生的脸微微泛红，声音一下变大了：“笑什么？谁有种谁站起来回答。”

先生摇了摇头，宣布下课。

下午，礼生提前到了教室，和几个小伙伴私语了一番。然后，他用毛笔将“苏先生之灵位”几个字写在一张白纸上，用书本支撑着放在先生的讲台上。又让几个小伙伴站在两旁，犹如侍卫。礼生脱下上衣，系在腰间，裸露着上身，用黑板刷敲着桌子，嘴里念念有词：“天神地神，过路游神，你们好好听清楚。今有我们的苏先生染病身亡，要去天界，你们各路神仙要加以护佑而不要阻拦，更不要伤他害他，否则将你们一个个打下十八层地狱。”原来他装神弄鬼，是在模仿见过的场景给苏先生做道场。

其他小伙伴一个个笑得前仰后合。就在这时，苏先生出现了，一见这情景，气得连胡子都随着嘴唇的抖动而不停地飘忽。

先生便叫学生们通通站好，狠狠训斥了一顿，然后抽出戒尺，走到礼生面前，不轻不重地打了他屁股几下。礼生也知道自己错了，但他不叫不闹，也不求饶，任老师又打又责，尽泄胸中的怒气。

苏先生停下戒尺问：“下次还敢不敢？”

“下次再也不会让先生再打我了。”礼生像发誓似的回答。

看来，戒尺让这个调皮捣蛋的小家伙认错了、屈服了。

第二天，礼生却没有来上课，并从此以后再也没有来过学校，这便是他上午话里的真正意思。尽管苏先生家访两次，希望他回到学校，但礼生像没有穿鼻绳的牛，怎么拽也拽不动，连家长也没有办法，苏先生只好作罢。这一年礼生刚满10岁，他拄着拐杖开始了自己的生活。

湖波送暖，南雁北归。湖岸边的柳树冒出芽苞，露出鹅黄，并一日比一日转绿，垂下的新枝新叶如丝如缕，柔软碧绿，在风中摆动，婀娜多姿，古代诗人以“丝绦”状之真是贴切无比。

这一天，老师在课堂上问大家，春天最快乐的事是做什么？学生们七嘴八舌，答案五花八门：“玩”“吃肉”“吃糖”，都是答案；还有一个学生的回答是“睡觉”。

老师点名让仁生回答。仁生略加思索，回答说：“子曰：‘暮春者，春服既成，冠者五六人，童子六七人，浴于沂，风乎舞雩。咏而归。’我觉得就像古人说的，春天到野外游玩，河中戏水，然后唱歌、诵诗是最快乐的。”

老师连连点头：妙，妙，有读书人之情愫也。既而又说：“春天应当走出屋外，在春风之中、山水之间，踏春赏春。我们不放风筝、不戏水，明天一起去游龙泉寺吧。”教室里响起一阵欢呼声并夹带着脚掌跺地的声音。

翌日，天气晴放，蓝天莹莹，白云悠悠。那被春风催得适时破苞绽开的油菜花开得分外欢畅，黄澄澄、金灿灿，宛若百里金色锦毯，从天上铺向人间，绚丽无比。蜜蜂飞舞穿梭，并不时停驻在那花蕊之上，贪婪地吮吸着花的琼浆，蜜蜂飞舞时发出“嗡嗡”的声音犹如美妙的音乐，这是再高明的乐师们也无法创作、演奏的自然奏鸣曲。那风软绵绵地，吹在身上轻柔而且夹带着新花新草发出的让人迷醉的气息。学生们一路说笑着，打闹着，来到了龙泉寺。

元末，朱元璋和陈友谅在江南争战多年，决定胜负的一战是在鄱阳湖上，主战场就在离铜钩村不远的康郎山，因而这一带有许多与朱陈大战有关的历史陈迹和传说逸闻，龙泉寺里便有朱元璋的故事。

这龙泉寺始建于南梁，是梁武帝萧衍下旨敕建的，曾经是远近闻名的佛寺。经历多次兴废，如今已是瓦漏墙裂，香客不多，游人稀疏。只有十几个僧人在此看寺兼修行。虽是破败之庙，但它的历史地位和影响力却是非一般寺庙所能比，这正是苏先生领学生们前来游览的原因。

苏先生带领学生们随僧人在殿前殿后一一观览，僧人在正殿东侧门一块诗匾前停下，徐徐讲起了当年朱元璋游览这座寺庙并载于史籍的一段故事。

1364年夏，朱元璋和陈友谅各调集战船、兵马，对决于鄱阳湖上。最初，朱元璋一方战事不利。一日，他听说这里有一座远近闻名的宝泉寺，历史久远，香火很盛，并有高僧修行。他一则心情郁闷，二则小时候曾在安徽老家的皇觉寺当过僧人，对寺庙特别有感情，便身着便衣来寻宝泉寺。

来到庙前，他让随从留在门外，自己独自带剑入门进殿。庙里方丈见一个长相有些怪异却气宇不凡、佩着宝剑的大汉进入庙里，很有些惊讶，便向前双手合十相迎，并问施主尊姓大名，有什么需求？连问几遍，朱元璋概不作答，只在大殿供奉的佛像前以手作揖，默默祈祷。然后叫小和尚取来笔墨，旁若无人地径自在大殿的东墙上奋笔疾书。写的是一首七言诗：

战罢环湖百万兵，腰间宝剑血犹腥。
老僧不识英雄客，何必叨叨问姓名？

写完，把笔放下，又把手伸向腰间解下佩带的宝剑，不轻不重地放在供案之上，然后一言不发，龙行虎步离寺而去。

朱元璋走后，懂诗的方丈细细将墙上的题诗一读，觉得诗中大有英雄气概，诗人自称统领雄师，鏖战布列在鄱阳湖的百万大军，叱咤风云，龙泉喋血，满纸英雄之气。没有吞月吐云的胸襟和笑看刀光剑影的豪情，决然写不出这种大气磅礴的诗来。只是诗中带着狂傲，且弥漫着血腥之气，觉得这与寺庙作为供佛诵经的场所很不相宜，于是叫几个和尚赶紧取水将墙上的墨迹全部刷去。

朱元璋大败陈友谅之后，领着一队人马，一身戎装再次来到寺庙。方丈一看，大吃一惊，这不就是前不久题诗留剑的怪异之人么？虽然身上着装有别，脸上表情不同，但那突出的额头和很长的下巴让人一见便会留下深刻印象。听说朱陈在鄱阳湖的大战已经结束，朱元璋赢得胜利。一看这威仪，联想到他上次题诗的内容，猜定来者便是朱元璋，不过这次他与上次相比，双眉舒展，脸上显得轻松自如，透着掩饰不住的快意。

老和尚猜得半点不差，这人正是朱元璋。他径自走到曾经题诗的墙壁前，双眼梭巡，但见诗迹已无，见到的是刷过洗过的痕迹，便问："我的题诗呢？"

方丈暗暗叫苦，这可如何回答？念经求佛、请神灵帮忙解围都来不及了。但这老和尚毕竟是名寺的方丈，非同一般，他略一思忖，便有了办法。只见他撩了撩僧袍，跪到地上，连呼“善哉！”也叫小僧取来纸笔，信手写下一首诗呈给朱元璋，诗曰：

御笔亲题不敢留，意恐鬼哭与神愁。
漫将法水轻轻洗，尚有余光射斗牛。

朱元璋此番是带着大胜后的得意和狂喜来寺庙的，见僧人写的诗对自己和自己的诗作赞誉有加，把洗去墨宝的理由说得入情入理入胜，尤其最后一句，写得既有气势又极为精彩，便微微一笑，说了句：“也罢，好好奉佛吧。”便带领随从离开了寺庙。从此以后，宝泉寺便改名为龙泉寺。

如今，苏先生带领学生们面对的就是那朱元璋题过诗的墙壁。现在墙上挂着的则是一位书法家书写的那首御题诗，旁边还以很小的字附了方丈的诗作。

苏先生把朱元璋和方丈写的诗细细地向学生讲解了一通。便问学生们有什么感想或有什么问题要问。

一个孩子说：“那和尚太聪明了，要不然就会被朱元璋砍了脑袋。”

又一个孩子问：“那和尚为什么要把墙上的诗擦洗了呢？留下来可以使这寺庙更有名气呀？”

苏先生一一做了解答，见仁生若有所思，便问：“仁生，你有什么要问？”

仁生的问话开始了：“先生，朱元璋和陈友谅为什么要打仗呢？”

苏先生想不到仁生竟是问了一个与墙上题诗没有直接关联的问题，并且是很不好回答的问题。便简单地回答：“为了争夺天下。”

“为什么要争夺天下？”

“夺得天下，就可以成为帝王，治理国家，造福百姓。做人就应当有这样的雄心壮志。人若无志，便如同行尸走肉。”

“争夺天下，对他们个人很有好处，是吗？”仁生似乎有问不完的问题。

“当然，可以实现自己的远大理想，可以光宗耀祖。国家统一，便可社会安定，对天下百姓也很有好处。”先生在用心地加以引导。

仁生继续问："您多次给我们讲过，先圣们倡导的是'礼之用，和为贵'，'仁者爱人'，并主张'兼爱'。但，听说康郎山一仗就死了许多许多的人。他们两个人统领的军队进行了10多年的战争，死的人就更多了。这对老百姓有什么好处？这合乎先圣的主张吗？"

先生微微一怔，这孩子问的问题挺大，还挺深奥，是一般的大人也不会问的问题，略停了一下说："是的。从中国历史看，争夺天下，争权争利，往往会流血。从来如此，确是可怕又难以避免的代价，并且首先是天下百姓受苦受难。但这个问题很复杂，一下说不清楚，你长大了就会慢慢明白的。"

仁生没有再问下去，对老师的回答他不能完全听懂。既然长大了这个问题会慢慢明白，那就让自己快点长大吧。

小铁匠

寒来暑往，仁生转眼在私塾上学5年。按县政府的命令，全县建立了新的学校体系。铜钩村只办初小，高小和初中则要到10里外的锣鼓山镇去读，他的学业遇到了无法绕开的新情况。

家里也有了新的变化，3年前叔叔和母亲又生下两个妹妹，并且是一对可爱的双胞胎，一个叫山花，一个叫水花。虽然爷爷似乎不喜欢这对小姐妹，甚至会半真半假地说："生了两个赔钱货。"但仁生却是对她们喜爱有加，有时抱着，哄着，还会一手拉一个，到湖边游玩。但由此家庭生活的担子更见沉重，爷爷的病不但不见好转，反而不断加重，已像村边的老柳树，日渐枯萎。脸颊发红发灰发黑，就像掉在了地上正在变烂的老丝瓜。仁生从大人那里知道，爷爷得的是痨病，是无法治好的病，村上不止一个人得了这种病，为此他常常为爷爷担心。

在又一次猛烈地咳嗽，并吐了很多血以后，爷爷把双林和仁生叫到了床前。他先仔细端详着身材已快和自己差不多、虎虎有生气的孙子，心里充满了欣慰。但旋即又被难言的苦痛所取代，结核菌不停地吞噬着他的肺叶，无情地摧残着他的健康，并即将夺去他的生命。他在生命之灯即将熄灭的时候，有一些重要的话要告诉自己的儿孙特别是孙子。

老人家的话语很轻很慢，除了对孙子的夸奖和对疾病的诅咒外，特别交代的内容是他的遗愿：仁生，你已读了五年书，和曾祖父、爷爷我还有你父亲这三代人相比，你读书最多；年龄已经快满13岁了，应承担对家庭的责任，因为家里越来越穷困了。我快要去见你的父亲了，但今天有一件十分重要的事情交代给你。说到这里，爷爷停顿了一会儿，然后以极为认真而庄重的语气说，仁生，你父亲被杀去世已5年多，爷爷把这件事一直记在心中，没有一天放下，但到现在还是大仇未报。俗话说，杀父之仇，不共戴天，不报父仇，不是好子孙。你父亲在地下会不得安宁，我死了也不愿闭眼。

接下来爷爷又历数了和朱家村的一代又一代冤仇，在这几百年相继不断的争斗中，几乎代代都有人或死或伤。

说着说着，爷爷又用颤抖的手拿出一个小包袱，一字一顿地说："这是你父亲去世时留下的血衣，我一直收藏着。我没有能力为你父亲报仇，只能靠你了。你一定要记住爷爷的话，向铁网朱家人讨还血债。你记住了吗？"

这下仁生可犯难了。父亲临死时说的是不必报仇，离开村子，到外地谋生；而爷爷临终的交代却是一定要报仇雪恨。他想用"听见了"这类词含混地应答爷爷，可是看到爷爷他那带着泪光却流不出泪水的双眼，看见他十分期待而又显得绝望的表情，他觉得此时别无选择，任何违背爷爷意愿的话都会使爷爷加重痛苦，甚至真的会使他死了也难闭双眼，在地下也将不得安宁，于是他带泪迸出了一句话："爷爷，我记住了。"

他想再听听爷爷还要说些什么，但爷爷的嘴使劲地抽动了几下，却一个字也说不出来。再一细看，爷爷眼睛紧闭，眼角挂着流不出来的泪滴，脸上似乎带着几分满足，又带着许多遗憾。他握着的爷爷的那像柴火棍一样干枯的手，已经毫无力量，并慢慢变僵变冷。仁生悲切地喊了一声"爷爷！"然后放声恸哭。又一位亲人带着未了的心愿、带着对仁生的殷殷嘱托和极大希望离开人世。仁生无形中感到有十分沉重的担子压在自己的肩头，也压在自己的心头。

办完爷爷的丧事，仁生开始考虑自己该干什么了。学是不打算再上了，村里他也不愿待下去，但他这样的年龄能干什么呢？他苦苦地思索着，这聪颖的少年有了自己的烦恼。

一天晚饭后，叔叔主动地同他谈起了上学的事。叔叔还是希望仁生到锣鼓山镇去上初中，继续学业。

“叔叔，我不想再上学。”仁生说得很坚决。

“为什么，怕家里没有钱？就是砸锅卖铁，我也要让你再上几年学。”叔叔说得同样坚决。

这使仁生大为感动。他何尝不想上学？但，家里太穷了。他绕开家境的话题，说：“反正读了书也做不了官，不如早点干活或学些本事。”

两人又你来我去地说了好几个回合，仁生还是坚持不再上学。

叔叔叹了口气，他知道仁生从小就很有主意，下了决心做的事，就像顺风顺水的快船，很难转舵向相反的方向走。那让他干什么呢？他知道，仁生虽然已学会了驾船布钩，但他并不愿意上船打鱼，可除了这代代相传的祖业，又能另有什么生计呢？他觉得自己是个睁眼瞎，实在想不出什么路子。

这时，忽见苏先生急急地走了过来，本来做一切事情都慢条斯理的他，这一次不仅步履匆匆，说话的语气也是又快又重：“听说仁生不再上学了？太可惜了，太可惜了。”双林向好心的苏先生道明了原因。

“仁生还是上学为好，这样的好苗子我教书20余年来都没有碰到过。家里有困难，我可以资助一二。”

“谢谢先生。读了书又做不了官，就像许多人说的，读书读书，越读越输。像苏先生这样饱读诗书，也还是困在渔村，只能勉强养活自己。”仁生居然想说服先生。

苏先生表情严肃：“你不可这么说。耕读历来是中国人之根本，读书虽不一定能做官，但可以明理修身，进而报效国家，还可以善育子孙。”

“先生说得很对。但我再读下去，要拖累许多人，甚至包括您，决不忍心。天下可走的路很多，况且我也读了一些书，粗通礼义了，我还可以继续自学。”

苏先生连连点头，复又摇头：“天道不公啊。真是黄钟毁弃，瓦釜雷鸣！”说罢，长叹一声而去。

但过了不到一会儿，苏先生又来了，还夹着一个包袱，打开后，里面是一大包书，有传统经典，还有当代书刊。苏先生把这些书郑重地交给仁生：

"学，不可以已。许多很有作为的人都是自学成才的。你已有足够学力，可以自学，不可放下书本。"仁生深谢老师的教诲之恩和关切之情。

第二天，叔叔又问仁生："你不愿去读书，那你想过干什么吗？"他想听听仁生的想法。

仁生蹙着眉头想了想："我想学门手艺，比如学铁匠还是学木匠什么的。"

叔叔觉得这倒是个很好的想法。俗话说：纵有万贯家财，不如薄艺在身。他又想起，自己认识县城里一个铁匠，便说："学打铁怎么样？"

"好，我愿意。"仁生立即表示了自己的态度。

过了几天，一大早，双林先划船，再走陆路，进到县城。找到他熟悉的一个铁匠铺的姜师傅，把来意说明。

姜师傅说："巧了，我现在的徒弟学徒时间已满，可以另起炉灶了。我正掂量着再收一个徒弟哩，就让你侄儿来试试吧。"然后又问："这可是力气活，孩子受得了这个苦和累吗？"

"这个孩子什么苦都能吃。"双林肯定地说。

几天后，仁生带着铺盖卷随叔叔来到了姜师傅的铁匠铺。

仁生看了师傅一眼，先有几分敬畏，只见师傅虽是中等身材却是全身肌肉发达，孔武有力。浓眉下一双圆眼，镶在黑中泛红的方脸上，使人觉得有几分亲切，但更有几分严厉。

师傅没有说很多的话，只是上下打量了一阵仁生，觉得这孩子各方面都好，就是有点像个书生，文质彬彬的样子，和打铁这一行好像很不般配。便问："你吃得了这个苦吗？"

"苦本来就是人吃的，别人能吃，我也能吃。"

师傅便像锤子砸在铁砧上那样干脆地说："行吧。"

于是，叔叔便请姜师傅坐下，让仁生重重地磕了三个头，拜师仪式便告完成。

人们对凡是干又重又累的活便形容为"像打铁一样"，铁匠干的那可真是铁对铁、硬碰硬的重活。师傅掌小锤，仁生抡大锤，学艺生涯开始了。

起始锤子似乎并不太重，活也没有太多的技术要求，一上一下费点力气敲打便可以了。但不曾想到的是，那锤子却抡一次重一次，后来每抡起一次都得拼尽全身力气，身子在左右摇晃，加上火炉发出的热力的烘烤，还有锤子砸在铁砧上叮叮当当刺激耳膜的声音，不多一会儿仁生就汗如雨下，头也隐隐生痛。

一天下来，双手磨出好几个大泡，胳膊变得麻木，身子哪一块稍微一动，随之而来的便是难忍的疼痛，就好像每一块肌肉、每一根筋腱都被刀子划过一遍似的。

天麻麻亮，仁生还在梦中，听见外面有响动，知道师傅起床了，便也赶紧起床。哪知今天起床的感觉和往日完全不同，平日里如一条鱼般地一跃而起，今天身子却像打残了前腿的牛，好半天爬不起来。费了好大劲才坐起、下床、穿衣，走到炉子前。

“叮叮叮叮”，铁锤敲打铁砧的声音又响起来了。不一会儿，他觉得双手生疼、僵直，怎么也举不起锤子了。当他费力地把似乎已粘在锤柄上的双手掰开一看，天哪，昨天的血泡一个个破了，满手是又红又黏的东西。他觉得鼻子一酸，眼睛里也一下变得湿漉漉的。但他只用已变得有些红肿的手背按了按眼睛，没有让眼泪掉下来，男子汉皮开骨不软，流血不流泪。

师傅看见了，找出一些旧布给他把手包了包，然后让他暂停抡锤，干些杂活。并还安慰他说：“过几天就好了，并且脱了一次皮，就不会脱第二次。”

他只好照师傅的吩咐，清理废料。此刻他真觉得全身被钉满了钉子，手痛、脚痛、腰痛，全身都在痛，并且是钻心的痛、难以忍受的疼……

几天后，叔叔又来了，他给仁生带了换洗衣服，也是特来看看情况，特别关心地问：“啥个样？”

“蛮好！”仁生言不由衷地说。

“如果不习惯，实在太苦太累了，我们就回去。”

回去？仁生确实闪过这个念头，但这念头转瞬间便像铁器在水中淬火激起的水雾一样，变得无影无踪。他暗暗地用劲咬了咬牙，语气却是很平缓地说：“再苦再累也要打下去。你和妈妈放心吧。”

炉火点起又灭，灭了又起；铁锤响了又停，停了又响。又是一个又快又慢的5年过去了，仁生一次次地像蛇一样做着蜕变。随着时间的流逝，他长高了，变壮了，浑身肌肉发达了，已长成一个健壮的小伙子。手艺更是日见长进，已经学会了师傅教给他的所有技能，打制农用铁器、渔用铁器、家用铁器、船用铁器，几乎无所不能，无所不精。

还有一个额外收获是，师傅不仅是技术高超的铁匠师傅，而且从小习武，是一位武术高手，他像精心传授铁匠手艺一样，把自己的一身武功也传给了仁生。仁生不但认真学艺习武，并且牢记苏先生的嘱咐，有空便翻开书本或提笔书写，他屋子里的油灯常常亮到深夜。

师傅总是以赞许的口吻同他说话，鼓励他读书，评点他的手艺，近来多次明确地告诉他：可以选个日子，结束学艺生涯，自立门户了。

每到这个时候，仁生会坚定而诚恳地说：手艺还不精，还要继续再学。尤其舍不得离开师傅，他愿意就这样一辈子跟着师傅学艺打铁，他已习惯并喜欢就这样和师傅在一起的生活。

仁生不愿意改变现在的生活，但生活却往往不遂人愿，他本来机械而平静的生活突然在一天深夜被打乱了。

遭劫后坐牢

夜黑风高，一阵激烈的敲门声把师徒俩惊醒。随后几个人破门而入，用马灯照着姜师傅连喊带喝：“起来，跟我们走！”仁生在灯影中看见，这几个人手中都拿着枪。

“为什么跟你们走？你们是干什么的？”师傅似乎并不怎么害怕，也许勇者无畏，也许许多凶险的场面他都见过。再者说，这个时候怕又有什么用呢？

“别啰唆，跟我们走。天亮后就知道我们是干什么的了。”为首的那人用枪托狠狠地砸了师傅一下。

这些人又七手八脚地把铁匠铺的炉子、风箱等各类打铁工具一并装到一辆手推车上，直向湖边走去。然后又连人带物一起装到了一条船上。

天快亮的时候，船停下。又来了好几个人，喝令师徒二人上岸。这是湖边一片高高低低的山丘，长满了参差不齐的马尾松。在弯弯的小道上走了好一阵子，最后在一个山坳中的松林里停了下来，这里有几座简陋的草房，掩映在高耸的大树之中，附近还有几个人端着枪并不停地来回走动。

仁生见状，心里一下明白了：被劫持到土匪窝里了。他小时候在村里就听说过，鄱阳湖常年有几股土匪出没，劫掠过往船只，甚至杀人越货。他不明白的是，这次这些人并不勒索钱物，也不抢夺物品，而是把他和师傅带到这里，为什么呢？不会是绑票吧？他立即暗暗为叔叔和母亲担心起来，担心他们受惊受怕，遭到勒索，备受煎熬。

一会儿，一个挂着驳壳枪的人出现了。他大约三十来岁，皮肤黝黑，并且是少见的黑，人们说的“抹了四两粉，还是猪肝色”，大概指的就是这样的人。这人身体略胖，个头不小，当地这种高大威猛的人并不多见，左手戴着一个金光闪闪的戒指，嘴里叼着不知道是什么牌子的香烟。他的头微微昂起，眼神里一副什么都不屑一顾的样子，故作威风地走到师徒二人面前，用阴阳怪气的语调说：“你们知道我是谁吗？”

“不知道。”师徒二人摇了摇头。

“说出来你们可不要尿裤子。”接着那黑汉子提高了声调说，“告诉你们吧，我就是灰鲇鱼。”

仁生一听心里一惊，坏了，碰上鄱阳湖上的大盗了。对这个强盗，人们并不知道他的真名实姓，但对他的存在和恶行却是远近无村不知，无人不晓。因为他凶狠冷酷，像肉食鱼一样大口掠食，只要碰上他，不死也要脱一层皮。这强盗又极为狡猾，做下案子总能溜之大吉。更兼有一身好水性，能在水里像鱼一样追波逐浪，所以外号“灰鲇鱼”。大人小孩，只要一听到灰鲇鱼的名字都会顿生恐惧，就像半夜三更在坟地里看见黑影一般。师徒带着几分好奇，看了看这个人们传为恶魔的强盗，没吭声。

“知道让你们来干什么吗？”

师徒俩又摇摇头。

“当然不是请你来吃酒席，进洞房的，是让你们来老老实实干活的。”

“我们只会打铁，不会干别的活。”姜师傅不卑不亢地回答。

“正因为你们会打铁，所以把你们打铁的家什也一起带来了。就是叫你们来干铁匠活的，当然不是一般的铁匠活。”

没等师徒二人接腔，灰鲇鱼又继续往下说：“最近老子新添了几位兄弟，缺家伙。你们给打几支枪。”

“我们是打铁的，不是造枪的。”姜师傅迅速作答。

“那造铳应当会吧？这个很多铁匠会。”灰鲇鱼说得十分肯定。

“也不会。”姜师傅摇头作答。

“嘿嘿，连这个都不会，老子留你何用？”随即拔出了手枪，又问，“到底会不会？”

姜师傅正要回话，仁生抢先接腔了：“我们确实没有造过铳，要么让我们试试看？”

灰鲇鱼吐了一口烟雾，龇着被烟熏得黄中带黑的牙齿说：“那就抓紧试，尽快把铳给老子造出来。造不出来，就用你们的大腿骨当枪管。”

在一个匪兵的监视下，师徒二人垒炉子、架风箱、摆铁砧，准备开工。晚上，在一个地窝铺里，师徒二人挤在一起，怎么也睡不着，开始悄悄交谈。

师傅抱怨地说：“你怎么答应试试看？”

“这是缓兵之计。要不然，那灰鲇鱼这个杀人像杀猪的强盗，可真会开枪。”

“但造不出枪不还是走脱不了吗？”

“那就走一步，算一步吧。”后面怎么办，仁生当然没有底。

师傅没有再说什么，翻了个身开始睡觉，现在身不由己，想什么、说什么都没有用，睡个好觉最实惠。

第二天，一个匪兵严词喝令抓紧造火铳。

仁生心想，火铳比较简单，以师傅的手艺是完全能够造出来的。但奇怪的是师傅却坚持说不会，甚至连做做样子、应付应付也不愿意，这可和性命交关啦。

仁生只好自己支起铁砧，拉着风箱，开始敲敲打打并琢磨着如何造火铳，他还请求师傅指点。

“停下来，要不然你就不是我的徒弟。”

师傅的严词厉色让他吃了一惊，在仁生的记忆中，师傅从来没有用这样的严厉语气和毫不客气的用词同他说过话。他本能地停下手来，紧张地望着师傅。

正在这时，那灰鲇鱼拿着一把火铳走了过来，冷冷地说：“比照这个造。

如果三天造不出一支铳来，就只能按老子昨天说的办了。”说完，扔下铳走了。

仁生无奈地望着师傅：“这可怎么办?”

“你爱怎么办怎么办，反正造铳这种事我不能办，我不能帮土匪杀人。”

仁生一下像明白了什么，点了点头说：“那就照师傅说的办。”但转念一想，三天造不出铳来，这些匪徒绝不会让他们活到第四天。

于是又对师傅说：“好汉不吃眼前亏。造出铳来土匪就会放我们走。”

“走？如果你真能造出铳，土匪就更不会放你走。造了第一支，你就得造第二支、第三支，直到你死。”

师傅说得很对。但总不能像断了翅膀的鸟躺在地上等死，他又在师傅耳边轻声细语了一番，不料这下师傅频频点头。

于是师徒二人叮叮当当地在铁砧上敲打起来。仁生的主意是，造出铳作为武器，再找机会逃出匪巢。即使逃命不行，也可以杀几个土匪殉葬，这总比白白死在土匪手里强，所以师傅对这个想法很是赞同。

但新的情况出现了。当睡到快天亮的时候，忽然响起了噼里啪啦的枪声。两人爬起来一看，远远近近出现了上百个穿制服的人，原来是县保安大队前来剿匪，四面包围，突然袭击。土匪除了死了几个、逃了几个外，其余的十来个人包括灰鲇鱼在内全都做了俘虏。

师徒二人庆幸自己可以得救了。这时过来几个保安团的人，不由分说，把师徒二人也五花大绑，推入土匪队列往县里走。

仁生大喊：“错了错了，我们是打铁的。”

“错什么？打铁的，烧饭的，打枪的，一个样，都是土匪。”一个保安团员吼着。

“不不，我们是被土匪劫持到这里的。”仁生辩解着。

“谁信？有人能证明吗?”

为首的一个保安团员指着灰鲇鱼说：“这两个铁匠说是你们劫持的，真的还是假的?”

灰鲇鱼故意犹豫了一下，又斜着眼睛看了师徒二人一眼，然后说：“让我说真话还是假话?”

“当然是说真话，说真话还可将功折罪。”

“这里哪有什么被劫持的？都是剃头打湿脑袋，自愿来的。他们是我们一伙的，负责造军火。”在灰鲇鱼嘴里，师徒二人转眼由铁匠变成了土匪，并且打铁转眼变成了造军火，这个罪名可就大了。

仁生大喊：“你这个该杀该剐的土匪头子，血口喷人。”

一保安团员对着仁生踢了一脚，骂道：“哼，看来你年纪不大，名头却是不小，不仅是土匪，还是不一般的土匪。回县城等候县长大人发落吧。”

师徒二人随这帮土匪被押回了县城，关进了牢房。

县长似乎并不忙着审案判罪，对抓来的人一天又一天地在班房里放着。几天后放出话来：“给所有被抓的人一个改恶迁善的机会，如果本人没有血债，又有人担保，并押上担保金，可以取保候审。”

灰鲇鱼以100个花边[①]的担保金第一个走出了牢房，紧跟着大多数土匪也陆陆续续地脱却了羁押。拥挤的牢舍最后就剩下仁生师徒二人和一个受伤的土匪。

一天早晨，叔叔出现在牢门口。这些天他一直在火急火燎地找仁生，想不到却是在令人害怕的大牢里找到了。他告诉仁生：“县长说每人交50个花边就可以出去，现在正在凑钱。”

仁生不解地问：“交了钱就真能放回去？”

“当然能。”话说得很肯定的是同关在一个牢房里的最后一个没走的土匪。

仁生便转而问这个土匪：“不是取保候审吗？也就是说还要吃官司，如果交了钱还判罪那不人财两亏吗？”

那土匪兵嘿嘿一笑：“你也太不懂人情世故了，取保候审就是用钱买人。他们逮我们的主要目的也是为了钱，我已是第三次坐牢了。”

仁生若有所悟地点了点头。

三天后，叔叔又来了，还带来了全村费了九牛二虎之力东拼西凑才集得的50个花边。仁生可以回去了。

仁生又问：“那师傅怎么办呢？”

---

① 花边：即银元。

叔叔无可奈何地摊了摊手，即使鱼能上树，他也不可能集到100个花边。

“那就让师傅先出去吧，我年轻，多蹲几天没关系。”然后十分坚定地表示：师傅不出去，我决不出去。

师傅的语气像铁锤砸在铁砧上，又硬又脆：“我不能成为你们家、你们村的负担，仁生先走。”

“师傅，走一个总比一个都不走好。当然是你先走，我怎么可能把你留下？”仁生的嗓门变得有点高了。

师傅深深地了解自己的徒弟，只好离开监牢。便也想着如何救赎仁生，但要凑50块花边谈何容易。

仁生坐在班房里，整日想的是叔叔、师傅如何凑钱。家里和左邻右舍、亲戚朋友为了凑齐第一个50元早已膏血全枯，不可能再拿出钱来。他曾忽闪过一个念头，出去以后，也像灰鲇鱼那样当一次强盗，抢一次有钱人，并且只做一次。抢得足数的钱后，救出师傅就永远歇手了。但现在是自己蹲在牢里，便没有了这念头，也许这样便遏制了自己一次邪恶的念头和行为。可见，许多人都是心存邪恶之心的，只是没有表现出来或不需要表现出来而已。

几天后，叔叔又出现了，告诉仁生：很快就有办法了。他已经凑到了25个花边，外加有姜师傅给的10个，只差15个了。

两天后的中午，叔叔又来了，轻轻地说：“钱凑齐了，可以出去了。”一问才知道，师傅又到处借了5个，保安大队方面见仁生家实在拿不出钱来，同意减免10个，这样交40个花边便同意放人。看来官府的赎金并无定数，居然可以讨价还价。于是一手交钱，一手放人。仁生带着满腔的愤恨走出了监狱的铁门，真是有钱能使鬼推磨，有钱还能不使人变鬼了。

他又感激地看了看叔叔，发现叔叔的脸没有因为自己走出牢房而变得轻松，更没有喜悦，而是隐隐地挂着泪痕。

铁匠铺的火炉又燃烧起通红的火苗，叮叮咚咚的声音又响起来了。

经过这次劫难，师傅说话变得更少了，仁生则好像一下子又长大了许多。

一天，结束白天的活计，上好店堂的铺板，师傅把仁生叫到跟前。告诉他：“仁生，你已经可以自己开业了。”

仁生一怔：“师傅，你是不是一定要让我离开？”

“学艺就是如此，不能在师傅身边待得时间过长。老是不出师，不自立门户，师傅和徒弟的名声便都不好听。再者说，你再开一个炉子，我们可以快点把你叔叔不知费了多少心血凑的钱还上。”

还钱的理由打动了仁生：是的，那笔钱必须抓紧还上。

师傅接着说：“我今天还要传一样本不想教给你的手艺。”

仁生心里一震：跟随师傅5年多了，师傅所有会的手艺他也都会了，有的可能还超出师傅，怎么还有“不想教的手艺”？便不解地问：“什么手艺？”

“造枪！”师傅说得很干脆。

“你不是连铳都不会造吗？”

“不，我不仅会造铳，还会造枪。是我师傅特意传授给我的。”

“那被土匪劫持的时候，连性命都像摞起来的鸡蛋，你为什么竟然说铳都不会造，差点丢了性命？”仁生不由得说出了自己的疑问。

“一件事不但有会不会干的差别，还有能不能干的差别。枪不能为坏人造，为坏人造枪，那是作恶造孽，是帮坏人谋财害命，就是脑袋搬家也不能干。”

听完师傅的话，仁生对师傅的敬仰之情又添了几分。

师傅接着说：“我越来越明白了，这世道很不太平，也很难太平，这造枪的手艺有时候还真用得上。但我还要再说一遍，造枪只能为善，不能助恶。”

不到半个月时光，仁生便学会了造枪技术。虽然最后装配成的枪扔进了火炉里，但造枪技术已熟记于心了。

师傅了却自己的一桩心愿后，便又琢磨着安排仁生的出师仪式，另立铺面，并告诉仁生：“你明年就20岁了。过一两年，我在城里帮你说一房漂亮媳妇。凭你的为人和手艺，将来一定能过上好日子。”

仁生没有多说，但却像又打造好了一件精美的铁器，心里美滋滋的。当天晚上还做了一个梦，自己和一个漂漂亮亮的城里姑娘拜堂成亲……

湖上行船，风雨难测，人生似乎也是如此。即将发生的一件大事，中断了仁生这本可顺理成章的人生进程，击碎了他孜孜以求的美梦。

返回铜钩村

与铜钩赵家村隔着十来里水面的地方，也有一个很大的渔村，叫铁网朱家。村民全都姓朱，世代居住在湖边，以网捕鱼。两个村子近邻而居，又都捕鱼，在难以划定边界的鄱阳湖上经常发生冲突。仁生的父亲就是因为与这个村的渔民发生冲突，身受重伤而死的。这种冲突可以追溯得更远，明洪武年间，双方各集结了几百号渔民，驾船在湖上摆开战场，为争夺水面进行了残酷的械斗，共造成数十人伤亡。

当时朱家吃了大亏，便将状子告到应天府，即今南京。为什么这个村子敢告御状？原来，朱元璋在鄱阳湖争战时，因为朱家人与朱元璋同宗同姓，便组织了许多朱姓青壮年参加朱元璋的水师，在给养供给等许多方面更是尽了许多力量，朱元璋对此大加赞许。

战争结束后，朱元璋离开鄱阳湖时留下话说：将来朱家村里有什么大事，可以直接找他。有几个表现勇猛的渔民跟随朱元璋继续征战，朱元璋称帝后，还给他们封了个小小的官衔。两个村子争夺水面的事关系全村生计，当然是大事，于是朱家村的状子递到了御前。

朱元璋看了状子，追忆起鄱阳湖大战之事，沉吟半晌。许多往事涌到眼前，他自然还记得朱家村儿郎的湖上助战之功，同姓且为朱家天下出过力的铁网村自然不得不高看一眼，为此他很想偏袒朱家，同时又转念一想，那赵家也是帝王之姓，当年为追随落魄的北宋皇帝从淮河边到了鄱阳湖边，足证心怀忠直，皇家需要这种忠行义举。朱元璋从诉状中还得知自己和这铜钩赵家的祖先还有同籍之谊，家乡人不可随便得罪，否则难免背下骂名。忠义需要弘扬，否则何以治理天下？于是几经权衡后写下朱批：着江西省主官据实酌理，公平处置。划界定线，各方遵守，以福及百姓，永保安宁。

地方官立即照旨办理。又是勘察，又是会商，又是施压，外加给双方每个渔民各一两白银的抚慰金，费尽心机，不辞烦劳，最终总算奉旨把界线划定。茫茫湖上无法立桩树碑，便以湖中的一个小岛——插旗洲为界，这洲的两侧分别为朱赵两家捕鱼的水域。因插旗洲本是当年朱陈大战时的一个重要战场，朱家坚持这湖洲应当全部归属朱家，又经过讨价还价，官府最后将插旗洲整个划属铁网朱家，那洲岛的一侧便成了界线。

同时，为利于防范冲突，在捕鱼工具上也做了规定。朱家只使用网具，包括大网、拖网、丝网、罩网、耙网等等；赵家则只能使用钩具，包括大钩、小钩、鱼叉、铁刺、卡子等等。也正是因为这个原因，后来便形成了“铁网朱家”和“铜钩赵家”这两个非同一般的村名。

自从奉旨勘定的湖界确定后，双方各守其界，各事其业，长时间相安无事。可是天有寒暑，河有枯盈，世界万事万物都在不停地变动之中，这种变动谁也未曾想到。这种变动造成的后果，更是始料未及。

随着湖水涨涨落落，湖面时大时小，由于水流和泥沙的作用，那作为界标的插旗洲却是一天天变大。初定界时，只不过是个方圆一二里地的洲岛，历经几百年的变迁，如今已变成十几里长的半岛了，洲岛竟生生伸进本属铜钩赵家的水域七八里地之多。矛盾发生了：赵家说，插旗洲的变化导致了水域大小的变化，赵家的水域因此少了许多，插旗洲不能再作为界标，应按当初确定的水域捕鱼；朱家不肯，认为官家颁制的文书写得明明白白，插旗洲一侧是两村水域的钦定边界，决不能人为变动。

这样，双方对界线各执一词，各奉一理，交叉捕鱼的事出现了，矛盾冲突发生了。随着人口的增加，尤其清末以后，社会动荡不宁，民生更加凋敝，双方矛盾更如春季的湖水，步步推高。前不久双方又有数十人发生械斗，虽无人死亡，但双方多人受伤，所以为了各自的主张和利益，近日双方在酝酿着进行一次械斗。两个村子都在摩拳擦掌，准备大打大杀一场。

但赵家的头人也是村长已经年过50，且身体状况不佳，没有能力组织对朱家的械斗，需要推选新的头人。大家论来论去，认为赵仁生最是合适。因为他生性聪明，体魄强健，自小在全村便有好的名声。读了不少书，后又在县城学铁匠多年，见多识广。还因为他与朱家村有杀父之仇，一定刻骨铭心。所以便成了新头人的不二人选。

叔叔双林实在挡推不过大家的意愿和催促，只好来叫仁生回村。

这一天一大早，叔叔来找仁生。他头发上还挂着露水，看得出他是连夜赶来的。陪他来的还有勇生，当年的小伙伴也已长成一个彪悍的汉子了。他那双又圆又大的眼睛，依然是那般闪亮，只是更多了几分成熟和深邃，让人一见难忘。恰好师傅有事外出，几句话后，叔叔便说明来意："村里有大事急事，需要你回去，你也应该回去。"

"回去？还非回去不可？为啥哩？"仁生有点奇怪而又紧张地问。

叔叔和勇生简要地说明了事情的来龙去脉。

仁生听了，第一反应是，不能回去。双方开战，必有伤亡，这样只会加深仇恨。加上自己手艺已经学成，已有生计，可照父亲的遗愿离开村子，不用再去湖上打鱼。

"我不回去。"仁生连连摇头。

"你不回去，全村近万人的生计怎么办？"勇生发话了。

"我没有能力管近万人的生计。"仁生无奈地说。

"伙计，你也太自私了，你不常说要有公义之心吗？为村里打赢这一仗就是公心。别忘了，你姓赵，是赵家人。"勇生担负全村人的嘱托，他极力想法说服仁生。

"我只想老老实实地做一个铁匠。"

"打完仗，还可以回来继续打铁。"叔叔说。

"不，离开铜钩村，另谋出路，这是父亲临终对我叮嘱的。"仁生似乎找到了合适的理由。

"那爷爷临终的叮嘱是什么？"叔叔反问。在仁生的记忆里，这十多年来，叔叔极少用这样的语气和语速同自己说话，仁生感觉到了事情的严重性。

仁生无语。并又突然感到：自己面对的是爷爷和父亲两个遗嘱，并且是内容明显矛盾的遗嘱，该从哪一个？就好像他面前摆着的是两副担子，应该挑起哪一副呢？作为子孙后代，对两个遗嘱他都是必须遵从的，这两副担子他都是必须挑起的，但他显然没有同时挑起两副重担的本事。望着放在地上像两个僵硬而交叉的问号的铁钳，他在问自己：该怎么办？

叔叔又告诉仁生，如果在这个重要时刻不回去，会有可怕的后果。按村规，会从族谱上把全家人的名字抠掉，这叫"铲谱"，意味着我们家永远不再是赵家人了，就成了无宗无根、无依无靠，村里谁也不认不理的漂泊者。同时要把房子掀掉，把猪牛鸡鸭都宰了让全村人吃掉。一家人只带些衣被等日用品装满一担，驱逐出村。

“是吗？”仁生问着，这样残酷的事他只是听说过，没见过。

叔叔接着缓缓地告诉他：我小时候亲眼见过一家被铲谱的惨状。全家六口人被赶出村子，像无家的狗一样到处流浪。后来，父母和一个儿子，还有他老婆因贫病死在外乡。实在熬不住了，最后他又带着仅存的亲人——脚有残疾的小儿子返回村子，哀求村子再接纳他，死也要死在铜钩村。为这事，全村推出的代表商量了一整天，才算让他父子回村了，这人就是礼生的父亲。“你不考虑自己，也得考虑考虑家人吧？”陈述完往事，叔叔提出了一个仁生完全无法回避的问题。

仁生打了个寒战，真是太可怕了，这就等于是说，人一生下来有了姓氏和宗亲，记在族谱上就好像登记在了阎王簿一样，不能改写，个人也没有了自由，人便要随着这宗亲的命运起起落落，并且不能逃避，更不能违抗。但他依然不想屈从。愣了一会儿说：“哪座土岗都埋人。只要不偷不抢不偷懒，在哪儿都可以一样活着。”

“那让你妈妈和叔叔也像无家的狗一样到处流浪？你忍心吗？”勇生大声问道。

“让他们到县城来住，我能靠自己的力气和手艺养活他们。”仁生咬了咬牙说。

勇生咆哮起来了：“你想得倒好，别忘了，赎你小命的花边是全村凑的。你能这样忘恩负义吗？”

“我会挣钱还给大家。”仁生没有和勇生比声音高低，很平和地说出了自己的想法。

“啊，还钱？人你也能还吗？”勇生接着逼问。

“啥个人？”仁生瞪着眼睛问。

“你知道后来救你的40个花边是怎么来的吗？”

仁生摇了摇头。他也一直在琢磨，后来是怎么弄出那40个花边的？那实在是一件太不容易的事。

勇生几乎是一字一顿地说：“告诉你吧，其中的20个花边是你叔叔把一个女儿卖了才换来的。”

“啊！”仁生大叫了一声，像挨了重重的一击，顿时觉得脑袋“嗡”的一声响，然后死死地抓住头皮，颓然地坐在凳子上。接着伤心地问：“卖了哪个妹妹？”

“山花。”叔叔有气无力地回答。

仁生的心肺肝肠像被掏了出来放在铁砧上敲打，一阵比一阵痛苦。两个可爱的小姑娘的形象立即浮现眼前，她们一起吃饭，有时抱在一起睡觉，也一起跳房子，一起上学校。有一次在湖边玩耍，水花掉进水里，是山花大喊大哭，惊动附近的大人，才把小水花救了起来。想不到山花竟然小小年纪便遭受了如此厄运。那山花卖到哪里去了，将来的命运如何？这对水花无疑也是一种极大的伤害。老天爷为什么如此残酷无情？

此时，仁生明白了那救赎自己的花边的来历，也明白了自己走出牢门时，为什么不见叔叔有半点喜悦，反而满脸忧伤，更似乎明白了他已身不由己。唉，人许多时候都好像是为他人奔忙，甚至是为他人痛苦，为他人活着。到此时，他已没有理由，也没有勇气继续拒绝回村的要求。难道这就是命运吗？就像人们常说的：船拗不过舵，人拗不过命？

这时师傅回来了。仁生“咚”地跪下向师傅重重地叩了三个响头，并向师傅辞别。然后以一种似醉似醒的状态随叔叔回到了铜钩赵家。

先礼而后兵

到家时，薄雾冥冥。全村笼罩在蓝中带灰的轻雾之中，各家养的猪、鸡、鸭等正纷纷地跑回自己的家里，归巢的鸟儿叽叽喳喳。他跨进家门，呼喊着被卖掉的山花的名字，见到水花，他赶快走过去，把她紧紧搂在怀里，似乎怕她也被人买了去。然后又跪在母亲面前失声痛哭，并哭喊着：“都是因为我，害了妹妹，也害了你和叔叔。”母亲什么也没说，只是抱着仁生的头轻一声、重一声地抽泣着。

此刻，湖岸边的芦苇在晚风中瑟瑟作响，湖面上铺满的晚霞一半猩红、一半青灰。

大祠堂里，灯光亮起。祠堂是供奉、祭祀祖先的专用屋宇，是一村一姓人的精神高地，同时又是讨论决定重大事项的地方。每当有人在这里聚集的时候，便意味着村子里一定有重要的事情发生了。

老村长也是老族长和各房的代表十几人同坐在一起，讨论推选新村长的事，也讨论与铁网朱家开战的事。谁任新村长的事早在船上、桌边反复商量，并已经定下，就像米饭已经做熟，只是没有揭开锅盖而已，现在就等着仁生答应。

仁生知道自己是老鼠进到了又窄又长的竹筒里，根本没有退路，只能应允，并言不由衷地说："大家看得起我，我就勉为其难吧，还请大叔大伯和各位兄弟们多关照、多帮助。"并补充说："我的想法是，村长还是不变，我只在这次与朱家的械斗中做个牵头人。"

大家表示认可，接着便开始商量和铁网村械斗的事。

老村长介绍了一些情况后说："这事关系到全村几千人的饥饱寒热，再这样下去，我们就会像大鱼放到浅水里，先是变成瘦鱼，然后是变成死鱼。必须想办法，找出路。"

"我看只有一个办法，仁生已是铁匠师傅了，那就是铁匠的招数——打。谁怕谁？"说话的人站了起来，并拄着一根大拐杖。这个是仁生儿时的玩伴，是父亲辈被铲谱后好不容易又回到赵家村的礼生。他长大了，已是一条汉子，并且是一条很有些与众不同的汉子。

像礼生这样腿脚有残疾者在铜钩村大约能坐满四张八仙桌。有人经过观察统计后，说左腿和右腿有残疾的刚好各半。因而有人开玩笑说，如果让这些拐子合抬一条大龙船，那龙船在岸上就会像在水里一样，时高时低、左右摇晃地向前游动，一定特别有趣。

礼生这个拐子与别的拐子可大不一样。他是在父亲被铲谱出村期间，在外地出生的。当他3岁时，一连三天高烧不退，身上像火炭似的烫手。到第四天，烧退了，可呼吸也没有了。父亲只好请邻居帮着把这可怜的"取债鬼"[①]埋了。

---

① 取债鬼：夭折的孩童，也是当地家里责骂小孩的常用语。

邻居用一只菜筐把他提到坟堆里，挖了个小坑，把他放下去，便提锹送土。小孩却忽然动了一下，邻居吓了一跳。定了定神，又铲了一锹土，礼生这下不仅动了身子，还扯着嗓子哭了起来，邻居赶忙把他抱了回来。后来他的病居然好了，但却成了拐子。正是这一年，他跟随受尽颠沛之苦的父亲返回了铜钩村。

虽然一条腿不灵便，但他从小逞强好胜，从不以肢残而自卑，与他人发生冲突时也决不示弱，更不相让。他的口头禅是："我已死过一次，不怕死第二次。"人好像很奇怪，某个方面有缺陷，便能从别的方面得到补偿。礼生除了挑重担不便外，其他方面的能力和一般人相比，丝毫不弱。

一次在集市上买牛肉，复秤时发现牛屠户少给了他半两肉，便反身讨要，屠户却不认账，因而发生争吵。

那屠夫一身肥膘，满脸横肉，加之干的是提刀宰牛剁肉的活计，经常是一身油污，满手鲜血，叫人望而生畏。他还有一个让牛也望而生畏的习惯，他常常在宰杀活牛前，先拿着一把稻草喂牛，待牛伸出舌头卷食稻草时，他却以闪电一般的动作，用利刃割下牛的舌头，然后趁鲜炒了下酒，微醉后再提刀宰牛。因而许多牛见到他来时，便浑身发抖，甚至瘫倒在地，他便从容下手。这个连牛都害怕的屠夫，也让许多人见到他时，心里发怵。但今天碰到的却是天不怕地不怕的飞天拐子。

在这样的场合，飞天拐子是不会示弱的，瞪着眼睛说："我不想多要你五钱，你也休想少给我半两。"

牛屠夫见他是残疾人，更不把他放在眼里，态度强硬，不肯找补。吵着吵着，牛屠夫把砍骨刀提起用力往下一剁，那刀便尖刃对外，立在了肉案上，随着说道："你想吃冤枉[①]？到土地庙里去吃吧。老子还怕你这个该死的拐子？"

礼生见这屠夫不但短他斤两，还欺他残疾，更是怒从心起。面对气势汹汹的屠夫和白晃晃的屠刀，他没有丝毫害怕，更没有半点退让，拿起拐杖冲了上去，猛地一挥杖把那砍刀挑落地下。那屠夫愣了一下，敢在自己面前如此

---

① 吃冤枉：占便宜的意思。

凶悍的人实在太少见了。哼，怕你这样一个拐子我将来如何在这半条街上立足？立即怒火直蹿天开穴，随手操起一把剔骨尖刀，朝礼生迎了过来。礼生灵活闪过，又迅速操起拐杖朝屠夫劈了过去。屠夫来不及躲闪，这一拐杖打在手臂上，只觉得手臂发麻，手一松，尖刀"噔"的一声掉落地上。礼生旋风般地转过身，又一杖横扫过去，屠夫一闪，屁股上着了一下。礼生这一挑一劈一扫，原是平常反复练习过的看家功夫，就是练过刀枪的人也未必是他的对手。

屠夫一看来者不善，自己已处于下风，平日杀牛的那胆子、那劲头一下像被大风卷走了似的。好汉不吃眼前亏，撒腿便跑。礼生拄着拐杖便追，那拐杖像哪吒的风火轮，助拐子跑得飞快。旁边有看热闹的人说话了：这屠夫平日把牛吓得丧魂丢魄的，今天自己却被拐子追得像猪一样没命地跑。哈，真是一报还一报，恶人自有恶人磨。

眼看就要追上，屠夫急中生智，翻过一道矮墙，以求摆脱追击。他没有想到的是，礼生用拐杖点地，纵身跃起，像猴子攀树一样敏捷地翻过墙头，依然穷追不舍。屠夫见势不妙，赶紧闪进了一户人家，从里面把门闩上并挪过一张桌子顶住大门。拐子追来，对着那大门杖砸肩顶，随后又操起一条板凳把门撞开，四处找那屠夫。那屠夫已从后门跑了。

正因为礼生个性刚强，又身手了得，是个没有舟船能下海、没有梯子能上树的拐子，所以有人给了他一个外号——"飞天拐子"。大家觉得这个外号对礼生很合适，连他自己也默认了。逐渐地，人们很少叫他本来的名字了。

飞天拐子又接着补充说："身上的脓包，不挑不破。和朱家不大打一场解决不了问题。"

仁生这时发话了："古人说，和为贵。刀枪都是凶险之物，动刀用枪绝不是好事。是不是考虑先跟铁网朱家谈谈，谈不成，再动家伙不迟。这叫先礼后兵。"

老村长表示赞同这个意见。

"我也觉得可以先谈。吐血喝草木灰煎水，好歹这也是一个办法。"说这话的是仁生的叔叔辈，他在铜钩村也算得上是一个人物，从小跟父亲贩卖鱼虾、米粮，到过九江、南昌，甚至到过武汉。因为他走南闯北，见多识广，能说会道，肚子里故事还特别多，还因为他的属相是蛇，所以他也有一个外号，叫“蛇舌俚”。他就是那个与小时候的仁生开过玩笑的“蛇叔”。

“蛇叔，你这一起哄，肯定瞎耽误工夫。你是除了嘴就没有人。”飞天拐子喊道，他不满意先礼后兵的做法，但不便否定仁生的意见，便逮着机会，呛了蛇叔几句。

“但也总比你那死活一根筋，进退一条路的想法好。”蛇舌俚回了一句。

勇生说话了：“我看这样吧。既然老族长把担子交给了仁生，就该叫仁生拿主意了。”

大家觉得勇生说得有理，便不再发声，都像看戏似的把眼光对准了仁生这个主角，等待着他的表态。

仁生很认真地说：“我现在也真想不出什么好办法来。我的想法是千想万想，还得为了大家的利益着想。”

“打……”仁生话没说完，飞天拐子就接茬了。

仁生接着说：“如果真的是小水沟里行船，只有一条路，只能打，我们不能当软骨头。刚才村长和蛇叔都认为先谈后打可以试试，要不然就……”说到这里他把话顿住了，他有意不把自己的意见完全说出来，是为了留有余地，也觉得自己新来乍到，不能有一人决断的味道。

老村长接口说：“死鱼当作活鱼烹，可以先找他们谈谈，还是先来软的再来硬的吧。”

“我赞成老村长这个意见。”仁生迅速接上话茬。

既然老村长、新头人都主张先谈再打，大家就不再说什么了，因为这二人的话在村里那是最有权威的。大家明显感到，办事的方式变了，过去与邻村发生争斗，大都是械斗场上见输赢，现在却是商谈在先，求和当头。这意味着什么，这样行吗？

于是当即确定：由仁生带着蛇叔和勇生到铁网村商谈。

同时，由各房推选出几个人一起负责打仗的事。他们是：仁生、勇生、礼生、祥生、蛇舌俚，共为五人。当场便有人戏称他们为“五大罗汉”，并毫不客气地说，铜钩村是胜是败、是祸是福就全在你们这五大罗汉身上了，你们可不能紧要时刻像个软骚俚[①]，关键时候硬不起来。

朱家村谈判

作为铜钩赵家对手的铁网朱家也坐落在湖边，一个“人”字形的湖汊直深入村子，这使村子里的大部分居民临水而居，进出湖上很是方便。这个村落也很大，因为当年曾参与朱元璋鄱阳湖决战的原因，在远近百里赫赫有名，凡周边村落与之发生摩擦、冲突，大都会退让三分。这使得朱家村常常以湖边第一村自居，把许多村落不放在眼里。

这个村里的头人同时也是被政府任命的保长，叫朱继元。年近50，身体强健，生得一表人才，年轻时学过一阵子戏，还扮演过周瑜。他是村中的富户，除了打鱼，家里还在湖边有60多亩上等农田。他祖上曾有人在省城做官，但到他爷爷那一代衰落了，他也曾读过好几年书，并且一直读书不辍。他常为祖先的荣耀自豪，也常常怀着重张祖先荣光的念头。

朱继元生有五男一女。五个儿子依五行分别叫金根、木根、水根、火根、土根，还有一个17岁的小女儿叫小鲤。五个儿子俱已长大成人，一个个生龙活虎，被人们称作朱家五虎，另有同堂的龙根、虎根、豹根、鹰根、鲲根等，被称为朱家“十大铲刚”。俗话说：打不过亲兄弟，杀不过父子兵。只要这些个铲刚在场，村里村外，凡与人争斗论强，很少有示弱认输的时候。

这一天朱继元正在院子里练习拳脚，忽然侄儿虎根来告，铜钩赵家村来人要和朱家村当面商量重要事情。

“共来了几个人?”朱继元停步收势，向虎根发问。这虎根身体强健，性格刚勇，很得他的喜欢。

“三个。”虎根回答。

朱继元略加思考，然后一挥手：“让他们进来。”转过身在大儿子金根耳边说了几句什么，自己走入了后堂。

---

① 软骚俚：指性无能者，也是软弱退让的意思。

仁生三人近前叩门。好一会儿，朱金根才把重重的红漆大门打开，脸上少有表情地问："你们是……"

仁生通报了姓名，并申明来意，要拜会朱保长。金根点了点头，伸手示意三人进门。

仁生刚要把一只脚迈进高高的门槛，一只全身乌黑发亮的大狗，大叫着冲了过来。那声音不是一般的狗通常发出的"汪汪"声，而是由胸腔通过咽喉从口中喷出来的"嗷呜嗷呜"带着回声的大吼，犹如虎啸狼嚎，听来十分瘆人。这狗四肢强壮，头如雄狮，双目如黑宝石般地闪着晶莹的光，这是有着很强穿透力的凶光，在晚上一定是像狼眼睛射出的两道绿黄色的光柱，一看便知是一条极为凶猛的狼犬。仁生不由得停住了脚步。

金根对着大黑狗喝了一声："黄狮，走开！"嗨，这狗明明是黑的，怎么叫黄狮哩？仁生当然不会知道，这狗的名字是朱继元想了好久才确定的，一般人也都很难明白其中的深意。

朱金根把三人引进院里，在前院的厢房坐下，然后叫妹妹小鲤倒茶。按当地的待人接物之道，来客必敬茶，不敬茶表示不欢迎客人的到来。但如果只倒一次茶而不续水，就意味着，客人可以走了。只有不停地续水才是让客人留下的意思。

金根转脸又对仁生说："家父正在为省城的一位官员回复书信，请你们稍坐。"

仁生等趁这个时候打量了一下这座房子的外院。院子不大，但收拾得很整洁。入门处，挂着一面擦拭得很亮的圆镜和一把精雕细刻的桃木剑，这些应是为辟邪而用的物件。

大门两边，镌刻在暗红色条石上面的是一副对子：

修身忠孝义
持家耕读渔

大门旁还有一个无闩不关的小门，寓意"门尚无官（关）"，其含意是现在家里无人做官，待家里出了做官的，再把这门加闩关上。可见主人的意趣非同一般。

仁生又看见，院子的一角还立着一根齐胸高的拴马桩，是一根四棱形的石柱，表明祖上曾出过较高品级的政府官员。那拴马柱顶部雕刻的是一只大猴，细一看，后背上还趴着一只小猴，仁生看了好一会儿，不明白这拴马柱上雕刻两只猴是何用意，便悄悄地问蛇叔，得到的回答是："辈辈封侯。"

仁生恍然大悟，然后又心想：像我们这些平头百姓就从来不会动这种念头。

闷坐了一顿饭的时光，仍不见动静。也不见有人来续茶水，蛇叔心想，看来主人不想见了，那就得离开了。今天算是吃了半个闭门羹。但就在这时，小姑娘来续茶水了，看来主人还是愿意一见。勇生便说："小妹，你告诉一下父亲，我们已等了很久了，下午还要出湖捕鱼哩。"

小姑娘点了点头，轻捷地进了后堂。

又等了好一会儿，勇生正要起身去后堂找人，忽见院子里放着大中小三个石锁，这应是主人平日练功习武用的。便走到石锁前，挑了那个儿最大的，举了起来，蛇舌俚凑趣地在旁边数着数。勇生忽上忽下地举了十几个，然后把石锁扔到地上，站在一边有些急促地喘着气。

正在这时，金根出现了。他见勇生放下石锁，便也走向前："想不到你们喜欢举石锁，好力气。我也来试试。"然后"噌噌噌"一连举了15个，比勇生多了两个，看来举这个数他是刻意确定的。

勇生暗想这人厉害，本想自己再上，但他知道仁生身手不凡，便怂恿着："你也试试吧。"仁生摇了摇头，蛇叔也在一旁打敲边鼓，仁生还是没挪动身子。那金根在旁边也推波助澜："反正不比输赢，举三个五个也行。"这话显然是话外有音。

仁生便慢慢起身，伸了伸胳膊，抻了抻腿。然后拎着那大个的石锁举了起来，一起一落，一连举了16个。

金根说了声："客人好功夫！"走过来又一次把石锁举起，这下举了18个。

仁生再次上场，举了20个。

顿时双方较起劲来，可以说，战鼓未响，刀枪已经相交，实在是一种较量。于是你来我往，每次总要超出对方两个。

在金根举到30个时，仁生也举了30个，然后说："实在举不动了。"

站在一边观看的虎根已看出仁生只举到30个便放下是有意不再多举，心想这个家伙还真厉害，但不能让这“看似是平手，实则有输赢”成为结局。便顺手操起一根扁担，走了上去，说：“举石锁就到这里，换个花样，我们玩玩顶扁担吧。只是游戏，不论输赢。”

顶扁担也是乡间很流行的角力游戏，双方各用一只手掌攥住扁担的一头，用力对推，后退或者扁担脱手者为败。这虎根是个顶扁担高手，村里无人能敌，号称“扁担王”。此时他只将拇指和食指两个指头捏住扁担顶端，那一整条扁担便悬空成平衡状伸了过来，足见他功力过人。他正想着以己之长，显显威风，挽回刚才举石锁金根实际上输了的面子。

仁生看出虎根的用意，为避免由此产生意外，便拱了拱手说：“已看出你功力深厚，我认输了。”

“何必过谦？不赌地，不赌房，也就是玩玩而已。”虎根说着扁担已像蛇一样进到了仁生、勇生的身边。

这已有挑战的味道了。勇生正要接住扁担，不料仁生已抢先半步，把扁担的一端握在了手里，笑了笑说：“说得好，那就随意玩玩吧。”他要亲自对阵是担心如果勇生应战会弄出什么岔子来。

双方各把扁担一端握紧，金根喊了一声：“开始！”虎根弓箭步站定，运全身之力于手掌之中，既而力气传递到扁担的顶端，猛地前推，强劲的冲力便瞬间通过扁担贯到对方的掌上。平常他只用这一招，输赢立见，对方多半踉跄后退数步，把扁担放下。但这一次却是遇到了未曾遇到过的劲敌，那仁生只是身子微微后仰了三五寸，便周身之力聚于手掌之中，迅速稳住身子，前脚如硬弓拉满，后脚如控弦利箭，凝神定气，目视对方。任凭虎根如山洪般连连发力，一次又一次猛推猛攻，仁生依然像大树巨石，纹丝不动。

僵持了好一会儿，金根一看阵势，知道虎根难以取胜，便说：“真是棋逢对手，改日有机会再练吧。我父亲的书信已写好，马上派人送去省城。我是来请你们进去的。”

双方便立即收势，放下扁担。

蛇舌俚心里暗想：真没道理，让我们等这么久。什么给省里官员回信，八成是这个朱继元故意虚张声势，也以此摆架子、显威风，借势唬人。

于是仁生三人穿过天井，进入院子二进的客厅。

仁生朝厅堂扫了一眼，觉得厅堂很大，柱子很粗。正上方的墙壁上挂着“天地君亲师”的牌匾，那五个字立体、镀金，写得合规合矩。书写时刻意在笔画中体现“人不顶天，地不离土，君不开口，亲不闭目，师不带刀”的规则，这五个字及其书写规矩，实在有太多的文化内涵。中堂下陈列着一张油漆的深褐色大条案，上摆两个花瓶和一面镜子，寓意平平安安，并有专门放置帽子的瓷制官帽筒，足证这是一个很讲究的人家。

那朱继元正端坐在八仙桌边，桌上还放着几本书，搁在最上面的是一本《风水要津》。见仁生趋近，他徐徐站起，招呼坐下。这样，仁生在八仙桌边和朱继元西东相对面坐，坐在下首的是蛇叔和勇生。朱继元的下首则坐着金根和虎根。

朱继元打量了一下坐在对面的仁生。呦，铜钩村来的竟然是这样一个乳臭未干的小后生，年龄充其量在十八九岁上下，和自己的第四个儿子火根的年龄差不多。那有近万人之众、声名远播的赵家怎么会让这么一个嫩后生来谈那极为重要的事情呢？但俗话说：“出得征便挂得帅”，也许他是一个和自己当年一样的少年英才哩。又一细看，见这小后生虽非虎豹之相，也无慑人之威，但在平常中透着与众不同，浓眉如剑，目光有神而不游离，眉宇间流露出的是既年少又老成的表情，脸上则显出的是坦然而坚毅的神色，使人强烈地感受到他十分显然却并不外溢的英俊之气、智慧之态。此人绝对不可小觑。

朱继元的策略是，先弄清对方的来意和想法，再随机应变。便拱拱手说：“好风吹得贵客来。请讲。”

仁生还礼，接着说：“无事不登三宝殿。晚辈实在是万般无奈才来府上相扰，也是相求。”

朱继元一听这几句话，便知道这仁生看来还读了一些书，不是那种只是在水里滚泥里爬的土包子，这就更得小心为妙，便语气平缓地说：“不要客气，今天我们就驾船撑篙，直来直去。”

“看来保长是个爽快人，既然如此，我就直说了。”仁生几句虚语之后，便直奔双方争执的关节点：“我们两村共湖而生，相邻而居，应当如同亲戚，和合交往。但自此湖面定界之后，尤其是近百年来常有冲突，双方都大受其害。

当然这主要不是人之过，而是天之咎。”

朱继元对这几句开场白似很有兴趣，微微抬起头：“你这话讲得倒很有意思，接着往下讲。”

勇生很佩服仁生的口才，似乎打动了朱继元，不然朱继元不会做这种客气地表示。看来开船第一桨很顺利，也许这次和谈会有好的结局了。

仁生接着说：“千错万错就错在鄱阳湖的潮起潮落，泥沙堆积，使插旗洲域越变越大，正如人们常说的‘沧海桑田’。于是改变了原有的水域界线，也导致了人的纷争。”

金根见机插了一句话：“既然是天意，是天之过，人也就无能为力了。”

勇生也正要插话，朱继元却对着金根挥了挥手：“少插嘴，听客人把话讲完。”又示意仁生往下讲。勇生又想，看来这朱继元还是比较讲道理的人，自己本想说的话便噎回去了。

“虽是天之过，却是人受罪。如果这界线变动不影响铜钩村的生计，倒也无所谓。但结果是，我们村捕鱼水域越来越窄，而吃米穿衣的人口却越来越多，所以生活也就越来越贫。我本不该自损威风，相比之下，我铜钩村的生活水准比你们铁网村差了许多。”

“你们人口增多了，我们人口也没有减少呀。你们变穷我们富，我们也没偷没抢呀？”虎根插话了。

“直接原因是你们占用了我们的水域。”勇生也说话了。二人开始争论。

朱继元压住双方的声音，又向仁生问：“那你们打算怎么办哩？”

“人的身体不通会生病，人与人之间不沟通会生事。我只是想双方好好商量，争取有一个双方能接受、能解百年纠纷的方案。”

“看来你有妙计安天下？往下说。”朱继元此时用了《三国演义》中的一句话，颇有深意。表面上是把仁生比作智勇双全的周瑜，实际上他的意思是，你即使像周瑜般有神通，你又有什么奇计妙法，能破解这百年难题？

仁生并不理会这些，接着说：“我无妙计安天下，但有诚心对天地。人有病，会小病拖大，大病拖死。双方都要看到，现状不能再继续下去。因为这样下去，冲突会越来越大，受罪的只是两村渔民。迟一日解决，则可能多几人伤亡；早一日解决，则能多一些人得福。所以，双方应有解决问题的诚意。”顿了一下，仁生话锋一转，“朱村长，这一点你同意吗？”

朱继元顿时觉得这个年轻人很不一般，他讲的内容在道理和道义上无可挑剔。但不知他下文是什么，担心掉入他设置的陷阱，因而不便立即作什么呼应，便不置可否地说：“继续说你的方案。”

“现在还没有方案，我有两点想法。第一，我们不谋求一下回到明朝洪武时划的界线，这样动作太大，你们肯定难以接受，对吗？”

朱继元点了点头，说得还真在理。

“第二，我们的想法是将标界的方法适当变一变。”

“咋样变？黄鼠狼恐怕不能变狗吧！”金根插话了，他的意思很明确，不能变。

“少说！”朱继元又一次制止了金根的话语。

“因为插旗洲不断变大，并且还在变。所以考虑在洲上设一个固定的石碑界柱，就可以把水域永久固定下来。这个界柱可以设在当年的界线和现在插旗洲边缘的中间点，也就是说，当年界线和现在常发生争端界线的这片水域，我们只要其中一部分。”

接着是虎根喊：“不行！”

勇生喊：“让得太多。”

仁生不理会他们的乱喊乱叫，只是问：“朱保长，你意下如何？”

朱继元清了清嗓子：“俗话说，远亲不如近邻。对一家是这样，对一村也是这样。住乡里，就当睦邻村，两村和睦同心，胜过千银万金。”

勇生听着，心里又升起了几分希望。

接着朱继元用手指了指那“天地君亲师”五个字，像剥茧抽丝般地说出了如下话语：中国人历来敬天敬地，忠于君王，孝敬祖先。当年界线的划定，是皇家旨意，不是由两家百姓商定的。插旗洲不断长大，它往哪里长，非人力所能控制。足证这也本是天地之意，不是人意人力。我们小小百姓怎能做逆天地之道、违君王之意的事情呢？况且本是双方祖上协商确定的，子孙又怎能斗胆地违背祖先的意愿呢？

蛇舌俚正要插话，朱继元不容置喙地用手一挡，提高嗓门继续往下说：“在插旗洲上另立界碑，将洲分开，是绝不可为的。”他用手指了指挂在东侧墙壁上题为《咏插旗洲》的一首诗，并念道：

衔枚战士此沉舟，满月寒沙掺客愁。
夜半几星磷火碧，西风猎猎荻芦秋。

然后接着说："那插旗洲是我太祖当年击败陈友谅，开创大明基业的重要战场。当年我朱家儿郎也随太祖在那里搏杀，那里有皇帝的荣耀，有朱家的鲜血，至今在夏天的夜晚还能见到点点磷火闪烁，那是当年阵亡的灵魂游动巡视，仍在守护这片土地。正因为如此，当年官府把这洲断给朱家。这洲实际上可是朱家的祖兴之地、神圣之地呀，怎能在我辈手上把这洲给分开割断，像刀切豆剖似的分出去一部分。人的躯体、人的手足能切能分吗？当然不能。若如此，那我们岂不为天下人耻笑。死后又何以见朱家皇帝、列祖列宗？"

蛇叔又在心里嘀咕：真是个老古董，你这一介草民，成了鬼魂之后，还能见得着朱家皇帝吗？完全是自欺欺人。

"试想，如果那插旗洲不是往你们那边长，而是往我们这边长，由此你们的水域变大了，你们会要求改变吗？"金根又忍不住插话了。

勇生回应道："如果真是那样，我们的湖面变大了，你们的湖面变小了，你们会任其变化、甘愿吃亏、默不作声吗？"

金根想以适当的话来回答。

仁生却接过话头，并微微提高了嗓门："天也好，地也好，皇也好，帝也好，古往今来，天下就没有不变之事。你看，那管得了中国两百多年的满族皇帝不也被推翻了？且……"他本想说：朱家天下，不也是被满族皇帝夺了位？这不像屋檐流水——一拨接一拨。有万年江山，无千年皇位。有什么不能变的？为了不刺激对方，这些话他没有说出来。只是接着说："自从盘古开天地，出过的皇帝很多，我们赵家也出过皇帝。现在是民国，那个朝代皇帝的圣旨能代代管用？"

一听这话，虎根有点火了，站起身说："皇帝的话无用，那你我的话就更是放屁撒尿了。还谈什么？"

仁生没有理会金根的插话，继续说："湖面水域的变化是由于水流沙动的变化造成的，顺应这种天地的变化，才是顺天应人。比如，江河改道，就不应在旧河道上行船，而应在新河道上摇桨。如不顺应这变化，船无法行进，人就难免要吃亏受罪。"

"这里不是学堂，不必讲天文地理，也不要把别人当学生。"金根又发话了。

朱继元又挥手示意大家不要争吵，并由刚才的恼怒迅速变为平静："你们刚才说皇帝的话没有用。为什么没有用？因为世道变了。世道为什么会变？是因为有人不遵王法，甚至想造反。难道你们也想不守王法、动用武力来改变湖界？"

"谈皇帝，论世道，我实在无知无能。就两个村的争执而言，我们正是不愿动武才来找你商量。因为一旦动武，必然是两败俱伤。我想保长也不愿意这样吧？"仁生回答。

朱继元心里又"咯噔"一下：这小后生言辞犀利，还真有些不好对付。但自己不愿在这些年轻人面前表现得狂躁易怒，有失体面，淡淡地说："我只遵从传统，服从天意。是福不是祸，是祸躲不过。"

"福祸在天更在人，故古人说人可以趋福而避祸。"仁生有针对性地接了一句。

朱继元觉得不能再说下去，否则不但谈不出什么结果，接下来由于双方的几个人年少气盛，很可能要恶语相向甚至拳脚相加。于是他脸色略加绷紧地说："不必扯得太远，你们还有什么招数，尽管使来，我们一定以礼相待。送客！"然后起身而去。

仁生知道今天的商谈已经结束，便也站起身，并礼貌地说了声："承蒙款待。"然后也向门口走去。

金根便领仁生三人走出庭院。双方的脚把地上的石板踩得嗒嗒作响，却都一语未发。到门口道别时，金根以冷冷的口吻说："恕不远送，船行平安。五百年了，世事变迁，大风大浪无数，鄱阳湖还是鄱阳湖，谁也无力改变。"

勇生也冷冷地回了一句："三十年河东，三十年河西，该变的东西一定会变。”

接着，朱家的大门重重地关上了。门口那一对石狮子正威猛地盯着身边的外来客。

此时的天空半阴半明。不知何时风起了，铅灰色的云笼罩着湖面，湖上奔腾起了灰中带白的大浪，汹涌着，咆哮着。

第二章 衙门争讼

『宁进鬼门，不入衙门。』足见衙门的可怕，但人们却不得不一次又一次地走进那看似敞亮实则幽暗的官衙之门。

诉状到衙门

仁生回到村里，立即召集五大罗汉和老村长等通报与朱家商谈的情况，并商量如何移动下一步棋子。

大多数人的意见是：几百年来，铁网村占夺了铜钩村无数好处，就像从梢到根吃甘蔗，越吃越甜。人为财死，鸟为食亡。他们绝不会同意变更界线，我们也不能再接受现状，既然谈不拢，就只有一条路，沿袭世代使用的老办法，用拳头说话，以械斗解决问题。

仁生沉默了好一会儿，说："不到万不得已，还是不要动武。我看商谈不行，就打官司吧。现在是民国，讲三民主义，打官司比过去方便，政府一定会主持公平正义。"

一听说"打官司"，大家都不由自主地愣了一会儿。因为这是一件让人发怵的事情。人们普遍认为："宁进鬼门，不入衙门。"这话来自世世代代的观察和体验。进鬼门关只是要命，打官司却还要钱；进鬼门关只是一死，而进衙门却要受刑受苦；进鬼门关只是个人受死，进衙门却要累及家人甚至亲友。正因为如此，无论碰到多大的事情，人们大都不愿意选择上堂告官，要么忍冤含屈，要么以暴力自行解决。

蛇叔首先摇了摇头："官司过去没法打，现在也很难说。自打民国后，天下一直是乱哄哄的，一会儿军阀混战，一会儿南军北伐，一会儿政府军剿共，一会儿日本人占领东北、攻进北京，日本人现在都打到长江边了，真是少有太平日子。如果政府管用，法律有威，就不会这样了。退一步说，即使太阳又高又亮，也有照不到的地方，去找衙门、打官司现在也未必是管用的办法。"

"打什么官司？婆婆妈妈的，官司打来打去，恐怕黄花菜都凉了。还是砍瓜切菜，痛痛快快杀一场解决问题。去年黄家村和戴家村争山林，双方杀了一场，死了十几个人，争端马上就停息了，现在没事了。"飞天拐子说。

“人命关天，用死人伤人的办法解决村子间的纠纷终不是好办法。况且两个村子人多船多，一开打规模会很大，可能就会死很多人。”仁生担忧地说。

正在这时，由喇叭吹奏着的哀乐由远而近。众人向门外望去，是一群由送葬人组成的队伍。老村长叹了口气说：“这是送李寡妇，她经常家里揭不开锅，后来又出去讨饭，经常是又冻又饿，终于扳不住床头。”

大家一阵默然，其实村里有许多人在忍饥挨饿。

“是呀，我们不能等许多人都饿倒了，爬不起来再去想办法。打死要比饿死强。”飞天拐子又发话了。

“那就管他有鱼无鱼撒三网。先打官司，试试看？”老村长说，他又一次附和着仁生的意见。

勇生提出了一个很实际的问题：“衙门八字开，有理无钱莫进来。我们拿不出钱，没有钱怎么打官司？”

蛇叔忍不住又说话了：“居家过日子，最痛苦的莫过于家中有病人、牢里有犯人。官司一打，真不知道是个什么结局，弄不好就要有人坐牢。”

“毕竟现在时代变了，打官司这事也会有变化。再者说，办这么大的事，像打铁一样，三锤两锤打不出铁锹、铁钳来，得有耐心，一步一步来。各种方法都试试，实在不行再来痛快的。”仁生还是坚持着自己的意见。

“好多年也没有打过官司，就打一回吧，大江大河都会变，这世上的事说不定也会有变化。”说这话的还是老村长，其实他并不赞成打官司，只是为了支持仁生这位新头人。

多数人也是出于对新头人的尊重，同意先打官司，管他有用无用。商议妥当，便连夜找苏先生书写诉状。

三天后，仁生带着蛇叔、勇生上了小船，向县城方向划去。

小船划了一会儿，爱说的蛇舌俚有些憋不住了，说：“今天要去见县太爷打官司，我给你们讲一个打官司的故事吧。”

没等仁生二人表示愿听还是不愿听，蛇舌俚便就着摇桨的声音，讲了起来：

有钱人总是恃财得势，仗势欺人。清代中期，县城边有一个大财主叫陈得金，是个为富不仁的家伙。每年初夏快割早稻的时候，别人家青黄不接，他家却得翻晒满筐满囤的陈粮，并趁这个机会放高利贷。

陈得金女儿长成后，便想着如何为女儿谋一个好的郎官，思来想去，便决定仿效古人的办法，以才学招婿。他广告远近，凡是25岁以下未婚者都可以来参加竞考。100多人的考试结束后，考得第一名是一个叫包功扬的青年才俊。但陈得金却转眼变卦，不肯兑现承诺。原因是他嫌那姓包的太穷，尤其是认为两家姓氏不合，自己姓陈，男孩姓包，并且对方名字的谐音便是“包公样”，他想起了包公刀铡陈世美的故事。当年那黑脸包公铡了陈家的状元，可以说便是陈家的仇人，也说明包陈二姓相克，不能成婚姻、结亲家。

他这一悔婚，那原本兴高采烈的包功扬便得了相思病，卧倒在床。

包功扬的弟弟叫包功远，虽然家穷力薄，却是一个不愿逆来顺受的直挺挺的汉子，我受穷不能再受气，你有钱不能无道，发誓要给哥哥报仇。几个月后，他来到陈家，自称来找活干，问陈家要不要长工。陈得金看这小伙子年轻力壮，又恰逢家里需要人手，便同意了，既而问他名字。

包功远说：“我爹喜欢壶，所以我们兄弟的名字都带‘壶’字，大哥叫酒壶，二哥叫茶壶。”

“那你叫夜壶?”陈得金插话了。

“那倒不是。我长得黑，显得老气，并喜欢读读古书，所以叫古壶。”

古壶在陈家干活不惜力气，不怕流汗，经常早起晚归，全家都喜欢这个后生。一天，他向地主的女儿就是那招夫婿的姑娘，借了一根针，缝补自己的衣服，事后还给地主女儿的是三两漆。因为他把借的那根针弄断了，无法归还原物，所以以此当针，算作赔偿。

一个月后，包功远到县令那里状告陈得金。称自己花了四两金子做聘礼，要娶陈家姑娘，陈老财却要赖婚，求县老爷主持公道，使婚姻得以成全。

县令把陈得金及其家人叫来和古壶对簿公堂。

县令首先问：“原告，你送了什么做聘礼?可有证据?”

“县令，我送了四两黄金，请您问陈家女儿便知。”包功远回答。

县令便问陈财主的女儿：“他可真的给了你四两黄金?”

“不对，是三两漆。”陈家女儿认真地回答。

县令自言自语地说："三两七和四两也差不当。"又接着问："那他给你黄金四两，对，是三两七，是用作聘礼的吗？"

陈家女儿连忙解释："是当针的。"

县令又点了点头："是当真的，这就对了。"

又见地主的老婆好像有话要说，县令便示意开口。

那地主的老婆便对包功远说："古壶，我们家待你不薄，做事可得讲良心。"

县官老爷打断地主婆的话："你叫他什么？"

"古壶。"

"这更对了。你都叫他姑夫了，姑夫不就是女婿吗？现在一切清楚明白。"原来，当地人对"古壶"和"姑父"的发音极为相近，县令这个外乡人根本分辨不清楚。于是县令口定判决："经反复纠问，案情查明。本官判定如下：既收了聘礼，认了亲，就当履行合约。陈得金要么让女儿与包功远完婚，要么把四两黄金退还原告。退堂。"

陈老财见状，急忙给县令递过一张字条，上写："愿将聘礼如数敬奉。"县令一见，便立即追加了一句话："双方如有不服，改日再审。"

晚上，陈老财进到县令府第，送给县令一个有盖的小竹筒，里面装有黑乎乎的三两油漆，并说这便是那古壶说的所谓"四两黄金"。县令一看，更是动怒，原认为财主会给自己送那四两金子，不料送的却是这保护木质家具用的漆，并认定是陈老财戏弄自己，第二天再次确认了前一天的判决。

陈老财原本认为把三两漆送给县令过目，一切便会真相大白，想不到这么一来，判决倒成了锁上加扣，只好赔了包功远四两黄金。

故事讲完了，大家哈哈一笑。仁生开玩笑说："我们可千万别碰上这样糊涂贪婪的县官。"

"衙门深似海。天晓得。"蛇叔接了一句。

说着说着，船已走完水路。三人登岸，改走旱路。很快，县城就在视野之中。

余南县治建制于秦代，宋元期间还曾作为府治，所以县城是一座有名的古城。因余南县依江临湖，不仅是个富庶之地，物产丰饶，还地处要冲，地理上属楚头吴尾，所以县治历来都是江南重镇。西汉淮南王英布、三国孙吴大将陆逊、吴越王钱镠、抗金英雄岳飞都曾在这片土地上跃马挥戈、布阵征战。

在历史悠久、物产丰饶的同时，这里又是一个很有文化底蕴的县治，很多名人骚客曾驻足于此。唐宋时代的文化名人如刘长卿、王勃、苏轼、黄庭坚、杨万里、辛弃疾、米芾等都曾在此印下履痕，有的还留下了名诗美文。

县城中有一高岭名叫东山岭，风景绝佳，可远瞰鄱阳湖波浪逶迤而来，近阅街肆的繁华与风情。岭上有个双层古亭，名叫“干越古亭”，因为这里曾是古越人的一支——干越人的聚居地，亭由此得名。唐代大诗人刘长卿被贬谪岭南时，路经余南，因看见这里有秀丽而又别样的风光，有浓郁而又别样的风情，于是盘桓多日，不肯离去，并写下诗作多篇。其中一首以县城客舍为题的诗，写道：

> 摇落暮天回，丹枫霞叶稀。
> 孤城向水闲，独鸟背人飞。
> 渡口月初上，邻家渔未归。
> 乡心正欲绝，何处捣寒衣。

这首诗风格冷峻，如冬日的晨星，虽散发着寒意，却是光辉夺目。诗里以景抒情，借那些极具个性的风物表达了自己遭贬的孤寂心理和思乡情怀。在诗中写到的孤城向水、枫叶飞鸟、渡口月色、渔家未归，都是诗人选择的特有的景致与风情，这一切至今依然触目可见。

这里是个文化大盛的地方，也是一个武风强劲的区域。当地民众刚烈，习武尚武，动辄示强，习惯以武力解决问题。鄱阳湖边更是如此，外人称当地百姓是在“刀尖上过日子”。这里，历史上出过大名鼎鼎的吴芮。秦代，他聚集乡勇，起义抗秦。后又归入刘邦阵营，南北征战，立下大功，被封为长沙王。在汉初风云激荡的政治斗争中，刘邦诛灭了所有的异姓王，唯有吴芮独存。在余南的历史上，反抗暴力、对抗压迫、以暴力求公求正，可以说是代有人出，代有故事。这种文化基因，与生物基因一同渗入这块土地，渗入生息繁衍在这里的代代居民的血脉之中，也成为这里极富个性的人文风情。

正因为余南虽然水阔、田丰、富饶，但却常有兵燹、匪患、水患之灾，加上民风强悍，对于县令或县长来说，这里可不是一个当官做老爷的好地方。

很多县令都把这里视为畏途，很少有县令在此做满任期，正常风风光光地离任。许多人或因贪赃入狱，或因失职查办，或为民众驱赶，或因畏难挂印，从而成为“半截子”县官。

有一首民谣这样描述余南县：

鄱湖水，波连波，
余南县，有十多。
鱼虾多，稻米多。
秀才多，诗文多。
水患多，刁民多。
贪官多，庸吏多。
蠡贼多，纷争多。

这个“十多”形象而又简洁地描绘了余南的自然和社会特点。

仁生进到县城，向县衙走去。这县衙布局严谨，造型精致，房屋众多，是历史久远而又很典型的江南县衙，有皇帝的年代和没有皇帝的民国时代，叫县令或县长的都在这一组房子里坐堂办公。

县衙门前，立着一对高大威猛、张着大口的石狮子，门对外开着，形如八字。门边的两根粗大的柱子上以颜体写着一副楹联：

治余南，威武擎天何惧风浪起
爱邑民，仁爱立地但求甘霖降

这副联语道出了这里的自然特点，水旱无常，还以风浪暗喻任官余南的不易，同时也表达了治理者追求的为政目标和心理状态。

仁生在大门边的耳房呈上诉状。一个办事员登记完，然后说：过一两天来看看。

傍晚，三人找间客栈住下。

蛇叔称要出去会个朋友，走出了客栈大门。

赌场里的较量

其实蛇舌俚并非真的去会朋友，而是另有所为。他对县城熟悉得就像自己脑门上的皱纹，三转两拐便到了一个灯火半明半暗的处所。同守门人打了个招呼——显然他们熟悉，便跨门而入，然后上到二楼。

屋里的一张大桌子上点着两盏大油灯，灯芯不是一般人家用的灯草，而是用棉絮搓成的细绳，因而火大烟也大，一个晚上下来，坐在屋子里的人能抠出装满一指甲的墨色鼻泥。桌边围着二十来个衣冠不整的人，或站或坐，都绷着脸、抿着嘴、瞪着眼，紧盯着桌子的中央。

桌子中央放着一个三寸见方的铜制匣子，这是一种叫“宝”的赌具，铜匣内放有略小于铜匣四围的方木块，方木块上有一个绘染成红色的半圆，无论怎么放置铜盒，打开一看，那红色半圆总会对准四个方位中的一个。打开那铜匣的外盖便叫“开宝”，谁把钱压在那红色半圆所在的方向便为押上宝了，可获得庄家1比3的赔率。

今天做庄家的人30多岁，满脸的皱纹像刚被铁犁翻过的土地，脸色黑中带黄，头发已经稀疏，尤其是头顶上的头发掉得不剩几根，一眼看去，像是头上摆了一块白白的烧饼，不是那双显得精明的眼珠子骨碌碌地转，乍一看像是从棺材里爬出来的人。看来，他不是一个过分辛劳、饱经风霜的人，就是经常熬夜、逞性放荡的人。他的一大特征是右耳缺了一小块，是小时候睡着了的时候被老鼠啃掉的。他叫朱二，是这里的常客，只见他指着桌上的宝匣对赌徒们说：“按规矩，大家先查验宝匣。这样便赢得公道，输得明白。”

这是为了防止在宝匣里装机关、做手脚的一个程序，是赌场规则之一。几个赌徒把宝匣翻来翻去，仔细看过，没有异议，随后便是下注、开宝、数钱。

赌局开始看似波澜不惊，但随着时间的推移，赌徒们情绪开始上涨，一双双瞪得圆鼓鼓的眼睛如鱼眼珠般地外凸。打开宝匣后的狂叫声、惋惜声、懊恼声，灌满房间。有人已解开扣子，用上衣的大襟当扇子扇着燥热的脖子；有人不停地抽着烟，以调节情绪；还有人把一只脚踏在凳子上或是双脚蹲在凳子上，似乎这样会有利于下注赢钱。屋里弥漫着烟味、汗味以及各人身上散发的泥土味、咸肉味、葱蒜味，还有臭鱼烂虾味。但对神经绷紧、死死盯着宝匣的人来说，这一切对他们都没有什么影响，甚至压根儿就没有感觉到空气污浊得熏人。现在他们全神贯注、全力以赴，为的只是一个字：赢。

蛇舌俚下注前，总要习惯性地观察一阵，然后考虑压钱的方位。在他手有些发痒正要出手的时候，有人凑近油灯点火吸烟，一呼一吸竟把一盏油灯弄灭了；那人又换了一盏油灯对火，气息不定地又把灯弄灭了。房子里变成一片漆黑，赌徒们本能地用手按住桌面上自己的赌资。一阵抱怨声和几句叫骂声之后，灯火复明，博弈继续。

坐在庄家朱二对面的是一个30来岁的汉子。他身材魁梧，浓眉大眼，脸膛很黑，就像刚从煤窑里爬出来的挖煤人，因而一对眼珠便显得格外的白，好像两个削了外皮只剩荠蒂周边一小部分的荸荠，是个货真价实的黑汉子，真有点像《水浒传》里的黑旋风。他神情专注，下注最大，次数也最多，显然他是这赌桌上的主角。他不断地从衣服里面的一个小布兜里掏出白白的花边，有时放三个，有时放两个，剩得不多时，便啪的一声全押上去。但今天他运气不佳，他放下去的花边被吃掉的多，获赔的少。

一会儿，进来一个年轻而有几分姿色、穿着入时的女性，她从黑汉子的钱口袋里抓起一把钱，又扭着腰出去了，进到另一个房间，那是麻将室。看来，这女的和黑汉子关系非同一般。

随着宝匣的开合，黑汉子脖子上的青筋由细变粗，脸上的汗珠由小变大。蛇舌俚见过的场面不少，看着赌场的情形，忽然觉得有些异常，几次拿出钱来想压上去，又把手缩了回去。最后，他看出门道来了，其实这很大程度上是一场庄家和那黑汉子的角力，其他人下注不大，数额也很小。黑汉子压下的钱每每被吃，但又不是每次被吃，获赔的时候往往是他下注小的时候，下注大的时候则一定会被庄家吃掉。于是蛇舌俚灵机一动，在那黑汉子下注小的时候，也跟着下注。果然灵验，竟连赢了三把。

他还想继续借风过湖，再赢个几把。但风云陡变，那黑汉子站起身来，脸已变得潮红，脸上本来就显得僵硬的肌肉这时更变得像刷了桐油的船板一样，紧绷、发硬、泛光。他从身后一个随从模样的青年身上取过一个小帆布口袋，把它打开，然后“哗啦”一声把里面的钱统统倒在了桌子上，看上去不下50个花边。

朱二的脸色也变了，连忙说：“朋友，赌钱不赌命。只是找个乐子，注下小一点吧。”

“别废话。你想要关赢门可不行。”黑汉子一副盛气凌人的样子。

“不是关赢门。万一你押对了，我赔不起。”朱二有些无奈地说。

那黑汉子顿了一下：“也行，数数你现在共有多少钱，能赔多少我押多少。”

经过清点计算后，那黑汉子押下30个花边。

真是赢输在此一搏，其他赌徒都不再下注了，由赌客变成了看客，只是张着嘴巴、瞪着眼珠、转着脖子地在旁边看热闹。

庄家朱二把宝匣拿到手上，双手在空中来回摆弄着，再收到桌下继续摆弄，这是在确定那红色半圆的方向，然后双手捂住宝匣，郑重其事地放到了桌子中央，等待着对方把注压在哪个方位。那黑汉子凝神静气地盯着宝匣子，迟迟没有出手。此时闹腾腾的赌场竟然寂然无声，只有彼此呼呼喘气的声音，还有那油灯的灯花偶尔爆出的“扑哧”声。

黑汉子想好了，他把钱压在了“青龙”方向，即庄家的右位。这样，只要宝匣一开，输赢立见。庄家猛地吸了一口气，双腮鼓圆，嘴唇张开，大喊一声：“开宝！”随之把手用力往宝匣上拍去，准备开宝。

但这一次他的手不是拍在硬邦邦的宝匣上，而是拍在一只肉乎乎又很结实的大手上。这手不是别人的手，是黑汉子以闪电般的速度伸出的手。黑汉子用自己的手挡住了庄家朱二的手，然后又对庄家叫着：“开！开！”

朱二又挥起了手，他要再次用力拍向宝匣，但这次他的手还没有靠近宝匣就在空中被黑汉子托住了，并说：“不要拍，用手把宝匣打开！”

朱二的脸霎时发白，只是本能地问道：“为什么两次不让我开宝。你捣什么鬼？”

那黑汉子冷笑一声：“今天确实有人捣鬼，但谁捣鬼谁心里明白。如果没有鬼，还拍什么宝匣？快把宝匣打开。”

突然一阵风起，灯又灭了，黑暗中顿时一阵混乱。接着又听“吱呀”两声，房门已被关上了，并有人大喊：“谁都不得下楼。”庄家感觉到一只有力的手死死钳住了自己的胳膊。

黑暗中，一支烛光忽悠悠过来了。手持蜡烛的是赌场老板。这时的烛光下又是一番景象：那庄家朱二身边已有四五人卷起了袖子，显然是统一的标记。而那黑汉子一只压在宝匣子的手上已握着一支匣子炮，那随行的青年手里也亮出了枪。

那黑汉子嘴里骂着："操你个老拐，我在赌场上还没有碰到这么玩黑的哩。"

"别血口喷人，你有什么证据?"朱二反驳。

"哼，老子这种场面见得多哩。你那宝匣里有机关，打开来让大家见识见识。"那黑汉子目光如刀，直逼朱二。

"开场时不是已经看过了吗?"朱二的胆气不怎么壮了。

"开场时是看过了，但只有现在再开看才能真正看得清楚明白。"

已到中年的赌场老板放好蜡烛，连连向各人作揖："各位，各位，让我说几句。大家都是闯荡江湖的，壬时不见卯时见，上牙难免碰下牙，朋友间不小心或误会，伸拳踢脚的事也常有。所以还是和气生财，能不能听我几句话?"

双方仍然对峙着，但已稍安静，似乎愿意听老板再往下说什么。

"我说，黄金怕在火里炼，美女也怕反复瞧。有时候那真那假，谁对谁错，不必分那么细。就当兄弟争执，没有理长理短，没有必要分清黑白，论个高下。"

这老板还真有两下子，这稀泥和得还挺妥帖。他接着给出了解决纠纷的方案：庄家今晚赢的钱都还给黑汉子，其他输了的人也得到部分返还；老板另外奉赠争执双方各五个花边，表示慰问。

双方觉得反正都没有亏，也没有丢面子。且一方人多，一方有枪，较起真来，恐怕很难说谁能占到便宜。便都没有表示反对这个方案。

那黑汉子带着气说："看老板的面子，老子且饶你一回。"

庄家朱二情知理亏，便趁坡下驴，不再说什么。并迅速下楼而去。

那黑汉子虎着脸带着随从也悻悻地走了，赌场其他人也陆续散去。

赌场里，只剩下老板坐在一张凳子上，掏出手帕，不停地擦着脸上和脖子上的汗珠。

蛇舌俚回到客栈，见仁生和勇生还没有睡觉，便绘声绘色地把刚才在赌场看到的一切讲了一遍。然后又说："我至今不明白，赌桌上到底发生了什么?"

三人开始琢磨起来，你一语我一言，还原赌场的真相：庄家在开场时让大家看的宝匣并无特别之处，是一个正常的赌具。奥妙在第一次灭灯的一刹那间，庄家换了另一个相同的却藏有机关的宝匣。开宝时，庄家用力拍一下宝匣，实际上是以此震动宝匣中的装置，控制那红色半圆的方位，即避开有大注的方位，所以赔的是下注少的方位，吃掉的都是下注大的方位。那个黑汉子逐渐看出了其中的奥妙，所以在最后下大注时，以手护住宝匣不让庄家拍击宝匣，以防触动内中机关。庄家和那些卷起袖子的人可能是一个团伙。

勇生摇了摇头说："赌场水也太深了，怪不得我老输钱，下次我不再做给人送钱的傻事了。"

仁生对赌博天生厌恶，没作什么评说。但蛇舌俚对带枪的黑汉子的描绘引起了他注意，他若有所思地说："这人很像灰鲇鱼。"大家点了点头。

勇生又问那伙人卷起袖子干什么？仁生想了一下说："那些人不一定是因赌博结成一伙的，如果他们相互认识，用不着卷袖子，况且卷的都是右膀的袖子，并且高低相同，这里面肯定有什么名堂。"

"啥个名堂?"勇生问。

仁生摇了摇头："我也不知道。"

这个世界乱七八糟的事情太多了，怎么能一一知晓呢？他也不想知道，现在他想的是如何打赢官司，解决与铁网村持续了数百年的争执。

三人又天南地北地聊着，已有鸡公的啼唱传进客栈，夜很深了。大家不再作声，一会儿响起了鼾声。

师傅的嘱托

天亮后，仁生三人就着咸萝卜条喝了两碗大米粥，便又到了县衙门前，打听后得到的回答是：明天再来看看。

仁生便对蛇叔、勇生说，你们去别的地方玩玩，我今天要去看看师傅。

仁生快步向他熟悉的铁匠铺走去。还没有见到那铺面的模样，便已经听见了那大小铁锤敲打在铁砧上发出的“叮叮当当”的声音，好熟悉、好美妙的声音啊。又细细一听，一个是轻重有度、带着节奏感的声响，这是师傅抡锤敲击时发出的声音；另一个声音则时轻时重、节奏紊乱，看来师傅又带新徒弟了。

走进店铺，他激动地大喊了一声“师傅!”师傅闻声把手中挥着的铁锤停了下来，又一把扔到地上，笑眯眯地说：“这几天我的锤子好几次砸在铁砧的边缘上，右眼皮老跳，我就琢磨着一定有什么好事。果然，仁生来了。”

新来的徒弟叫曹加庆，是离赵家只有十几里远的曹家村人，他赶忙搬过来一张用三块木板钉成的小板凳。

仁生没有坐下，而是对那小师弟说：“加庆，你去拉风箱，我和师傅打一件东西。嗨，好久没摸铁锤，一见炉子和铁砧，我的心和手就直痒痒。”

师徒二人抡起大锤小锤打了起来。仁生刚拿起锤子时觉得手上有些别扭，但很快找回了过去的感觉，因而特别兴奋，浑身也特别有劲，一次抡了一百多下大锤也不觉得累，直到两人打好了一把锄头才意犹未尽地歇下手来。

师傅招呼着仁生坐下来，开始问长问短。

仁生像流水账般地把铜钩村和铁网村的历史恩怨、目前的紧张对峙及来县城打官司的事细细道来。然后叹口气说：“人的命真像三只角的犁尖——注（铸）定的。我真想跟着师傅打铁，远离那无休无止的争斗和冲突。”

“是啊。船拗不过舵，人拗不过命。”师傅发出饱经沧桑者才有的感慨。

“你也这么说?”仁生说。

师傅继续往下说：“这是我半生得出的结论。”

“那您再细细地说给我们听听吧。”仁生又示意加庆靠过来。

“行，我给你们讲一个故事吧。”

仁生和加庆都叫好。

师傅今天很有兴致，随着讲了一个发生在本县的故事：

一次科举，本县一位考生居然答出了“不伤害大象如何取出象胆”这样的试题，被录为进士。主考官是吏部尚书，问他为什么能答出这个极少有人能答出的题目。新科进士实话相告，我的先生博古通今，学识渊博，是他教给我的。吏部尚书对新科进士的先生产生了兴趣，便让那先生进京一趟，亲眼看一看这位卓尔不凡的老师，如果这位先生确实学识过人，国家当予重用，可考虑给他个一官半职。

先生风尘仆仆地到了京城，令人意想不到的是，面对尚书的问话，竟完全木然，无一语作答，几近痴呆，只是双眼半睁半闭地看着尚书。几句话后，尚书拂袖退去。

学生赶忙近前问先生："刚才为何一语不发？"

先生徐徐答道："时也，运也，皆乃命也。命之不达，岂可强求乎？"

学生极为惋惜地对老师说："您刚才就讲这句话不就行了吗？"

先生吐出的又是两个字："命也。"

仁生想师傅平时说话不多，今天特地讲起这个故事，大概是以此宽慰自己，人有时要顺命从命吧。但仁生知道，在这一点上，自己和师傅的观念并不相同。

仁生又把昨晚三人好半天也没有琢磨出来的问题向师傅请教。师傅表情严肃地告诉仁生说，有事时卷袖子这是青帮会的一个行为标记。近年来，青帮会正在当地发展势力，曾有人动员姜师傅加入帮会。说这样的好处是，遇到困难会得到帮助，只要关键时刻卷起右袖在适当位置，便是帮会中人，就得互相帮助，且不管有理还是无理。

仁生点了点头既而又摇了摇头："社会本就够乱的了，现在又多了一种乱源。怎么会这样呢？"

临行，师傅又特意交代了三件事：第一件，两个村子的冲突无论多么激烈，也不可运用造枪的技术打造枪支并用于械斗，那只会使更多人死伤，也只会使仇恨加深，有违我们的行业之德，决不可以做。第二件，断不可参加青红帮这类组织。如果陷进去便就像鱼虾进了竹笼，进得去出不来，对自己、对乡里都没有好处。第三件，等两个村的纠纷了结后，尽快回到师傅身边来，继续以打铁为业，靠手艺吃饭，过安生日子。

仁生十分诚恳地说："这三件事我都会牢记在心，决不负师傅的嘱咐和厚爱。"然后依依不舍地离开了铁匠铺。

繁星点点，又到后背贴着床板时。仁生习惯性地从包袱里拿出了一条巴掌大的用铁打成的鲤鱼模型放到床上，每天晚上睡觉，他都用背的同一个位置压着这铁鲤鱼。经过五六年不间断地使用，他的后背已印出一条清晰的鲤鱼形状。当地很多青少年用这样的方法来文身，文的图案种类繁多，有飞禽走兽、树木花草、抽象图形、心中偶像。仁生之所以要文一条鲤鱼，是想依照父亲的遗愿，走出铜钩村。渔民们都说，鄱阳湖没有超过36斤重的鲤鱼，这样大的鲤鱼都游到长江里再到海里去了。仁生很想像鲤鱼一样纵横千里水域，出湖达江再入海。

晚上，仁生怎么也睡不着，他的脑海里不断浮现的是他自己无法回答的问题：人与人为什么要发生冲突？为什么还要以性命相搏，并且还无休无止呢？人性应当是善的呀。那涉及地界、财产的争执，难道不通过暴力就不能解决吗？

社会为什么这么复杂可怕？那劫人的强盗、坑人的赌场、结伙的帮会，都像毒蛇一样威胁着社会。如果种田的种田、捕鱼的捕鱼、打铁的打铁，各守本分，各安其业，彼此以礼相待，无是非争执，无利害计较，就像书上说的清平世界、朗朗乾坤，该有多好！仁生离开学校后，按照苏先生的叮嘱，一直有空便读些书，但书中似乎找不到这些问题的答案。

自己本想按照父亲的嘱托，走出渔村，学门手艺，过自己的生活。虽然现在手艺已经学成，但却又不能用以安身立命，却被迫回到村子去，并且在和铁网村的冲突中自己还要站在风口浪尖上，这完全事与愿违。难道像师傅所讲的那样，人真的有命，又要认命吗？

想了一遍又一遍，一些问题看似能找到缘由，但却又想不清楚。似乎有一种看不见的力量驱使人去做自己并不想做的事情，这时候的人就好像被众多鱼钩捆住的大鱼，无法挣脱。

月亮升起来了，从窄小的窗户透进来的月色皎洁而又柔和。他又想起小时候随父亲和叔叔驾着船在湖上布钩捕鱼的场景，也想起夏天在院子里纳凉，妈妈指着天上的银河讲牛郎织女故事的情景，真切而又温馨。他真想回到那美好的童年，但是永远回不去了……睡意袭来，他迷迷糊糊地睡着了。

县长爱瓷器

仁生三人又来到了县衙前。这次有些奇怪的是，接待他们的人态度与昨日判若两人，很是客气。并告诉他们，县长很重视他们的案子，上班后第一个会接待他们。

民国建立已近30年了。县政府设有司法处，有审判官和书记官，审理各类民事刑事案件。县长兼理检察和司法行政，重大民、刑事案件，仍由县长裁定。由于朱赵两村的冲突由来已久，涉及数以万计人的生计乃至面对面的冲突，实在是一件大案，县长不得不亲自过问。

仁生心想：县长亲自接案，难道碰上好官了，这样看来打官司也许是一个很好的选择。

蛇舌俚则心想：官场真的会风气一新、为民办事？莫非野鸡扒开坟了？

仁生进到县长办公的厅堂，抬头一看，见厅堂上方悬着一块很大的匾额，刚劲有力地写着“公正廉明”，替代了过去常见的“明镜高悬”，他想不出这一变化意味着什么。匾额左右各有一联：

欺人如欺天，毋自欺也
负民即负国，何忍负之

如果真如这对子所言，县官既不欺天，也不负民该有多好？那无疑是万千百姓的福祉。仁生暗暗地想着。

县长姓黄，叫黄中和，40来岁的样子，生在读书人家，曾在日本留学，并在军中任过职，到余南县长任上已经两年。

这县长看上去，既有点文人的儒雅，又有几分武者的刚毅，还有为官者的威严，只是他的眼睛有点小，五官有点挤，减弱了他的气宇不凡。他端坐在桌案前，对着一起跪地的仁生等三人说：“起来起来，早已是民国了，不是封建帝王时代，不用下跪。”

三人起身在旁边预备着的板凳上坐了下来。仁生抬眼一看，又见大厅中顶梁的柱子上也有一副对子：

堂上铁面无私，为政不在多言

幕后廉洁拒礼，当官务持大体

仁生心里暗暗叫好。他不只是认为对子的内容好，而且也欣赏对子的用字遣词、平仄对仗等文化含量，他习惯诵读、琢磨目光所及的各种文字。

黄县长首先开口了：“我看了你们的状子，写得甚好。”接着他饶有兴趣地评论着：文辞精妙，说理透彻。特别是说到不能以500年前的界线为界，要考虑湖洲水文的变动时写道：“死守皇帝旨意，却伤百姓利益，这有损中华礼义，更悖民国法律……渔村渔民刀枪相见，实非尺水之澜，当会殃及一县安宁”，于文于理都很妙。既而又问：“这诉状是何人所写？”

“我们村的私塾先生。”仁生回答。

县长轻轻地以两个指头弹了弹诉状，说：“原来有高人操刀。改日我一定要去拜会拜会这位学问高深的先生。”

这位县官看来喜爱诗词文章，并且欣赏贤才，不仅称道诉状文胜，还肯定诉状理妙，胜诉真的可期？仁生正想着，县长又开始了问话，他简要地问了一些与案子相关的情况，然后却问起了与案子几乎全然无关的内容：

“你们可去过老爷庙？会在那一带捕鱼吗？”

仁生犯起了嘀咕：县长为何问这个问题？老爷庙与双方争议的地方很远，可以说是差了84扁担外加73拐杖，毫不相干。便回答说：“老爷庙属外县管辖。”

“你们会去那里捕鱼吗？”县长仍然问。

蛇舌俚回话了：“渔民嘛，哪儿有鱼去哪儿，我们有时候会到那儿捕鱼，对老爷庙那一带也很熟悉。”

“哦，听说那里水很深，风浪大，经常有船只翻沉？”县长问得更具体了。

蛇舌俚如数家珍地回答：“是的，那里湖窄水深，恰是风口，常常风急浪大，过往船只到那里都得加十二个小心。古往今来，也不知有多少船在那里倾覆沉没。为了求神灵保平安，人们还在那儿修了一座庙，叫老爷庙。那一带的地名因此也被称作老爷庙。”

县长点点头，接着又问：“听说翻沉的有很多是从景德镇出发经鄱阳湖进入长江，再驶往国内国外的装载瓷器的货船？你们一定在那里捞起过瓷器？”

“是的，如果到那里捕鱼，有时会潜到水中找瓷器。全村家家户户几乎都有从那里捞起的水瓷，罐瓶碗碟、观音罗汉都有。”仁生回答。

黄县长点了点头：“哦，有机会我一定去你村里看看。”

仁生说：“县长很喜欢瓷器？”

“是的，是的。只是一种爱好而已。”声调一下变得随和了，刚见面时的官腔官调就像落在瓷器上的粉尘一下抖搂得一干二净。

仁生品出县长的意思来了，他喜欢并希望得到水瓷。这不难，村里很多，从来不当什么值钱的东西。如果给县长一些瓷器，打官司就不用送礼那就太合算了。

黄县长又以极为认真的口吻说：“事关百姓身家性命的事不能拖延敷衍，我当抓紧办理。过几天抽出时间去一趟你们村，现场勘查，了解实情。”

三人连连称谢，然后退出，对打赢这场官司的信心又增加了几分，对县长的敬意也产生了几分。这民国的县长和以前旧制度下的县令确实不一样。仁生等便迅速回到村里，并做着接待县长勘查的准备。

几天后，黄县长果然骑着一匹枣红马来了。他先在村里转了转，便开始吃午饭。仁生特地安排苏先生作陪，也许都是读过很多书的人，黄县长和苏先生一见如故，很快便热烈地攀谈起来。

黄县长问道：“你到本县多年，以你之见，本县为何历来难以治理？”

苏先生说：“我只是一教书匠，不谙治理之道，说出来恐怕也只是南辕北辙。”

“你我都是他乡之人，相逢在这里，实在是一种缘分。况且旁观者清，你所言或许更加真实、公允，但言无妨。”

“那我就从命了。”苏先生略加思索，便说开了，“在我看来，此地之治理，仍离不开天时地利人和。”

"愿闻其详。"

苏先生便娓娓道来：

先论天时。无风不起浪，此地之治乱莫不与时局关联。天下乱，此地乱，天下宁，此地宁。故秦末有吴芮起义、宋代有岳飞剿乱、元末有朱元璋和陈友谅争战。迨至近代，太平天国运动、辛亥革命、国民党军北伐、共产党的土地革命，莫不在此地掀起波澜。不仅如此，由于特定地理环境和历史文化，使此地受天时影响与众不同。就像鄱阳湖的狂波巨浪，不是起于这湖本身，而是来自高天远方吹过来的大风也。风在别的地方掀不起滚滚波涛，在这里却可以使湖上白浪滔天。

"这是为什么？"黄县长问道。

苏先生接着说：这就要说到地利。这里历来为刀兵频发之地。民众尚武而少惧死生。鄱阳湖边，本是荒蛮之地，虽有孔孟教化，但却又杂有霸道之风。此地多水患，使人常常觉得天地无常，人生多艰，遂养成坚毅之志、坚强之心，所以不惧怕天地之力，也蔑视人间权力之威，但同时会怨天尤人，又畏鬼敬神。从而锻造成别样性格，这是一种难以用言辞简单状之的复杂性格。

再以人和论。这里江、湖、田相间，相对偏僻，为求生存，人与人为生计争斗不断。尤其是鄱阳湖边，丛林法则大行其道。重情重义而轻礼轻法，重视读书而又崇尚暴力。另一方面，与他人争斗仅靠单掌独臂不行，所以要借宗亲之力。一人有事，求助同姓，一村有事，他村相助。可见，当地人的行为方式，实则是各种因素综合造成的结果。

黄县长频频点头。苏先生此时说得兴起，尽吐平日的所见所想。

当地人重视读书，虽然读过很多书从而能博取功名的人很少，但许多人有知有识，比如熟知且喜欢《三国演义》《水浒传》，这在潜移默化中影响人们的行为。加上历史上吏治无力无方，政府在民众中少有威信。如此天地人三者互动，各种力量交集纠合，便使这个地方成为难治之地。

黄县长转换话题，问："治理余南，苏先生有何见教？"

苏先生略作沉吟，把自己的想法概括为"三兴"：

一曰兴教化。广设学堂，教化百姓，让人们知礼义廉耻、守法律秩序。许多人在钱财上绝不吝啬，在荣辱上却秋毫必计。在感情和义气之下，便有吞天之胆，敢作敢为，明火执仗，对伤人自伤，少有算计，大有春秋战国时代的义士之风。故欲齐其行，必当全其礼，而欲全其礼，必当化其心。使人既重情、重义，而又不轻礼、轻法。

二曰兴水利。鄱阳湖边，旱涝无常。雨季，洪水涨时，浩浩茫茫，决堤破垣，人成鱼虾。旱来，赤野千里，虫患伴生，便成饥馑。水退后鄱阳湖变小，争渔夺界，纷争不断。如能兴水利，筑堤坝，使水旱无忧，百姓生计有所依凭，有恒业恒产，则饱暖知礼义，利于治理。

三曰兴吏治。我非影射县长，历来到这里任官的，懈怠者众，勤政者少。不问县情，不解民心，光鲜言辞而苍白其行。更兼有人贪赃枉法，鱼肉百姓，何以谈治？许多民事刑事案件，不了了之，许多山水田林纠纷，未得解决，遂代代相续。犹如山林中掩藏的火种，随时可能引起冲天大火。所以对吏治要严加整饬，严守法纪纲常，以民为本。吏治有力则社会井然，社会公正则百姓无怨。便可抗洪水，制旱魃，百姓足，仓廪实。何愁不治呢？

黄县长连连点头："很有见地。"心里说着的却是：你坐着不知站着的腰疼。这三策也许可称为良策善法，但如何实施？办学要花钱，兴水利要大洋，整顿吏治从来是费力不讨好的事，也还要伴以经费。这钱从哪里来？别说无钱，有钱我也不敢办、不能办。要办成一件事，劳心费力，耗时靡资，三年五载还未必能收到可见的成效。我岂不耽误在这里？

这时，备料多日的饭菜已成，开始上菜，大家便入座用饭。饭菜是请锣鼓山镇大雁楼最好的厨师来做的，这位厨师曾到过南昌学艺，厨艺高超。

黄县长最爱吃的莫如鸡，他吃鸡有两绝：一是吃得多，一只三斤重的大母鸡，他能一顿全吃下去，还不打饱嗝；二是吃得精，对每一块鸡肉的位置了如指掌。一次，有人请他吃饭，特为他做了一只鸡。他吃完以后抹了抹油乎乎的嘴说："鸡味道甚好，只是好像鸡的肠子与鸡的重量不相称，短了二寸左右。"主人忽然记起来，在处理鸡肠子时，把一截弄破了，鸡肠里的东西溢了出来，怕影响整道菜的味道，便剪下来扔掉了。不想县长竟能洞察入微，连少了那么一小截鸡肠也能准确无误地说出来，但自己又不便直说原委，便连连道歉："是的，做鸡时，为试咸淡生熟，用了小半截肠子。"心里却想着，早知如此，还不如把那半截带鸡屎的臭肠子让这县太爷吃了。

县长嗜鸡，又姓黄，后来人们送给他一个外号：“黄鼠狼”。

黄县长爱吃鸡还有一套说辞。他称鸡有四德：忠、勇、信、勤。“忠”乃忠于职守，母鸡下蛋、公鸡司晨，从不懈怠，风雨无阻，饱饥无误；“勇”乃脚有利爪，嘴若利刃，敢于打斗出击，有的母鸡为保护小鸡竟敢与鹞子相搏；“信”乃晨起出笼觅食，傍晚适时回笼，夜里准时打鸣，从无失误，更无错乱；“勤”乃是十分勤快，每天从早到晚觅食，不肯停歇，终生如此。因而他喜欢吃鸡是喜欢鸡之德行、鸡之操守也。

今天的饭菜当然少不了鸡，不过做法是他见所未见、闻所未闻。烹饪方法是鸡与甲鱼同烹，先将甲鱼整块卸下外壳，再把甲鱼其他部分和鸡剁成一寸见方大小后，加入少量五花肉，先用清油爆炒，然后入锅焖炖，由大火而中火。尽量少开锅盖，以免香气外溢，快熟时才放入葱姜蒜及辣椒粉、酱油等调料，略烹后起锅并盖好鳖壳。其中还有一个奥妙是，甲鱼宰杀时，用开水浸泡一会儿，搓去甲鱼外壳上蒙着的一层薄如纸张的外皮，宰杀后便不加清洗，和血烹调，大大增加了鲜味。

仁生给黄县长夹了一块甲鱼腿，说：“甲鱼也叫脚鱼，以脚为最好。”

黄县长将甲鱼脚送进嘴里，但觉肥而不腻、厚而不僵、嫩而不滑，更因沁有鸡肉的香味，真是香嫩而厚实，对味蕾的刺激，从未体验过，于是连连叫好。随后问：“这菜名叫‘霸王别（鳖）姬（鸡）’吗?”

“有地方叫这个菜名，但这个名字既俗又很不吉利。”苏先生回答。

“此话怎讲?”黄县长停下了筷子。

“县长知道，霸王别姬乃是意味着身陷险境绝地，感情断而事业灭，所以无论是达官贵人还是草根百姓，欢悦的酒席宴上，联想到这个名字都会心生不快，大倒胃口。何况这个名字，到处都叫，已如无油无盐的菜肴，太无味道了。”

黄县长不觉连连点头：“大有其理，你们这里叫个什么菜名?”

“余南甲味。”苏先生接着解释说：“这个菜名有两重意思，一为余南味道的甲鱼；一为余南菜品中的第一味。”

“啊，啊。这甲鱼是用手抓的，还是用饵钓的?”县长饶有兴趣地接着问。

“都不是，是用鱼叉叉的。甲鱼秋后喜欢埋在水底河沙里，渔民坐在船上用极为锋利的铁叉在河沙上不停地插进提起，有甲鱼就能叉到。”仁生微笑作答。

“怎么知道鱼叉扎在甲鱼身上?”

“这全凭手感，全凭经验。初学的人，往往会把水里叉住的破衣烂袜、木板竹块都当成甲鱼。我有一次叉了一个多时辰，叉尖什么也没碰着，很有点懊恼。后来叉尖扎着东西了，凭手感，是个大甲鱼。我想让叉在水里多停一阵子，让那甲鱼多疼一疼，所以过了许久才把铁叉提出水面。”

“果然大甲鱼?”

“一只大钉鞋①!”

大家直笑得前仰后合，几个人还把饭喷到桌面上。

有人又适时插进一句评论：“这真是鬼都会笑出尿来。”快要停息的笑声又一次爆发。

笑声略停的时候，仁生又开口了：“本县的人大年三十都不吃甲鱼，忌讳‘缩头乌龟’这个词。只有我们铜钩村人不顾忌这些。”

“那又是什么原因?”县长饶有兴味地问。

“习惯。并且甲鱼在冬天总是缩成一团的，所以我们这里又把它叫团鱼。过年是团圆的日子，吃团鱼正好相配。”仁生回答。

第二道菜上来了，是清蒸鲥鱼，这鱼是鄱阳湖的名贵鱼类，鱼的做法也是大有讲究。当年刘伯温随朱元璋在鄱阳湖作战时，最是喜欢鲥鱼，一次他叫伙夫买了三条同为两斤左右的鲥鱼，让三个厨师分别烹饪，比试厨艺。三个厨师对鱼的处理各不相同：第一个厨师和做其他有鳞鱼一般无二，剔去鳞片再上屉清蒸；第二个厨师认为鲥鱼鳞片与其他鱼的大不一样，鳞片不厚并别有味道，且富有营养，弃之可惜，便带鳞而蒸；第三个厨师的做法则别出心裁。结果是第三个厨师的做法最为刘伯温肯定，从而得到了10两赏银。今天黄县长吃到的鲥鱼正是这种做法。

县长见那鲥鱼端了上来，整整装满一盘，仍似一条活鱼，未见去鳞，也不见刀痕。把筷子伸过去一夹，夹住的却是几块鳞片。原来厨师先把鱼鳞刮下，

---

① 钉鞋：鞋面刷上桐油，鞋底钉上圆钉可以防滑防湿的雨鞋。

再把鱼鳞一片片覆盖到鱼身上清蒸，看似是未曾刮鳞的整鱼一条，但鱼鳞与鱼肉却是分离的，吃肉还是吃鳞可由食客自由选取。县长听着这个故事，又依次把鱼鳞、鱼肉送进嘴里，连声说："好味道！可见这刘伯温是军事家，也是美食家也。"

大家关于鲥鱼的话题还未结束，又一道带着热气的菜上了桌，是酸菜黄牙头。这黄牙头，也叫黄牙丁，名字形象地表现了这鱼的外在特点：周身发黄，叫起来是"呀呀"的声音，很是响亮，十几条鱼放在一起，发出的声音很远的地方便能听见。这鱼的头很大，重量占整条鱼的三分之一。凡头大嘴阔的鱼类都很凶猛，黄牙头也是如此，它捕食的都是小型动物。这鱼因为无鳞，所以肉质嫩滑而略带腥味，与酸菜同煮便成绝佳搭配。一般的烹饪方法是，挑约二两重的黄牙丁，稍加油煎，使鱼的外皮略见酥黄，再放适量酸菜同煮。盛上来时有汤有汁，有鱼有菜。鱼菜相杂，酸菜带韧，鱼肉鲜嫩，口感是韧嫩相佐，口味则略酸微甜，用过后，连同前几道菜的鱼腥味也被那酸味涤荡尽净，只留满口香爽。

"据我所知，苏东坡先生也极喜欢这道菜，并常常自己烹制。"苏先生插话说。

黄县长便又把筷子伸进盘子里，微笑着说："既然如此，我们就再来体验一下东坡老夫子的口味吧。"

仁生告诉县长：甲鱼是用鱼叉叉的，鲥鱼是用大钩钩的，这黄牙头则是用小钩钓的。铜钩村捕鱼有大小两种钩具，大钩连同弯过来的钩尖，长约三寸，不用鱼饵，密密布在水里，钩住过往的游鱼；小钩则很小，弯过来也不过指甲盖那么大，则要用饵料，饵料用的是虾、螺蛳、蚯蚓等小动物，这黄牙丁等较小的鱼是用小钩钓的。

县长连连点头："你们的捕鱼工具真是各得其要，各有其妙。"

端上来的第四道菜看似平淡无奇，一个大海碗里半浮半沉着整块豆腐，上面撒有米粒长短的小葱，白绿相映，倒是显得很有几分雅致。

但就在这时，令人扫兴的事出现了，那白白的豆腐上面竟然粘有一只死苍蝇，厨师和端菜的人都居然没发现。渔民们对此是习以为常，把那令人讨厌的东西剔除也就行了，并不影响食欲。可今天是请县太爷吃饭，这一只死苍蝇可就非同寻常了，今天的精心款待乃至整个的官司都可能毁于这小小的一只苍蝇了。仁生的心一下发紧，就像那苍蝇落在了自己的舌头上。

县长显然也发现了那黑黑的东西，正要开口，只见那蛇舌俚说了声："今天还给豆腐点了一个痣，放了豆豉，不知味道啥样？我来尝尝。"说着，用勺子把那"豆豉"和一些豆腐一同送进了嘴里，边吃边咂着嘴说："味道还行。"

这一招真管用，县长对蛇舌俚的解释信以为真，也吃了一大口，原来这豆腐里面别有所藏，藏着的是一条条的小泥鳅。入到口中不但鲜嫩，更因泥鳅与豆腐的味道同在，相得益彰。黄县长大为赞赏，并问："那豆腐无洞无痕，泥鳅身滑难控，是如何放进去的？"

"这道菜工艺奇绝，天下无双，只是制作方法有点残忍。"苏先生说着，然后细细介绍了这道菜的做法：水烧开后，放下整块豆腐，再把养过几天吐尽肠胃里杂物的活泥鳅放入锅里。随着水温增高，泥鳅灼热难忍，很自然地就钻入豆腐之中了。煮熟后洒入少量酱油、香油调味即成。

"哈哈哈，终无路时终有路，终有路时是终路。有时人也是这样。"黄中和似乎从这道菜里悟出了一条人生哲理，这绕口令似的话说得苏先生和大家连连点头。

黄县长想起了一个问题："这个泥鳅又是用什么钩具捕的？"

仁生回答："这泥鳅不是用钩捕、钩钓的，而是用一种特制的、小小的鱼笼捕的。那竹篾做成的鱼笼只有一尺多长，直径三寸左右，底部一个小口，放在湖岸边、田埂边，小泥鳅觅食钻进去了便出不来。"

县长又是点头称赞："渔家太有智慧了。"

接着上了两道蔬菜。一道是鄱阳湖边的蒿子秆，又嫩又翠；还有一道是芡实发芽时抽出的新茎，略呈紫色，炒出后脆爽可口。不知县长是吃相不好还是胃口太好，大口咀嚼，发出窸窸窣窣的声响。当然，其他人更斯文不到哪儿去，顿时桌上一片杂响。苏先生微微皱了一下眉头，但也无可奈何。

还有两道荤菜是红焖野猪肉和萝卜炖湖鸭，都是精料细作，妙不可言。

一会儿县长放下筷子说道："有诗曰，桃花流水鳜鱼肥。鄱阳湖应当有鳜鱼吧？"

"当然啰。"蛇舌俚回应着。

正说着，一盘鳜鱼上来了。但那鳜鱼既不是红烧，也不是清炖，而是水煮后，剔去骨刺，稍加捣碎，和当地产的米粉炒在一起，成了一道小吃。那米粉不硬不烂，和鳜鱼肉和在一起，放上青蒜、胡椒粉调味，鱼肉之味和五谷之香交混调和，主食副食杂糅为一，可以说是绝佳搭配。

苏先生打趣地说："这道菜是名副其实的'鱼米之乡'。"餐桌上又是一阵笑声。

苏先生又接着说："刚才县长随口就说出了'桃花流水鳜鱼肥'这古今有名的诗句，足证县长饱读诗书，也说明人们对这诗句的喜爱。有点遗憾的是，诗人没有来过这里，如见过桃花、鳜鱼便绝不会这么写了。"

"为什么？我想听听其中的学问。"县长对此饶有兴趣。

苏先生说出了缘由：我到了鄱阳湖才知道桃花汛起的时候，鳜鱼是不肥的。当地谚语说："秋鳜冬鳊，不用油煎。"鳜鱼最肥美的时节是秋季而不是春天，所以鳜鱼的肥美和桃花的美艳不在同一个季节。

黄中和此时心境甚好，便接着说："哎哟，这可是千年之误也。今天不但吃到了别有风味的鳜鱼，还知道了古诗名句的乖误，真是大有收获也。"

接着上了几道小吃和主食。其中有麻糍裹油条、包馅馃里，还有一道叫"蛤蟆酥"，做法是把糯米蒸成饭，捣成糕，然后做成手镯状，放到锅里油炸成酥黄，捞起来撒上豆粉，蘸上白糖。名字虽然不雅，但吃起来外脆里嫩，又糯又甜。

最后上的是一道银鱼汤。选的是又白又长、身子已圆的银鱼，放入高汤之中，再放入打散的鸡蛋，适当勾芡，加入少量陈醋。喝起来是鲜嫩清香外加微辣微酸，五味俱全。在吃了大鱼大肉之后，这道汤可洗去口中杂味、胃中腥气，并可使饱餐后略显倦怠的食客醒脑提神。

这天喝的酒则取自本村。村中有酿酒师傅，几乎家家用稻米酿酒。酒非名酒，但自有其味，自有其香。与当地菜肴相配，可谓珠联璧合。

黄县长吃完饭，一边剔着牙一边说："这鄱阳湖边果真是好地方，今天是大开眼界，大饱口福。"

"都是些湖边土菜，可能不合口，还请包涵。县长千万别在这里饿肚了。"仁生说了一通当地待客常用的客套之词。

“在这美食前会饿肚子的只有两种人，一种是水米难进的病人，一种就是你们说的‘二万倌’[①]。”县长说罢哈哈大笑，他今天的心情大好。

苏先生心想，县长是来查案办案，但令人奇怪的是，至今还没有说一句与案子有关的话，便把话头引到铜钩村与铁网村的水域争执上：“县长大人，这里的确是个好地方。如果没有纷争，更是人间胜境。那陶渊明家离这不远，或许他到过此地，才能写出那世外桃源的意趣。像这朱赵两个村子如能恪守最初的界线，各司其业，各展所长，那一切会更美更好。”

县长忽闪着已变得有些发红的眼珠子说：“这事我明白。先不急，再看看我就有底了。”然后话锋一转：“仁生，你不是说铜钩村里家家都有水瓷吗？你去叫各家把最好的选出来，让我见识见识。”最后一句话加重了语气，分明是县太爷下达的必须执行的命令。

仁生回答说：“我们上午已经叫各家各户把自己的水瓷精品送到大祠堂里，现在就可以去看。如果有看得上的，你尽管带走。”

黄县长疾步来到大祠堂里，但见各种各样的瓷器乱七八糟堆了一地。其中有碗盘碟壶等生活瓷，也有瓶罐雕塑等陈设瓷，还有带着异国情调的出口瓷。若以年代论，宋元明清民国各代的几乎都有。林林总总，很像个民间历代瓷品大展。

这县长喜欢古董，尤其喜欢收藏瓷器。在这方面显然他下过一些功夫，并有一定的鉴赏能力。他把那些瓷器扫视了几眼后，流露出失望的神情，便有选择性地把一些瓷器拿在手中细加察看，并把看来是满意的几件放在了一边。选完后，又把其中的几件放了回去，只留下三四件，看表情他对这些瓷器大都看不上眼。

他拍了拍手说：“都是民窑烧出来的一些大路货，没有什么很有价值的东西，挑的那几件充其量也只是民窑瓷中的细路货。既然来了一趟，带几件回去做个纪念吧。”仁生和苏先生只是听着，也不知如何回话。

县长见各种碗碟堆放在一起，许多瓷器模样看上去差不多，便有些好奇地问：“这些碗碟各家各户还要取回去，这样混在一起，分得清是哪家哪户的吗？”

---

① 二万倌：方言，对呆傻者的称呼。

“分得清，你看那些碗碟底部都凿有印记，有的是图形，有的是一个字，那便是各家的标志。”

“你们有会这种活的手艺人？”

“有，那义生便会。”

县长顺着仁生手指的方向一看，这是一个身长六尺脖子粗、看上去笨手笨脚的男子，便带着疑虑半开玩笑地说：“啊，张飞也会绣花？”

仁生说：“他个子大，但心细，做事不急不慌，所以能在瓷器上凿字镂花。”

黄中和把自己挑出来的几件瓷器一看，见那笔筒和天球瓶上并无标识，那一碗一盘上果然有字，分别凿着“天”和“日”。他无端地想起了“天日昭昭”这个词，这让他心里很有些不是滋味。于是他把凿有“日”字的盘子放了回去，改取了一件无字的鲤鱼托盘。当然谁也不明白县长为什么要做这种替换。

蛇舌俚还在旁边很客气地说着：“不用换，一并拿走吧。”县长摆了摆手。

县长拿起那件无字的托盘，对在瓷器上凿字有了兴趣，便对义生说：“来，试试你的手艺，给我在这盘子上凿一个字。”

义生答应了一声，赶快跑回家取来工具。让县长奇怪的是，那工具中不仅有一个像铁钉模样的小凿子和一把精致的小锤，另外还有一个量米用的圆斗，并在里面装了半斗多大米。只见义生坐下，双腿夹住米斗，又把盘子放进米斗里。黄县长一下子明白了，把瓷盘放在米上是为了减震，以防凿字时把盘子弄破。他选了自己名字中的“中”字让义生凿刻。

义生粗笨的手此时显得很是灵巧，像在沙地上画字那般轻松自如，锤子轻轻地敲在凿子上，小凿子在瓷盘上慢慢地游动，发出轻轻的、闷闷的声响，一会儿便凿出了一个工工整整的“中”字。这样，和另一件选定的碗上的“天”字便连成了“中天”二字，黄中和取的正是“如日中天”之意。

县长又看了看太阳，便说：“天色还早，你们这个村庄实在是不错，古老而又有文化感，我在村里随便遛遛吧。”

在一干人的陪同下，黄县长快步在村里穿行起来。一边走还一边说建筑、说道路，还不时进入人家，看看主人家里摆放在厅堂条案上的瓷器。仁生慢慢明白了，他在寻找他需要的瓷器。

走了一家又一家，一件件瓷器拿起又放下，好像没有一件中意的。就在县长看来要结束今天的“瓷器调查”而非“案件调查”时，他在一户人家里有了重大发现。

这是刚才在瓷上凿字的义生家，他家的厅堂里摆着一件青花将军罐，一尺多高，造型沉稳，釉色浑厚发亮，瓷质雪白致密。上面绘的是水浒故事“三打祝家庄”，是矮脚虎王英和一丈青扈三娘正在交战的场景，人物栩栩如生，战马惟妙惟肖，整个画面极为生动传神。县长又很有经验地翻转罐身看那罐底，但见底上中规中矩地写着“乾隆年制”。他顿时把罐子紧紧抱紧了，心里说着好东西、真家伙，已不想再放回原处了。因为他已断定这是一件青花官窑，青花瓷是景德镇瓷器中傲于世界的精品。由于青花的出现，第一次使千百年来均为白色素面的瓷器有了颜色，进而使瓷面上有了百态千姿的绘画，这是世界瓷器史上的重大发明，而乾隆年代的官窑青花则可谓是景德镇瓷器中的极品。

但在一旁早已心中忐忑不安的女主人发急了，她猛地伸手一把将罐子夺了过去，说：“我家这东西不卖的。”她显然把县太爷当成了文物贩子。她不是别人，是义生娘，是个嗓门大、性子急、脾气硬的人。

县长有些尴尬地说：“我不买什么罐子，只是看看而已。”说着气冲冲地离开了。

仁生赶忙走近县长：“县长大人，不要生气。如果真的喜欢这个罐子，我们会有办法要来送您。”

县长不理不睬地往前走。这时勇生又开腔了：“县长，我家也有一个和刚才见过的完全一样的罐子。要不你去看看，你要是喜欢，只管拿去好了。”

黄县长的脸上顿时由阴转晴，但还是故作漫不经心地说：“也行，那就去看看吧。”

来到勇生家，大家一看，条案上果然放着一个和义生家的尺寸、造型、颜色、图案几乎完全一样的瓷罐，顿时心里轻松了许多。勇生拿过那个将军罐，小心翼翼地递到县长手里。

其实，这个罐子对勇生来说也是宝物一件。当年父亲入赘他村的时候，爷爷把这个罐子视为“嫁妆”，给了勇生的父亲。父亲回到铜钩村时没有带回任何东西，只是带回了勇生和这个将军罐。从内心而言，他很舍不得这个罐子，但为了全村人的利益，他主动表示愿意割爱。

县长接过，又是上下左右、内内外外地反复察看，仔细端详了好一会儿，然后以轻蔑而又肯定的口吻说："这不过是一件高仿品，是民国初仿乾隆年间的东西。也就是说，这件东西只是刚才看过的那件东西的孙子的孙子而已。"说完随手递还给勇生。

大家不觉倒吸了一口凉气。

仁生趋近县长，很是真诚地说："县长大人别生气。您刚才看过的那件瓷罐，我们一定会想办法弄过来，过几天就送到县衙。"

县长不冷不热地说："你看着办吧。"顿了一下又说："你说的'几天'是三天还是三月？"说罢翻身上马，带着随从向县城奔去。

官窑青花瓷罐

仁生知道了义生家那件瓷件的分量，那可能是决定官司胜负的秤砣。县长一走，他便向义生家走去。

义生的爹死得早，是他娘含辛茹苦把他抚养大，由于他母亲性格刚烈，从小对义生管教很严，家里的大事小事也总是母亲做主。大树下长不出大树，义生和他娘的性格几乎完全相反。在大家眼里，义生是一个个子大、脾气好、话很少甚至有些懦弱的人，就像力大而又听话的大公牛。仁生明白，只要把义生娘说通了，事情便办妥了。

仁生走进义生家，见义生娘又在擦拭那瓷罐。她是那么专注，那么仔细，内内外外，上上下下，不厌其烦，一遍又一遍，犹如在给一个刚刚呱呱坠地的婴儿擦洗全身，可见她极为喜欢自己的这件宝贝。

她见仁生来了，抬了一下眼皮，在瓷罐上抚摸擦蹭的手没有停下来，倒是首先发话："是想来要这将军罐的吧？告诉你，死了这条心吧。老娘舍不得给任何人。"

一开始就碰了个硬钉子，仁生觉得事情不好办。他灵机一动，说："婶子，今天我可不是来和你谈瓷罐的。”

“那谈什么？别的老娘不懂。”

“不，我一开口，肯定你懂，并且很喜欢谈。”

“啊？如果不是要罐子，那你说说看。如果我不爱听，你就快点抬腿走人。”

“我是想问，义生定亲了吗？”

“没有。你问这个干吗？”义生娘态度陡变，口气缓和了许多，并且迅速抬起头，以带几分期待的目光看着仁生。

仁生见义生娘果然对这个话题有兴趣，便说：“离县城不远的曹家村有一户人家托我给女儿找个对象，我掂量了一下，义生倒挺合适。但看你今天情绪不太好，那就过些日子再说吧。”说着起身要走。

义生娘一把拉住，并顺手拽了个板凳让仁生坐下，说：“不碍事，你说给婶婶听听。”义生已过20岁了，比仁生还要大些，儿子娶亲成家已成她心头大事，常让她吃不好饭，睡不好觉，只要听见谁家娶妻嫁女的爆竹响，她当晚就准会在床上翻来覆去睡不着觉。天下父母无一不把儿女的婚姻之事看得特别重要。

其实仁生也不是诓她，几天前在锣鼓山镇卖鱼，确有熟人提到这件事。他想先以此来消解义生娘的气恼，拉近彼此间的距离，再谈瓷罐的事。于是他把知道的情况一五一十地同义生娘说了。说得义生娘心里像刚从蜂蜜罐里爬出来的蚂蚁似的，一阵一阵痒痒，痒里还带着甜蜜，恨不得立即叫人去曹家提亲。

这时仁生笑了笑说：“这事包在我身上。”

义生娘也笑了：“太谢谢你了，到时给媒人的礼我一定超过别人家。”

仁生立即接过话说：“新娘上了床，媒人丢过墙。结婚后谁还会记起媒人？我不要你重谢，只是现在村里有一件难事，你要是能帮个忙，就比给我个金子秤砣还要重百倍千倍。”

“帮什么忙？”义生娘一下变得警觉起来，这家伙一定是以说亲做诱饵，要打我那瓷罐的主意。哼，你死了那邪心思、歇了那坏主意吧。

仁生认真地把打官司和这个瓶罐的关系讲给义生娘听，最后以恳求的口吻说：“大婶，为了全村的9000多男女老少，也为了子孙后代，求你舍一舍这个罐子。并且你要多少钱，大家都给你凑，义生娶亲花钱也就不愁了。”仁生想，一个罐子为义生换一个媳妇，义生娘应当会愿意的，还可能会是欣然同意。

但，义生娘没有立即回话，更没有欣然同意。只是低着头，已不明亮的眼睛渐渐泛出了泪光。

仁生无暇多想，认定义生娘的态度已在改变，便趁热打铁：“你这样做是积德行善，大家都会感激婶子你。”

义生娘用围裙揩了揩眼角：“为了大家，你们可以要我的渔船，拆我的房子。”随后又换成铿锵的语调说：“但要这瓷罐，万万不能。你走吧。”说着起身走入内屋。

仁生一下子变得沮丧，他了解这个婶子，不敢再说什么，但心底又在想：这个罐子对义生娘为什么那么重要？

仁生很明白，县长临走时看似随意说的三天其实就是交瓷罐的时间。情势十分紧迫。仁生便又立即和罗汉们围坐在了一起。

大家都清楚地认识到了这个瓷罐子的极端重要性：有这罐子官司未必能赢，但没有这个罐子官司必然会输。输就意味着，铜钩村捕鱼水域越来越小的局面还会继续下去，全村人的生活会变得越来越艰难。还意味着，双方的械斗可能难以避免，又会有人死伤。所以，这罐子真成宝贝了，这哪里仅仅是一个青花瓷罐，分明是一颗还魂丹、一道救命符。

大家一致的看法是：必须把这个罐子弄到手，送县长。但用什么办法才能弄到手呢？

说通义生娘，很难；用钱买，不可能；派人去偷，不忍心……大家挖空心思，抓耳挠腮，就是想不出一个管用的办法。

突然，蛇舌俚一拍大腿，大声说：“有了！”他这一拍一喊，让大家把目光全对准了他。

“别咋咋呼呼，有话就说，有屁就放。”飞天拐子嘟囔着。

“不过，这要勇生配合，并做些牺牲。”蛇叔开始说了。

“这好说。若要瓦，房上揭；若要砖，墙上扒。要我做什么，你尽管说，我绝不会说半个‘不’字。”勇生极为爽快地表明了自己的态度。

蛇叔和盘托出了自己的想法，实则是一个计策。他想到的是使用掉包计，把勇生家的罐子和义生家的罐子偷偷对换。这样，县长的心愿满足了，义生娘也不会知道。因为那两个瓶子除了像县长那样狡猾、有经验的人以外，一般人没有那火眼金睛，根本分辨不出来。

大家觉得这个办法虽然只是个下下之策，很有些不仁不义，但现在是推车就了壁，没有别的办法。为了打赢官司，只能有负于义生家了，并议定，事后要对义生家多加补偿。接着又商量了计划实施的细节。

第二天一大早，许多人家的鸡鸭都还没有放出笼子，勇生便挑着两个加盖的箩筐，直奔义生家而去，并一路喊着："谁家有干鱼干虾要卖？"

村里人都知道，勇生常做贩卖干鱼虾的生意，因此无人觉得异常。但今天他的生意对象只有一人，就是义生娘。然而，义生娘并没有理会勇生的吆喝声。

勇生径直走到义生家门口，叫着："大婶，你家有鱼干虾干要卖吗？"

"这一阵没有。没有！"声音传自厨房里。

勇生心里一沉：嘿嘿，这卯榫还对不上，怎么办？但这勇生将他那大眼珠转了转，一计不成，便生二计。又大声对义生娘说："听仁生哥说，要在曹家村给义生说媳妇。我明天去县城，路过曹家，要不要顺便帮你看看？"

一听这个话题，义生娘来了兴趣，立即走出了厨房，一边用围裙揩着手，一边说："那好哇，你进来坐一会儿，我们聊会儿天。"

勇生趁机跨进门槛进入堂屋，把肩上的担子放下。掏出烟斗，又在衣兜里故意左右上下地摸索了一阵，然后自言自语地说："怪了，怎么忘带火了？"

"婶婶灶膛里给你取去。"

义生娘的一只脚刚踏进厨房里，勇生便迅速掀开箩筐盖，把自己家的罐子与义生家的罐子来了个狸猫换太子，盖好筐盖，再紧紧张张地坐下。义生娘正好从厨房里取火出来，拉了个板凳靠近勇生开始聊天。

勇生现在哪有心思聊天？真是做贼心虚，心里头像条入网的鱼儿一样乱撞，只希望快点儿拔腿离开。义生娘却说得十分认真仔细，告诉勇生除了看看姑娘的长相，还要多看看她妈妈的言谈举止，因为"娶亲看娘，栽禾看秧"。妈妈是女儿的模子，妈妈好，女儿差不到哪儿去。但这些话，勇生基本上没有听进去，只是"嗯，嗯"地应答着。

一会儿勇生站起来："我该走了，你等待好消息吧。"便挑起箩筐准备出门。但义生娘一把抓住了箩筐，勇生脑袋里一阵发蒙：坏了，露馅了！

但只是虚惊，义生娘凑近勇生的耳边，半真半假地说："如果这件事你帮着办成了，到时我也想办法帮你找个全村最漂亮的媳妇。"

勇生松了一口气，连忙说："那就太谢谢婶子了。"说着，一抬腿，大步跨出大门，迅速走出院子。还不由自主地揩了揩汗，又朝义生的屋子里看了看，然后才像小偷似的挑着担子快步离开了。

仁生见瓷罐取到，也是五味杂陈，有喜有愧。虽是不义之策，毕竟也算是一策，便商量着派谁尽快送往县城。

就在大家又商量了一阵正要起身散去的时候，义生慌慌张张地拖着哭腔进来了："仁生哥，不好了，出人命了。"

仁生见平常沉默少言、连下雨时也极少快步疾走的义生一副焦急的样子，料想肯定出了什么大事。

一问明白了：义生娘每天都要擦拭那瓷罐子，今天擦拭的时候，她一拿起来，便觉得不对劲。再加细看细辨，便有十分把握地判定，这不是她家的罐子，有人偷换了她心爱的宝贝。她脑子嗡的一声响，身子像大风吹刮的稻草人一样瘫倒在地上，既而痛哭，确切地说，是无泪的干号。过了一会儿，她又徐徐站起身，出门而去。一边走，一边哭，一边骂："哪个该千刀万剐的畜生，偷换了我的瓷罐。你家会雷打天火烧，你会死后无人收葬，狗咬猪嚼……你会断子绝孙……老天爷，你开眼啦！"然后走到村头湖边，抱起一块石头扑向水中。

仁生一听，又惊又怕，便和大家一路小跑，到了义生家里。义生娘躺在床上，面如死灰，口眼紧闭，花白的头发因浸了水而一绺一绺地贴在脸上，一下显得十分苍老。仁生用手放在她鼻孔前试了试，还有微弱的气息，这才放下些许心来。他又叫勇生赶快把那真罐子取回来。

原来，她投水时，正有人打鱼回村，看见后急忙潜入水中将她救起。捞起后，很有经验地把她放在膝盖上让她吐出几大碗水，但多次问话都无应声，似是已经断气了，便把她送回了家中。万幸，现在总算缓过来了。

义生娘动了动身子，又连呕带吐控出了一些胃里的东西，慢慢睁开了眼睛，看见周围站了许多人，她很快恢复了记忆，既而放声大哭。她哭得那么伤心，连床都在抖动，刚才一直叫唤的猫也不再出声了。

仁生见状，愧恨交并，便跪在床前，十分懊悔地说着："婶子，全是我的错，是我的愚蠢害了你。"然后朝自己连打了几记耳光。

义生娘喃喃地说开了："不是我小气，舍不得一个破罐子。而是你们不知道，这罐子不是一般的罐子，而是我身上的筋骨心头的肉。"接着她哽咽着断断续续地讲述了罐子的来历：

这是十几年前的事了。一次，义生爹发了几天烧，为了生计，依然出湖打鱼。在老爷庙附近，见有人捞出了很漂亮的瓷器，便也不顾有病在身，在水里忽上忽下整整半天，捞得了几件瓷器，其中有这个罐子。但义生爹第二天便高热不退，通身滚烫得似乎能把被单燎出洞来，还不时惊叫。郎中来了，扎针灌药都无济于事。几天后义生爹挣扎着看了一眼那罐子，然后便在说着一些谁也听不懂的话语中闭上双眼。

从此，义生娘把这罐子当作了自己丈夫的化身，每天要看个三回，擦它一遍。罐子何处光滑，何处粗糙，她都心中了然，手上有准；画上的每一片树叶、每一根马尾的长短粗细和颜色深浅，她都烂熟于心。一天不见这罐子她便会丧魂落魄似的难受，有时已经上床睡觉了，因为一整天太忙，没有空摆弄那瓷罐，便又会爬起身来，点上灯，再看上几眼、摸上几下，这样心里才踏实、才舒坦，才能安然入睡。

这时，勇生把罐子抱回来了，放到义生娘的身边，连连道歉，并称自己差点儿成了罪人。

义生娘把瓶子紧紧抱在怀里，生怕再被人夺走。她反复抚摸着，用泪汪汪的眼睛端详着，还一边自言自语地说："这是我的宝贝，是义生他爹呀。"

在场的人无不为之动容，仁生等更是深深自责。

但就在这时，谁也料想不到的事情发生了。义生娘用手从怀中取出罐子，眼睛一眨不眨地、死死地盯着，眼中显露出令人难以捉摸的神情，有焦虑、有恐惧、有痛苦、有迷离，还有几分可怜。只见她忽地又把眼睛闭上，然后双手用力一推，把瓷罐摔向床下。随着玉碎帛裂般的一声响，刚才还完好完美的一件乾隆青花瓷罐，霎时变成了大大小小的碎片，犹如一条美丽的生命，瞬间成为支离破碎而又僵硬的尸体。

这时，义生娘泪流满面，哭泣着："聚财攒宝，要有好命。我家没有这命，结果反而招祸。孩子他爹因这个罐子死了，我也因这个罐子差点成了水鬼，再后义生也卯不准会因这个罐子而碰上什么大灾大难。摔了，祸根也就断了。"说完，她长长地舒了一口气，好像放下了一副沉重的担子，好像真的挖断了灾祸的根子，把头歪在一边，继续暗暗地流泪和叹气。

屋里的长吁短叹也此伏彼起。

珠山八友的瓷板画

瓷罐子碎了，但与这罐子相关联的事情却没有完结，反而是更复杂、更难办了。因为立即有一个巨大的、无法绕开的难题摆在面前：如何向黄县长交代？仁生赶紧召集罗汉们进行商量。

勇生愤愤不平地说："全怪那狗县长，就因为他的贪心，好端端的罐子破碎了，还差点赔了一条人命。"

飞天拐子也叹着气说："官司还没有个眉目，麻烦事却多了一桩。我看那县长也不像个要把案子公正处理的样子。"

蛇叔紧接着说："我看他不是来查案子的，而是来找罐子的。"

仁生缓缓地说："你们说得也不错。但骂县长、杀县官都不能使罐子复原，更不能解决官司输赢的问题。现在还是碰到风说风、遇到雨说雨，想想应该怎么办吧。"

你一言，我一语，最后议成方案两个：一是把真实情况告知黄县长，并把破罐子带去让他亲验，或许他会良心发现，甚至生自疚之心，从而不仅不会再要东西，反而会公正地断决官司。二是大家凑钱再买一件送上，并向县长陈明情况，或许于事有益。大家又都认为，两个方案都没有底，确定还是撑船赏景——边走边看，到县城视情况再办。

仁生带着勇生连夜进了县城。第二天便带着大家凑的几十个花边到了珠宝文玩店。看来看去，发现一个柜子里有一件跟义生家那件瓷器大小、质地、颜色、图案大致相仿的罐子，心里有几分欣喜：老天爷帮忙，看来这一关可以过去了。但一问价格，就像大白天见了鬼似的吓了一大跳，不得少于500个花边。这是用10条船装满鱼虾也卖不出的天价啊?!

二人像挨了一记闷棍，但却不肯死心，又抱着侥幸再去看下一家店铺，结果是半斤对八两—— 一个样。看来，根本没有能力买一件类似的瓷器进献黄县长。

忽然，有忽轻忽重的“叮叮当当”的声音传进了耳鼓。啊，转悠着又到了师傅的铁匠铺前。仁生听得出，上次听见的那轻重不一、显得杂乱的锤音有了很大变化，加庆师弟的手艺有了明显的长进，他情不自禁地走进了师傅的铁匠铺。

师傅见仁生垂头丧气的样子，便关切地询问原因。几声寒暄后，仁生简要地把这次来县城的缘由讲了一遍。

稍稍停顿了一会儿，师傅微笑着说：“我欠的那份厚厚的债终于可以偿还了。”

“你说的是啥哩?”仁生不解地问。

“上次被土匪劫持、又被关进大牢后，你们铜钩村用钱相赎，救了我一命。我一直记着，现在我可以还债了。”

“啊？你说的是这件事，我们村里绝不会要你还的。”勇生说。

“如果还钱，我也知道你们村是不会要的。如果是还别的东西，并且是在这个时候还，就不一定了。”姜师傅带几分神秘的表情说。

“难道你藏有宝物?”仁生随口说了一声。

“你猜得还真对。我有一块邓碧珊的瓷板画，确属宝物，你们拿去送给县长，他一定会喜欢，会比黄鼠狼见了鸡还高兴。”

看来师傅也知道县长的外号了，这县长的嗜好真可谓全县知晓了。

仁生知道邓碧珊，但并不了解邓碧珊，便说：“邓碧珊，倒是听说过。他的画很值钱吗?”

“是的。他也是本县人，他的父亲也是铁匠，和我的师傅是师兄师弟，所以我和碧珊从小就关系极好。碧珊自小酷好写字绘画，后来去了景德镇专事绘画，成了瓷板绘画的大师。有一次我去看他，他便送了这张瓷板画给我。

画到底值多少钱我不知道，关键时候能派上用场就是机缘。我原想过，待你结婚时用作贺礼送你。”

仁生没有拒绝。他知道现在情势危急，好比鱼搁浅滩，人在虎口，已是千钧一发。如能有一幅瓷板画代替瓷罐救急，无疑是全村人的大幸。至于对师傅，他今后将会以儿女般的亲情作为报答。

包装好师傅给的那瓷板画，带上装有将军罐碎片的口袋，仁生又一次走进了县衙。

县政府今天显得有些冷清，少有人进出。黄县长在心神不定而又充满期待地等着仁生的出现。当他听到通报仁生求见时，心中一阵欣喜，以至起身相迎。

黄县长把仁生领到房间不大、显得幽静的后堂。显然这后堂不是一般人能到的地方，陈设简单，但有一副对子很引人注目：

侧身天地更拒贿

放眼苍茫自忧民

县长客气地让仁生坐下，一双眼睛已在仁生手里拿的东西上不停地巡视着，那情景，很像黄鼠狼在寻找肥美的大母鸡。

仁生先打开瓷板画，然后装着很懂行的样子说：“县长，你先看看邓碧珊的瓷画。”

“邓碧珊！”黄县长像弹簧一样地从座位上站了起来，“快给我看看！”可见他了解邓碧珊，并对能见到邓氏的作品感到十分惊喜。

是啊，邓碧珊的名字在瓷画和收藏圈里那可是如雷贯耳。清末，他和王琦等当代有名的瓷画家在景德镇结成“珠山八友”，研究创作瓷画。珠山八友瓷画的艺术成就和价值，不仅在于画作技艺的高超过人，也不仅在于作品水准无人能够企及，更在于开创了新艺新风新派，使他们成为瓷画的一代宗师。

晚清，随着封建王朝的衰败，繁盛千载的景德镇瓷艺也随之衰落，清宫廷在景德镇派驻多年的督陶官撤除，那些原来专为宫廷制作烧造陶瓷的艺术家、艺人顿时如冰释云散，官家瓷窑火熄炭冷或易了主人，中国的制瓷艺术也由此一下跌入深谷。

就在这时，先后由王琦、邓碧珊等人组成的“珠山八友”，如巍巍昆仑在中国陶瓷艺术的崇山峻岭中横空出世。他们以超人的艺术胆识师古创新，孜孜以求地探索、开拓。他们以一种崭新的形式延续和光大瓷艺文脉，由传统的在各种造型的瓶罐上作画，改为在平整的瓷板上作画。瓷板画烧成后，很有中国传统上在纸绢上绘画写字的效果，令人耳目一新，这也契合了许多人的文化心理，并且雅俗共享，广为达官贵人、文人雅士、平民百姓所喜爱。在用釉用彩上，承旧而翻新。自宋代以后，景德镇的瓷艺绘画一直以青花为主导，显得典雅、俊秀、飘逸。珠山八友则石破天惊，突破传统，推出了彩色绘画，瓷画由单一的颜色变成了绚丽的彩色。整个画面色彩斑斓，或雍容华贵，或新颖雅致，或富丽堂皇，或意境悠远。特别是以浅绛彩绘出的瓷画，如秋日溪流，破土山笋，清新典雅，灵动精致，极富韵味，成为许多人欣赏和追捧的珍品。

邓碧珊饱读诗书，还是晚清秀才，学养很深，所以在八友中，成就极大。他的技法糅进了东洋技法，更显得别具一格。尤其是他画的鱼藻瓷板画更是无人能够望其项背，冠绝一时。有一个军阀为讨好蒋介石，花五两金子求他把蒋介石爱吃的一种鱼画在瓷板上，进奉给蒋总统。蒋介石见了瓷画后，一脸严肃的脸上，露出了少见的微笑，并特地把这幅画悬挂在餐厅里。还盛传，这块瓷画刚挂好后，宋美龄养的一对波斯猫一声不吭、目不转睛地在这幅画的旁边守候了整整一夜。

今日展现在黄县长面前的正是一幅以鱼藻为内容的画作。但见两尺见方的瓷板上，水波粼粼，湖草青青。一黑一红两条大青鱼领着一群小鱼出游，造型酷肖，气韵生动。那鱼的片片鳞甲，历历可数，鱼头向上，尾鳍扭动，既有由远到近追逐之态，又有悠闲嬉戏之味。身边的几条小鱼，姿态各异，上下翻滚，生动可爱。画的题名是《弄潮图》，题款除有“邓碧珊画”之外，还钤有邓氏常用的朱文闲章“小溪钓徒”。

这画名十分契合黄县长的心思。此时他心中微波轻动：当今天下，动荡无已，危机四伏，但也有重重机会。勇者生，怯者死，强者胜，弱者败。定会造就身手不凡的一代弄潮儿，劈波斩浪，建功立业。

黄县长还注意到，画中还有邓碧珊的题句。邓氏在珠山八友中，被公认为书法大师，多人请他教习书法，书与画相配更是锦上添花。那画作上写的两行字是："大江波连波，谁为弄潮儿"，意味深长。黄县长真想续上："笑看旌旗乱，有我黄中和。"

他立即觉得自己就是这画中大鱼，纵横江湖，吞云吐浪，遨游天下。一种豪情犹如喝过陈年美酒一般，涌遍全身。他凝神静气，上下左右，或远或近，不发一语地足足欣赏了一顿饭的工夫。

当然，他也没有忘记几天前他欣赏过、短暂把玩过的乾隆青花瓷罐，于是他的眼光又向仁生手中的布口袋搜索。

仁生明白县长的意思，他用低缓的声音如实地叙述了将军罐破碎的经过，并解释说："所以才想尽办法求得《弄潮图》相敬，并请县长原谅。"

县长的脸一下耷拉下来，显然这使他大失所望。于是冷冷地问："那瓷罐破了，在哪？"看来他不相信即将成为他囊中之物的宝贝已成碎片。

"我特地也带来了。"仁生打开包袱，里面正是那已破碎的将军罐。黄县长认真看了看，还特地拿出那侥幸完好无损的圈足，把那"乾隆年制"又端详了一番。既而摇头，惋惜不已。然后带着明显的气恼说："事已至此，别无办法了。"

他又好像想起了什么，又对勇生说："那就把那天看过的你家的仿制品也送过来吧。如今真的不在，假作真看，聊胜于无。"

勇生心想：这家伙真是贪婪而精明。但自己此时只能像在手执利刃的屠户前倒地的牛，任其剥皮割肉。便说："好的。改日一定送来。"

仁生正要重新包起那些瓷片带走，黄县长却阻止了，说："你不用收拾，就放在这里吧。"

"这些瓷片还有什么用吗？"仁生不由得好奇地问。

"很难说有什么用，但美好的东西即使损坏了也有残缺的美，看着也很养眼。"黄中和回答。

仁生听了，并不完全明白这些话的意蕴，只是心想，大概这就是碎玉和全瓦的差别吧，这县长也太爱瓷器了，都说鸡是他最喜欢的东西，看来有误，他爱瓷器一定胜过爱大母鸡。

当然他并不知道，县长对这堆残片已在心里拨弄了几次算盘：那圈足大可利用，可以在上面加新瓶身，再制成一个完整的瓷罐，光凭那真实的足底和那无损的“乾隆年制”四个篆字，就可以使再生瓶卖个好价钱。即使不嫁接新瓷，那些破碎的瓷片也是物碎不废，作为乾隆年间的官窑青花瓷片，也能以不菲的价格卖给识货的人收藏和把玩。

仁生欲转身离去时，又硬着头皮问了一声：“县长，那官司……什么时候能结束？我们还要做什么准备吗？”

黄县长摆摆手说：“不用，你们等着吧。”那“等”字说得很重。仁生三人只好退出了县衙。

仁生真的回家等着了。但他的心却是焦虑的、悬着的。县长城府很深，或者换句话说很油滑，没有给出任何明确的答案，甚至是暗示。仁生更不明白，县长那又大又深的葫芦里究竟装的是什么膏丸散丹。

康郎山忠臣庙

县长的葫芦确实是深不可测。几天后，他又以调查案子的名义来到了官司的被告方——铁网村。这次与上回不同的是，县长提出要查看鄱阳湖，还特地点名要看忠臣庙。这忠臣庙离铁网朱家很近，因为与朱姓皇帝有关，所以这庙历来由铁网朱家村管护。朱继元也不知道这庙和案子有什么关系，但他只能按县长的要求去办，并做了精心的安排。

忠臣庙非常有名，因为这是当年朱元璋为褒扬与陈友谅作战时牺牲的将军们而专门建造的。那忠臣庙建在鄱阳湖上一个叫康郎山的小岛上，去那儿需要乘船。

由三只大渔船组成的船队向忠臣庙水域进发。湖面开阔，水无涯际，船在湖中犁开波浪向前行进，被船犁开的水面像是长长的带着纹路的缎带，给湖面平添了一道风景。高天云白，许多小鸟低空飞过，还发出呼朋引伴的鸣叫声。湖风习习，时有鼓满风帆的船驶过，那白帆与碧水相映，在动与静的变幻中透着浓浓的诗意，也是一幅壮美的风景画卷。这使黄县长十分开怀，来这里任官已近三载，但却从没有来过鄱阳湖。不是这次朱赵两村冲突，也许他永远不会在宽广的鄱阳湖上乘风破浪，做如此惬意的旅行。

在离康郎山不远的地方，有一片洲地，名叫麦黄洲。关于这片洲地有一个神奇的故事：当年朱元璋与陈友谅在鄱阳湖大战多年，一次军粮用罄，后方的给养一时无法运到，眼看就要断炊。朱元璋焦虑地乘船在鄱阳湖上寻求良策，希望能找到军士充饥的东西。忽然发现一大片草洲上金灿灿地生长着野麦子，此时正当麦熟时节，麦秆根根金黄，麦粒颗颗饱满，微风吹拂，麦浪涌动，飘散着阵阵麦香。朱元璋惊喜不已，便令军士抢割麦子，运到湖边的空地上晾晒加工。

麦子晒干后，又发现附近有几个天然的石臼。在石臼里脱粒后，那石臼里的麦子竟然舀不完，掏不尽。这样意外地一下解决了几十万军队的吃饭问题，后来朱元璋便将这片荒洲命名为麦黄洲。

鄱阳湖有像聚宝盆一样的石臼，很快传为神奇的美谈。一个有钱而贪心的船家听闻后，心生邪念：把这个石臼搬回家，就可以米粮无尽，不仅自己不用劳作，还可使子孙享福，世代无饥馑之忧。他便纠集亲朋，备上凿子、锤子、撬棍等物，昼夜施工，把一个石臼挖了出来，运回家中。在院子里装好后，便迫不及待地开始试用。他倒进了少量稻米，果然灵验，真个取不尽、掏不净。既而贪心大发，心想着稻米再多也不怎么值钱，放进贵重物品才好。于是他把自己和亲戚家的金银珠宝、字画钱币等值钱的东西统统放入那石臼里，企望永取无尽。然而奇怪的是，当那些金银珠宝、字画钱币放进石臼后，却眨眼间全变成了沙子，取不尽、掏不完的是满臼黄沙，贪心的船家顿时晕倒。

朱继元给黄县长讲完这个故事，便建议他到麦黄洲稍作游览，但他拒绝了。看来县长对这个故事并没有什么兴趣。是的，此时他想的是，这都是一些好心或好事之徒编出来警示后人的，全是诓人之论。古往今来，这类故事多如牛毛，不见真正起了什么教化作用。且黄县长今天的目标只是忠臣庙。

此时他正沉浸在鄱阳湖波澜壮阔的画幅之中。这里曾是古战场，战场就是斗智斗勇、克敌立功的地方，三国时，周郎就曾在鄱阳湖操练过，在赤壁大战中立下大功，一举击败曹操的水师。这使他思古之情油然而发，他情不自禁地轻声朗诵起了苏东坡《念奴娇·赤壁怀古》的句子：“小乔初嫁了，雄姿英发，羽扇纶巾。谈笑间，樯橹灰飞烟灭。”他渴望自己有那么一段豪壮的生活。

不过今天他来鄱阳湖是另有用意，别有所图。他已打探清楚，乾隆年间宫廷驻在景德镇的督陶官唐英曾来拜谒忠臣庙，留下诗文，并赠送了他督造的瓷器——毫无疑问是品质不低、价格高昂的官窑瓷器，吸引黄县长此行的是这些瓷器。

船靠康郎山，众人登岸。这康郎山原为鄱阳湖中的一个小岛，方圆不过两里，却是水上交通要冲，扼南昌通鄱阳、余南等县和船经湖口进长江的水道咽喉。洪水季节，鄱阳湖浩渺无际，无风也是三尺浪，稍有风起，更是雪浪如山。康郎山便成为过往舟船躲避风浪、暂作休整的宝地，故民间有谚曰：“鄱阳湖行船，康郎山为岸。”这句话道出了康郎山的作用和在人们心中的地位，还成为人们在日常生活中，依托权势或亲友为自己谋取利益，或寻找靠山而使用的口头禅。

因地理位置重要，康郎山也就成为历代兵家必争之地。岳飞曾在这里降伏农民军领袖余华龙，余华龙后来成为岳家军一员猛将，《说岳全传》中把这段故事误写在洞庭湖上，实则在鄱阳湖上。翼王石达开也曾在这里与清军激战。朱元璋与陈友谅的决战也是在这一带进行的，此战中，朱元璋有36员将领战死。战斗结束后，朱元璋在康郎山亲选地址修建忠臣祠，表彰36位将领的忠勇与功勋，并让他们世代接受后人的祭祀。这建筑初始名叫忠臣祠，后来改称为忠臣庙。

庙建成后，许多诗人名士曾专门到这里游览，唱山咏水，抚今忆昔，留下许多诗文、联语，其中有明代诗人苏曾写下的《康山词》，词的开篇有一段说明性文字：“太祖破陈友谅驻师于此，韩成等三十六人死节，吴元年为立庙。”几十个字便说明了这庙的修造理由、时间等重要内容。

有的诗则从不同角度对忠臣庙进行了描绘和吟咏，明代一个生在余南，名叫甘瑾的知府有诗曰：

> 云拥惊涛立半空，凭虚览胜倚孤篷。
> 神祠箫鼓喧初日，贾客帆樯逐便风。

平野欲吞吴楚地，众流不与海门通。

楼船百战今何处？唯有湖山在望中。

这首诗诗意浓郁，感情深沉，将忠臣庙的来历和周边环境作了精致的描摹，十分引人入胜。尤其是诗人寄情于景，怀古论今，表达了自己的思古情怀和对那段历史的慨叹。

忠臣庙建于1364年，历经多次兴废。但每次颓圮之后，总有官吏、文人、民间善士倡导和参与重建、维修。最后一次修葺是咸丰三年，曾国藩在此与石达开交战后，看到忠臣庙在战乱中已几成废墟，心生感慨。以他对忠勇的嘉许情怀和惺惺相惜之心，返京后便着令部属刘于淳整修实际上是重建，共耗去银子多达40万两，可见这庙规模非同一般。虽然由于风吹、雨打、水浸，庙现已多处破败，但风貌依在。

朱继元陪着黄县长拾级而上，不几步便到了忠臣庙前。这庙已度过了500多年的岁月，见证了无数人间沧桑。庙北倚苍翠的康郎山，南对浩瀚的鄱阳湖，又屹立在万顷波涛之中，四边风景极佳。整座山远看像浩瀚鄱阳湖中的宝石，近看则像扼控宽阔水域的城堡。

庙是一组抬梁式木构架的古建筑，柱梁相接，檩椽相连，形成有序而又复杂的结构。房檐高耸，人字分水。屋角上翘，若大鹏展翅，整座庙气势磅礴，巍峨壮观。庙前后共有三进，在地势上一进比一进要高，在进深上一进比一进长，殿堂则一个比一个雄伟。三进各自独立又以廊、亭、柱连接，因而浑然一体。在建筑上深得中国传统建筑的真谛。

黄县长先进入第一进，这是定江王鼋将军殿。说来有趣，这座殿不是为人所设，而是为一只神龟所建。神台上放置了一个大神龛，一尊高约9尺的泥塑金身金面的人形定江王端坐其上。神台下设一个3尺高的祭台，神台与祭台之间，立有一只石雕大龟，头部翘起，身宽2尺，长3尺有余。

黄县长看了好一会儿，不解地问：“这个庙堂里为什么供着人像，还放有石龟?”

“这人和龟其实为一。那坐在上面的人形大将军是龟的化身。”朱继元解释说。

“啊，奇也!”见多识广的黄县长对此也觉得这实在是奇事一件。

于是朱继元讲述了这座殿里供奉神龟的由来。朱元璋在一次交战中失利，驾船败退时，偏在这节骨眼儿上船舵坏了，船身忽左忽右，无法正常前行。眼见追兵已近，朱元璋暗暗叫苦：天亡我也。但就在这时，船突然又能正常航行，于是逃脱追击。回到锚泊地仔细一看，将士惊呆了，原来一只很大的龟紧紧咬住了舵杆，起了船舵的作用。此时，那龟已经死去，但依然侧着扁平的身子做船舵状。朱元璋称赞这条大龟如人臣般的忠贞神勇，于是封那龟为定江王，并塑成人龟二形放在忠臣庙的定江王殿，供人膜拜。人们为镇狂风恶浪而修的老爷庙，供奉的也是这本为大龟的定江王。

黄县长口里说“实在神奇”，心里却在说：这种不知是谁编出来的奇谈，不过是以此证明朱元璋夺取权位有神力相助，承顺天意罢了。但道理似乎又不那么简单，故事有人编，有人信，并且石龟成大众膜拜的对象，一定有其道理。或许是那龟的行为契合了某种社会需求、社会心理，这里的学问就很深很深了。

穿过廊亭，进入第二进。这第二进是观音堂，供奉的观音形象庄严，慈眉善目，观音两旁还置放了十八罗汉。

黄县长又觉得奇怪了，明明是忠臣庙，怎么又供奉观音？祭祀死者和供奉佛像，这二者怎么能联系在一起呢？又怎么能一庙二用呢？

他正想发问，朱继元又告诉他：“这是忠臣庙的又一个与众不同之处。观音与水密切，她的道场在海边，所以用以形容观音功德的一个常用词是‘慈航普度’，鄱阳湖水面宽阔如海并且连通长江，流入大海，所以人们希望观音镇波息浪，保佑船行安全，保佑人生顺利。”

“为什么观音堂要与祠庙合在一起？”县长又问。

“36忠臣在人们心目中不仅是人间英雄，也是天上神灵。所以和观音一样，都是人们祭拜求福的对象。祠与佛殿合在一起，还可使百姓祭祀方便。”

什么神佛合供求平安，莫名其妙。人神不辨，神佛不明，真是民智未开。三民主义，路行何艰？黄县长心中涌动着一些杂乱的念头。

众人进入殿堂高大、灯火明亮的第三进，这是全祠的主要部分，也是供奉36忠臣塑像的地方。整个神台像口字缺了最后一横，依次排列着36尊神像。

每尊像前放置一个雕有双龙戏珠、黑底描金的牌位，上面记有神像生前的姓名、封爵、容貌特点、籍贯等内容，各神像前还都放置一个供祭拜上香用的铜制小香炉。

最初为了再现英雄的威武之态，36忠臣像都是能够活动的、站立着的木偶式神像。一次有游人不小心触动机关，原本坐着的神像突然呼啦啦全站起来了，吓坏了许多游人，并有人因此而发病甚至丧命。后来重建时，便改用陶土塑像。

殿内的立柱上挂有许多香樟或楠柏木板雕刻漆饰的楹联和匾额。

入门处的对子是：

捐躯报国，忠勇有同心，四百载于今为烈
取义成功，英雄无二志，卅六人视死如归

这副对子开宗明义地概括了那36人的忠勇节义。

大殿中间立柱上，有联曰：

生当封侯，死当庙食，卅六人英风犹在
勇不失节，智不乖时，九十年元鼎方沦

这是乾隆年间重修时有人撰写的对子，强调的仍然是英雄的忠勇节义。这也许从一个侧面反映了忠臣庙为人们代代相朝，屡废而又能屡兴的原因。

刘于淳奉曾国藩之命重修忠臣庙时，自己也撰写了一副对子：

面彭蠡踞康郎，形势自天开，河山千秋赖有威灵支大厦
净欃枪安桑梓，转旋属我辈，心香一炷敢凭忠义答前贤

黄县长对这些匾联倒是饶有兴趣，看得很是认真，并还不时加以评点。

看过这些联匾之后，黄县长问：“听说这里有清代督陶官唐英赠送的东西?”

这黄县长对唐英感兴趣自有原因。唐英不仅是清廷盛世在景德镇的督陶

官，监督和组织烧造宫廷用瓷，他本人也是极负盛名的陶瓷艺术家。他曾慕名前来拜谒忠臣庙，留下诗作，并敬奉瓷器。

朱继元对忠臣庙的历史沿革、文物礼义了如指掌。他引黄县长到西壁，指着刻写在木匾上的诗作说："唐英来这里时，留下了《题忠臣庙》组诗，共为三首，这是其中的两首。但他的书法真迹和另一首诗作已经毁于洪水。现在这字是一位书法家写的，但诗是唐英所作。"

黄县长对着诗匾轻声念了起来：

其　一

十年想见忠臣庙，今日秋风拜社来。
我亦丈夫高全节，愿将马革裹尸回。

其　二

风涛如雪浪花堆，隔岸云烟取次开。
红日半湖秋水阔，一帆仿佛自天来。

从第一首诗看得出，那个子不高、斯斯文文的陶瓷艺术家，对忠臣庙心仪已久，自己也是一腔热血，思报国建业，并对忠臣们充满敬意，还想效法那古代名将，战死沙疆，实在是令人钦佩。那第二首诗，则诗情优雅，画意浓烈，显示了诗人对鄱阳湖的观察之细和赞美之情。如果作成一幅画，那一定是意境幽远、美妙无比的鄱湖胜景图。

"这里有唐英赠送的瓷器吗？"黄县长发问。

"唐英当年来时，送了一套精心烧制的陶瓷祭器。但岁月交替，时间很久，又经历匪患、水患，现都已不见踪影。"朱继元有些惋惜地回答。

"有残存的吗？"黄县长继续追问。

"没有。只有那主神台上陈列的两个大瓶是唐英所赠花瓶的仿品。"

黄县长的目光迅速移到了那两件花瓶上。花瓶高约三尺，造型优雅，也是青花瓷，远看透着沉稳和古雅之气，但那是供奉神灵的物品，他不敢取过来近看。但他还是涌起了一种占有的欲望，就像猫儿见了鱼，难掩本性。但碍于这庄严的场合，便把本想说的话费劲地扼住了。他换了话题，又问：

“那各个神像前的铜香炉是明代的东西吗？”

朱继元摇了摇头：“都是明代的仿品。”

“怪不得极为精致，会不会是以正德款的香炉为蓝本仿制的？”黄县长知道，正德年间出的铜炉品质最优，价格最高。

“这我就不清楚了。”朱继元回答说。

“要不然，拿起一个我来看看。”

朱继元没有作答。心里很是惊讶，这香炉供在神像前，插在里面的香柱正烟雾袅袅，绕殿绕梁，如果把香炉拿下来，实在是亵渎神灵。这就好比你县太爷吃饭时，人家无理端走你的饭菜一般，这怎么是可以做的事情？这县官竟然不畏神灵，真是爱古董爱得有些痴迷、失态了，或许是利令智昏了？这与县长的身份和谈吐似乎判若两人，难道这是为官的习惯做派：一面是道德文章，风雅过人；一面却是心地污秽，面目可憎？

一阵沉默，无人应承。黄县长也就不敢贸然取过香炉来观看，便弯腰俯身，对那36个香炉逐个细看。虽不敢上手，但有时却忍不住以手轻轻抚摸一番。

最后他站在了两个香炉前审视良久，并问：“这两个香炉似乎与别的香炉不同，是何原因？”

“香炉有没有不同我没太注意。但在36个香炉中，这两个香炉对着的两位将军最为重要。”朱继元回答。

“你说来听听。”县长这次似乎对故事有了兴趣。

朱继元介绍起了这分别叫韩城、丁普郎的将军。一次交战中，陈友谅船多兵众，排山倒海般地进攻，朱元璋兵力不敌，节节败退。陈友谅看准了朱元璋的指挥船，集中力量进行攻击。在这危难关头，大将韩成换上朱元璋的红色战袍，戴上朱元璋的头冠，从船上跃入水中，并朝另一个方向奋力游去。陈友谅的军士一看，认为那是朱元璋走投无路，企图跳水逃跑。许多战船一起追了过去，韩成最后死在了乱枪之中。朱元璋则金蝉脱壳，得以乘机逃脱。

朱继元接着讲了丁普郎的悲壮之死。一次两军对垒时，丁普郎到陈友谅军中诈降，把陈军引到朱元璋布下疑兵阵的一个湖洲。陈军原以为朱元璋的主力在此，因为湖洲上满插军旗——这便是插旗洲名字的来历。但洲上少有士兵，朱元璋却在另一个方向集中兵力对陈军发动了猛攻，大获全胜。陈友谅知道中了调虎离山之计，便急呼："上当了，诛奸！"军中一位将军突然挥刀向丁普郎砍去，顿时鲜血四溅。丁普郎的脑袋滚落在船板上，又掉入水中，但他的身躯仍然站立不倒，士兵们吓得弃船而去。

听完故事，黄县长连连点头："都是舍生取义的壮士。"

"所以这两个香炉也与众不同。"

"这两个应当是明朝的东西吧？"明朝的香炉像是搁在了黄中和的心中似的，挥之不去。

"不是，都是仿制的。只是为了突出这两位忠臣的功绩，铸造时在器形上有所区别而已。"朱继元已察知了黄中和的内心所求，便想以这番话打消他的妄念。

黄县长多少有些不快地回到船上，简单地问了一些与铜钩村冲突有关的问题。朱继元一再强调自己一方在理，经皇帝下旨、官家确定的事项，如铁铸石刻，断不可随意改变。否则只能因变生乱，乱而成灾，难以收拾。务请县长明察秋毫，秉持公理，依法决断。

"但据实情看，你们村却是有亏于理，有悖于法。叫我如何处断？"黄县长有些为难地说。

朱继元："务请县长明鉴，如果此次胜诉，我们将感恩不尽，并当重谢县长。"

县长淡然地说："本官无金钱之好。"

"县长真是难得的清廉之官。那依你的学识修养，你一定也有自己的雅好吧？"

"我也就闲暇时把玩把玩古物古器而已。"黄县长似乎是漫不经心地回答着。

但，锣鼓听音，朱继元一下明白了县长的意思。联系县长刚才在忠臣庙的言行可知，他看中了祭台上的那两个青花大瓶和韩成、丁普郎像前的香炉。但这可是天大的难题：同意给他，在礼法上不能允许，也愧对忠臣，并会引犯众怒；不同意给他，则官司必然会输，村民利益随之受损。怎么办？

朱继元陷入重重忧虑之中。但他最后还是想出了办法，对县长说："县长兴趣高雅，令人佩服。只是庙里的瓷瓶香炉均都是奉神的物件，取走实在是多有不便。加上那都是仿制的东西，价值也不大。我家收藏有当年朱元璋部下一位将军的寿山石印章，我也不认识上面的文字，因而不知是谁的印章。如果您感兴趣，可以奉送。”

“虽然我确实喜欢这类东西，但夺你之爱，这样不合适吧？”县长做出推辞的样子。

“我们是乡野大老粗，不懂这些东西，就好比轿夫夏日用檀香团扇驱汗求凉，实在不相称，太委屈了那些人间尤物。送您，那印章就找到了真命天子了。”朱继元说得十分诚恳，还非常合乎情理，让黄县长很是高兴。其实，朱继元完全知晓那是谁的印章，也知道那印章的收藏价值，并且十分喜欢那印章，还时常把玩，视为家中珍宝。

黄县长没有再作声，心里却是喜滋滋的、甜滋滋的。

朱继元便立即叫大儿子去办。

黄县长拿到印章后，喜不自禁。那印章个头不小，两寸见方，上有虎头钮，坚实细腻，润泽有光，质地如玉，透着古色古香。虽然不是田黄石，却是寿山石中的上上之品。细看文字，篆刻着“徐达之印”。他更惊喜过望，原来是朱元璋麾下第一大将、明朝开国功臣的印信，这人死后还被封为“中山王”。

这不仅仅是一件很有价值的文物，更重要的是这方印的主人的地位与黄中和在仕途上的追求暗合，自己的人生目标正是称王称霸的一方诸侯。

朱继元看着黄县长的神态，知道他很喜欢这件东西，朱继元自己也有像渔人捕到一条大鱼的快感。便趁机说道：“县长，我们与铜钩村的官司还请你多为关照。”

县长通常绷得很紧的脸上微有笑意，这笑意传自心里，回答说：“你的意思我很明白，此事我心里更有底了。”

确实，他更有底了。他原先的想法是一个字：拖，将案件搁置。对双方示好，力求安抚他们而使冲突暂不爆发。他算计好了，自己的任期即将结束，只要离任前无大事，他便万事大吉，成为余南县少有的任满正常任期后离职的县长，这就极有可能得到升迁。而通过对两村渔民的接触和从间接获得的印象，其中还有来自苏先生的高谈阔论，他更得出了结论，“拖”是最好的对策，那关云长的拖刀关键在一个“拖”字，看似消极，实则暗藏机巧，是求胜之道。

在黄中和看来，任何解决问题的方案都可能导致难以收拾的后果。因为当地渔民的性格鲜明又复杂，实在不好对付。

他们忠直而执着。对自己形成的文化传统、追求的目标，忠贞不移。执着于以习惯性的观念和行为方式去解决问题，不为外人所动，不为外力所扰，不肯轻易改变自己的行为方式。渔民们总是直面困难，少作退让，反而是迎难而上，犹如逆水推舟，无畏向前。对此要付出的代价哪怕是生命也并不掂量、犹豫。因而，对他们认定的敌对方，决不示弱，决不妥协，也决不宽恕。情急时杀人放火等极端的事都能做得出来。

这些人是很简朴而又很复杂的人，是难以操控、难以制服的人。他又想起，私塾先生曾谈到，对本县治理的三条，其中有兴教化，倡礼义。但这些渔民分明都是有礼义之人，践行忠孝节义，这些无一不是中国传统文化的精髓。还要如何再施以教化，灌输礼义？

以这场官司而论，他判定任何一方获胜都将难以收场。败诉的一方必然不服，不服则会愤怒，愤怒则会妄动。那时，无视判决的仇杀可能又一次发生，直指县衙的暴力也可能出现。无论发生什么结果，都会直接累及他的仕途甚至身家性命。所以他更明确了自己的处置之策。

临行，县长又意味深长地撂下四个字：“你们等着！”

这和他在县衙内对仁生说的话一模一样，甚至连语气都没有差别。

县长走后，金根立即问父亲：“为什么把家中宝物送给那贪婪无道的县官？”

“什么是宝物？”朱继元慢悠悠地问。

“很稀有、很值钱的东西呗。”木根抢着回答。

“稀有、值钱的东西未必是宝物。关键时刻有大用，能够起到别的东西不能起到的作用，从而能化凶为吉，或能换取最大收益的东西，才能叫宝物。”

兄弟二人听了父亲这番话似有所悟，连连点头。

父亲接着往下说：“万物的价值在于用。宝物无用便非宝，形同废物。这方印在我们家收藏了500多年，有何用处？也只是我在闲暇时摆弄摆弄而已。这印章今日若能帮助我们打赢这场官司，那才真是奇珍异宝，显示出千金难买的价值。你们可以想想，能有什么东西能在关键时刻有此大用?”

兄弟二人真有大雾弥漫风来顿开的感觉。

朱继元顿了一下，又说：“财物如水，关键在动。古人说花钱如流水，不可作简单理解。如果说的是大手大脚，奢靡无度，这诚然不对。但另一方面，钱又必须像水一般流动，不动不用便如破铜烂铁。对财物的用与不用，要点在于紧松有度，用得其所，用得其时。财物之用可以打个比方：紧时，不容过一只虱子，毫厘也得算计；宽时，可过一头水牛，一掷千金不皱眉头。”

兄弟俩又连连点头。

此刻，鄱阳湖上微风不起，水上只有细细的波纹，就好像织锦中隐隐约约能看见的波浪纹，显得极为妩媚。当然，这不是鄱阳湖的常态，她似乎也在等待着什么。

第三章　狂浪阻战

『天，既像恶魔又像仙，让人喜欢让人嫌。』天是什么？无人能说清它的含义、描绘它的形象，但人们却似乎无时无刻不感觉到天的存在。在心理和情感上，人们对『天』永远是矛盾的。

渔家的湖上之夜

等着，等着！伸长脖子，耐着性子，朱赵双方都抱着极大的希望而又惴惴不安地等着，等着县衙的审理和判决。可一等就是好几个月，树叶由绿转黄，湖水由高变低，却连个虾须鱼鳞大小的消息都没有等到。

寒露霜降水推沙，鱼藏深潭鸟归家。这个季节，降雨很少，湖水退落，原来浩茫一片的湖中露出很多洲岛。小的只不过数丈，大的方圆几里，并形成一个个港汊、一个个湖湾、一个个深潭，有的水深，有的水浅。鱼虾也相对集中在存水较深的地方，因而与大水漫湖时相比，鱼要好捕得多，此时也正是小鱼长大、大鱼变肥的季节。渔家深谙大自然的规律，秋天成了捕鱼的黄金季节，这个时候捕鱼有着严格的水域划分，任何船只都不能逾越传统的界线。铁网村和铜钩村一边等待官司的进展，一边忙于捕鱼，暂时显得波澜不惊，相安无事。

湖上捕鱼的一大特点是，网捕白天，钩钓晚上。这与鱼的习性有关，鱼大都是白天少动而晚上游动觅食。网可以捕捞动与不动的鱼；而布下去的钩自身不会移动，需要有鱼的游动才可能捕到鱼，因而以钩捕鱼的最好选择是晚上。

太阳西斜。仁生、义生、礼生等今天一同到湖上布钩。一船二人，二人有同属一家的，或兄弟，或父子，或夫妻；也有两家各出一人合伙搭帮的。

二人在船上的分工是：一个负责操控渔船，另一个则负责布钩和收钩。铜钩村捕鱼大都使用一种叫“大钩”的钩具，每个铁钩长约三寸，下端弯成两个直角，再向上翘起的是锋利的钩尖，整个钩的形状极像“儿”字的最后一笔。所有的钩都相隔两寸左右的距离系在一根长长的而又结实的绳子上，绳子如麦秆般粗细，然后布在水中，长达一二里。游动的鱼被其中一个钩挂住，必然挣扎，这样就会被更多的钩钩住，难以动弹，便是再大的鱼也难以逃脱，所以这钩又叫捆钩。当然也有人以小钩捕鱼。

大家都布完钩后，日已西沉，便找了一个避风的地方停船休息、用饭，待天亮前把鱼钩收起，捕到的鱼一大早趁鲜挑到集市上去卖。

这时月亮尚未升起，天上的星斗密密麻麻，晶莹透亮，放射出耀眼的光辉，那又长又宽的银河横过天际，明天又是一个大晴天。今天湖上的浪不大，轻轻地拍打着船体，发出有节奏的声音，偶尔有大雁从天上飞过，留下几声悠长的鸣叫。除此以外，别无声响，似乎整个大湖都属于这些渔民。

蛇舌俚的嘴总是不肯闲着，便说："我让大家猜个谜语怎么样？"猜谜语，这无疑是在欢快中打发时间的一个好办法，大家纷纷表示赞同。

"生在仙山叶如花，死在人间姐儿抓。绫罗绸缎都穿过，身上没有半根纱。打家家常用的一样东西。"蛇叔抑扬顿挫地把谜面给出来了。

大家开始琢磨。过了一会儿，勇生说出了自己猜的谜底："这个谜语不斯文。身上没有半根纱，分明是光溜着身子，而且还有女人抓着他。"

"别胡思乱想，你猜了个什么？"蛇叔问。

"长得漂亮的姓叶的小倌呗。"

各条船都发出大笑。随着这笑声，惊起了停在船边湖洲上的一群夜鸟，"呼"的一声向远处飞去。

勇生解释说："'生在仙山叶如花'，就是说这人长得像花一样漂亮，而且姓叶。'死在人间姐儿抓'，那就是他暴病死了，或是打架斗殴死了以后，跟他相好的女人们哭着抓住他，舍不得他走。那'绫罗绸缎都穿过'，是说这人很有钱，为了讨女人喜欢总是穿得很讲究。'身上没有半根纱'，就是没有穿衣服死在床上了。"

大家又一阵大笑。勇生还是坚持说自己猜得是有理有据。

蛇舌俚却说："勇生，你猜得确实有理，但却是歪理。"大家又猜了一阵，无人猜得出来。蛇叔告诉了大家谜底：晾晒衣服的竹竿。

大家一听，都连连说："对，对，有道理。"

这时原本躺着的飞天拐子"呼"地从船上坐了起来，说："我也给大家来一个。"他声音洪亮，音调起伏跌宕地说出了谜面："婊子的崽儿，你好恶的心，一脚踏在老娘的身。取得老娘的金花去，害得老娘一世打单身。"

大家又开始琢磨起来。又是勇生首先做出反应，说：“刚才猜小倌不对，这次我猜妓女一定对了。”大家的笑声比刚才他猜第一个谜语时还要响。

“理由是什么？”飞天拐子问。

“这内容不全是一个女的在骂男的吗？还用解释？你们也太二万倌了。”

蛇舌俚说：“你的答案对一、二、四句都勉强说得通，但那第三句‘取得老娘的金花去’怎么讲？”

勇生一时答不上来，大家也不吭声，好久无人猜得出来。飞天拐子便亮出了答案：劁猪。

这个谜面虽然显得有些粗俗，但却十分形象。小猪长到三个月左右，凡不留作下崽的小母猪都要进行去生育能力的手术。方法是，劁猪师傅把小猪按在地上，一只脚踩住小猪的头部，一只脚踩着小猪的尾巴。然后以锋利的小刀从小猪的最后一根肋骨处切开一个口子，伸手到猪的体内找到承担生育功能的器官，也就是谜语中的“金花”，再行切除。所以一说出谜底，大家立即认同。

“勇生二万倌，听明白了吧？”飞天拐子适时回击了勇生一下。

勇生没理会飞天拐子，却提议说：“仁生哥见多识广，也出一个谜语让大家猜猜吧。”

仁生没有推辞，想了想，说出了谜面：“诸葛病倒中军帐，刘备一听就着慌，庞统一日来三遍，曹操半点不思量。”这些《三国》人物大家都熟悉，但组合起来成为一个谜语却很难猜得出来。

仁生又提示说：“谜底是打一动物的状态，每句话的前两个字最为重要，不但要注意谜面的整个意思，还要注意人名的谐音。”

不一会儿，又是勇生开口：“这下我真的猜出来了。”

“又起哄。猜出什么了？”飞天拐子问。

“猪病了。因为刚才你谜语的谜底是劁猪，所以我联系起来了。”

“解释解释。”飞天拐子接着追问。

“谜底就在第一句，诸葛说的就是猪，刘备指的是猪的主人，庞统是指泔桶，曹操就是猪槽了。”

勇生话音刚落，大家立即都说：“妙，好谜语。”

仁生这时提议不再猜谜语，让蛇叔给大家讲个故事。因为他知道的故事很多，并很愿意为大家讲述。听人讲今说古，成为娱乐，还成为许多人的喜好，更是打发时间、消愁解困的良方，也是这些故事代代相传的基本途径。

蛇舌俚略加思索，便开口了："过去大家听朱元璋的故事太多了，我今天给大家讲一个陈友谅和他夫人的故事吧。"

有人叫"好!"

他开始声情并茂地讲述起来：

鄱阳湖决战时，陈友谅有兵60万，而朱元璋只有20多万。陈友谅的船数量多，船体大，并且陈友谅已称汉王，得到许多人的拥戴，拥有广阔的后方。但最后他还是输了，并且输得很惨，被朱元璋的大将一箭射杀。这是为什么？

"是呀，这是为什么？"飞天拐子反问。

"别打岔。"黑暗中有人飞出一句话来。

"陈友谅不是输在自己无能，而是输在他老婆身上。"

"啊，快往下讲。"有人催促。

蛇舌俚咽了一下唾沫，继续讲述着：

朱元璋的妻子是马大脚，十分厉害。陈友谅的妻子则是娄氏，更加厉害，通晓兵法，能够用兵列阵。有相命先生曾说，陈友谅有三分天下，娄氏则有七分天下，两人加起来正好为十分天下。自从娄氏随陈友谅起兵反元之后，节节胜利，在所有的起义军中逐渐成为势力最强、占地最广的一支队伍。每次开兵打仗，娄氏都要在军营中搭一个高高的"望夫台"，在台上望着丈夫带兵赴敌，也望着丈夫胜利归来。陈友谅打完仗后有一个习惯，凡赢得胜利，兵士都是兴高采烈地举着旗帜回来；若是战败了，则让士兵没精打采地倒拖着旗帜回来。

在一次很重要的战斗开始时，娄氏又与陈友谅研究了双方的兵力和战法，并确定了如何摆兵布阵，认为这次一定可以胜券在握。陈友谅领兵出营盘后，娄夫人又一身戎装，腰佩宝剑，习惯性地站在望夫台上，不停地向远处眺望，等待着丈夫和军队的出现。

"啪，啪!"有人显然是在自己身上用力地拍了几巴掌。蛇叔只好停了下来。

"谁在这关键时刻打岔？"飞天拐子很不耐烦地说。

“实在忍不住，打了几下蚊子。这秋天的蚊子长獠牙。”有人解释着。是啊，这正是蚊子多而厉害的时候，第二天大家的身上准有许许多多的小红包。

大家嘻嘻一笑，蛇叔便又继续着他的故事：

但这次出现了意想不到的情况。当娄夫人第一眼看见自己的军队出现在视线中时，便觉得有些不对劲，队伍不整，有气无力地沿着湖边走回来。她特别地注目那象征胜负的旌旗，一看顿时桃花失色，凤眼惊恐，士兵们是拖着旗帜而不是举着旗帜回来，这就意味着打了败仗。这与她事先预测的完全相反，但这却是带有关键性意义的一战啊。起始她以为自己看错了，再定睛凝神细细地又看了很久，依然是战败的样子。她不由得双腿发抖，气冲胸腹，既而头晕目眩，身子一歪，跌落望夫台，一头栽进与鄱阳湖连通的一条大河，香殒玉销，一命呜呼。

其实，这次战斗与娄夫人预测的完全一样，陈军大胜。陈友谅的高兴难以自抑，于是便想和夫人开个玩笑，因而胜了却装作败了的模样。他到望夫台前，不见夫人的身影，很是惊诧。一问夫人的亲兵，得到的是带哭的回答：夫人刚才如往常一样，在望夫台上等待汉王您得胜归来，竟不知什么原因，突然从架子上掉落下来，栽入水中，便不见了踪影。

陈友谅又悲又惊，连连跺脚：“我之过也，我之罪也。”他后悔得连嘴里吐出来的都是发苦的胆汁，但世界上从来就没有后悔药。便立即吩咐军士找寻，随后出动大小几十艘战船顺河搜索，但却不见踪迹，接着又在水上陆上扩大范围搜寻。

第二天，从上游四十里处的梁家渡发现了娄夫人的尸体。原来娄夫人的尸体竟然没有顺流而下，而是逆水而上，倒漂了四十里。盖因为娄夫人死得太冤了，死得心有不甘，阴魂不散，推着尸体倒游，所以后来这“梁家渡”就改名为“娄家渡”。

陈友谅这个玩笑实在开得太大了，不但断送了夫人的性命，也断送了陈家天下。因为娄夫人一死，七分天下也就没有了。此后，陈友谅就好比在鄱阳湖逆风行船，节节不顺，终至最后在康郎山中箭而亡。可见，生死成败，原因很多，既有老天注定，也有人的作为。

大家听了这个故事，唏嘘不已。接着纷纷议论：有的认为全错在这陈友谅，不该开这么大玩笑；有的说，错在娄夫人，没有真正弄清情况就妄下判断，再者说，失败了还可以接着再干，真是妇人之见；有的说，完全没影的事，尸体不会倒流，这是胡编乱造的。

这时勇生开口了："这个故事好！"

"怎么个好法？"

勇生说出了自己的看法："看来，对同一个人、同一件事，有的向灯，有的向火，人们的态度、看法各不相同。这故事我看是喜欢陈友谅而不喜欢朱元璋的人编的，我也喜欢陈友谅当皇帝。"

"为啥哩？"蛇叔问。

"这样，我们与朱家的分界就不会是现在这样的，不可能把整个插旗洲全给了朱家，也就不会有几百年的冲突了。"勇生回答，有的人附和着勇生的意见。

仁生接话了："可能是这样，但也不一定。人生充满烦恼，风来浪也白头。假如陈友谅当了皇帝，纵然两村没有这水界争执的事，也可能有别的麻烦事。我们和朱家争水界多年，皇帝经历了无数个，哪个朝代好好管过这件事？"

慢慢地，蜷缩在船舱里的打鱼人谁也不吭声了，呼噜声伴着湖浪轻轻撞击船板的声音，有节奏地响起。此时，星河更加灿烂，看不见的夜露积聚在船板上，已使船板变得潮乎乎的，湖风也带几分凉意。万万千千的人也都正在睡梦之中，但也许不会有人想到渔家竟是以湖为家，天当被来船作床，风雨无阻，日夜出没在风波之中。

捕"菜鱼"者

渔民的生物钟特别的准。当启明星升起的时候，大家几乎都醒过来了，于是各自驾着自己的船，到湖中收取昨日傍晚布下的鱼钩。

此刻，江中弥漫着一层薄薄的雾气，江面上的船和船下的水都变得影影绰绰，船宛如在仙境里缓行，桨打在水里发出的声音显得清亮而悦耳。叔叔划船，仁生收钩，他已能熟练地把挂在钩上的大鱼小鱼一一取下，放进舱里。

今天的收获不会很大，因为收了长长一段距离的钩，还不见有几条像样的鱼。

雾气慢慢散去，湖面上渐次变得清晰起来。再把剩得不多的最后一部分钩收完，这一天的捕鱼便结束了。叔叔抱怨着说："今天一条过两斤重的鱼也没有。"

仁生轻轻地"嗯"了一声。但就在这时，仁生手中的钩绳猛地绷得很紧并往下坠沉，他的手一下被锋利的钩挂住了，人不由自主地从船上掉落水中。

叔叔见状，自己的心也像被钩住了似的立即提了起来，好一会儿依然不见仁生的身影，恐惧顿时袭上心来。他坐在船上，稳住船紧张地向湖面搜索，有经验的他知道，这时船不能乱动，弄不好水里的人冒出水面时，脑袋会重重地与船底撞击，那就有致命的危险。过了一会儿，只见不远处，仁生浮出了水面，叔叔舒了一口气，赶忙奋力划着船靠了过去，并叫仁生撒手上船。

仁生回答说："大鱼！"就在叔叔把船划到快靠近仁生的时候，仁生的身体忽然在水中呼呼地向前移动，一会儿又沉入水中，不见人影。叔叔立即明白，确实钩住了大鱼，是那条大鱼为了逃命，带着钩，拽着仁生在水中沉浮、游动。但这对仁生来说，却充满危险。叔叔同时又转念一想，那鱼要有多大的劲才能在水中带动一个人游动？莫非是水怪？他又紧张了。顾不得多想，他只是高度紧张地盯着湖面，只要仁生出现在哪里，他就拼命把船划向哪里，并不断地大喊："算了，算了，放手！"

仁生哪里肯撒手？只是奋不顾身地随那鱼在水中浪里进退出没。就这样，仁生一会儿浮在水面，一会儿被拖入水中，一会儿在水面漂着不动，一会儿在水上水下快速前移。足足折腾了比一顿饭还长的工夫，那水中的家伙似乎再也没有力量拽动仁生了。仁生也趁机漂浮在水面上喘着粗气。

叔叔迅速把船靠近，先让仁生上船。仁生在船边吐出不少喝到胃里的湖水，既而又摘掉深深扎进手上的几个鱼钩，顿时鲜血直流。仁生顾不得处理伤口，继续收钩，水中的家伙浮上来了。是一条和人身高差不多长的大鳡鱼，足有一百多斤。那鱼的身上已被密密麻麻的鱼钩捆满，几乎不能动弹，只是鼓扇着大腮，一张一合地呼气。

叔侄俩顿时化惊为喜，叔叔也从没有见过这么大的鱼。鳡鱼是鄱阳湖中最大的鱼类，据说有人捕到过的最大鳡鱼是186斤。

仁生在水中清洗了伤口，用包在头上的长巾把伤口扎住，此时，他已觉得筋疲力尽。

其他的船都回去了，叔侄二人带着捕得的大鱼，满心欢悦地向村里划去。忽然他们发现有两只使用罩网的小船正在撒网捕鱼，这不会是铜钩村的渔船。按渔规，这个季节渔船是不能在属于别人的水域里下网布钩的。只有一个例外，过往的渔船可以向水域的拥有方请求捕一天“菜鱼”，这捕菜鱼只为解决饭菜问题，而不是为卖钱。为什么这几人一声不吭便一大早在这里撒网呢?

叔叔把船向撒网的渔船靠了过去。仁生询问客来何方。

“我们是岭背朱家的，离这里有20多里地，路过这里的。”其中一只船上的艄公答道。

“啊，那好，就当你们在这里捕菜鱼吧，但明天你们必须离开。”对方什么也没有说，继续将网挽在胳膊上，然后，转过半个身子，把网抛撒成一个大圆圈，网慢慢沉入湖底，稍后收起，网里有几条鱼扭动身子挣扎着。

因为仁生手上有伤，叔侄二人没有再多说话便回村上岸了。

渔人见过的大鱼不少，但听说仁生捕了特大的鱼还是闻讯而来观看，齐啧啧称奇，从未见过这么大的鱼。一过秤，竟然有199斤。听了捕获这条鱼的过程，大家对仁生更是赞誉有加，因为钩住这么大的鱼要收上来并不容易，过去也发生过钩住大鱼却脱跑了的事，甚至发生过大鱼拖着人沉入水中逃跑而致渔人死亡的事情。

叔叔便立即把鱼运到市场上去卖。还特意为水花买了一块花头巾，又买了一块布准备给仁生做衣服，他的上衣已有几个地方露出肉来了。

伤口肿痛发红，仁生只好休息了一天，并敷上猪油加蛋清，这是传统的消肿去痛的方子。

渔季不能错过，第三天又出湖了。当早晨捕鱼回家时，仁生又见到那两只用网捕鱼的渔船。应当让他们离开了，因为他们违规了。并且他们把鱼多捕走一条，就意味村里的乡亲们可能少收获一条。

仁生很客气地说：“老表，算来你们捕鱼这是第三天了。今天应当离开。”

不料对方的回答出人意料：“你用钩，我用网，井水不犯河水，别没事找事。”

明明是你违规犯禁，捕捞别人水域的鱼虾，不仅无愧意、无谢意，反倒说我没事找事？这也太不讲理了。

这说话的人，30多岁的年龄，又黑又瘦，像个天天不离烟枪的鸦片鬼，这四个人中看来他是领头的。

仁生忍不住又接腔了："前天已告诉过你们了，这是我们世世代代捕鱼的水域。这个季节，过往渔船只能捕鱼一天，是千百年传下来的规矩。"

那男子又说："什么规矩？我们怎么不知道？现在的水域都是民国的水域，不再分哪个村、哪个人的。不要用积了灰的旧皇历来吓唬我们。"

仁生又耐着性子说："我们更没有听说政府有什么新规。你要打鱼赚钱，我们也要靠打鱼吃饭，就算你们让一让吧。"

不料那领头的人不仅毫不退让，反倒觉得这两个人势单力薄，软弱可欺。因为在茫茫鄱阳湖上，每年都会发生形形色色的冲突。冲突起来，总是人多势众者占上风。但即使致人死伤，各自驾船离去，事情也就完了，没有任何人评断是非，更不会有人受到什么追究。

那领头的把声音变大了："我们世代也是渔民，在这么大的湖里撒会儿网、捕点鱼算什么？你们不要在家门口仗势欺人，我们村的人也不少，并且这附近的铁网朱家就和我们同宗同姓，你想怎么着？"

这些人不但蛮不讲理，而且还提起铁网朱家并用来壮胆，这使仁生无名火起。但他尽量压住火气："既然你和铁网朱家同宗，不远处便是他们的水域，你们去那里捕吧。"

"鱼游满江，船走四方，我们想在哪里捕就哪里捕。"对方的话里已有些挑衅的味道。

"那就不行！"仁生重重地吐出了四个字，湖边人从来吃软不吃硬，你一硬，他就可能更硬。

那人冷笑一声："不行也得行。怎么着，想动手？老子这几天还没有打过人，手上的筋没抻开正不舒服哩。"

叔叔生性善良，兄长的遭遇更使他处处小心翼翼，尤其是仁生在场时，他格外谨慎，怕出意外。又见对方人多气盛，仁生又手上带伤，担心吃亏，便以息事宁人的口吻说："老表，都是打鱼人，何必争勇斗气？动起手来，把谁打了都不好。”并示意仁生：暂不跟他们计较。

“害怕了吧。动起手来，喂王八的只能是你们。”对方有几分得意了。

仁生把船又靠近了一步，声调不高却很有分量地说：“走！不要在这里耍横逞强，我们不是吓大的。”

叔叔怕真的打起来，赶忙把桨一撬，想和对方拉开距离。但一用力，船便和对方的船头轻轻碰了一下。

只见对方那领头的人喊了一声：“嗬嗨，要和老子来硬的?”便举起手中的短桨斜着向叔叔劈了过来，叔叔躲闪不及，挨了一桨倒在船舱里。

仁生顿时血往上涌，把船贴近对方的船，双手猛力一提对方那船的船帮，对方没有料到仁生竟然会来这手，那动手打人的领头者及船上的另一个人身子一斜，“扑通”掉落水中。仁生又顺手猛地把那已无人的空船向前一推，那小船像梭子一样飞出去好几丈远。那落水的二人便在水中伸头探脑地游了起来。

这时，另一只渔船趁机冲了上来，对着仁生猛地就是一桨。仁生闪过，顺势将对方的桨夹住，发力一拖，对方离船落水。船上的另一个人见状，提起手中的网，像捕鱼一样向仁生撒了过来。这一招十分厉害，也是用网者水上搏斗时常用的杀手锏，人只要被网罩住，跌入水中，便犹如入网的鱼，必死无疑。

仁生见势不妙，迅速纵身跃入水中，避过飞过来的罩网，并一个猛子扎出一丈多远。那撒网者认为已经网住对手，正要往上提网，哪知仁生已出现在他身后的水面上，将他双脚一扯，拖入水中，仁生又如刚才一样，把对方的船一推老远，然后翻身上了自己的船。

仁生暂将那已在水中游泳的四人不加理会，近前察看叔叔的伤情，见叔叔虽然被打了一桨，伤势却并不很重，便放下心来。

仁生然后提着桨对着水里的四个人喝道：“今天要死还是要活？你们自己选!”

这四个人非常明白，自己处于非常危险的境地，只要对方把船划过来，用湖上斗殴惯用的手法，把桨对着他们的脑袋敲个三下两下，他们立马就会成乌龟王八的美餐了。

那个为首的首先讨饶："老表，老表，实在对不起。饶命，饶命。"

仁生看了看这个人，这是个耳朵缺了一块的人，想起蛇叔说过的缺耳赌徒，心想：莫非就是那人？便问："你叫什么名字，是不是喜欢赌博？"

那人一听"赌博"二字，好像立即来了精神，转而嘻嘻一笑，说："看来你还蛮知道我的。自家人，不打不相识。如果你喜欢赌博的话，我们约个时间玩一玩。"这人脑子很是灵活，想借此缓和一下紧张的气氛，实际上是想以此求得生存的机会。

水中又有一个人说："大叔饶命，我家还有重病在身的80多岁的老母亲。"

仁生心里暗笑，这家伙居然还拿了《水浒传》中李鬼的谎言来骗人。不过，此时，他心里的气已消了一半，看着那几个人在水里惶恐而又狼狈的样子，觉得既可笑，又可怜。叔叔又在旁边一个劲地说：算了，算了。仁生便说："那就看在你们80岁老母的分上，今天且饶你们性命。希望你们下次不要干这到别人碗里抓饭吃的事。快走吧！"然后驾着船向村里驶去。

"他们会淹死吗？"叔叔担心地问。

"死不了。你看他们在水里一个个都像乌鱼似的，很快就会游回他们自己的渔船。"

仁生的船刚驶回没多远，对面划过两只船来，是蛇叔和勇生等闻讯前来救援的。

当听仁生讲了事情的经过，飞天拐子怒冲冲地说："应弄死他们一两个，让他们知道这湖面姓赵不姓朱。"说着划动桨，要驾船去寻找那四个落水者。

仁生连忙拽住勇生的船，说："估计他们很快会离开。这回就算了吧，得饶人时且饶人。"

当听仁生讲起其中一个人的特征时，蛇叔很肯定地说："那缺一块耳朵的人，一定是那天我在赌场里见到的那个庄家。听他说话、动手打人的那做派就属那种无赖。"

勇生点点头说："是呀，粪便里长蛆子，菜叶上长虫子。说不准在哪儿就会碰上这些猪狗不如的东西。"

猜得没错，那为首的确是那个以诈术赌钱的庄家；他也确是姓朱，叫朱二，是一个很不安分、很不寻常的人。

仁生和他很快又要再度见面并交手了。

鱼市上的较量

锣鼓山镇，是鄱阳湖边一个很有名的地方。因为朱元璋曾在这里击鼓进军，向陈友谅发动攻击，故此得名。如今已成为鄱阳湖边不大不小的集镇，一个很重要的水陆码头，也是物资交流中心。

镇上最有特色的商品是鱼，取自鄱阳湖的各种淡水鱼有上百种之多。店铺里卖的有鲜鱼鲜虾、黄鳝泥鳅、螺蛳螃蟹，鱼有大有小、有死有活，还有干鱼干虾。有人曾以“千户锣鼓镇，十里鱼虾味”来形容这个镇子。尤其是早上，人如潮涌，摩肩接踵。挑担的、携筐的、摆摊的，尽是卖鱼人，或摆摊销售，或沿街叫卖。整个镇的每一个角落都散发着浓浓的鱼腥味，与之相伴生的是苍蝇很多，大小不等、颜色有别的苍蝇或寻机趴在鱼虾身上、鱼筐边上、桌上椅上，或“嗡嗡”地来回飞舞。这里的人们有一个生活经验，凡见招惹苍蝇很多的鱼铺鱼担，便知道那鱼虾肯定不怎么新鲜，所以卖鱼者都要以树枝或蒲扇之类的物件不停地驱赶那飞来之物。

在一个地摊上，一个十七八岁的姑娘正在卖鱼。看得出，虽然她年纪不大，但干这一行熟练自如，讨价还价，称鱼数钱，丝毫不让须眉。

此刻，在她左边有一个卖鱼者，是一个40来岁的男子，同一个买鱼者正在热烈地争论《三国演义》中的一个情节：曹操究竟是多少人马下江南？卖鱼者坚持说83万。与他争论的人却连连摆手，没有那么多，只有82万，并且也只是“号称”，以此吓唬周瑜和刘备，实则只有不到20万。两个人各自引经据典，陈述理由，驳难对方，直争论得面红耳赤。最后争辩的一方说，就按《三国演义》说的也只有82万。卖鱼的仍然不依不饶：“本来就是83万，你回去再读几遍《三国》吧。”

卖鱼的姑娘半开玩笑地说：“大叔，你们从清晨争论到现在，都快一个时辰了，你的鱼都快臭了。”

卖鱼的却很认真地说：“宁可臭了一担鱼，也不能少了我曹家一万兵。”另一个争论者趁机走开了。

这卖鱼的姓曹，叫曹德昌。因为与曹操同属一姓的原因，他对曹操有着一种自然的、特别的亲近感，所以便容不得有人对曹操的丰功伟业有半点的小觑、误读和曲解。好像曹操并非远亲远祖，而是自己触手可及的近亲近祖，虽然没有见过，在心中却有一个既模糊又清晰的形象。当然，他对曹操的了解只是来自《三国演义》和民间传闻。祖先、宗亲、姓氏对每一个人都显得非常重要，会在很大程度上左右人的情感和行为，这也似乎是当地许多人重要而鲜明的心理特征。其实，曹德昌不止一次和他人争论过有关曹操的话题了。

在姑娘的右边也有一个卖鱼者，她觉得这个人不但长相难看，而且是个很会捣鬼的家伙。他总会把一条一二两重的小鱼放在鱼篓外面的地上，每当买方复秤后回转身来说少了斤两时，他就会把那已放在地上的小鱼扔过去，一边还骂着："你自己丢了魂魄，鱼落在这儿，还说我缺斤短两。"对方还真认为是自己弄丢了一条小鱼，便一声不响地走了，有的人还会因此道歉。当然更多的人并没有回来找要，那就意味着不知不觉地吃亏了。这个家伙也太狡猾了，坑了人、骂了人，还让对方无话可说，甚至脸红道歉。

不多一会儿，那家伙把自己的鱼全卖完了，起身对着这姑娘说："你还有这么多鱼？我包圆，便宜点。"他想当二道贩子了。

这种情况在市场上很是常见，姑娘便与他讨价还价。但他却想以很低的价格收鱼，姑娘自然不同意。然而，这人却掏出一把钱，数了数，抽出了几张塞到姑娘的手中，然后弯身就要把姑娘的鱼倒进自己的鱼筐里。姑娘生气了，把钱"呼"的一下全扔到地上，喊着："价钱都还没讲好哩，你想强买？不行！"

于是二人开始你拉我扯争夺鱼篓。别看那姑娘年龄不大，个子不算很高，体形也不属壮而有力的一类，但力气却不小，更因为她毫不胆怯，所以在与那汉子的撕扯中开始似乎并不怎么处下风，引得许多人驻足围观。也有人说那男子"太不像话"，但却无一人愿打抱不平，上前阻止这场冲突，形势逐渐变得对姑娘不利了，与男人比力气，女性肯定要处于下风，并且面对的是一个有点地痞气的男人。

正在这时，仁生从河边挑着一担鱼上来了，看到有男女二人争扯，他近前一看，那男的不就是几天前与自己在湖上发生冲突的缺耳人吗？又听那姑娘边拉边扯边嘴里说着骂着，仁生大致明白了是怎么回事，于是他喝了一声："有话说话，有理讲理。一个男子汉与一个姑娘争扯什么呀！"

"关你屁事！滚开！"那缺耳俚朱二说完，又瞟了一眼，认出是仁生，像手触到滚水锅似的，立即停了下来，弯腰拾起散落在地上的钞票，然后说了声："好男不与女斗，今天就算便宜你了。"说着迅速地走开了。

那姑娘抹了抹已滚出眼眶的泪水，对仁生说："大哥，谢谢您！"

"没什么，卖完鱼早点回家吧。"仁生说着，找个地方放下了自己的鱼担。

姑娘卖完了自己的鱼，收拾担子准备回家。她下意识地看了仁生一眼，突然大叫起来："大哥，后面有人。"

仁生霍地转身一看，一条大扁担已对着他劈了下来，他迅捷地闪过。一看，挥动扁担打来的正是那朱二，后面还有七八个人，都把袖子卷在胳膊上，手执长棍短棒，一起冲了过来。仁生立即明白，那朱二带来了青帮会的人，要报湖上打斗之仇。

就在这时，那姑娘把手中的鱼筐向朱二他们砸了过去，趁他们闪避、愣神的时候，招呼着仁生："大哥，跟我来。"然后跑到水边，跳上自己的小船。这时仁生正好赶到，飞身上船，那姑娘用桨朝岸上用力一点，船便像水漂一样离岸而去。

朱二那一拨人追到湖边，但也只好在岸上干瞪眼，只是在地上捡起几个石子，边骂边向小船扔去。

那姑娘划了一阵子船，开始说话了："大哥，我认得你。"

"真的？我可不认得你。"仁生很是奇怪。

"你背上还有一只鲤鱼的烙印，是吗？"

这一说，仁生更奇怪了，这是什么女孩，居然还见过我光膀子的模样，便有些不好意思地问："你怎么晓得的？"

"你原来在一个铁匠铺学打铁，对吗？"

"这个你也知道？"仁生更觉得神奇了。

"告诉你吧，我每年都要去找那姜师傅打船钉和网坠，所以见过你光膀子打铁的样子。”

“是吗?”仁生点了点头。

那姑娘又说:“我还知道你好多秘密哩。”

“啊?”仁生狐疑地抬起了头,见那姑娘一副自信、高兴、调皮的模样,便说,“这不可能,我不信。”

“不信。我可就直说了。”

仁生点了点头。

“你去年去过铁网朱家的村长家里,对不对?还跟那个朱保长谈水面争执的事,是不是?”

仁生更觉得奇怪了:“那你是谁?”

“看看我,你应当认得我的。”

仁生第一次认真地看了看这个姑娘,个子在当地女孩子中属长得较高的,并很匀称。耳后晃动着两个小辫子,虽然脸显得有点黑,却是五官端正,一对杏眼,又圆又黑又亮,犹如秋天的深潭。她说笑时露出的牙齿给人留下深刻的印象,在当地有刷牙习惯的人很少,这个姑娘的牙齿不但长得整齐,而且雪白,看来是一个有刷牙习惯的人。他不好意思多看、细看,便微微把头低垂,说:“真的,没见过,不认得。”

他低下头的同时,瞥见了姑娘在水中的身影,她熟练而又从容地划着桨,动作协调,显得矫健而又妩媚。有时,桨入水中会把她的影子搅碎,一会儿又会复原,船上和水中的姑娘有时相像,有时不同,这使她更平添了几分仙女般的美丽与神秘。

姑娘又微微一笑说:“见过的,你记不起来罢了。告诉你吧,我姓朱,叫小鲤。你上次去的就是我家,那与你谈事情的就是我爹。”

原来如此。仁生想起来了,在朱继元家有一个小姑娘给他们倒过茶,他当时自然是正襟危坐,目不斜视,也就没有留下什么印象。加上过了差不多一年的时间,所以全然认不出来。但他的心却翻腾开了,天地有时竟是如此窄小,天下事有时竟是如此凑巧,今天居然和仇家的女儿有一次很不平常的相遇,还居然同坐在一条船上,这意味着什么呢?接下来还会发生什么呢?

“你怎么不说话?”小鲤笑嘻嘻地问。

“我……我不爱说话，也不会说话。”

“哈哈哈！”姑娘爆发出一阵爽朗的笑声，连水上游动的水凫都惊得赶紧潜入水中，水面上留下一串串同心的圆圈，“别太谦虚，也别糊弄人，我不是小孩。那天在我家里，我觉得就是你说得最多，也说得最好。”

仁生想，这姑娘看来通情达理，如果通过她做做朱继元的工作，或许有助于双方纠纷的解决。便说：“你为什么说那天我说得最好呢？”

姑娘这时收住了笑容，很认真地说：“真的，你那天说得好极了，句句在理。我认为人和人包括两个村子的人都不要吵架，更不要打架。有什么事好好商量，都做点谦让，‘和为贵’嘛。”

“你读过很多书吧？”仁生抬起了头，正好四目相对，但谁也没有回避对方的目光。

那姑娘很大方地继续说着：“没有，只上过四年学。”然后，姑娘便一边摇着船，一边口无遮拦地说出了与自己相关的许多情况。

“我爹有五个儿子，都是我的哥哥，就我一个姑娘。所以从小爹娘特别疼我。5岁时，娘要我裹脚，裹脚布一缠上，我就觉得十分难受，那是钻心的疼，简直是活受罪。所以我就把那长长的裹脚布拆了，扔进了烤火的火盆，不料烧着了，还差点闹火灾。我还又哭又闹，妈妈也就算了。看，我现在是一双文明大脚。”说着，还把一只脚抬起来展示给仁生看。

“是呀，要是你缠成了三寸金莲，就上不了船，卖不了鱼了。”仁生点点头说。

“是这样。那我就太惨了，也许这是我做对的第一件重要的事情。”

小鲤的话有些收不住了，接着讲述：“到了7岁，我想读书，我爹就让我进了村里的小学。我们村女孩子是很少读书的，不让女孩子读书真不公平。我的书还是念得挺好的，老师也很喜欢我。但上五年级时，要到锣鼓山镇去读，我娘觉得太远了，不放心，我也就不去读了。娘要我学做针线，我才不学哩。我就学划船，跟着哥哥们出湖打鱼，有时还上集市卖鱼。我不喜欢在家做饭洗衣，喜欢外出做事情。”

仁生心想，这是一个很有个性的女性，是一个受到新生活潮流影响的女性。便顺着自己的思路拦住了小鲤的话头，说：“那我们一起做一件大事情怎么样?”

“好哇。做什么大事,你说说看?”

“你刚才说得好,和为贵,村子与村子之间不应该打架。你能不能多跟你爹说说,两个村子也和为贵?”

姑娘想了一下,有些无奈地说:“这个事情实在太大了,我可能做不了。因为我哥哥、叔叔、伯伯,还有堂兄堂弟好像都主张打仗,并且还挺喜欢打仗,就像小时候喜欢做游戏一样。”

“那你试试看吧。就像捕鱼,有鱼无鱼先下网,你说哩?”

小鲤点了点头。不知不觉船已离铜钩村不远。仁生说:“你就送到这里吧。今天很谢谢你。”

“不,我应当谢谢你。还有一段水路呢,我把你送到村前码头吧。”

“我游过去。”仁生不想让人看见他和一个姑娘同乘一船,并且船上还是铁网朱家的姑娘。于是他一头扑进湖里,挥动双臂,向村中游去。

小鲤停下桨,看见仁生在水里像鱼一样自由自在,双手有力地划水,身子两边溅出层层浪花,搅起圈圈小浪,那小浪一圈又一圈地扩散,一直荡漾到船边。她很想看看仁生在水里游泳时那文在背上的鲤鱼是什么模样。但不知为什么,一泛起这个念头,她觉得自己的心跳有些加快,心里也好像涌起了圈圈细浪。她又望了望在水中已变成一只鸭子大小的仁生,便掉转船头,向自己的村子划去。

被驱赶的县长

转眼捕鱼季结束。仁生又想起那场官司,这是一块巨石,不卸除便总是重重地压在心头,使他坐立不安,寝食不宁,尤其是晚上,他更是常常辗转于床,难以安眠。黄县长让等,都已等了整整快一年了,还是公鸡扔在山那边,看不见影子,听不见声音。他想春节前去县衙看看。

他和大伙商量这事时,飞天拐子没好气地说:“都等了这么长的时间,恐怕是半夜等鬼,担惊受怕地空等。”

"一县之长不至于说话不算话吧?"仁生想了想说。

"我看做官的都这德行。能哄就哄，能骗就骗，能拖就拖，对老百姓怎么可能有那么多真话?"蛇叔说出了他的经验之谈。

"但，别说做官的，就是当老百姓的也不能不讲信义呀。对我们来说，就像鱼搁浅滩等待水涨，实在等不起呀!"仁生说。

"水不激，鱼不跳。不给县太爷一些压力，他会像天上扫帚星的尾巴一样，永远拖着。"飞天拐子似乎想出了什么办法。

"你说说看，给什么压力?"仁生问。

"组织三五千人到县衙请愿，保证管用。"飞天拐子一副很自信的样子。

蛇叔也觉得有理。这些年政府办的许多事情，都是老百姓忍无可忍，聚众哄闹，甚至诉诸暴力，迫不得已才办的。否则那些棘手的事就像脱钩的鱼，永无踪影。

"这或许也是一个办法。这样吧，我先去县里探探水再说。"在许多人看来，这仁生办事是十二分的老成和稳实，但就是有点婆婆妈妈的，一点也不痛快。

仁生带着勇生，来到了县衙门前。他在想着和县长如何交谈，恳求县长不能再拖，因为这事关乎许多人的生计甚至性命。

走到县衙前，他奇怪地发现，衙门已是铁将军把门——上锁了。勇生用脸贴近大门，从门缝里往里一瞧，里面空空荡荡，不见一个人毛。地上却有许多杂物，破桌子、烂板凳，还有砖头瓦块、木桩竹竿。

"好像县长搬家离任了。"勇生说。

"不太可能，即使黄县长走了，还会来白县长、黑县长，政府怎能关门大吉?这又不是商铺门店。"

二人正议论着，见一个从井边挑水的男子经过，仁生便向前打听:"老表，这县政府的门怎么关了?"

那挑水的一副满不在乎的样子，但却带着明显有气恼的声调说:"这十几年间我见到县衙关门不止一次了。这样下去，恐怕省政府、中央政府都得关门。"

县衙关门，仁生在县城学铁匠期间也见过一次。他真不明白，那管一县之人、理一县之事的政府怎么能关门？又怎么会关门呢？

“请问，您知道这次关门是因为什么原因吗？”仁生又问。

“最近，县长给几个乡的农民加保安税了。农民急了，今天一大早，几千人拥进县衙，要和县长论理。县长一看阵势不对，骑着马带着随从逃跑了。起事的农民把县衙里面打砸了一通，又把这大门给锁上了。据说这县长离三年任满，只差七天，又是一个任上不到头的县长。”那挑水人边说边走了。

啊？仁生听完长长地叹了一口气，这个黄县长也没有能逃脱“余南任官难到头”的魔咒。但这铜钩村和铁网村的官司可怎么办？

二人只好懊恼地往回家的路上走。离湖边不远的地方，隐隐约约见一个人骑着一匹枣红马，带着一个兵弁急匆匆地从一条不远处斜拐的路走过去了，那马很像县长的马，骑在马上的人也很像县长。仁生想喊一声，但他们离得有点远，并且越来越远了。他随即产生了联想：莫非县长逃到了这一带？

刚走到湖边，只见湖上几百只渔船蜂拥而来。出什么事了？不是过节，又不是打仗，怎么会出动这么多渔船？正疑虑着，划在头里的几条船已经靠岸。飞天拐子、蛇叔、祥生等走下船来。没等仁生开口，飞天拐子便急急地问：“怎么样？县长这次说人话了吗？”

仁生摇了摇头：“县长脚底抹油了。今天早上被几千抗税的农民吓跑了。”

飞天拐子用力地蹾了一下拐杖：“我早就说了吧。这个县长是稻草扎成的椅子——靠不住。我们还一直傻等。”

“你们聚集这么多船干吗？”仁生问。

飞天拐子接着说：“我们想好了，在这里等你。如果县长再耍滑头，就排队进衙门与那县长论理去。想不到他忽然变兔子了。”

蛇叔说：“衙门关了，县长跑了，我们现在连讲理、讨公道的地方都没有了。”

“衙门开着，县长坐着，也未必有理可讲，能讨到公道。”勇生说话好像越来越挨着理了。

“那就只剩一条路，年猪养到除夕——杀。今天就当械斗前的操练吧。”飞天拐子说。

于是又一声相互招呼，大大小小的渔船又浩浩荡荡地划回村去。

那铁网朱家在附近捕鱼的人见到以后，便立即回到村里，把铜钩赵家大量船只同时集中，进出村子而不是打鱼的情况告诉了朱继元。

朱继元听了，自言自语地说："赵家这是在操练。看起来，双方打一仗是三十晚上的炭火——少不了[①]。得做好准备与赵家对决。"

打仗不能当饭吃，要米要菜还得湖上找。顾不得进城的劳顿，当下午的日头落在树上的影子向东斜的时候，仁生又和叔叔上湖了，一边划着船，一边想着县长弃衙而去的事情。还在心里琢磨着他回来在路上看到的那个骑马人是不是黄县长？

其实他的眼睛看得没有错，那骑马人正是黄中和。

原来，今天一大早，黄中和在梦中被乱纷纷的吵闹声惊醒。勤务兵急急地跑进来报告，上千人围住了县衙，还有许多人陆续赶来。他一听慌了，第一个反应是：民变，快逃！便带着勤务兵，抄起装有细软的皮箱，骑上马，匆忙奔出县城。

但他外逃要通过的恰恰都是围县攻衙的农民所在的乡。这几个乡还组织人在重要路口设卡，在路旁边的大树上还用石灰水刷了两行字："捉住黄鼠狼，保鸡又保粮！"要捉拿那逃逸的县长。黄中和几次远远地瞟见那路卡和标语，都一阵紧张，赶快改道，最后决定取道湖边，希望着找到一条船，从水上逃走。他知道，这次起事的只是几个乡的农民，渔民们不会找他的麻烦。

已远远看见鄱阳湖的波浪了。为了安全起见，他和勤务兵走进了一个渔村，把马拴在一棵桃树上，然后走进了一家院子。他提出向主人买两件旧衣服，主人是一个60多岁的老人，说没有多余的旧衣服可卖。黄中和便指着正晾晒在竹竿上的两件衣服说："这个就可以。"

那老人看了他们一眼说："你们是做事的[②]，要这么破旧的衣服做啥用？"

"有用途。我们给你两个花边，可以吗？"

"拿走吧，给一个花边就够了。"老人慢悠悠地说。

黄中和给了那老人一个花边。刚出院子，只见一个身材瘦小的青年，正在解黄县长那马的缰绳。

---

① 当地有大年三十晚上烤火熬除夕的习俗。

② 做事的：人们把公职人员称作做事的。

“干什么的？不许动我们的马。”勤务兵边喊边抽出短枪冲了过去。

但那盗马贼没有住手，也没有逃跑，而是麻利地翻身上马，用刚刚折下的一根竹枝狠狠地抽打着马的腹部，马便扬起四蹄，飞奔而去。

黄中和也拔出了枪，但没敢扣扳机，他怕引火烧身，农民们会循着枪声而来，且一瞬间那马已跑出了射程。没有了马，这对黄中和来说，无异于折了一条腿，增了几分险。但此时生气发怒都无济于事，黄中和便和勤务兵换上了用一个大洋买来的破衣服，套在身上，急急地向湖边走去。

真是吉人自有天相。刚到湖边，就看见一只渔船在离岸不远的水上行驶。勤务兵挥了挥手，大喊着：“老乡，过来，帮帮我们的忙。我们可以付钱。”

在船上的不是别人，正是仁生和他叔叔。

仁生听岸上有人喊着需要帮助，便把船靠近岸边，定睛一看，差点笑出声来：这不是黄县长吗。怎么穿了这样一件破旧的外衣，乍一看，三分像农民，三分像难民，三分像乞丐。

黄中和这时也认出了仁生，便以带着几分亲近的口吻说：“仁生，是你啊？真是太巧了，我们又见面了。”

那勤务兵对仁生说：“我们县长这是微服私访，了解民情，今天到这一带来看看。”

仁生更觉得好笑：分明是被围城的农民赶得化装逃跑，这时还打肿脸来充胖子。何苦也！便说：“那好，县长大人继续私访吧。我要捕鱼去了。”说着又划动了手中的木桨。

黄中和连连喊着：“别走。我有点急事，你用船把我送到南昌，不会让你白劳。”

仁生有点犯难，送还是不送哩？送吧，他很不愿意，这实在是一个令人厌恶的县官，贪财渎职，百姓疾苦全然不放在心上，自己不愿帮助这样的人。不送吧，他毕竟是政府的官员，如被抗税的农民逮住，在激愤农民的扁担锄头下，极有可能头破肢残，难逃一死。一个县长就这样死了，对他来说，还真有点冤。

“一个堂堂县长，现在成了这副可怜的模样，就帮帮他吧。”叔叔轻声地说。

仁生拿定了主意，把船靠岸。因渔船不大，县长二人一上船，船一下变得吃水很深。叔叔赶忙叫县长在船上坐稳，身子不要晃动。

县长立即告诉仁生："你现在就把我送往南昌吧。"

仁生停住了桨，说："用这个小渔船不行，风浪稍大，就可能翻沉。现在天又快黑了，更有危险。"

"那该怎么办？你有办法吗？"县长稍稍安定的心又变得焦虑了。

"这样吧，到我们家暂住一晚。明天天一亮就出发，换个大点的有篷船再走。"

黄中和犹豫着，这不会是什么圈套吧？便换了个方式探问："实话告诉你，我来到这里是因为有几个乡的农民围攻县城。他们会找到铜钩村吗？"

仁生很肯定地说："这个你放心吧，我们不会走漏消息。即使有人知道，一般的平民百姓恐怕也没有那么大的胆子敢到铜钩村来惹是生非。"

这一点黄县长是相信的。赵家村的名声和实力全县谁个不晓？不会有人轻易敢捅这个马蜂窝。但又一想，铜钩村会因为打官司的事产生怨恨而加害吗？可能性有，但不大。因为他至今没有判定谁家输赢，不至于如此。从仁生的话语和态度中他看到了这一点，因为仁生是铜钩村的"大佬"，他的态度就是全村人的态度。况且现在天色已晚，真是有点日暮途穷了。

但还是要弄个心中有底："仁生，对你，我是绝对相信。但其他村民会不会因你们两村的官司未断而心里有气有恨，从而……"后面他找不出合适的词。

"对官司迟迟未断，村民确实是既有气，也有恨。但我们绝不会趁机为难县长，乘人之危是很耻辱的事情。就是铁网朱家的人掉进井里，我们也不会往井里扔石头，反而可能是放绳子和梯子。所以你完全可以放心住下。"

县长听了，觉得这仁生还真讲"恕"道。便下了决心："那就照你们的法子办。"

仁生今天的鱼是捕不成了，便载着县长二人回到村里。此时已是家家灯火。

县长夜宿赵家村

仁生回到家里，早已过了晚饭时分，县长已整整一天没有吃东西，真的是饥肠辘辘，他几乎从来不曾有过饥饿的感觉，这可以说是他的第一次饥饿体验。这时为了肚子，便顾不得面子，于是有气无力地对仁生说：“快给我们弄点吃的吧。”

仁生先把大门关上。然后把母亲叫到厨房，商量做饭的事。任何客人来了都得以茶饭相待，这是起码的礼节，但母亲很为难地说：“家里什么都没有，哪做得出给县长吃的饭？”

“有什么做什么吧。”

“那我先到祥生家借几个鸡蛋吧。”母亲让水花开始生火，自己出门去了。过了一会儿，她回来了，把两只手藏在上衣摆里面，为的是不让客人看见自己的鸡蛋是借来的，从而心有不安，影响吃饭的情绪。

水花问母亲：“这个县长不是坏人吗？为什么还给他饭吃？”

母亲回答说：“在衙门他是坏人，到了我们家就是客人了。”

水花噘了噘嘴巴说：“那我们去他家，他也会这样给我们做饭吗？”

母亲笑了笑说：“我害怕去县长家。你如果胆子大，什么时候去试试吧。”

水花“扑哧”一声笑了。

母亲又催促说：“把火捅大点。客人一定很饿了。”

水花用火钳向灶里送进去一把柴，又在灶膛里左右拨了拨，火变得更大了。在火光的映照下，她的脸显得那么纯真、那么美丽，母亲不由得又想起被卖掉的山花，心里一阵酸楚。

好一阵等待，县长看见饭菜端上来了。一盘炒鸡蛋，一碗酒糟鱼，还有两样蔬菜和一碟咸菜，另有闻上去十分诱人的一钵热汤。

虽然和上次来铜钩村的菜肴有天壤之别，但此时此地，黄县长也觉得桌上全是美味佳肴了。尤其那汤，县长从未喝过，端起碗试着喝了一口，是从未体验过的味道与香气，便不禁问了起来：“这是什么东西做的汤，这般好喝？”

“干河豚。”仁生妈回答。

县长不由自主地停下了筷子，不无担心地说：“河豚，不是吃了会中毒吗？”

仁生笑了笑说：“河豚本是美味，不会做，吃了可能会有毒，会做就绝不会有毒。”

“你们做河豚，有什么秘诀？”

“把鲜河豚宰了，剥去皮，去掉内脏，控干血，就可以下锅了。也可以晒成干，需要时烧成汤，和鲜豚一样好味道。”仁生妈过去觉得县长高高在上，令人敬畏，今天看来好像和平常人也无大的差别，所以壮着胆子带几分紧张地说了河豚的做法。

黄县长这才又拿起了勺子和筷子，饭菜似乎更香了。他把筷子伸向了酒糟鱼，这也是一道很有特色的菜，是把大小鱼剁断成块，做熟晾干和酒糟拌在一起，配以盐、椒、油等作料，放进密封的坛子，吃起来既有酸甜之味，又有酒醇之香，风味独特。黄县长又吃了一口觉得很有味道，这道菜是他平生第一次品尝。

仁生插话说：“这酒糟鱼大多是小鱼小虾。我们渔家虽然天天能捕到大鱼小鱼，但自己吃的总是小鱼，因为小鱼卖不出价钱。俗话说，虾公细鱼，胜过鳜鱼。小鱼肉嫩，有时比大鱼味道更好。只是你得小心被鱼刺卡着。”

“那我就小心点。不过，我常常吃鱼，不会让鱼刺卡着的。”但话音刚落，县长停下了筷子，自己嘟囔着：“真好像卡了鱼刺。”然后大声咳嗽，想用力把刺咳出来。但轻一声重一声地咳了十几声，喉咙依旧感觉难受。他心跳有点加快了，这附近当然没有医生，如果发炎或鱼刺进入到肺里，那就很可怕了。吃饭卡个鱼刺本是太常见的小事了，但似乎越有知识的人便越有过虑的毛病，那个忧天的杞人一定是个读过很多书的人。

见县长的眼泪和鼻涕都咳出来了，一副狼狈的样子。仁生只觉得又同情、又好笑。便告诉县长：“不用害怕。我们被鱼刺卡的时候多了，从不找医生，也不见有什么严重后果。”

县长一听，像闷热中吹来一阵清风，好受了许多。便问：“你们用什么办法去掉喉中鱼刺？”

“很简单，第一个办法是，扒进一大口饭，不要咀嚼，强行咽下去，鱼刺也就随着饭粒下去了。”

县长摇了摇头说：“这法子不行，从道理上讲，饭对刺形成挤压，只会使鱼刺越陷越深。”

“那就用第二个办法吧。”仁生说着，心里则想着，去根鱼刺还要讲究什么道理？

县长立即急急地说："第二个是什么办法？快讲。"

仁生说："含一大口水，仰起脖子，不要咽下，运气让水上下滚动，发出呼噜呼噜的声音，通过水的震动也可以把鱼刺带出来。"

县长赶忙照做，但试了一遍，仍然无效，他又开始紧张了："这可怎么办？"

仁生安慰着："不要紧的，再试一次。"

黄县长又试了一次，吐出水后，紧接着咽了两口唾液试了试，高兴地说："刺没有了，没有了，真的给震出来了。"

县长晚饭吃得差不多了，正想离开饭桌，"吱呀"一声，门被推开，声音也跟着进来了："把门关上干什么？你们家是不是有鬼？"

县长闻那声、听那话，吓了一跳，莫不是有人进来找他、查他、害他？当然县长不知道，这里的人家除了晚上睡觉外是从不关门的，关了门，别人便会觉得很是奇怪。串门的人也是从不敲门，推门便进。

推门进来的是蛇叔和飞天拐子，仁生招呼他们坐下。

蛇叔很快发现了坐在桌边的黄中和，便不冷不热地说："黄县长，什么风把你吹到这里来了？"

飞天拐子一见是县长跑到这里来了，气便在腹中一阵紧一阵地滚动，像大暴雨前的雷声。骑马打伞也找不到县长，今天居然撞上了，可不能让这县长太自在。

县长尴尬一笑："有点事路过这儿。"

这做官的还真能装。明明是落荒而逃，还居然挺着胸脯、面不改色地说成是"路过"。

飞天拐子说话了："县长大人，真的是有'点'事？能告诉我们是什么事吗？"

县长答："这个不便说。"说话中又显着几分做官的威严。

"是不是与性命相关的大事？"飞天拐子憋不住了，一语道破。

这一说，县长有点慌了，难道他们知道农民围城的事？他对飞天拐子的冷嘲热讽很想发作一番，但现在自己是拔了毛的凤凰不如鸡。这些人脾气刚烈，喜怒无常，说翻脸就翻脸，把他们惹急了，后果很难预料，可能祸发眼前。

看到仁生，他好像有了救命稻草，便压住火气说："仁生清楚，有事可以问他。”

仁生正要说什么，飞天拐子抢过话头：“不用问，县长骑马逃出城的事，全县连二万倌也知道了。”

仁生见飞天拐子毫不客气、言语尖刻，便说：“别瞎说了。县长好不容易来一趟，我们要以礼相待。”

“我们对县长大人是以礼相待，可县长大人对我们却是以骗相待。”

蛇叔也说话了：“是啊，我们与朱家的官司告到县衙都一年了，至今连个气泡也没有。县长大人，这样的大事，就连庙里的泥菩萨也不会不急呀？”

县长很少见地点了点头：“时间是拖长了点，下一步会抓紧办理。”

屁话！你现在性命都难保，还说这冠冕堂皇的话，会不会有“下一步”，也只有天知道。飞天拐子一想，今天有机会，得先解解恨、消消气再说。

“你有没有下一步，下一步怎么办，我们都说不清楚。只是要告诉你，你这牛拉死骡子般地一拖，不仅使我们失望、伤心，还使我们的生活一天比一天困难，许多人吃了上顿没下顿了，你知道吗？”飞天拐子首先发炮。

县长又微微点了点头，并没有回话。他觉得和这些人说话那是秀才遇到兵，有理讲不清，只想尽快结束这令人带几分害怕的局面。

“你作为堂堂一县之长，这样做，你不觉得脸红吗？你对得起你身上的官服吗？你拿着政府的薪水舒坦吗？”蛇叔又说开了。

二人是轮番上阵。飞天拐子又吼上了：“你要多征税，农民就把你逼得鸡飞狗跳，照这个法子办，我们渔民早就该围攻县城了。不为老百姓办事的县官要他干什么？”

县长听了这句话，很是害怕。他以求救的眼神望着仁生。

仁生当然明白他的意思。蛇叔、飞天拐子也出了一通气，应当适可而止了，还是那句话，得饶人处且饶人。便说：“这年头谁都不容易，相信将来有机会，县长会秉公办理。你们都回去睡觉吧。”

但飞天拐子还得再说一句：“你真是造化大，碰上我仁生哥这样的好人，否则你不费灯草也费油……”

没等他把话说完，仁生便推着二人往外走。

“真是善恶有报。”随着关门的声音，从门外传进了一句更难听的话音。

黄中和长长的叹了一口气，抹了抹头上的汗，连连说："这里的渔民果然厉害。仁生，很谢谢你。"

"不用谢。我们这里的人确实天不怕、地不怕，和阎王老子也敢打一架。有时蛮不讲理，但有时也非常讲理，请别介意。"

县长一声苦笑："不过细细想来，他们的话虽然粗点，但也不是全无道理。我也有苦衷啊。"

仁生关好门，正准备安排县长就寝，这时，又有人先是推门，既而敲门。县长刚刚放平的心又悬起来了，连连摆着手说："别开门，别开门。"

"你们连门都不敢开，成了乌龟缩在壳里了？"门外响起了一个女人的声音，这是义生娘的声音。是蛇叔故意告诉她，县长来了，在仁生家。她便带着怒气赶过来了。

仁生对她一直有着愧疚，别人来了可以不开门，她来了哪能不开门？如果不开门，天知道她会唱出什么大戏来。

仁生以劝慰的语调对县长说："没关系，你就兜着点吧。"说着把门打开了。

义生娘几乎是冲进了屋里，对着县长像是喊着似的大声说："县长大人，认识我吗？"

黄中和挠了挠头，又摇了摇头。

"县长看人眼睛不好，但如果我拿着一件乾隆瓷器，你的牛眼睛一定会瞪得又大又圆，看得清清楚楚。"

县长想，这个妇人怎么一见面就生气发怒，话中带刺？难道湖边的女性像鄱阳湖的菱角，长四个尖角吗？这时他记起来了，这是那被摔碎了的乾隆青花罐的主人，他听仁生讲过罐子摔碎的经过。心想，又难免受一顿数落甚至臭骂了，但只能心上插把刀——忍着。

"县长大人，我想请你断一件差点死了两个人的官司。"

县长想：这是什么意思？罐子破了和死了两个人有什么关系？但他不想问，甚至不想说话，以免事情变得更糟。

义生娘的声音变得严厉了："那个瓷罐子是我男人用命换来的，也就是我男人的命，我也差点因这个罐子丢了性命。你说那个要我罐子的人是不是谋财害命?”

这个女人厉害呀，这两件事联得上吗？还居然被她生拉硬拽地扯在了一起？他在内心自嘲着：兔子急了也咬人，人人都有厉害时。在公堂上我审过许许多多的人，都是我爱怎么说就怎么说，这次就算当一次被告吧。

“你为什么不说话？你可是一县之长呀。对这样谋财害命的人要不要让他坐监入牢？砍头示众?”

县长听到这里，更不敢吭声了。

“县长，穷人有穷人的宝贝和快乐，当官的有当官的宝贝和快乐，这本是井水不犯河水的事。可你为什么要抢走穷人的宝贝、夺去穷人的欢乐?”

义生娘越说越激动，变成了带泪的哭诉：“你不是父母官吗？虎毒不食子。你能对自己的子民下这样的狠手，比老虎还毒三分哪!”

县长此时觉得又愧又怕。这湖边渔民连女的也这么厉害？看她眼睛充血，头发抖动，满脸怒气，如果手边有刀，她还真有可能会提刀砍过来。

就在这时，义生娘突然喊着：“还我瓷罐，还我男人。”便冲上去要与县长厮打。

仁生见状，赶快拉住，连连劝说。义生娘此时气得话也说不出来，浑身抽动，没有了力气。仁生便和母亲趁机边劝边搀扶着她向门外走。这时看见门外还有两个人影，是飞天拐子和蛇叔，正在门边看大戏，听义生娘怒斥县长、寻开心呢。

仁生低声把他们骂了几句，然后让他们把义生娘送回家去。

仁生回到屋里，安慰了一阵县长，便安排县长就寝。

房子太小了。仁生便安排县长二人睡在自己的床上。

县长走进房间，立即把鼻子掩了起来，并用眼睛向屋里巡视。仁生明白了，屋里的一角放着尿桶，从那尿桶发出强烈的臊臭味，便赶紧把尿桶提到了院子里。

县长这才上床，但还是觉得屋子里有尿的味道，便把头钻进被子里。但那被子又硬又破，同样发出难闻的味道，脑袋放哪儿都不合适。县长哪曾在如此这般的条件下睡眠？真是人到矮檐下，不得不低头。其实，人的适应性本是极强的，叫花子做皇帝，皇帝做叫花子，他们之间的角色转换有时并不太难，并且会很快。一会儿，县长也就睡着了。

县长睡到半夜，起来方便，屋里没有便溺之器，只能到门外。因为没有灯，漆黑一团，不料刚走到那昨晚吃饭的厅堂，便踩在一个人身上，吓了一大跳。

被踩着的人是仁生，他赶快爬起来点亮油灯。县长一看明白了，原来仁生无床无被，在地上铺了一层稻草，盖了几件衣服在这里过夜。他未免微微心动，这个渔民还真像个受了礼义教化熏陶出来的臣民，每个百姓都像这个人一样，天下可就好治了。

黄县长便溺完，再到床上睡觉，却怎么也睡不着，万千思绪涌上心头。国家、县衙、渔村、自己、渔民、农民一个个像皮影似的在脑海里碰撞交叉，犹如一团乱麻。

未等天亮，他便起床。仁生也起床了，准备向南昌进发。

仁生本来的安排是：让老实而又力气大的祥生和义生驾船送他们去南昌。但县长死活不愿意，因为他觉得一离开仁生，就像猴子离了大树，自己的处境就会变得难测，甚至有生命之虞。如果派去送他的人在路上来点小动作，那他可是叫天天不应、叫地地不灵了。

仁生无奈，只好自己和祥生、义生一起同往。五人便乘着一条有卷篷的渔船，向南昌划去。这种船，船体较大，是去远处捕鱼用的船。能抗风浪，还可以在船上做饭、睡觉。

一会儿，湖面上刮起了不大不小的风，小船便升起了风帆，破浪而行。黄县长此时无心欣赏湖上美景，只是闭目养神，心里盼望着快快抵达南昌。

那祥生天生一副好嗓音，高亢洪亮，小时候还跟一个戏班子唱过戏，会一些戏文和乡间小调，划船赶路，费力而又无聊，便随口唱起了渔歌：

（一）

鄱阳湖水呦，那个宽又阔，
肚里装下呦，千条万条河。
春天到来呦，湖像镜面亮，
秋天来了呦，鱼虾装满箩。

渔民日子呀，真呀么真好过。

（二）

鄱阳湖水呦，那个波连波，
一年四季呦，狂风恶浪多。
夏天到来呦，雨打船穿洞，
冬天来了呦，风寒人哆嗦。
渔民日子呀，真呀么真难过。

（三）

鄱阳湖水呦，那个涨又落，
桨起帆动呦，大小船穿梭。
春夏秋冬呦，好像鸟飞去，
酸甜苦辣呦，刻刻在心窝。
日子好坏呀，都呀么都得过。

在黄中和听来，祥生不仅嗓子好听，而且那曲调也很有味道，尤其那词很有特点。他在玩味着那最后一句“日子好坏都得过。”是呀，好日子坏日子你无法躲避，无法抗拒，还得一天天活下去，真是很有哲理，也许这正是支撑渔民忍受苦难、穿越风雨从而勇敢地生活下去的精神力量。

船划了一程又一程，在日傍西山的时候，船停在了滕王阁旁边的码头。不过那享誉天下的江南名楼早已不在，只剩下一个堆有一些乱石的小土墩。再美好的东西也似乎难逃命运之手的推搡捏拿，何况人乎？

黄中和要付钱，仁生一再推却。黄中和还是向船上扔了几块花边，然后和勤务兵登岸离去。

村规如铁

朱家备战的消息很快传到了赵家，仁生便也赶忙布置，做开仗的准备，检修武器，修订村规。开始对年龄、身体等符合一定条件的村民，派发刀枪。

凡是得到刀枪的人必须服从安排，听从指挥，上阵拼杀。

这一天，勇生把一把梭标送到了义生家里，义生没说什么，默默地接到手中。但义生娘却态度明确而坚决，不肯让儿子接枪参战："我家为打仗已损失了一个乾隆瓷罐，义生又是独子，断然不能领刀上阵。"

这时的勇生俨然成了一个领头者，平时的说说笑笑全没了踪影，一脸严肃地说："大婶，你可不能这么说。这是全村的事，能上阵的都得去。这也不是当兵，独子不征。这是村规，村规硬如铁，谁敢不去？"

"难道村规比政府的法规还要硬？"

"政府的法规我不懂，也管不了，但村规我明白，我能管。俗话说，在村里端着碗，就得受村里管。"

"我不管什么村规县规，我的义生就是不去。"义生娘又怒冲冲地一把夺过义生手中的梭标，用力往院子里一扔："谁爱去谁去！"

"你这就不讲理了。都像你这样，村子不就完了？"

"完就完，反正也没有什么好日子过。"

勇生不再与她争吵，赶紧把手中剩下的刀枪发送完了，然后又来到仁生那里，大家碰头议事。

从各路分发刀枪的情况看，很是顺利，虽有犹豫的，也有不赞成械斗的，但明目张胆拒绝的只有义生娘一人。

大家商量的结果是：绝不能让一粒老鼠屎坏了一锅汤。再去劝说一次，如果再拒绝参战，便按村规办事。这个时候绝不能有人动摇军心，否则就会像做饭做到一半，灶膛里抽了柴，那就成了夹生饭，夹生饭再怎么添柴加火也是做不熟的。

仁生带着好几个人来到义生家里。义生很平静地表示，他愿意和大家一样，上阵参战，并且还要显一显无人能及的飞叉功夫。

但对义生娘反复劝说，嘴皮都磨薄了却还是凉水淋石头，毫无作用。她还扯着大嗓门、飞着唾液沫子对仁生等连嚷带骂加推搡。

仁生忍不住发话了："大婶，我们是对事不对人，实在没办法，那就只能按村规办了。"

"你们办吧。老娘是吞了秤砣铁了心，不在乎。"义生娘依然态度强硬。

“那就动手。”飞天拐子未等仁生再说什么，便招呼几个人，冲到猪栏前，把里面正在“咕咂咕咂”吃食的一头大肥猪一把抓住后腿，拖了出来，有人已拔出明晃晃的杀猪刀来。

义生娘原想她强硬一些，村里念她损失了瓷罐，或许会高抬贵手，想不到这些人竟然毫不留情地动真格的，这村规真是比铁还要硬。既然如此，那就豁出去了，她顺手操起两尺来长的衣杵，要冲过去与这些人拼命。仁生喝了一声：“义生，把你妈劝住，别弄出大事来。”那义生很是忠厚老实，便把母亲拦腰抱住，还一边劝说着。

义生娘一看这架势，知道胳膊拧不过大腿，便对义生又骂又踢。义生便把妈妈连抱带拖送到了房间里，看着她又哭又骂。

大家七手八脚地把猪按在用门板和板凳临时支起的案板上，那飞天拐子拿过尖刀，对着猪那肥厚的脖子用力斜插一刀，顿时鲜红的血像小瀑布一样喷涌出来，飞泻到放在地上的木盆里，发出“嘭嘭”的响声，并飞溅到盆外。

飞天拐子拔出带血的刀，带几分得意地说：“虽然我没有杀过猪，但功夫还是很到家。你们看，一刀直插心脏，立马把这猪从圈里送到锅里了。械斗时对铁网朱家人，也得和这杀猪一个样。”然后把刀在猪的身上反复揩试着。

大家准备把猪抬到开水锅里煺毛，但不曾想到的是，那猪却突然从案板上蹦到地上，并站起身，撒腿就跑。看来刀没有伤到要害处，大家都以嬉笑的表情看了看飞天拐子，其实这种事平常也并不少见。

那猪舍命奔跑，一路鲜血淋漓，飞天拐子便带着几个人紧紧追赶。那猪穿过一户人家晒酱用的木架，木架上装满酱的几个陶盆翻落下来，正砸在飞天拐子的头上，又摔在勇生的背上，顿时两人从头到脚扣满了不稀不浓的酱汁。用手一抹脸，顿时成了酱猴，真是又好气来又好笑。

最后，他们总算把已然精疲力尽的猪抓住了，然后重新抬到那门板上。飞天拐子卷了卷袖子，紧抿着嘴，又拿起了尖刀。

这时，仁生开腔了：“且慢。是不是猪也只能有一刀之罪，没有两刀之罪?”

仁生这句话的意思是“不能重复加害”，这源于一个故事。很久很久以前，有两个相邻的村落打仗。一个村落的规定是：凡逮回来的俘虏，都用利刀砍头，并且要一刀致死，叫“一刀了结”。一次械斗后抓回来对方的一个人，正要“一刀了结”，他10岁的女儿出现了。她跪在地上泣告刽子手，自己将来会常常思念父亲，恳求把父亲的头发先剁下来，留作纪念。

好像刽子手有时也会心慈肠软，居然同意了，一刀把俘虏的头发剁下，交给了女孩。女孩接过头发，便抹去眼泪，理直气壮地说道：“我听说你们村的规矩是‘一刀了结’，我父亲只有一刀之罪，没有二刀之罪。砍下头发已经用了一刀，就不能再砍第二刀。”

族长望着可爱的女孩，生了悲怜之心，便不再对她的父亲用刑，而是松绑放人。从此以后，便形成了人们不对被俘的伤者进行二次加害的观念。

大家听了仁生的话，知道他的意思是什么。勇生和飞天拐子只好很不情愿地把猪放了，并赶快跑到水边清洗身上的血迹和酱汁。

这时，仁生走进里屋，很关切地对义生娘妈说：“大婶，你也看到了，村里的规矩不能随便破。就像划龙船，一人不用力，船就可能输。这样吧，你还是让义生上阵，后面的惩罚也就不用再进行了。义生很快要结婚，到时我多请一些人来吃喜糖。这样，对大家都好。”

勇生又接着说：“大婶，义生是独生子，仁生也是独生子，他一直为大家张罗，还要冲在前头。义生不上阵，这说得过去吗？”

义生娘这时觉得他们说得也确实有道理。她更知道后面的惩罚是什么：无情地铲谱出村。想到这里，她看了看儿子，妥协了，但不肯明确表白认输，而是说：“你们有话，问义生自己吧，我不管他的事了。”给自己找了个台阶。

“义生，你什么态度？”仁生很认真地问。

义生微微点了点头：“我听大家的。”

一场风波宣告结束。

这样，在同铁网村进行战斗之前，铜钩村内部先进行了一场战斗，这是一场捍卫村规、捍卫传统的战斗。传统的力量太强大了，太奇特了。其实，两个村几百年的冲突，其内容和本质都与传统相关。

然后是对准备上阵的人分队进行操练，研究阵形，进行分工，做着械斗需要的各种准备……

风雨灭战火

双方约定交战的日子到了。

俗话说，三月三，九月九，无事莫在水边守。是说在这两个日子，一般都是坏天气，风雨交并，浪高水急，人们应远离江边、湖岸以避险。但今年的三月三却一反常态，看不见一点风雨来袭的样子。

虽是三月初，天气却显得燥热，天空一片湛蓝，飘荡着一些灰色的云，天的四边则涌动着成道成片的火烧云，把湖水染作一片血样的红色。

仁生率领大小1000多只渔船，浩浩荡荡地向插旗洲方向开去，那是双方约定的战场。那里也曾是500多年前朱元璋和陈友谅尽遣水师，进行决战的地方，不曾想到，今天又一次成为了战场，并且同样是船对船的水战。历史就是这般捉弄人，有时显得无情，有时却又似乎很是神秘和有趣。

每只船上都有一面小旗，上写“铜钩赵”三个大字，那“赵”字大而醒目。每20只小船组成一个战斗单位，前有一只较大的领头船，上面有一面大旗。仁生等人坐的则是一只全村最大的船，这是指挥船。船上有鼓有锣，还有黄绿两色的指挥旗。击鼓，进攻；敲锣，后撤。黄旗指向的方向是进攻的方向，绿旗指向的方向是撤退的方向。

仁生坐在大船上，举目四望，但见渔船一只连一只，塞满方圆几里的湖面。大家似乎并不害怕，虽然没有平时的说说笑笑，也不见有什么畏惧、恐慌。只是认真地、用力地扳舵划船，好像不是去进行一场必然会有伤亡的战斗，而是结伴去赶一场大集，或是做一场水上游戏，同几天前在湖上的演练并无大的差别。这便是人多势众的效应，大家胆子都好像忽然变大了。

但，仁生的心绪却是随着湖上的波涛起伏：双方接仗后，便必然有死有伤。为什么老天爷做这种安排，使人们犹如猛兽在林，互相撕咬，并且这种刀对刀、枪对枪的战斗，比野兽之间使用尖牙利爪的撕咬要残酷得多，后果也要严重得多。

已然隐隐约约地看到插旗洲了。这洲为什么会长大呢？不长大，双方可能也就不会发生冲突了。远远看去，那插旗洲真像在水中浮着的鳄鱼，似乎要随时扭动身躯，摇动尾巴，张开血盆大口，露出利牙，向水上渔船发起攻击，致人于死地。但，如果那真是鳄鱼也好办，拼一死去与鳄鱼拼死搏斗，就像那传说中周处勇搏蛟龙一样，或许能斩杀那凶恶的怪物，换得这水域的平静。但现在面对的是有头脑、手中有武器的人，便远不如搏杀鳄鱼那么简单了。并且可恶的是，这个形似鳄鱼的插旗洲还在一天天、一年年变大，由此产生的纷争便会永不停息。代代都说这是鳌鱼之地，他真希望鳌鱼再换一次肩，又出一点意外，从而天翻地覆，让插旗洲回复到500年前的样子，那争执就可能一下风平浪静了。

前面发现了无数船只，铁网朱家船队的影子越来越清晰。朱家的船和赵家的船略有不同，前宽而后窄，据说是当年朱元璋打仗使用过的船，因此也叫“朱斗船”。这种船因前面较宽，铺有木板，便成了一个小小的作业平台，捕鱼时便于下网收网，打仗也可以多人站立，并有一定的活动余地。但也有缺点，前宽便增加了水的阻力，影响船的速度。

仁生叫大家吃一点随身带的干粮，喝几口每船配备的烧酒，这样既可以补充力气，也可以减少恐惧而增添勇气。俗话说，酒壮㞞人胆嘛。

这时，前面水中突然出现了好几只大型水生动物。看上去像裸游的妇女，露出了脑袋和乳头，并怀抱着孩子。大家知道，这不是一般的鱼，是江猪，背部是灰色的；腹部是浅白色的，则叫白鳍豚，是珍贵的水生哺乳动物。在上半年，只要这种动物出现，往往伴随的是狂浪骤起，风雨满天。所以打鱼人、行船人都不愿见到这江猪、白鳍的出现。

果然，不知什么时候天空已变得低沉，乌云四合，快速翻腾，从四面八方压向湖面，压向湖上的船队。既而船上的旗帜由舒展飘拂到“哗哗”作响，有的还被刮到湖里，甚至飘到对方船阵之中。风到处，波涛涌起，浪一个接着一个，一个推着一个，并且一个比一个大，一个比一个猛，有如涌动的山丘，又像翻滚的乌云。紧接着的是天裂了似的大雨狂泻，打在湖面上，“哗啦哗啦”的声音统治了整个湖面，犹如千军万马在驰骋、在厮杀。湖面顿时烟雾四起，浩浩茫茫一片，水雾让人看不清船头船尾，大雨打得人睁不开眼睛。风、雨、浪、雾像个撒野的魔鬼，把整个鄱阳湖当作一个摇篮似的摆弄，好像要把整个湖底倒扣过来埋葬湖上的一切。船像树叶一样在浪峰浪谷上下颠簸，根本无法控制。这时双方船队已相距只有不到一丈远，但此时别说提刀执棒，你来我往相互攻防，就连人在船上站立都极为困难。

仁生见状，立即下令敲锣，指挥船队后撤，并尽可能就近靠岸躲避风浪。

对方做出了同样的选择。

于是，在风里、浪里、雨里，大船小船，乱作一团，既而互相拥挤着、裹挟着向岸边驶去。浪推得船忽上忽下、忽左忽右地飘动打转，有船被打翻了，只好弃船爬上别的船逃命；有的人掉下水里，被他人接应到船上。靠着长久练就的本领和驾船的经验，加上互相照应，船队终于陆续靠岸。

赵家村的人纷纷上岸。此时风雨稍小，忽然发现船队中竟有一只打着“朱”字旗号的船。原来在狂风急雨中，方向莫辨，在混乱中有一条朱家的船随着赵家的船队逃离大浪撤到岸边。这条船上的不是别人，正是朱继元家的老大和老二——金根和木根。金根兄弟一看四周全是赵家的船，心想糟糕，老天爷竟让他迷失在敌方的船队之中。兄弟俩知道逃出去已无可能，便抹了一把脸上的雨水，紧了紧腰带，思考着对策。

发现了朱家的船只后，飞天拐子和勇生带领几个人围了上去，亮出刀枪，摆出了攻击的架势。仁生见状，用力伸出了右手，并做了几个手掌下按上提的动作，喊着：“先不要动手，问问情况再说。”

仁生也把船靠了过去，认出了是金根木根兄弟，便说：“我认得你们。”

金根兄弟无语，只是紧握手中的长枪，准备最后一搏。

飞天拐子吼道：“先把这两人杀了再说。既然打仗，没有什么情面可讲，还管他认识不认识?”

“这不是真正的打仗，分明是风雨让我们误入了你们的船队中。这样杀了我们，算不得本事。”金根大声回应。

“嘿嘿，你鸭子死了嘴还硬。打仗还管什么风、论什么雨，合该你们倒霉。”飞天拐子又要攻击。

“且慢。”仁生的话还没说完，飞天拐子便叫了起来：“慢什么？这落到锅里的鸭子还不炖了?”

此时，仁生的脑海里突然浮现出父亲和爷爷临死时的画面。因果报应，也许这正是报杀父之仇、了却爷爷遗愿的天赐良机，今天可以不费什么力气，轻而易举地让这两个人成为刀下之鬼。可杀人毕竟不是一件可以随意做的事情，并且父亲又明明交代不要恩怨相报，不必为他复仇。到底该怎么办？他犹豫着，便问身边的蛇叔："对这两个人如何处置？"

"过去从未遇到过这种事，这情况像是战场中，又像战场外，我看杀和不杀都是可以的。"

这时，祥生等人也把船靠近了金根兄弟的船，准备动手。

仁生一面喝住飞天拐子和祥生等人，一面对金根兄弟说："今天我们完全可以杀你，战场上本没有那么多道理可讲。但我们赵家历来以仁义为本，这么多人在今天这样的情况下杀你两人，实在有损我们村的声誉。"

兄弟二人也不作声，担心说话不当，激怒了对方，那就可能即刻命丧刀下。既然对方的领头人此时表示出的好像是善意，就要尽可能地利用这种善意。

飞天拐子大喊："不杀也不能就这么把他们放了！这也太便宜他们了。"

"那你说怎么办？"仁生问。

"至少要让他们长些记性，留下一些记号。割下他们的耳朵、鼻子，或砍下他们几个指头。"

"说得对！就得这么办！"祥生等几个人应和着。金根兄弟一阵战栗。

仁生接过话语："不，我们不做那种用小弟弟打人、不痛不痒却臊气难闻的事情。割耳剁手，不仅不能帮助我们战胜对方，别村人还会笑话我们。"此时，湖上风雨已经稍歇，很多人听到了仁生的话语。

勇生在仁生的耳边悄悄说："不能随随便便地就把这两个重要的人物放了。我想可以把这两个人扣下来，让朱家答应了我们的条件再放人。"勇生想得还挺深。

仁生觉得这倒是一个可以考虑的方案。但提什么条件呢？此时湖上风雨又起，虽然不如刚才那般骇人，但湖上依然波涛汹涌。此刻仁生的脑海中也是心潮翻腾：把金根兄弟扣作人质，朱继元绝不会善罢甘休，各种难以预测、难以控制的事态都可能发生；让对方答应退还本属赵家的水域，朱家会同意吗？即使同意了，把人放了，又能保证朱家真心履行承诺吗？但如果就这样白白地把这二人放了，村子里许多人肯定不同意，弄不好激起众怒，马上就可能把朱家兄弟杀死。外村人听了，也真会认为赵家害怕朱家，不得不放人。时间紧迫，容不得他多想，他很快有了主意：放人促和。

仁生便对着金根厉声说："我们村大多数人的态度你都看见了。这里有两条路供你选择，一条是割了你的耳鼻，放你回去，我们改日再战；第二条是你们村同意通过和谈解决问题，你们就可以平安回去。"

金根心里暗喜，答应和谈就可以平安脱身，这是很占便宜的买卖。便回答说："可以谈。"

"那好。回去同你父亲好好商量，我们选日子再谈。"

金根点了点头，没再说什么。

仁生伸出双手，指挥着船队让开一条航路，使金根兄弟的船脱离开赵家的船队，回到湖上，返回自己的村里。

赵家村的许多人对此很不以为然，但又觉得，如果能换来和谈，换回水域，换得解决问题，倒也不是坏事。

天色已近傍晚，这时大风变小，湖浪不惊。仁生便招呼大家仍然排成战斗队形，划回本村。大家这时更是呼风呼哨，狂呼乱叫，比力气，比船技，船如利箭齐发，向前疾驶。

金根兄弟抹了抹头上和冷汗混在一起的雨水，快速往铁网村划去。快近村边，只见自己村里的船又黑压压地驶了出来。划到近前，领船而来的竟然是父亲朱继元。以列阵对打、上船厮杀而论，父亲早已退至幕后了，今天怎么又挺立船头、威风八面地率领船队重出江湖？

朱继元一见到兄弟俩，一直紧绷着的脸和紧缩着的心立即变得轻松了："老天有眼，你们回来了？"

原来大家回到村边清点人数时，发现缺了金根木根，便没有回家，而是告知了在家中等待大战消息的朱继元。朱继元一听两个儿子失踪，立即急得双眼冒火，便亲自率船队来找。他已打定主意，如果两个儿子被赵家杀害，那么今天一定以血洗血，拼死也要与赵家见个高低。

金根详细地把事情的经过说了一遍。朱继元点点头说："看来赵家还是有聪明的人，有懂道理的人。如果今天他们胡来，那一定要让赵家人尸横鄱阳湖。既然坏事没有发生，那我们也收兵吧。”

此时夜幕开始降临，两个村子的人都拖着疲惫的身子回到村里，回到家里。家里人一个个把揪着的心放了下来。谢天谢地谢风雨，上船的人都平安无事，顺利归来了，家家的油灯也显得别样的温馨。

如果不是天气突变，不知多少家庭将会在哭声中度过今天的夜晚。许多人在暗暗祷告，企盼着天风天雨能继续护佑着人们。许多人相信，这次两村船已相靠，但却因风雨骤然阻止了战斗，一定是老天爷的安排。就像平常许多人所说的那样，这就是令人难以捉摸的老天爷，你看不见，摸不着，但却能感觉到他的存在。人们有时是多么的无奈和无助，只能把自己的命运交给那神秘诡异、变幻莫测的老天爷了。

出谱唱大戏

一场制造死亡的搏杀因风雨而暂停。或许仁生的“放人促和”之策起了作用，双方交战的事暂时被搁置，形势变得缓和起来。几个月后又是捕鱼季节，两村便又忙于捕鱼了。

转眼间，北风刮到湖边，风寒水冷，岸上的青草和水里的芦苇都由碧绿变成了衰黄，又由衰黄变成了枯白，在风中不停地摆动，发出单调的音响。冬天到了，捕鱼季节结束，和农民一样，渔民也进入冬闲时节。

各种生产活动基本停顿下来，但商贸活动却变得活跃起来。人们要把一年辛勤劳作后，从山上采收的山货，从湖上捕获的水产，还有从土地上收取的果实，拿到集市上交易。这时其他社会活动也因为有了时间、有了一些钱财而纷纷展开，说媒娶亲、修房起屋、说书唱戏、修谱论祖、采购年货，成为日常生活的主要内容。调适着人们的物质生活，也给辛劳一年的人们极大的精神抚慰。

过年的气氛越来越浓，朱家赵家两村渔民已逐渐放下心来，暂时从心中驱离了械斗的阴云，享受着冬日的休闲和生活的多彩。

仁生来到了位于赵家和县城之间的曹家村，他来这里是为了放松一下绷紧多时的神经，还因为他是一个戏迷，特地赶来看一场大戏。当地人都喜欢看戏，“不愿吃饱了翻地，宁愿饿肚子看戏”，这一说法是足以道出人们对戏的喜爱与热情。

在乡间，人们感兴趣的消息总是传得很快很远。人们早就听说了，曹家村的族谱修了好几年，年前要出谱了，并请来了南昌的戏班子来唱戏，还要唱三天三夜。在当地，修谱出谱对相关的家族、整个村子乃至远近的同一姓氏都是极为重要的事情。人们可以循谱追踪，从宗谱家谱中知道自己源出何处，又怎么经过漫长的旅程、不停的变迁，历尽无数坎坷来到了现在住的地方，成为了现在的、归属于某个姓氏的人。人们还会很关注自己的祖先，尤其是祖上出现过重要人物的家族和姓氏，由此会感觉到十分荣耀。当然，修谱最重要的是把上一次修谱后出生的男丁，依据血缘关系记入谱中，延续过去，开启未来。因而修谱是炫耀姓氏的地位与功绩、传承本宗本族传统与精神，记述本姓氏人口增殖情况和发展轨迹的重要行为。

实际上，修谱不仅能慰藉心灵和滋养精神，而且也是很有实际意义的活动。它能极大地增强同姓氏人之间的凝聚力、认同感、亲和力，在适当时刻说一句“一笔写不出某一个（姓氏）字”，相同姓氏的人便会立即变得亲近，有危难就极可能出手慷慨相助。人口较少的姓氏与大宗大姓发生冲突时，则往往会采取忍让、退避的态度。因为他们面对的不仅是一村一社的人，而是整个宗族、姓氏的人。这也会助长大姓大族的优越感和仗势欺人的霸蛮行为，同时也助长了人们的宗亲意识，希望依附在宗亲的集体力量中得到庇护，人们也就会很自然地以自己的力量去捍卫宗亲的荣誉与利益。

那些历史上出现的与本族本宗同姓氏的名人，即使与本村本宗实际上并无任何关系，但也会寻曲探幽、攀龙附凤，有根有据地讲到彼此之间的亲缘关系；如果确有某种关系哪怕是并无确据的关系，只是传说逸闻，则会穿凿附会，使之变得有鼻子有眼睛，不容怀疑，并大加宣扬。至于同姓名人与本姓氏的关系有据可查、有谱可证，其重视程度更是无以复加。曹氏曾出过曹刿、曹参、曹操父子、曹琨等历史上赫赫有名的人物，自然会以适当的形式出现在族谱之中。

修谱仪式的规模和内容，同姓氏和村落人口的多少、社会影响力大小等密切相关。所以出谱仪式也是一村、一姓实力展示的机会，并希图以此在社会上产生影响、引起关注。

曹姓在余南县也属大姓，故出谱的排场自是不小。在空旷的场地上，用饭桌、木板临时搭起了一个大戏台，上方还用简易的木柱支起了晾晒稻谷用的竹篾垫子，形成一个顶棚，这样可以抵挡一阵难测的风雨。台下在靠近戏台的地方摆了二三十张八仙桌，这是专供重要宾客使用的，其他看戏的人则无桌无凳，只是在四边选择合适的位置站着观看。

有语曰：挑着担子涉水，抱着孩子看戏。讲的是抱孩子看戏是很累的事情，但即便如此，也还是有许多人确是抱着孩子来的。这样，有时台上的演员对骂对打，一片热闹；台下的孩子们则又叫又哭，也是一片热闹；那嗑瓜子声、剥花生声、啃甘蔗声、谈笑声，又平添几许热闹。台上台下相互呼应，那真是热热闹闹。但这不会影响任何人的情绪，其实许多人来看戏，并不很明白那台上唱的、说的是什么，也就是来看热闹，或是凑热闹，这已足以使人们放松身心，觉得有趣。

场上已经站了很多人。仁生选了一个不太挡视线的地方站着，等待着。锣鼓声响起，曹家村里本无这样的鼓乐队，是借着戏班子来唱戏而临时沾光。那节奏急促的鼓点让人心情兴奋，那大钹小钹、大锣小锣等金属乐器发出的撞击声，浑响成一片，更是让人心跳加快，情绪蹿升。锣鼓声停下，全场肃静，紧接着，十支鸟铳对天齐射，“啪啪”的响声在夜空中传得很远。再接着是戏台两边挂着的一直垂到地面的长长的爆竹被点燃，爆竹又大又多，所以那声音不是“噼里啪啦”，而是“轰隆轰隆”，真个惊天动地，震耳欲聋。当然，这些还只是前奏，只是营造气氛，真正的仪式还没有开始。

随着鸟铳声、鞭炮声停歇，在烟雾还未散尽的时候，一个男子走到台前，他是村长。场地人多，声音嘈杂，他扯着嗓子、用尽力气大声而又缓慢地讲了整个修谱的过程，念了经费赞助人的名单，既而引出两个老者。

村长和那两个老者走到台中央，十分庄重地将放在台中央桌子上覆盖着的大红布徐徐揭开，便露出了好几大本整齐地码着、散发出有油墨香味的线装书，这便是新修订的族谱。

“好！”台下一片喝彩之声。

然后，台上三人又转过身来，背向观众，对着那几大本族谱一起三叩九拜，并好像嘴里念念有词。在台下也有许多人次第躬身屈膝，一起下跪下拜。当然，这都是曹姓之人。这一仪式叫拜谱，现场顿时显得十分的庄严肃穆。此时所有拜谱的人对自己的宗亲、祖先、姓氏充满了神圣感、认同感。仁生看见，一些上了年纪的人，在跪地的时候，竟然泪流满面，似乎跪拜的不是几本族谱，而是复活的列祖列宗。

台上的三人站起，主持人又说了几句什么，但人声喧腾，观众很难听得清楚。只见那两个老者各拿起一支尚未用过、笔锋雪白的毛笔，在一个瓷碗里蘸了蘸。再把笔提起时，笔端已是朱红的颜色，整支笔变得很像一只红嘴鸥的长喙。然后他们分别在谱的第一页轻轻地点了一下，这叫“点谱”。那笔端的朱红，似是蘸着所有同姓人的血液，凝重地落在了那族谱里，渗进了纸张之中，也融入了同姓人的情感之中。使台下的人又一阵心潮涌动。

点过谱后，台上的人以极为庄重的神情晃动着朱笔向台下致意，那神情和动作很像演戏时的动作，一板一眼，至为认真。台下又是一片叫好声，许多年轻人更是欢呼雀跃。

接着，放着族谱的桌子被四个小伙子抬走，同时又有连天的爆竹声响起。至此，整个出谱仪式结束，曹家又一度的修谱事宜也告完成。

接下来便是唱戏，这是出谱仪式的一项内容，实则是庆贺这次修谱成功的一项重要活动，并用这种方式告知远近的乡亲。

今天演出的是整本戏《梁山伯与祝英台》。

省剧团的水平就是不一般。演员俊俏、衣冠漂亮、唱腔动听、演艺精湛，和平时看的“三脚班”[①]那真有天壤之别。仁生看得很是着迷。

忽然，仁生身边响起一个姑娘的声音：“赵大哥，你也看戏来了？”

是小鲤，没等仁生回话，小鲤的话又续上了：“我从小就特别喜欢看戏。我还想过去学唱戏，可我娘硬是不同意。”

见到小鲤，仁生觉得心里很有些矛盾，她帮助过自己，甚至可以说她救过自己。通过那次接触，对她有了很多了解，从内心说他很喜欢她；但另一

---

① 三脚班：当地的一种地方戏，戏角一般为三人。

方面，她是朱家人，并且是朱继元这位对手的女儿。这使他不得不考虑如何对待这位很是出色的姑娘。

“你知道刚才主持出谱仪式的人是谁吗？”小鲤笑眯眯地问，她似乎完全没有把朱赵两村的冲突放在心上。

仁生摇了摇头。

“这个人真是太有意思了，叫曹德昌。”于是小鲤把他那天在锣鼓山镇卖鱼时，他“宁可臭了一担鱼，不能少了曹家一万兵”而与人争论的故事来了一个大还原。

仁生听着也不禁笑了，并接着说：“真不明白，他为什么会认为曹家的兵比自己的鱼更重要。”

小鲤也是会心一笑，在光线暗弱的夜晚，她的牙齿显得似乎特别的白，脸上轮廓也好像比白天更漂亮，仁生一下联想起初绽的荷花。

“是不是男人更看重自己的祖先，更在乎自己的姓氏？”小鲤问。

“可能吧。你看戏里书里，姓李的皇帝说的是‘我李家天下’，姓刘的皇帝说的是‘我刘氏江山’，连皇帝都如此重视姓氏，所以平民百姓重视自己的姓氏也就很自然了。”

“我看也是。但我对祖先是谁、对自己的姓氏好像就不怎么在乎。为什么男女之间会有这样的差异呢？”小鲤又问。

“好像也不一定。听老师说，姓氏最早是从女子开始的。即使后来以男子的姓为姓，也有女子重视姓氏的。比如唐朝的女皇帝武则天，就想把皇位传给属于她家族的武氏，变李家的天下为武家的天下。”

小鲤想了想，接着说：“历代做官做事的基本上都是男性，古往今来，社会都是以男性为中心的，所以男子就特别在乎自己的祖宗、自己的姓氏吧？”

他们一边看戏，一边长一句短一句地聊着。仁生很想把话题引到两村的冲突上，让她再做做父兄的工作，避免双方真刀真枪地厮杀。但他又觉得这个话题实在太沉重，不仅会破坏现在的气氛，而且实际上也解决不了什么问题。他的心里，矛和盾在一来一往地对打着，并似乎还合着戏台上锣鼓的节奏。

戏已演过了十八相送。小鲤和仁生讨论起戏里的内容：“这祝英台明明是女子之身，怎么还能瞒住梁山伯三年哩？她可是天天和梁山伯在一起呀。”

"这是戏嘛。"仁生回答说。

小鲤开始评戏了："那梁山伯真是个二万倌。你看，祝英台打了好几个比方，暗示自己是女性，并想嫁给他，可他就是螃蟹转世——没脑袋。"

不容仁生插话，小鲤接着说开了："梁山伯固然是个二万倌，但祝英台也不怎么聪明。为什么一定要曲里拐弯，闪闪烁烁，直说了不就行了。写一封信表白，或送给他一件信物，可能就不会发生后来的悲剧。"小鲤说得很快。

"那也不一定，即使她表白了，也不一定能成，还有家里父母这一道关哩，她也像网里的鱼，没有自由。你看后来她父亲不是将她许配给马家了嘛。"

"倒也是。父亲让她嫁给马家，是因为马家有钱。但嫁给自己不喜欢的人，有钱又有什么用？现在文明戏里很多内容讲要反对封建包办婚姻。我看，好多旧东西就应当反掉。"看来小鲤还真看过一些戏，并关心社会。

"是啊，你说得很对，但这很难。在当时更不容易。"

眼看着戏快结束了，仁生终于忍不住地说："上次求你办的事怎么样？我还是求你和父亲、兄弟多讲讲，与铜钩村商谈，尽量不要发生械斗。再穷再贱，生比死好；再苦再累，笑比哭好。我们非常不愿意打仗。"

"你的话都很对。但我要告诉你，这也像反对包办婚姻，很难很难。说句笑话，可能比祝英台不嫁给马家郎还难。就像你刚才说的，人在网中呀。"小鲤半开玩笑地说着，仁生却听得很认真，很认真。

"为什么会那么难？"仁生又问。

"我也说不太清楚。大概因为这是全村的事，关系到大家的利益吧，况且又是几百年解不开的扣。我们村里还在做着打仗的准备，你们一定要当心。"停了一下，小鲤又叹了一口气说，"唉，要是不打仗，大家常在一起打鱼卖鱼，一起看戏说戏该多好哇。"

锣鼓声停息了，戏结束，人们陆陆续续散去。仁生和小鲤觉得话犹未尽，双方都带着几分依恋挥手道别。

第四章 大湖血浪

『大鱼挣不脱钩，小鱼逃不出网。』人也如此，无形的钩与网一次又一次让人皮绽血流，但却无情地一次又一次重复。

湖上战劫匪

在冬季，渔民还可以赚取收入的一个门路是猎捕野鸭子。每年，都有成群结队的候鸟在迁徙过程中停在鄱阳湖觅食过冬。尤其是野鸭极多，飞在天上，忽聚忽散，聚时遮天蔽日，散时天高日圆，恍如魔术师在以一方巨大的幕布表演覆天隐日的节目。鸭子落在湖上，黑压压一片，就像游动的灰云，连绵好几十里，蔚为大观。晚上叫起来，那“嘎嘎”的声音能随着湖风传出好几里远。

这一天，飞天拐子特地约上仁生，前往湖中打鸭子。船靠近一处浅浅的水滩，不远处是数不清的各类猎物的影子。有的在水上觅食，把又长又宽的嘴伸进水里，捕食小鱼虾和螺蛳等软体动物；有的直立着身子拍打着翅膀在嬉戏、打斗、抢食；有的则在天空中扇动双翼快活而自在地飞翔。这给冬天的鄱阳湖平添了风景和活力。飞天拐子在渔船的前部装上了由五六把火铳组成的排铳，排铳里填充的是由绿豆般大小的铁砂丸组成的散弹。只要靠近了，对着鸭子聚集的大致方向开铳，便会有多只鸭子永远飞不起来。

飞天拐子似乎完全没有了平时的急躁和粗鲁，显得十分的小心和细心，控制着气息，船桨轻轻点水，只发出极为细弱的声音。那用湖草伪装的船像一丛漂移的芦苇，慢慢地、悄悄地向鸭群靠近。在村里，飞天拐子是用这种方法猎取鸭子的能手。

船离鸭子越来越近了，已能看得见那鸭头上翡翠般的深绿，那是公鸭的标志。公鸭头上的绿深沉而艳丽，是油画家很喜欢的颜色，但总是令艺术家们遗憾的是，很难调得出像鸭头绿那样带着生命的鲜活和自然气息的颜色。据说那东北的鸭绿江，因江水清碧，犹如鸭头，便取名为鸭绿江。

飞天拐子正要点火放铳，那群鸭子却突然“轰”的一声全振翅腾空而起，向远处飞去。怪哉，难道鸭子现在有了预知危险的本领？再一细看，嗨，原来是有一个人划过一只船来，把鸭子全都惊跑了。

飞天拐子正要发作，却见那船上的人首先喊了起来："不好了，不好了，苏先生夫妇被土匪劫持了。"喊叫的是义生，他把船靠过来，连说带喘地把事情经过说了出来。

原来，苏先生离家后，他的媳妇并没有离家，也没有改嫁，而是一直在盼等着丈夫归来。多年苦等不见音信，仍然爱心不贰，真情不移，并到处打听，托人寻找苏先生的下落。后听人说丈夫在余南县铜钩赵家教书，便决意前来寻夫。这使苏先生大为感动，昨天便和义生一起到县城接她。

在湖边换成船后，划到麦黄洲附近，突然冲出一只船来。船上两个人都戴着面具，用铁钩子把义生的船钩住。其中一人拿着手枪，喝令："把钱交出来，饶你们性命！"倒霉，碰上了强盗。

苏先生的夫人立即吓得晕倒在船上，老实巴交的义生也一时不知如何是好。倒是苏先生有些胆量，在惊慌片刻之后，便对劫匪说："我们既非商家，也非财主。只是一般过路人，没有什么钱物。"

拿枪的一努嘴，另一个强盗便跳到义生船上，先把养鱼舱、船头、船尾搜了个遍。又把苏先生夫人携带的包袱打开，包袱内装的大都是新布鞋。原来苏先生离家的这些年，夫人每年都要为他做一双鞋，已有了整整一包袱。

那两个土匪又相了相这三人，觉得从模样上看他们可能确实没有钱，就叫苏先生和夫人上了自己的船。然后横眉竖目地告诉义生："回去，明天中午你还是用这条船送60块花边来。不许报官，不许捣鬼，否则你们就只能在鄱阳湖打捞这两个死鬼的尸体了，并且下一个就是捞你了。"

义生个子大，但胆子却不大。什么也没有说，便慌慌忙忙地划着船回来了，正好碰上仁生和飞天拐子在这里打鸭子。

这可如何是好？虽然苏先生不是铜钩村人，但他在村里教书多年，授业解惑，尽心竭力，并且为人厚道，全村老少都喜欢他，尊敬他，早已视他为铜钩村人了。所以一定要想办法救他。

飞天拐子问："他们一共几个人？"

"两个。"

"旁边还有别的船吗？"飞天拐子又问。

“好像没有。”义生回答。

“有就是有，没有就是没有。怎么还‘好像’？那么大的船，那么大的人，又不是草丛里的鸭蛋，看不清楚。”飞天拐子有点急了。

义生又想了好一会儿，说：“没看见别的船。倒是看见我们前面有两只船，平安地过去了。”

“可见土匪人不多，两只船便不敢下手。”仁生插话说。

“两三个人怕他个鸟，现在我们就去麦黄洲，把人抢回来。”飞天拐子愤愤地说。

仁生说：“土匪约的时间是明天，如果你现在去，哪儿找得着人？再者说，我们在明处，他们在暗处，并且还有枪，硬着来我们必然会吃亏。”

飞天拐子拍了一下脑门说：“还是仁生大哥的脑子好使。那我们明天假装送钱，瞧准机会下手，把这些个王八蛋给锤烂了。”

仁生点了点头，这确实也是一个办法，因为60块花边无论如何都筹不起来。当然这还要考虑安排得非常周密细致才行。

鸭子不打了。回到村里，五大罗汉一起反复商量，最后确定了一个方案。

第二天早饭后，蛇叔带了祥生等几个水性好、筋骨强健的小伙子驾船先行出发，到匪徒约定交钱赎人附近的水域佯装捕鱼，紧盯着周围的动静，伺机接应准备与土匪交手的仁生和飞天拐子。

义生也驾着昨天的渔船出发了。船舱里放了一个看上去很像装着花边的口袋，其实里面装的是两节用红纸卷裹起来的甘蔗，仁生和飞天拐子便藏在这条船上。仁生蜷着身子像蚕缩在茧子里一般，躺在平常临时放养活鱼的后舱里；飞天拐子则躺在前舱里，身上堆了些鱼网作为掩护。

到了预定的地点，义生心里忐忑地向四周了望，不见有任何船只，也不见有任何动静。又过了一会儿，忽听附近那密密的、已经蓑黄的芦苇丛里有响动，抬眼一看，一只小船分开芦苇快速划了过来。船上除了有昨天出现的两个人外，还多了一人。其中昨天的一个人站在船中间，手里拿着一支枪，今天没有戴面罩，却戴了一副墨镜，可见强盗也心虚，看得出他是这三人中的头领。让义生很奇怪而又失望的是，船上没有苏先生夫妇。

义生在船上轻轻跺了三下脚，是告诉仁生和飞天拐子，对方共有三人。

那站在中间的不是别人，正是那灰鲇鱼。上次从大牢里出来以后，不久又回到湖上干起了杀人越货的勾当。只是现在他手下喽啰少了，只带着几个人，瞧准人少的船只下手。灰鲇鱼待两船靠近后，压低嗓子凶狠地问："钱带来了吗?"

"带了……那我们的人哩?"义生有些紧张地问。

"老子不要你们的人，因船小今天没有带过来。给了钱，下午人就回去了。"灰鲇鱼说得很轻松。

这可是不曾想到的情况，不知这土匪又在耍什么花招。义生一下蒙了，不知该如何应对，仁生和飞天拐子又不敢出声，也不敢贸然行动。

义生正心慌意乱的时候。那灰鲇鱼又吼起来了："把钱拿过来。"

"不见我们的人，我不能给你钱。"义生壮着胆说。

那灰鲇鱼嘿嘿一笑："不给也得给。要不然，我先把你沉到湖底，再把钱取走。"说着身子开始动起来。

义生腿肚子有点哆嗦，但脑子似乎清醒了一点。忽然想起了出来时商定的方案，便指着船舱里装着甘蔗的小包说："钱在那里，你自己取吧。"

"扔过来!"灰鲇鱼吆喝着。

"不敢，不敢。我怕、怕一失手掉湖里去了。"这时义生故意装着连话都说得有点不利索了，那能在瓷器上凿字的稳实、细腻劲这时多少给了他一点帮助。

"废物!"灰鲇鱼还真担心这心惊胆战的渔人会在慌乱中出错，让自己到手的钱沉到湖底，变成竹篮子打水。灰鲇鱼便示意两船再靠近些，然后跨进了义生的船舱。

就在他插好枪弯身取钱袋的时候，那一堆渔网被掀到一边，飞天拐子翻身跃起，船身一阵晃动。

灰鲇鱼吓了一跳，下意识地伸手掏枪。飞天拐子却疾如闪电，一拐杖扫了过去，正打在他手上，就像当年打在屠夫持刀的手上一样，灰鲇鱼的手枪脱手飞了出去，"霍"的一声掉入湖中。

灰鲇鱼身手了得，退后一步，准备格斗。但看见仁生也正从后舱里爬出来，担心双手难敌四拳，便纵身一跃，跳入水中。

在船上的两个匪徒一个驾船，一个恶狠狠地抡起早已提在手中的木桨，打了过来。仁生一闪身以手架住，既而抓住木桨的一端，两人开始角力。仁生此时可是怒火万丈，正是这灰鲇鱼，劫持过自己和师傅；正是这灰鲇鱼，害得叔叔卖掉了可爱的妹妹山花；正是这灰鲇鱼，不知让多少可怜的人受害。仁生他恨不得手刃了那灰鲇鱼，但他要先对付眼前的土匪。

飞天拐子说了声："我去对付水里的。"带着拐杖，"扑通"一声跳入水中，朝着灰鲇鱼扑了过去。

那灰鲇鱼暗暗得意，在水里你同我交手，那可等于活鱼跳进滚水锅，找死了。他在琢磨着如何把这个倒霉的拐子弄去见龙王。如果这时灰鲇鱼想逃走，并不是什么难事，以他的水性，飞天拐子是很难追得上他的。

那飞天拐子靠近灰鲇鱼后，立即以拐杖那着地的一端戳了过去，那上面装的是尖尖的铁钉，只要戳着，灰鲇鱼必然皮开血流。灰鲇鱼在水里果然身手不凡，真如鱼一般驾浪驭波，进退自如。只见他双手一推水，身子稍稍一偏，拐杖便戳了空。然后他趁势抓住拐杖，与飞天拐子在水中抢夺，并慢慢占了上风。那飞天拐子则顺势向灰鲇鱼靠近，只听一声惨叫，一股鲜血冒出湖面，接着又是一股。一会儿，一具带血的尸体浮出水面，那是灰鲇鱼，他身边的湖水慢慢变成一片有浓有淡的红色。

原来，飞天拐子的拐杖上端，有一个小小的机关，他平常夹在腋下的那根不长的横木梁中，藏着一把锋利的小尖刀。在搏斗中，他抽出刀来，在水里向灰鲇鱼连刺数刀。这个平常见过大风大浪的江湖大盗，一定不曾想过，会在水中惨死在一个残疾人的手里。其实他应当知道，做土匪的成本就是生命和鲜血，血本无归的风险大大高出其他行当。

飞天拐子结果了灰鲇鱼，见仁生和一个土匪也正在水中打成一团，义生和另一个撑船的土匪也是以桨当武器，打得不可开交。自己的短刀已脱手坠湖，他便一个猛子扎入水中，向搏斗中的二人潜游了过去。那与仁生搏斗的土匪已经有些体力不支，突然觉得有人抱住他的双腿往水中拖，立即"咕咚，咕咚"喝了一肚子水，接着便晕了过去。飞天拐子浮出水面，又用一只手把他按在水里，不一会儿，那土匪便四脚朝下背朝天，漂在湖上不能动弹了，像一只死猪似的任湖浪颠荡。

在船上驾船的土匪一见情势，避开义生，双桨一动，船头朝水中的仁生和飞天拐子快速冲了过来，这一招是夺命之招。如果人头和船头相撞，人头不破也肿，接下来便是溺水而亡。义生见状，用桨向对方的船身戳了过去。这义生肩大膀圆手粗，很有蛮力。这一戳，对方那船便立即改变方向飞出很远，船上的土匪也差点失重掉到水里，见势不妙，便改为驾船逃跑。

飞天拐子要追。仁生说，救苏先生要紧，赶快找人。

义生试着要把水里的土匪捞起来。

飞天拐子说："别捞了，反正没气了。捞起来往哪里放？鄱阳湖的孤魂野鬼多哩。"

"我真想亲手杀了那灰鲇鱼。"仁生咬着牙说。

"对对对，这家伙太坏了，只是让我办急了，本当让你亲自动手才好。"

"善恶有报。"仁生看了一下灰鲇鱼的尸体，又顿生一种悲悯之心，这家伙到头来落了个死无葬身之地。

他们便开始在附近的芦苇丛中、湖汊上下，反复搜寻，可是什么也没有发现。

仁生恨不能有双火眼金睛，能看穿湖水，透视湖草，从而发现苏先生的影子，但眼前只有无言的湖水与在风中簌簌作响的湖草。苏先生夫妇是死了还是活着，活着的话人在哪里，死了的话又尸陈何处？全然不知。因为土匪二死一逃，已断了线索，无人可问，无处可寻。

一只船由远而近。原来是蛇叔和勇生、祥生等过来了。蛇叔笑着说："我们运气不错，刚才看见水面上有一只大王八，顺手给捡了过来。"

仁生一看，鱼船里躺着一个水淋淋的人，正是刚才驾船逃跑的土匪。原来蛇叔假装捕鱼，半天不见动静，便向这边驶来。远远看见两只船靠在一起，人影晃动，知道交上手了，便加速赶来。忽又见一只船迎面而来，认定是土匪的船，又见船上有枪套，驾船人可疑，便连人带船抓了过来。

仁生喜出望外，这下好了，能知道苏先生夫妇的下落了。立即厉声向那土匪喝问："你们把人质藏在哪里了？"

那土匪连连摇头："实在不知道，我是两天前才入伙的，昨天的活灰鲇鱼没有让我来。"

义生也证实：昨天船上只有两个人，就是已经尸浮湖面的那两个家伙。这人确实不在船上。

“那你知道昨天劫持的两个人被关在哪里吗？”

“我也真的不知道。他们人手少才把我叫来的。只听他们说，带上人质不安全、不方便。一拿到钱，就会把货出了。”

仁生又问了些这人的情况。他叫方大狗，是跑单帮、贩卖布匹的。几个月前在路上被强盗抢劫过，身无分文，走投无路。他突然萌生念头：人能抢我，我为什么不能抢人？于是费了好大劲找到那声名远播的灰鲇鱼，投靠入伙，想不到第一次行抢便栽了个大跟头。

仁生犯难了，这个人说的话真假难辨。不仅没有苏先生夫妇的线索，还节外生枝地多出一个把这家伙如何发落的问题。

正在这时，飞天拐子走上前去，对着那方大狗就是一记大佛拍袍，一巴掌打得方大狗口吐鲜血。飞天拐子依然不饶，接着又来了个童子进香，一记直拳打得方大狗连退几步，飞天拐子又吼着：“说实话。不把苏先生交出来，我今天就打断你的骨头，再扔进湖里喂鱼虾。”飞天拐子是想“打”出线索来。

飞天拐子的这一掌一拳太重了，方大狗被打得脸上红肿，口齿不清，但还是为自己辩白：“我确实不知道。灰鲇鱼已经死了，如果我知道，我还会用自己的性命来守这个秘密吗？”

仁生觉得他说得也有道理。便缓了缓语气说：“你再想想，还有什么线索没有？”

方大狗一边捂着发热发疼的脸，一边在极力地想着，然后说：“可能是关在什么地方，因为他说拿到钱就放人。”

飞天拐子有些懊恼地说：“早知道这样，给灰鲇鱼他们留口气就好了。唉，有些事办急了还真不行。”

仁生这时判定，人质还活着，但关在什么地方呢？他在苦苦思索，也叫大家一起动动脑筋。

方大狗又哀求着：“求求你们，行行好，把我放了吧。”

飞天拐子便说：“仁生哥，既然这个家伙没有用，用河蚌把他脑袋割了算了。”

仁生摆摆手说：“不急，等知道了苏先生的下落再决定怎么办。”

于是大家琢磨起苏先生可能的下落。仁生看着蛇叔，突然想起他说过，在赌场里见到的一位女子与灰鲇鱼熟悉，那么找到这位女子，就有可能通过她找到一些线索。

仁生一说，大家都觉得这个分析犹如黑暗中见到亮光，有门路了，便继续商量怎么利用这个女子顺藤摸瓜找线索。

对这个方大狗怎么处置呢？仁生想了一会儿便对方大狗说：“我想考验考验你。你能听我的话吗？”

“怎么都行，只要不杀我。”方大狗这时的态度有点像哈巴狗。

“好，你不要走。就在这里看守这三只船，不要让人划走了。我们先去办点事，回来就把你放了。”

方大狗连连点头答应。

勇生想起了什么，对着方大狗说：“把裤子脱下来。”

方大狗明白是什么意思，这是怕他逃走。但不敢抗拒，只好很不情愿地把裤子脱下来交给了勇生，然后一声不响地找个草多的地方坐下来，只希望这几个煞星快点离开。

寻救苏先生

按照商定的方案，仁生领着大家急急忙忙地往县城走。到掌灯时分，靠近了蛇叔上次进过的赌场。

蛇舌俚的眼睛像钓鱼时盯着鱼漂那样，一眨不眨地紧盯着陆陆续续地走进赌场的赌徒，但一直没有发现上次见过的那个女人。正焦急间，一个女子摇着身子过来了，虽然换了打扮，但蛇舌俚还是一眼认出这就是那天到灰鲇鱼钱袋里拿钱的女人。

他向仁生指了指，很肯定地说：“就是她！”仁生点了点头。但他们现在还不能采取任何行动，只能耐心等待。

直到过了子时，赌场才人走灯熄。仁生等便悄悄地跟在那女子的后面，在胡同里左拐右拐，到了一所房子前。待那女的掏出钥匙开门后，勇生箭一般冲上去，捂住她的嘴，把她推进屋里。其他人也跟着进了屋并迅速把门关上。把灯点着后，先让那吓得半死的女人定了定神。

仁生和颜悦色地说："我们不会难为你，只是有件难事需要你帮个忙。你要想保全性命和不受皮肉之苦的话，就必须按我们的要求做：不能喊叫并老老实实地回答问题。"

"否则你活不到天亮。"勇生补充了一句。

那女的恐惧得连连点头。勇生这才把手松开，随即又从口袋里掏出一截绳子，摆出随时要勒住那女人脖子的架势。

仁生一看，这女的长得很是标致，瓜子脸形，凤眼流光，樱桃小口，微微泛红。体形偏高，皮肤白皙，薄施腻粉，头发还烫成少见的波浪状。整个脸就像剥了壳的熟鸭蛋，很是可人。只是如此漂亮的女人，却行为放荡，竟然和土匪搅在一起，实在可惜，这也许就是红颜薄命吧。

仁生语气温和却是很肯定地问："你和灰鲇鱼认识，是吗？"

不料那女人却摇头否认。

蛇舌俚立即说："别装蒜了。你出入赌场的钱从哪儿来的？我们不管你们之间是什么关系，我们只是要向你问清一件事，不说对你没有好处。"

那女的愣了一下：坏了，这几个人可能知晓自己和灰鲇鱼的关系，并早就盯上自己了，便暗暗盘算着：他们是绑票勒索者，还是灰鲇鱼的仇人？不由得心里阵阵害怕。

她叫曹春娥，本是曹家村人，就是前不久出谱的那个曹家村人。是一家破落地主的女儿，自小好吃懒做，又染上赌瘾，后在赌场与灰鲇鱼相识，便租了这房子，二人开始同居，所以有时二人会同时出现在赌场上。此时她猜想灰鲇鱼一定出了什么事情，但顾不得多想，只要自己能从当前的险境中解脱出来便谢天谢地了。便说："你们要问我啥个事？"

"我再说一遍，你说出真话，我们会很快离开；但如果要说半句假话，就别怪我们不客气了。"勇生摆出一副凶神恶煞的样子。

那曹春娥已逐渐恢复了常态，点了点头说："听灰鲇鱼说，昨天在湖上劫了两个人，是一对四十多岁的夫妇。"

“他们现在哪里？说！”仁生加重了语气发问。

曹春娥稍作迟疑，便接着往下说：“灰鲇鱼告诉我，昨天他做的只是空票。劫的那两个人关在我老家曹家村旁边的一个废弃的破窑里，拿到赎金就放了。今天一大早他就出去了。”

“是真话吗？找不到人我们可还会来找你的。”仁生盯着那女的说。

“真的，真的。”曹春娥说着话，还顺手拢了一下散落在额头的乱发。

仁生一示意，勇生顺手拿起一块毛巾把那曹春娥的嘴堵上，又用绳子把她捆在一把椅子上，说了声：“委屈一下，找到人就来放你。”

三人掩好门，急急离开。

此时，夜色很深，无月无星。他们深一脚、浅一脚地直到天快亮时才到了那曹家村边的旧窑前。走进去一看，黑咕隆咚，看不见有人影，喊了几声也毫无动静，又把整座窑探摸了一遍，还是什么也没有发现。

三人一下变得失望，难道那曹春娥有意诓骗？或是本不知道为求活命而随口编造了一个事实？

三人谁也没说话，在思考着、分析着。

仁生想了想说：“这曹家村边会不会有两个旧窑？”

正在这时，一个清晨赶路的人走近，仁生上前一打听，问清楚了，曹家村果然有两个旧窑，另一个在村西。

三人又急急忙忙地赶到村西，找到一座旧窑，心里一喜，便急急地进到里面。一看，在半明半暗中发现苏先生夫妇被绑在一起，还系上了一块大石头。仁生快步向前，为苏先生夫妇松绑。苏先生虽然满脸疲惫的样子，但精神状态基本正常，而苏夫人已经有点神情恍惚了。

苏先生站起身来，激愤地说：“天道何存，礼义安在？我安分守己一个教书匠，为何竟遭此劫难？”

仁生忙安慰先生：“这世道，实在是没有什么天道礼义可言。大难不死，就是大福了。”

苏先生却依然愤愤不平地用力跺了几下脚，说：“如此这般，民何以堪？国何以立？”

仁生怕先生太过动怒而伤身，没有再回话，便安排勇生先把苏先生夫妇送回村里。

细心的义生想起了一件事，说："还有一个强盗，没有穿裤子在湖边等我们呢。"

仁生笑了笑说："你也太憨厚了。这个强盗跑过生意，还专门找灰鲇鱼入伙，不会是二万倌，也是条小鲇鱼。我们前脚走，他一定后脚就跑了。这样吧，你反正要到那里把船划回去，如那人还在，就叫他回家，今后不要再当土匪了。"

义生走后，仁生则带着蛇叔朝不远处的曹家村走去，他想起还有一件重要的事情要做。

原来，自从义生娘把瓷罐子摔了之后，仁生一直心存愧疚。他承诺过要给义生找媳妇，这件事他也时时放在心上。几天前还叫蛇叔去过女方家一趟，觉得姑娘长得还挺不错，今天正好路过这里，他想正式去向姑娘家提亲。在路边小店买了两包点心，便向曹家村里走去。

他们很快找到了那姑娘家，这一天恰好父母都在家。仁生一进门看见姑娘的父亲便暗笑，还真巧，这不是那天曹家村出谱时，第一个出场的村长曹德昌吗？

其实曹德昌只是姑娘的伯父，姑娘的父亲已去世，她两个弟弟年纪尚小，很多事情就由伯父做主了。

坐下后，蛇舌俚首先发话："上次我来看过你家姑娘，今天来是想正式提亲。你们觉得可以的话，就到我们铜钩村把亲事正儿八经地定下来。"

这时，姑娘也出来了。仁生一看，姑娘长得个儿挺高，一头黑发，脸盘圆圆的，一双大眼睛，还是双眼皮，在乡村算是很漂亮的了，和义生还挺般配。

姑娘的妈开始向仁生问话了。问得很细：家里几口人、几间房，读过书没有，有什么爱好。仁生一一如实作答。桂花妈又问："如果媳妇和你妈妈吵架，你会向着谁？"

仁生越听越不对劲，显然，对方把自己当作未来女婿了。便红着脸连忙解释说："我是来给堂弟提亲的，我堂弟他叫义生，我叫仁生。"

姑娘的妈有些失望的样子："啊，那义生身高长相和你差不多吗？"

仁生说："比我好。"

"不是糊弄我们吗?"

"哪能糊弄?你们还要去当面看过的,你可以一百个放心,这两人可以说是水中的鸳鸯,天生一对。"

作为伯父的曹德昌又问了些情况。姑娘的母亲也就一些事几次征求曹德昌的意见,看来,在没有父亲的家庭,伯父的地位很高。又谈了一阵,约定三天后姑娘家里到义生家里看家世①。

元宵节的灯会

在春意中,铁网朱家和铜钩赵家都过了一个平静而快乐的春节。上次的械斗因风雨停止,但并不是风波从此消去,再也不兴,冲突的能量已经积聚,迟早还要爆发,就像长在身上的脓包,必有一天会破溃。这种破溃有时只需要一点点外力,这个外力不幸出现了,并且是在喜庆的气氛中出现了。

春节过后是元宵节。民国使用公历,定每年公历元月一日为新年、1月15日为上元。但老百姓们并不认可,依然认定农历正月初一为过年,正月十五为元宵节,大喜大庆。这千年的传统要改谈何容易?纵然有政府的规定也是无济于事。人们一如旧俗,过着自己的元宵节。元宵节的主题是"灯",制作灯、表演灯、欣赏灯。人们极为重视这个节日,因为这是大家聚在一起狂欢的节日,也是展示灯艺的日子,又是文化表演的节日,还因为元宵节后,则意味着春节的正式结束和新的一年劳作的开始。因而村村落落的人们会像过春节一般打扮自己,然后成群结队地拥进县城,去观赏花灯,去寻找快乐,去享受节日。

随着夜幕降临,爆竹声次第响起,万家灯火相继点亮。人们精心制作的各式各样的彩灯顿时在大街小巷展示出迷人的风采。真是春风吹进百花园,群芳竞开,千姿百态,争奇斗艳。最常见的是以竹木为架、以刀錾的纸花为围的宫灯式花灯,花灯上面绘的是花草虫鱼图案,有的还写有诗词谜语,其

---

① 看家世:指女方家实地看男方家的家庭人口、家境等情况,是订婚的程序之一。

中还有让小孩很好奇的走马灯。这花灯或挂在门楼，或提在手中，几乎家家都有。行人们提在手上展示的还有极具水乡特色的河蚌灯、螺蛳灯、虾公灯……尤以鲤鱼灯最为小孩喜欢。

花灯的光影之下，伴着歌舞表演，两三个青年男女按一定的套路且歌且舞。小调唱起来了：

正月里来正月正，哥哥妹妹看花灯，
看灯看火是假意，来看妹妹是真情。
正月里来正月正，男男女女看花灯，
千灯万灯都好看，不如哥哥最精神。

舞龙必不可少，造型各异的龙灯各展雄姿。有竹编布覆的布龙灯，有稻草扎成的草龙灯，还有板凳连成的板龙灯。有的长不过丈，三五人舞动；有的长过十丈，数十人齐舞。龙灯的主色调有红、绿、白、黄之分，同时点缀有其他颜色，色彩斑斓，美轮美奂。各村舞龙高手，各展其艺，动作做得极为夸张：龙头有时擦地而过，有的在空中高高昂起；龙身有时如入水涉江，有时则如绕柱盘树；那龙尾有时是左右晃动，有时则是高低俯仰。直舞得翻江倒海，风起云生，看得人眼花缭乱，观众一片喧腾。

在璀璨的群灯中，最大的灯当属鳌鱼灯，因为人们认为脚下的土地是鳌鱼之地，故每年都有鳌鱼灯呈现。更重要的是，人们有“独占鳌头”的心结，既然鳌鱼是托举着这片土地的，那意味着鳌头也属于这片土地和这里的人们。这鳌鱼灯体形硕大，相貌威严，可谓傲视群灯。那造型乃是龙头鱼身，片片鳞甲熠熠发光。有时还会摇头摆尾，突然从大口中喷出火焰，引得观众发出一片惊叹之声。鳌鱼灯由八个小伙子抬着，在大街小巷巡游，每到一家门前，都会有鞭炮声相迎。

要说最有特色的灯，则在水上。因为县城边有河有湖，人们没有舍弃在水上展示灯艺灯技、制造欢乐的机会。那水面上，漂荡起大大小小的千百盏河灯。河灯造型各异，有以荷花等花卉为造型的，也有以兔子等小动物为造型的，一盏盏小巧玲珑，十分可爱。灯里面的光源也是五花八门，有的是一小截蜡烛，有的是小瓷片放上油和灯草。还有一种光源则展示了童趣，是过年前杀猪的时候，小孩求大人敲下猪脚爪子上的外壳，里面放进灯芯，再塞满猪油、猪肉的碎末，能点好几个时辰。河灯亮起便是一片灯海，那不太明亮的灯在水里，现出变形的倒影，把湖水江波浸染得或明或暗，五光十色。更兼那河灯随着波浪上下跳动，使湖水中的光、影变幻无穷，宛如人间天上。

水中还有许多人很感兴趣的凤船。因为岸上有龙灯的缘故，为求龙凤呈祥，人们便在水面扮上凤船。凤船是将普通船只在前后加装上凤头凤尾，装饰起凤身凤翼，便成了彩凤的形象。凤灯不仅外形漂亮，还有特别吸引人的地方，那就是船内坐着艺人，有女性在丝竹的伴奏中唱着小曲或戏文，也有箫笛琵琶独奏或合奏的动听之音。这不仅给人的视觉和听觉以美好的感受，也给人的精神以文化的滋养。

最能表现余南灯俗的则是狮子灯。狮子灯不仅模仿狮子翻腾、跳跃、扑食、打斗、抢绣球等动作，而且还要展示舞狮者的武功。一般是先舞了一阵狮子后，再由五六个会武功的人轮番上阵，各施拳脚或持器械表演一阵武术套路。这里面便有展示功夫、向人示威示强的意味，这示强示威有时会以很霸蛮的形式表示出来，便有可能引起冲突。所以，非人多势众的大村子一般不敢打着狮子灯上街。但也有的村子，不仅打狮子灯，并且打出的是非同一般的狮子灯。

非同一般的狮子灯表现在颜色上。对于打狮子灯，当地约定俗成的观念和规则是“乌一黄二”，对外明确宣示的含义是：狮子的外皮是黑的，则是表示舞狮者自认为功夫第一，无人能敌；狮子的外皮是黄色的，则表示舞狮者自认为功夫第二，比打黑狮子者稍逊一筹。打出这两色狮子灯，同时也认为是公开对他人武功的挑战。此时，若有不肯服膺者，可以提出比试武艺。所以，历朝历代打黄狮子灯的极少，而打黑狮子灯的更是罕见。

据说余南县近500多年来只出现过一次黑狮子灯，舞过这万众瞩目的狮子灯的村子便是铁网朱家。时在洪武年间，因为朱家自恃姓朱，且村子里有功夫过人的武术教头，外村不论是否有武林高手，一般都不敢出来挑战。这种挑战的专用术语是“牵狮子”，就是把人家的狮子像马牛一样牵走，实质上就是“制服对方”的意思。但却偏有一个人血气方刚，对朱家耀武扬威、傲视他人的做法不平也不服，要牵朱家的狮子。于是双方便在大街上、在众人的围观中，展开武功较量。这个敢牵朱家狮子灯的不是别人，是铜钩赵家一个叫赵平虎的年轻人。他原叫赵平武，因朱元璋当了皇帝之后，为避“洪武”之讳，改名为“平虎”，虽然不得不改，但常常因此心里不快。

观众围成一个场子，双方开始比试武功。朱家村的武师先让两个高徒出手，但都很快被赵平虎一一打败。武师紧了紧腰间又黑又宽的练功带，走到了场子中间。在众人的呼喊声、喝彩声中，双方在你攻我守、我进你退中，以拳掌对打了二十多个回合，不分胜负。又以大刀对长枪杀了二十多个来回，仍然分不出高下。当时县令也在看灯，看到双方武艺高强，可谓棋逢对手，不忍心两虎相争有一伤，便加以干预，算作双胜，并给双方各赏了六尺绸缎。

从此以后，朱家的长者一再劝告后生们，不可打黑狮子灯，以免招惹是非。而那赵平虎准备第二年再牵朱家狮子的想法也没有实现。从族谱上可以查出，那赵平虎是赵仁生的先祖。

今年在县城出现的十几对狮子中，居然出现了一对人们只听闻而未见过的黑狮子，这立即引起了人们极大的兴趣、猜测和担心，因为极有可能引发武功比试和打斗。这一对黑狮子竟然又是来自铁网朱家。

傍晚时分，仁生和铜钩村的许多男女老少都到了城里看灯，人如潮涌，不一会儿，大家便走散了。仁生正在看一个姑娘表演河蚌灯时，只觉得被人挤了一下，向旁边一看，原来是小鲤故意碰了他一下。二人便边看灯边闲聊起来。

忽然，不远处有人群骚动，有人在喊：“哇，有黑狮子！太厉害了。”

仁生不由得循声望去，只见人们纷纷让出一块空地来，一对黑狮子正停在一边歇息，旁边好像有人在争执。他隐约觉得是飞天拐子的身影，便对小鲤说了声：“我到那边看看。”拔腿便走，小鲤也抬腿跟了过去。

仁生看得不差，飞天拐子的确在那里。原来，他和几个铜钩村的青年见有黑狮子出场，大感意外。一问竟然是铁网村的，立即气从心发，又和勇生、祥生、智生等一起议论起来。大家都认为，这铁网朱家也太狂了，并明显有向铜钩赵家示威的用意。因为两村正在对峙之中，他们也肯定知道铜钩村今天一定有人到城里看灯，其用意在于：我朱家的黑狮子上街了，且看你赵家如何动作？500年前你赵家有人要牵我朱家的狮子灯，500年后的今天，你赵家还有这个胆量吗？

如何动作？胆量如何？大家一合计，决定针锋相对，决不示弱，牵朱家的狮子灯。于是500多年前的一幕又要重演。

飞天拐子领着几位后生仔走近了那黑色的狮子，拍了拍狮背说："你们懂玩狮子灯的规矩吗？"

走上前回应的是金根："什么规矩？"

"黑狮子岂是你们能随便玩的？"飞天拐子很不客气地说。

"我们不能玩，这整个余南县还有人敢玩吗？再者说，几百年没人玩了，玩玩又如何？"虎根回答。

"那好。我们要牵你们的狮子灯。"飞天拐子的声音很大。

"嘿嘿，你们有这胆子、有那本事吗？"金根的声音更大。

"牵定了。几百年没人玩过黑狮子灯，你们要玩一回；几百年也没人牵过狮子，我们今天也要牵一回。"勇生接着有板有眼地说。

双方争执了一阵，便商定按照老规矩，各选三人依次上场比武。在这争执的当儿，观众已内三层、外三层地围成了一个很大的场子。担心害怕的有之，探奇凑趣的有之，添油加醋的有之，但都很想看看这几百年一遇的牵黑狮子大战。

第一个上场的是飞天拐子，他斗志昂扬地拄着一根拐杖站立在场子中间，等待对方的人上场。

朱家雄赳赳地走上来的是金根。他见飞天拐子站在场上，便问："你们谁先上？"

"老子先上。"飞天拐子答道。

"你们赵家也太没人了，派个拐子打先锋？"金根显然不把飞天拐子放在眼里。

"过一会儿也许这里就会多一个拐子了。"飞天拐子冷冷地说。

"不行。你们得换人。和你较量，我如果输了，输给一个残疾人，太丢脸了；我如果胜了，赢一个拐子，算不得本事。"金根这说的是心里话。

"别废话，进招！"飞天拐子开始不耐烦了。

“慢。”金根又想起了一件事，问：“我们是比拳脚，还是比器械？”

“怎么都行。拳脚、器械，对我都一样，就拿一根拐杖。”

“那你这是算徒手，还是算执有器械？”金根又问。金根问得十分认真，许多观众都大笑起来，这一下缓和了一些场上已变得很是紧张的气氛。

“你爱怎么算就怎么算。”飞天拐子从来没有考虑过这个问题。

这时，看热闹的人也在纷纷议论：“一个拐子怎么上场和人比武？”“这结果不是供桌上的猪头——明摆着的吗？”“如果朱家人再拿刀枪那就更占上风了。”……

“我如果拿器械，你拿拐杖，是我占了你的便宜；但如果你拿拐杖，我什么都不拿，显然又是你占了我的便宜。这样吧，我不拿器械，也不赤手空拳，只拿一条板凳，这样就差不多对等了。”金根说着，从旁边正在舞板凳龙的人手里拿过一条看上去很结实的板凳，稳稳地操在手里。

“别他娘的婆婆妈妈地唠叨，还磨磨蹭蹭。看杖！”飞天拐子喊了一声，便挥动拐杖打了过去。

金根迅速以板凳架住。一场别开生面的拐杖对板凳、双脚对单腿的比武开始，这时又有无数游人蜂拥着围过来观看。今年万人空巷的元宵灯会，全都被这场打斗夺去了风头。

仁生这时已到近前，见此情景，暗叫不好：真是牛事未了，马事又来。因为不管哪一方输赢，后面必然是双方多人参与的混战。如果出现伤亡，则随后的事态更是难以预料。他在思考着如何办。自己也准备参战，不妥。因为一旦参战，无疑于为灶里添柴、火上泼油，只会使局面更加不可收拾；不参战，如果铜钩村人失利或有人员伤亡，同样还会有后续动作，自己也必受怪罪，再者说，他也不能眼睁睁地看着自己一方吃亏。他急中生智，也来不及考虑小鲤是否能够接受，以不容推辞的口吻急急地对小鲤说：“你赶快去警察局报警！”又朝不远处指了指：“警察局就在附近。”小鲤这时什么也没想，什么也没说，一溜烟似地向警察局跑去。

围观的人很快发现，这个拐子很不平常。虽然一只腿不便，但进退腾挪似乎不受任何影响。他把手里的拐杖用得得心应手，令人眼花目眩，看不清是什么兵器。纵击横扫，呼呼风随，突刺侧挑，电闪雷鸣。真是攻防有道，进止有法。他以自身的特点和拐杖完美地结合，简直是创造了一套如行云流水而又炉火纯青的“拐杖术”，大有鲁智深挥舞禅杖大显身手的味道。

那金根也不简单，他手中拿的虽然是一条板凳，此时却不是一件简单的家具。他和当地许多人一样，专门练习过以板凳作为武器的打斗，因为方便实用，很多村子里有以板凳为武器的高手。一条板凳在金根手里，有时如坚固的盾牌，挡住对方的进攻；有时又像锋利的刀枪，向对方猛力地进击。只见他忽上忽下，忽左忽右，有时双手举凳，有时一手握凳，上中下三路护住，左中右三面进攻。

二人你来我往，如虎斗山林，龙闹深水，拐杖和板凳不时发出“咚咚”的撞击声。一些后到围观的人不知真相，还以为这是武术套路的对练表演，哪里知道是真刀真枪的生死相搏，一招一式都与性命交关。

双方缠斗了好一会儿，分不出胜负。飞天拐子突然来了一个冒险的超级动作，他以拐杖当枪刺去，金根急忙伸凳去迎。但飞天拐子并未真刺而是将拐杖尖扎在了地上，然后以拐杖为支撑，纵身跃起，以双脚向金根的头部用力蹬去。金根未能防住这声东击西的一招，被蹬得向后踉跄了几步，然后跌坐在地上。飞天拐子抢上一步，把拐杖高高抡起，向金根砸去。所有看客都惊叫了一声，这一下金根不死也得重残。

但就在拐杖在空中升到最高点转而要改向落下的一刹那间，人群中飞出重重的一声断喝：“礼生住手！”飞天拐子一愣神，那金根就地一滚，虎口脱险。

喊这一声的不是别人，是仁生，他怕这一击弄出人命，接下来死伤的就不是一人二人了，所以才在情急意乱中，大声吼了一嗓子。

飞天拐子这一杖砸在地上，震得虎口发麻，但他迅速调整姿势，凝神聚力，又向金根扑去。木根、虎根、土根等好几个“铲刚”见势不妙，一起冲了出来，这边勇生、智生、祥生等“罗汉”也立即投入战斗。双方“铲刚”斗“罗汉”，拳脚相对，打成一团。很快，有的人脸上已经出血，身上已经红肿，还有更多的人准备卷入战斗。

就在这时，“闭，闭闭！”几声急促的哨响，七八个穿制服的警察跑了过来，双方只好收手罢战。为了免被警察带进局子里询问、拷打、受罚，便各自钻进了人群之中溜之大吉。但依然有人在叫骂，人们听得清清楚楚的有两句话："你们等着，鄱阳湖上见！""别说鄱阳湖，就是在阎罗殿上见我们也不怕！"

在涌动的人群中，仁生带着感激的口吻对小鲤说："今天多亏了你。要不然真不知道是什么结局。"

"还是多亏了你。不是你，我真不知道还可以找警察。否则……"但小鲤又换了话题，"真不明白，你们这些男人为什么这么喜欢打架?"

"我和你一样不明白。不过这件事可能还没有完，只是大风暴前的微风细雨。"仁生担心地说。

小鲤点了点头。

这时已是灯火阑珊，大街上的人已变得稀疏了。两人道别，各自去追赶自己的伙伴。

确实如仁生所担心的，事情还没有完。不仅没有完，还大有旧病新疮一齐发作之势。被大风狂浪关上的大战帷幕，又在徐徐开启之中。

流言满县飞

铁网朱家的人看灯回去之后，几乎个个都憋气带怒，恨恨不平，认为今天在大庭广众之下损了颜面。原来认为打出黑狮子灯无人敢于挑战，想不到居然有人吃了熊心豹胆，来牵狮子，并且这还是自己的老对头铜钩赵家。尤其很难接受的是，被观众大加赞赏、差点置金根于死地的竟然是一个拐子，这实在是大长了赵家的威风。

第二天，金根和兄弟们议论了一阵之后，找到父亲，提出要再与赵家开战。

朱继元正在教自己5岁的孙子读《三字经》，便摆了摆手说："你们先等等，我和远鹏正读书哩。"

在朱继元眼里，任何人都不如孙子重要，任何事也不如他和孙子的读书玩乐重要。

远鹏咿咿呀呀地背着："人之初，性本善……"

直到孙子背得差不多了，朱继元才把金根兄弟叫了过来。

金根简要述说了昨夜元宵节灯会与赵家村发生冲突的事情，认为这是赵家“欺我朱家，有意寻衅，并且是有备而来。决不能受气受辱”。

朱继元表情严肃地对着金根兄弟说：“这事得看怎么说。我看这元宵节打斗，首先是你们的过错。你们简直是脑袋挨了桨，怎么可以打黑狮子灯？家里养的狗，墨乌墨乌，威武凶猛，真像头雄狮，名字本来可以叫黑狮的，但我只叫他黄狮。为什么？叫黑狮张狂，让人忌恨。凡事都要进退有据，所谓人在平处坐，船往宽处行。这‘乌一黄二’的说法和习俗，也在于告诫人们不可目光短浅、心志狂妄，即使本领高强，也断不可自称第一。要知道，强中自有强中手。”

金根觉得父亲的话虽然有理，但他并没有完全听进去，便绕了个弯问：“上次的仗由于天气太坏，没有打成，现在究竟还打不打？”

“至于打仗的事，也要多动脑子，我看也可以以逸待劳。500多年前的界约对我们有利，并越来越有利，我们还用急着与对方打仗吗？并且上次你承诺过谈而不打。我们虽然不去谈，但也不必急着打，先耗着。做事要知道利与害、轻与重、大与小的区别，具体如何办看情况再做决断。”

金根兄弟还想争辩，父亲挥了挥手说：“不要多说，自己悟去吧。”随着又把孙子叫来识字。

金根觉得，父亲对自己总是居高临下，甚至少有好脸色。有一次，自己买了一个镶有银子的烟锅。父亲见了，便说要试试这个值钱的新玩意儿，待他接到手里，稍加端详后，便把烟杆放到嘴里，叫金根点火，并用力地吸了几口。金根忙解释说，烟斗上还没有装烟丝。父亲一声冷笑：“银子镶的烟斗也要装烟丝，原来跟普通烟杆并无差别，那要它何用？”便一下把烟杆扔出好几丈远。自此，金根再也不敢用这烟杆了，办一些事也不敢那么张扬了。但父亲对孙子远鹏却是慈爱有加，从不呵斥，什么要求都尽量满足，真不明白其中的缘由。是的，此时他不会明白，待到他也当了爷爷的时候就会十分明白了。

元宵节朱赵两村比武的事情，立即如惊蛰的雷声，传遍全县，男女老幼都作为茶余饭后的谈资。在农耕社会，人们似乎十分热衷谈论和传播这类社会新闻，因为这能给人们的生活增添色彩，提振精神，带来快乐，并让人们在快乐中打发显得富有的时间。

俗话说：点心越传越少，故事则越传越多。这件事在许多人参与的传播中，经过中间环节的不断加工演绎、添油加醋，便越传越复杂，越传越精彩，越传越玄乎。并且但凡讲述这件事的人，往往都强调说是自己亲眼看见的，千真万确，没有半点虚假，可以确信无疑。传得最广的版本是：

元宵节那天晚上，朱家不知天高地厚，以为到了民国，规矩废了，打灯可以随心所欲，居然打出黑狮子灯来。赵家人虽然武艺高强，本来也可以打黑狮子灯，但自我节制，只打了黄狮子灯。黑黄两色狮子在大街上相遇后，互不相让，于是演变成了双方的武艺较量。

打黑狮子灯的朱家在演练武艺时口出狂言：有本事的可以上来比试比试，赢了，我们把这黑狮子奉送；输了，很简单，叫我们一声“爹”就可以了。

大街上看灯的人们觉得朱家太嚣张、太狂妄，应当有人杀杀朱家的戾气，但怯于朱家人多势众，无人敢站出来与朱家村人较量。只盼着老虎面前有武松，能有人与朱家一较高下。果然，赵家无所畏惧地站了出来，于是双方便按老规矩进行比武。

赵家上场的只是一个拐子，这拐子曾在武当山学过八年武功，因守不住道家戒律而被赶出山门。

这拐子上场时，朱家人根本不把他放在眼里。但一交手，便感觉到了这拐子的厉害。只见他纵身一跃便凌空腾起一丈多高，用拐杖把朱家的黑狮子皮挑起，往空中一扔，并喊道：“什么黑狮子，分明是黑猪嬷皮。”那黑狮子皮便在二十丈开外落下，并断裂成一个十分清晰的“朱”字。

朱家人怒不可遏，先上来一人，只一个回合便被拐子制服，瘫坐在地上。接着上来两个人，三两个回合后，也都被打倒在地，半天爬不起来。那拐子打得性起，用拐杖一指：“你们朱家不怕死的，可以一起上来。”

朱家当然咽不下这口气，六七个会武功的一起冲了上来。那拐子眼如流星，手如闪电，身如疾风，拐杖和头、肘、膝、掌、脚并用，不一会儿便如狼入羊圈，把第三批上来的人也一一打倒在地。

他又施展点穴之术，让所有被打败者跪在地上不能动弹，并且腹部像有刀子反复划着般的疼痛。然后拐子高声地对跪在地上的人说：“按你们自己刚才定的规则办：每人叫我一声爹，就放了你们。”朱家人自然不愿受这种侮辱，有人忍痛喊着：“我们宁愿死，也不会满足你的要求。”

拐子拍了拍拐杖，发出一声冷笑，说：“那就成全你们，再过半个时辰，你们想要化解我也无能为力了。”又僵持了一会儿，朱家人只觉得腹疼步步加剧，这样相持下去，真的会一命归阴。好汉不吃眼前亏，将来还有机会报仇，因而被迫一个一个地叫“爹”。拐子这才用拐杖对准每人后腰间的“命门穴”敲了一下，那些跪在地上的朱家功夫高手才捂着肚子跑开了……

这些话一传到朱家村，顿时炸了窝。对朱家村来说，无疑是奇耻大辱。立村以来，在与他村任何形式的争斗中，从来不曾处于下风，更没有发生过这种让人难堪而又无法阻止的传闻。对朱家人来说，这甚至比死几个人还更要屈辱，也更难忍受。所以，对赵家的叫杀喊打之声又如浪涌般地在全村响起。

金根带着羞辱和愤怒把人们传讲的故事和现在村里人的情绪，讲述给了父亲，并坚决要求与赵家开战。

朱继元一边听着，一边直觉得血若江河奔涌，心如斧砍刀割。这种传言如果不能证伪和阻止，那么朱家村则很长时间会成为人们议论、讽刺、贬低、蔑视的对象。不但数百年建立起来的朱家村的声望会像烈日下的雪人一样崩塌无存，而且还将从此在名誉上背负沉重的包袱，这不仅不利于当下，还会殃及子孙。

在朱继元看来，要冲淡或阻住这种谣言传播的办法有两个：第一个办法是用更大的、更玄乎的谣传，转移人们的关注点，以新谣言取代旧谣言；第二个办法则是以事实戳穿谣言，也就是以有力的事实来证明谣言的虚假。第一个办法难以做到，因为谣言往往要和一些现实生活中的真人实事相联系，真假相杂，真假难辨，才可能让人信服。否则即使请高人编成的谣言，编得再有鼻子有眼睛也无人相信，于事无补。这样，能采取的只能是第二个办法，具体的就是和赵家村真刀真枪地干一仗，以实力击败赵家村，也击败谣言。

本来他对与赵家打仗的冲动已经像秋天的湖水在慢慢下降，自己确定的对策是：以逸待劳，人急我不急；水来土掩，兵来用将挡。不主动出击，只因势而动。现在则不同了，为了朱家的名誉，实际上也是利益，打一仗已显得十分必要，并且必须打赢，否则事情会更坏，新的谣言可能更加离奇，对朱家的杀伤力更大。当然，打仗胜负难料，但为了捍卫荣誉，即使打胜仗没有很大把握，也要提着脑袋一搏，宁愿死在刀下，也不能活在胯下。

朱继元在反反复复地算计着，这次械斗和一般的冲突很不一样，是胜是负对朱家关系极大，其重要性可以说是超过500年来的任何一次争斗。因为赢了，就好像赌博，立即翻盘，谣言会很快消失，朱家的声望还会更隆；如果败了，则过去的谣言会被人们确认为事实，并且会有新的谣言如瘟疫般扩散。所以这次务必求胜去败。但，朱家有必赢的把握吗？朱继元对每一个细节、每一个因素都在精心地揣摩、探究。

机会要等，好事要谋。不久，对朱家有利的条件出现了。

龙船“攀宗”

转眼间已是四月下旬，一天，虎根领着一个人走进了客厅，来的不是别人，是缺耳俚朱二。他这次是专为送“参帖”①来的，因为时近端午节，朱二所在的岭背朱家村要请同为朱姓的铁网村看龙船，也就是把龙船划来请朱家人观看，这也叫“攀宗”，是同宗同姓进行的一种交往、联谊活动，目的在于增进同姓意识，强化同宗感情。这种攀宗，除了请看龙船的方式，还有请看花灯、请看戏等方式。朱二今天是特地来知晓铁网朱家，联系龙舟表演、接待等事宜的。

这类活动以前也进行过，并且朱二的父亲就是岭背朱家的村长，朱继元和他认识。对这类活动只能欢迎而不能拒绝，但这一次，朱继元却面有难色，说：“感谢华宗送船来看。只是今年流年有些不顺，近来我们有一些烦心之事。”说着把铁网朱家与铜钩赵家近年发生的冲突包括元宵节打斗的事情简略地述说了一遍。

朱二立即回言：“既然华宗提及此事，我也就明说了。我今天来，一半为划龙船，一半是因朱赵两家的纠纷而来。”

---

① 参帖，相当于请柬。

对朱赵两村元宵节比武的传言，朱姓人与非朱姓人的感觉大不一样。其他姓氏的人可以作为故事笑谈，作为娱乐之资，但只要是姓朱的人都会感同身受，大有一起蒙羞受辱的味道，岭背朱家的人就是如此。因此派朱二来下帖子，端午节前划龙船到铁网朱家，一为表示慰问，二为表示对铁网朱家的支持。

朱二又进一步了解到，朱赵两家在争夺水域，为此做着种种较量，现正准备械斗。他从中嗅到了对自己有利的机会，他想帮助朱家赢得这场争斗。这样，他不仅可以从中渔利，而且还可以报捕鱼时曾被仁生打落水中的一箭之仇。因此朱二此行，可谓一箭数雕。

“你们怎么也知道这些事?”朱继元问。

“路边饿死一个叫花子大家都知道、都谈论。这朱赵两大姓的冲突大家还会不知道，还会不议论?”朱继元听了朱二这些话，心里猛地一震，更觉得元宵节的争斗使朱家丢人丢大了。

朱二充满感情地讲了自己听到谣传的感受：直觉得脸上好像被抹了粪，又臭又羞，一定要共同洗刷耻辱。所以作为同宗，他的村子愿意为铁网朱家助一臂之力。

“请问，你们打算如何帮助我们?”朱继元办任何事都要把事情的方方面面尽量弄个清楚明白，心中有底。

朱二说：“我们有明暗两招。”

“何为明，何为暗?”

朱二抖开了他的包袱：“明招，我们村可以派1000到2000名健壮的男丁参与朱家与赵家的战斗。暗招，我还认识青帮的人，可以动员青帮成员参战。他们的力量可大哩，要多少人有多少人，并且各行各业都有，可以用各种方式对赵家进行袭击。”他说得眉飞色舞，但他并没有亮出自己是青帮小头目的身份。

朱继元想了许久，觉得岭背朱家来人固然可增加胜利筹码，但又觉得动作太大。至于那神神秘秘而非正道的帮会，他更觉得不可信，不可用。弄不好，不见其利，反招其祸。于是婉然拒绝：“谢谢同宗。这是我们两村的事，暂不必兴师动众，惊动同宗。至于请青帮助力的事情，更不敢烦劳，行有行法，帮有帮规。做什么事，怎么做事，以不打扰他人为好。”

朱二又劝说了一番，朱继元已有意请岭背朱家相助，但具体如何相助他没有完全想好。便说："这件事大，容我再好好想想。"朱二见状只好作罢。

于是二人又言归正传，就岭背朱家划龙船到铁网朱家攀宗一事进行了商定。

农历五月初三，随着"咚咚"的锣鼓声，岭背朱家的船队如约而至。一共6条龙船，船上插着写有"朱"字的旗帜，在风中徐徐飘动，分外醒目。龙船在整齐的桨姿中，破浪而来，显得十分威风。那6条龙船，你追我赶，搅得湖波涌动，浪花飞溅。龙首高高昂起，一蹿一蹿地向前而行，真宛如6条蛟龙在水中快速游动。

到了铁网朱家村前，岸上响起了爆竹声，这是对同宗龙船的欢迎。这时那6条龙船便在村前的水面绕了一个很大的圈，这叫"打朝"，意在是向被访的村落问候、行礼，表示敬意。

"打朝"完毕，早已等候的铁网朱家的6条龙船也一起下水，与来访龙船的划手们相互打过招呼后，双方便一对一地在湖上展开友谊赛。顿时鼓声大作，12条龙船聚集在水域上，犹如战船列阵，很是威风，湖风吹动旌旗，蔚为大观。划手们一个个热情如火，奋力运桨，每划一桨，船便向前猛蹿一下，木桨扬起的水花遮住了船身，只有船头在水中步步向前，真如群龙过江，活灵活现，壮观无比。岸上也已聚了数以千计的观众在观看，在加油，这更使桨手们神采飞扬，平添力气，下桨更加用力，那龙舟上的鼓声一阵紧似一阵。水中岸上，相互呼应，万般热闹，一片喧腾。

比赛结果是划成平手，双方三胜三负，各得其欢。

比赛结束后，朱二忽然对金根说："到铜钩赵家走一趟如何？"

金根略一思考，点头同意。

于是12只龙船浩浩荡荡向赵家村划去。当然这不是请赵家看船，而是去向赵家示威，这就很有可能引发冲突。金根的想法是，借此机会撒撒气，要是真的发生冲突就是二对一——两个姓朱的村子对一个姓赵的村子了，这样就把岭背朱家拖下水了，那就无论是今天还是今后，对铁网朱家都是有利而无害。

那12只龙船如一队水上战船直奔铜钩赵家村而来，10来里水路，对有20多个人划动的龙舟来说，是一段很短的路程。大约半个时辰，赵家村出现在视线中。这船队也同时被一直监视湖面动静的祥生发现了：莫不是对方以划龙船为掩护，要对赵家进行突然袭击？他立即敲响了小锣，许多人正在吃中午饭，便闻声放下饭碗，拿着刀枪赶到大祠堂前集中。

仁生来到大祠堂前，祥生简要说明了情况。仁生觉得朱家乘龙船来进行袭击的可能性不大，因为事先未下战书便进行攻击这不合规矩，并且几条船上的人怎么也敌不过一村之众，他们如果弃船登岸进村攻杀一定会吃亏。

为防不测，他点了300多人去到村子前面，准备迎战。其他人则在原地等候，根据情况再动作。

仁生带着点齐的人员来到村前的湖边，铁网朱家和岭背朱家混编的船队也正好到达。但他们显然没有上岸攻击的意思，而是在水上列队演练般地划动。有时还把船桨向天空高高举起，用意很明显，是来示威，是利用两个村的力量来施压。潜台词是：我们是两个村的人马了，就敢在你村子前耀武扬威，有本事下湖来试试？

铜钩村的人当然不会吃这一套。只听勇生和飞天拐子分头喊着："我们的龙船也下水，跟朱家比个高低。"

仁生一听，坏了，如果这时赵家的龙船下水，双方必然是一场水上龙船对龙船的对打，实际是以桨为武器的械斗，意味着水面上又要漂尸流血。他大喊着："不要下水，也不必下水。我们当坐山虎，在岸上更主动。"

"人家都到我们家门口要威风了，这明摆着是在欺侮我们，不能服这个软。"有人喊着，随后许多人都奔回村抬龙船去了，也有更多的人来到村前的水边。

转眼间，三四条龙船已抬出来了，人们坐上船，准备催船出发。

仁生喊道："人家12条船，你这三四条船，不成了活鹅换死鸡，明摆着吃亏吗？"

"管他船多船少，在我们家门口，还怕他个屎！不能让他们抽风撒野？！"飞天拐子喊着。

但勇生觉得还是仁生的意见对，便帮着劝阻大家。

大家暂时收住了脚步。但这时又抬出了三四条龙船。人多起哄，许多人又跳上了船。仁生急了，便招呼着勇生，二人冲上船，把龙船上的舵都卸了下来。这一招，可以说是釜底抽薪，因为没有舵等于没有方向盘，任凭划手们手中的桨怎么整齐用力，龙船也只能像无头的苍蝇在水中毫无方向地打转转。

又过了一会儿，朱家的船见赵家的船没有大的动静，示威的目的也达到了，再之已过晌午，大家已肚饥人乏了，便掉转头划回铁网朱家。

勇生大喊："机会到了。"他也已看出朱家的船员已很疲乏，一些人已举桨无力了，况且这时赵家下水的龙船已超过10只了。这个时候出击，无论是比划船还是真打架，都一定能获胜。他还认为仁生刚才不让大家划船上湖，正是为了等待时机，他便指挥大家上船去追赶朱家的船。

仁生厉声大喝："停住，不要动!"

"机会不可错过，把他们打败在这里，朱家村就组织不起下一次的械斗了。"勇生一副深思熟虑的样子。

"错。一出击就中计了，一交手，岭背朱家也必然有人伤亡，我们就要同时和两个村交战了，这正是铁网朱家想要的。"仁生一边说，一边阻止大家。

勇生狠狠地以右拳击了一下左掌，错失良机。但又觉得仁生说得也有道理，便不再吭声了。大家只好停了下来，站在船边看着那朱家的龙船越划越远。

第二天，岭背朱家的龙船攀宗结束，每只船的龙头上系上了一条长长的红布带，这叫"披红"，在爆竹声中离岸划回自己村里。

但朱二没有随船返村，而是留了下来，要做他想要做的事。他又来到了朱继元家。

朱继元对昨天划龙船到赵家示威很是生气，这完全是无理逞强，有失信义，而且是没有实际意义的举动。而这个举动朱二负有很大的责任，这加剧了他对朱二的坏印象，认为这个人类小人而非君子，不可深交。见他到来，明显不那么热情了。

朱二向周边扫了一眼，然后神神秘秘地说："华宗，我有重要事情相告。"

"啥个事?"朱继元不冷不热地问。

"这与朱家同赵家械斗的胜负密切相关。"

朱继元盯了几眼朱二，没接腔，但眼神里的意思很明确：有什么话，快说吧，用不着故弄玄虚。

朱二故意又向左右瞧了瞧，压低声音说："我可以弄到枪，你们需要吗?"

朱继元心里咯噔了一下：枪，对他来说十分需要，这时有枪简直是病中送药、雪中送炭。但谁知道这灰头土脸的家伙讲的弄枪究竟是怎么回事呢？他做了一个稳妥的决定："金根，你和同宗就这件事好好谈谈吧。我有些累了。"说完起身离去。

有枪，这对朱金根来说，真是如饥似渴。有枪在手，打败赵家那不易如反掌？于是他和朱二认真谈了起来。

这个朱二，本是一个不务正业的人，在社会上犹如一只耗子，见缝就钻，见食就吃，他接触的人，三教九流全有。他认识的人中有县保安大队的枪械管理员，喝酒吃肉，甚至赌博嫖娼都常在一起，他们还同为青帮会成员。那位管理员一有机会，便把一些枪枝弹药偷偷地交朱二拿出去倒卖，然后二人分赃。卖枪牟利，是这次他来铁网村的目的之一。

双方谈得很是顺利，但金根还是觉得这事非同一般，万一出点纰漏，可就不得了，他把每一步都想得很细很实。便初步商定：买手枪长枪各5支，子弹1000发，先找个地方验枪，并由人教会朱家人用枪，然后才能付钱。朱二全部应允。

几天后，他们在停靠在一个湖汊里的渔船上相见。朱二和随行的一人，果然带来了10支枪，有新有旧，一一试过，都是真家伙。在对着湖里试射的时候，居然击中了一条大草鱼。捞起来一看，子弹从鱼的鳃边穿过，偌大的一条鱼脑袋不见了，只剩下大半个身子。金根在心里说：赵仁生，这下你们可是恶人下到丰都城，有你受的了。

双方钱货两清后，各自上了自己的船。朱二还丢下一句话："如果还有需要，随时可以帮忙，连轻重机枪都有货。"

金根回到村里后，便把枪支分发给"十大铲刚"，并交代不得把有枪的事让任何人知道。

湖上血雨

天遂人愿，枪壮人胆。朱继元认为这下有必胜的把握，可以开战了。他也算是半个风水师，他几次认真地翻皇历，看图谱，算子丑寅卯，选定了开战日期。然后派人向赵家村下战书挑战，赵家毫不示弱地接书应战。一场真刀真枪的厮杀再次上演。

这一天，鄱阳湖风浪不大。仁生把参战的渔船重新做了调配，在前面打头阵的仍是飞天拐子和勇生，他们各带领的10条船上，都携有了鸟铳，并配备了石灰包、蘸饱了油的由铁丝裹紧的棉球。新增加了数量的武器是能够投掷的短刀、飞镖和鱼叉，这由大力士祥生和义生分别领头。元宵节两村的较量，似乎使大家增添了取胜的信心。

仁生率领船队开出不久，有一个年轻的女子急急地走进了铜钩村。一边走，一边打听仁生的家。留在村里的主要是妇女和上了岁数的男性，他们对一个女性的出现并不在意。但当这女子碰到义生娘并问相同的问题时，义生娘起了疑心，便反问："你认识他吗？"

"认识。"姑娘很肯定地点了点头。

"你是哪里人？"

"铁网朱家人。"

一听这个村名，义生娘的怀疑和憎恨、害怕一起像旋涡似的卷到心头。她一把将这女子抱住，并大喊："抓坏人！抓坏人！"立即又围上来好几个人，一起把这女子牢牢地控制住。

这女子急急地说："我要告诉你们人命关天的重要事情。你们村现在谁管事？"

有人喊："铁网村的人这个时候还来和我们说什么重要的事情，肯定有鬼。把她绑起来沉到湖底算了。"有人便果然找出了绳子，往这女子身上套。

这女子一边挣扎，一边几乎带着哭声急切地说："找管事的人来。等我把话说完，再把我沉到湖底也不晚。"

吵吵嚷嚷，推推搡搡，引来了村里许多男女老少，其中有仁生的叔叔赵双林，他走过来问："你叫什么名字？"

"朱小鲤。"

"啊？！"赵双林显然知道这个名字。何止知道名字，朱小鲤的许多情况他都很清楚，因为仁生早已把自己同小鲤交往的事同他讲过了。他甚至忽闪过仁生能和小鲤结婚的念头，想不到今天这个姑娘会出现在面前。

他立即喝住众人，对着小鲤又问："你认识仁生?"

"认识，还很熟。他学打铁时我就认识，我们还一起看过戏、看过灯呢。"小鲤快速简短地做了回答，要是平时，她回答这个问题至少得讲个十句八句的。

赵双林连连点头，认定这确是小鲤，便叫为她松绑，接着又问："看你这焦急的样子，你有什么要紧的事吗?"

"找仁生，赶快!"小鲤急急地说。

"仁生已出湖跟你们朱家打仗去了。"有人补充着。

听到这里，小鲤更急了，她用手拨了拨被弄乱的头发，又跺了一下脚："这可坏了!"

接着她像爆豆子似的说出了来意：今天一早起床，她发现自己的哥哥们准备出发，并都带着枪。她立即明白，朱家真的向那天来家里的缺耳俚买枪了。这就意味着，今天的械斗赵家必败，并且会有很多人伤亡，当然她没有说出来的是最担心仁生中枪。所以她迅速驾了一只小船，七拐八绕，来到湖上。然后又弃船跑进村里，要找到仁生，劝赵家今天不要出战，以避免伤亡。可是船已出发，箭已飞出，一切都来不及了。

赵双林相信姑娘的话真实无疑，便找了老村长等几个人和小鲤一起急急地商量对策。最后确定按小鲤的主意，采用一个无可奈何的办法，由义生娘领头，组织50多位身体强健的妇女驾起二十多条船，连同小鲤一起出湖，向战场驶去。

此刻，在插旗洲附近，一场惨烈的搏杀即将开始。

双方的船队离得越来越近。金根担心赵家的船靠得太近，双方的船纠缠一起，不便用枪。便在离赵家船还有二十多丈远的时候就指挥开枪，"啪啪"，子弹带着呼啸声向赵家的船队飞来。毕竟是未经怎么训练过的枪手，或许有点紧张，第一拨射击没有显出什么威力，子弹大都打在水里，带着"哧哧"声溅出一团水花。赵家人也似乎不太在意，船更近了，朱家第二拨枪响了，这次一下击中了几个人。仁生知道朱家有枪了，心里顿时一阵紧张。当第三拨枪响时，又有人倒下，仁生看清了，对方有10来支长短枪。

仁生在忙乱地思考着怎么办？退却，就会被朱家掩杀，这便会像在山林里猎人打兔子，一个跑，一个追，逃跑者最终难逃一死。所以，不能慌乱撤退。进攻，当然也不行，对方有枪，双方的船未接触，子弹就到了。他大声喊叫让大家尽量趴在船上，并指挥着一批船从侧面向朱家的船队冲去，只要双方纠缠在一起，船不停地碰撞颠簸，对方的枪就难以发挥作用了。

赵家的船前后相拥无所畏惧地向对方靠近。其实后面船上的人也不知道前面发生了什么，只是一个劲往前冲。靠近对方的船队时，赵家的鸟铳响起，还有石灰包也向对方扔去。义生、祥生领人奋力向对方投掷飞叉、飞镖，好像把几个枪手击中了。

对方的枪又响了，随着双方的船离得越近，枪声更密集，湖面已有鲜红的血。赵家在进行顽强地反击，虽然已有多人倒下，但依然划着船、或游水推着船向朱家的船队冲上去。

然而船破偏遇顶头风，天公似乎有意助朱而弃赵。就在赵家的船和朱家的船已经接近，双方船头对船头相互快要碰上的时候，湖面刮起了风，并且一阵比一阵大。赵家的船处在下风方向，虽然已造成了对方的一些伤亡，但抛出去的石灰包在空中碎了后，纷纷扬扬的石灰却全都扑向了赵家的船队，使人无法睁眼。加之石灰遇水后温度立即升高，许多人没有被衣服遮住的部位都被石灰灼伤。朱家趁着风向有利，这时也把备下的石灰包向赵家的船队抛来。鄱阳湖上顿时白烟滚滚，杀声震天。赵家人眼难睁、手难动，听到的只是朱家人的喊杀声，枪击声，砍杀声。

仁生见势不妙，下令撤退，并叫智生、信生等扯下手臂上的标志，带领十几只小船突入对方船队，自己的大船也紧紧跟进，但智生大喊："仁生哥，你不能过来，指挥要紧。"然后用力把仁生的船往后推，自己则趁着混乱，冲入了对方船阵。赵家冲入的十几条船像一座浮桥将对方船队分隔为两半，因去了手臂标志，朱家人一下子也没有反应过来，分不清是谁家战船。智生、信生等人便在敌船之中施放石灰包，形成一条石灰隔离墙，并挥动刀枪攻杀，掩护自己的船队撤退。

朱家那些没有被智生等挡住的船只则紧追不舍，一路追杀。朱家人因风得势，杀性大起，一个个像红了眼的狼冲入羊群，凶残无比。枪刺刀砍，子弹横飞，船的撞击声，刀的交并声，人的喊杀声，还有死伤者的惨叫声，混成一片。不断有人倒下，也不断有人掉入湖中。湖面变成了鲜红的颜色，风中弥漫着血腥的气味。

那飞天拐子，早已把生死放下，抡动手中的拐杖，将对方几人打得头破血流，有的当场倒下，不料一抹石灰粉飞进眼睛里，他赶忙以手捧水去洗，这下更坏了，石灰粉和水混在一起，顿时成了毒药，这个从不怕疼的汉子，不由得惨叫了一声："我的眼坏了！"勇生见状，挡住对方的攻杀，掩护飞天拐子撤退。

智生、信生等的舍命掩护，使赵家的船得以迅速掉转船头逃跑，但朱家的船依然在后面紧紧追赶，船上的人挥动利刃，扣动扳机，赵家不断有人倒下，许多船满舱鲜血。

忽然前面有几十只船组成的船队横在湖中，犹如一道堤坝，那便是义生娘率领的由妇女们驾驶的船只。

义生娘大喊："快划，从这里走！"待把自家的船队让过，赵家妇女的船重新连接在一起，对着冲过来的朱家船队。

金根拿枪驶在前头，见面前是一字排开的赵家村妇女的船队，便不由自主地让船减速。因为按传统，村与村、姓与姓之间的械斗，只能是男人之间的较量。如果女人没有执刀持棒直接参与战斗，任何一方都不得以任何方式加害女性。这种规矩形成的原因，有传统观念的影响：好男不与女斗，与女人打架那是极丢脸的事情；同时也有现实的顾忌，因为嫁到某个村的女人一般都属外村外姓，与自己的丈夫不属同姓氏，谁贸然杀死了女人，就可能招致女性娘家家族的报复。所以村与村的械斗无论多么残酷，女性一般都不会直接受到伤害。

金根再一看，发现自己的妹妹也在其中一只船上，双手被捆，由两个妇女架着。这使金根吃了一惊，并很诧异：小鲤怎么会在赵家的船上？

只见小鲤哭喊着："哥哥，赶快救我，救我！"

义生娘挺立船头，威风凛凛地大声喊着："如果你们的船掉头退回去，我们立马放人；如果你们的船头越过我们的船头一寸，就等于你们亲手杀死了这个姑娘。"

金根一想，仗已获大胜，再追击已经没有太大必要。如果自己的妹妹死了，多杀死几个对方的人又有什么意义？便来了个见风使舵，对着义生娘说："看在各位大妈大婶大嫂大姐分上，我们可以转舵。"

义生娘的回答是："看在这姑娘的面子上，老娘也饶你们一回。"

金根也没有细想这话的意思，反正现在是救小鲤要紧。赶忙停船，把小鲤接到了自己的船上，问到底是怎么回事。小鲤说了一段早已编好的故事：今天一早，她想去县城，不料在湖上碰到赵家妇女的船队，她们人多势众，不分青红皂白把我弄到她们的船上，并向两家打仗的地方划来。幸亏碰见你们，否则真不知道是个什么结局。

金根也没多想，只是对小鲤安慰了几句，便领着大家以胜利者的喜悦和架势回到了朱家村。

船刚靠岸，已领着许多人在岸边等待多时的朱继元面带微笑地迎接大家。因为他从今天的风向和朱家村拥有枪支这两大因素，判定己方必然大胜。岸边热闹地响起了欢庆胜利的鞭炮声，还有那什么场合都能营造气氛的喇叭声。

但当把十几个死者抬下船时，朱继元顿时脸色大变，因为在死者里面有他的第四个儿子火根。火根脖子上中了飞镖，身上还插着两把飞叉。鞭炮立即被踏灭，喇叭顿时没了声响。仗虽然打赢了，但对于在械斗中被打死者的家人来说，却是巨大的悲痛和灾难。火根之死，为朱家的胜利蒙上了一层厚厚的阴影。

而此时在赵家村，更是犹如天崩地裂一般，全村笼罩在悲云惨雾之中。妇人小孩，哭成一片，并伴着呼天抢地的喊叫声、诅咒声。细加清点，死亡60多人，伤100多人。死者名单中有信生、智生，他们突入朱家的船队掩护大家，施放石灰包，又与朱家人舍死拼杀，挽救了许多人的生命，而随他们一同冲入朱家船阵的人都无一幸存。

第二天，又到湖上搜寻打捞起一些尸体，死者总共实为78人。

死去的人是不能再进到屋子里的，尽管谁也没有亲历过，但人们都相信这种说法：死者进屋，如果头先进门家里会再死一人；如果脚先进门则会再死，两人。所以，丧事在大祠堂里集体办理。

棺材有的是临时从寿木行里买的，有的是占用原本为老人备下的。78具棺材分行排列，黑森森一片，一看上去便叫人心惊胆战。大人小孩身穿白色孝衣或披着麻袋，头戴挂着棉球的简易白帽，腰系白布腰带。一眼望去，如秋末的芦花，白花花一片。这白，历来是送葬的主色调，是编织着悲伤与绝望的颜色。这黑白两色、黑白相间，在此刻，便成了生与死的标志，也成了生与死的对话。黑色是死者无言的不幸，白色是活者无尽的悲悼。更兼悲哭中有白发飘零的老人，真可谓少者占用老者棺，白发人送黑发人。那哭声杂响成一片，惊天动地，声播村外，就是石雕铁铸的人，见此情景也会伤心落泪。此时连湖波中也少有鱼类翻起的浪花，水族也似乎在以悲痛之情倾听岸上的哭声。这是人间最惨烈的画面。

装殓完毕，棺盖合上，四根长约半尺的大铁钉把棺盖与棺仓钉紧，便意味着从此天人永隔，再无见面之时。于是哭声更烈，也更为凄切。送葬的人在哭声中一片片跪下，向死者道别、致哀、致敬。许多人尤其是刚成为寡妇的女人叩头时，头与地面重重撞击，发出“咚咚”的声响，以致有的人再抬起头时，脑门红肿甚至流血。她们用已变得沙哑的嗓声一遍又一遍地哭喊着：“老天爷，这是为什么？这是为什么？”回答她们的只是自己号啕的声音，还有旁边人的哭声和饮泣声。

这时老村长宣布了一个重要事项：战死者不能绝后。凡死者如果无后人，得从兄弟或堂兄弟的儿子中立一男孩为继嗣，待下次修谱时入谱确认；死者的遗腹子出生时间以18个月为期，即死者的媳妇在此后18个月内生出的孩子，都属死者的遗腹子。

几声沉沉的、长长的锣响，哀伤的音乐声响起。村长喊一声“起棺”，78副棺木一同抬起。此时，稍有停息的哭声又起，撕心裂肺。一些女人或扑在棺木上，或扯住捆束棺材的绳索不让棺木抬走，有好些个妇女当场晕了过去。一些年老的妇人一边流泪，一边苦劝他人。连许多抬棺木的青壮年也无法忍住哭声对自己泪腺的撞击，跟着哭泣、淌泪，男人的哭声比女人的哭声听起来更让人战栗、心悸。

前面是棺材排成的方阵，后面是送葬的人群，浩浩荡荡，首尾相继，足足有二三里长。纸钱飘撒一路，伴随着偶尔响起的又重又沉的锣音，飞得很远很远。

赵家的祖坟山垒起了堆堆新坟，这是从未有过的惨象。那坟上插着的招魂幡在风中哗哗作响，似在唱着谁也听不懂的招魂曲，也好像是死者在向苍天倾吐怨恨和对亲人泣诉哀伤。几只乌鸦拍着翅膀飞过，发出凄厉的叫声……

让谁为械斗领罪

这似乎是一种历史性的惯例，在老百姓双方冲突时，不见政府的影子。但一旦冲突发生后，政府则必然会介入，查验情况，确定责任，进而加以处罚，以显示政府的存在和权威，也表示官吏对百姓生命财产的关心。当然也有对社会的警示意义，告诫人们要服从政府，安分守己，不要作奸犯科。但事情究竟如何处理，人们只能揣测、旁观、等待。在许多人看来，械斗胜负、人之死生，许多时候是既有天意又有人力；至于械斗后，这死伤累累的案件如何处理，那就完全由人而不由天了。

在余南县县长的办公室，正在开着一场关于如何处理朱赵两村械斗的会议。

人们总是觉得，这年头奇事、怪事、巧事实在是太多了，正如民谣所唱的："奇事年年有，冇有[①]今年多，灰尘砸破了碗，灯草撬坏了锅。"

谁也不会想到，主持会议的竟然是黄中和，这真是太令人不可思议了，但却是谁也不能否定的事实。

原来，他去年被农民抗税逼走逃到南昌后，通过打通关节，不仅没有受到惩处，反倒在省政府谋到了一个差事。其中的一个原因是，引发农民围城的加税不是县政府自作主张，而是执行省政府的命令，这使他不仅逃过一劫，还又等来了机会。

接任黄中和的县长在任期间却是时运不济，不仅在鄱阳湖上发生了震惊全省的渔民械斗，还在这以前又发生了县议会的选举丑闻，因而去职，需要有人继任。现又逢日本人正步步向江西推进，鄱阳湖因地处水陆要冲，余南属

① 冇有：意为没有。

战略要地，在这军情紧迫时，很需要配备一个懂点军事的县长。

因为黄中和有任过军职的经历，又加上曾任过余南县县长，这时被作为余南县长的不二人选，再次履职余南。他现在不仅担任县长一职，还同时兼任县保安团团长，并且还是国民党余南县党部的负责人，党政军三权集于一身。这和以前他只有县长一衔相比，分量重得多了，权势也大得多了。

黄中和很庆幸的是，朱赵两村的械斗大案是他离开余南以后发生的，所以与他并不相干，他现在只是处理这件事。当然，以他对当地情况的了解，要处理好这件事极不容易，不过他自有办法。

幕僚们对案件的处理各陈己见。有的说，派人去调查，弄清案情，再作处理；有的说，这次案子的严重程度和恶劣影响，上下几百年未见，纵横几个省不闻，当从严查办，以儆效尤；有的说，擒贼当擒王，办案查首犯，把两村的械斗组织者抓起来，处以极刑。

听了大家的意见，黄中和举重若轻地说："案情确实重大，影响也真是不小，查办首恶的思路也对。但应上下掂量，左右权衡，处理这案子还是以稳当妥帖为先。"

众人屏息以听，黄中和继续往下说："派人调查，费时费力，还未必查得清楚，既然查不清楚，处理时严办也就失去了前提。这两个村内部规矩甚严，谁是首犯恐怕无从了解。"

大家频频点头称是，那案子到底怎么办？

"这个案子要办，但又得拿捏好分寸，不能办得太急太过。我看一个村惩办一两个人也就够了。"

这死伤100多人的大案，只查办一两人？这倒弄得在座的人一肚子官司，这能行吗？这不是成了不负责任的各打50大板？实际上也就纵容了犯罪。

"即使查办一两人，也还得确定具体查办谁，并需派人去办呀。"有人发表了意见。

黄中和一副居高临下的样子，吐了一口烟说："让他们自己把人犯送来。"

大家更是一脸茫然：这可能吗？县长怎么会有这等高论？

接着，黄中和对具体方案作了详细说明：这件案子不办，向上司不好交差，在社会上也会有损政府威望，所以当然要办。但太认真了，却会费时费力不讨好。因为以这两村的民风而言，要查清案情、缉拿首犯要花时间、花精力，还要花银子，还很难下手，弄不好就会成势如骑虎甚至引发民变，这就会使县政府陷进淤泥里。那就不是我们办案子，而是案子办我们了。

县长提到民变，大家可以说是记忆犹新，都不由得心里一阵发紧。

其实，黄中和还有更深的考虑。现正在试行民主改制，由县行政会议改为县参议会，他要坐稳县长的宝座乃至要晋级升迁，必须搞好和县参议会的关系。而参议会中，本县的大宗大姓占有重要的地位，那刚刚去职的前任的过错之一，就是没有处理好宗亲势力与选举的关系，在县参议会选举时，包括朱姓在内的八大姓氏为争夺选票，大打出手，由争吵变为骂战，既而抢夺票箱，彼此拳脚相向，甚至几个村子因此发生械斗，有一个村的人还把省上派来监督选举的官员也拖到会场外暴打了一顿。还有人暗中大肆行贿，使选举成了丑闻。又加上发生了朱家和赵家的械斗大案，县长被迫离职。

黄中和深知自己需要吸取这些教训，充分考虑宗亲、姓氏与政治的关系。对这两个村的官司，最好的办法便是和稀泥。只要双方能接受的方案便是最好的方案，至于是否公正、合法、合规都是次要的事情，只要能遮人耳目即可。他也深知，现在国家外患内乱交并，自然灾害频发，各级政府焦头烂额，没有兴趣、也没有那么多能力去管百姓们打架的事。

大家又议了一会儿，觉得县长的这些分析倒也有理，想出的办法果然是高人一等。但究竟如何操办呢？

黄县长继续说着他的办法：可告知两个村子，人命关天，血案如山，本当从重查办，但考虑到这是抗战的非常时期，更兼两村因这案子人员伤亡不少，生活大受拖累，为顺应民心，体恤民苦，所以只是从轻发落。各村自行认定责任，从本村确定首犯二人，送到县衙法办。如不照办，县政府将动用保安大队从严查究，那就不是追究一人二人了。这样，两个村就会乖乖地选择自己送人。当然双方极有可能要求只送一人，那就答应各村只送一人，他们就更愿意了。到时把送来的人判个死罪，砍了脑袋，既体现了法纪之森严，又可使冲突双方无怨言，上司更不会追究了。整个事件也就处理得顺顺当当，无风无浪了。

原来是这样。高招！大家“啊”了一声，连称县长“高明！”

有人又问："如果他们送一个病人或老人，也行吗？"

黄中和想了一下："管他什么人，上刑场时有气就行。"

大家不再作声。但却从心底评述着，这个县长真有一套，一年不见，对官场之道用得更加得心应手，他很像有智慧的官吏，又像极为狡狯的政客。

县政府要求两村各送首犯二人的命令一下，果然不出黄县长所料，两村都要求只送一人，得到允准后便商量送谁。因为这比想象的处罚要轻得多，得抓紧了结，以免夜长梦多。

先说赵家村，仁生召集大家商量怎么办。又是飞天拐子首先开腔，他在大战中受伤的一只眼睛已变得混混沌沌，并小了许多，视力完全丧失。他自嘲自己变成"跛一足，眇一目"的仙人了，但依然激情在心，锐气不减，说："送他娘的什么人？县老爷对案子不闻不问，就直接要求送人，这是什么王八蛋县长？"

仁生说："这是县长一个油滑的处理办法。如果一个人也不问罪，他交不了差。"

"我们死了那么多人也还和朱家一样送人？不分青红皂白，各打50大板，这是什么理、什么法？不送，他又能怎么着？"勇生很气恼地说。

"虽然各送一人看似我们吃了亏，实则不然，较起真来，双方都会追究更多的人。假如我们被处死5个，朱家被处死10个，虽然他们多处死了5个，但对我们又有什么益处？"仁生解释着，大家觉得他说得很对，过去人们的习惯性想法是，不管自己损失多大，只要对方损失更大，便觉得自己占便宜了，原来实际上并非如此。

"所以，我们可以照办。到底送谁呢？"仁生又把话引到正题上。

蛇叔首先表态："俗话说，'大鱼挣不脱钩，小鱼逃不脱网。'人像鱼一样，大鱼小鱼都得死。这里就我年岁大，已比你们多活了十几年了。就送我吧。"

飞天拐子摆摆手，又指了指自己的一只眼睛说："不，还是送我吧。这次我又死过一次，等于死过两次了，再死一次又何妨？再说，我一只眼又废了，更成半边人了。早死早投生，20年后又是一个好后生。说不定下辈子我会是手脚俱全、好眼睛好鼻子的人了。"

仁生正要开口，门被推开。苏先生进来了，他一脸憔悴，头发一下子变白变少了许多。自那次被灰鲇鱼劫持后，他的身体和精神状态就每况愈下，前不久他老伴又去世了，便更是形槁骨瘦，这让大家一阵心酸。此刻他来干什么呢?

让大家万万没有想到的是，他这是特地来要求把自己当作首犯送官的。

这个时候他好像调集了周身的能量，眼睛也变得有亮有神了。他陈述了许多的理由：自己在赵家教书十几年，村里人待他如家人，现家里有事，他有责任尽一份力。他的命是村里人给的，如果当年被土匪劫持，不是村里派人涉险冒死相救，他决然活不到今天。他现在无家无室，百无牵挂，比村里任何一个人更适合赴死。更为重要的理由是，他对世道已经极度厌倦，国衰而民贫，官腐而民怨，天下无道，礼义废弃，强者逞威，弱者受辱，人活着毫无尊严，人已非人了。他已经几次动过弃世的念头，如果这次能顶村里一人去死，便还算有点价值，就不是白死了。

仁生很动情地说："苏先生义薄云天，我们无比感谢。但如果本来无辜的你去领死，将陷我们于不仁不义。"

"不不不。我去顶罪，实则是你们成全了我，又救了我们村一人，可以说是大仁大义。"苏先生说得十分诚恳。

大家也都不同意让苏先生顶罪。双方又争执良久，谁也不肯让步。

这时苏先生说："如果你们真不同意，那明年的今天就是我一周年的忌日。"说罢推门而出，跌跌撞撞地朝湖边走去，并发出一声令人毛骨悚然的长啸，随着喊道："屈原我师，我追随您来也!"

仁生等马上冲出门去，把苏先生紧紧抱住。此时苏先生老泪纵横，大家也是跟着伤心抹泪……

铁网村的"首犯"

此时在铁网村，朱继元也正在召集铲刚们为"送人"一事合计着。但说来说去，议不出该送何人。

这时朱继元平静地说："人都有一死，且生死有命。我思来想去，还是我去吧。"

儿子和侄儿们立即大喊："父亲不能去！""伯父不能去！"小儿子土根甚至哭了起来。

朱继元缓缓地说："县里已讲明送首犯，我不能推脱。我已到知天命之年，或许命该如此。长期以来，村里大小事务，悉由我们家决断，生死关头，岂能退缩？否则如何服众？"

"如确需要我们家代众受罚，那，我去吧。作为儿子，代父受刑，那是天经地义；作为兄长，临难而上，也是责无旁贷。"金根首先表态，其他儿侄也纷纷表示愿意自己去当首犯领罪。

朱继元心中一阵宽慰，便摆了摆手说："别争了，你们青春年少，人生如东边的日头刚刚出山，哪能没有怎么尝到做人的滋味就去受死？"他顿了一下，又接着说："我要告诫你们的是，我一生悟出一个道理：为人做事一定要刚柔相济，有圆有方，断不可遇事逞强逞威。"子侄们听出，这些话已有遗嘱的味道了，心里阵阵难过。

朱继元挥了挥手说："你们各去做自己的事吧，我得静下来好好想一想，有哪些重要的事情需要交代。"儿侄们含着眼泪退了出去。

金根离开父亲，心情更加沉重，他翻来覆去地思索着：父亲呕心沥血为大家，怎能把他作为罪人送官？这于情于理于义于孝都说不过去。整个村子上万人，难道就不能找出一个合适的人顶罪？

他便立即与虎根等铲刚们商量，此事到底如何解扣？父辈高风亮节，晚辈不能无能无方。最后，终于想出了一个办法：将全村70岁以上的老人召集起来，把事情的前因后果讲了一遍，并强调说朱继元要前去官府领刑，看大家什么意见。

这些须发斑白的老人一听村长要自愿受刑，不仅感动，而且认为这万万不可，好几个人当即表示自己愿代村长作为罪魁赴死。争论来争论去，最后决定由年龄最高的一位老人代全村去县衙领罚，并且这位已满口无牙的老者欣然同意。

金根立即匆匆来找父亲。此时朱继元正铺纸提笔，准备书写什么。当他听了金根等做成的另一个方案后，好一会儿没说话。他心里微微一笑：鱼在浪里长，人也一样。儿子现在懂事了，能办事了。这件事办得很好，不仅很孝，而且很智。其实，金根做成的方案也是朱家村的传统，年轻人放胆办事，出了事年长人主动兜着。现在有年长者出头领死，这也是朱继元内心很希望出现的结果，这不仅关乎自己的身家性命，也关乎整个村子的人心与传统。

正在这时，土根带进一个人来。一看又是朱二，朱继元见到这人，便有三分厌恶。正要让他出去，那朱二却笑嘻嘻地开口了："祝贺朱保长大发神威，械斗赢得全胜！"朱继元一听此话，脸色一下变得难看，他想起了自己战死的儿子。

那朱二倒会察言观色，立即收住笑意，并换了一个话题说："我是特来看看华宗，同时想问问保长，械斗过后是不是还有什么要事、难事需要帮忙办理。真人面前不说假，许多看似办不成的事，其实想想办法都是能办的。"其实，他来的真正意图本是为了讨赏。

朱继元一听，触动心事，正有天大的难事当头哩。这人神神秘秘好像神通很大，要不然把这"送首犯到官"的事告诉他，让他想想办法？于是皱了皱眉头说："确有一件为难事，不知华宗能否帮忙？"

"但请开口。"朱二一副登天有梯的样子。

朱继元把械斗后县衙要求送一人治罪的事说了。想不到朱二满口答应："天无绝人之路，我来想办法！"

"什么办法？"朱继元抑制不住内心的欣喜，这样朱家村就可以免死一人，实际上变成了无人判罪，这对村子对自己来说，无疑都是天大的好事。

"有钱能使鬼推磨，有钱也能不让人变鬼。现在这世道便是如此。"朱二从容不迫地开腔了。

这家伙又在打钱的主意。但此时没有别的办法，如能以钱赎命倒也不是坏事，因为钱可以赚，命不可以续也。

"要用多少钱打点？"朱继元试探着问。

"不是打点。"朱二摆摆手说。

"那钱的用途是？"

"买一个人顶替。"朱二说出来的是惊人之语。

这家伙真是得过天花的妖怪，鬼点子太多了，竟然能想出这等办法来。但，这行得通吗？会不会是阎王爷的告示——鬼话？朱二似乎看出了朱继元的心事，继续说："凡事都在人为，就看你如何为之。"

按着两人商定：朱家出200花边，朱二去找一个人顶罪。

就在朱继元担心受骗、钱打水漂时，朱二似乎又再一次看出了朱继元的心思，说："我先找好人，带到朱家过目，然后作为朱家人绑上，在送往县衙时先付一半的钱，另一半钱等县衙里接受了犯人再付清。"

朱继元不由得点了点头，这家伙做事简直是滴水不漏。此时他直观地觉得，这个办法还真可能行。因为政府也只是说送一人而已，并未规定送谁。县里开始说送两人，后来又说送一人也行，由此可以很清楚地看出，县政府只是想草草把这大案了结。这样一来，人命关天的事轻轻化解，自己在朱家村的地位与声望也就会水涨船高了，并且朱家村在社会上的地位也会像墙上垒砖，变得更高了。又谈了一些细节，朱二急急地走了。

朱二很快找到了一个人。这个人不是别人，就是那方大狗。那天，在湖上为取苏先生的赎金被仁生等制服后，让他留下来看船，正如仁生所预料的那样，这家伙非呆非傻，待仁生他们稍走远后，便把上衣脱下围着屁股跑了。实在走投无路，几天后找到了"很有门路"的朱二，求他给口饭吃。

朱二见他身强体壮，头脑还挺灵活，就带着他出去招摇撞骗。他跟着朱二，身份百变，一会儿是富商，一会儿是保镖，一会儿是某官员的小舅子，倒也由此衣食无忧。由是他对朱二如毛附皮，离不开了，对朱二的话也往往是言听计从。

见到方大狗后，朱二拍拍他的肩膀说："伙计，发财的机会来了。"

"太好了，口袋正空着哩。啥个活？"

"甜活。一天赚5个花边的事你干不干？"朱二故意卖关子。

"那可是路边捡个俏媳妇的大好事呀！"

"你这个比方打得好。干好这桩买卖，娶个俏媳妇那就好比冬天挥手甩鼻涕，容易得很。你确定干么？"朱二拉长了声调。

"可以考虑。但究竟是干啥哩？"方大狗眨巴着眼睛问，他的胃口显然已被吊起来了。

“很简单，就是替人坐10天牢，一天5块花边。10天后，如果事情还没有完，就多坐一天再另加1块。”

过去也听说过这类事，想不到今天自己碰上了。方大狗稍作犹豫，有些担心地问：“如果查出我不是朱家的人，那不鸡飞蛋打？”

“如今的县太爷办事你不是不知道，他根本不会去刨根问底，他只想马虎了草地把案结了，尽快交差。退一万步想，就是查出破绽来，最担责的也只是我和那朱继元。既然查明你不是罪犯，自然就会不伤一根毫毛地把你放了，但买你坐牢的钱却不能少。这样你就好像是守着钱庄放高利贷，稳赚不赔。”朱二解释着。

方大狗点了点头，但还是觉得这和“官司”“坐牢”相联结的事情，让人发怵，可能会有意想不到的风险，又问：“如果要判罪甚至砍头怎么办？”

“如果真的要对你判罪，你就说出真相，讲自己不是人犯，事情不就像绳结一样，一下解开了？再者说，舍不得孩子套不住狼，当然可能要受点苦，否则怎么能赚一大笔钱？”朱二似乎看透了方大狗的心思。

方大狗又想了一会儿说：“杀人偿命。这个案子太大了，会轻轻发落吗？”

朱二便又把事情的大致脉络讲了一遍，并趁机来了个借题发挥：“你看，死伤100多人的大案，只要各村送去一个人受罚，这哪是执法办案，分明是把人命关天的事视同儿戏。”

方大狗也觉得朱二说得很有道理。这使他想借此赚钱的愿望又增加了几分，便又问：“这事具体来说，到底咋样办？”看来他真的想干了。

“我早想好了。你同意，我立马去县衙打点好，把你当犯人送去过过堂，走个过场，然后再找个理由把你放了。”

“不放怎么办？”方大狗又在犹豫着。

“你想多挣大洋，我还不愿意让你在牢里多待呢。后面每坐一天牢可是6个当当响的花边呀。”朱二这时不说事，只说钱，他知道，方大狗此时虽然也考虑官司本身，更多的是紧盯着那白花花的银子。

方大狗点了点头。心里盘算好了：看来这买卖可以做，万一让他顶罪受罚或受死，关键时刻他说出真相，审判官不就马上明白了吗？法官肯定不会做睁着眼睛在床上撒尿的事吧。再者说，人有时也得冒冒险，反正一辈子就干这一回了，等赚回了这笔大钱便即刻回家，娶老婆，盖房子，过正经的日子。

第二天，朱二领着方大狗来到了朱家。朱继元特地招待他们吃了一顿好饭，然后金根等人将方大狗绑起来送往县衙。

朱继元很爽快地交了约定数量的花边。朱二清点完花边后，又说："我们商定的200个花边是买命钱，还需要一些打点县衙上下的钱，否则事情便办不成。"

朱继元觉得这朱二说得也有道理，但心里却有被敲诈的感觉。为什么不早说哩？但事已至此，不管什么条件都只能接受了。否则不但事情办不成，还可能有损和气，横出波折。最后经过讨价还价，朱继元又加付了100个花边。

朱二把大洋装在褡裢里，快步向县城走去。朱继元望着他的背影，心生一番感慨，这种人实在让人生厌，应当像臭了的鱼肠子一样被扔掉。但荒唐的是，这种人有时却又显出他的价值和能力，而且是一般人所不能企及的价值和能力，或许这就是他存在的理由。真是林子大了什么鸟都有、池塘大了什么鱼都有。

犯人与审判者

案子没有延宕，一切只是按预定程序走了一遍，因为结果早已确定。办案人员也知道，这是一件榨不出油来的"谷糠案"，也就希望作速了结，尽快交差。不到一个月，便做出了判决：两个首犯死刑。

最后一道程序是，县长对判死刑的重案犯还要亲自提审一次，以示重视，并以此防止冤滥。

第一个被带到堂上的是苏先生，不算长的牢狱生活已使他更显苍老羸弱。

黄中和同他四目相对，便骇然一惊："怎么会真的是他？"他原来还认为苏先生和案卷上的人名是巧合呢。但现在只能是戏台上的锣鼓响起后，照着剧本往下演了。

"你叫什么名字？"黄中和一本正经地发问。

苏先生嘴角的肌肉往后收缩了一下，似笑非笑地说："黄县长，你应该是早知道的。”

黄中和一拍惊堂木：“这是法庭，被告当认真地如实回答问题。”

这和二人在铜钩村同桌用饭、谈笑风生地说今论古完全不一样，那天是读书人之间的高谈阔论，今天却是法官与囚徒的公堂对话。真可谓此一时，彼一时也。但黄县长没有再追问姓名，而改问其他事项。

“你是铜钩村人吗？”

“然。”

“你为首组织械斗，酿成血案，你知罪吗？”

“非也。我一介柔弱书生，有此能耐吗？造成如此血腥大案的不会是我。这一点谅必县长大人是了然于胸的。”

县长心里暗犯嘀咕：不是早说好了的吗？人犯在法庭上对法官问什么便承认什么，不作任何辩白。怎么又变了？

在一旁的具体办案官员有点急了，说：“县长，这是当庭翻供。从拘捕之日起，被告人对犯罪事实一一承认，还表示愿负法律之责，并从未翻供。这里还有他签字画押的审问笔录。”

“既已承认，就不可翻云覆雨，更不可诬陷他人。”黄中和担心横生波折，只想尽快结束最后的程序，所以说话时声音有意控制得不高不低。

“真正的犯人绝不是我。”苏先生一字一顿。

“那又当是谁？”

苏先生戴着镣铐的手向黄中和一指：“你！”

黄中和听了，并不恼怒，反倒是微微一笑，如果不是在法庭上，他可能会哈哈大笑。既而收住笑意，十分认真地说：“想不到你一个读圣贤之书的人，竟不知礼义廉耻，纠集刁民为争水域而械斗，今又在公堂上诬陷、辱骂政府的官员，真是心恶性劣。看来你聚众践踏法条，伤人性命，并不奇怪。”

“县官大人，别忘了，两村之争端早诉到县衙，诉状乃是本人所写，据说你对诉状还有赞誉之词。如果你关心民苦，秉公执法，适时处理好双方争讼，何至于有后来的流血事件？”苏先生声音不大，却吐字清楚，有板有眼。

“湖滨刁民，习性使然，斗勇逞狠，已成恶例。整个余南县同为我所治理，为什么别的地方百姓向善守法，秩序井然，独你们两个村子无法无天，竟以刀枪伤人性命?”

“是吗？请问大人，你上次不到任官期满便仓皇离去，并在铜钩村夜宿，是因为百姓守法、秩序井然吗?”

这一下是狠狠地戳着了黄中和的痛处，他恼怒起来：“住口。读书之人，竟纠凶为恶，并巧言令色，颠倒事实，攻讦他人。实在有悖斯文，有辱圣贤。”

“哼，你恐怕无脸无能同我谈斯文、论圣贤。从公德讲，你有辱使命，亵渎公职，漠视百姓祸福，致秩序失治，百姓受害；以私德论，你口讲仁义道德，心里却是升官发财，完全是一副伪君子嘴脸。”

苏先生越说越激动，又指着大堂的一副楹联念了起来：

天不可欺，民不可负，欺天负民实为民贼
事不可废，国不可误，误事误国确乃国蠹

“你哪是不欺天？而是伤天、欺天。你哪是不负民？而是欺民、害民。你哪是不废事？而是坏事、误事。你哪是不误国？而是损国、污国。上辱没祖宗，下贻害子孙，颠覆礼义纲常，践踏仁义道德，分明是贪官、奸佞、恶吏。所以，我把这副对子的‘不’字换为‘亦’字，改作：

天亦可欺，民亦可负，欺天负民实为民贼
事亦可废，国亦可误，误事误国确乃国蠹

“这才真实地合乎你的所作所为。然天无私覆，地无私载，日月无私光。你必将遭天谴，受国罚，遭民弃。”

黄中和顿时咆哮起来：“背弃礼义，违反法条，蔑视法庭，心恶而词伪，罪大而气横，真乃是狂徒本色。带下去!”

“我乃一蚁民，死不足惜，只可怜全县百姓皆同我一般，身陷水火之中。更可叹，倭寇铁蹄践踏我神州大地，我中华五千年文化、万里江山，真担心要坏在你们这帮无道、无能、无仁、无义的狗官之手。我到阴曹地府，也会控告你等误国害民。”苏先生一边骂，一边蹒跚着往门口走去，实则是被拖出大堂。

紧接着，方大狗被带进了大堂。他还一直在盘算着，今天是第29天了，这样我就赚了100多块花边。他戴着镣铐的手，甚至下意识地碰了碰自己的口袋，尽管衣袋里连一张纸片也没有，他还是想借此体验一下花边在口袋里圆圆的、硬硬的美好感觉。他还在盘算着，坐牢也就这么回事，这真是高价坐牢，现一天就可赚6个花边，无本大利也，上哪里找这等好事？不如多在牢里煎熬几天。其实，他至今并未从朱二那里拿到一块花边。

黄中和照例问了他一遍姓名、住址、年龄、职业等事项，然后又问：

“组织械斗，致多人死亡，你可知罪？”

“知罪，知罪。”方大狗此时很像是一只应声虫。

黄中和经过刚才和苏先生一场唇枪舌剑，依然余怒未息，不想再空耗时间，多费口舌，便喝了一声：“那好，押下去。”

方大狗又认真地问：“我什么时候可以出去？”

黄中和哼了一声：“什么出去？死刑，很快执行。”

方大狗却依然一副无所谓的样子。心里在想：别吓唬我，我可心中有底。你这贪官全是照朱二说过的套路表演一番，一定拿了朱继元好多花边。

县长又说：“看来，你还像条汉子，行将就死，居然面无惧色，倒是难得。”

方大狗听了这话，又看了看县长的模样，担心起来，莫非这里面还真有什么名堂。便又问：“真的要执行死刑？”

“执法不是儿戏，这还能有假？等待着给你送上路的酒食吧。”县长边说着，边收拾桌上的案卷、公文包。

方大狗这下急眼了：“县长，县长。我本不是罪犯，我是人家买来顶罪的。”

黄县长嘿嘿一笑：“天下哪有愿意顶罪替死的，你编的故事也太离谱了。”

“真的，是替人顶死，确是真的，万望县长大人明察秋毫，我确实不是罪犯。真的。”方大狗有点语无伦次了。

“刚才你对罪行都一一承认了，前些天也已招供得明明白白。如果都像你疯疯癫癫，反反复复，我一年能办几个案子？带走！”

方大狗立即大喊大叫：“冤枉啊，冤——枉！”他的喊叫声很大，发出的声波震得县衙屋顶的瓦片都有些嗡嗡作响。但，纵然他的声音能断梁摧柱，也不过像那鄱阳湖上空的几声鸦噪，又有谁能听见？又有谁会理会？

几天后的傍晚，监狱看守送来了比往日丰盛很多的饭菜。方大狗一见，知道这是“上路饭”，明天就要受死。他抓起酒壶摔在地上，又一脚把盛菜的竹篮子踢出去好远，接着肝胆俱裂地哭喊着：“我比窦娥还冤哪——朱二，你这个王八蛋；黄县长，你这个糊涂的大贪官，我变鬼也要让你们不得安生！”然后无力地倒在了床铺上……

在另一间牢房里，苏先生却在平静地用着晚餐。监狱的看守告诉他，今天的饭菜是他家里人送来的。他立即明白：是仁生他们备了饭菜为他送行，顿时感到一阵欣慰。对他来说，已了无牵挂，那天在法庭上痛快淋漓地把黄中和连训带骂地收拾了一场，这使他有一种解恨感、解气感、满足感。此刻，他心里如无风的水面，很是平静，没有眷恋，没有恐惧，只是等待。在等待人生的一个重要时刻，似乎有点像等待参加考试，还有点像等待某个节日，反正具体是什么感受，他自己也说不清。其中最真切的一种感受是：轻松了，卸去了人生重担，不再会受苦受难受怕，不再会生烦生恼生气。当然他还不知道的一个细节是，仁生已给行刑刽子手送了钱，为的是行刑时尽可能减少苏先生的痛苦。

刑场在县城西边一个荒丘上，没有人围观，只有警察警戒，这样的行刑是不会让人围观的。苏先生不慌不忙地看了看太阳以判定方向，然后朝着自己出生的方向跪下，并喊着：“列祖列宗，我未曾把你们辱没；皇天后土，我没有将你们玷污。”也许只有心存中国传统伦理纲常的读书人，才会在跨入地狱之门时有如此的举止。

在监斩官一声“行刑”之后，刽子手高高地举起了手中的砍刀，一道白光闪动，苏先生“扑通”倒地，灵魂迅速地离开了躯体，离开了人间，飘向了另一个世界。当然，活着的人都不会知道，灵魂如何出窍，又如何飘向另一个世界，那又是一个什么样的世界？其实那个世界只是虚幻地存在着，只存在于人们的观念中、想象中，存在于人们的闲谈中、诅咒中。

本想在刑场上大喊大叫的方大狗，嘴上被塞上了破布条，他一声不吭地进入了另一个世界。

第一个来到刑场的是仁生等人。他们呼喊着苏先生的名字，然后把苏先生的尸首放在一张竹床上，盖上洗得洁净的床单，再抬到湖边，搬上渔船，向铜钩村缓缓驶去。

仁生一路真情而悲切地呼喊着："苏先生，我们回村吧……苏先生，我们正路过插旗洲……苏先生，我们到村边了。"当夜，许多人来为苏先生守灵，向苏先生表示哀悼和敬意，他教过的大小学生更是感念师恩师德而痛哭流涕。

苏先生的新鞋是仁生特地请母亲做的，母亲做得极为认真，穿在先生的脚上十分合适。鞋底上，仁生端端正正地写上了八个字：人之远去，魂兮归来。

在给苏先生更换新做的寿衣时，仁生发现他很少脱下的长布衫上有殷红的字迹，应是用血写成的。细细一看，是一副对子。

上联是：呜呼，父母养我，礼义误我，歹人害我，何日清风骀荡，黎民安居乐业告慰我？

下联是：哀哉，奸佞窃国，贼人乱国，愚官误国，但期明月普照，天下祥和富足造新国！

仁生把这对子读了一遍又一遍。他能读懂先生这摄人心魄的绝笔，可谓句句含情，字字带血。饱含着苏先生对国家、对民众的真挚情怀，对奸佞、对邪恶的憎恨讨伐；也有着他对人生的深深慨叹。尤其是那"礼义误我"，如钟如磬敲响在仁生的心头，使他忽然间对"礼义"有了更多的认识，并诱使他作更深入的思考。在他眼前，矗立着苏先生不高的身材，却是伟岸的形象，他也窥见了苏先生尽管过着简朴的生活，却有着丰富的内心世界。他对苏先生的了解又增了几分，对苏先生的敬重又多了几层。

接着需要解决的问题是：苏先生葬在何处？一是送回老家，二是葬在赵家的坟地。苏先生为赵家而死，且临死前表示过自己是赵家之人，愿葬赵家坟地，应尊重他的遗愿。大家一致同意，让苏先生葬入赵家的祖坟山，这是800年来未曾有过的先例。同时还商定，把原来葬在荒山的先生夫人的尸骨也迁来葬在苏先生身边。

蛇叔还想起了一个问题，不能让苏先生孤苦伶仃地上路，应当有个人作为他的近亲执孝棒、持丧幡，尽孝子之礼。是啊，既是赵家人，就不能无依无靠，孑然一身远行。

想不到飞天拐子充满感情地说："我愿作为苏先生的子辈执棒、持幡。本来这次我是下了决心要去领罪的，是他替代了我。我还想起小时候上学时，很不听话，有一次还居然为他做道场，就让我来补偿过去的无知和过失吧。”大家向飞天拐子投去了赞许的、真挚的目光。

第二天一早，苏先生的灵柩放在祠堂里，供人祭拜后再抬入坟地。飞天拐子行孝子之礼，身披重孝，三次跪拜上香，并失声痛哭，这引发了许多哭声。然后飞天拐子拿起斜缠着白纸条犹如理发馆前灯标图案的哭丧棒，扛起布做的白幡，走在送葬队伍的前面，引着灵柩进入了赵家的祖坟山。

仁生特地选了一处地势较高、前后开阔的地方作为苏先生的墓地。大家不声不响地把棺木埋入地穴，并垒起了一个比一般的坟墓要大的坟冢。仁生又领着大家对着坟头用石块垒成的门户鞠了三个躬，并默念着：苏先生，安息吧。

随后，在赵家祠堂中设置祖先牌位的地方，新增了由飞天拐子庄重地送上去的一块牌位，上面写着“苏先生之牌位”，这也是赵家村800年来第一次有异姓的牌位供奉在大祠堂里。

第五章 风水大战

『算命查八字，光子[①]养瞎子。』可谓一语道破了算命打卦、风水阴阳的玄机。但在现实生活中，人们却往往难以摆脱神秘力量的羁绊，畏之、敌之，亦用之，似是愚昧，却又似是智慧。

① 光子：眼睛正常的人。

仁生之梦

办完苏先生的丧事，仁生回到家中，像个入定的和尚，呆呆地默坐着。许久，他又站起身来，抚摸着先生作为遗产相赠的一大摞书刊，随后又挑出一本来，想读读，以排遣心中的纷乱、郁闷和壅塞。但屋里已是光线暗弱，无法看清书上的文字，他只好漫无心绪地把书放下，阵阵哀痛又涌上心头。这时，他忽然感到骨头像散了架一样，几乎无法支撑起自己的脑袋、躯体和四肢，以致连移动一步都觉得极为困难。一会儿，只觉得眼前金星飞绕，耳朵里藏着好多只蚊子，在不停地飞旋、鸣叫。他脑海里清晰地闪过死神降临的预感，但他一点都不害怕，死就死吧，很多人不都死了吗？如果械斗时自己中了子弹，早就死了。他甚至觉得，如果就这样在迷蒙、困倦中死去，不仅不是痛苦、恐怖的事情，反而是一件很舒坦、很自然的事情，是一种快意的解脱。他无所谓地等待着死去，但死神却迟迟没有来，因为他掐着自己腹部的肌肉，还能感觉到疼痛。他又想睁开眼睛看看四周，眼睛却像被膏药粘住了，怎么也无法睁开，接着整个身子像空布袋一样倒在了床上……

忽然，隐隐听见有人敲门。他本不想起来，但此时又觉得浑身轻松而有力，便麻利地起来开门，向门口一看，不见有人，但很快又发现不远处有一个美丽的背影，那不是小鲤吗？为什么敲了门又要跑开呢？他追了上去，她跑得太快了，直到插旗洲才追上。她喘着气，大方地望着他，他大胆地抱住了她。但她挣脱了又往前跑，并扑进了湖水里。

仁生叫了一声“危险！”也想跟着跳到水里。但忽地从水里冒出一个男人的脑袋，接着又是一个，并越来更多。里面竟然有信生、智生……也有他不认识却又好像面相很熟的人。

怪了，他们不都战死了吗？原来还活着，一定是故意躲在了水里面，所以没有死，真是太好了。但他们一个个不说话，满脸痛苦的样子。有的人脸上有伤口，伤口红肿还流着血。

仁生关切地问：“你们在这里做什么哩？”

智生却是答非所问：“仁生哥，好冤哪！”

仁生点了点头。智生喃喃地说：“操他的老拐，不是那妖风，我们绝不会输的。”

仁生走近他们，想看看他们的伤口怎么样。但他们却一个个往后退，忽然又全部潜进了水里，仁生也跟着向水中扑了过去。哎哟，水竟是刺骨的冰冷，他连连喊着：“好冷哟，太冷了！”

“你醒了。”是母亲温柔的声音，仁生这才从梦中醒了过来，并本能地把脚缩进了被窝里。

母亲告诉他，已睡了一天一夜，其间，叔叔和母亲多次来床边看他，还心情紧张地几次把手放在他的鼻子前，探试着他的鼻息。当然，这一切他全然不觉。

母亲把热了又热的饭菜拿了过来。他却皱起了眉头，想起梦见死去的伙伴的情景，又悲从中来。他没有将自己的梦告诉叔叔和母亲，不愿让他们和自己一起伤心、忧虑。

当母亲又一次催促他吃饭的时候，他竟然有几分撒娇似的说：“我不吃，不想吃。”这使他想起自己的童年，常常把不吃饭作为武器与爸爸妈妈对抗。

但他很快又回到了现实，自己已是二十出头的男子汉了，怎么能像一个小孩？便翻身坐起说：“吃饭，到饭桌上一起吃饭。”今天母亲特地准备了他喜欢吃的辣椒炒肉，但这一顿他仍然吃得很少。

无论天崩地陷，还是生老病死，日子还是像桥一样要过的。这一阵，村里人一面彼此安慰，也抚慰着自己受伤的心灵，就像受伤的马牛舔着自己的伤口。一面又在谋划生计，整理钩具、重组人力，准备开始捕鱼了，湖上的渔船和捕鱼活动慢慢恢复了正常。

但仁生却无心上湖，他仍然漫无心绪，坐卧不宁。他在极力摆脱常常浮现在脑海中的刀枪、风雨、流血、死亡等可怖的画面，集中精力思考自己的未来。他并不追悔自己离开姜师傅，回村参与械斗，这是无法逃离的一场噩梦。但现在他苦苦思索的是如何离开渔村，离开那令人厌恶、恐惧、烦恼的争斗，回复到过去，去追求自己想要的生活。其实这并不复杂，并不是一个很高的要求，也不过就是回到师傅身边，踏踏实实地做个铁匠，做一个出色的铁匠，靠自己的力气和手艺吃饭，但要成为现实却并不容易。

有潮涨便会有潮落。两村经过了一次大的的冲突，短时期内不会有大的争斗再起。即使再发生冲突，仁生也可以拒绝为领头人了，因为他已尽过责任。并且，当年他回村时，已有言在先，打完仗便回城打铁。他现在离开，村里也不会有人阻拦他了，因为已经没有阻拦他的理由。在内心，他还找到了离开村子的另一个理由：参与了械斗，完成了爷爷的遗愿；走出村子，另谋生路，则是了却父亲的遗愿。第一副担子挑过，可以放下，该换成第二副担子了。现在他要做的是如何说服叔叔和母亲，同意让自己离开。

看到身体瘦弱的叔叔和日渐变老的母亲，他又犹豫了。觉得离开会使他们伤心、失望，会使他们生活更加艰难。这使仁生很不忍心，这实在又是一件需要痛苦抉择的事情。但又转念一想，自己进城打铁，能使全家获益。待略有了积蓄，可以把全家接到城里；即使叔叔和母亲不愿离开铜钩村，他也可以寄钱奉养。并且水花妹妹已逐渐长大成人，开始学习划船布钩了，一看见她，就想起另一个可怜的妹妹，不知现在身在何处。

几番思考，几次欲言又止，在一次晚饭后他终于道出了自己的心事："叔叔，妈妈，有一件事我要同你们商量一下。"

"啥个事？你但管说吧。"叔叔答道。

"我想回到师傅身边去，继续打铁。"

叔叔和妈妈没有立即回答，仁生在不安地等待着。

一会儿，母亲点了点头说："去吧，只要你过得比在村里好就行。我看你这些天好像魂不守舍似的，一定是老在想这件事。"

叔叔重重地喘了一口气，他呼吸有点不顺畅，接着说："上次死拉硬拽地把你从姜师傅那里要回来，让你受苦了。我真的很后悔。"

"不不，你也是为了大家。"仁生很快又把话转到今天要讨论的题目，"我一走，你们生活就会增加很多困难。先凑合着过，待我在城里站住了脚，我就接你们去城里一起住。"

母亲下意识地擦了擦眼眶，但仍故作平静地说："没有关系，过日子就像是河里划船，深水能过，浅滩也能过。你不必担心我们。”

仁生想不到叔叔和母亲不仅没有阻拦之意，还从心底为自己着想，从心底感谢父母的一片真情，也更加坚定了回城打铁的决心。

但和几个同患难的兄弟一说，便遭到激烈的反对。

飞天拐子首先发话：“你也太没良心了。村里现在成这个样子了，你还走？”

仁生摇摇头：“我留在村里又能做什么？”

勇生接茬了：“我们有鱼一起打，有饭一起吃，同甘共苦。就像梁山好汉一样。多好哇。”

蛇叔也劝留：“村里现在的状况实在不行，人心散乱，抱怨、仇恨、害怕像糨糊一样搅和在一起，不像个正常的村子了，你离开就更不行了。你到城里，自己的日子可能过得好一点，这上万人怎么办？”

“以前我没长大，没有回到村里时，村里人的日子怎么过？”仁生反问着，又讲出了自己的理由。

蛇叔想了一下说：“以前没有和朱家打大仗，大家和现在的心气不一样，与朱家的关系和现在也不一样。现在和朱家各自把刀拔出来了，并且对砍过，刀再回鞘已不容易了。刀在手里，随时可能发生意想不到的事情。”

“难道还要再打？”

飞天拐子和勇生几乎异口同声地说：“还得打！”

飞天拐子又拍了拍拐杖，睁着已有一只失去光明的眼睛，讲着理由：“这仗不打还真不行，不打就彻底输了。不仅那么多人白白死了，水域也丢了。所以，不为我们自己，为了死去的兄弟，为了子孙后代也不能善罢甘休。”

“如果他们输了，他们也会这么想，那这个仗还打得完吗？”仁生又问。

“确是这样，不是争执了几百年吗？如果我们服输、不打，人家会把水域还给我们吗？这真是老天爷的安排，由不得人的主意。这要争要打就像鱼在网里，由不得自己。”勇生回答。

“不打，确实也对不起死去的那些兄弟们，那是78条人命呀。”祥生这时插了一句话。

听到这里，仁生想起了自己做的梦，便把那天梦见智生、信生的情景告诉了大家。蛇叔一听，立即难过地说：“看来他们在另一个世界过得不怎么好，莫非有什么难事?”

“我看就是要我们为他们报仇雪恨，否则他们在地下也永远不得安宁。”勇生说得千真万确的样子。他并不怎么相信鬼神之事，此时此刻他说这些话主要是为了劝留仁生。

飞天拐子说：“有没有鬼神不重要，兄弟感情最重要，不管他们有什么要求，我们都不能不加理睬，而是要尽量满足。”

“那该怎么办?”仁生问。

“得赶快给他们烧些纸钱。”蛇叔说出了办法。

于是大家暂时停止了争吵，赶紧买回纸钱，并一起来到智生、信生等的坟前，一起跪下。蛇叔一边跪拜一边说：“我们心里知道，你们死得确实很冤。安息吧，我们一定为你们报仇。还有什么要求托梦给我们，一定努力去做。家里人现在都很好，不用惦记。”这些话就好像人对人、面对面说话似的。

飞天拐子说得却很实际：“这次战败，不是我们无勇无能，是老天爷不公，你们死得冤，比窦娥还要冤。如果真有三魂七魄，下次打仗时，你们在阴间里一起参战，杀他个天昏地暗，从而报仇雪恨。”

透过纸钱燃烧时飘起的那缕缕青烟，仁生似乎看见了一张张熟悉的年轻的脸，又转眼变成了血肉模糊的脸。他此时真是欲哭无泪。

勇生很是机灵，趁势说：“对着这些死去的伙伴，仁生哥，你忍心走吗?”

仁生的眼泪一下流了出来，这句话像铁锤一般敲击着他的心。

是啊，忍心走吗?但一记更重的锤砸在了他心头：不走是为了下一次的械斗，那就可能更多的人死去，他眼前似乎一下又冒出了堆堆新坟。他痛苦地摇了摇头，如何是好?

回村的路上，大家时急时缓地又争论了很长时间，直到仁生默许：“如果再开战，一定再回来。”才算结束。

第二天，仁生即辞别叔叔、母亲和水花妹妹，背了个包袱向城里走去，包袱里是母亲连夜缝补好的衣服。临别的那一刻，看到叔叔已经有点佝偻的身影和母亲强忍住的眼泪，他鼻子一阵阵酸楚。

叔叔和母亲一直看着那载着仁生的小船消失在烟波浩渺处，才转身回家。

仁生走后，叔叔和妈妈好一阵难过。城里他们是不愿去了，住不习惯，还是村子里好。再说，在城里生活很不容易，一把柴、一根葱都得花钱买，好像在石头上过日子，仁生很难养活一家人。所以，母亲在心里掠过一个很是伤心的念头：也许从此以后，和仁生就很难再生活在一起，不可能早晚相见，也不能随时为儿子缝衣备饭了。

但让他们十分意外却又是喜出望外的是，三天后仁生竟然又背着包袱回来了。叔叔和母亲一面笑脸相迎，一面问起缘由，母亲还开着玩笑说："燕子飞来飞去，还是老窝好吧。"

仁生坐下来，迫不及待地把回来的缘由细说了一遍。

姜师傅出家

那天，仁生进城后，直奔师傅的铁匠铺。在匆匆的脚步声中，他又听到了铁锤敲打铁砧的声音。但他很快发现，那声调、节奏都变了，既不是他熟悉的师傅打出的声调，也不是师弟曹加庆敲锤的节奏。

他带着满腹疑虑近前一看，果然，正在打铁的是两个陌生人，看来是一对兄弟。便急急地问："请问师傅，这原来不是姜师傅的铺子吗？他哪里去了？"

两位铁匠没有立即回话，把正在敲打的铁疙瘩打得由红变青，重新放回炉子里烧炼后，其中像兄长模样的才擦了擦汗说："姜师傅两个月前就走了，这铺子盘给我们了。"

"知道他为什么要把铺子转让给你们吗？"

"他说自己人老体弱，打不动了。"

"他现在哪里？"仁生急切地问。

"我们也不知道。要不你去他家看看。"

说完，弟弟从炉子里把烧红的铁件取了出来，兄弟俩又开始叮叮咚咚地敲打，他们要忙于自己的活计，不愿意浪费自己的时间。

仁生离开了铁匠铺，疾风般地来到了师傅家。他敲着门，喊着"师傅"。门开了，伸出脑袋和半截身子的不是师傅，而是一位中年妇女。仁生略一迟疑后，很礼貌地说：“打搅了，我找姜师傅！”

那妇女弄明了仁生的来意后说：“姜师傅一个多月前已把这房子卖给我们了。”

这让仁生很是奇怪，师傅怎么连房子也卖了？便问：“啊？那他现在住在哪里？”

那妇女摇了摇头。

又问了一阵，实在问不出什么线索，仁生只好离开。他开始在县城的医疗诊所和客栈逐个寻找。他想，师傅如果有病，就可能在诊所求医；没有了房子，就可能在客栈落脚。但找遍了所有诊所和客栈，也不见师傅踪影。他失望了，也不由得暗暗为师傅担忧起来。

他想了想，又重新回到了铁匠铺。因为来这里的人多，其中肯定有一些人认识师傅，或许从某个顾客的嘴里能听到相关的消息，找到有用的线索。只要有客人来铁匠铺，仁生都会瞅个空子向前询问姜师傅的下落。功夫不负有心人，有人告诉了他一个重要线索：姜师傅在龙泉寺出家了。

听了这个消息，仁生一阵高兴，但又感到大惑不解。师傅怎么会出家呢？这可以说是仁生从来不曾想到过的，这里面也许有非同一般的原因。但来不及多往下想，也顾不得饥渴和疲劳，仁生又大步流星地赶到了龙泉寺。

这是他小时候读书时苏先生带他来过的地方。十几年过去了，似乎没有什么变化，仍然是那样的破旧和冷落。不过现在好像有了些生气，门边堆了一些木头、石块，有几个木工和石匠正在干活，看来是要修缮这个千年古寺。

时近日落，庙里显得十分安静，香客、游人本来就不多，这时更只是剩下僧人。仁生找到了师傅，变化好大呀。但见师傅头发剃尽，身体略见消瘦，两眼已不像往昔那般犀利，在浓眉的映衬下多了几分温和，走路也不像过去那么矫健，而是显着从容和稳实。穿在身上是一件灰白的袈裟，不是很合身，并且还打了好几个补丁。如不是因为知道他在这庙里，仁生可能一下认不出来了。

仁生动情地连叫了两声“师傅！”

姜师傅双手合十，点了点头。他脸部的表情显得很平静，但可以看出他眼睛里闪出兴奋的光，对仁生的到来，他的内心显然是很愉悦的。

姜师傅把仁生让进僧舍。仁生便急切切地问：“找得我好苦哇，您怎么会到这里来了呢?”

“机缘。命中注定如此。”师傅语调平静。

“你不是说过，赵家和朱家的冲突结束后就让我回到你身边，和你一起打铁吗？我这次来就是为了当时的约定而来的。”

师傅像是点头，又像是摇头，轻轻地说：“万事随缘。机缘总是和时间连在一起的，错过了时间也就错过了机缘。机缘错过了，也就不必再强求了，一切随缘吧。”

“铁器打得不合适可以回炉后重新锻打，人的行止不也可以改变吗?”仁生想劝劝师傅。

“我身体日见衰疲，已举不起那重重的铁锤。再者说，我无牵无挂，所以选择了与佛结缘。”

“你举不起铁锤不要紧，有我哩。你指点指点、管管账目就可以了。即使你每天什么活都不干，在家念佛当居士，我也一定能养活你。”

“皈依佛门之心已如铁坚。你看见了吧，那寺庙正进行一些修缮，所有资金全是来自我卖了住房所得。”仁生听到这里，知道师傅出家的决心已定，连房都卖了，真是名副其实的出家，他的意愿已不可能改变。但他很不明白的是，师傅为什么要出家呢？他想问，又没敢问，怕问出意想不到的让人尴尬、让人不快的事情来。

师傅似乎看出了仁生的疑虑，略作迟疑后，他讲述了自己埋在心头多年的往事：他年轻时，和邻村的一个姑娘相恋了，但他穷得茅屋不挡风，锅里常无米，女方家坚决反对这门亲事。然而，一切都没有阻挡住两颗年轻的心的跳动与亲近，也没有能遏制住人间美好感情的炽热燃烧，他们偷情了。不曾想到的是，很快那姑娘有身孕了，这在当地可是伤风败俗、败坏家风族规的大事。结果他心爱的姑娘受到了极其残酷无情的处罚，当着许多人的面被族人按族规沉入了湖底。然后姑娘所在的村里又派人到姜师傅家里找肇事的坏小子算账，姜师傅闻风躲了起来，家里的一切却被拿走、被砸毁，像遭了洪水冲刷一般，荡然无存。

他逃出了家乡，拜师学艺，并抱定终身不娶。但常常梦见自己的恋人，有时是好梦，有时是噩梦。近年来他常常做的梦是，那年轻时的恋人饱含真情地告诉他：只要他出家为僧，潜心修行，下辈子两人就会再在一起。所以，他几经思考后，出家了。身体衰疲，只不过是一个托词。

听到这里，仁生明白了，师傅毅然决然地断掉人世间情缘而出家，恰恰是真情地为了人世间的美好情缘。天下许多事，看似矛盾，实则不然。有谁能知道，师傅遁入佛门，正是为了与一个姑娘的山盟海誓，为了一个梦中的约定。他很理解、也很同情师傅的选择，既然不能再劝师傅离寺还俗，便想着为师傅置办一些出家后僧人所需的个人物品。因为他从师傅的装束看出，寺庙很拮据，竟然无力让师傅穿一身像样点的僧服。

于是他赶回了铜钩村。

叔叔和母亲很认真地听完仁生的讲述。他们的嘴始终没有张开，什么也没有说，也好像说不出什么。便合计着给姜师傅置办内外衣服和冬夏鞋袜。

几天后，仁生又来到了龙泉寺，给师傅送上衣物。师傅很是感激，同时又告诉他："出家人四大皆空，什么都不需要。个人的生死祸福、饥饱凉热全托付给了佛与寺，下次不可再送什么。既已出家，就应割断人世间的欲念。"

仁生点了点头："好的，但我会常来看师傅的。"

"不必。一年来一回也就可以了，师徒关系已成为过去，世俗的情感无法延续，下次再来就叫我的僧名——慧空师父吧。"

听了这句话，让仁生的心受到猛烈的撞击，伤感和悲哀一齐在胸中回荡，和自己那么熟悉、那么亲近的师傅，怎么转眼间就成了人佛两界，连称呼也变了呢？世道无常，有时师道人伦竟然也是如此啊！他觉得自己很难接受生活这峻烈的面孔。

铜钩村许多人信佛信神，包括自己的母亲也是一个虔诚的拜佛者，但不见有人因此获得什么益处，父亲惨死就是一个明证。这庙破落成这样，如果真的佛法无边，施展佛法，修修这个古寺多好。当然，他不能说出自己的想法。但从师傅的由俗入僧后，他又似乎明白了人生的一些什么。原来人的感情有时是那样的难以驾驭，人生有许多路可以选择，一个人也可能会有各种不同的归宿。

仁生回到县城，见大街上贴着各种反日标语，痛斥日本人的疯狂与残暴，表达抗击日本人的激情和意志。日本人已进入江西，在庐山一带已经发生多次激战。政府又一次号召国民奋起抗日，守土报国，要矢志同心，不怕流血，不惜断头，把东洋鬼子赶回老家。许多人一边看着，一边议论着，一边咒骂着那可恶可恨可怖的日本鬼子。

他在看标语的人群中一眼就发现了小鲤的身影。忍不住喊了一声“小鲤”。小鲤见是仁生，赶忙挤出人群，大方而又热情地走了过来。

仁生想不出什么话要说，只好找了一个他并不愿说的话题：“开仗的那天很感谢你，你冒险到赵家救了我们许多人。”

小鲤很认真而又带几分伤心地说：“只是我知道得太晚了，后果实在太可怕了。”

仁生轻轻地点了点头。

湖上朱赵两村的流血械斗似乎没有影响他们的感情，反而由于同样对械斗厌恶和反对，也是对千年恶习的憎恶和背叛，使他们的心贴得更近了。但此时此刻，他们关心的已不是械斗而是抗日了。

小鲤问：“日本人真的来了怎么办?”

“我也在想这个问题，你说哩?”

“听说日本人杀人、放火、抢劫，无恶不作。许多人一听日本人来了，就吓得见了鬼似的害怕。”小鲤担心地说。

“他们也是由血、肉和筋骨组成的，没有什么可怕的。再者说，怕有什么用? 我想起了一句古语，‘以其人之道还治其人之身’，这就是最好的办法。”仁生说着，眼中射出了愤怒而又坚毅的光芒。

“很对，只能刀对刀、枪对枪地同他们干了。”

“只要大家心贴着心，手攥成拳，一起向前。不怕脑袋掉，胳膊断，鲜血流，就不愁打不垮一个小小的日本。”仁生说着说着，已有几分激动了。

“仁生哥真是一条汉子!”小鲤在心里说着，并对仁生的敬佩之情油然而生。

“那我们就尽可能为在鄱阳湖边抗击鬼子、保家卫国做一些事情吧。如果两个村子一起联合起来打鬼子就太好了。”

小鲤连连点头：“我觉得，联合打鬼子完全有可能，好像会比两个村相互不打仗更容易些。”

他们的想法在后来得到了某种程度的应验。

八斗先生论卦

当仁生回到家里时，他发现院子里新放置了一只风箱，还有铁砧、大小铁锤等打铁的家什，觉得很奇怪。母亲告诉他，是叔叔特地为他准备的。师傅出家了，不能在城里打铁，我们就在村子里打吧。赚钱不赚钱先不管它，至少经常敲敲打打，不致荒废了手艺。再者说，日本人来了，还是在村子里比较安全。仁生很是感激，他也体味到了叔叔和母亲的良苦用心，想要用他喜欢的东西拴住他的心。既然在县城一时支不起摊子，外面又不安全，那就遂叔叔和母亲的意愿，先在村里待着吧，也抽空不时地练练手艺。

飞天拐子、勇生、义生、祥生、蛇舌俚等一听仁生回来了，并且还准备开火打铁，那肯定暂时不会走，都十分高兴，立即聚集到仁生家里，又说又笑，并且还告诉他：明天会来一位神秘人物。蛇叔说出了事情的来龙去脉。

原来，在仁生往来龙泉寺的这几天，勇生等也没有闲着。几个人一合计：与朱家村再打暂时是不行了，但也不能善罢甘休。仁生走了，大家也不能什么也不做。蛇有蛇路，鳝有鳝路，武的不行，就来文的。请风水先生点拨点拨，说不定另有高招，可以制服朱家村。那朱元璋当年打败陈友谅，夺得天下，在很大程度上靠的就是刘伯温知天文地理阴阳八卦、能掐会算。所以大家商量了好半天，然后确定让蛇舌俚去请风水先生。尽管飞天拐子对此不感兴趣并表示反对，但也无可奈何。

蛇舌俚迅即来到了县里有名的“天地风水馆”。见那门口的对子上写的是：

一爻测定天下玄机
八卦算出人间祸福
横批是：妙算天机

开这风水馆的是姓刘的父子俩。若细论起来，他们可是大有来头：他们都姓刘，据说祖上是刘伯温的同乡同宗，一直随刘伯温征战，并且自小喜欢八卦阴阳之术，又得到刘伯温亲加指点，所以这方面的学识日益精进。鄱阳湖大战结束后，其祖上厌倦了杀戮，且自忖已有了谋生之术，便没有再随军征伐，而是留在了鄱阳湖边，靠看风水、相命测字为业，传至现在已是第十五代了。

父亲是个瞎子，年近七旬，长于测看人的生死福祸。儿子则还到龙虎山、茅山等地学过风水八卦、占星之术，甚至还会法术，能禳灾祛祸。他自号"八斗先生"，对这个自号的解释是，北极星只有七斗，加上他便成八斗，也就比北极星还多了一斗；另一解释是才高八斗。

蛇舌俚刚一进门，八斗先生打量了他几眼，未等他说明来意，便先问开了："客人是从湖边来吧？"蛇舌俚一愣。

对方又说："天下不能少了打鱼客？"蛇舌俚顿时觉得神奇，他怎么刚一见面就准确无误地知道我住在湖边，还是打鱼的？只好如实作答。

"你是为个人之事吗？"八斗先生似是反问加疑问。

蛇舌俚觉得更奇了，怎么猜得这么准？便回答："对，不为个人之事，是为众人之事，为村里之事。"

"湖上风浪大，难避血与泪。"风水先生似是自言自语。

霍，他连我为什么而来都知道了？听了八斗先生这一番话，蛇舌俚对他是佩服得五体投地。

这个风水先生为什么这么神？蛇舌俚正琢磨间，见一个挺着大肚子的妇女进来了，径向八斗先生的瞎眼父亲那儿走去。这时有一个老妇人给那妇女和瞎子各递了一杯茶。那瞎子喝了一口茶，然后放下茶杯说："你有身孕好几个月了，是来问男女的吧？"

妇女赶忙回答："是，先生如何知道我的来意？"

"你的脚步声和说话的声音告诉了我。"那瞎子慢条斯理却是很肯定地回答。

蛇舌俚看在眼里，心里又是一惊，瞎子怎么能从声音听出妇女是否有孕，并知道她有何求？那孕妇走后，他想用自己的家事来求证一下风水先生的话究竟有多灵验。便问："大师，我想劳驾问一下，我父母哪个先行离世？"

"父在母先亡。"八斗先生迅速作答。

蛇舌俚一听，哎哟，这风水先生简直是活神仙了。我父亲还真是早母亲三年去世。要不是自己亲问亲闻，他绝不相信世上还有这等奇人。更对这风水先生膺服得浑身发酥，他也更相信这风水先生一定会有斗败朱家的妙法高招，便十分真诚地请八斗先生到村里细看风水。

那风水先生明天就会来到村里。

听了蛇叔活灵活现的叙述，仁生没有说话。他原本就觉得这风水八卦本是充满神奇奥妙的事，对一般人而言，根本说不清道不明到底是怎么回事。现在，他更不愿意参与这件事，便推说自己近来有点不舒服，这件事让蛇叔、勇生等去张罗。

第二天，一个穿着比较讲究的男子到了村里。他40多岁，中等身材，不胖不瘦，留着半尺来长的胡子，穿一袭长袍，走路挺胸抬头，不慌不忙，很有几分仙风道骨的样子。他腰边还夹着一个皮包，这是一般人所没有的物件，皮包里还鼓鼓囊囊地装着些什么东西。他行走时，不时把那皮包轮换着夹在左右腋下，似乎是有意让人看出他有一个显示身份非同一般的物件。这就是那位大名鼎鼎的风水大师——八斗先生。

那八斗先生在蛇舌俚等几个人的陪同下，村里村外、村前村后转了个遍。不时还从皮包里拿出罗盘在地上定位测向，拿出卷尺在一些地方比画丈量，并不时自己对自己说些什么，说的都是旁人听不懂的辞藻和话语。有时还会停下来，轻捷而又熟练地翻阅放在皮包里的那一本厚厚的书，勇生看清楚了，那书名叫《易经正解》。

这个风水先生似乎不知疲倦，整整转了差不多一个上午。中午用过丰盛的饭菜，八斗先生开始向大家揭示经踏勘、运算过的初步结论：铜钩村，是一个风水极好的地方，当年选择在这里落户建村的祖先很有眼光，并知晓风水之学。村子按地形方位，在八卦中属“离”位，离的卦形为☲，属火，旺势旺财，故子孙断无衣食之忧；村子面水而靠山坡，并依坡就势建成“离”卦模样，离卦主生发，形如草木繁盛，故不仅能旺财，还能旺人，能使子孙兴旺，繁衍不断。

有的人开始附和：说得对，800年来，我们以渔为业，以水为生，日子过得确是不错。人口由当年的几十户人家变成今天湖边有2000户人家的大村落，真是感谢祖宗的大智大恩大德。

但风水先生却来了个急拐弯，蹙着眉头接着说：“却也有碍。”

他望了望不远处隐约可见的插旗洲说：“那个洲形状很像竹筒，正对着村子。竹筒是装水舀水的物品，旁边是湖，水也就取之不竭，这就必然克火，这对村子很是不利。且那个洲好像是越长越大，也就使得竹筒里的水越聚越多。是不是这样？”

“确实是这样。”蛇舌俚回答说，同时在心里想，这先生还看得真准，两村争斗，还真全是这插旗洲不断变大惹的祸。

风水先生很是敬业。还提出要到那个洲上走一走，以便看得更清楚、更准确。

第二天，几个人陪着他坐船绕插旗洲一圈，又登岸从东到西、由南而北实地踏勘。风水先生在洲的最高点稍停，又纵向和横向各走了数十步，还眯着眼睛专注地向湖上、向周边凝望，不时地点头摇头，咂嘴闭嘴。当他看到隔湖相望的一片青瓦灰墙时，便问：“那个村子叫什么名字？”

“铁网村。”有人回答。

只见八斗先生把两个巴掌的掌心叠在一起，旋转着搓了一会儿，再掌心相对，两手合一，平直前伸，微微低头，眯着眼睛顺着两个拇指之间的缝隙向远处瞄了瞄，又猛然把那微闭的眼睛睁大了，好像突然看见了要寻找的东西，并以很肯定的语气说：“原来如此！”看样子，他有了重大发现和结论。

在回铜钩村的船上，八斗先生把自己的发现和得出的结论说了出来：除了那个插旗洲对赵家有碍外，那个村子更是大忌。从地形方位看，那铁网村在八卦的“坎”位上，卦形为☵，属水。无论在伏羲的八卦方位图上，还是在文王的八卦方位图上，“离卦”和“坎卦”都是相对而立，水克火，火克水，水火不相容也。

更为不利的是，对面的那个村乃是个鳄鱼之地，鳄鱼水多水少都可适应，且水里陆上都能生存。其身子一扭，大则浪起，小则泥溅，都是克火之态。这样两个村子自然就成了水火之势，水一盛，火便弱了；火若强，水便弱了。

有人沉默，有人点头。接下来，想知道的就是用什么方法反制那竹筒和鳄鱼，使水无害于火，并尽可能转换为以火克水，压制对方。

八斗先生又把《易经正解》翻得哗哗作响，然后说："万物相生相克，故水能灭火，火也能克水。比如，烤火可让湿衣变干，熬糖能让水分逃逸。"大家立即觉得有办法了，等待着风水先生的指教。

八斗先生口若悬河地往下讲道：我前面说过了。对面那个村子属水，且为鳄鱼之地。那村子建在鳄鱼之腹，不远处的一片坟地显然是他们的祖坟山，祖坟山位在鳄鱼之颈，这样全都是宝位要点，很得风水之要。凡事有圆必有缺，有正必有反，你们看朱家祖坟山近前有两个低洼处，那是鳄鱼的眼睛。画龙讲究点睛，制鳄亦可点睛。如果可在那低洼处埋下两个死人，压住鳄鱼的眼睛，使它不辨方向，不识万物。这样一动必然是胡乱摆动，那就可能难伤别人反而可能自伤。

大家连连点头，风水师就是风水师，他有超人的眼睛，别人看不出的他看得出；他有超人的心智，别人不知道的他知道；他还有超人的大脑，别人束手无策的他有办法。这下可是大病碰上大郎中，找对人了。

八斗先生又说："那插旗洲是个竹筒，竹属木，克木者，金也。所以只要在村口对着这插旗洲竖一把大斧头，以斧制筒，以金克木，水便会失势，下泻入地入湖，不致淹漫赵家村，也就便可以化解其灭火之虞。"

大家对八斗先生好一阵赞叹和感谢，于是给了比约定还多的酬金。

送走八斗先生后，大家便又找到仁生，商量如何按风水先生的指点，对朱家村按风水先生所说的办法进行制衡。

蛇舌俚首先说："我看就照风水先生的办。我觉得他真的很灵。"他又不厌其烦地把在"天地风水馆"的所见所闻绘声绘色地给大家讲述了一遍。

勇生默默听着，没有表示赞成或反对。

飞天拐子却不以为然，认为妖魔鬼怪谁都没见过，这鬼神的事说不清、信不得，弄不好耽误时间还误事。有人说，鬼在心中，信就灵，不信就不灵。并问蛇叔："如果靠风水八卦能打仗获胜，升官发财，那还有人读书种地、学医练兵吗？其实，人们早说得清楚明白，'算命查八字，光子养瞎子'，只是让瞎子有一个谋生手段而已。"

"如果都像你说的是假的，还能代代相传到现在，还会有那么多人信吗？天下就有那么多二万倌？"蛇叔反唇相讥。

飞天拐子的反应也很快："听说那八斗先生的父亲是瞎子，如能掐会算，怎会不让自己成个光子？"

蛇叔一下回答不上来，想了一下，有词了："他小时候就瞎了，跟他自己能掐会算搭不上界。"

"他家的神机妙算不是世代相传吗？那他祖辈也应当给自己的后代算出个大吉大利来呀。"

"这个我也说不清楚，你去问他自己吧。"蛇叔这时又隐隐觉得飞天拐子说得也不是全无道理。

仁生此时的想法是，做些装神弄鬼、伤皮不伤骨的事或可安抚人心，但如果因此又弄出大的动静来就太不值得了。在大家的催促下，他表态了："风水先生说的这些事好像有点玄，不能全信。既然事到如今，别无良方，那就宁可信其有，不可信其无吧。在村前竖个斧头，管他有用无用，反正无碍。至于在人家祖坟山上埋人却要好好掂量，人家能同意吗？弄不好又起祸端。"

大家赞同仁生的想法。

蛇舌俚突然好像有了灵丹妙药，说："我有既解决问题又不会引起冲突的办法。"

"那就痛痛快快说出来，别像母牛撒尿似的一点不痛快。"飞天拐子追问。

"一些细节还没有想好。等完全想妥了，再说。"蛇叔看来还真动了脑子。

蛇舌俚去过的地方多，见过的世面多，莫非他会什么奇门遁甲、奇巧异术？或许他去了风水馆，又与八斗先生多次接触，因而多少沾了些灵性？但，真的会管用吗？在场的人都在心里揣摩着。当然还是希望稻草人唬鸟，多少有点用。

两个坟冢

朱继元还沉浸在既为打仗获胜欣然，又为失去儿子悲痛的复杂情绪之中，但不幸的事件出现了，朱继元最疼爱的小儿子土根出事了。土根小时候曾有昏厥之症，但成人后已多年没有再犯，今天一早去土井[①]里挑水时，竟忽然栽倒在水井里，溺水而亡。这使朱继元痛上加痛，他百思不解的是：20来岁的小后生，正值累不死、冻不死、摔不死的年纪，生命怎么会像风中的油灯一样，瞬间就灭呢？

入殓后，用杉木做成的漆成黑色的棺材被八个丧夫抬到了朱家的祖坟上。朱继元亲自定好墓穴四至位置，然后开土、挖掘、分泥，再下棺掩土埋葬，垒成圆锥形的坟头，朱继元在儿子的坟前含泪伫立了许久。

在丧葬队伍要离开墓地返村的时候，有人发现，不远处有两座新坟。大家开始互相探问，近日村里谁去世了？这喜丧之事都是人们很关心的事情，但都没有听说近期村里有人出殡，那是谁的墓葬呢？这可是铁网村的祖坟山，是朱氏专用的墓地，外村人是绝对不允许埋入这片坟地的。

朱继元顿生疑窦。回家后，他又叫金根在村里逐户询问，结果是近期无人过世，那新墓是外人葬入无疑。朱继元在进一步推想：是谁人所葬？一种可能是外村不明情况、不懂规矩的人随意埋葬的；另一种可能是有人别有目的，故意选择在这朱家的墓地葬人起坟。无论是哪种情况，都是动了朱家的祖坟山，这是极为忌讳、不能容忍的事情。因为这关系到朱家村的兴衰荣辱，关系到全村人的生死祸福。

他又甚至隐隐觉得，这两座新坟或许和土根之死有某种联系。因为店铺开张、婚庆、盖房、垒坟，那都是人生大事，需风水先生择日择向。否则，如果违禁犯忌，就可能获灾罹祸。所以人们常说："子孙会奔，不如祖宗会困[②]。"虽然亡人和活人阴阳两隔，但却祸福相连。为此，这件事不能等闲视之。本村没有人通晓那玄妙的风水之事，自己也只是个半坛醋，那就得找个懂门道、有经验的风水先生把这件事弄个明明白白。

铁网村第二天便派人去请风水先生，这次请来的竟然又是那八斗先生。这不奇怪，因为在整个余南县，最好的风水先生非他莫属。

那八斗先生到坟地粗粗一看之后，首先断言朱家坟地乃风水宝地。其实他每次开始说话时，都是先扬后抑，先要使用肯定甚至赞美的言辞，接着再说

---

① 土井：敞开而无井圈井盖的水井。

② 当地称睡觉为困觉。会困，这里指死后埋葬的地点好。

欠缺之处，最后提出应对之法。这次说过从不改换的套路之后，他放眼一瞧，随之心里一惊：那不远处两座新坟坐落的地点正是他给铜钩村人指点的鳄鱼之睛，因而可以肯定，这两座坟冢是铜钩赵家人所埋。但又觉得奇怪的是，他当时说可以用压穴之法禳解铜钩村的灾祸，本认为这件事难以做到，因为这既要有人去世，还要埋葬死者时避开铁网人的眼睛，这却不容易，不是像买盐打酱油，说办就可以办的。可现在铜钩村人居然很快就全做到了，真好像有什么神法鬼技了。

八斗先生心里不安了，他知道自己已夹在两个争斗的村子之间，很像穿着蓑衣在火边行走，随时可能引火烧身，造成难以预料的后果，甚至会对自己产生危险。他现在最好的办法是行中庸之道，而绝不能倾向哪一边，尽可能不要因自己的话语和主意导致或加剧冲突。

他一边天上地下、前后左右地看着，一边皱着眉头思考着应对的办法。严格地说，这时他想的不是朱家如何消灾祈福，而是自己如何离祸脱险。想来想去，还是得首先考虑如何处置这两座新坟。

这时朱继元问话了，他问的就是一直心存忌惮、犹如两块石头搁在心上的那两座新坟："八斗先生，你看这两座坟葬的地点选择如何？"

八斗先生心里一惊，担心的事来了。看来铁网村人已对这两座新坟心有疑虑了，如果说这坟是葬在鳄鱼的眼睛上，铁网村必然掘墓抛尸，这很不人道，铜钩村人恐怕也不会置之不理；如果说此坟无碍，一旦朱家人通过什么方法看出来，或知道埋坟是我这风水先生的主意，那铁网村恐怕也不会善罢甘休。他对着那两座坟冢一会儿走近，一会儿离远，反反复复地端详了好一会儿，把眉头蹙成了一个小疙瘩，说："这两座坟如果各向南面移动三丈左右，则不但避开了鳄鱼的眼睛，而且添了鳄鱼的鳞片。大利，这叫化害为利。"他已把移坟作为最好的解决方案，也就是避免两村发生激烈冲突的方案。这一迁，那两座坟正好可以移出朱家祖坟山的边界。

既然坟本不是铁网村人所葬，且又对全村的财气人气不吉，风水先生还指出了化凶为吉的办法，那就照方抓药。朱继元他料想埋坟的人已做了错事在先，不会因此采取什么对抗措施，即使有什么举动，朱家也不用害怕，有几个村能与朱家叫板？再者说，只是迁坟，不是毁坟，已很仁道了。于是他断然决定：移坟迁葬。便指挥着金根等七八个后生立即动手掘土挖泥。

第一座坟挖开了，让大家十分奇怪的是，挖出来的既不是棺也不是椁，而是一只麻袋。打开一看，内面装的是一只正在腐烂发臭的死猪。在大家正在诧异之际，另一座坟墓里挖出来的东西同样令人奇怪，既不是棺椁，也不是麻袋，而是一只加盖的陶缸，打开一看，冲出来的是比死猪还难闻的臭味，是一缸人屎。大家都在琢磨，这真是奇闻怪事。有人骂着，有人猜着，也还有一些不懂事的小后生暗自觉得好笑。

朱继元在心里认真地思索着这其中的奥妙，像下棋般在心里一遍又一遍地反复盘算，嘴里不停地默念"一只猪、一缸屎……"突然他悟出来了，愤怒地说："可恶，太可恶了；狠毒，太狠毒了。这'猪'和'屎'连起来是'猪屎'，谐音就是'朱死'，这是精心思谋、专为诅咒我们朱家的。"

经朱继元这么一说，大家立即明白了这埋坟的用意了，一个个在胸中腾起无名之火。

金根立刻做出了强烈的反应："操他的老拐。这事肯定是铜钩赵家人干的，硬的不行来软的，阳的不行来阴的。绝不能饶了他们。"

朱继元很赞同儿子的分析，但他强压下心头的怒火："先听听风水大师怎么说吧。"

八斗先生先是紧张，既而奇怪，再则释然，因为现在挖出的东西怎么处理都可以，并且埋的东西和自己当时说的并不相合，自己也就逃脱干系了。便说："既然压在鳄鱼眼睛上的东西已经去掉，就像拔刺去灰，没事了。"

朱继元点了点头，指了指湖那边的铜钩村，问八斗先生："你也许知道，我们与铜钩村世为仇敌，从风水上看，有什么办法能衰铜钩而兴铁网？"

八斗先生心里又是一紧：这又是一个难题，他快成了双方的枪手了，但也得应付应付才行。想了一下说："在我看来，在八卦方位上，铁网村属水，铜钩村属火，火与水相生相克。只要在村前立一个大水车，昼夜运行，不断向对方浇水，就能压火、灭火。"

大家频频点头，八斗先生只觉得自己已出了一身冷汗。就在他觉得事已办毕，准备离开这是非之地、是非之事时，朱继元却把他叫住了，八斗先生心里一阵发紧，莫非又有什么让人头疼心怵的事情？

朱继元示意八斗先生在一块不大的石头上坐下，自己也坐了下来，很客气地说："我向来对风水之事饶有兴趣，想向您请告一二，可以吗？"

八斗先生在石头上如坐针毡，但面对的是一个主顾，一个在当地很有名气的人物，只能耐着性子，听他"请告"。便也客气地说："不必过谦，我知道保长智识过人，与你交谈，一定会胜过读书。"

朱继元不再客套，便直奔了那很是敏感的话题："风水之事，世说纷纭。我要放胆地问，究竟假耶？真耶？"

这是一个不好回答的问题，对风水先生本人来说更是如此。但八斗先生略加思索，便有条不紊地回答说："风水之学，本是一门学问。和所有学问一样，有真亦有假。"

这一回答使朱继元乍听觉得有些道理，又觉得很混沌不清，便继续问："何谓有真亦有假？"

"我仍以学问相比较。如圣贤之学，其真与假、优与劣，取决于两端。一是传者，二是习者。以传者而言，传道者、讲授者有真才实学，深得圣贤之学的精髓要义，则这学问自是真；反之，若传授者自学不精，学识浅陋，讲出来便离经背道甚远，不得要领，则连圣贤之学也会成假的了。"

朱继元微微点头，又问："从习者这一端又怎么讲？"

八斗先生继续着他的阐述：以习者论，如果他心坚意诚，苦学不辍，再加上天资聪慧，计以时日，必得真谛，便会觉得圣贤之学乃大学问、真学问。反之，倘若一开始便心存疑虑，不肯用功，浅尝辄止，再加上天资驽钝，那自然少有所得，并会以为圣贤之学是假的了。

朱继元听明白了，八斗先生的对风水学真假论，关键在于要笃信、苦学，这不无道理。但他还是觉得这回答看似宏阔深刻，但并没有给他要关心、了解的问题一个明确而肯定的结论。在文辞言论上自己肯定辩不过风水先生，所以他想转到实际问题上。

朱继元又问："我还想斗胆问些我不明白的问题，你忌讳吗？"

这时八斗先生已恢复了平日那悠然自得、口若悬河的状态，笑了笑说："但问无妨。"他也想借这个机会显示一下自己的学识与口才。

"人的生死祸福可测吗？"

“一如学问，有可测者，也有不可测者。以测人者而论，高人可测，俗人不可测；以欲测者而论，智者不需测，庸者则需测。”又是很有学问却难得要领的回答，朱继元对此并不满意。

“我想问，祸福贵贱、生老病死，众人莫不关心，这可预测吗？”

“这也如我前面所言，取决于测者和被测者两端。”八斗先生的回答滴水不漏。

“听说你老爹双目不便，不知你爷爷是否事先测知？”从来少有顾忌的虎根突然插话，这是一个明显带有挑衅性的问题。

但八斗先生却似乎并不介意，回答说：“家父20岁后才双目失明，是因泄露天机太多，为此受到惩戒。所以凡事不能太过。”

“先生可否给我相相面，近来机运若何？”朱继元把话题转到了自己最关心、最想知道的内容。

八斗先生又是一笑：“我已说过，高人方可测，智者不需测；天机不可泄露，凡事不可太过也。保长先生真的要相面测字，以问生死祸福？”

八斗先生这些话，等于巧妙回绝了朱继元的要求。因为他已经把话挑得很明：朱继元如果再要求看相测运，就等于承认自己为庸者俗人了。朱继元笑了笑：“卦算果然玄机重重，我就遵从先生之意。”

八斗先生礼貌地作了一个揖，然后起身，夹起皮包快步离开了。

朱继元又细细揣摩那风水先生的话，虽并无明确的结论，没有他很想知道的内容，但朦胧的感觉是无须多虑。他内心却很佩服这个风水先生的机警与口才。如此看来，人的生死、贵贱、祸福并不全在本人，是很大程度上取决于算命占卦先生的学问、见识与口才了。

送走风水先生后，朱继元便照八斗先生的主意，召集大家商量制造和竖立水车的事情。

金根却表示反对：“既然那两座坟是铜钩赵家埋的，坏了我们的风水，伤了我们的人，那就应当首先找他们把这笔账结了。现在只是远远地立个不会说话、不会走路的水车，谁知道管用不管用？还好像我们怕他们似的。”金根的这种表态在过去是很少见的，因为他习惯性地服从父亲的决断。

很多人也都主张要示强加压，因为上次大战之后，铜钩村已经元气大伤，要找个理由让他们雪上加霜。凭现在双方的实力，让他们马蜂叮疖肿——疼上加疼不是很难的事情。

朱继元却另有考虑：朱家村几百年来，声播远近。但也树大招风，难免有的村落心存妒忌，或者不经意处朱家村和有的村落结下梁子，因而有人寻机泄愤、渔利。所以，这个时候要特别防备有不怀好意的人在两个村子间挑拨离间，推波助澜，从中渔利。现在无凭无据，不能胡乱猜测，更不能轻易采取行动。所以他的意见是："现在一方面立起水车，另一方面想办法弄清事实，如确实是铜钩村人所为，那我们绝不客气。"

虎根马上问："我们能够弄清楚是谁做了这埋猪藏粪的坏事吗？"

"鱼过留鳞，雁过有声，细加察访，一定能弄个水落石出。"朱继元肯定地说，便交代有关的事分头去办。

朱继元万万不曾想到的是，祸不单行。他刚刚回到家里，孙子远鹏突然"做狗"[①]了，口吐白沫，浑身抽搐。

俗话说：父亲爱幼子，爷爷疼长孙。这小孙子可真是朱继元的家中宝、心头肉，在他身上寄托着朱继元也是几代人的厚望。他爱孙子胜过爱任何人。尽管他家是个富户，但生活却很俭朴，平时吃的是糙米，极少吃肉。招待客人时会有肉，但肉都切成薄片，而不是整块，因为一块肉可切成几片，谁向肉盘里伸过几次筷子后，便都会收住。穿衣则是新三年，旧三年，补补连连又三年。但只有孙子例外，让他吃熟米和成块的肉，四时添加新衣。看到活泼可爱的孙子一下竟成了这个惨状，真好像大鱼刮鳞剖腹，心痛难忍。他抱住孙子，不断地呼唤着他的名字，见孙子平日圆溜透亮的双眼无力睁开，嘴唇紫绀，却无应声，顿时伤心的眼泪从心上涌到眼眶，从眼眶流下脸颊，又从脸颊滑到脖颈。

傍晚，朱继元的妻子朱王氏赶制了几碗用大米磨制成粉再调水做成的小丸子，煮熟了装在小簸箕里，又拿了一件远鹏的小衣服挽在手臂上，和小鲤一起来到村头。老奶奶晃动着三寸金莲，有几次都差点跌倒，她走几步，喊一声"远鹏，跟我回去了。"小鲤应一声"回来了。"然后又把那米丸子抛到地

---

① 做狗：小孩生病，当地忌说小孩有病而称"做狗"。

上。这是当地小孩“做狗”时常用的办法，叫“喊魂”。认为小孩“做狗”可能是丢了魂，或是被乱神野怪摄取了魂魄，这样一呼一应就能把魂喊回来了，小孩病也就能好了。那撒在地上的米丸子是给神怪的礼物，实际上也就是贿赂。

第二天一早，见喊魂没有效果，便又请来神汉“降菩萨”[①]。

那神汉吃过饭后，便赤裸上身，在院子里跳了起来，并一边跳、一边唱、一边说。大意是说：你这可恶可怜的鬼怪，胡作非为，不守规矩。竟然欺我小孩，摄他魂魄。你看清看楚，我是狮头大元帅，法力无边。你赶快还这小孩灵魂，否则让你下地狱，刀锯斧劈，油煎锅煮。他又在一张黄纸上画了一串无人能识得的道符，烧成灰，放在半碗清水中让远鹏喝下去。远鹏的小嘴已难以张开，只勉强灌下一些法水。那神汉临走时说，只要能扛住一天一夜，就会无碍。

但喊魂和降菩萨都无济于事。

又急急地叫来郎中，郎中摸了摸远鹏的脉搏，又扒开病人的眼睛瞧了瞧，然后站起身来，说了声“已不行了”，便把没有打开的药箱背起来走了。

孙子夭亡，这对朱继元来说真好比天崩地陷，他直觉得心里像有重重的石块压着，让他喘不过气来，又好像有尖刀利刃在心头一下一下地划过，肝碎肠断，骨裂筋爆，剧痛难忍。他连续几天日不食、夜不眠，几近崩溃。

短短几天中，子死孙亡，这使朱继元不仅跌入悲痛的深渊，同时也使他怒火中烧。有人在祖坟山埋了两座坟，他家就死了两个人，怎么会这么巧？这时他相信人亡与那新埋的两座坟大有关联，也更坚定了他弄清事实、报复仇人的决心。

他反复思考后，心中清晰地有了判断，正如金根所言，铜钩赵家人做这件事的可能性最大。只要找到证据，一定报复，并且采取任何措施都会师出有名，但如何找到证据呢？

他苦苦思索着，突然他想起一个人来。虽然一想到这个人他就觉得心里像咽下了蚯蚓般的难受，小鲤也讲过受他欺负的往事，并说很讨厌这个人，但此时又觉得这个人能够派上用场，他能起到其他人起不到的作用，做成他人

① 降菩萨：跳神治病。

无法做到的事情。病急乱投医，这时分明成了情急乱找人了。要找的这人不是别人，就是那缺耳俚朱二。

找真凭实据

朱二应约而来。他暗想：一定是朱继元又碰上什么难事了，或许又是一个招财进宝的机会。

朱二进门后，朱继元热情让座。朱继元缓缓地带着悲伤地把近期在祖坟山上发生的埋猪、藏屎之事简要讲了一遍，然后想问问朱二有没有办法把这件事弄清弄楚，并且一定要有根有据。当然，不会让他白辛苦。

朱二没有立即回话，把他那难看的三角眼半睁半眯着，好像在考虑什么，然后缓缓地说："办妥这件事，实在有点难。但凭我的人脉和本事，在多方面下点功夫，当然也不是完全没有办法。"

朱继元听明白了他话中的多重含意。便说："如果事能办成，我会重重酬谢。"

朱二却显得侠义而又很大气的样子，说："我们是宗家加老朋友，不必客气。上次找人顶罪那件事，我上上下下实实在在花费的花边数要比我们商定的多多了，我们不说这过去了的事了。我们都到这个份上了，还讲什么重谢轻谢？我知道，朱大哥何等人哪，哪能亏待我？"但说着又话题一转，叹了一口气说："只是现在这年头，办事确实太难了。"

朱继元心里想道：天晓得你究竟花了多少银子？但此时他觉得弄清他需要的真相比银子更重要。便说："难得你如此仗义，这事办完后，上次不足的部分我会尽量补上，和顺兄弟明算账嘛。"

在大谈交情的同时，经过一番真真假假、虚虚实实的交锋，最后谈定：先预付10块花边，事成后再给20块花边。

朱二走后，金根以怀疑的口吻说："这家伙不像个正经人，能办成这事吗？"

"我们不必论他的人品，只要他能办成事即可。这人肯定有办法。俗话说，猪往前拱，鸡往后扒，各有各的道。上次找人顶罪的事比这事要难多了，谁能想到他还真的办成了。这次他也许又有自己的门路和招数。”

确实，朱二在这方面还真是有点子，有门路。他回去认真想了想以后，便叫来青帮会中最得力的干将朱长财，其实这是他弟弟朱三的儿子，也就是自己的侄子，是个很有能耐的后生。他对侄子如此这般地交代了一番。

朱长财背着一个小包袱出发了。他径直来到铜钩村，打听村长的家，有人把他带到了仁生家。仁生近日在外村收购废旧铁器，准备开火打铁，仁生妈怕误了村里重要的事情，便把他领到了蛇舌俚家。

每隔几天就要把所有的钩打磨一遍，以保证其锋利。蛇舌俚正在打磨钩具，一不小心尖锐的钩划破了手指，他若无其事地用口唇吮了吮流出来的血，接着再磨。见仁生妈领着一人来到家里，便停下活计起身相迎。

不料，来人自报家门并热情地说：“嗨，嗨，原来是你呀！我们见过，我们见过！”

蛇舌俚想不起在哪里曾经见过这个年轻人。但自己平时很少让脚闲着，见过的人不少，在什么场合见过他也完全可能。这时愣说没见过似乎有些失礼，也多少有点折损自己人际交往很广的面子，便应和着：“是，是，好像见过。”这也是很多人在这种场合下选取的应对办法。

二人坐下来，朱长财自称姓牛，便开始天南海北地聊了起来。朱长财慢慢地把话题引向了朱赵两村的争斗：“我们已经是朋友了，我这次来的目的之一就是想助赵家一臂之力。”

蛇舌俚对这个话题显然很有兴趣：“你能帮我们出什么力？”接着又调侃着：“看你身板也不怎么壮，牛劲马劲可能都不怎么样。”这两人似乎一见如故了。

“赵兄，你这就小看我了。我只要吹一声口哨，鄱阳湖不起五尺浪，也得兴三尺波。”

“看不出你竟然有东海虾兵蟹将的本事，能够兴风作浪。”

朱长财又笑眯眯地说：“海里虾兵蟹将的帽子只能让给你了。但我一夜之间就能集合三五千人，帮你冲锋陷阵。信吗？”

“牛弟，难道你是师长旅长？我横看竖看怎么看好像也不沾边哪。”

“我都不是，但若论调兵遣将，快速集合个几千人马一起行动，我并不亚于师长旅长。”

“啊，那牛弟你究竟是干什么的？”这朱长财的话挑起了蛇舌俚的好奇心。

二人开始称兄道弟了。

朱长财快速挽起一只袖子，指了指，然后带几分神秘地说：“干这个的！”

蛇舌俚一看明白了，这人是青帮会的。但还是故装不懂，也仿效着挽了挽自己的袖子，笑着问：“这是干什么？”

“你知道吗，七八年前从上海传来的青帮会，如今在我们县已初成气候，入会的有好几千人。你如果加入，需要帮助时，我可以动员青帮会成员帮你们村收拾铁网村。本县不够，还可以到邻县调集。”

蛇舌俚摇了摇头说：“我们不能靠这个，这不合老规矩。我们自有我们的办法。”

“你们靠什么？别小看这帮会，当年慈禧太后也靠着帮会助她与洋人斗法哩。”

“我们不担心棺材里没有尿尿的地方，办法多哩。”蛇叔很自信地说。

“说一两个管用的办法，让我也开开眼界。”

“最传统、最有效的办法是拳头。”

“拳头不行呢？”朱长财紧盯着蛇舌俚的眼睛。

“还有……”

蛇舌俚差一点把利用风水、阴阳八卦的事说出来了，因觉得这说与外人不妥，况且还是秘密动作。便回答说：“他们姓朱，我们姓赵。还可以靠同姓的人。”

已到中午时分，蛇舌俚便热情留朱长财吃中午饭。湖边人从来认为来的都是客，酒肉不分家。朱长财稍加推辞便答应了，并从包袱里拿出一个罐子来：“真是有酒饭之缘，我正好有一小坛好酒。今天我们哥俩比比酒量，来个一醉方休。”

蛇舌俚本好杯中物，又见是很少能喝到的用漂亮的陶罐装的酒，蚂蚁便爬到了心头。那酒的香味其实刚才谈话时便已隐隐闻到，只是不便动问，这时那酒香更是扑鼻而来，那蚂蚁便爬到了喉咙，随着口水顺喉咙而下。

二人且吃且喝，还居然开始划拳：“全福手[①]，八匹马！”“全福手，七巧

---

① 全福手：是双方出拳时固定的开头语。

桥！”二人真像故知相逢，兴致极高。一会儿，蛇舌俚便有三分酒意。

朱长财顺势提起饭前的话题：“赵兄，你说还有对付朱家的办法，到底是什么办法?”

“这这这，不不、不能跟你讲！”蛇舌俚的舌头已经变大变硬，在嘴里有点拐不过弯来了。

“你不说，我也知、知道。”朱长财也装着有了醉意。

蛇舌俚擦了擦脑门上的汗，瞪着发红的眼珠子问：“牛，牛弟你、你知道什么?”

“当然知道。如果我、我我说出来了，你可不能打岔、抵赖。”

“你你你，说出来，我就告诉你。不、不抵赖。我们赵家从来都是好汉做事好汉当。”

“对，真正的汉子死都不怕，还怕说出做过的事?”朱长财又来了个灯盏加油，灶里送风。

“牛、牛弟，我知道了，你是想要诓我说出来。但，但是再喝一瓶酒我也不会向你说的。”

“我不是套你说出来，我是把我知道的说出来。我、我说对了你认可就行了。”

“那，那你说说看。”

朱长财见时机成熟，便一字一顿地说：“你们在人家祖坟山上埋了两座坟，并且里面埋的是猪和屎。赵哥，对不对?”

蛇舌俚哧哧一笑：“你怎么知道得这么清楚?”他现在虽然喝得有点多，但心里还是清醒的，就是人们常说的酒醉心灵。心想这事只是我和勇生、飞天拐子三人干的，除此以外，没有人知道，连仁生都不知道，他怎么会知道？既而又想，知道就知道，能把我怎么样？上次交战，朱家杀死我们那么多人，又能把他们怎么样？蛇舌俚本来就爱说，且有酒力的作用，便又接着说：“我们还在村子立了个对准他们村的大斧头。这两招一用，起码弄他个鸡飞狗跳。”

朱长财心里暗喜，可以交差了。又吃了一会儿，酒坛也见底了，朱长财向蛇舌俚道别，并又绕到村边看了看那高高竖起的、威风凛凛的大斧头，便赶忙找朱二领赏去了。

朱二见朱长财顺利地探出了实情，更是喜不自胜。

当然，比朱二更关心事情结果的是朱继元。当朱二把了解到的情况详详细细地向他说了以后，他顿时心跳加快、呼吸变粗，心中的仇恨之火像燃烧的木柴上又倒了一桶菜油，顿时"呼"地往上升腾，熊熊燃烧。想到儿子和孙子之死，不仅怒从心底起，更有恶向胆边生，无情报复这时占据了他的整个心胸。

待朱二走后，他立即召来了"铲刚"们商量具体办法。

几个年轻人的一致想法是：再打一仗，让铜钩村30年翻不过身来，不敢也无力与铁网朱家抗衡。

朱继元第一个想到的当然是暴力报复。但见大家激动的情绪，如爆竹捻子，并且是浸过油的捻子，一点就着，他反倒冷静下来许多。这个时候更要深思熟虑，谨慎行事。目前，仅凭朱二的说法还不足以全信，因为他对这个人始终没有好感，担心上当。并且朱二还说是把对方灌醉了才套出来的，可信度要打折扣。仅仅以此作为攻击铜钩村理由还不充分，还须利用目前了解的情况，进一步证实是确凿无疑，再攻击赵家才是名正而言顺。

他想了一下说："朱二、朱长财探得的情况很有用，但还只是第三方的说法，难免有为了酬金而有意拼凑之嫌，还要让赵家人当着我们朱家人的面，自己承认做了这阴险而又肮脏的事情才好。然后再采取行动，我们就在道义上、道理上完全占有上风了，便怎么做也不过分。"

金根问："怎样才能让盗贼承认自己偷东西呢?"

"凡事去做就不难。况且朱二已经提供了藤蔓，顺着这藤蔓往下捋，就一定能找到瓜。"

"究竟如何下手?"

朱继元想了一会儿说："有办法了。仁生不是一直说希望商谈吗?那就派几个人去谈。谈得双方冒火星的时候，再来一个激将法，猛地提出这件事。以我对赵家人的了解，他们并不怕承认自己的所作所为，还真有点傻汉子不怕担子重的味道。"接着又把细节说了一番。

金根等便着手按父亲交代的办理。

仁生一惯主张商谈。听说朱家要来人商谈，立即表示同意，并确定以礼相待。

几天后，他在大祠堂门口迎接金根，又引进了平时议事的房间，双方坐下，开始了商谈。

仁生心想，双方熟悉、情况明了，用不着绕来绕去，空耗时间和精力，便直奔主题："你们有什么方案？先说吧。"

金根心里一阵冷笑，我们压根儿不是真来谈判，还能有什么方案？当然这不能直说，便回答说："已有考虑，还是先听听你们的方案吧。"

仁生稍顿了一下说："那好，我先说。冤冤相报何时了？为了两村人的利益，双方都做一些让步。"

"怎么个让法？"

"我的想法是，在明代划定界线的基础上，我们村适当让出一部分。具体想法是，在原来的界线和插旗洲现在指向的界线之间，我们让出三分之一。"

金根说："你这个想法恐怕是举着竹竿打天上的雁，太有点不着边际了。"

仁生立即接上话："那就说出你们的方案吧。"

金根本无方案，眨了眨眼睛，临时编了个方案："现在开始谈判，是一个重要时间点，那就是在这以前基于官家文书规定的界线不变，今后插旗洲再长大了增加的水域，我们不全要，两村各得一半。"

如果照这个方案，朱家不仅要得到已违约占有的，今后还要因插旗洲变大继续得到属于朱家的水域，这怎么可能接受呢？勇生一听，立即有气，便说："你刚才说我们的方案是举着竹竿打大雁，那你这个方案就是举着竹竿捅星星了。"

虎根也加入了争论。双方便各说自己的理与据，接着很快由争论变为争吵，并一步一步有了火药味。谈判在按照朱继元设定的套路往前走。

仁生便说："双方不要吵了。吵翻了天、吵裂了地也不解决问题，这次谈不行下次还可以再谈。但双方能否达成一项临时约定，在谈的期间双方不挑衅、不攻击对方。"

金根见有机可乘了："说得好听，你们明的不动手，却暗中用阴招、使暗器。"

"这话从何说起？什么阴招、暗器？"仁生反问。

金根便愤愤地道出了赵家在朱家祖坟山埋坟葬猪藏粪以破铁网村风水、以诅咒朱家人的事情。

仁生听得如堕五里雾中，便断然否定，因为他确实不知道这件事。

金根开始进攻了："我真不知道你们铜钩村原来都是些软骨头，并且是像蝙蝠那样只在黑暗中逞威的软骨头。暗地里用了黑道损招，却竟然还不敢承认？真是做坏事的时候如武松打虎，事后却狡辩抵赖，成了杨四郎探母，一点英雄气都没有了。像个男人吗？像个大村子的模样吗？真像个软骚俚。"

飞天拐子憋不住了："谁是软骨头、软骚俚？埋那两座坟就是老子干的，你要怎么着？"

"这可是你自己说的。"金根要锁住飞天拐子的话。

"对，我还要再说一遍，就是我干的。你能杀人，我就能放火。"飞天拐子一副敢作敢为的派头。

祥生也急了："就是我们干的，是你们逼得我们干的。"

金根见目的已经达到，便说："你们不但暗中使了阴招，还要又挑起械斗，我们应战！"说罢，带着朱家人起身而去。

仁生立即问飞天拐子和勇生："你们真做了那用鸡鸡打人、不痛不痒却臊气难闻的事？"

"是。"勇生便把他们三个一起商量、偷偷埋猪埋粪的事说了一遍。

"你们这不是肇事惹祸吗？"仁生用力地敲了敲桌子。

蛇舌俚插话了："做了也罢，不做也罢，他们总能找到理由。不能让他们在头上拉屎撒尿。"他想起几天前和那个牛弟一起喝酒的事情，担心那可能和铁网朱家知道这件事有关，看来自己上了那人的当，心里很是不安。

"看来，一场械斗又难免了。"仁生自言自语而又无可奈何地说。

"怕什么，大不了又死78个。怕鬼鬼准来，打鬼鬼便走。"飞天拐子满不在乎地说。

暗中角力

朱继元听了儿侄禀报的情况后，完全下定了进行报复的决心，但他不想以大规模械斗的形式报复。上次湖上对打获胜，取决于很多因素，其中还有不可测的偶然因素。在很大程度上靠了长枪短枪的优势，这次人家难道不会接受教训，也去买枪？上次还因为老天爷助阵，临时刮起了对朱家有利的大风，那些准备的石灰包等物发挥了极大的作用。再战，老天爷还会如此眷顾朱家一方？所以如果再打，本村并无获胜的绝对把握，武力对打这个办法不能贸然使用。他现在的思路是，换一种形式，剑走偏锋，以毒攻毒，锣对锣、鼓对鼓，你用暗招来阴的，我也如法炮制，用阴招来损的。这可以减少伤亡，避免大的风险，并可出奇制胜，取得好的效果，也合于他心中的争斗之道和他心中设定的报复限度。

晚上，他又把金根等找拢来，说出了自己的想法："既然赵家用了风水之法，我们第一步是把对方的办法破了，先派人拆了对方的那把铁斧，同时把我们自己的水车架起来。然后看对方的反应再出招。"

接着便商量着具体的行动方案。

几天后的深夜，这是没有月亮的农历月初。金根带着两船人马出发了。人趁着夜色，船赶着波浪，直奔铜钩赵家。把船停靠在离村不远的岸边，来到那把大斧头前，一半人散开负责监视铜钩村的动静，另一半人则动手拆那斧头。

那斧头立在一个六尺多高的由乱石砌成的台子上，斧刃正对着朱家，如果谁真能抡动这把又大又快的斧头，一斧下去，一头牛都准能拦腰砍断。大家锤子凿子一起上，不一会儿工夫把那大斧头从石头基座上分离出来，再用绳索捆紧，几个人抬到船上。划了一两里地后，众人把那斧子扔进了鄱阳湖中。虎根还说了一句俏皮话："让龙宫里的虾兵蟹将用去吧。"

然而让铁网村没有想到的是，两天后，他们自己刚刚竖起来的大水车也在一夜之间被拆得七零八落，几个大的构件还不知去向。对此，铁网村和铜钩村都像无光无亮的暗夜里吃汤圆，胸中有数：对方所为。

双方犹如黑夜里拔河，暗中发力较劲，也都在考虑和安排下一步的行动。

朱继元仍然没有同意采取械斗这种激烈的方法报复。既然双方的铁斧和水车都毁了，那就意味着又回到了打仗前的状态，这是对朱家有利的状态。不能轻易再用打仗这个方式，也因为他还有一个重重的心结，自己的儿子已死了两个，这对他家来说，是一个至为沉重的打击，他很担心祸不单行，自己的儿子中又有人出意外，如果真的再出意外，他实在是无法承受的。

风水先生关于铁网村八卦方位的说法对他选择方案也起了很重要的作用。铁网村按八卦图的位置属“坎”，《易经》坎卦九二有释辞说：“坎有险。求小得。”大意是说，遇危险苦难，可用不太大的动作、以小的成功加以化解。他觉得这卦辞非常切合当前的情况，简直可以对号入座。所以，这次不便也不必兴师动众，大动干戈，只寻求以不太张扬、影响不大的办法应对。无须大胜，只要有个小胜也就可以了。

当然，他没有减弱、更没有放弃报复的念头，报复的念头可以说与时俱增，在日落时分就比日出之时要强烈许多，并且越来越坚定，越来越强硬。他已完全认定土根和孙子之死，与铜钩村的葬坟头和立斧头有关，所以他要以牙还牙，而不是打掉了牙往肚子里吞。他最后确定的具体目标是向铜钩村索取两条人命相抵，这样便算扯平，才能平心中之恨、抚心中之痛。他还认为，这是正好对等的报复，是符合仁义道德的报复，是天经地义的报复。

所以他又和大家集中商量如何收取铜钩村的两条人命，如果这二人是赵家村的领头人和他的儿子最好。当然，选择的手段要与对方大致相同——暗地里进行，让对方神不知鬼不觉，并且像马蜂蜇了那阴私处，有伤有痛不能让人看、向人说。这样就不必全村的人像上次那样一起参与其中，这不仅可以避免麻烦，也还可以避免因此影响铁网村的名声。他总是把铁网村当然也包括自己的名声看得很重很重，就像飞鸟很爱惜自己的羽毛。上次湖上大战时，如果他在场指挥，当赵家败退时，他决然不会同意再追击掩杀。胜了即可，不必多加杀伤，见好就收会更加光彩，并能猎取更多的人心，获得更好的名声。

顺着这个思路，大家有了非常相近的想法：目标是仁生。他是村里的头人，只要把他置于死地，不仅可以报仇雪恨，还可以使铜钩村像没有铁钉的木船一样很快散架。无能人牵头，无能人主事，接下来无论是来武的还是文的，铁网村都会完全处于主动地位。

朱继元赞许地点了点头。他见过仁生，从第一次打交道，就判定这实在是一个很出色的人物，他甚至有几分喜欢这个年轻人。他还忽闪过如此念头：如果当下是三国时代，他一定会想方设法把这个人收入自己的麾下，这实在是一个文武双全、可以依赖的将才。只是此一时，彼一时，他和仁生现在是相对而立，互为仇敌，两个村的争斗，无法解套。所以既然他是敌方的头人，找他索命便是理所应当的了。

接着又就除掉仁生梳理出三种办法：

第一种办法是像捣毁那铁斧一样，派人在晚上潜入铜钩村，蒙面突入仁生家里，把他杀死在家中。如他家有小男孩，那便是天赐良机，便一并办理。

第二种办法是派人假扮客商，等在铁网村出村路口不远的地方，只要是仁生单身行走，立即放倒。还可以考虑用麻袋装回来，放到土根墓前做牺牲品，先祭亡灵再加处死。

第三种办法是在湖面上派两到三只快船，不停地巡视寻觅，只要发现是仁生的单只船，便立即协同攻击，将他击杀在湖上。这样，就成了一个司空见惯的小小冲突，少有人关注。并且赵家人吃了这计闷棍，也无法找到做这案子的主角。

大家议来议去，觉得还是第三种办法最优。因为双方习惯在水面上冲突，使用船只在湖上对打攻防才是正宗正理，外人听了会习以为然。如果使用其他方法，用其他方式打架夺命都属旁门左道，不仅别的村子听了会蔑视、诋毁朱家，朱家人自己在心理上也会是一种负担。

经过认真准备，方案开始实施。每天有三四只快船在挨近铜钩村的水域游动，等待仁生出现。可谓布下天罗地网，就等大鱼游来。这一天终于等着了。

渔家的营生在水上。有语曰：“三日不下河，吃掉一只老鸡嬷。”就是说三天不捕鱼就得吃老本。因为暂无冲突，大家便各自忙自己的活计。这一天下午，仁生上湖了。春夏之交，正是鄱阳湖的盛水期。抬眼处，不见岸渚，水天相连，波浪滚滚，直到无边无际的远处与长天连为一体。这个时候也是捕鱼者可以自由撒网布钩而不用区分谁家水域的季节。

为争取有较多的收获，仁生和叔叔准备到稍远处布钩。但他并不知道，船刚划出不远，铁网村的人就发现了他，也装作捕鱼，像影子似的一路尾随。船到预先想定的地点，仁生挽起袖子，准备布钩，忽见有三只小船逐渐向他靠近。他并没有在意，因为在湖上行船或捕鱼，船与船相向而行或对面相遇乃至相互碰撞，那都是太平常的事，因而他也就不曾意识到，可怕的威胁正一步步向他靠近。

突然，他发现有些不对劲，那几条小船不怀好意地快速向他冲了过来，一下形成包围之势，一个人还抛过来一只用绳子拴住的大铁钩，把他的船紧紧钩住。这时自己的船便进退不得，他立即感到不妙。这时对方有人已亮出长矛和短刀，仁生来不及想什么，便本能地迅速抄起短桨迎击。

木桨与铁矛只相交了一个回合，“嗒嗒嗒”，一阵枪响，子弹“啾儿、啾儿”地在船的前后左右落下，打在水上溅起团团小浪花，对方持矛的人中弹倒下，跌落湖中。仁生立即招呼叔叔趴下，自己也趁势趴在船舱里。接着又是连续的枪声，那三只小船上的六个人似乎全部中弹。仁生又抬眼向四边一看，只见一只汽艇从不远处开了过来，那艇上插着一面好像用鲜血涂画得又圆又红的旗帜，汽艇上有穿着军装的士兵，一个人正平卧船头向这边连连开枪。他立即明白了：日本人来了。伴随着子弹打在船上的啪啪声，那汽艇在自己船边的不远处飞驰而过，那围攻自己的三只小船都被汽艇激起的大浪掀翻，六个人全都掉进水里，湖水被鲜血染红了一大片。

日本人的汽艇驶过去之后，仁生迅速坐了起来，抬眼一看，见有三个人还活着，正在水中拼命挣扎。另外三个人则一动不动地在被鲜血浸染的水中漂着，大概已经死在了日本兵的枪弹之下。

叔叔的裤子被打了一个洞，所幸没有受伤，在惊恐中定了定神，问：“对这三个人怎么办?”

仁生果断地说：“救。是日本人打的。”

仁生和叔叔便把那三个活着的一一救起，但看来都已受伤，其中一个是大腿上被枪弹撕去一小块皮，另外两个伤势也不太重。一看船形和人的面相，仁生已知道这些人的来路，但他什么也没问，从几只小船中挑一只没有打坏的推到落水者身边，又帮助那三人爬到船上。那几个伤者先是恐惧，十分担心仁生进行报复，趁机加害，但见仁生却是从水中救他们上船，逐渐放下心来，并连声说“谢谢”。

仁生又帮忙把那三具尸体装到另外一只稍稍受损的船上。让死者跟他们回家。当然他并不知道，死者里有朱继元的三儿子水根。

当受伤的铁网人划船回到村里时，朱继元失声恸哭。这次行动，不仅一无所获，还死伤各三人，死者里面竟又有自己的第三个儿子水根。他捶胸顿足，痛骂着日本人，也为自己的决定后悔，如果这时把他的胆掏出来，那颜色一定是青得不能再青了。

受伤中的一人是虎生，他详细述说了当时在湖上发生的一切。这个年少气盛、一贯主张以武力对付赵家的重要角色，不得不承认：仁生当时如果想置自己和另外两人于死地，可以说易如反掌，但不明白他们为什么没有做。如果换成自己，可能不会这般手下留情。

朱继元点了点头，他自信明白仁生为什么当时会压住乃至熄灭仇恨之火，转而向对手伸出救援之手。既而他郑重地告诉大家：与赵家的冲突是中国人内部事情，是村与村的内斗；与日本人的冲突是中国人与外国人的事情，是国与国的交战。一是内忧，一是外患，二者的性质完全不同。日本人性如魔鬼，行如野兽，要将中国亡国亡种，所以一定要响应国家的号召，以大义为重，尽一切努力，坚决抗日。至于与赵家的纠纷，暂时放一放，只要赵家人不主动挑事，不主动攻击朱家，不得以任何理由同赵家发生冲突。他也确信在有外敌入侵的紧迫情势下，赵家人不会对朱家寻衅攻击。

他的判断很对，可以说与仁生的想法不谋而合。实际上，仁生在湖面上对遭日本人击伤的朱家人施救便很好地证明了这一点。

大风来时，鄱阳湖便波涛起伏，变了常态。日本人的到来，对朱赵两家的关系顿时催生了变数，这种变数带来的是人们难以预料的，甚至是带有戏剧性的后果。

第六章 共御外敌

『日本人是心腹大患，村子间的争斗只是手足之痛。』于是矢志同心，以手足之情去心腹之患。然而，当心腹之患去除时，又能续手足之情吗？

余南县陷落

抗战进行了差不多五年，余南的民众在经历了许许多多的焦虑、担心和恐惧之后，许多人萌生了侥幸心理：或许地有神佑，人有大福，鬼子兵不会到余南来了。但覆巢之下，怎么能有完卵？日本人还是来了，带着枪炮、扛着军旗、开着汽艇来了。顿时草动鸟惊，明珠失色。余南城里城外，流言蜂起，有时一日数惊。

自从日本人的汽艇像死神一样在水面上开过，湖上立即变得不安全了。渔家世世代代任意驰骋的湖面已随时可能发生死亡，人们有能力对抗暴风狂浪，但却没有办法对付那夺命的子弹。在湖面上，遭日本鬼子枪击致死致伤的事件时有发生。

这鄱阳湖不仅联结着周边十多个县，而且还是九江到南昌这两大城市的水上通道，其实也是长江与江西许多地方联结的水上动脉。日本人为保证水道的畅通和物资运输的安全，对湖面加强了控制，不时有军舰在湖面上耀武扬威，更几乎天天有武装汽艇像发狂的野马般从湖上飞驶而过。

各类抗日武装则利用湖面、港汊、洲地、芦苇滩，以各种方式打击日本侵略者。鄱阳湖又一次成了战场，湖面上时时阴云笼罩，湖水也变成了灰暗的色调。

日本兵在占领了九江、南昌，又以舰艇控制了鄱阳湖之后，便开始分兵进占湖边人口较多、战略地位重要的县城，余南县城首当其冲。作为驻守在余南县的保安团团长黄中和清楚地认识到：古老的余南和全县数十万民众难免一场浩劫，自己的命运也面临严峻考验。

面对危局，黄中和采取第一个措施是，以县政府的名义发布文告，号召全县各界民众，在大敌当前之时，为救国保家，救亡图存，迅速行动起来，共赴国难，有钱的出钱，有力的出力，同仇敌忾，奋力抗日。文告特别强调，打仗需要武器粮饷，政府经多年战争，已力乏财穷，迫切需要民众捐赠。于是在全县掀起了捐资抗日的浪潮。

仁生想了好久，自己穷得口袋里布靠布，实在拿不出什么可以捐赠的东西。但在这国破家亡的紧要关头，如果没有一点实际行动，不能出一点力量，他心里很是不安，甚至觉得这是一种耻辱。他搜肠刮肚，想起来了，母亲有一只金戒指，这是唯一可以捐出的东西，但母亲能同意吗？

想了好几天，他还是忍着心痛开口了，动员母亲为抗日尽一份力量，捐出自己的金戒指。母亲平时对仁生的话几乎从不反对，这次却是一反常态，表示不愿意。因为这个戒指很不寻常，不仅因为普通人家有件金首饰不易，还因为这金戒指其实是仁生家世代相传的宝物，是赵家的上一代媳妇传给下一代媳妇的，已传了不知多少代。婆婆传不传给儿媳或是传给哪个儿媳，包含着婆婆对儿媳的认可和嘱托，因而戒指的接受者也就同时有了照顾好这个家庭、呵护好这传家宝的责任。仁生妈一听这传家的戒指可能要在自己手中失去，极为伤心，本能地不愿意："仁生，为了这个家，我不能捐这个戒指。捐了，你们赵家的后人都会骂我。"

"妈妈，我理解您的心情，但政府动员大家捐东西，我们家什么都不捐多不好？这是为了抗日救国，没有国，哪有家？"仁生极力想说服母亲。

"国家那么大，那么多人捐东西，就缺我一个戒指？"

"众人拾柴火焰高，大家用力船行快。将来我一定会给您买个更好的。"

"再好的我也不想要，没有什么首饰可以比得上我们家这传了好多代的宝贝。"母亲坚持着，这使仁生也觉得心里十分矛盾和难受。

但，慈爱的母亲经不住儿子苦苦相劝，更不愿看到仁生因此闷闷不乐，只好含泪从手指上退下来交给仁生。在她看来，捐出这戒指与其说是为了响应政府号召，还不如说是为了遂儿子的心愿。

仁生也很清楚地知道这一点，他当然不忍心捐了母亲的心爱之物，但为了响应政府号召，为了打鬼子，只能如此。他同时暗暗地发誓，将来要为母亲买一个更好的戒指，以做补偿。他把戒指看了又看，摸了又摸，捐出去了。

几天后，县政府大院堆满了各类物资，有大米油料、纸币银元、金银首饰、衣被布匹、字画瓷器。

根据情报，日本人将在近日利用汽艇载兵约100人，从湖岸登陆后，沿着通达县城的大路向县城进攻。

黄中和立即召开军事会议，确定如何抗击日军。

会议还没有开始，气氛就显得十分凝重，与会的人走路脚步声轻，说话声低，更没有平时的见面问候与嬉笑。

黄中和首先简要地介绍了情况，也说到了余南的兵力，保安团总共约有300人，如果再动员和组织地方的各类抗日武装，兵力总数可以有500人左右。随后开始讨论。少数人认为，我方人多，地形熟悉，只要士气高涨，布置得当，指挥有力，可以一战。但大多数人持悲观论调，认为正规军都不堪一击，以致日本人从东北打到华北，又从华北打到中南，现在都已打到鄱阳湖了，足见日本人的厉害。保安团虽有几百人，但枪支破旧，军心涣散，没有什么战斗力，各类地方武装更是如此。所以，即使人数多于日本人好几倍，也是战则必败。战败之后，还会有一个可怕的后果，日本人会大烧大杀，损失将难以预料。

两种意见像拉锯似的争论了许久，依然僵持着。

最后黄中和做出决断：日贼犯我，丧尽天良。国家号召抵抗，县政府也为动员抗日专发文告，号召民众抗日，慷慨献捐。军队肩负保卫国家和人民的天职，关键时刻不能畏敌示弱，当舍身用命，以用马革裹尸还的信念，拼杀于战场。否则，愧对国家，愧对民众。

保安团长的一番慷慨激昂之词，顿时提升了士气，也为大家赞赏，纷纷赞同与日本人决一死战。随着便进行了军事布置：在鄱阳湖日军登陆处布防，阻击日军。并决定，把募得的部分物资，分发给保安团士兵，若英勇杀敌而有功者将给予重赏。

下午，黄中和进行战斗动员，并毅然宣布，自己将身先士卒，与兵士一起赴敌，即使血洒疆场，也绝不后退半步。还与士兵喝下血酒，然后部分作战人员作为先头部队立即开拔到日本人必经的叫马背嘴的地方布防。第二天的《余南报》上登出了黄中和讲话的主要内容，并配发了保安团誓师出发，显得无畏而悲壮的照片，全县民众大受鼓舞。

目送先头部队在暮色中离开县城后，黄中和回到了家里。他打开了一只藤制的手提箱，里面塞满的是副官从全县民众捐献物中挑出的比较贵重的东西，其中就有仁生母亲捐献的那枚金戒指。正在这时，勤务兵进来报告，有省城来的客人求见。

黄中和略一迟疑，同意会见来客。来人戴着一顶有檐的帽子，乍一看去很难猜出他的身份，但一只耳朵缺了半边很是扎眼，这人就是朱二。

朱二先做自我介绍，称自己从省城而来，受友人之托，特来拜见保安团长。说着把随身带的公文包打开，从里面抽出四根黄澄澄的各重三两的金条。笑嘻嘻地说："这只是省城的朋友送给县长的一点小意思。"

黄中和扫了一眼那几根金条，又迅速收回目光，然后一本正经地说："有什么话，直说吧。"

那朱二说话有点条理不清，颠三倒四。但最后黄中和听明白了，他是故意绕道拐弯，真实的意思是：日本军队强大无比，中国最富庶的地方已全部陷入日本人之手，中国的亡国只是迟早的事情。日本人后天将进攻县城，别说300多名保安，就是3000名正规军也挡不住皇军的锋芒。识时务者为俊杰，希望黄中和放弃抵抗，这样军队仍然可以保留，县长仍然可以照做。如果武力对抗，不仅县保安团将全军覆没，而且攻入县城之后，将和对许多地方一样，杀光、抢光、烧光。保安团长的结局也自然难以逆料。

一听这番话，在黄中和心里头犹如破鼓重敲。他觉得这缺耳人说的话虽然有夸大和讹诈的成分，但却基本合乎事实和情理。他也很明白，保安团与日军交战无异于以卵去石。但出于内心深处的忠勇报国观念，基于民意，他必须一战，岂能在国难当头时贪生怕死？为此，他的心一直是交织着矛盾、烦恼与痛苦。现在经这人这么一说，他已看得更是十分清楚了，抵抗确实没有实际意义，真的只是死路一条，并且还会累及百姓。他开始更深地琢磨着：生死关头，是进是退？现在这尚有可选择的余地。

不抵抗呢？则还有两条路可走：一是逃跑，二是投降。如果选择逃跑，他将背负临阵脱逃的罪名，并受到追究，且只带着几个亲信一起逃逸又何处安身？逃，当然也可以只身潜逃，但一旦离开了官帽子、枪杆子，那他就什么都不是。不仅自己从小立下的建功立业的大志顿时成烟，在这兵荒马乱的年代，连身家性命都可能一朝了结。想到这里，他是万般惶恐，心跳一下加快了许多。

不抵抗的第二条路就是投顺日本人。一想到如此这般自己将沦为汉奸，成为国家的罪人、民族的败类，他的心立即猛烈地收缩。这不仅是他过去从来没有想过的人生选题，而且曾是他极为卑夷的可耻行为。

朱二似乎看出了他的心思，说："唉，人哪，富贵各不同，全是命注定。谁不想卫国报国，但现在国家在哪里？谁又知道你在报国？像汪精卫这样的大人物不也是跟日本人合作吗？这样或许反倒能尽快结束战争，从而对国家对人民更有利呢。"

这番话说得黄中和有点心动，也和他的潜意识相合。身在官场，他深知政府腐败无能，已如病入膏肓，无可救药。要不然，四万万人的泱泱大国怎么会在小小的日本人面前一败再败，受尽屈辱，人民饱受蹂躏？靠现在的政府，国家是完全没有希望了。因而同日本人合作，或许不仅能保住自己的性命、地位，还可以曲线救国呢？他心中的天平在微微倾斜。

朱二又带着催促的口吻说："已近半夜，省城那边还等待您的答复。县长，您需要尽快有个决断。"

黄中和没吭声，内心如波涛汹涌。

朱二又叹了口气说："我只担心，你吃了日本人的子弹，不仅会使你的儿子成为孤儿、妻子成为寡妇，还会使许多人也同你一样倒在日本人的枪弹之下。并且这种死，既无法阻挡日本人的进攻，也无法保住县城，甚至将来也不会有人记得这里曾发生过一次什么也算不上的小小的战斗，更记不住这战斗中倒下去的是谁。"

这些话，句句很有分量。这朱二，本是一个油嘴光棍，这些年走南闯北，坑蒙拐骗，打磨得嘴里像涂了猪油、舌头像装了弹簧。其实他两年前就通过当日军翻译的表哥投靠了日本人，成了日本间谍。这次日本人经过精心选择，并提供了说辞，特地让他来向黄中和劝降。

黄中和还在沉默中，电话铃响了，副官报告：刚有三个保安团员听闻马上要去与日本人打仗，便开了小差。已打死一个，抓住两个，对抓回来的如何处置？

"毙了！"黄中和说得斩钉截铁。当他说完放下电话，也同时放下了抵抗的决心。军心如此，何以一战？他尽力掩饰自己的颓丧，说："要与日本人合作也要在打一仗之后，日本人不能一枪不发地进入县城。"他故意把"投降"说成"合作"，他在为自己寻找跌落的台阶，寻求心理安慰。

朱二一听有戏，抑制住内心的欣喜，连忙说："你要什么条件，尽管讲。"

"仗还得打，应是我们寡不敌众被迫败退。"

朱二听明白了什么意思，于是二人又商量了一些细节。然后朱二在夜色中匆匆离去。

第二天，黄中和率领前一天未出发的保安团士兵来到了湖边的马背嘴阵地，这是日本人从湖上登陆后进攻县城的必经之路。

"马背嘴"这个地名很有点意思，当地并不产马养马，这地名却与马的动作有关。传说是唐代一位农民起义军领袖，战败后被官军追到这里，因前面是大江大湖无法再逃，便勒转马头，也就是马背过脸来，与官军再战，最后英勇战死，这个地方便由此得名为马背嘴。可见这里是个地势很重要的地方，那地名则有着人们对英雄的颂扬和追念。当地许多民众都希望当代的军人能不负这"马背嘴"的地名，危急关头，能以英雄之气，置生死于度外，和敌人拼死一搏。

一大早，所有的保安团士兵趴在堤边，紧张地注视着湖面，有的人握枪的手在打哆嗦，一个士兵竟然裤裆湿了，黄中和踢了这个士兵一脚，并骂着："真是个废物。"这也更使他明白，保安团的士兵大都是只会吃喝玩乐、无大用处的窝囊废。

汽艇声由远而近，不一会儿，一艘插着日本军旗的汽艇出现在视线之中，后面还跟着一艘。汽艇像一头怪兽，冲开平静的湖波向湖岸无所顾忌地冲过来，并且越来越大，慢慢看得见汽艇前面的甲板上架着两挺机枪。就在第一只汽艇快到岸边的时候，黄中和下令开火，噼里啪啦的枪声在湖面响起，与此同时，日本人船上的机枪也响了。随之第二只汽艇也快速驶来。

这时，阵地的侧面也出现了日本兵。原来日本人并不完全寄希望于朱二的劝降上，担心吃亏上当，做出的完全是真打真攻的军事部署，以求万无一失。已提前让一部分士兵登岸，步行向马背嘴疾进，只用汽艇吸引余南保安团的注意力。到汽艇靠岸时，日本兵便形成了两路进攻之势。保安团的人见湖上有汽艇、岸上有敌兵，一下子吓得魂飞天外，未等黄中和假戏真做，便慌慌张张地爬起身来，提起枪撒腿没命地朝县城方向逃跑。

这时出现了一个小小的插曲：有支十来人的抗日武装听说日本人要在这里登陆，县保安团要抵抗，便急急地赶来助战，刚好正看见日本兵登陆，便立即冲上去对着日本兵开火。虽然武器简陋，没有什么杀伤力，但这可是真打。鬼子没有想到会出现这个情况，有几个鬼子倒在了地上。日本军官立即指挥向这伙穿便衣的武装队伍开火，那十来人的队伍一下倒下好几个，其他人见鬼子火力实在太猛，只好向芦苇丛中跑开了。这一突发情况的发生，使那个叫藤木的日本指挥官大为恼火，并怀疑县保安团是诈降，便命士兵对着穿制服的保安团射击。

保安团无人回击，只是跑得更快。黄中和骑着马跑在前头，士兵舍命跟随。日本兵一边鸣枪，一边紧追不舍。日本兵号称百人，实际不到40人。路上出现了令人哭笑不得的一幕：30多个穿着黄军装的日本兵，追赶着300来个穿着黑军服的保安团，犹如黄狗撵鸭子，惊险又可笑。以致后来当地有民谣曰：

时在五月间，日军来进犯。
保安一个团，鬼子三个班。
放了三五枪，保安全吓瘫。
黄狼追乌鸡，好似戏中看。

保安团逃进城里，还未来得及关城门，日本兵也尾随着进了城，并直奔县政府控制了整个大院，这也就宣告了湖边重镇余南的沦陷。

第二天报纸上登出的消息是：保安团浴血奋战，但因敌我力量悬殊，余南县城已被日军占领。

日本占领军很快发布了一个安民告示，张贴于大街小巷。主要内容有：大日本皇军来中国是为了和中国人一起建立皇道乐土。只要民众服从日本人管理，不对日本人进行攻击，不破坏秩序，安分守己，就可以生命无虞，安居乐业。但如果以任何方式特别是武力方式抗拒、攻击日本人，破坏治安，则严惩不贷。凡对皇军持械攻击或有暴力攻击意图者，一律就地击杀。

朱二领着黄中和对日本指挥官藤木二郎耐心地解释：昨天出现的攻击日本人的事件完全是意外，请太君息怒。藤木也大致知道了是怎么回事，便借题发挥："对皇军必须绝对忠诚，否则就会和躺在湖边的那几个武装分子的下场一个样。"

几天后，日本人又宣布，原来的保安大队改编为皇协军余南县大队，委任黄中和担任大队长，并任余南"维持会"会长，担负和皇军共同治理余南之职责。

通知一出，全县顿时陷入混乱、恐惧、愤怒之中。人们痛斥日本人，也一下看清了黄中和的真面目，并痛骂黄中和之流，罔顾大义，丧失气节，叛国投敌。

在铜钩村，仁生架起了铁砧，拉响了风箱，点着了火炉，他在组织人打造大刀长矛和枪支，准备抗日。师傅教给他的那一门特别手艺可以派上用场了。他还想师傅一定会支持他这样做，甚至还会为他诵经祈祷。有点遗憾的是，原材料很难找到，要打造出一支枪困难重重。

日本人到忠臣庙

驻守在余南县的日军在这里的主要任务有两项：一是控制余南这战略之地，打击鄱阳湖边的抗日武装，确保鄱阳湖水道安全畅通；二是充分利用这湖边粮仓，为驻扎在南昌一带的日本大部队筹集粮食。

黄中和带着保安团投降，给了他极大帮助。在从军事的角度对县城及附近地区进行了控制，又进行了一番"扫荡"、清剿抗日武装之后，藤木便带着日本兵开始在水面上进行巡视。

插着膏药旗的汽艇在离岸不远的水面上徐徐开行，藤木拿着望远镜四边搜索。每一个湖汊、每一片芦苇、每一座汀洲，他都看得十分仔细，还不时通过翻译向随行的朱二进行询问。朱二因为劝降有功，又是当地人，日本人除了给了他一笔赏钱外，还给了他一个县"维持会"副会长的头衔。

藤木发现了屹立在湖中的康郎山，既而又发现了上面的忠臣庙，便向朱二了解情况。朱二把知道的情况认真叙说，藤木立即对康郎山和忠臣庙有了兴趣，便命令汽艇向康郎山驶去。

艇一靠岸，一个日本兵首先跳到岸上，准备接应藤木下船。不料那朱二却抢在藤木之前下了船，在船边做出迎候、搀扶藤木的样子。那个日本兵立即扬起巴掌向朱二的脸上扇了过去，还飞溅着唾沫星子骂道："八格！"

在这个日本兵看来，朱二抢在藤木前下船是很失礼的行为，你怎么能走在皇军长官前面？所以要给他一点教训。朱二真是拍马屁拍在了马蹄上。这一掌力量可不轻，朱二直觉得眼冒金星，口里有热乎乎的东西，忍不住往外一吐，吐出来一大口红多于白的液体，接着又吐了几小口，吐完后他便捂着脸闪到一边。

藤木昂首挺胸拾级而上，走到忠臣庙的大门口停下脚步，看了看上面的匾额，他轻声念出了"忠臣庙"，看来他认识许多汉字。进入庙门之后，他又把还捂着脸的朱二叫到身边，问柱子上的一些对子是什么意思。朱二没有这个能力，因为他只念过三年书，这使他十分后悔小时候为什么不好好念书。

这个时候黄中和的知识便很好地派上了用场，他详解楹联的内容，藤木通过翻译了解意思后，不时频频点头。在听了黄中和解释"同一腔义肝忠胆悬日月，秉千代仁风义雨洒湖天"一联后，他先以敬重而后又转为蔑视的口吻说："你们中国人能有这36个忠臣的精神，对国家'义肝忠胆'，就不会像今天这样国破兵弱了。"

过了一会儿，藤木又问道："这里过去叫祠，现在叫庙，祠和庙有什么不同？"

朱二抢着回答说："开始是祭奠逝世者的地方，所以叫祠。后来人们认为这些被祭奠的忠臣也是神，所以改叫庙。庙是祭奉神灵的地方，就像日本国在神社供奉天照大神一样。"

"你最后一句说的什么？"藤木脸色大变，瞪着眼睛问，那眼神犹如锥子直逼朱二。

"就像贵国在神社供奉天照大神一样，"朱二本能地重复了最后一句话，但他改了几个字。因为他见藤木面现怒色，认为应说"贵国"，不应说"日本国"。

不料藤木变得更加生气了，横眉竖目，嘴唇紧闭，那仁丹胡子微微颤动，一只手还下意识地抓住了腰间佩刀的手柄。黄中和、朱二都吓了一跳，却并不明白这位日本军官为何会如此动怒。

原来，天照大神是日本人普遍信奉的神灵，在日本人心中有着十分崇高的地位。今天朱二竟用从表哥那里趸来的一鳞半爪，外加自己的臆断，在日本人面前讨好卖乖，直呼"天照大神"之名，并与忠臣庙供奉的神像类比，使藤木觉得这是极大的冒犯，这些中国战死的将领怎么能和大日本的神祇相提并论？所以他无名火起。也许藤木觉得在这个带有庄严气氛的神殿里不便发作，只是说了声："你的不要胡言！"

继续前行。藤木来到了忠臣庙的第三进，这是供奉36位忠臣神像的大殿。他看得似乎更仔细，当他知道了韩成、丁普郎等大将的事迹时，竟然连连点头，还"啪"的一个立正，并向神像深深地鞠了一躬。众人见状，也纷纷仿效。随行的中国人又觉得很难理解，这个日本人居然还会对中国的英雄塑像表示敬意？殊不知，膺服英雄，欺凌弱者，恰是日本人的典型性格之一。

黄中和站在那里，目光专注地停在他很感兴趣的两个香炉上。这是他一直十分想得到的东西，宝物依在，他已向朱二布置过了，也许那两件东西很快会成为他的收藏之物。

就在众人转身离去的时候，那朱二走到韩成、丁普郎的神像前，动作麻利地把供在神像前的两个香炉里的炉灰倒掉，然后揣在怀里。这恰被藤木不经意回头时看见了，他大喊了一句："朱二，你的干什么？"

朱二慌慌张张地跑了过来，低垂着头，一言不发。

"把你藏在身上的东西拿出来！"藤木口气严厉。

朱二只好乖乖地从怀里掏出一个香炉来。他心里还侥幸着另一个香炉也许可以留住。

"连神灵面前的东西你也敢拿？你是一个十足的中国猪猡。"藤木训斥着。

"我只是想取了这个东西送给太君。"朱二在鬼子面前耍心眼、抖机灵了。

不料藤木更火了："胡说，胡说！你竟然不仅亵渎神灵，还亵渎皇军。"

又是那个打了朱二一巴掌的日本兵，抡起枪托照着朱二发力打了过去。朱二本能地躲闪，枪托打在脖子上，他"哎哟"了一声，便踉跄了几步后"扑通”倒在地上，另一个香炉也从他怀里掉了出来。

藤木似乎依然怒气未消，又狠狠瞪了一眼倒在地上的朱二，然后走出庙门，登上汽艇继续航行。

藤木看见一些大大小小的渔船在湖上捕鱼，便对黄中和说：“这些渔船会对水道构成危险，还可能被武装分子用来袭击皇军。所以对渔民要颁发准予到湖里捕鱼的证件，并限制渔船的数量。”

听到这里，黄中和心里是十五个吊桶打水——七上八下。今天他见到的日本人的行为方式实在有些令他难以理解。他们对忠臣庙供奉的勇士怀有敬意，而对渔民的生计毫不在乎，对朱二更是那样的粗暴无礼、视若猪狗，他判断朱二可能已命丧黄泉。兔死狐悲，他担心自己的下场也将会和朱二一样，开始有些后悔当时的选择。

“黄大队长，那靠近水边的是什么村庄？”

黄中和定了定神，又朝那村子看了看。这个村子他去过，是铜钩村。藤木把铜钩村标到了地图上。在后来的航行中，藤木又在地图上标了一些其他近湖的村庄，其中包括铁网村。

在结束巡游后，藤木在地图上又指指点点了一番，然后说：“为了确保鄱阳湖水道的安全，防范武装分子利用这些村子为掩护，向皇军发动攻击，这些靠近湖边的村子的村民都应离开，必要时要让这些村子消失。”这使黄中和吃了一惊。

在登岸返回县城的时候，黄中和又朝康郎山忠臣庙方向望了几眼，这次他不是在想那两件铜炉，而是在想那朱二现在怎么样了？因为窃取香炉是自己交代朱二做的，他很有些负疚。

朱二现正在生死弥留之际。他被日本兵用枪托击中后，颈椎断裂，在昏死一个多时辰后，慢慢开始有了意识。忽见前面晃动着几个人影，他无力大声呼救，只是用尽力气“哼哼”，好像一只受了重伤的猫一样叫着，以期引起来人的注意。

来人中为首的是朱继元。他听说日本人到过忠臣庙，十分担心忠臣庙受到破坏。日本人走后，他带着人、划着船迅速地赶了过来。刚进庙门，便看见在大殿里躺着一个人，旁边还散落着两个香炉。

他近前一看，认出来了，这人是朱二。朱二使尽全身力气说着："保长，日本人打伤了我，救救我。"要是在别的场合，朱继元也许不会理会这个令他厌恶的家伙。但今天是在忠臣庙，又听说他遭到日本人的伤害，且真的生命垂危，便动了恻隐之心，吩咐金根等把朱二抬到船上。

他自己则在庙里庙外，反反复复地仔细察看。发现除了两个香炉挪离了原来位置外，整个庙没有任何损毁，便把悬着的心放了下来。同时又觉得很有些奇怪：杀人、放火、抢劫，无恶不作的日本兵为什么竟然放过了忠臣庙？怪哉！

他把离位的两个香炉放回原处，回到船上。把船撑开后，他想看看朱二的情况。但问了几声，朱二也没有应答。再近前细看，朱二双眼紧闭，已经没有气了。这可怎么办？几个人合计起来，认为最好的办法只有一个，把他的尸体扔进湖里。因为尸体留下，接下来还有一个如何处置的问题，并有可能招致麻烦，不如一扔了之。

这个在别人看来神神秘秘、莫名其妙地生活着的朱二，最后也莫名其妙地死去，又稀里糊涂地见了龙王，不知这是命中注定还是咎由自取？朱继元心里的评判则是"尴尬人难免尴尬事"。

铁网村劫难

渔民十分熟悉、世代亲近的鄱阳湖变得有点陌生了，时时处处蕴藏着重重风险。有时正在捕鱼时会受到日本人的驱赶、查验，有时突然会有呼啸着的子弹飞来，让人流血、死亡。但渔民们离不开湖水，就好像婴儿离不开母乳，所以渔民们还得冒着风险向风里浪里行。这时的一大变化是，渔民们不再单船行动，而是成群结队出湖，这样不仅能相互壮胆，还能在危难时互相救援。每次都是心惊胆战地出湖，避灾躲匪般地捕鱼，然后满怀庆幸地回家。真是天天过的都是提着心悬着胆的日子，但还有远比这可怕的时候。

这一天，仁生又和大家一起出湖了。收获还不错，从钩上取下的鱼大大小小有好几十斤，其中有一条七八斤重的大鲤鱼。当他们返家路经靠近铁网村的水面时，忽然见村中火光冲天，浓烟滚滚，呼救声、哭喊声、断喝声、咒骂声响成一片，一直传到船边，并还能听见单发或连发的枪声。这一切表明，鬼子进了铁网村，正在烧杀抢掠。又见一只小船向仁生他们驶来，船上的人不停地挥着手，大声哭喊着："做做好事，帮忙救救朱家人吧。鬼子正在杀人放火，太狠毒了。"

仁生停住桨后对大家说："鬼子在铁网村烧杀，我们不能袖手旁观。走，去救援。"

"我们无枪无弹，能做什么？"勇生问。

"到那儿见机而作。救救火，救救人也算尽一份力。"

仁生便让年轻力壮的跟他去救人，其他人先回村。

大家奋力向铁网村划去。快靠岸的时候，发现岸边停靠着一艘汽艇，有一个士兵在持枪看守，看来日本兵是乘着这只汽艇来烧杀的。

仁生很快有了一个想法，守艇的鬼子只有一人，要想法夺下这艘汽艇，便向飞天拐子和勇生轻声做了布置，然后把船向汽艇划去。但看守汽艇的日本兵警惕性很高，嘴里叽里咕噜地喊着，并端起装着刺刀的枪不停地比画着，示意渔船不要靠近，并赶快离开。

仁生让其他的船慢慢地散开，又叫飞天拐子和勇生悄悄下水，以仁生的船为掩护，随船向鬼子靠近。仁生从船舱里提起一条大鲤鱼，接着用双手抱住，向那艇上的鬼子示意着：买不买鱼？鬼子看来对这条漂亮的大鲤鱼有了兴趣，又看见其他船散开了，觉得不会有什么危险，便用枪指着仁生，还招招手，哇啦哇啦地说着什么，仁生自己的翻译是：鱼的拿来。

仁生的船徐徐地向鬼子的汽艇靠近。还有一丈多远的时候，鬼子用枪对着仁生，一边哇啦一边比画，意思是把鱼扔上汽艇，船不要靠近。

但这下可由不得鬼子了。仁生对隐藏船后的飞天拐子和勇生喊了一声："推！"然后用力把手中的鱼向鬼子抛了过去。就在鬼子躲闪的瞬间，渔船箭一样冲向汽艇，仁生趁势一跃上了汽艇，并向鬼子扑去。

鬼子的枪响了，但子弹不知飞到哪儿去了。仁生和鬼子扭作一团，并跌落到水里。正好飞天拐子和勇生赶到，三人把鬼子死死地按在水里，一串串水泡从鬼子的嘴里冒出水面。过了一会儿，水泡不再冒了，这个鬼子走水路回东瀛老家了。

仁生把停在不远处的几条渔船叫了过来，留下飞天拐子和祥生在船上，叫他们尽量把汽艇砸坏捣烂。自己则带着其他人往村子里奔去。

飞天拐子二人把汽艇推到湖面上，尝试着驾驶这汽艇。他想如果会使这洋划子，将来可大有用场。但很快发现，这汽艇完全不像渔船那样听使唤。飞天拐子把方向盘前后左右倒腾，船也没有什么反应，只是稍微晃晃而已。鬼子开动这汽艇的时候，艇上会发出“突突”的声音，艇后面会翻出小浪呀？但他鼓捣了半天，既没有听到“突突”的声音，也没看见翻腾的浪花。祥生也脚踩手扳，试了好一会儿，这汽艇还是一点也不听话。飞天拐子骂了一声：“他娘的，这东洋来的玩意儿还认生。既然老子用不了，你鬼子也别想再用了。”

二人知道鬼子烧杀完，肯定还会回到艇上来。事不宜迟，便从船上拿起凡是能用来砸船的物件，把艇上所有的地方通通砸了一遍。玻璃破碎，门窗断裂，船体变形，连方向盘都砸了个歪七扭八。然后又把船推到湖中间，任其漂荡，二人则坐在自己的小渔船上意犹未尽地看着。

祥生是个比较心细的人，他忽然想起，鬼子的汽艇是靠汽油开行的，艇上肯定有油，有油就可以用火攻，火烧赤壁、火烧连营都是平时津津乐道的故事，这次何不来个火烧日本汽艇？他们又回到艇上，找到汽油，然后泼在舱里舱外。飞天拐子取出自己吸烟取火的火镰，经过三五下有力地敲打，火星飞溅，棉纸点着，用嘴吹出火苗，扔到甲板上，顿时烧起大火。

二人快速游回自己的渔船，像欣赏美丽的焰火一样看着那大火燃烧。火烧了一阵子后，艇上连续响起了巨大的爆炸声，汽艇立即断裂成四五截。原来，在汽艇甲板下面的底舱里还藏有武器弹药。飞天拐子对着祥生十分懊恼地说：“可惜可惜！早知道船舱里有武器。先取出来就好了。”

“是啊，可见做事不能太急。”祥生说。

飞天拐子点了点头。他又一次感觉到了脾气坏、性子急的害处。

再说仁生带了几个人冲进了一家院落。一看，觉得似乎来过这个地方。对了，这是朱继元的家，院子里正在发生着惊心动魄的一幕。

原来，鬼子进村后，便两三个人一组，分头到各家各户，抢掠杀戮。进到朱继元院子里的有三个日本兵，没有逃走的朱继元站了起来，或许他想与日本人说点什么，但一个鬼子什么也没说，犹如凶神恶煞，对着他就是一刺刀捅了过去。朱继元虽然年过半百，但依然身手敏捷，加之年少时练过武术，闪身躲过。

那一直“嗷呜嗷呜”吼叫的黄狮，“呼”的一声前脚腾起，后脚一蹬地，龇着一口尖锐的牙齿扑了上去，一下便把那要刺杀朱继元的鬼子扑倒在地，然后以它锋利的牙齿和强劲的双腭死死地咬住了鬼子的脖子。另一个鬼子见状，本想开枪，但怕误伤了倒在地上的同伙，便向前一个突刺，亮晃晃的刺刀捅进了黄狮的腹部，鬼子又用力一挑，黄狮倒在鬼子的身边，痛苦地挣扎，发出“呜呜”的惨叫声。那个鬼子走向前，又对着黄狮开了一枪。黄狮挣扎了几下，它的舌头一下变得很长，从口中伸了出来。嘴里开始流出来的是无色的液体，既而流出来的是鲜红的血液，它又抽搐了一小会儿便不再动弹。这大黑狗真是一条义犬，以死报答了主人，并且也得哀荣，有一个被它咬死的鬼子殉葬。

这时小鲤大喊一声：“爹！”拿着一根扁担从屋里冲了出来。

那高个的日本兵一声狞笑：“哈哈，好极了，又有一个花姑娘子。”便在低个的日本兵面前叽里呱啦了几句。

然后，两个日本兵分别用枪抵住朱继元和小鲤，比画着要他们脱去衣服。父女俩明白了什么意思，感到分外屈辱，与鬼子怒目相对。

朱继元双目圆睁，大声喝问：“你们真是禽兽不如。难道你们日本有这样的风俗？”

大个子日本兵显然没听明白这句话的意思，便连连说：“哈意，哈意。”并用刺刀挑开了朱继元的衣服。

另一个日本兵则忍不住说了一句：“不是这个意思。”

嘍，日本兵居然能说地道的属当地口音的中国话。原来，这人是那个当年曾和仁生在监狱里“同窗”的土匪，后来不知怎么从大牢里出去了，也不知怎么又摇身一变成了日本兵。说完话，他又赶忙说了几句谁也听不懂的日本话，为的是掩饰自己中国人的身份。既而又放下手中的枪，抱住小鲤，要强行撕扯她的衣服，小鲤拼命挣扎。

恰在这时，仁生带人从门口冲了进来，大喊："小鬼子，住手!"

大个子日本兵转过身来，就要扣动扳机，那朱继元趁机在后面一猫腰，抱住日本兵的双腿，又用肩猛顶鬼子的臀部，鬼子"扑通"倒地。朱继元又顺势用力往后一拖，鬼子的脸蹭在地上顿时皮开血流。仁生冲上去又对着鬼子的脑袋猛力踢了一脚，又在他脖子上来了一阵鞋踱蚂蚁，鬼子昏死了过去。朱继元抓起院子里的石锁，把鬼子砸了个脑浆四溅。

那个假鬼子见状，急忙放下小鲤去拿枪。小鲤在后面一扁担横扫过去，假鬼子摔了个猪拱地，门牙掉了好几颗。见到已有四个人对他怒目而视，转而连声哀求："饶命，饶命，就看我也是中国人的分上，放我一条生路。"

"你也配做中国人？他娘的，你连我的狗都不如!"朱继元用平常很少说出口的粗暴语言将这个假鬼子厉声痛骂。

勇生上去，骑在他身上，用双手像铁钳一样卡住了他的脖子，并一上一下地使劲把这假鬼子的脑袋往地上磕。小鲤也照着假鬼子的屁股、双腿用力地打了好几扁担。假鬼子挣扎了一会儿，就一动不动地成了一堆肉。

小鲤看见仁生，喊了一声："仁生哥!"她几乎要扑到仁生的身上，但看见父亲在旁边，只好强行阻止了自己，擦着不知是喜还是悲的眼泪。

这时，湖边传来巨大的爆炸声，这是飞天拐子和祥生引爆了汽艇。藤木担心汽艇出事了，便指挥号手吹起集合号，列队奔向湖边。但见那汽艇已被炸成几截，在离岸十几丈的水上熊熊燃烧，旁边漂浮的是那个守艇士兵的尸体。藤木气得连连跺脚，便抽出指挥刀，指挥士兵向汽艇周边的水域和附近岸边的草坡丛林猛烈地射击了一阵，以解恨泄气。他又猜度着：杀了守艇的士兵又炸了这汽艇的是什么人？莫非是什么武装？这里不可久留，便下令立即撤走出村。没有了汽艇，鬼子只好从陆路返回县城。

仁生和朱继元四目相对，但双方什么都没有说，彼此不冷不热地道别后，仁生又到附近人家帮助救火。待全村的火差不多都灭了，才驾船返回了村子。

打造锁船铁链

鬼子按计划陆陆续续进入湖边的一些村子烧杀抢掠，铜钩村却一直未遭厄运，好像是被鬼子遗忘了。但铜钩村没有这么幸运，就在时间一天天过去，人们既担心又庆幸的时候，可怕的苦难轮到铜钩村了。

藤木把黄中和及一些伪军带在了身边，没有使用汽艇，而是绕道从陆路向铜钩村进发。

铜钩村已有所防范。在村口大树上瞭望的祥生发现鬼子和伪军的队伍向村里奔来，立即敲响了手中的小锣。于是全村男女老少立即紧张地走出家门，按照预定的安排，一部分人离开村子朝村后的丘陵上跑，一部分人则登上备好的船只，往鄱阳湖里的芦苇丛中藏。不一会儿，铜钩村便几乎成了空村。

仁生安排大家撤离之后，想乘最后一艘渔船离开，但船已超载，他便弃水路而改陆路，准备跑往村后丘陵的树丛里。但已经来不及了，他发现鬼子和伪军已分成几路开始进村，此时如果奔跑，就只能成为活靶子。他退到家里，觉得也无处藏身，被鬼子翻箱倒柜地搜出来，肯定凶多吉少。他索性打开炉子，拿起铁钳铁锤，像平常一样，叮叮咚咚地开始打铁。

鬼子和伪军们进村之后，发现全村空荡荡的，便闯进各家各户，见值钱的东西就拿，尤其是粮食，统统搜罗出来，装进随军带的麻袋里，再集中在一起，准备运走。

藤木带着几个鬼子兵从一户人家出来后，听见附近的一座房子里传出孩子的啼哭声，他循着声音来到了这户人家。这是义生家，义生一大早到锣鼓山镇卖鱼去了，还没有回来，因义生娘想给孙子带上一点吃的东西而耽误了出村的时间。此时家里还有义生媳妇，这媳妇就是仁生帮助提亲的那曹家的姑娘，那正在哇哇哭叫的是义生不到一岁的儿子。

藤木朝屋里看了看。一努嘴，一个兵士立即冲向前去，到义生媳妇手里去夺孩子。义生的媳妇哪肯放手，拼命护住自己的骨肉，但鬼子兵还是抓住了孩子的小腿，用力争夺，义生媳妇怕扯坏了孩子，只好松手。

义生娘见孙子被鬼子夺走，立马血冲上头顶，心提到喉咙，火喷出双眼，操起手边切猪草的长刀猛地朝那鬼子砍了过去。那鬼子腰间着刀，鲜血直往外喷，便把孩子扔到了地上。义生娘赶忙去抱孩子，这时藤木的手枪响了，义生娘倒在了血泊之中，她还挣扎着向自己的孙子爬去，身子下，鲜血淌了一地。藤木又走向前，连发两枪，然后收起枪，把已吓得魂飞魄散的义生媳妇拖进了屋里，接着响起的是义生媳妇撕肝裂胆的喊叫声。

另一个鬼子见义生的儿子在地上蹬着小腿不断地哭闹，端起枪，把刺刀插进了孩子的双腿之间，然后举起来，一边嬉笑着，一边在空中旋转着玩乐，再又一用力，把孩子摔出好远。

藤木发泄完兽欲，又招呼那个杀死孩子的鬼子进屋。随后传出的是义生媳妇已变得嘶哑无力的哭骂和惨叫。

藤木带着黄中和等来到了仁生家的院子里，见仁生正在汗流浃背地打铁，觉得很有些奇怪，这是他在村子里见到的唯一一个成年男子。

“你的，什么的干活？”藤木用明晃晃的指挥刀指着仁生喝问。

“打铁的。”仁生回答，并亮了亮手中的铁锤。

“全村人都跑了，你为什么不跑？你的不怕皇军吗？”

“不怕，一点儿也不怕。”仁生的话语里暗藏着几分轻蔑。

“为什么？”藤木瞪着眼睛问。

“我在县城的安民告示上看到，说皇军是来和我们共建皇道乐土的，所以不用怕。”仁生说着，把手中的锤子握得更紧。

“啊？”藤木想不到对方做了这样的回答。他转身问黄中和：“你觉得这个人怎么样？是良民吗？”

黄中和知道，自己的一句话就可能决定仁生的生死。刚才见了日本人的暴行，他已极度不安，这时他不能为虎作伥。还有，这位年轻人对自己可是有救助之恩，现在正是一个回报的好机会。便回答说：“这个人我认识，良民。”

“为什么他打的铁器里面有大刀等武器？”

黄中和解释说：“这个我明白。是为了和邻村争夺水域而进行械斗，这种争斗进行了几百年。我还处理过他们的官司。”

“你们中国人为什么要这样自相攻杀？并且还延续了几百年？我实在不明白。”

藤木又审视了一回仁生，见他年轻力壮，还会打铁，好像想起了什么，便说了一声："带走！"几个日本兵一拥而上，把仁生的双手捆了个结结实实。

日本兵把家家户户的粮食、猪鸡鸭鹅抢了个精光，然后点燃了多幢房子，出村而去。

躲在村外的村民见鬼子走了以后，发狂似的跑回村里，先救灭了大火，又各自回家清点、整理已变得乱七八糟的家。

仁生妈见儿子好半天没有回来，由期待变为担心，由担心变为恐惧，既而流泪跪在自己供奉的佛像前，祈求神灵护佑仁生平安归来。

仁生被抓进城里后，关在了日本占领军的总指挥部——余南县衙里，这是他几次来过的地方。

第二天天刚蒙蒙亮，翻译官把他带到了一间棚子里。这是一个用杉树木柱木板临时搭建的打铁作坊，一个人正弯腰挥锤在"叮叮当当"地干活。仁生一看，身形很熟，原来是自己的师弟曹加庆。因为翻译官在旁，二人不便相认，只是彼此会意地点了点头。翻译官告诉仁生：你和他在一起，负责打制皇军需要的铁器。仁生听出这翻译官虽然讲的是官话，但明显有余南口音，便问："你是哪人？"

"好好干你的活，把嘴收紧些。"这个翻译官正是朱二的表哥。

翻译官走后，二人这才如劫后重生般地互相问候，并开始谈了起来。真是道不尽的磨难、倒不尽的苦水。原来，曹加庆在师傅出家后，便自己开了一个小店面，勉强维持着生计。日本人占领县城后不久，便把他从铁匠铺里连同打铁的家伙一起带到这里。干的活是五花八门，钉马掌、打三角铁，打制大件的铁桩、铁拒马，有时也打造生活用的刀具、火钳、铲子等等，几乎是天天汗湿衣衫，时时担惊受怕。这几天鬼子不让他干别的活，只让他打造铁链，并一再催促加快速度，看来等着急用。

需要赶制铁链，这正是藤木把仁生抓来的原因。

仁生和加庆便按照鬼子的要求，开始打造铁链。这不仅是很费工夫的力气活，还是需要技艺的技术活。鬼子几乎每天催迫两三次，要求抓紧时间。仁生一边挥动铁锤，一边在想，鬼子要这铁链、又要得这么急，要做什么用呢？

他又拿起一截加庆打好了的铁链仔细看了看，发现这铁链不过五六尺长，一端是环，一端是钩，看来是要把什么东西联结起来。他忽然眼前一亮：这是联结和固定船只用的，把这些铁链装在不同的船上，就可以使或大或小、或前或后的船固定在一起，不仅平稳，而且还可以抗击风浪，这和《三国演义》中赤壁大战时曹操把战船连环完全是一样的办法。他进而又想，为什么要把船只联结起来？难道日本兵要在水上作战？不可能。那就是用来运东西，他又想起日本鬼子在村中大肆抢夺粮食。对了，极有可能是要用铁链把装粮食的船联结起来，这样一可抗击风浪，二可便于押运。

正在这时，翻译官又来了，他推了推压在头顶的帽子，吆喝着："别歇着，抓紧、抓紧！"

"为什么要得这么急？"仁生擦了擦汗。

"这不是你能问的。你不想要脑袋吗？"

"那既然要赶进度，能不能减少锻打，这就会速度快一点，虽然强度可能稍差一些。"仁生在试探。

翻译官立即呵斥："这绝对不行。这铁链要抗得起大风大浪才行，强度不能降。"

回答翻译官的是叮叮当当的打铁的声音。翻译官骂骂咧咧地走开了。

仁生从翻译官的话中印证了自己的判断，鬼子果然是要用铁链联结船只，以抵御风浪。那好，小鬼子，我们就得给你来点好看的，且看你如何抗击大风大浪？到时准让你链断船翻。于是两人把每条铁链都安装上一两个未经锤打、易断易裂的○形环，连已经打好的铁链也如此这般地加以处理。

这些天早上，仁生看见出操的日本兵好像越来越少，前几天有二三十人，现在好像不到十个人，连续几天都是如此。莫不是别的地方战事吃紧，日本兵大多数被调走了？他想，如果趁这个时候，组织人马在夜间突袭日军指挥部，一定可以把这个鬼子窝给端了。可惜，没有人知道这些情况，也没有人去进行组织。本县几支抗日武装力量薄弱，没有像样的武器，且分成几拨，互不统属，都是各自为战，东一枪，西一枪，无法打像样的仗，更无法利用这样的好机会痛打鬼子。

十几天后，鬼子兵通知停止链条的打造，意味着这项工作进行完毕。但不知道为什么，也没有布置新的任务。仁生观察着鬼子的下一步动作，也在思谋着自己的行动。

晚上，三个鬼子兵开来一辆汽车，叫仁生、加庆把打好的铁链装上汽车，并叫二人也跟着上车。汽车轮子转动，在黑暗中出县城、上马路，一直开到了湖边。只见那里停着一艘汽艇，不用说是特地调来执行任务的。铁链移上汽艇后，汽艇迅速离岸，不多一会儿开到了一个僻静的湖汊。在这里，大大小小停泊着二三十只渔船，在朦胧月色下，那些渔船互相拥挤着、碰撞着，任由湖浪拍打着，听起来发出的是带着呻吟的声音。

鬼子兵让仁生二人把每一只船上都放上铁链，然后横向两只连在一起，纵向则所有的船连在一起。半圆的月亮时隐时现，二人便就着那半明半暗的月光敲敲打打地干了起来，有时惊得岸边林子里夜宿的鸟声声叫唤，那大概是鹈鹕的叫声，犹如哀号，让人毛骨悚然。用铁链连好船后，一数，一共13对、26条船。很像一条水上长龙，随着波浪低昂，倒是显得很有气势。

这时候天色微明，仁生起身舒了口气，又用手抹了抹脸上的汗。他发现，岸边不远的地方便是龙泉寺，那是师傅修行的地方，心里油然觉得有几分亲切。很想去看看师傅，不知他现在怎么样了。更重要的是，自己必须逃离，因为现在活干完了，鬼子随时可能将他们杀死，况且他还想着组织人袭击这将会出现在湖面上的船队。

这时鬼子们已回到艇上，招呼他们上艇回返。仁生不管鬼子能否听懂他的话语，装出很认真的表情，并指了指船上拴好的铁链说：“为了保险起见，还得再认真地检查一遍。”

他又轻声告诉加庆“准备跑”。然后俯下身，装作检查各船的链条，这边敲敲，那边打打，从船头一直查到船尾，这时离鬼子的汽艇已有二三十丈远了。仁生喊了一声：“跑！”二人便扔了手中的家什，向岸边的树林子飞速跑去。

在艇上的鬼子便手忙脚乱地拿起枪，跳下汽艇，边开枪边追了上去。发现仁生二人分头奔跑，鬼子便也分成两路追赶，其中两人追赶仁生。

仁生越草坡、穿树木，转眼到了龙泉寺边，耳边有子弹“嗖嗖”飞过，便一闪身进了龙泉寺。他见师傅和几个和尚正身穿僧袍、头戴僧帽，在烛光里双眼微闭，端然而坐，和尚们在做早上的功课，正在坐禅呢。他顾不得佛殿的庄严与肃穆，急急地说：“师傅，后面有日本兵追我。”

师傅似乎一下变得行动敏捷，他迅速地从自己的僧舍里取出一套僧衣僧帽和一双麻鞋，交给仁生：“换上！”

仁生换好衣服，刚在师傅身边坐好，两个日本兵已端枪以搜索的姿势进入了佛寺。打量了一下佛殿，便吼着：“刚才进庙的人在哪里？”但和尚个个犹如木雕石像，无人应声，只有那燃烧的蜡烛偶尔轻轻“噼啪”作响。

那两个日本兵也知道问不出什么结果，又见僧人正在做功课，便逐屋进行搜查，几乎连门缝都看过了，什么也没有发现。他们又回到大殿，对每尊塑像都认真观察，也没有发现什么可疑之处。又看了看每个头戴僧帽、身穿袈裟、正在闭目打坐的和尚，两个鬼子有了主意，要这些端坐诵经的和尚一个一个地摘下帽子，做仔细地辨认。

当一个鬼子把手伸到第一个和尚面前时，和尚以手挡住，连说：“不可，不可。”并指了指那高大的如来佛像。

但那日本兵并不理会这些，强行逐个辨认。就在鬼子兵走到仁生面前的时候，慧空师傅突然起身，打开大殿的后门，快步走了出去。两个日本兵一见，立即跟着追了出去。

仁生知道师傅是在引开鬼子，掩护自己，便“霍”地站起身，冲出大门，然后改为奔跑，消失在晨光之中。

那两个鬼子追上慧空师傅，喊着：“你的什么的干活？”

“我需要方便，很急！”慧空师傅一边说着，一边解裤子，并打开了茅厕的木板门，走了进去。

鬼子仔细一看，发现这并不是他要找的人，扇了扇鼻子，对着蹲坑的慧空就是一枪托。然后再返回庙里找人，发现打坐的和尚中少了一人，便冲出大门寻找，但远近空荡无人，见到的只是早晨薄薄的轻雾，弥漫成一片，一轮红日在云雾中慢慢升起。

鬼子就近搜索了一阵，复又回到大殿，追问刚才逃跑的人哪里去了。但鬼子听不懂和尚的话，和尚也听不懂鬼子的话，真好比聋子对哑子，各说各话，气得两个鬼子哇哩哇哩直喊。

鬼子认定刚才从后门跑出去上厕所的和尚最为可疑，决定把他带走。近前一看，那和尚已直挺挺地躺在厕所里，口吐白沫，连裤带都没有系好，看来刚才一枪托太重，打死了，鬼子只好作罢。两个鬼子担心汽艇像上次一样被炸，不敢久留。但他们对寺庙、僧人，却也不肯轻易放过。鬼子相互咕噜了一阵，最后把庙里的杂物点着了，才匆匆地回到汽艇上。

这时，追击曹加庆的鬼子也一无所获地回来了。三个鬼子只好无奈地开着汽艇离开。

被女人耍了

三个鬼子兵急急忙忙地回到指挥部，向藤木报告情况。藤木一听两个铁匠都跑了，顿时火冒三丈，拍着桌子大骂："你们统统的混蛋！"

藤木原来的打算是待两个铁匠回来后便把他们杀了，免得走漏消息，如今却偏偏让他们给跑了，怎么能不气恼？但这已无力顾及了，因为上级的命令已到，要他火速启运粮食到南昌。现在最要紧的是如何把抢夺的粮食顺利运到目的地，但湖上绝不会风平浪静。

藤木在办公室来回踱了一会儿步，便打电话把黄中和叫到了跟前。他首先厉声喝问："你担保那叫仁生的铁匠是良民，可现在他跑了？"

黄中和看那藤木气急败坏的样子。心想：抓来的人跑了这不是家常便饭吗？两个铁匠跑了还值得大惊小怪？

藤木又接着说："他知道了我的军事秘密，所以他跑了会对皇军构成威胁。"

原来如此。黄中和小心翼翼地问："是什么秘密被他知道了？"

"这个你不要多问。"藤木在空中向黄中和推了一下手掌，他不愿让黄中和知道运粮的事情。

藤木瞪圆了眼睛，几乎是一字一顿地说："是你担保他是良民，你也认识他，你必须在两天之内把那两个铁匠给我统统地抓回来。"

黄中和这下可犯难了：上哪儿找那仁生？再者说，在亲眼目睹日本人的多次暴行后，他越来越后悔投顺日本人，越来越不愿助敌为恶，当然他也就很不愿去抓捕仁生。但，又不能抗拒，便敷衍着说："我尽力去搜捕。"

“不是尽力，而是必须抓到。你的明白?”藤木手心向上，做了个五个指头慢慢攥成拳的手势。

黄中和没有再说什么。他明白，再说什么不仅无济于事，弄不好还可能招致这个东洋人的侮辱。

黄中和离开藤木办公室后，已时近黄昏。在稀稀疏疏的灯火中，他走街串巷，然后敲开了一户人家的门。开门的是曹春娥，见是黄中和来了，很是高兴。关上门后，两人便是一阵亲热。

原来，这曹春娥得知灰鲇鱼死去后，很是难过了一阵，不仅寂寞难耐，更重要的是衣食没有了来源。一个偶然的机会她遇见了黄中和，两人真好比是一个要补锅，一个锅要补，很快打得火热。

亲热过后，曹春娥柔声细语地说：“这次给我带什么好礼物来了?”

黄中和知道，这样的女人好像是永远灌不满水的漏底壶，他记不清这是第几次给曹春娥送礼物了，反正是来必送礼。这次他从口袋里掏出一枚漂亮的金戒指，并亲手戴在了曹春娥手指上。曹春娥微笑着亲了一下戒指，又亲了一下黄中和。

这个戒指，正是仁生母亲为抗日而捐出来的那个戒指。

曹春娥又端详了一会儿，说：“这个戒指成色好，式样一看就是一件老东西。谢谢大队长!”她见黄中和似乎心事重重，便亲昵地问：“宝贝，你好像有点不高兴，有什么烦心事吗?尽可能去烦消愁，人生太短暂了，快乐最为要紧。”

黄中和掏出一支烟，曹春娥帮他点上。黄中和用力吸了一口，接着吐出一团蓝色的烟雾，他的五官一下变得模糊不清，但说出的话语却清晰如常：“唉，真的碰上麻烦事了。”

“再长的尿也憋不死人。什么事?”

黄中和轻轻地摇了摇头说：“看来日本人快不行了，余南县只剩下不到10个日本兵了，可见日本人在穷于应付太长的战线。美英苏等国也都已向日本人发动进攻，这日本人像干了水的池塘里的鱼，活不了多久。”

“日本人确实也太不得人心了，早该回老家了。”曹春娥附和着。

“是啊，可日本人一败，我怎么办?”

“你是个中国人，怕什么？赶快登报发个声明，表示和日本人断绝关系不就行了？”

“我的小祖宗，这可不是男女之间的事情，登报发个声明就可以断绝关系。日本一垮，我就要被国家追究汉奸的罪名。我真不曾想到，一个那么强大的日本怎么像腐木枯枝似的，忽然间就不行了。”

“那就跟日本人走到底，去日本。”曹春娥满不在乎地说。

“你也太天真了。日本人不会要我，中国也不会让我走。”黄中和说着，用劲地掐灭了烟头。

“要不然，你就把在余南的日本人消灭了，再向政府投降，就等于立功了，可以将功抵罪，说不定还会有奖有赏哩。”

黄中和觉得，这曹春娥东一榔头、西一棒子，全是不着边际的话，这个主意似乎还是着点儿调。

他开始琢磨起来，原保安团许多人不愿背汉奸的恶名，变成皇协军后只剩下100多号人。日本人开始还给一点军饷，这几个月一文不给了，已是人心散散，怨气重重。虽然日本兵不到10个，但要是与日本人硬碰硬，真刀实枪干起来，未必能占到什么便宜，而且还会导致许多人伤亡。照日本人的行为方式，还会以此为理由，进行大屠杀。他想来想去，扼住了有一点萌动的“灭日立功”的想法。

曹春娥在床上翻了个身说：“日本人兵强马壮，也不是那么好对付的。我听人说过，当年在东北，两万关东军一夜之间就拿下东北，而当时东北军有20万人，也不敢把日本人怎么样。美英苏那几个国家也不一定最后能真打得过日本。”这女人不知把哪里听来的话像现饭[①]般地一炒，听起来好像也知道一点天下大事。

他觉得这女人说得也多少有一点道理，日本人又不是雪堆的巨人，天一放晴就化了。日本和强大的美国在太平洋不一直打着吗？至今也没听说分出个真正的输赢。这又使他觉得似乎还没有到那山穷水尽的地步。

他又点上了一支烟，人越烦心似乎越需要借助尼古丁、烟雾来提神和安

① 现饭：剩饭的意思。

神。他转而想到藤木限他两天抓到仁生的事如何应对。真的抓了仁生，即使把他杀了，并不能挽救日本人的败亡，也改变不了自己殉葬的命运，甚至会罪加一等。可是如果不去搜捕仁生，眼下就无法渡过难关，如何向藤木交代？他相信在愤怒之下，藤木会一枪把自己射杀，并且连眼皮都不会眨一下。想到这里，他背脊上一阵阵发凉。

他过去总是充满自信，认为自己目光锐利，许多复杂的事也能一眼看穿；意志坚强，骨头很硬，从未害怕过什么；也脑子灵活，能随机应变，危中求安，险中取胜，逃过围城农民的追击就是一例。可现在似乎全变了，他变得迟钝、怯懦、犹豫不决了。

曹春娥好像已经睡着了。黄中和没有像往日那样叫醒她，而是自己悄悄离开，回到自己住处。又想了半夜，他决定来个看菜下箸，先到铜钩村去找找仁生的下落，然后再向藤木报告，视情况再作定夺。

第二天，太阳刚刚升到城楼边的时候，他便领着30多号人，蹚着草上的露水，直奔铜钩村。

此时此刻，仁生在哪里呢？可能谁也没有想到的是，就在黄中和到达铜钩村的时候，他却好像在与县长捉迷藏似的，正在县城。

原来仁生从龙泉寺逃脱后，便立即回了一趟家，向叔叔和母亲报平安。见叔叔带着水花妹妹昨夜捕了一些鱼，便又提了鱼返回县城，一边卖鱼，也一边打探鬼子的消息。

他刚一进城门，就听见报童在大喊着："卖报，卖报！有重要消息！"他买了一张报纸，第一版都是与日本人有关的消息：日本人在太平洋战争中节节失利；中国军队在对日本占领军进行反攻，日本人在中国已日暮途穷；日本人在东南亚战场被包括中国远征军在内的多国部队打得大败。这意味着，日本人像烂在淤泥中的木柱子，快支持不住了。打败日本人以后，鄱阳湖又会恢复他熟悉的美丽和平静，还有台湾、澎湖列岛等都要归还中国。这让他兴奋不已，鬼子看来很快就要成货栈里的鱼干了。这更增添了他联络几个村的人攻击鬼子运粮船的信心。

他找了一个地方放下鱼筐，然后坐下来，一边卖鱼，一边细细地读报，一边思考着如何攻打、夺取日本运粮船，并消灭押船的鬼子兵。

“这鲥鱼怎么卖?”一个女人的声音。仁生抬头一看，这人很面熟，哦，想起来了，这是曹春娥，还在她家有过一场较量呢。但这女人显然还没有认出仁生，仁生便把草帽拉得更低。他不想让她认出来，因为自己有重要的事情要办，不能横生波折。

没有平日的讨价还价，曹春娥买下一条鲥鱼。就在那曹春娥用那从不劳作而显得白皙肥嫩的手递过来钱的时候，仁生心中一惊：她手上戴着的戒指自己非常熟悉，这曾经是他母亲的心爱之物，还是家里世代相传的宝物。但，怎么竟然会落到她手上呢？唯一的解释是，她是在捐赠物拍卖时购得的。觉得本是母亲的宝物戴在这种人的手指上，简直是对宝物的亵渎，心中是一种说不出来的复杂滋味。

他真想冲上去，一把将那戒指夺回来，还给母亲。但他克制住了自己，不能鲁莽行事。不过对这女人如何得到这个戒指，他一定要问一问，他还要和这个女人约定，把戒指留住，而不要变卖、转赠、遗失。因为他一直想着有朝一日，花钱把这个戒指赎回来，还给母亲。这次使他知道了母亲戒指的下落，也算是一个意外的收获。看着那女人扭着水蛇一样的腰离去的背影，他有了主意。

卖完鱼，已近中午，吃了饭，仁生又在大街上遛了遛。要是师傅还在铁匠铺，就可以在那里和师傅天南地北地聊天或一起打铁了。一个人如果处处有亲友，有能落脚的地方，该是一件多么快乐的事啊。

仁生走进了茶楼，他的心又变得沉重。因为他知道，当年叔叔就是把山花妹妹领到这茶楼，然后借故离开，让买者把妹妹带走的。所以每次见到这茶楼他都情感复杂、心中潮起，他会伤心地想起可爱又可怜的妹妹，他会痛苦地想象妹妹被带走的悲惨情景，他还会希望有一天能在这茶楼看见妹妹，欣喜重逢。

他找了个位置坐下来。这茶楼从来是消息中心、舆论中心。今天人们谈的都是报纸上关于战局的内容。有的人大谈国际反法西斯形势，有的人大骂日本人该亡。日夜盼望着的打败日本人的一天就要到来，一个个显得神采飞扬，特别兴奋。有人说，中国从未亡过国，那蕞尔小国岂奈我何？有人还描绘着日本人被彻底打败，全国和全县人欢庆胜利的图景，并兴致勃勃地谈着自己生活的新打算。仁生也觉得心情舒展，大受鼓舞。

当城里的灯亮起来以后，仁生离开茶馆，凭着记忆，向曹春娥的住地走去。进到院子里，见曹春娥房间的门窗透出灯光。

仁生上前敲门。门开处，伸出脑袋的是曹春娥，一见仁生，她本来荡漾着无边春风的脸立即变得乌云密布，顿了一下，带着厌恶地问："你要干什么？"

"找一个人。"

"找谁？"

"就是找你！"

"我不认识你，你这个人不人鬼不鬼的东西。滚开！"

仁生急急地说："我没有恶意，只想跟你说几句话。"

就在这时，一个硬邦邦的东西顶在了腰上，仁生本能地感觉到，是手枪。没错，是黄中和出现在身边。

黄中和抬眼一瞧，嘿，熟人。和这个仁生真的是不是冤家不碰头，怎么总在紧要关头碰上了？怪也！今天他带人去铜钩村找仁生一天，不仅没见着人，连一点消息也没有问出来，想不到在这里脸对脸地撞上了，真是三寸撞七寸，不差半分毫。仁生跑到这个地方来干什么？得先弄清情况再说。他用手枪把仁生逼进曹春娥的屋里。

原来，黄中和到铜钩村没找着仁生，回到县城见天色不早，直接到曹春娥这里来了，他对自己的解释是消愁解烦。在这情况莫测、心多焦虑的时候，他很需要女性的温存和体贴。

他还觉得近日的一些事有点蹊跷，在这个时候需要了解更多情况，谨慎行事。这好比下棋，关键时候一步走错，便会全盘皆输。仁生突然出现在这里，让他很有几分奇怪，有必要盘问清楚。

"你来这里究竟是要干什么？说实话！"黄中和问。

"找戒指！"

"什么戒指？"黄中和很有点莫名其妙。

"她手上戴的是我妈捐的戒指。"仁生指着曹春娥说。

黄中和一下明白了是怎么回事，应当说，这戒指怎么到了曹春娥手上他最知道。他对着仁生呵斥道："捐的抗日物资还能要回去？"

“我是想有一天能赎回去。因为这个戒指虽然普通，对别人也许不重要，但对我们家、对我非常重要。”

“为什么?”黄中和又问。

“这是我母亲喜欢的东西，并且是我家祖上传下来的东西。所以一定要赎回去。”仁生说得十分坚决。

“赎回去，你有那么多钱吗?”曹春娥插话了。

“你花了多少钱?”仁生问。

“这不能告诉你。”曹春娥伸出去的手本能地缩了回来，似乎是怕那戒指会脱手而去。

“不说价钱，那我怎么赎?”仁生又问。

“钱多钱少你都付不起。”曹春娥轻蔑地说。

“今年付不起，还有明年，明年付不起，还有后年，一直攒到有足够的钱再赎。我今天来只是来和你约定，请好好保留这个戒指，这样我才会有机会来赎。”

“这就要看我的情绪和你出的价钱了。”曹春娥话里带着几分得意。这时她越看仁生越觉得有几分面熟，她忽地想起来了，这不就是曾带人为了找灰鲇鱼而把她绑起来的那个人吗？那十有八九灰鲇鱼是栽在这个人的手里。这使她顿时又气又恨，哼，站在自己面前的竟然是仇人，想不到这家伙胆大包天，居然又找上门来了。正好，今天黄中和在，她恨不得叫黄中和把这人一枪给崩了。于是她对仁生一声冷笑：“我认识你。”

仁生一惊，因为自己为找灰鲇鱼逼过她，绑过她，还不知她会不会把自己和灰鲇鱼之死联系起来。并且显而易见的是，她和黄中和关系非同一般，自己的处境已充满危险。

怎么办？仁生的脑海里如雷动电闪，他很快做出了反应：“当然喽，你常常买我的鱼嘛。我们村的许多人也都认识你。”仁生最后一句话的意思很明显，是在警告曹春娥：你今天如做出什么举动，要想想后果。

“不仅仅是因为买鱼认识。”曹春娥恶狠狠地说，似乎并不理会仁生的警告。

“那还有别的什么途径认识？难道他曾对你非礼?”黄中和突然插了一句话。

“那倒不是。这个穷骨头没有这个胆量。”曹春娥立即否定。

仁生发现这一男一女对情感之事极为敏感，大可利用，以求脱险。便接口说：“我是没有这个胆量。”仁生把“我”字说得又慢又重。

黄中和立即沉下脸来问：“你好像知道什么，说！”

“我是说，我做这种事是没有胆量的，但做别的事却可能是有胆量的。这一点黄县长是知道的。”仁生解释说。

曹春娥听出了仁生话里的意思，便喊了起来：“把这捕鱼佬给毙了！”

“毙了我就得把前因后果说清楚。”仁生的话表面上是说，要杀我应当把原因和理由说清楚。实际上，他话里的意思说，真要枪杀我，就会把这女人与灰鲇鱼的关系捅出来。他想的是，如果这件事让黄中和知道，对曹春娥的危险可能更大。

这句话果然起了作用，曹春娥在想，如果被仁生把过去的糗事翻腾出来，黄中和会是什么感觉？什么反应？男人，有权势的男人最难捉摸，他一定会妒忌、狂怒，这样她便会像一只烂鞋子一样被黄中和扔了，也可能……她不敢往下想。这个脑子本来就不笨的女人迅速来了个自打圆场：“杀了你就再也不会有人找我要戒指了。免得老娘心烦。”她不露声色地把话题又转到了戒指上。

“为一个戒指不值得杀人。”黄中和似乎恢复了常态。

“其实，你戴了这个戒指恐怕也不会怎么太舒服吧？”仁生也马上改为谈戒指了，并转守为攻。

这一下倒戳着了春娥的痛处，过去她还没有什么感觉，当知道了这戒指的来历后，她一下子确实觉得心里不舒服了，那戴着戒指的手指也似乎在隐隐作痛，她下意识地揉了揉手指。

黄中和接过话茬，对着仁生说：“想不到你还是一个孝子，戒指要赎回去，另再商量。先说要紧的，知道我们为什么要抓你吗？”

“我不可能知道。”

“是日本人要抓你。说你了解他们的军事秘密。”黄中和想了解情况，便枪指靶心，直奔事情的关键之处。

“我一个浑身鱼腥味的捕鱼人，怎么可能会知道皇军的军事秘密？除非像你这样的大官，才有可能。”黄中和听着这话很觉得有几分别扭。

“我想知道你在日军兵营里的那些天主要干了些什么？”黄中和又问，他想从中找到一些线索，说完将目光专注地停在了仁生的脸上。

仁生没有回避黄中和的目光，不紧不慢地回答：“日本人让干什么就干什么。并且都是在日本人的眼皮底下、刺刀边干的，我不会关注也不可能知道任何军事秘密。”他本想列举一下所做的事，但担心铁链连船的事会引起黄中和的注意，便话到嘴边又咽了回去。只是补了一句：“你想想，日本人会相信中国人吗？”

这最后一句话，更使黄中和好半天没说话。黄中和在想着把仁生如何处置？如果这仁生是个政府方面的代表那就太好了，自己就可能像赌桌上一样，立即翻盘，可以通过讨价还价，以放走仁生为条件，为自己留一条后路。可惜，这只是一个会点铁匠活的渔民，是一只根本盛不了水的破碗。

“你今天来就是为了赎戒指？”黄中和并不完全相信仁生的话，他还是想从仁生那里获得一些有价值的情况。

仁生又开口了：“对。我自小就知道忠孝为大，忠孝紧紧相连，并且有孝才有悌、才有义。如果能让这戒指回到我母亲手里，我受苦受难都无怨言。”这些话如锤击钟，振动了黄中和隐存在心灵深处的忠孝节义。

黄中和若有所思地说：“如果要回戒指和把你放走，只让你选择一项，你会做什么样的选择？”

仁生一下愣住了，这实在是一个很难回答的问题。停顿了一会儿，坚定地说：“走！”

“你刚才不是说只要还你戒指，你愿意受苦受难吗？”

“不错，刚才那句话我遵从的是中国传统理义，是应当做的；现在我考虑的是当下实际，是更应当做的。”

“你绕来绕去，究竟是什么意思？使人觉得你只是一个口是心非的家伙。”

“不。理义有虚实，孝道有大小。”仁生说得振振有词。

“如何解释？”黄中和听出这个年轻人好像说话挺自信，他倒想听听这个渔民如何自圆其说那些并非一般人能够讲得清、道得明的大道理。

仁生想了一下说：“中国的二十四孝图里，有许多孝子孝敬双亲的故事。

有的愿承受痛苦，有的甚至愿舍出生命，我也可以这样去做。但今天如果我为了戒指而舍弃生命，母亲损失更大，她会老年孤苦无依。在她眼里，我显然比戒指重要。所以我选择走，这符合母亲的心愿。如果为戒指而舍我自己，反倒是不孝了。这便是理义有虚实、孝道有大小的道理。”

仁生这一番“孝”说，一次又一次重重地撞击了黄中和的灵魂。他不由自主地想起了自己远在故乡的母亲，不知战乱之中，是死是活、是苦是安。一个普通渔民尚能如此深明大义，践行孝道，自己一个读书人却相差甚远，他觉得脸上有些发热。但他很快扼住了自己的思绪，并提醒自己不能变主为宾，在思想观念上做了一个寻常渔民的俘虏。不过把仁生是否交给日本人，他却踌躇难决。仁生于己有恩，不过已报答过了。现在如何处置他，只能根据对自己有利并且最为利大的原则来考虑。

仁生见他久久不语，便说：“你在想要不要把我交给日本人吧？我也在想，交出我对你有多少好处？”这一下又说中了黄中和的心思。

仁生从自己的口袋里掏出了那张报纸：“你先看看今天的报纸吧。”

黄中和取过报纸，把头版粗粗溜了一遍，心中一阵震撼，日本人真是不行了。纵然是金刚之身也是狼在虎群，经不住这么多大国的围攻剿杀。他也一下明白了为什么在余南的日本兵只剩寥寥几个，并好像在抓紧准备抢运粮食。趁着押运粮食，可能所有的日本人都会离开，实际上就是败退。

此时他清醒地意识到，日本这棵树即将成为朽木枯枝，完全不能依靠了，他必须和日本人脱离关系，另寻出路。但进而又想，自己到底该怎么办呢？能对日本人反戈一击吗？这不仅风险极大，而且即使成功，重建的政府会相信自己吗？叛中国、降日本再反日本，在他人眼里自己便是个没有信义、反复无常之徒了，叛变者尤其是反复叛变者难有好下场。他最后确定：三十六计，走为上计。连仁生这个渔民刚才在权衡利弊后不也是选择走吗？他便带着仁生离开了曹春娥家。

出大门不久，黄中和掏出手枪，对着仁生指了指，示意让他离开。

“他要打死我吗？”仁生心里一阵紧张，但此刻不想那么多了，便一个猿猴荡树，越墙进了一个院子，因为这是此时躲避子弹的最佳选择。

黄中和真的开枪了，但枪是向天空打的。仁生立即明白了黄中和的意思，复又从院子里翻到行人道上，钻进就近的一条胡同，隐身在街肆之中。

黄中和回到办公室后，便和两个勤务兵一起开始打点行装，把贵重而又能带走的东西装在两个箱子里。准备天亮以前出城，先回老家看看双亲，再视情况选定下一步的去向。

他正要宽衣上床，勤务兵带着两个日本兵来了。一个日本兵很礼貌而又带着威严的口吻说："藤木先生请您去一趟，有重要事情商量。"

黄中和的脑子开始快速转动。出了什么事，这么急？他一下想不出答案。

黄中和一进门，藤木很少见地笑嘻嘻地相迎，并握着手把他让进一把圈椅上。黄中和心想：这藤木如此表情，看来是有什么喜事，莫非战局又变了，日本人打了大胜仗？或是有什么重要的事情有求于己？

一个日本兵放下茶杯退出去以后，藤木说话了："今天抓捕仁生的事进展如何？"

黄中和心想，莫非这家伙知道什么？但旋即又觉得藤木不可能知道捉放仁生的实情，便回答说："很不顺利。"

"啊，怎么不顺利？"藤木的脸上有几块肌肉在颤动，却是一副令人难以捉摸的表情。

"我带人去了一趟铜钩村，先到了他家。然后又逐家逐户进行搜查，连厕所里、猪圈里都没漏过。可以说是掘地三尺……"

藤木打断了他的话："说结果吧。"

黄中和无可奈何地双手一摊。

"别再耗时间了，把你抓的人交出来吧。"藤木说着顺势卸下了黄中和的手枪。

黄中和这下明白了，藤木已知道他抓人放人的事实，来不及想前因后果，便情急生智，迅速回答："人是抓到了，在押解的途中被他逃脱了。这个人很厉害，也怪我麻痹大意。"

藤木说："啊？是他逃跑了，还是你放跑了？"

"当然是他自己跑的。我还对着他开了几枪呢。"

接下来，让黄中和很是奇怪的是，对仁生逃脱一事，藤木没有接着继续追问，而是阴阳怪气地说："就算是这家伙本事大、运气好，自己跑的吧。不过你还有一个将功补过的机会。”

黄中和在想，藤木是不是有更重要的事情让他去办？便回答说：“好的，一定尽力。”

是的，藤木此刻最重要的事是应对上级催促逼命的运粮之事，相对而言，仁生的捉放死活对他来说已不怎么重要了。他对黄中和说出了具体任务：“你带领十几个皇协军和我一起押运一支船队去南昌。”

直到此时，藤木仍然不愿说出船队运的是粮食。

“好，那我马上回去选人。”

“不必，人我已选好。你就待在这里，等候出发。”说完，藤木出门而去。

透过窗户，黄中和看见了持枪在门廊上走动的人影。他明白了，自己实际上已被扣押了，只能听任鬼子摆布。他意识到自己人生中的危机时刻到了，需要做最坏的打算。

黄中和坐下来定了定神，既而开始琢磨着，藤木怎么会知道自己把仁生抓了又放了呢？并且这事发生后不到一个时辰就知情了。可知道这件事的除了自己外，只有自己两个勤务兵和曹春娥。勤务兵是自己的亲信，并且和自己回到办公室后一起打点行装，一刻也没有离开过。唯一可能的泄露者只有曹春娥了，难道是这个女人？

他越想越觉得是，因为他同这个女人讲过对日本人的失望和自己在考虑另谋出路，又想起过去有时他同这女人讲过的事，藤木也好像很快地知道了。对了，就是她，就是她！他恨不得给自己狠狠地打几个耳光，为什么如此糊涂，如此可怜？竟栽在一个女人手里。他从另一个角度品味着古语：色者，剐人之刀也。多少人死于那看似温柔、实则无情的利刃之下。他想着，有一日见到这个女人一定要让她不得好死。

黄中和对世事时局、对自己前途命运的判断屡屡出错，但这次的确是判断对了。原来，藤木对黄中和一直不信任，便采用各种方法试探他、监视他、控制他。当藤木了解到黄中和同曹春娥有染后，便派人以重金收买了曹春娥，让她随时提供黄中和的情况，实际上曹春娥已成为日本人的情报员。但黄中和这次的判断虽然准确，对自己的人生却似乎并没有什么实际意义。人生有时就是这样，有的事情可以等你什么时候想明白了，然后再去做也不为晚；

有的事却是时机转瞬即迟，当你弄明白了、再想做的时候，那机会已如白鹤入云，杳然无踪，不可能再做了。

痛歼鬼子兵

仁生逃开后，当夜到了曹家村。经过曹加庆的几次联络说服，朱家村、赵家村、曹家村的代表同意在这里商量袭击鬼子船队的事情。

仁生首先通报了他知道的鬼子人数、运粮船队的数量等情况，并且信心满满地说，只要大家心拴在一起，壮起打虎打狼的胆子，消灭这些鬼子绝对有把握。说着说着，他把掌用力握成拳，似乎那些鬼子已在他的掌握之中。

因为各村都有人死于鬼子的刀枪之下，房屋被烧，财物被掠，妇人被辱，无不对鬼子恨之入骨。加之知道鬼子人少，都痛快地表示愿意参加行动。金根在说到动情处还搬出了父亲的话：日本人是心腹大患，日本人不灭，无国无家。大家要连心为铁，握手成拳，共同去除这心腹大患，报仇雪恨。

仁生则早已下定决心，即使其他村不参战，铜钩村也要抓住这机会，以多打少，消灭这股鬼子，夺下粮船。

最后商定的方案是：三个村各出50条小船，每条船上两人。各村所有枪支、鸟铳都带上，并准备好镖枪、鱼叉和可用于火攻的器物，带上网具、钩具备用。袭击地点选在康郎山附近，因为这一带地形复杂，湖汊多、沙洲多、芦苇多，加之水深湖阔，便于隐蔽、进退，可以发挥小船机动灵活的优势。为加强隐蔽，更好地靠近敌船，又确定在航道左右锚定一些渔船，上面装上看似正生长着的芦苇，用以掩护作战的渔船。

进行袭击的时间则选择在晚上。

作战步骤是：把小船隐蔽在湖汊和芦苇中，以及伪装的芦苇船后面，待敌人的船队到了以后，先集中开火攻击汽艇上的鬼子，争取第一拨攻击就打死他几个。鬼子开枪时，则趴到船舱里，或跳到水里，以船为掩护并继续向汽艇靠近，形成包围之势，哪边没有鬼子的火力或火力弱，哪边便加紧进攻。同时派6只小船，负责砸断联结拖船与运粮船的铁链。这样整个运粮船队就会像单雁孤鸭似的散落在湖中，加之离开了拖船没有了动力，就无法前进半步，不仅会使汽艇上的鬼子难以顾及，坐在运粮船上的敌人也只能远远看着汽艇上的鬼子挨打，无法参加战斗。等消灭了汽艇上的鬼子再去收拾这粮船的伪军。

为利于协同进攻，三个村的船只混合编队，分别由金根、仁生和加庆指挥。

大家还喝酒盟誓：苍天在上，湖神作鉴。鬼子犯我，罪恶滔天。我等渔民，誓同死生。齐心协力，卫我家园。击杀倭寇，报仇雪恨。若不用力，天诛地灭。退缩逃跑，尸葬湖边。

三个领头人又商量了一阵，然后大家各自回村，迅速选人选船赶到康郎山集合。

第二天，仁生派在龙泉寺附近监视鬼子运粮船队动静的人来报，鬼子的船队已经出发。用一只大拖船拖着联结由26条船组成的船队，上面装的全是粮食包、汽艇上架着机枪。在装着粮食的船上，分散坐着10多个拿枪护卫的伪军。船队速度不快，到康郎山时估计正在天黑以后。

实际上，藤木担心夜长梦多，没有等所有的粮食装船，便提前行动。他盘算好了，在水中的航程主要在夜间，以求出奇制胜。他叫黄中和随自己坐在汽艇上，十几个伪军则分开坐在那连在一起的粮船上。这样，既有固定的火力阻击来犯者，汽艇又可以机动地来回照应，想得十分周全。

拖船很大，马力不小，但也只能吃力地拖着那装满粮食的船队缓缓而行，就像一头瘦骨嶙峋的驴子拉着一辆沉重的大车，在山道上行进，每走一步都要耗费很大的力气。当船快到康山时，太阳已开始从湖面慢慢落下去，晚霞映得湖面像血染了一般的鲜红。

三个村的船队如雁阵鱼队，早已集结在康郎山附近，按预定的计划，静静等候着，就像猎手张弓持刀，等待着猎物的出现。仁生率领的船队在左，金根率领的船队在右。加庆率领的船队则左右各半，先负责把拖船与粮船分开，再依据现场的情况参与围攻汽艇的战斗。攻击次序是先集中力量消灭汽艇上的鬼子，再收拾粮船上的伪军。

夜幕降临，天空繁星点点，星光落在湖面，在水面上闪烁跳跃。月亮还没有出来，月下的湖水显得既黑乎乎又白茫茫的浑然一片，星光的点缀使湖面成了又一个天空，这是一个带有几分神秘色彩的天空。四周一边寂静，只是偶尔有鱼跃出水面，发出轻轻的响声。在夜晚袭击敌人，不仅增加了突然性，还可以大大减轻伤亡。真刀实枪地打鬼子，许多人兴奋而又紧张，家有血仇的人此刻胸腔里的血流得更是比平时明显加快。

已听见了拖船和汽艇马达的轰鸣声。又过了好一会儿才隐隐约约看见船队缓缓地移动，在夜色中像一头黑黝黝的水上怪兽，发出粗重的喘息声，也激起不太响的浪花声，慢悠悠地游了过来。

仁生和金根死死地盯着那汽艇。那汽艇舱里亮着不太明的灯光，依稀能看见五六个人影。船头甲板上则有几个人趴在轻机枪旁边，还有持枪的日本兵站在艇上，转动着脑袋左右观望。看来，日本人是高度警惕，十分紧张。

近了，更近了。金根一挥手，众多小船便在茫茫夜色中向汽艇冲了上去，仁生那边的小船也一起蹿了出来。还未等汽艇上的鬼子反应过来，步枪、手枪、鸟铳便一起吐出了火舌，带着火光和声音飞向敌船。这时，那曾用来械斗的枪械，还有仁生打制的土枪一起向日本人发出了复仇的怒吼。船头上的三个鬼子两个被击中倒下。

那义生早就在等待这一刻，别看他平时显得怯懦少语，此刻，母亲之死，儿子之亡，妻子之辱，千仇万恨一起涌到心头。他奋不顾身地向鬼子的汽艇靠近，“唰唰”地发出两把短叉，甲板上另一个未死的鬼子中叉，惨叫着倒下。他又憋足劲将一把叉向汽艇的船舱掷去，铁叉扎在窗户上，“哗啦”一声，汽艇的一扇窗户玻璃碎了，鬼子在舱里一阵慌乱。

大家见状，更是士气大振，又向着汽艇舱内开火，船舱里也有人影倒下。汽艇里的鬼子犹作困兽斗，凭着他们的洋枪洋弹，疯狂地对外射击，在夜色中，那子弹带着光亮在湖面上飞舞，攻击的渔民也有人中弹跌落水中。仁生发现，义生又要投叉的手没有扬起来，人却倒在了水中。他知道义生中弹了，便把船靠近义生，把他捞了起来。一看，义生的胳膊已被子弹咬掉一大块肉，幸好没有伤及骨头。仁生便指挥大家继续攻击。

黄中和在汽艇的船舱里，一听外面枪响，知道有人攻击船队。此时不动，更待何时？他趁藤木忙着对外射击，便从一个被击毙的鬼子身边抓过一支步枪，对着藤木扣动了扳机。子弹射偏，藤木旁边的另一个鬼子中弹倒下，随后又一个鬼子中弹负伤。

他正要再射时，藤木一枪把他击倒。藤木骂了一声，对着黄中和又补了一枪。黄中和倒在船舱里，依然双眼圆睁，迟迟不愿闭上，还紧紧地瞪着舱顶。他似乎还在思考着什么，想着家园、父母？或是在回忆自己短暂的一生？无人知晓。有一点是可以肯定的，他从未想到过自己的人生结局会是如此这般。

这时加庆已成功砸断铁链，把粮船与拖船分开。在粮船上的伪军听见枪声，朦朦胧胧见湖面上到处是船，也不知道到底是怎么回事，便端起枪对着船多的地方扣动扳机。但他们没有想到的是，每支枪都射不出子弹。原来藤木兵少心虚，担心黄中和领着这些皇协军哗变，在枪上做了手脚。他只是想利用伪军的服装和手里的武器起一个阻吓作用，借以保证粮食安全运抵南昌，想不到机关算尽，却是误了自己。

藤木气急败坏地一边开枪，一边指挥着汽艇突围。他看到湖上小船黑压压的一片，这个打过许多仗、杀过许多人的日军军官感到了恐惧，他知道如果再不逃走就会成为瓮中之鳖。汽艇加足马力，像发狂的野牛左冲右突，撞开小船，夺路开行。眼看就要逃出重围，但汽艇却突然无法前进，只是轮机嗡嗡作响，水下像有力大无穷的怪物拖住了这本可在水上开得飞快的汽艇。原来，开战前，朱家渔民已在水中布下渔网，赵家渔民则还布下了鱼钩。那汽艇的发动机轮叶已经被渔网死死缠住，并越缠越紧，无法转动，船也就像牛掉进了井里，有天大的力气也无法动弹。

刚刚甩在后面的渔船又围了过来。这时艇上只剩下藤木等四个鬼子，有一个肩胛骨还中了一枪。见汽艇走不了，便分开在艇的两边顽抗，利用手中武器包括轻重机枪，疯狂地对外射击，有时还扔出手榴弹，在水中爆炸后掀起巨大的声响和高高的水柱。鬼子的火力实在太猛了，仁生、金根便招呼大家赶紧趴在船上或跳到水中，以避免伤亡。这样就形成了鬼子的汽艇跑不掉、渔民的船也无法靠近的僵持状态。

仁生看了看四周，有了办法，便对金根兄弟说："你们继续打枪，吸引鬼子的注意力。我在另一边想办法。"

仁生和勇生奋不顾身地划着小船，靠近了那拽拉运粮船队的拖船。拖船上的驾驶员已经中弹，一动不动地躺在驾驶舱里。仁生爬上拖船，进入驾驶舱，将拖船开足马力向鬼子的汽艇冲过去。金根见状，知道了仁生的意图，便指挥着枪和铳集中火力，猛烈地朝汽艇射击，鬼子在船舱里一边嗷嗷乱叫，一边不停地还击。

金根突然听见弟弟木根“哎哟”了一声，并随后倒在了船舱里。金根更是怒火三丈，把子弹压满枪膛，一口气冲着鬼子的汽艇狂泻而去。

这时鬼子发现那已没有拖带粮船的拖船开得又快又猛，就像一座大山般地冲着汽艇压来。但鬼子现在人和汽艇都已犹如笼中之鸡、网里之鱼，无法逃开，无法躲避，便慌乱地朝大拖船的驾驶室射击，但子弹没有能挡住拖船的前进。在惊叫声中，汽艇一下被拖船撞翻并压在了水里。藤木等也沉入水中，鬼子们又拼死拼活从船舱里游了出来，想潜水一阵子再露出头来换气。他们没有想到的是，已钻进了赵家渔民布放的鱼钩阵中，身体被鱼钩挂住，便拼命挣扎。但越挣扎，身上的钩越多，一会儿就都成了水中僵尸。

战斗结束了，各村迅速清点自己的人员。结果是死两人，都是铁网村人，其中有金根的弟弟木根。伤20多人，各村都有。各村便立即派人把自己伤亡的人员运回村去。

接下来发生的事情则是始料未及的。

费力的分粮

这时有两件事需要尽快处理。一是俘获的十几个伪军怎么办？有的主张丢到湖里淹死，这些人背叛国家，助敌为恶，应受到惩罚；有的主张放了，因为这次他们一枪未发，没有给这次行动的村民造成任何伤害，并且他们大都也是穷人出身，且留下来也没有什么用处；有的主张，这些人平常跟着鬼子为非作歹，不能这样就便宜他们了，要把他们的一只手剁了再放走；还有的主张把他们扔到湖里，是死是活凭他们各人的造化。

那些伪军一个个跪在船上求饶，声称自己参加伪军是生活所迫，有的是遭受胁迫，没有做过什么坏事；有的则说自己家有老病的父母年幼的儿女。一个个露出一副可怜相，有几个还一把眼泪、一把鼻涕地哭了起来。

仁生的意见是：这些人大都是穷人，干了什么坏事也弄不清楚，只要他们表示今后不再干坏事，就都放了算了。曹家村赞同，但朱家村反对。朱家村反对的不是意见本身，而是认为这意见是铜钩村人说出来的，依了这意见，无形中是铜钩赵家对事情的处理起了主导作用，自己村则在不知不觉中成了配角，因此坚决不同意。

又争论了好一阵，最后形成的折中意见是：把这些伪军一个个痛打一顿，然后放走了事。

这件事办完以后，便到了半夜时分。接下来的事情就更不好办了，那就是如何处理截获的粮食。经清点，除了有4只船在战斗中沉没外，还有整整22船粮食。这可是一个很庞大的数字，10个大户人家一年也不一定能收获这么多粮食。

如何分粮的讨论，瞬间变得热烈了，发言的人也远比讨论第一个问题的时候多。最后仁生提议，各村派两个代表集中在拖船上讨论分粮的事情，其他人把船靠在康郎山岸边睡觉。因为众说纷纭，意见难以统一；也因为许多人已熬了大半宿，确实也困了。这个意见很快得到大家认可。

3个村6个代表打着各自的算盘走进拖船的船舱里，船舱里没有灯，黑灯瞎火，仁生摸索着找出一盏马灯并点亮，然后进行讨论。讨论一开始便像燕子尾巴分了岔，产生了严重分歧。

曹家村的代表加庆认为：这个问题的处理要变繁为简，这是战利品，就好像布网下钩捕鱼，谁捕到就属谁。这些粮食是3个村冒死夺过来的，那就3个村三一三余一[①]，平均分享。

仁生代表铜钩村表达的意见是：这些粮食是鬼子强抢强征的，本不属于3个村的，但3个村拼死拼活夺了回来，理应获得一部分，其余的交给县救济委员会。

铁网村的代表金根有意在最后发言，是为了先听听另外两个村的意见，再加权衡后提出自己的意见，这样可能对自己的意见得到采纳有利。他提出：

---

① 三一三余一：是珠算口诀，即10除以3时，得数为3余1。这里的意思是均分。

首先应考虑给死伤者的补偿，然后再考虑剩下的粮食怎么分配。

讨论一下陷入僵局。很明显，母鸡孵小鸡，各抱各的窝。

勇生想，这时要是有个政府机构来主持，或有一个仙人来指点，大家都服从，该有多好。或者，行动前就商定一个粮食分配方案，也不至于弄成杀了猪再讲价，如此麻烦。但他立即又觉得自己的想法很是可笑，如果先讨论分粮方案，整个攻击日军的行动就可能因意见分歧而流产。

仁生又提议：各村提一个方案，讨论后，再对三个方案投票，照得票多的方案办。

有人不同意了："不行。那结果必然是每个方案都是一样的票。"

"那倒不一定。"仁生坚持着自己的意见。

"这不明摆着，各家投的都必然是自己方案的票呗。"金根说。

"那可以规定，大家都不投自己方案的票，只在另外的两个方案中选择。这样一统计，得票就会有多有少。"仁生补充说。

"不投自己方案的票，这等于自己首先把自己的意见否定了，这能行吗？"虎根一下指出了这个方案的缺点。

是啊，谁愿意否定自己的意见呢？恰恰相反，谁都是希望照自己的意见办。仁生觉得自己的意见确实很难为大家接受，便没再作声。

又是一阵争论。

仁生觉得，如果把争论最大的两个问题，即补偿死伤者和捐粮救灾这两个问题解决了，就会有助于整个问题的解决。

仁生便说："给死伤者补偿，这是应该的，大家也都同意。我们先讨论一个合适的数量，怎么样？"

这时，铁网村的代表立即表态："至少把总数的一半拿出来分给死伤者。"铁网村提这个方案不奇怪，因为死的两个人都是铁网村的人。

曹家村的代表马上表示反对："给死伤者补偿我们同意。但给一半明显太多了。"

"什么太多了？谁愿意死，我们给他10船粮食。"这一听便知是铁网村的意见。

曹家代表并不示弱："不能这么说。枪弹不长眼，打仗时谁都可能死。这次打仗也不是为了用人命去换粮食。”

“照你这么说，那么死者就是活该了？”虎根尖刻地反问。

仁生赶忙接过话：“死者应当得到尊重和补偿，现在讨论的只是给多少的问题。”

曹家的代表又发话了：“我们的意见是：这些粮食一共22船，死者一人给1船，共2船；伤者合起来共分2船。剩余的18船平均分给各村，每村6船。”

铁网村表示不能接受：“给死伤者的数至少要在这个基础上翻一倍。即死者一人2船，共得4船；伤者共分4船；剩下的14船，捐出2船。还有12船，每村分4船。”

曹家村对朱家村的方案也不赞同，说：“照这个方案，每个村才4船，分到每户人家能有多少谷子？死者一人就2船，显然不公平。抗战中死多少人？如果死一个军人给2船，别说给2船，就是给1船粮食，国家也给不起呀！”

铁网村的人立即反驳：“这二者不能简单比较，就像店里的咸鱼和湖里的活鱼完全不是一回事。如果分粮方案不公平，我们绝不会接受。这样还不如把粮食统统沉到湖里喂了鱼虾算了。”

“你们等会儿把自己分得的粮食倒进湖里喂鱼虾吧，我们不反对。”曹家人慢悠悠地说。

仁生见双方都给出了具体方案，有进一步讨论的可能性。便问加庆：“你们村只说了给死者和各村的方案，还没有说给县救济委员会多少呢。”

加庆说：“扶贫济困也应该。那就给县救济委员会3船，这样剩下来的每村5船。”

仁生先接着复述并确认了一遍朱、曹二村表达的意见：

朱家村的意见是：死者各给2船，共4船；伤者共分4船；捐出2船；3个村各分4船，共12船。这样总数正好是22船。

曹家村的意见是：死者各得1船，共2船；伤者共分2船；捐出3船；3个村各得5船，共15船。这样总数也是22船。

仁生发现，二者最大的分歧在于，给死伤者一共给8船还是给4船。他便像卖鱼一样尝试着双方各做一些让步，说：“我有一个意见，把你们两村的意见综合一下，各让一步。两个死者共得3船，伤者也共得3船，这样死伤者共给6

船；捐出4船；还有12船，每个村各分4船。总数也是22船。”

对这个折中的方案，朱家首先表示不同意。坚持认为，给死者太少，捐得太多。大家冒死夺来的粮食为什么要捐出那么多？只要意思意思就行了，应多给死者。并在心里想，如果同意了这个方案，无形中又变成了赵家主宰分粮。

曹家村本来想同意仁生提的方案，但见朱家村反对，便也表示不同意，认为给死伤者可以多一些，但不能太多。大家都是舍生忘死拼杀，那么多人参战，却分不了几升粮食，这同样有点说不过去。所以，仍然坚持自己提出的意见。

仁生苦口婆心两面劝说，但无一方肯做半点让步，就像两头公牛斗架，顶上了。对仁生的话也毫不客气地加以抢白。

此时，东方正露出鱼肚白，湖上已隐隐地可见风帆的影子，新的一天已经开始。仁生知道，如果让正在睡觉的各村渔民起来后加入讨论，那就乱成一锅粥了。不仅问题更不好解决，还可能对如何分粮食会由口头发言变成用拳头发言，甚至又会有船破人亡，要尽快把事情了结。

仁生又想了想说：“就按我们平常办事的老规矩办，怎么样？”

“什么老规矩？”有几个人先后发问。

“抓阄。把三个村的方案做成阄，抓着哪个算哪个。让老天爷决定。”

这个方案提出后，大家立即变得沉默，最后勉强同意了。因为这是传统的解决争议的办法，也是大家在心理上最能接受的办法。大家也都明白，哪一个方案都不可能得到三个村的认同，听天意、随神灵、碰运气便是最完美的解决办法。

此时金根也希望事情尽快有个结果，因为他要赶回去给弟弟办丧事。

三个阄做成后，由谁来抓又起纷争。谁都希望自己一抓定乾坤，如能抓到本村提出的方案，则更可以得到极大的心理满足。仁生首先表示，铜钩村可以不出人抓阄。这样朱曹两村便通过石头、剪子、布，确定了由朱家代表抓阄。在六个人屏住气息、十二只眼睛紧盯的气氛中，虎根伸手抓阄。结果终于有了，抓到的是曹家村代表提出的方案。

曹家村代表没有说什么，但心里却是喜滋滋的。

铁网村代表则心有怨气和怒气，但结果是不能更改了，不过话还得说几句：“定这个方案是因为有的村没死人。”显然这话是冲曹家村人说的，当然也把铜钩村捎带上了。

曹家村代表不肯相让，回应说：“在鄱阳湖里洗洗嘴再说话。告诉你吧，不死的不会死，该死的还得死。”

这句话激怒了金根，因为弟弟木根刚死，他正处在又悲又怒的情绪中，便气冲冲地说：“放什么臭屁，总有一天你们会知道死人的滋味。”

加庆也火了：“别吓唬人，都是喝鄱阳湖的水长大的，谁没见过岸上埋人、水上漂尸？”

仁生担心前浪未平后浪起，赶忙劝住双方，并立即按已定的方案，分船分粮。

太阳像火球一样跳出湖面，又一次晨风吹动波浪。各村人划着自己的船，载着分得的粮食，怀着不同的心态回村而去。

仁生一边划着船，一边在想：这次靠同心协力，以小的代价赢得了一次大的胜利。虽在分享胜利成果的时候，发生了矛盾，却也得到了解决，或许从此各方关系会转好？他还在想着利用这个契机再做些什么。

但不幸的是，这次的夺粮、分粮却成了后来这些渔村彼此又一次刀枪相向的一个重要原因。

勇生送信

朱家大院又一次响起了哀乐，参加木根葬礼的人很多，披麻戴孝的人挤满了院子，哭声、抽泣声响成一片。那喇叭吹奏的低沉悲哀之调渗入人的五脏六腑，且一遍又一遍地重复着，又让人想起了土根、火根、水根之死，一家五个亲兄弟，竟然死了四个，并都在双手能够搏虎的年龄死去，当地人们都认为人过满一个甲子——60岁以后逝去才算正常死亡，这四个兄弟显然都归在短命夭折之列，真是叫石头人都会伤心落泪。

朱继元又遭失子之痛，哀伤钻心透骨。一夜之间老了许多，已变得又黑又瘦的脸上，显得苍老而疲惫，那棱角分明的脸变得线条模糊而无力，像个满脸浮肿的病人，一下失去了英俊之气。平时炯炯有神的双目变得暗淡无光，连眼珠子的转动也不像平日那般灵便了。那胡子似乎一夜之间由花白变为全白，经湖风的吹拂，凌乱地飘在腮边、胸前，像一蓬衰草。往常，这胡子为他平添许多风采，今日却是在标志着他的无力和衰迈。这副样子，使看见他的人无不顿生同情、怜悯之心。

他坚持着随众人把木根的灵柩送到了墓地。他亲自在地上画了几道线，让木根的棺材紧靠水根的坟地下葬，并喃喃地说："你们兄弟靠在一起吧，一定要互相照应，并在地下保护家人。冤有头，债有主，父亲一定会为你们申冤讨债。孩子们，安息吧。"一移目又看见了孙子的坟茔，那小小的坟包刚刚长起稀稀拉拉的杂草，尚未覆盖住整个坟冢。他似乎看见了孙子正喊着"爷爷"向他扑了过来，他顿觉一阵晕眩，金根急忙将他扶住，然后搀扶着慢步回到家中。

丧事办完，朱继元便把金根叫了过来，他要知道木根死时的具体情况。金根因怕父亲听了伤心，一直没有向父亲提起木根之死的细节，今天看来不能不讲了。

金根从发现鬼子的船队讲起，讲了第一拨攻击对鬼子的杀伤，讲了当时鬼子的顽抗，讲了当时的混乱局面。再讲到，金根兄弟掩护仁生去驾驶拖船冲撞汽艇。正是在这时，弟弟没有听自己的劝告，不是趴着而是站在船头放枪，突然一颗子弹击中了他……

朱继元听到这里，像是有了重大发现，打断金根的话，抬起头来，眼盯着金根问："是仁生主动提出要你们掩护他？"

"是的！"

"他为什么不自己做掩护，让你们去抢拖船？这里面难道没有奥妙吗？"

"看不出什么奥妙。大概是因为他们没有枪吧。"金根说出了自己的看法，其实当时他别的什么也没有想，想的只是如何痛痛快快地消灭日本兵。

"你中计了。"朱继元说得非常肯定。而金根却听得如坠云雾，他实在察觉不出这里面有什么计谋之类。

朱继元接着说："你们放枪掩护他，就意味着会把鬼子的火力全吸引到你们身上。鬼子的武器、枪法那么厉害，你们却成了枪靶子，不死伤那才怪哩。可见，仁生当时使的是借刀杀人之计。杀你弟弟的，不是日本人，而是铜钩村人，是仁生。”朱继元把最后一句话说得很重很重，又一次把恼怒指向了仁生。

金根心里觉得很是不能理解：能这么说吗？这说得实在有些太牵强、太过了。自己当时在现场的感觉完全不是这样，仁生抢夺和使用拖船的一招，是依据当时情况做出的一个很好的选择，并非事先安排，后来也证明是管用的。另外，如果弟弟当时趴在船上，或者船稍微在湖中晃动一点，那子弹就不一定能打着他。此时父亲正是怒气灌顶，连脸都有些变形了，看上去很是可怕，他不敢把自己的这些想法说出来。

父亲降低了一点声调：“从我第一次见到那个仁生，就感觉到这个家伙不是好剥的牛，心机过人，会长期成为我们村的心腹大患，果不其然。但我更感痛苦的是，你竟然会上人家的当，并且上了大当还居然一点都不知道。”

金根低着头，一语不发，此时他又觉得，父亲说得不一定全对，但好像也有几分道理。确实，如果当时自己和木根不做什么掩护，鬼子的枪弹便不会那么集中地向自己的船射过来，弟弟也许就不会中弹身亡。他有点自责了。

朱继元又接着往下分析：仁生他们当时为什么要和我们联手干？主要是看中了我们有枪，他们独吞不下这块肥肉。如果鬼子只有粮食没有枪，他早就像吃一颗养生丸——独吞了。你看，我们的枪本是买来对付他们的，现在却是因为有了我们的枪，一起作战打鬼子，他们没有死一人，还轻易捡了那么多粮食。我们却倒赔上了两条人命，我们这次做的是亏了血本的买卖，上的是天大的当啊。

朱继元说到这里，简直是捶胸顿足。

金根心里说：当时说联合行动，对付日寇，不是你同意的吗？并且还慷慨陈词，说日本人是心腹大患，村子间的争斗是手足之患。大敌当前，要同舟共济，保家救国。怎么又成了赵家损人利己的阴谋诡计？

朱继元话语大开，犹如剥茧抽丝，接着说：“铜钩村还有一个小算盘是借这个机会同我们套近乎，以图商量重新划分水域，真是处处精于算计，损人而利己。赵仁生这个家伙实在是千年的王八，成精了。”

金根对这个判断倒是连连点头。他佩服父亲的眼光和分析，仁生确有向铁网村示好的意愿和举动。他转而问自己：我为什么就没有朝深处想一想呢？这次如果没有铁网村的枪，不知要多死多少人，甚至那仁生也生死难卜。哎呀，有枪才有这次大胜，当时分粮食时，为什么没有提出灭敌立功的武器也要分一份呢？这时他觉得，在这方面自己确确实实是上了仁生的当。

实际上，铜钩村使用的火器里面，其中有好几支是仁生造出来的枪，并在打鬼子时发挥了重要作用，只是当时金根没有注意到罢了。

朱继元也许说累了，稍停了一会儿，又喝了一口茶："一山不容二虎。我们和铜钩村不拼个你死我活，看来不行。就冲他害你三个兄弟和儿子，这一共四条性命，也决不能善罢甘休。"

这时，虎根匆匆走了进来，递给金根一封信，说："这是铜钩村专门派人送来的，是给你的。"

金根有点奇怪了，几百年来，两村以文字往来的只有诉状和战表，今天怎么突然有书信了？他赶忙拆开一看，信果然是写给自己的，内容是：

金根兄：

这次由于三个村的生死与共，无私无畏，从而打了一场漂亮仗。然，令人至为痛惜的是，我方有二人遇难，其中包括你的胞弟木根，我们对此谨表示沉痛哀悼，对死者表示深深敬意。并愿将一船粮食奉献给两位不幸者的家属，以表达一点我们的心意。敬请节哀。

铜钩村　赵仁生

金根看完信，开始琢磨起来了。这仁生修书致哀，还白送一船粮食，真是一个很令人意外的举动，究竟是真心还是恶意？他又想起，在讨论分粮方案时，仁生曾提出过给两个死者共给3船粮食，后来因为抽着的是曹家的方案，两个死者只共给2船。仁生现拿出一船粮食，看来是要兑现他提出的方案，这似乎很顺理成章。并且信中词意恳切，表达了对死者的敬意和哀悼，不仅无恶意，还字里行间透着几分善意、几分真情。

正思索着，父亲发话了："谁的信？给我看看。"

金根双手把仁生的信递给父亲，心想着，不知父亲会如何看待这封信，便不时移目关注着父亲的表情。但见父亲看完信后脸色大变，连手也直哆嗦。

金根赶忙问："父亲，怎么啦？"

"怎么啦？你看出这信里藏着的深意吗？"

"好像没有什么深意，就是表示哀悼和愿送粮食。"

朱继元不轻不重地拍了几下桌子说："这封信非同一般，分明是花里带刺、笑中藏刀，可以说是恶意重重。"

"我实在是看不出来，愿听父亲点拨。"

朱继元没有理会金根的话，而是转而问虎根："送信的人呢？"

"我已把他留置在耳房里。"虎根回答，然后又诡秘地说，"伯父，上次不是说要除了仁生吗？何不借机今天把这个人……"说着用手掌做了一个砍头的动作。

朱继元没有正面回答，只是说："叫他进来。"

虎根跑出门叫人去了，金根却是心里发紧：看父亲这怒气冲冲的样子，肯定要与铜钩村送信的人发生冲突，加上刚才虎根又出了一个不好的点子，弄不好还真可能会出现难以预测的事情。

这时，虎根领着送信的人进来了，这人不是别人，是勇生。看来勇生在铜钩村已担负着越来越重要的角色。

金根先招呼勇生坐下。

朱继元把眼睛瞪得圆圆的，像两个小酒盅，看了勇生好半天，没吭声。勇生则是坦然地坐着，脸上的表情显得轻松自如，也没有主动开腔，他已不是五年前第一次来朱家大院的那个勇生了。

"仁生派你来送信，究竟是什么意思？"朱继元突然发问。

勇生几乎不假思索地回答："一为致哀，二为慰问，三为……"

"三为示好？"朱继元抢过话头。

"保长先生说得很对。"

朱继元一声冷笑："嘿嘿，未必。你说来信有三重意思，这我赞同。"朱继元略作停顿后，却来了个行船扳桨急掉头："但绝不是你说的那三层意思。"

"您认为是哪三层意思？"勇生本能地发问。

“第一，你们这是幸灾乐祸。看似表示哀悼，实则内心窃喜。人死去以入土为安，活着的人应节哀为要。你们却又把这事挑起，分明是再揭伤疤，暗自庆幸，实在歹毒。”

一听这话，勇生真是大惊，对方这种结论实在是来这里以前完全没有想过的，便立即接话说：“保长先生，完全误会了。我们行事，历来以仁义为本，绝不做那落井下石、幸灾乐祸的事，确是真心真情为表达对为打日本人而献身的勇士的敬意。”

“不必争辩，你家仁生名字好听，但做事却离仁德甚远。”

勇生不能容忍对方对仁生的诋毁，堂兄在他心中形象高大，是铁铮铮的一条汉子，也是一位有菩萨心肠的善者。这次送信送粮是仁生费心费力说服了许多人，力主要办的，铜钩村绝大多数人是决不屑做这种示弱、示好举动的。想不到这朱继元竟然是把好心好意当成驴肝驴肺，他的心寒与怒气同时生发。

他正要开口回言，朱继元却挥手阻止，然后接着说：“第二，你们是心虚忏悔。因为是仁生故意让木根吸引日本人的火力，才致他木根中弹身亡，所以你们逃脱不了与木根之死的干系。正因为如此，怕遭天谴，良心不安，才送粮以作安慰，这真是猫哭老鼠假装慈悲。”

听到这里，勇生再也坐不住了，他霍地站起身来，但又立即觉得不妥，便又旋即坐下，却提高了声音说：“保长先生，当时在激战中，枪弹乱飞，眨巴一下眼睛都可能有人中弹。大家一心想的是歼灭鬼子，结束战斗，绝不会有像你说的还有心思、有时间去想如何借刀杀人。所以，如果你前面说的话是误会的话，刚才说的便是有意背离事实。”

勇生这番话，说得不软不硬，还显得有理有据，这使朱继元犹如冒烟的火山，似乎瞬间就要爆发，但他还是做了一个深呼吸，强行压住火气。

这时虎根插话说：“勇生，放礼貌些。这是铁网朱家，不是铜钩赵家，不得冲撞我家叔父。”

勇生本想回应几句，但觉得同他争执没有必要，便机巧地问朱继元：“保长先生，我是同你谈，还是同虎根谈？”

朱继元瞪了虎根一眼，示意他不要再作声，然后接着说：“第三，你们这是故设陷阱。如果我们收下这一船粮食，便成了贪婪者、小气鬼，你们则成了慷慨人、施舍者，再变成添油加醋的社会传闻，我们就会面子尽失，你们便会脸上添彩。你们的铁珠子算盘打得太响、太精了，但我们会上这个当吗?”

勇生摇了摇头，这人像是有病，简直不可理喻，那就不同他纠缠了，便回答说：“我们没有想得这么深，也不愿想这么深。我仁生哥只是出于同胞之谊、仁爱之心，希望两个村同享太平，都过好日子而已。”说完起身要走。

“坐下，我还没说完哩。”朱继元看来还不想如此结束今天的争辩。

虎根毫不客气地把勇生又按回座位上，并凶狠地说：“坐下，听着。既然进来了，就不要想轻轻松松地走出去。”

勇生并无一点恐惧：“你想干啥哩? 难道你铁网村是虎穴狼窝?”

“至少得留下点东西再走!”虎根又恶狠狠地说。

“哼，你想动手，老子不怕。如果我今天出不了铁网村，恐怕你也会很快回不了铁网村。”勇生不肯示弱。

金根不满虎根的冒失，喝道：“虎根坐下，今天是口谈，不是动武。”金根想起了他当年误入赵家船队时，仁生的以礼相待，如果横蛮地对待赵家村来的人，朱家村就输了理，也是怯弱的表现。

朱继元又开口了：“既然你们如此口是心非，阴险狡诈，我们也就不客气了。回去告诉仁生，不必再多废口舌，放船过来，鄱阳湖上再决高下。”

勇生心想，看来朱家完全误会了赵家的意思，或许本来不是误会，而是挖空心思寻找开战的理由。这样，仁生交代给自己的任务便无法完成了，但他心有不甘，便又说：“我们这次来是为了和好。两个村共同联手打鬼子，是为了生存、生活，我们如果不打仗，互助互让，不也可以更好地生存和生活吗?”

“空道理少讲，不要‘嘴里念弥陀，心里割黄禾[①]’。小小计谋，上不得大场面的。”朱继元喝道。

“仁生派我来，完全是一片诚意，如有半点假意，我有朝一日死在湖上让鸟啄鱼食。我们不愿打仗，很愿意和铁网朱家和好。”

“赌注发誓，你们是害怕了吧?”虎根忍不住又插话了。

---

① 黄禾：成熟的稻子。整句俗语的意思是，口中念佛，心里想的是私利。

“千百年来，我们可曾怕过谁？我家仁生哥一直认为武不如文，战不如和，世代积怨只有用诚、用和才能开锁解扣。”

要在平时，朱继元会觉得这些话很有道理，甚至会表示赞许，但他家里流的太多的血已让他性情大变，理念也在改变。他准备了一大段话，准备一泻心中的积郁，但这时觉得身体有些不适，便挥挥手说：“不必多言。你可以走了。”

勇生还想起一件事，便说：“那一船粮食我已带来，就在村边码头，请问我们是留下还是带走？”

金根想了想说：“粮食我们就不要了。”

朱继元提起精神，说：“不，可以留下一半。”

勇生辞过朱继元，便和金根到湖边进行粮食交割。

虎根便立即问：“伯父，为什么不把这勇生杀了？”

“一个人能顶五条人命吗？无缘无故可以杀人吗？”朱继元反问。这时他已把四条人命变成五条人命了，也就是把他家这几年死去的儿子、孙子统统算在了赵家村头上。但又道明不能随意杀人，看来他的理智还是十分清醒的。

不一会儿，金根回来了，不解地问父亲：“为什么要留下半船粮食？”

“留半船粮食，这里面自有含意。无论赵家是真情，还是假意，都表示我们对，他们错；我们是，他们非。”

金根迷惘地摇了摇头。

朱继元便解释说：“如果赵家送信送粮的情义属假，这半船粮食收下，便是接受他们的歉意，是对假情义的真惩罚；如果赵家送信送粮的情谊属真，那半船粮食便是我们的回礼，表明我们历来依礼义行事。”

金根此时心里敲着小鼓：父亲总是有令人一下捉摸不透的言行，对父亲关于赵家送信送粮的判断他也并不完全赞成。这些都暂不管他，现在重要的是下一步棋如何走？便问：“和赵家的事怎么办？”

“血债不能轻易抹去，血仇不能不报。别无选择。”朱继元说得很是吃力。

“那什么时候开战？”

朱继元又想起了一件事，对着金根和虎根说：“我看虎根的外表和内心越来越像条汉子了，今后械斗的组织、指挥由他负责，金根你好好帮助他。”

朱继元这番话的真实含意是：和赵家村必有一战，但自己只剩一个儿子了，孙子也死了，不能让金根再冒险冲在前面。如有意外，自家便断了香火，这是万万不能接受的。

金根首先表示同意。父亲的这一决定完全契合他的心理，他并不是贪生怕死，而是一次又一次的冲突、一次又一次的流血，都不能解决任何问题，这是看不见尽头的死亡游戏。自己的家族为此付出了太沉重的代价，情况应当改变，如何改变？自己没有任何办法，只能由父亲决断。从心理上说，自己则已由一只威猛的、好斗的狮子变成了一只受伤的、怯懦的狮子。

虎根少年气盛，受到信任，一种豪情贯遍全身，便又问："叔父，到底何时开战？"

"你们先做……"朱继元话还没有说完，便双眼泛白，嘴角抽搐，全身无力地晕倒在椅子上。金根赶忙上前扶住父亲，只见父亲已说不出话来，嘴角变歪，不停地流涎，满脸涨红，双眼紧闭，只是痛苦地用手指着脑袋。

朱王氏这时闻声急急地走了出来，给丈夫头上敷上湿毛巾，又连连使劲掐人中。

"噗"的一声，朱继元喷出一大口胃里的食物，接着又是一阵呕吐，酸臭味灌满整个房间。

朱王氏慌乱地从一个箱底里找出一颗珍藏多年的牛黄安宫丸，掰碎后揉成黄豆大小的颗粒，用水灌入朱继元的嘴里，同时吩咐金根快去叫郎中。

郎中看过，又用了几味药，朱继元才慢慢醒来，大家把他移到床上躺着。

想不到朱继元这一躺就是一年多，中间病情还几次反复。这客观上阻止了双方的又一次械斗。在这期间，鄱阳湖边发生了一系列重大的事情。

第七章　祖源之地

『从没见过面，永在心里边。』这是一个谜面，答案是『祖先』，但这又近似一个悖论。谁能真正猜透这个谜面、诠释这个悖论？

清点户口和抓丁

日本人的踪影不见了，可也好几个月没有见到政府的影子。就像平静的湖面刚有一条大鱼翻起一阵大浪，鱼走了，浪没了，水面上一切又恢复常态，归于平静。

但铜钩村的人的心却是紧绷着的。过了农历八月十五后，又是捕鱼旺季，各渔村都开始把属于自己的水域做上标记，防拒他村渔船的进入。铁网村毫不客气地一如过去，把认为属于自己的水域用竹竿和粗粗的稻草绳围了起来，水深处则布上了漂浮的竹筒作为界线，宣示这是铁网村捕鱼的领地。

仁生想去找新的县政府解决争端，但想起过去的衙门告状，心便凉了半截。又把这想法和大家一说，全都反对。

用蛇舌俚的话说“打官司那是寡妇死了独生子，一点指望都没有了。”

勇生说：“日本人走后，官府的人首先考虑的是自己的官爵、地位、财货，老百姓的贫富生死只会像扫完地的扫帚，随意放置在一边。”

飞天拐子的意见是既然政府不管，就只能蜗牛搬家，自己靠自己。没有新路就只能走老路，老路也是一条路，总比没有路或绝路强。

仁生摇了摇头。这老办法世世代代都用过了，根本不管用。但那冲突、生计、贫困……都该怎么办？难道就没有新法可行、新路可走吗？天无绝人之路，古人逢山开路，遇水搭桥，我们也可以仿而效法。但又从哪下手呢？于是他对大家说：“再好好想一想，或许能绝处逢生，曹操不是连华容道都能过吗？”

几个月后，事情好像有了转机，忽然有通知说，县政府几天后会派人来铜钩村。这消息就像三九天的夜晚生起了火盆，给大家带来一丝暖意，使无数冰冷疼痛的心燃起了几许希望，一定是政府有人管事了。派人来可能是调解纠纷，或者是来派发救济品，尤其是后者的可能性大。因为听说日本人投降后，中国缴获了堆积如山的东西。其中有军火，有后勤物资。后勤物资里面有生活用品，包括衣被鞋袜，以及装满鱼肉、水果的非常好吃的罐头，还有各种形状的糖果，更有从没见过更没尝过的压缩饼干，据说吃半块就能顶三顿饭。许多小孩听到大人们议论，简直像过节一样的高兴，好像那花花绿绿的食品就在跟前，有的听着听着还不断地咽口水。

几天后，按照通知的要求，各家早早地都有一人来到大祠堂前，在四张桌子前排成四行，充满期待地等待着。人们更加确信今天是要分发东西，否则摆放桌子干什么？又排队干什么？显然，桌子是摆放物资的，排队是为了防止有人哄抢或是重领冒领发放的物品。

一开始队伍还挺整齐，但等了好一阵子，不见动静，人们便变得歪东倒西，渔民们实在不习惯排队。有的人在展开想象力，猜测着发放的会是什么东西，并希望得到自己想要的东西。大多数人希望得到的是一袋大米和一盒猪油罐头，因为这两样东西最需要、最实惠。许多人就像一大群鸭子冲向食物一样，伸长脖子注视那将会摆放物品的桌子。

太阳开始转向南面的时候，10多个穿制服的人终于出现了。但令人失望的是，他们除了都夹着一个公文包外，没有带来任何东西。很多人一下子泄了气，变得像霜打过的树叶——蔫了，肚子也更饿了。

不过，虽然分发物资的希望像肥皂泡一样破了，但这些人还是带来了可以让人期待的消息。

领头的向大家宣布，这次是来清理登记户口。因为经过多年的战争，许多人或死亡、或逃离，也有许多人出生、流入，人口变化很大，所以政府要进行一次彻底的人口清查和重新登记。将来分发救济物资、参加选举都要以户口登记为根据，没有登记户口的将不会有这些权利。大家主要关心后面的那些话，许多人还把“将来”二字理解为“将要”。

那就好好登记吧。人们一个个走到那桌子前，按照要求说出包括家庭各成员的姓名、性别、年龄，家庭是否有土地、房屋、渔船以及耕牛等情况，让那些县里派来的人一一往每张都相同的表格上填写。

轮到飞天拐子时，却像水流到突然关住的闸门前一样停住了。登记人员说过登记事项后，他好一会儿没吭声，皱着眉头在盘算着什么。登记员有些不耐烦地催问："说话呀！"

"正想哩。"飞天拐子漫不经心地回答着。

登记员更不耐烦了："家里几口人还用想？"

飞天拐子又犹豫了一会儿说："我身有残疾要不要写上？"排在后面的人认为飞天拐子在打小算盘，思谋着写上这一项将来领物资会得到照顾，但又觉得飞天拐子不是这种有心计的人，还真猜不出这个向来豪爽、说话办事极为利索的人，今天为什么会变得这样拖泥带水。

飞天拐子确实不是打小九九，他现在有难言之隐，问这个问题只是他的应急之词。此刻他在想的是一件对他来说，比领救济要重要得多的事情。

登记员又催促着："快说吧。别耽误时间。"

飞天拐子又迟疑了一会儿，便把要求登记的事项逐一说了，然后迅速离去。

人们又按秩序挨个走近桌子，登记继续进行。

再说那飞天拐子登记完以后，没有回家，而是拄着拐杖一颠一颤地走到了一片坟地里。在那里，已有两个人在等他。双方打过招呼后，对方递过来一张刚刚就着坟包写成的契约，飞天拐子接过，大致看得懂其中的内容，个别不认识的字便向书写者询问。然后，双方又说了些什么，便各自离去。

午饭后，飞天拐子带着媳妇上船出湖。他把船停在湖中的一个小洲岛边，叫女人离船上岸后，却把桨对着岸边用力一撑，船便忽悠悠地快速离岸而去。女人见丈夫什么也不说，却把船划走，让自己留在这小洲上，觉得很奇怪，既而发急着慌，便喊着："拐子，你把我放在这儿做啥哩？"

女人的话音刚落，小洲上出现了两个男人，他们带着温和却很肯定的语调说："跟我们走吧。"

"为什么跟你走？我得回家。"

"你现在已经是我们家的人了。"

这两个人就是上午在坟地里与飞天拐子见面的人。他们在那里进行了一桩名副其实的、堪称人间最肮脏而黑暗的交易：飞天拐子的女人卖给了现出现在小洲上的两个男人中的一个。因为人口买卖这是见不得人而又十分残忍的事情，卖妻则被世人视为人口买卖中的首恶，故这等事一般是在坟地里谈条件，写契约。人们还普遍认为，写过买卖人口契约的那块土地上连草都不会长。飞天拐子上午登记情况时，一直心不在焉就是老在想着这件事。虽然卖妻是出于无奈，家里穷得无法维持生计，更因为父亲发病，需要钱医治，但把人作为牲口一样地出卖，纵是铁石心肠也会肝疼泪落，这两天飞天拐子也一直处在愧疚、惶恐和酸楚之中。

那女人一听，双腿发软，便坐在地上号啕大哭。哭声像天上受伤飞雁的哀号，凄厉并且传得很远。她哀叹自己的命运，小时候饥寒相随。长大了，也是一寸好日子也不曾有过，还要被卖了，真是受尽人间的苦难与凌辱。这种日子，真不如一死。她站起身，带着怨恨却无所眷恋地向湖中扑去。但此时，她想求一死都已不可能，因为买家花了钱，是不会让她白白死去的。两个男人拖住了她，又把她带上了停泊在不远处的一条渔船。船在湖上摇动着，妇人依然悲伤地大哭着，也不知那哭声在何时何处才会停歇。

飞天拐子返回到村里。见祠堂前的人还没有散去，他想听听这次县里来的人最后还要说些什么。这时，那个领头的在讲话，内容是：虽然日本人被打走已经快一年了，但天下还没有太平，国家还没有统一，还要和根据地在北面的共产党军队继续打下去。国家本来就又大又穷，经过八年抗战，更是雪上加霜。现在还不知道要打到什么时候，打仗就要钱，都已经向外国银行借钱了。但钱还是远远不够，怎么办？

台下发出了不小的声音："那就别打了。"

讲话的人用力挥了一下手，继续往下说：那怎么行？现在是打败共产党和统一国家的绝好机会。因为共产党地盘小，人口少，军队也少。加之现在日本人回了老家，可以专门对付共产党了。另外，还有强大的美国的支持。这样，打败共产党就像定好了日子娶媳妇，喜事指日可待。

台下发出了嘻嘻的笑声。有人小声议论，打共产党都打了差不多20年了，好像共产党不见人少，反而势力越来越大了。这个媳妇恐怕不好娶，弄不好可能是梦中娶媳妇——只是自己想好事罢了。

那讲话的人话锋一转，说："国家是大家的，没有钱，就得靠大家。从下个月开始，出湖捕鱼每条船都要交税。考虑到你们渔民也不宽裕，所以征的税不多，每条船一天就征一斤米。"

这下大家如梦初醒，政府来统计户口是为了征税。

勇生说："我们世世代代在湖上捕鱼，从来没交过税，连日本人占领时都没交过税，现在为什么反要交税？"

"那是过去，旧皇历不能再用。现在要强化国民意识，支持国家，人人有责。"讲话人讲着很大的道理。

"一天一斤米，一年下来要360多斤米，等于我们每家多养一个人。如果用这些米喂猪，过年还可以卖一笔钱。多养一个人对我们有什么用？"人群里的蛇舌俚叫着。

"怎么没有用？这钱粮可以用来养军队，养国家公职人员。这都是为国家、为民众效劳的。"

仁生接过话头："既然百姓们养的国家公职人员是为民众效劳的，那民众的困苦和艰难就应当关心关心吧。比如那铁网村长期占用着我们的水域捕鱼，你们政府就应该好好管管吧。"

"政府管事是有分工的。现在成立了水警队，就是管鄱阳湖治安的，有事可以找他们。"那人说完之后宣布散会。他知道，自己纵然有铁嘴钢牙，也是无法说服这些百姓的。

在大祠堂前聚着的人却没有很快离去，大家万万没想到，日夜盼着政府来人送救济、解危难，等到的却是要增加捕鱼税，真是等待菩萨却闯进了野鬼。

但大家没有想到的是，还有更麻烦甚至令人恐惧的事情在后面哩。

几个月后，根据县里的通知，16岁到30岁的男人第二天在大祠堂里集合。有人又开始想象了，这下可能真的送来了救济物品，让年轻力壮的去搬运。但更多的人在猜测：狐狸叫鸡鸭聚合，肯定不是什么好事。因为这些年来但凡政府布置的事情，几乎都是要让老百姓吃亏受累的事，只是不知道这次具体的是什么名堂。

这一天，好几条帆船停靠在赵家村边的湖岸上，从船上走下来的是一个个全副武装的军人。上岸后便像打仗一样摆兵布阵，把整个村子控制了。随后又挨家挨户通知年龄合乎要求的人赶快离家到大祠堂集合。

人到得差不多的时候，领兵的军官一脸严肃地拿着一个簿册在点名，凡是点到名的他都要上下打量一番，然后让站到另一边。大家认出来了，那个簿册正是几个月前县政府派人来登记户口时使用的。大家又慢慢地发现：凡是点到名的人都家有兄弟、年龄在20岁上下，并且身体比较健康，阵阵不好的预感袭上心头。

军官一个一个地点着名，四周持枪的军人紧紧盯着大家，握在手中的那步枪上的刺刀闪闪发亮，但即使在太阳底下，发出的依然是令人生畏的寒光，这使现场充满了紧张气氛。

点到名的共有78人。然后那长官宣布："这些人已经成为了国防军。你们村已经得到很大照顾，按兵役法三丁抽一、五丁抽二的规定，应该抽100多人，现只抽了78人，应感恩政府。点到名的今天便到县城集中。"然后便指挥着实则是胁迫着被点到名的人向停靠湖边的帆船走去。

仁生心中一动，怎么这般巧，和上次械斗死去的人数一模一样，实在匪夷所思，是巧合还是天地玄机？这两者间莫非有什么奇妙的联系？

无数的战争，太多的死亡，一旦去当兵就可能是不归之路，这使许多老百姓十分害怕穿军装的人，同时也害怕自己或家人成为穿军装的人。因而这对全村人来说，简直是五雷轰顶。有人本能地想离开集结的地方往旁边散开，但几个士兵手中的枪响了。有的子弹在天空炸响，有的子弹则在紧挨人群的地面上"啪啪"乱跳。人们一阵慌乱，不由自主地停住了脚步，几个看热闹的小孩吓得哇哇直哭。

一只猪嬷带着一群小猪正从旁边路过，有两只小猪中弹倒地，那母猪没有奔逃，而是反身来到小猪身边，悲切地看着自己的孩子，并用长长的嘴巴嗅着、拱着，似是要唤醒那已死去的小生命。但，躺在地上的小猪没有任何反应。这时，枪又响了，那猪嬷也中弹了，倒在地上，四腿抽搐，血如泉涌。跟着的几只猪崽一阵惊慌，但旋即又跑回猪嬷身边，依偎在一动不动的妈妈身边，并拼命挤到母亲的腹中开始吸奶。小猪白白的身上立即染上了鲜红的血迹，但不知它们能否从死去的妈妈身上吸出奶水来。

大家看到这一幕，心里发虚，脸上变色。

那军官模样的人又喊着："谁想跑，谁就会成为第二只母猪。"又指挥着士兵把已瞬间变成了"国防军"的渔民押往湖边，驱赶上船，然后迅速开船离岸。

这时的湖岸上，许多人聚在一起，一片嘈杂之声。闻讯而来的还有老人、妇人、小孩，对着湖面又哭又喊，呼唤着自己亲人的名字，哭骂着那些带枪抓丁的士兵，咒骂着不给老百姓干好事却屡屡让老百姓受伤害的政府。

在人们的泪眼中，那些载着年轻渔民的船变得越来越小，最后消失在滚滚波涛之中。

离开鄱阳湖

仁生因为是独生子，没有被抽去当兵，义生、勇生、祥生等则因为有兄弟被抽走而留下来了。大家都处在深度的悲愤和忧虑之中，与铁网村的冲突似乎一下被遗忘了，其实铁网村也有许多人被强行抽去当兵，便把与朱家打仗的事搁在了一边。仁生想，这是自己离开的最好时机了。

几天后，他又一次辞别叔叔和母亲，告别了兄弟们，到曹家村找到加庆，二人商量着到县城租一个小铺子打铁。

铁匠铺子很快开张。仁生庆幸自己真正的生活开始了，他还饶有兴致地自撰了一副对子贴在铺子的门边：

铁锤向天，震落星斗落凡尘
大箱送风，熔化钢铁作剑犁

这大气磅礴的对子，表明了他对铁匠职业的喜爱，也有着他对人生的追求。

仁生粗粗一算，离开师傅回村，转眼间已六七个年头了。这几年都处在紧张和争斗之中，如果能专心不二地打铁，他的手艺一定会有许多长进。他暗下决心，从此远离一切人间冲突，一生只以铁锤、火炉、风箱为伴，任铜钩村风来火起，鄱阳湖浪涌船翻，也决不放下手中的铁锤。

时隔几年，手艺已明显有些荒疏，但他还是很快找回了感觉。并且由于生活的磨炼、眼界的开阔，加深了对铁匠活的理解，许多铁器在火候处理、工艺流程、形状设计等方面超出了过去的水平。比如，他经反复锻打、两次淬火的菜刀，锋利而坚韧，简直可以削铁如泥。只是少有人问津，因为比一般的菜刀要贵出许多。小铺开始变得热闹了起来，很多人喜欢到这里来购买、定制铁器，这也就意味着生意红火起来。

一天，正当他们奋力挥锤的时候，一个熟悉的声音在耳边响起："仁生哥！"是小鲤。

仁生停下手中的锤子，让加庆也先停歇一会儿，然后招呼小鲤在一个小板凳上坐下来。

小鲤首先告诉他的是，铁网村已有很多人被抓去当兵了，五个哥哥中因为只剩金根一人，所以留了下来。

仁生点了点头，便说："现在不会有人主张同铜钩村打仗吧。"

小鲤说："主张打的人还有，但不像过去那么多了。我父亲的主张是界线不变，可以不打；界线要变，一定要打。"并说父亲一直在病痛之中。

加庆见他们不便说"私房话"，便找个理由离开了。二人说话的内容也随之改变。

"真高兴又见到你，我还担心你被抓去当兵了呢？"

"俗话说，好男才当兵，好铁要打钉。我这人可能打不成什么好钉子，所以没人要。"

"我听说过的好像恰恰相反。"

二人哈哈大笑。

小鲤又充满担心地对仁生说："我看到到处乱哄哄的，虽然日本人被打跑了，但国家好像出了什么大事，老百姓的日子还是像鱼胆一样苦。"

"确是这样，但小小百姓有什么办法呢？"仁生说着摊了摊双手。

小鲤又认真地带几分柔情地说："不知怎么回事，我老担心你会出什么事。"

"这年头，有钱有势的人容易出事，平头百姓出不了大事。"

"为什么？"小鲤眨着水灵灵的眼睛问。

"因为穷人除了命什么也没有，而性命往往是和钱财结合在一起的，穷人的命不值钱也就少有人要。"仁生回答着，心里却是说：我也一样牵挂你。这年头谁都可能出事。

他们时而高兴、时而忧虑地说了一阵。小鲤很想再待下去，又觉得待的时间过长了不太好，便起身说："你得多加小心。下次再来看你，可千万不要出什么意外。”

“这很难说，说不准下次你再来时，我就出什么事了。”仁生开着玩笑说。

“别说这种不吉利的话。反正你不管在哪里，我都会……去找你，并且找到你。”小鲤说完，离开了仁生。

但小鲤想不到的是，仁生随口说出的那句玩笑话，竟很快得到了应验。

加庆急匆匆地回来了。脸上带着几分不安地说：“刚才我在茶馆里稍坐了一会儿，听人说，余南县已有军队进驻了。军队中的一些士兵和随军的民夫都是随意抓来的。”

仁生想了一下，说：“能随便抓人当兵吗？几个月前不是抽了很多壮丁吗？要那么多人干啥哩？”

“这谁能知道？是不是为了打大仗，或是吃了大败仗，急需补充兵员？”

“国家已打了这么多年仗，还要打仗，并且是打大仗。这老百姓还怎么活？”

“想不到我们的铁匠铺刚有一点起色，就成了开船便遇顶头大浪了。”加庆叹了一口气说。

仁生此时很无端地想起了师傅说过的一些话，也长长地叹了一口气说：“也许命该如此。”虽然他对这话内心并不认同，但此时只能以这无奈的话语来安慰自己。

二人又商量了一阵，决定马上关门歇业，先躲一躲风头再说，免得整日里悬心悬胆地过日子。

但就在这时，五六个拿着枪的士兵站在了门口，把两个人从头到脚打量了一番，为头的喊了声：“不错，带走！”四五个士兵一拥向前，把仁生、加庆的双手反剪，用绳子捆上。

仁生挣扎着喊：“青天白日之下，你们为什么随便抓人？”

“别啰唆，跟我们当兵吃粮去。”

真是好事怎么说都不来，坏事一说就灵验。仁生刚才和小鲤不经意间开的玩笑，转眼间成了可怕的事实，真是一张臭嘴、一条脏舌。他迅速想起了叔叔和母亲，便对像头目的一个兵说：“我也得回去跟家里说说吧。”

“嘿嘿，你还挺孝顺的，但你真正想的恐怕是媳妇吧。军情火急，国家事大，等不得你婆婆妈妈的。走吧！”那头目模样的人说完，便一挥手把他们带出了铁匠铺。

这时，大街上出现了一批被抓的人，在持枪士兵的押解下列成长长的队伍向前行走，仁生二人也被塞进了这支队伍。

走着走着，仁生忽然发现了正在街边行走的小鲤，便不由自主地喊了一声："小鲤!"

小鲤循声一看，见仁生和许多被绑的人走在一起，旁边有武装士兵押着，顿时又惊又怕，便不由自主地冲到仁生身边，大喊着："仁生哥，怎么了?"接着眼泪像断了线的珍珠，一滴一滴往下掉。

"我要当兵上前线了，拜托你尽快去给我和加庆家里说一声。"说着又指了指后边的加庆。

小鲤哽咽着点了点头。小鲤又像想起了什么，快速跑到街边小店，买了一条毛巾和一盒蛤蟆酥。但仁生手被捆着，不能拿东西，她便把毛巾系在了仁生的胳膊上。一个士兵顺势拿走了小鲤手中的点心，并用枪挡住小鲤，让她走开。

小鲤对着仁生哭喊着："仁生哥，多保重。打完仗回来时，我到县城来接你。"

小鲤的话，使仁生的泪水一下迸出泪腺，充满了眼眶，但他强忍住了，不让泪水流出来。他有千语在喉、万言在胸，只是十分动情地喊了一句："小——鲤!"这句充满万千感慨、意味深长的话是第一次脱口而出，但不知会不会是最后一次。

被抓的壮丁们步行着到了马背嘴码头，然后分批押上等在那里的帆船，每只船上都有五六个带枪的士兵看押。

这是一只很大的民船，看来是往来大江大湖跑运输的船只，船上卷篷的入口处还贴着一副对子：

大帆升处鼓满八面风
长桨落时荡起五福水

船的主人对生活充满美好憧憬。而此时对仁生来说，他不知这湖上的风会把自己吹向何方？此行可能只会是祸而不会是福，能活着回来便胜似五福齐天了。

很快，船开动了。船老大扯起了风帆，并开始摇橹，岸边的湖草、树木和正在湖洲上吃草的水牛徐徐往后退去。仁生从船行的方向判断，驶往的方向是鄱阳湖与长江相连的地方。

眼前都是他十分熟悉的风物。他在这一带的每一片水域、每一个港汊、每一个小湾都划过桨，泊过船，布过网。他甚至知道哪里有深潭，哪里有沉船，哪里有乱石，这就是养育过他的鄱阳湖。而今天，他却被强行装载在船上，要离开他充满深情有着许多美好记忆的鄱阳湖，并且此次一去何处是岸他全然不知道，还能不能再回到鄱阳湖也是难卜难测。

天上的太阳由高变低、由黄变红、由小变大、由亮变暗，像一个硕大的血饼缓缓沉入湖底。这种景色他见过无数次，但今天见到却是触目而惊心，眼前似乎全是鲜血的颜色。夜的大幕徐徐地把鄱阳湖盖了个严严实实，仁生也觉得自己完全进入了一个陌生的混沌的空间，整个人生也被抛进了一个黑乎乎的、看不清东西南北的世界。

船在一个峭壁前抛锚停泊，看来要在这里过夜。

士兵们解开了壮丁们身上的绳索，其中领头的还以带几分温和的口吻对大家说："我们都在同一条船上了。过了几天，你们都穿上军装，我们就一样了。"

另一个士兵说："人像天上的雁、水里的鱼，会到处飞、到处走，开始会想家，过些天就好了。大家可以聊聊天，彼此认识认识。"

是啊，这一路，谁也不吭声，就像装了一船死尸。一听这话，有的人开始张嘴了，大都从自己的姓名、住址说起。这船上20来个人都是本县人。

虽然平常彼此不认识，当这时大家谈起各自的住址、职业，使用着家乡的语言，便一下显得亲近起来了。更重要的是，战争和苦难已把他们的命运连在了一起，彼此间又多了一份同病相怜的感觉。

大家几乎都谈到了自己被抓的经历，有的还显得很有几分滑稽。

一个穿着整洁的说："我是个教书先生，刚一下课就被不分青红皂白地绑上送到这船上了。我这单薄的身子骨能够冲锋陷阵、提枪打仗吗？"

“打不了仗那就记账呗。”不知谁说了这么一句有点俏皮的话，气氛活跃起来了。

一个说：“我是卖豆腐的。今天正在大声吆喝时，胳膊被人拧住带走。连豆腐担也撞倒了，白花花地淌了一地，真是可惜。”

“那你肯定会成伙头军。如果分饭吃，可得给我们多分点。”那个说俏皮话的人继续调侃着。

又有一个人很懊恼地说：“我是乡下人，是到城里来买鱼肉菜蔬准备办酒席的，后天就是我结婚的日子。”大家一片叹息声，又有人苦中求乐地说：“就数你最倒霉，到嘴的天鹅飞了。那你的新娘子不知便宜了谁了。”

只有一个人满不在乎地说：“我是自愿来的。因为我爱赌牌，但手气老不好，欠了一屁股赌债，所以干脆来当兵。”他自报姓名叫赵吉山，是离铜钩赵家20多里远的另一个赵家村人。其实这赵吉山没有完全说实话，他的确嗜赌，但他更确切的身份是小偷，他就是当年偷黄中和坐骑的那个盗马贼。他大概是认为偷马匹获利大，又刺激，有点上瘾了。这次他居然潜入兵营，想偷驻县军队的马匹，被哨兵逮住，连长见他有几分机灵劲，便把他扣下来当兵。

大家草草吃了晚饭，士兵们便叫大家好好睡觉。

仁生把小鲤送的毛巾塞在头下当枕巾，他似乎隐隐地闻到了小鲤身上的气息，让他有几分欣然。船外的涛声传来，他很自然地联想起了捕鱼夜宿湖上时的涛声，那涛声与在这运兵船里听的波涛声有着极大的不同。捕鱼时听到的是犹如音乐，催人入梦的声音，今天在这里听到的是藏着凶险，让人心悸、很难入睡的声响。自己这是第三次被抓了，土匪、日寇、国军都抓过自己。自己怎么会这么倒霉？并还好像总逃不出枪的魔咒，凡拿着枪的人都让他吃苦受难，甚至与铁网村的械斗也因对方有枪而一败涂地。

他有了尿意，便爬起身来到舱外。湖风阵阵，四边没有一点光亮，只是黑蒙蒙一片，可以看到的是离船头不远处有模模糊糊的阴影，那大概是一片低矮的树林。

他对着湖水一阵痛快。坐在船边值哨的士兵没有任何反应，看来睡着了。他又回到船内，还是睡不着，人睡不着便老有尿意。他又起来一次，一切犹如上一回。他忽然闪过一个念头：为什么要乖乖地被送到前线，何不逃跑？

现在可是逃跑的好机会，以后也许永远不会有这种机会了。

他轻轻地把加庆捅醒了，又把教师、要结婚的小伙子等也捅醒了，悄声说："逃!"

这些人便蹑手蹑足地走向船头。加庆第一个纵身一跃，上了岸。又接着第二个第三个也像青蛙一样跳了出去，后面又有几个人上了岸。但哨兵被惊动了，大喝了一声后，对着船头扣动了扳机，另外三个兵也醒了，冲出船舱。已走出船舱、但还没有跳上岸的人见势不妙，纵身跃入湖里，向远处游去。

此时仁生正在船里，想慢慢逐个叫醒大家，听见舱外响起了枪声，知道已被哨兵发觉，无法再逃，便迅速蜷缩在自己的位置上，假装睡觉。

那些兵丁打了一阵枪之后，回舱清点人数，已跑了差不多一半。为防止再出意外，便把剩下的人全绑了起来，这些被绑的人便像洞里的螃蟹一样蜷缩在船舱里。

仁生身子不能动，脑袋里却在不停地转动：不知道是否有人被打死？如是有，自己便有责任了，为此很有些不安和内疚。他可以安慰自己的是，跳上岸的几个人中有那个后天进洞房的小伙子。金榜题名时，洞房花烛夜，是千古以来人们向往的一生中最美好的时刻。但金榜题名对绝大多数人来说不过是一句虚语，这洞房花烛夜也就成了人生最美好的时刻了。这一逃，对那个小伙子和家人来说，无疑是极大的幸事，他幸运地脱离了这当下的苦难，可以拥有那人生美好的时刻，但愿他这一跳是跳出苦海，像老鼠那样从装谷糠的箩筐里跳到装白米的箩筐里。

这一天，押送的士兵给大家追加的惩罚是饥饿，没有给大家任何吃的。

船又继续行驶着。仁生从周边的环境看，应该是快到湖口了。果然，一座屹立水边、碧翠峻峭的山体出现了，那是天下闻名的石钟山，是苏东坡为写《石钟山记》而到过的地方，由此他又很自然地想起了那可敬可亲的苏先生，先生还几次给学生们讲过那篇享誉古今的游记。苏先生在地下可安宁？他如果知道日寇的暴行和抗战结束后的惨象，一定会无比激愤，慷慨陈词。仁生此时似乎对苏先生的愤世嫉俗、以死解脱有了更深的理解。仁生去石钟山游览过，上面还有80多年前太平天国将士修筑的阵地和激战的遗址。唉，这鄱阳湖似乎也是一次又一次地和战争联系在了一起，也许美好的东西总会伴着不幸和坎坷。

终于，士兵们给大家松绑了。仁生活动了一下全身发麻、僵硬的身体，这时最难受的是饥饿的折磨，他觉得肚子里空得连肠子都没有了，便不再想任何事情了，他只盼望着快点到岸，有填一填哪怕是哄一哄肚子的东西。人饿了，好像动脑子也要费力气，一想事情便使人变得更加难以忍受。

远处水面开阔，有一条明显的水线把本是连在一起的水面分成了两种颜色。那水线两边水的颜色和流速都很不一样，而且分野清晰，一边清澈，一边微微发黄；一边湍急，一边显得平缓。因为一边是长江水，一边是鄱阳湖水。他知道已到鄱阳湖和长江的汇合处了，船会开出鄱阳湖进入长江吗？这时已到傍晚，船停住了，接着靠岸了。仁生拖着无力的双脚和大家一起出舱登岸，被押进一座很大的院落，并安顿下来。

兵营里的老乡

第二天天刚破晓，远远近近还是朦胧胧的一片，大家便被轰了起来。列队，登记姓名，发放服装和枪支，编入连、排、班，这便正式成了国军的一员，接着开始新兵训练。

仁生看了看手中枪，旧的，是他见过的日本兵使用的那种。其他人的枪也大致相同，有个别人手中的枪和自己的不太一样，他认不出来。

仁生和那个喜欢赌博的赵吉山编在一个班。第一天进行的是队列训练，由显然是一个老兵的班长喊着一二一，大家踩着节奏齐步往前走。这看似并不复杂的动作，对有的新兵来说却是学得并不轻松，尤其那个赵吉山走不了几步就出错。班长叫大家立定稍息，让赵吉山出列，专门练他一人。赵吉山一个人走队列步，就更紧张了，有时班长喊“一”的时候，他弄不清先出左脚还是先出右脚，犹犹豫豫地胡乱伸出一只脚，有时脚步完全踩不到点子上。其他士兵使劲抿紧嘴，以免笑出声来。

士兵想笑，班长却是大怒，抬起右脚对着赵吉山的屁股踢了过去，并骂着：“操你个老拐，你也太木了。”这句话仁生太熟悉了，不，所有的余南县人都太熟悉了。因为这是全县使用率最高的骂人话，这一句话便足以把余南人和其他地方的人区分开来。这班长是余南人可以一百个肯定。

仁生再仔细一看，这人他并不认识。那个骂人的班长确是余南人，叫朱长财。曾为了侦知谁在朱家坟地里埋猪、屎一事，受朱二的指使特地到过铜钩村，没见到仁生而见了蛇叔，和蛇叔喝了一顿酒后，套出了实情。他也是青帮中人，但青帮会在余南缺乏城市那样工商发达的土壤，后来逐渐衰落。他也把便装换成了军装，现在已成了班长，也成了一个兵油子。

第一天的训练熬过去了。晚饭后，仁生决定主动找一次朱长财，听听这个余南老乡当兵的心得，了解一些他想知道的军队的情况，也说说家乡话。

“朱班长，你好不咧?”仁生用标准的余南话向朱长财打招呼，也是问候。

朱长财没有立即作答，嘴角边掠过一丝冷笑：天地有时真的太小了，小得像一条狭长的胡同，竟然在兵营和这个赵家的头人狭路相逢了。仁生绝对不会想到，他不知人，人却知他。朱长财不仅知道他，还认识他，因为朱长财和朱二是侄叔关系，这仁生自然成了朱长财眼中记恨的人。仁生和加庆那天在县城铺子里正在打铁时，正是被朱长财认出来后，撺掇着排长把仁生二人抓了当兵。想不到当兵后又恰好分在自己的手下，这下好了，可以像钝刀子割肉一样，慢慢折磨这小子了。他看了仁生一眼，冷冷地说：“老实点，不要让老子生气，在军营里不听话可是要军纪军法从事。”他先给仁生来了一个下马威。

仁生一听，又惊又奇。从他的话语和口气中，不仅无半点老乡之情，而是极不友善，太超出常理了。既然这样，他不想再说什么，便转身离去，背后传来朱长财从鼻子里发出的重重的一声“哼”。

仁生整日思念的是母亲和叔叔，并不把朱长财那天的态度放在眼里。这使他处在很不利的位置，一个在明处，一个在暗处；一个有意寻事，一个无心提防。这一天，他不曾料到的事情发生了。

部队拉练到一片山冈地，并就地宿营。班长故意安排仁生晚上放哨，正常情况下，新兵第一次野外值哨，是应布置老兵带着的。第一次在荒郊野外值哨，对任何新兵都是发怵的事情。这天又恰逢天上无月，云层很厚，周围黑咕隆咚，一片令人可怖的寂静，风过树梢，树叶坠地，野猫奔蹿，乌鸦夜啼，都让人一阵紧张。仁生觉得把手中的枪都快捏出汗来了。

半夜时分，排长查哨，朱长财作为班长紧紧跟随。快到仁生的哨位时，朱长财忽然对排长说，为了考考新兵的训练情况，建议在哨兵问口令时，故意答错，看新兵如何处理。心想如果这仁生处理失当，就可以名正言顺地好好来收拾这小子了。排长没有多加思索，点了点头。

接近哨位，从树丛里传出低沉有力却明显有几分紧张的一声喝问："口令？"

"老虎！"朱长财回令。其实当晚设定的回令是"野猪"！

仁生一拉枪栓，又喊了一声："口令？"

"老虎！"随着朱长财又一声错误的回答，"啪！"的一声，一颗子弹在排长的头顶呼啸而过，在空寂的夜晚显得十分清脆。

排长慌不迭地趴在地上，大声回着正确的口令："野猪！野猪！"

仁生收住枪走了过来。

从地上爬起来的排长对着朱长财就是一耳光，并骂着："你他妈的一个馊主意，差点要了老子的命！"

朱长财被打得眼冒金花，只好自认倒霉，一声不吭。仁生则从心里觉得好笑：自作聪明。其实他听出回令是朱长财发的声音，但这时开枪是合乎规定的，只是他并没有真的瞄着人影打。

仁生又故作愧怍地说："对不起，不知道是排长查哨。"

排长依然气鼓鼓地说："这不是你的错！"然后走了。

朱长财本想用这个机会治一下仁生，想不到偷鸡不成倒蚀了米，还挨了排长一耳光，心里很是不快。但来日方长，你小子等着吧。

十几天后的一个晚上，朱长财把新兵们叫在一起："来，大家玩玩牌吧，不仅可以打发时间，还免得想乱七八糟的事。"

大家没吭声，只有赵吉山问了声："玩牌带钱的吗？"他心里有点痒痒。

"废话。不带钱，谁费这工夫？"班长回答。

"可我们新兵身上都没有钱哪。"

"这个好办，过几天就会发饷，我先借给你们。"朱长财已把什么都安排好了。

赵吉山不推辞了，又有几个老兵加入，大家便开始抓牌下注。赌法叫"九点半”，庄家和其他三方竞输赢，每人抓两张牌，亮开后，加起来点数大的为赢；庄家和押注的三方点数相同时，庄家赢。但如果下注方翻出的两张牌是一对，则庄家一赔二，下注方翻出的是九点半，即一个九加上大王或小王时，庄家便要一赔三。所以下注方都希望翻出九点半，这种赌法也由此而被称作“装九点半”。这是可以人多人少、可以速战速决的一种赌法，在军队很是盛行。

洗牌、抓牌、亮牌、定输赢、数钱，无人赌得过赵吉山，他多次翻出“九点半”。尽管场上有班长，但赌博场上无爹娘，大家都全然不顾，于是场上人的钱很多都归到了赵吉山的兜里。就在这时，排长出现了，大怒大骂，当即没收了赌资，并宣布每个人罚一个月的饷金。

其实，排长和班长早串通好了，每次装“九点半”，排长会在门外溜达。朱长财赢了，他不出现，只要朱长财输了，他便“抓赌”，没收赌资并且罚钱。

无论谁硬拉软劝，仁生都绝不沾牌。这不仅是因为他从不赌博，而且他还隐隐觉得，只要同朱长财有关联的事，里面就可能有机关陷阱，所以远离他为好。但他很不明白的是：军队怎么会赌博成风？这样的军队又怎能打仗？

到了发饷时，实际上就是发零用钱的日子，朱长财又召集新老士兵聚赌。每到这个时候他便会有一点额外收入，但他总不能从仁生那里获取分文，这使他对仁生更是有气，他也没有忘记治一治仁生的念头，在琢磨对付仁生的招数。

一天，赵吉山悄悄地靠近仁生，因为是同宗同姓同乡的关系，所以有一件事要提醒仁生：那朱长财曾到过铜钩赵家，还认识仁生，说过要好好治治仁生，要仁生千万小心。仁生这才想起，这个就是从蛇叔嘴里套出埋猪、藏屎的那个青帮成员，蛇叔曾详细地告诉过他这人的长相特征，这时对上号了。他并不怕朱长财的鼠肚鸡肠，一个小小的班长能把他怎么样呢？但，防人之心不可无，就多加小心吧。

新兵集训了两个多月后，营长来查验训练成果。内容有三项：射击、投弹和刺杀。一个又一个新兵上场进行表演后，营长的眉头却是越皱越紧，他对士兵们的表现很不满意。因为很少有人达到训练的基本要求，像那赵吉山，

60米远的胸环靶，3发子弹只打了12环，手榴弹投掷刚过30米。

朱长财本不想让仁生上场，他担心仁生的优异表现会得到营长赏识，从而使这个家伙有露脸的机会，但现在不得不让他出来撑撑面子。

仁生上场了。他手榴弹一出手就在空中快速地翻着跟头飞出50多米远，3发子弹打了29环，刺杀更是八面威风，突刺、挡拨、转身，无一不显得极像严格训练过的老兵。这使营长化恼为喜，眉头像一张揉皱的纸团又很快舒展开了。他还特地问了仁生的姓名、籍贯，然后还拍着他的肩头说："新兵都像你就好了，好好练，将来战场立功！"

这次检测后，朱长财不仅没有为仁生的表现高兴，反而多了心结。担心这仁生会因此骄横，不把他放在眼里，并且有一天会得势，得赶紧给这家伙好好倒饬倒饬毛。

一天他把仁生叫到面前说："现在军费不够，给养不足。我知道你是渔民出身，善于驾船捕鱼。你带几个兵，换成便服，借一两条附近老百姓的船和网去打一些鱼来。打得少，就改善伙食；打得多，就到集市去卖。"

仁生想了想，看来这是个陷阱。如果真的如此去办，会从三个方面受到军纪的追究：一是私自穿便服离队；二是无故侵扰百姓；三是以军人身份牟利。

仁生慢吞吞地说："这些事是我们能做的吗？"

"这你不用管，出了事我负责。"朱长财拍着胸脯。

"也行。你就写成文字作为命令下达给我们吧。"

"说了就行了，班级单位没那么多烦琐的手续。我也不识几个字。"

"要不，先向排长报告一下？"仁生不肯轻易就范。

"更不用，你知道我和排长的关系，这事他心里有数。叫你干就老实干去。"朱长财在暗暗向仁生施加压力。

"那就是说，这也是排长的意思啰？"

"可以这样理解。"

仁生便走到门口大声喊："赵吉山，班长传达排长的命令，让我们用老乡的船，晚上去捕鱼。"

朱长财急了，这让大家知道了还了得？便赶快把仁生拽回屋里，掩上门，怒气冲冲地说："你胡说什么？我可不是这个意思。"

“刚才你不是交代得很明白，说得很清楚吗?”

“胡说。那只不过是考考你。”

仁生这下不客气了：“你好像老想考我。但我今天把话挑明，你不要欺人欺过了坎。念在老乡的情分上，那天晚上我没有一枪崩了你；也因在老乡的情分上，你过去在老家干的丑事我对谁也没说过。”

朱长财并不服软：“说吧。不就说我入过青帮会，做过一些赚小钱、欺负人、打群架的事吗？这算什么？在《水浒传》里，许多后来在朝廷做大官的都是梁山上的强盗、土匪哩。”他又诡秘地放低声音：“这队伍里三教九流都有，就连从山上下来的也有哩，不信可以问问排长。”

“你是说排长当过土匪?”

朱长财知道失言，赶忙改口说：“别又胡说。”然后语无伦次地说，“我可没有说。”

“哼，我把这件事去问问排长，一下就明白了。”

朱长财一想，糟了，这小子一问，排长肯定知道是我说的，因为排长当土匪的事，只是两人在一起喝酒时说出来的，别人并不知道。

未等他想出应对的办法，仁生又开口了：“我还准备把你刚才要我去打鱼的事，连同你平常聚赌、欺压新兵的事统统向营长报告。”

一听这个，朱长财更害怕了。营长很赏识这家伙，肯定一找一个准。那些事要真的被营长知道，自己和排长绝对没有好果子吃。心里发虚，嘴里也软下来了：“老乡见老乡，双眼泪汪汪。一些话就不必太认真了。”

“你现在是不想认真了，我这次却要认真一回。”仁生说完，转身便走。

“老乡，你去干什么?”

“找营长!”

朱长财赶忙上前拦住，双手一摊，平日的那横蛮气全没了，变得像个乞丐了：“仁生，仁生，实在对不起，都是我的错。求求你，高抬贵手。从今天开始，我们便既是老乡又是兄弟，好吗?”

“老乡，兄弟？你一张口我就看清你的屁眼了。你无非是想为你叔、为余南姓朱的在我身上撒撒气，你竟然把家乡的姓氏、宗亲之争带到队伍里来了。是不是在战场上你还会给我打黑枪？你实在是蛤蟆的肚子泥鳅的肠子。”

仁生的这些话一下戳着了朱长财心中的那根大神经，他更慌乱更紧张了，也更担心因此仁生一定会坚持向营长告状。他真的害怕起来了，他在思考着应对的办法，但他想不出什么有用的法子。令他没有想到的是，突然雨过天晴。

仁生的态度陡然转变，以和缓的口气说："同在一个乡、同在一个队伍里混饭吃，真是难得，理应相互关照，为何还要加害相伤？"

朱长财急忙抓住转机，还用了许多家乡常用的词来求情告饶："我做这些事真是吃得屎，发了蒙。你帮我，我帮你，鄱阳湖里好行船。老乡，老弟，多包涵。"

"那就一言为定吧。"双方还击了一下掌。

从此以后，朱长财再也不敢对仁生逞威风了。

上前线

转眼是第二年春天，按预定计划，新兵训练的任务完成，新兵们便被分到各个部队，编入不同的军事单位，很巧，仁生和赵吉山同在一个排，那朱长财已提拔为副排长了。

上级通知部队，抓紧训练，随时做好赴前线作战的准备，这时的训练已由单兵训练进入更多内容和形式的战术训练。

一天晚饭后，紧急集合号响起，上级命令仁生所在的部队迅速离开驻地，开赴前线。可朱长财怎么也爬不起来，他病倒了。这几天，他一会儿冷得牙齿咯咯作响，时令正是夏天，士兵们都穿着单衣，他却得盖上厚厚的被子，甚至要盖两床被子才能缓解寒冷的感觉。但一会儿又发起高烧，身上像烙铁一般发烫，似乎被子床单都要被烙出洞来，并全身大汗，人像水里捞出来一般。接着满嘴起泡，浑身无力。他这是在"打摆子"，夏天的"摆子"最伤人。

连长看了看他说："已请示上级，既然走不了，你就留下来，不能影响部队的紧急行动。"

朱长财知道，一经留下，自己就可能是扔在树丛里的鸭子，死活难定。连连哀求连长让他和部队一起走。

仁生也请求说："连长，带他一起走吧。我小时候也打过摆子，再过一两天自己就会好的。"

"怎么带？你背着？"连长瞪着眼睛反问。

仁生二话没说，把朱长财背起，又让赵吉山拿着他的背包和枪，跟着部队出发。

部队走到了江边，大家排队上了船。几十只兵船进入长江，浩浩荡荡朝下游驶去。

第二天一早，船只靠岸，部队登岸后上了火车。仁生把病情已好转的朱长财背进了车厢。

仁生是第一次坐火车，觉得很新鲜。这像龙一样的铁家伙竟然这么长，好像几千人都装了进去，并且走得还挺快，哪里来这么大力气？但过了一会儿，又觉得这火车的力气好像也很有限，一路上都"吭哧""吭哧"地喘着粗气。大家都累了，歪歪扭扭地坐着或是倒在地板上睡着了。仁生也觉得又困又乏了，便闭上了眼睛。奇怪的是，那火车轮子发出的是有节奏的"余南、余南"的声音，莫非这火车要开往家乡？

火车在过了淮河以后不久便停了下来，部队便步行着急急地赶往前线。朱长财的病已经初愈，他很感谢仁生的一路照料，否则他不知自己现在是人是鬼了。仁生只是微微一笑，什么也没有说。这时，前线战事已非常紧张，赶到这里的兵士尤其是新兵心里也一下变得紧张起来，已经谁也没有心思说那些无关紧要的事情了。

枪炮声从远处时急时缓地隐隐传来，陆陆续续有前线的士兵退到这里。他们队伍不整，许多人神情沮丧，脸上淌血、身上带伤的全有，有的人头上、身上缠着绷带，腋下拄着棍子，或以步枪当拐杖。这些人可能还算是幸运的，因为许多人已经永远地倒下了，连成为伤残人继续活下去的可能性都没有了。

上级命令，由前线退却的士兵和赶到这里的部队合在一起，迅速在这一带构筑工事，和解放军再作较量。意味着，这里马上将成为两军搏杀的战场。

仁生放眼看去，到处都是士兵。有的在列队走动，有的在挖掘工事，有的在搭建掩体。还有大炮、车辆在喊叫声中不停地移动，天上还不时有飞机低空飞过，他从来没看见过飞机，觉得很新鲜，那飞机很像家乡水塘边的大蜻蜓。目力所及，是他从来没有见过的混乱景象。

根据命令，朱长财带领一个班的士兵到附近的村子寻找木板木料，为团部搭建指挥所。

有一个村子就在附近。他们来到村口一大一小相邻的房子前，左右搜寻，但不见有一根木头。情况紧急，没有时间再找了，便决计上房掀瓦，拆下房子的椽木檩条抬走。这时，从较大的屋子里走出来一个中年的妇女，指着那小屋子说："那也是我的房子，你们把它拆了吧，就算我支援战争。"

这里的老百姓还真慷慨，居然愿主动为战争交出房子。就在大家卷起袖子要动手的时候，较小的房子里走出来一个20来岁的很漂亮的姑娘，急急地说："这不是她的房子，是我们家的房子。"又往那中年妇女的身后指了指说："那个大的才是她的房子。她愿意支援战争你们就把她的房子拆了吧。"

士兵们觉得有些奇怪，这是怎么回事呢？大家正愣神的时候，那一大一小两个女人吵起来了。虽然因为口音的原因，话不能完全听懂。但听出的大致意思是：姑娘指责那大婶心眼不好，故意乱指乱说，想要拆掉自己的房子；大婶则说，自己是一片好心，你家的房子又小又旧，应该拆了。因为打仗拆了，可以得到补偿哩。

显然这不是一家人，拆谁的？在道义上小姑娘占着上风，人也好像都有同情弱者、折长续短的天性，并且这些当兵的大都是穷苦人出身，天生对大户人家有厌恶之情。

仁生便说："把那大的拆一部分吧。"

朱长财一挥手，指挥大家进到了那大房子里面。那中年妇女见势不妙，便赶快把士兵们引到了一间闲置的房子里，里面有许多看来是要用作盖房子的木料，她噙着眼泪带着哀求说："老总，你们要搬就搬这里面的木料吧，求求你们少搬几根。"

不用拆房了，这倒省事。当兵的也不再说什么，几声吆喝，大的两人抬一根，小的一人扛一根，搬起七八根木料回到阵地，迅速展开作业。

入夜，到处依然是乱糟糟的。士兵们有的在抓紧机会睡觉，有的在"吧嗒吧嗒"抽闷烟，有的在轻声聊天。天空中不时亮起曳光弹，把大地照得如同白昼，霎时一切的一切都变得惨白惨白，好像完全失去了生命的迹象。

朱长财告诉连长：工事还得加几根木料，他带人再去找找看。连长同意了。

朱长财碰了碰仁生，悄声说："走，跟我到附近搂点野食，饿得慌。"近来他对仁生是越来越好了。

仁生不解地问："仗很快就要打起来了，还可以随便外出吗?"

"你这就不明白了。每次打仗前都是最乱乎的时候，这时你想干点什么，既没人问，也没人管。我已向连长说过了，说是找木料。别耽误了这好机会，我们走吧。"朱长财一副兵油子的样子。

仁生觉得自己跟打仗有关的事都没有经历过，朱长财在队伍里混的时间长，肯定有经验，那就跟着开开眼界吧。

路上，朱长财很关心地对仁生说：连长是北方人，他私下说共产党在北方的根据地实行和国民党完全不同的制度，让普通百姓当家做主，并让穷人分田分地过好日子，共产党可能是战争最后的胜利者。现在正在战场和国军作战的，就是从北方根据地打过来的一支共产党的军队。所以在战场上你一定要脑子灵活一点，见机行事。

仁生点了点头，不觉好奇地问："那北方村与村之间会有械斗吗?"他十分关心这件事。

朱长财连连摇头："这方面的事没听他说过。"

要是有人有办法能消除械斗那就太好了。仁生心想。

朱长财带着仁生径直往下午找木头时去过的人家走去。看来他早有目标。

朱长财敲开了那低矮房子的门，下午见过的姑娘和一位中年妇女在家，看来这是娘儿俩。屋里不见男人，可能是怕被抓丁拉夫，逃出去了；也可能是已经被抓到阵地上修工事去了，当然也可能是别的情况。

娘儿俩显出惊慌的神态。朱长财摆了摆手说："不用害怕，我们是国军，下午来过你们家，本来要拆你家房子的，后来有意关照你们，没有拆。是吧，姑娘?"

那姑娘点点头，并轻声说："谢谢!"

"这就好，你们还知道有恩图报。这样吧，我们几天没吃饱饭，先给我们弄点吃的。"

这倒是实话，这几天确是饥一顿饱一顿，后勤供应好像出了问题。于是仁生又补充了一句："我们会给你钱的。"

中年妇女连开了几个柜子门，寻寻觅觅，一共找出了四个鸡蛋，说："我们家现在没有什么东西了，就把这几个鸡蛋煮给你们吃吧。"

朱长财点了点头。

柴火点起来了，锅里的水开了，鸡蛋煮熟了。朱长财和仁生很快把鸡蛋吃了，很香。饿了的时候吃什么东西都觉得是特别的香。

吃完鸡蛋，朱长财像猫一样用舌头舔了舔嘴巴的上下左右，又开口了："你们家的房子不只值这几个鸡蛋吧？"

娘儿俩一下没有完全明白这话是什么意思，但只要这两个当兵的没走就不会有好事，所以用带着几分恐惧疑虑的神情看了朱长财一眼，但立即又避开了他那让人感到害怕、感到难以捉摸的眼神，没有作声。

"你们还得意思意思才对。"朱长财补充着。

"老总，我们家实在再也拿不出什么东西来。"母亲哀告着。

"我看你家有非常好的东西。"朱长财以一种奇怪的腔调说着。

"什么东西？"那母亲不解地问。

"你女儿呀！"朱长财说罢哈哈大笑，这笑声对母女俩来说，就好比母鸡小鸡听见狐狸狰狞的狂笑声，顿时吓得心惊胆战、六神无主。

仁生一看不对劲，赶快对那姑娘的母亲说："别害怕，这只是开玩笑。"又拉着朱长财说："我们走吧。"

朱长财挣脱仁生，带几分生气的语调说："什么开玩笑？老子说不准今天晚上撞上一颗子弹就成死鬼了，临死前有机会还不得享受一下？"接着又对仁生说："我看这两个娘们都行，为了感谢你前几天对我的照顾，今天我让你先挑。"

仁生一听火了："我决不干这种缺德的事，你也不能干！"

"既然你不干，我就不客气了。"朱长财冲上去一下把姑娘搂住了。

那姑娘又气又急又怕，奋力挣脱，随手从灶台上操起了明晃晃的切菜刀。

姑娘的母亲哭了起来，并跪在地上求饶。

朱长财恼怒了："哼，老子本想饶了你，你还要来横的？那我就也得来点硬的。"说着，冲上前去，三下两下夺刀在手，对着那姑娘喊："脱衣服！"

仁生觉得这朱长财真是太没人性、太鲜廉寡耻了，冲上去一把抓住朱长财握着菜刀的手，喊道："你不怕军纪军法吗？"

"你不在，我就不怕；你在，不报告我也不怕。"朱长财瞪着眼珠几乎在喊。

"但现在我正在，也不可能不报告。"仁生也同样在喊。

"这关你什么屁事，给我滚开！"朱长财一下又变得翻脸不认人，像一只乱嚎乱咬的恶犬了。

仁生没有退让："你有姐妹吗？如果也碰上像你这样的混蛋，你怎么想？"

朱长财此时真有点像竖起尾巴争斗的疯狗："我是你的上级，你有什么资格对老子又问又骂？你这个不识相的东西，给我滚远点。"趁势一转身，用力推开仁生，菜刀在仁生的背上划出了一道长长的口子，衣服破了，血流出来了。

仁生这下也火了，便说了声："你可以不怕军法军纪，我也可以不怕。"然后上前把朱长财的胳膊一拧，菜刀"啪"地掉在地上。朱长财"哎哟"了一声，那脸因为痛苦而变得像凹凸不平的猪脸。

朱长财知道硬对硬，真的动起手来，他绝不是仁生的对手，便又换了一副嘴脸："仁生，实在对不起，不小心伤着你了。"但他依旧贼心不死，接着说："看在老乡的面子上，看在兄弟情分上，你就成全我一次吧。我保证，就这一次，就这一次。"

"半次也不行。你误伤我，我可以原谅；但你要伤害她们，我绝不能让你胡来。"

朱长财知道今天的野食肯定是搂不成了，只好气呼呼地、无可奈何地倚墙站着，一声不吭。

姑娘的母亲见仁生的背上已滴下血来，赶忙烧了些棉絮灰给仁生止血，那姑娘则找来针线，三下两下帮仁生缝上那衣服的豁口。她发现，这个当兵的背上有一条青色鲤鱼的印记，那印记像刀刻了似的深深地陷入肉里，心里觉得很有些奇怪。缝好衣服，仁生说了一声谢谢，便招呼朱长财离开。出门后，朱长财顺手扛起院子里放的一个大木马，跑回到阵地上。

阵地上，一片临战前的紧张气氛，空气都似乎要爆炸。士兵们都已子弹上膛，端着枪，趴在地上，紧盯着前面，高度紧张地等待着解放军的出现，等待着战斗的命令。

朱长财报告连长后，把木马找了个地方放下，趴在了自己的位置上。但紧张了好一阵，前面并没有动静，许多人的心像拉紧的弓弦，又慢慢松了下来，朱长财则抱着枪闭上眼睛排遣还郁积在心中的恼怒，仁生也学着他的样子闭目养神，他觉得此时如果能躺在地上打个盹是一件很惬意的事。但他不知道，这短暂的寂静却是流血大战的前奏。

不知什么时候，不远处传来“轰隆轰隆”的巨响，紧接着解放军的第一拨炮弹呼啸而至，接着又是一拨，铺天盖地，四面开花。顿时，炸断的胳膊、大腿和折损的、完好的长枪短枪，混在泥尘中向四边飞散。子弹、炮弹在空气中飞驰时发出的光影中，隐隐看见解放军排山倒海般地冲了过来。朱长财一看不妙，爬起来转身就跑。正在阵地指挥作战的营长发现了，厉声喝道：“站住，回来！”

朱长财没有停下脚步，只说着“我要拉……”后面的字还没有出口，营长的手枪响了，朱长财便应声倒在了地上。一个多小时前他说的话竟然一语成谶，他这时在阵地上的死，和刚才在老乡家的作为似乎有着奇怪的因果关系。但不知是因为他预感到会死才会做出那可耻的举动，或是因为他有了那可耻的举动，他才会倒毙在阵地上。

营长又喊道：“谁要后退一步，格杀勿论。”

“轰隆轰隆”，又有炮弹如惊雷震天，如狂雨泻地，阵地上天昏地暗，那喊杀声也如狂飙惊涛，步步逼近。仁生只觉得天旋地转，重重地扑倒在地上，眼前似乎看见鄱阳湖的波涛汹涌而来，湖水先是带着红、黄、绿的颜色，接着迅速变成了灰黑色。他想站起来，但四肢完全不听使唤，这使他不仅没有能够站起来，反而像离了水的大鱼一样，呼吸急促，无力地挣扎。又过了一会儿，他失去了对世界任何颜色、形状和声音的感知……

捕鱼于长湖

不知过了多长时间，仁生慢慢醒过来了。他勉强睁开眼，四周是一片可怕的无声世界，一阵带着泥土味、弹药味、血腥味的风吹在他脸上，使他浑身的肌肉和心脏一起本能地打战。他的记忆在慢慢恢复，又摸了摸身边，天哪，竟然全是冰冷僵硬的脑袋、胳膊、大腿，他知道自己正躺在尸体之中。他完全恢复了意识，啊，是在淮河边打仗，但周围为什么像坟墓里一般的寂静？他摸到自己的一只胳膊还在流血，便找到还系在水壶带上的那条方格毛巾，用牙齿和另一只胳膊配合着，把流血处紧紧缠住。然后扭动身子，推开尸体，想爬动几步。但刚一用力，又昏了过去。

过了一会儿，他又醒过来了，求生的本能使他努力挪动身子，离开了挤压他的尸体。他想起来了，不远处有村庄，隐隐约约看见那里有灯火，便向那有光的地方艰难地爬去，但不久他又昏过去了。醒过来了，又继续爬行，一会儿又昏过去了……

日出东方，昨夜的战场变得明亮亮的，但已无一个活动的士兵，有的只是横七竖八的尸体，和已经凝固及尚未完全凝固的一摊摊血。国军被打败后，像草原上迁徙的动物遇到天敌一样没命地奔跑，解放军则在后面紧紧追击。

村民们在村长的组织下，纷纷走出来了，挖坑的挖坑，搬运尸体的搬运尸体，在抓紧清理战场，否则很快会腐败变臭。人手不够，一些年轻女性也动员起来了。这里面有仁生去过的那个小屋子的漂亮姑娘，她突然发现，扔在坑里的尸体中，有一个人的背上有一个明显的标记，一条鲤鱼，这不就是昨晚救过自己的人吗？她大叫着让大家停下铁锹铁锨，走上去细细一看，一点没错，就是他，此时他居然还哼了一声。

“活着！”那姑娘大喊了一声。姑娘把昨晚的事告诉了村长，村长很是感动，便叫人把这士兵送回村里救治。

姑娘让人把这伤兵抬到了自己家里，经过简单的清洗和查看，并没有致命的枪伤，只有好几处弹片划破的口子，有的已凝固，有的还在渗血。原来仁生只是被炮弹爆炸的声波击倒而致昏迷，并被弹片划破多处血管，出血太多而导致极度虚弱。

那姑娘的妈妈很快做好了小米粥端了过来，不知又从什么地方找出来的几个鸡蛋也做好了。小米粥在家乡极少，仁生只在县城的粮栈里见到过，开始还以为是鱼籽，今天喝了竟是如此可口，似乎世界上任何美味都无法与之相比。不仅味道极美，作用也很神奇，那种极度的疲惫、虚弱感一下消失了许多，脑袋不再那么沉重了，眼皮也不再抬不起来了，意识也变得更为清晰了。他抹了抹嘴，用并不洪亮却很清楚的话语说："非常非常感谢你们的救命大恩。"

然后互相通了姓名。中年妇女让仁生叫她赵婶，那姑娘叫赵子英，很巧，同姓，仁生便叫她子英。从娘儿俩简短的话语中，使仁生大致知道了昨天晚上发生的情况。他在想着班上的那几个弟兄现在怎么样，不知是生是死？

又感到困倦了，仁生便又迷迷瞪瞪地睡了过去，还做了一连串乱七八糟的梦。他醒过来了，并听见了屋子里有男人的声音。他心里猛地一紧：是来搜捕自己的吗？他现在没有逃跑的可能，更没有搏斗的力气，只能听天由命了，他又昏睡过去了。

灯亮起来了，他知道又是晚上了。听见有人轻轻走了进来，一手提着灯，并带进来十分诱人的香味。感官告诉仁生，来者还端着热气腾腾的鱼汤。

仁生睁开眼一看，灯光映照下的是一张中年男子的脸，脸上透着善良和饱经风霜，乍一看去很有几分像自己的叔叔，这使他的心安定、宽慰了许多，随之也涌起了对叔叔和母亲的思念。

那男子坐到床边，像对家人般的亲切，很关心地问："你醒过来了？太好了。"接着又自我介绍："我姓赵。"显然他是这房子的男主人。

他接着又告诉仁生，这里近几个月一直有国军活动，抓丁拉夫要粮，所以他一直躲在外地。听说国军被打败了，今天才回到家里。

听说仁生也姓赵，便以很亲热的语气说："我们都姓赵，一个祖宗发脉的。很感谢你救了我女儿。"看来，许多事情他已经知道了。

仁生喝了一口鱼汤，真是鲜美无比。除了辣味不那么重以外，味道和自己家里熬制的没有什么差别。他觉得世界上只有渔民才能做出这样天下最好吃的鱼汤，便以肯定的语气说："你们是渔民吧？"

赵叔眼睛闪出兴奋的光："你怎么知道？"

"因为这么纯正、本真的鱼汤，只有渔民才做得出来。"

"你说得太对了。河水煮河鱼，有鱼的新鲜，加上水的清纯，就能够做出足够好的汤来。如果一味追求去腥调味，添加多种作料，虽然可以增色添味，却失去了鱼汤本有的真滋味，反而不怎么好喝了。"说着又盯着仁生的眼睛问，“看来你也是打鱼出身的啰？”

仁生点了点头。

“对嘛，不是打鱼人说不出这渔家话。”

二人越说越投机，最后赵叔十分真诚地说：“我们本是一家人，你就把这里当作家里，好好养伤。留得青山在，不愁没柴烧。坏事总会过去，伤养好了，可以做的事多的是，今后好日子也多的是。”

第二天醒来时，仁生听见屋里静悄悄的似乎空无一人，他下意识地喊了一声“赵叔”。

“哦，”应声而入的是子英，她告诉仁生，“我爸爸和妈妈每天都是后半夜出去打鱼，一会儿就会回来。我正给你做早饭。”

“太谢谢了。”仁生突然想起一件事，说，“我有一条方格毛巾，你能帮我找一下吗？”

“是有一条毛巾，昨天给你擦过伤口后，全是血，又脏又臭。实在洗不出来，扔了。”

“麻烦你找找看。我需要这条毛巾。”仁生说得很恳切。

看到仁生那很认真的表情，子英赶快去找寻。心里想：他对这条破毛巾如此重视，看来不是十分节俭便是这毛巾有什么特别之处了。所幸的是，毛巾找到了，子英又费了好大劲清洗，但仍然是脏乎乎的颜色。她把毛巾给仁生看了看，然后晾了起来。仁生连连道谢。

仁生的伤势恢复得很快，五天后已经可以下床，十几天后他已觉得基本回到了原来的状态。自己绝不能给这家好心的人找太多的麻烦，他开始考虑自己该怎么办了。

这天吃过晚饭，仁生和赵叔一家人谈了自己的想法：他很想回家，但不会也不能马上走。他想作为赵叔家雇的短工，帮赵家打几个月鱼，一者作为回报，二者赵叔到时给自己一点回家的盘缠。这样还有一个好处是，他不必老躲在屋里，可以光明正大地出入、劳作。

赵叔是个很通情达理的人，完全同意仁生的想法。但坚持让仁生再休息几天，待身体好利索了，再出湖捕鱼。

又过了一些天，仁生跟着赵叔乘船出湖了。这一带水系发达，有河有湖，湖虽然不如鄱阳湖那么大，但水面也不小，并且有多湖相连，湖又连通几条小江小河再流入淮河，附近常去捕鱼的水域名叫长湖。一看见水，一坐到船上，仁生即刻来了精神，像见到了久别重逢的朋友，便忘记了曾经的伤痛，也暂时忘却了这里不是故乡是他乡。

赵叔捕鱼用的是罩网，而不是鱼钩。所以仁生只是划船，赵叔则站在船头撒网收网，这是很需要体力和技巧的活。仁生知道，如果力气大，网撒得越开，捕到鱼的可能性也就越大，并且撒网次数越多，捕到的鱼也就越多，因而自己也需学会撒网。在赵叔的指导下，仁生很快学会了撒网，他身强力壮，撒网的次数和网的张开度都超过赵叔，这样捕的鱼也就多了。

后来，又进行了人和船的充分利用。四人分成两组，赵叔赵婶一组，仁生和子英一组。这样就可以人停而船和网不停，轮番上湖，相应也就增加了捕鱼量。这种组合方式也让村子里的人很羡慕，并对仁生这个忠实能干的渔工给予很高的评价。当然，有时也带来了意想不到的麻烦。

这个村子是个历史不太长的村子，村以湖得名，叫长湖村。大多数人姓赵，但不全以打鱼为业，有的还以种田、做小买卖和到城里做工为生。

与赵叔相邻而居的人家也姓赵，他家有务农的，也有做工的。子英称呼这家的男女主人为大伯、大婶，若论祖源，几百年前两家当是同一祖先。但这两家的邻里关系却很不好。原因是那隔壁大伯家人多，有三个儿子，而子英家人少，且只有女孩无男儿。大伯要加盖房子，想很便宜地使用子英家的菜地做宅基地，子英家有些不愿意，因而双方由此产生龃龉。那大伯家甚至说出了“你家反正无男孩，最后这些土地都得归别人，还不如做个人情给了我们”这样的话，这让子英的父母十分伤心，便断然拒绝。于是，大伯家人特别是那大婶老是没事找事，变着法子挤对、欺侮子英家人。一个多月前这里打仗时，就是那大婶动了歪心思，想趁机让士兵拆了子英家的房子，但最后的结果却是她家准备盖房子的木料被扛走了好几根，这使她对子英家的成见又添几分。

那大婶一见子英家有了个身强力壮的小伙子，便有点不自在了。这邻家又多了一个男人，说不定将来会成为上门女婿，这对自己不是好消息。所以她在动着脑筋，要制造麻烦。

这一天快近中午，她来到子英家门口，伸头探脑地看了看，然后说：“今天我家的一只母鸡没有下蛋，不知是不是下到别的地方了？”

子英的反应令仁生觉得十分有趣，微笑着说：“如果那母鸡敢到别的地方下蛋，恐怕早被你炖了。”

“这丫头，你这话什么意思？”大婶有点不高兴地问。

“因为你从不会让自己的蛋掉在外面。对吗？”

那大婶像被风呛了一下，但稍一停顿又换了话题。她对着仁生看了一会儿，便明知故问：“这小伙子是哪里人？好俊哪。”

一听就是话里有话，话中带刺。仁生不想与她费口舌，便赶忙说：“我现在是打短工的。”

大婶故作轻松地笑了笑说：“短可以变长嘛，长住下来不也挺好吗？”

这种酸不溜秋的话让仁生心里很不舒服，但自己是一只临时栖居在这片林子的鸟，不能发作，只能忍受。

但子英却不温不火地开口了：“大婶眼睛好毒哟，男人俊不俊一眼就看出来了，并且还在心里惦着他长住短住。”

这几句话不仅仅是风，而是风里有胡椒面了，噎得那大婶的脸和鼻子、嘴都好像在抽动。

子英又搬过板凳，说：“来，婶子，你今儿有空，我们坐着好好聊聊。”

那大婶知道嘴仗打不过子英，便以“没空”为由，趁势撤退，回家了。

子英在地上唾了一口。

仁生看了这一幕，心里很不是滋味，这妇人的用意很明显，是要赶走自己，但自己现在还无法走。他不由得又在心里想：人和人之间为什么总会有各种各样的冲突呢？并且好像哪里都不例外。

这时子英的爸爸和妈妈捕鱼回来了。船上便换成了仁生和子英，他们登船向长湖划去。

“仁生哥，真对不起，刚才本来不想吵你耳朵，但隔壁那个大婶实在让人讨厌。”

“这种事经常发生吗？”

“经常。他们家就是想千方百计把我们家挤走，要占我们家的菜园子盖房子。”

仁生在想，远亲不如近邻，但恶邻胜过盗贼，如果碰上恶邻，是人生很倒霉的事情。村子和村子、国家和国家也是如此。这两家力量悬殊，冲突已经开始，后面的戏怎么往下唱还很难预料。

他不由得为子英一家担心起来，便说："邻居家总是以这种态度相对。天长日久，太让人难受了！"

子英叹了一口气说："他们是仗势欺人，欺侮我们家人少，尤其是我没有兄弟。如果我家有男孩，她是断然不敢的。"

"你们家有什么好办法吗？"

"没有好办法，但也得想办法。"

"想出来了吗？"仁生紧接着问。

子英犹豫了一下，还是说出来了："有两个办法。一个是离开这里，我去当工人，爸爸和妈妈到县城做小生意。"

"那你家的菜园和宅基地不更是很容易成为隔壁家的？"

"没那么容易。我爸爸会把房子和菜园卖给一个比他家势力更大的人家。"

仁生："啊，第二个办法呢？"

"找一个合适的男人进门。"

仁生听明白是什么意思了，没有接腔。

仁生立即换了一个话题："你会唱歌吗？"

"有嘴的人都会，就是唱得好不好而已。"

"你给我唱一个渔歌吧。"仁生忽然想起了家乡的渔歌。

"你喜欢听歌？这不难。"

子英用唾液润了润嗓子，对着湖上的轻风细浪唱了起来，这是当地流行的渔歌：

长湖那个水面啊波连波，
风帆那个牵着啊云朵朵。
湖中荷花菱花啊向天开，
水里大鱼小鱼啊在穿梭。
虽然天上有风啊也有雨，
我们渔家呀多呀么多快活。

子英的歌唱得十分动听，仁生还从中品味到了几分鄱阳湖渔歌的味道。

子英唱完，便说：“仁生哥，你也来一个。”

仁生连连推辞：“我的嗓门太粗了，能打死狗，真怕吓着你。”

子英嫣然一笑。

这时已到撒网的地方，仁生挺立船头，腰身一扭，双臂用力，把网抛得开开地、圆圆地撒向水面。渔网落在湖面上溅起一片不大的水花，然后慢慢下沉。当网沉到湖底的时候，仁生便用力把网快速地收上来。

第一网还不错，收获了一条半斤来重的白鱼和几条小鱼。接着便是第二网、第三网。在子英眼里，仁生撒网动作是那么刚劲有力，又那么协调优美。

突然，天空变得阴沉起来，吹到身上的湖风也有几分寒凉了，远处有白色的浪一排排涌来，有几只水鸟在低空上下翻飞。不好，风浪要来了。

仁生赶快收拾起网具，招呼子英：“快划！”

二人便奋力挥桨，穿波峰，越浪谷，向岸边驶去。就在离岸不远的地方，突然一排大浪打来，船体噼里啪啦作响，接着倾斜、侧翻，两人同时掉在水里。

仁生把头抬出水面，抹了一把脸上的水，发现子英正在不远处的浪里挣扎，看来她不熟水性。他便奋力游了过去，子英也拼命扑了过来，仁生一把搂住子英，往岸上划去。

两个年轻的躯体紧贴一起，在与风浪的搏击中，依然有着特异的感觉，似乎忘记了风浪的汹涌，也忘记了眼前面临的风险，觉得这只是让人兴奋、让人舒畅的水中游戏。直到脚能触着湖底的淤泥了，他们才停了下来，站立着，但依然相拥着。双方都清楚地感到了对方的心跳，但没有立即分开。子英有意地摸了摸仁生背上文着的鲤鱼，轻轻地问：“你在身上文一条鲤鱼是什么意思？”这句话使仁生一下意识到了什么。喘了一口大气，毅然离开了子英，向在水中漂动的渔船游去。身子后面传来的是子英用手狠狠击水的声音，还有分明带着怨恨的话语：“看来你的胆子只有芝麻那么大！”

二人穿着湿漉漉的衣服走进家门，已是晚炊时分。突然听见隔壁那大婶凄切地大喊着：“我家着火了，着火了！快，快来人救火呀！”

仁生应声看去，只见大婶家厨房的位置冒出滚滚浓烟。他顾不得想什么，扔掉手里的渔具，飞快地跑向了火源，子英也不由自主地跟了上去。

仁生顺手抄起一个木盆，舀起水缸里的水往正在燃烧的柴火上泼去。子英则在旁边帮着递水，很快压住了火势。仁生又冲到楼上，把已被点燃的杂物一件一件往下扔。这时许多救火的人也赶到了，大家一阵忙乱，火焰变成了火苗，火苗变成了青烟。

仁生的头发变成了一个乱了的鸡窝，倒是他的湿衣服帮了大忙，否则，他就可能成了火烤大鲤鱼了。他什么也没说，抹了一把脸，顿时成了大花脸，便一身泥灰回到了子英家，赵婶赶忙给他换洗衣裳。

第二天一早，隔壁大婶过来了。她带来了一套衣服和一篮鸡蛋，特来感谢仁生和子英一家。连连说："这次不是你们出力救火，我们就倾家荡产了。还真是远亲不如近邻。"临走时又很友善地拍了拍仁生的肩膀，十分真诚地说："小伙子，我真心希望你能长期留下来。"

"长期留下来？"仁生压根儿没有这个想法。但，现在有这个想法的却还是真有人在。

寻宗觅祖

最想把仁生留下来的是赵叔。两个多月的共同生活，他对仁生不仅有了深深的了解，而且有着十二分的喜爱。他心里想着的是让仁生入赘，这不仅可以了却他让女儿招个好女婿的夙愿，还因为仁生姓赵，将来生下的孩子也就必然姓赵，这就意味着可以自然而然地延续赵家的香火。在中国，无数男人都把传宗接代看得极为重要。如果此事能成，真是老天爷眷顾，祖宗有福。但他是一个想事周全、办事谨慎的人，他不能贸然把这件事说出来，需要先了解一下仁生的情况和想法。

一天晚饭后，他和仁生开始聊天。赵叔问了一些与鄱阳湖渔俗相关的话题，然后再慢慢靠近主题，很有点像剥橘子，先去外皮，再求内瓤。

"仁生，你家里还有谁？"

“有父亲母亲，还有妹妹。”仁生回答完，抬头望着远方，似乎在搜寻亲人的身影。

“完婚了吗?”

仁生摇了摇头：“还没定亲哩。”

听了这句话，赵叔心中暗喜。又问：“想家吗?”

“想，很想。”

听了这句话，赵叔没有再问下去，他从仁生的言语和表情能够准确地判断出，他想念家乡，思念亲人，不会留在这里。这样，留他入赘便成了三两棉花——免谈（弹）了，自己不必也不应提出这个问题。想后默默而又迅速地做了打算，盘缠凑齐后，应让他迅速踏上归家的旅途。

“赵叔，我发现你们这里和我老家有一个很大的不同，那就是水域不少，但捕鱼的人不多，渔家彼此之间好像也很少有冲突。这是什么原因哩?”仁生这时问话了，这是他很关注并在这期间一直在琢磨着的问题。

赵叔想了想说：“冲突依然有，但比过去要好些。我记得小时候，渔村、渔家之间常常因捕鱼的水域界限而发生冲突，甚至会导致有人伤亡。”

“现在为什么有变化?”仁生很想知道。

“我的看法是，人随世走，世随人走。因为捕鱼的人越来越多，而鱼却越来越少，所以慢慢地，捕鱼的人也变得越来越少了。”

“这是人随鱼动了。那捕鱼人哪里去了？靠什么营生?”

“很多人告别祖业，弃船上岸了。有的去了工厂，有的外出做生意，有的改渔为农。”

“大家愿意放弃祖业，从事新业吗?”

“开始不愿意，因为毕竟这是世代相传的饭碗，在感情上难以割舍。但要生存，又不得不如此。古往今来，老传统不可能永远不变，也不应该死死抱住。”

“老传统不可能永远不变，也不应该死死抱住。”仁生默默地重复着这句对他很有震撼力的话。

赵叔又说：“看来你很爱动脑筋，琢磨问题，明天你可以和子英一起卖鱼去，并让她带你去看一些工厂。”

仁生对这个安排十分高兴。

第二天，仁生挑着一担鱼和子英来到了县城，为了节省时间，他们没有把鱼放在地摊上零卖，而是一次性地卖给了鱼栈。

在大街上走着，仁生觉得这县城和余南城无大差别，但又感觉有很大的差别，什么差别？他一下说不清楚。

在一个铺子前，他停下来了。他不是为了购买什么东西，而是这个铺子里陈列的货品吸引了他。这个铺子有他非常熟悉的东西——鄱阳湖银鱼和大米。他又一问价钱，竟比在余南县要高出许多。

他又问店家，这些鄱阳湖的特产是如何来到这里的。店家告诉他，是从产地贩运过来的。仁生若有所悟：把一个地方的东西运到另一个地方加价去卖，这不就是所谓的做生意吗？与此同时，他还发现有了一个可以比较顺利回家的办法。

当然，他今天的目标是去看工厂、看机器。子英先带他进了一家缫丝厂，只见装有半锅水的几十口大锅里热气腾腾，工人把那白白的、闪着光、像鸽子蛋那么大小的蚕茧一把把地扔到锅里。然后用长长的筷子搅几下，便抽出了闪光发亮像头发那么细的白丝，再引到一个像纺车转轮一样的工具上，摇动转轮，蚕茧上的丝便源源而出，转眼间便成了银光闪闪的束丝。锅里的蚕茧则变成了一只只黄中带黑的蚕蛹，像半截小指头那么大，据说还可以当食物。这使仁生大开眼界。

子英还告诉他：县城里还有一个纺织厂，这些蚕丝送到纺织厂后就可以织成漂亮的丝绸，再缝制成美丽的服装，并开玩笑说："什么时候你也做一件丝绸褂子穿穿。"

仁生笑了笑说："那是有钱又不干活的人穿的。我一穿，粗皮糙肉的，几天就磨出洞来了。"

"实在没有钱，买不起衣服，买件背心总可以吧。"两人哈哈大笑。

他们又来到一家面粉厂，这家厂子比缫丝厂要大很多，并且有许多机器在转动轰鸣。他看到先是对麦子进行筛选，去除杂质，然后送进一个机器里烘烤，为的是烤干水分。接着又送进一个机器里研磨，出来后便是细细的、白白的面粉。

这太神奇了，由麦粒变成面粉的时间竟是如此的短，过程也是如此的简单。他不由得想起在老家加工大米的过程，那实在是又累又烦的活：谷子晒干后，先在砻[1]里磨碎，转动这个砻完全靠手臂，力稍弱或稍不用力，那砻便停住不动，真是半点不能省力偷巧。

砻过的谷子裂开为谷壳和米两部分。但这时的米仍然不能直接用来做饭，还只是生米，又硬又糙，还要和一部分谷壳混在一起放到碓里去舂。舂米同样是力气活，每次都得费力地踩在踏板上，让石头做的碓头升得高高的再重重地砸下去，一次又一次不停地重复着。直到米变白了，谷壳变成了粉末状的细糠，才算舂好。但还没有完，还得再用筛子和风车，去掉糠皮、碎末，才成为可以下锅的大米。仁生想，要是有一天谷子变成米能像磨面粉这样用上机器该有多好。

接着，他们又去看了肥皂厂、火柴厂、马灯厂……每去一个厂他都感觉特别新鲜有趣，都有新的发现。他忽然觉得流落在这里也并不完全是坏事。

在回来的路上，仁生忽然发现一个村子的牌子上写着："龙桐村"，这像是黑暗中的闪电带着强光和刺激在他眼前亮了一下。因为他从族谱上知道，铜钩村当年就是从龙桐村迁出去的。村里人常常用"龙桐子孙"作为自称，并且族谱序文中把"我之赵氏，源出龙桐"写在第一句。难道这就是铜钩村的源头吗？一股强烈的归属感和好奇心驱使他想入村去一探究竟。但子英告诉他：这类事她爸爸是行家，可以回去问他，并说自己家也是从龙桐村迁出来的。

他们加快脚步回到了家里，仁生第一件事就是要问铜钩村与"龙桐村"的关系，可是赵叔此时还未回来。

仁生带着几分焦急和期待不停地向门外张望。傍晚时，赵叔终于回来了，未及坐稳，仁生便急不可待地问起了自己关心并想得到答案的问题。他好像很少为一件事这么着急过。

赵叔也是一阵惊喜，想不到眼前的这个男儿有可能与自己在源头上竟是同一村的人。

赵叔告诉仁生：那龙桐村确实是一个古远的村落，很多赵姓人都把这个村子视为自己的祖源地。传说，那个村里有一株巨大的、龙形的大青桐树，这

---

① 砻，一种类似磨的稻谷脱壳工具。

青桐便是传说中凤凰栖息的梧桐，村子由此得名，并成为许多赵姓人心中神圣的记忆和与自己祖源关联的标志。在南宋时期，这一带确实是金人和中原王朝的临时边界。

仁生接上话茬："我们铜钩赵家村的族谱上就明确地写着，族源出自龙桐。如此说来，铜钩村便真和龙桐村有关系了？"

赵叔像想起了什么，然后进到内屋，打开一个锁着的木箱，从中取出几本厚厚的族谱来。

此时，天已变黑，子英赶快点亮了马灯。赵叔的眼睛在族谱上专注而又快速地扫描，就好像飞在空中的金雕用锐利的眼睛对着草地搜寻兔子一样。

终于，在那由木刻活字印成的文字中，找到了这样一句话："宋钦宗年间，赵氏一支由龙桐村迁往江南。"

仁生见到这么一句话，像黑暗的航道上发现了航标灯一样惊喜地叫起来："这和我们的族谱以及代代相传的说法完全吻合。足以说明，这龙桐村确是我们的祖源地。"

赵叔也有些激动："奇事，好事。800年前的事居然准确、清晰地再现。这样吧，我明天再陪你到龙桐村看看，我是10岁以后才搬到这里的。这几百年间，龙桐村人口并没有变多，一拨又一拨的人搬离了龙桐村。"

仁生很高兴地点了点头，恨不得当晚就去。接着赵叔又告诉他，这一带有的赵姓本来并不姓赵，是因为祖上在为中原王朝驻守边关时立下大功，后来由赵宋皇帝赐予赵姓。仁生若有所悟地点了点头，他听苏先生说过，皇帝赐姓的事在历史上常有发生，也有人为攀附皇族而自改姓氏。

第二天一早，赵叔带着仁生走了不到一个时辰便来到了龙桐村，这是一个田环水绕、古树蓊郁的村庄。

仁生以极大的兴趣和热情，看着眼前的一切，胡同、房子、树木……他隐隐约约地发现，铜钩村的房子和龙桐村的房子在风格上很有相像之处。那高耸的马头墙，还有青砖灰瓦，尤其是大门前还有一道矮门，这些两个村子之间都相差无几，建筑师一定能讲出他们之间的联系。

赵叔又把他带到了一棵大青桐树前，这棵树粗壮得两人合抱不过来。树皮像龙鳞一样一片一片地挤在一起，又像铠甲一样严严地护卫着树干。大树生机勃勃，枝叶繁茂，像一个巨大的华盖，遮天蔽日，那树荫足够遮盖住一户人家的庭院。

赵叔告诉仁生："这并不是那棵传说中的龙桐。300年前，那棵树枯死了，这是后来在原地补种的。"人们常常用续种同一种树的办法来传承记忆，续写历史，更寓意着一大群族人的同根同祖、一脉相承。

仁生靠近龙桐树，以虔诚的心情，紧紧地抱住了树干，心里似乎在想说什么。他知道自己的心里很有些话想说，但漫无条理。他很想倚在树干上冥想一会儿，或许会获得什么灵感，或许会进入一种什么意境，从而会有新的感悟。

偶尔会碰见村子的人，有的还和赵叔打着招呼，可见他们认识。他们说的话和家乡的话有很大的不同。从这些人脸上的表情看，也和铜钩村人有着很大的区别。这使仁生一下和这里拉大了距离，自问：我的祖先真的在800年前住在这个村子里吗？

仁生又随赵叔来到了祠堂，仁生的心又和这个村子拉近了。因为这个祠堂使他觉得非常熟悉，好像站在了铜钩村的大祠堂前一般。无论是造型、大小、建筑材料、整体布局和颜色二者都有相像之处。甚至那窗户的大小、纹饰和形状都大致一样，这些细节最能证明二者的联系。尤其是大柱上的一副对子，更是与铜钩村大祠堂里的一副对子有着惊人的相似：

龙桐树高百丈根须百尺，维系天下赵氏一脉相承

江淮水长千里浪花千叠，泽润八方子孙万代兴隆

仁生细读了一下，发现与铜钩村祠堂同一位置的对子只有四个字不同。

说这个祠堂和铜钩村的祠堂像个兄弟也不为过。

他来到祠堂深处供奉祖先的牌位前，希望能找到与铜钩村的族谱有联系的名字，但是他失望了。他在那排排写着姓名的牌位上反复寻找，也没有能找到与铜钩村的族谱有关联的印记。仁生不由自主地对着那些牌位作揖行礼。

快要出祠堂大门的时候，他在想象着，当年去铜钩村的祖先们一定是在这里上香跪拜、辞别祖宗，然后毅然决然地踏上南去的道路。一路风雨坎坷，磨难无数，最后把根扎在鄱阳湖畔。今天看来，这种迁徙无疑是一个大胆而

又很有意义的举动。这种迁徙开拓了生活中新的道路，不仅改变了铜钩人的生活境遇，也造就了铜钩人的性格。俗话说，树大分桠，人多分家，对于一个村落也是如此。如果不外迁而困守龙桐村，这个村子现在会变成屋与屋交叠、人与人拥挤的大集市，生活一定会极为艰难，他从心里称道和感谢祖先的见识与坚强。他又继而想道，虽然人世间姓氏众多，如果再向前追溯，很多姓氏可能就是同一个祖先了，那就真的是“四海之内皆兄弟”了，如此看来，不同的姓氏争斗也可能是同一祖先的子孙们的内斗了。

当那祠堂快消失在视线之中时，仁生又回过头，对那与自己内心深处的情感有着奇妙的联系、显得神圣的建筑做了一次深情的回望。

晚上，仁生躺在床上，思绪又开始翻腾，回味思考白天发生的事情，这是他的习惯，今天更是如此。白天的所见所闻重回眼前，尤其是那些当时闪动于心而来不及深思细想的念头，次第在心的底层展开。

“从没见过面，永在心里边。”这是家乡的一个谜语，这个谜语道出了人们对祖先情感的真挚和奇妙。在铜钩赵家，过节、祭祖，提及姓氏，心中便对龙桐村产生无限的向往，在心目中是那般的神圣和温馨。由此产生的精神力量濡化了每一个村民，并由此化作了自信自强以及同外部势力抗衡的意念和力量，也激励着人们渡过了无数艰难险阻，使家族代代相续。他儿时就很渴望能到龙桐树下，做细微的体察，做最庄严的膜拜。这次，阴差阳错，居然了却了一桩心愿，莫非是祖宗意愿、上天使然？

但同时又发现，在这里，自己对龙桐村的情感远却没有在铜钩村时那么执着、深厚和炽热。这里的民居、祠堂虽然印证和强化了自己内心对于祖先、对于宗亲的认同和情怀，但自己情感的奔马又很快停下了脚步，很清醒地意识到：那些遥远的传说和向往是那么的模糊和难以考证，今天的龙桐村和铜钩村有着巨大的差别。自己不可能也绝不会回到800年前，去延续那时生活的图景和情怀。如果让他比较和选择，他会毫不犹豫地喜欢和选择铜钩村，因为只有那里才是真实的、现实的，是他真正的归属。心灵深处的那个故园，或近或远，或真或幻，只是可以用来依托人的某种情感，而不能成为现实中的依靠和生存空间。

他甚至怀疑起祖先追随赵姓皇帝南下的说法。村子的变迁、人口的增加和人口的迁徙是必然会发生的，这种现象一直没有停止过，赵叔不就是几十年前才从龙桐村搬出来的吗？这正说明人在不断地适应变化、适应环境，不断地在弃旧图新而追求美好的生活。这样也许可以更合理地解释，当年从这里迁出的祖先不是移住浙江而是定居在余南的原因，因为当时的祖先们认为鄱阳湖边适应生存。

他翻了一个身，默想着，人啊，为什么会有如此奇妙、复杂的感情？并且这种感情会在许多时候支配着人自身，或成为前进道路上的羁绊，或成为冲破罗网的动力……他迷迷糊糊地睡着了。

不知什么时候，他觉得有坨似软似硬的东西压在了自己的胸口上，嘴里有毛茸茸的东西贴附着。他醒来了，睁眼一看，是子英正用头部贴着自己的胸口，既而又见她微微地抬起头，关切而又温柔地对仁生说："你要走了吗？"

"没有呀。"他想推开子英，但他平常健牛般的力量此时却令人奇怪地消失了，他的胳膊像稻草一般显得软而无力。

"我爸爸在为你回家做准备了。"子英有些伤感地说，既而她用嘴唇堵住了仁生想要张开的嘴，还用力地吮着，良久才松开，又用发颤的声音说："你留下来吧，我家很需要你。"

仁生轻轻地却是坚定地摇了摇头。

子英接着又说："你不是没有订亲吗？将来我可以跟着你去鄱阳湖边。"说着她又大胆地把整个身子压到仁生的身上。

仁生似乎像猛地喝了大半碗烈酒一般，血脉偾张，从子英身上发出的女性的气息连同那青春的躯体使他欲罢不能，他猛一翻身把子英压在了身下。突然他的手触到了那条夜夜放在枕边的方格毛巾，他感觉自己像遭遇了冰雹袭击既而掉进了冰窟窿一样，浑身发凉，并渗出冷汗。他在痛苦而坚定地阻击自己：不可以，不可以。他要回到鄱阳湖边，他不能伤害这个可爱的姑娘。随之又忽地想起了师傅的遭遇，正是一时的冲动，使一个善良而美丽的姑娘遭沉湖惨死，师傅自己也终身背着巨石一样沉重的包袱。

仁生推开子英，坐了起来，喃喃地但却是很真诚地说："请原谅我，我不能这样。"并随之下床穿衣。子英说了声："你只是一个空有外表的男人。"然后趴在床上嘤嘤地哭泣。此时天已微微发亮。

屋里变得很亮的时候，赵叔和大婶打鱼回来了。

仁生决定尽快离开。几天后，他正琢磨着如何向赵叔张口说这件事，不料，赵叔却先开口了，他故作笑眯眯地实则是以难舍的心情告诉仁生：很想留你多待一段时间，但知道你归心似箭，就不好勉强了。我们打鱼积攒的钱已够你的盘缠了，你今天准备一下，路上需要什么再到城里买点，明天是个好日子。

仁生听了十分感动，天下竟有这等善良、真诚、无私和善解人意的好人。便回答说："很愧疚，我无法报答你们的大恩大德。我什么东西也不需要买。"仁生这一天没有出去，忽然对这个村子、对赵叔一家产生了深深的眷恋。

第二天，用过碗碟满桌的早饭，赵叔把赵婶准备好的包袱递给了仁生，说："这包袱里有些换洗衣服，还有一套冬装，已经是冬天了。"赵叔又拿出一把纸钞："这是几个月来我们打鱼赚的钱，估计够你回余南的盘缠。不必推却。"

仁生说："包袱我带上，钱不需要那么多。"

"你这就别客气了，俗话说穷家富路，一路上说不准会碰上什么意想不到的情况。你就听我这一回吧。"在赵叔坦率真诚的话语面前，仁生找不到合适的言辞加以拒绝了，这时过分推辞反而显得多余了，他只能像小孩一样地顺从。

赵叔又拿出一张牛皮纸，他在上面详细地标记了从长湖到武汉和江西九江的多条线路，以及途中的重要地名。并告诉仁生："如果顺利，10天左右可以到家，也就是说可以回到家里过年了。"

仁生心潮澎湃，几乎要掉下眼泪。

这时，子英泪汪汪地走了出来。她双手捧给仁生一件狗皮背心，内衬是丝绸的。那天在缫丝厂的戏谑之言在临别时成了真实，当然这是子英精心准备的。

赵叔告诉仁生，这是子英昨天自己去集市上千挑万选买回来的。当地人都喜欢狗皮背心，这东西用处很广，像个百宝衣，可防潮防冷，可穿可坐，还可做被褥使用。

"这背心，你千万可别弄丢了。"子英很是认真地补充了一句。

仁生双手郑重接过，哽咽着说："赵叔、大婶、子英，感谢你们的救命之恩和如此的慷慨。我想过留下来，但家有父母，只能回去了。对你们的恩情也许要等我下辈子才能报答。"又跪下来叩了三个响头，再起身离去。又几次回头，向那一家人几次深情地挥手。

子英和母亲都流下了眼泪。

赵叔缓缓地说：“但愿他一路顺利！”

赵叔的话对千里归家的人来说，是最好的祝愿。然而，在回家的路上，仁生却是很不顺利。

艰难回家路

仁生脚下生风，背着包袱到了县城。他没有去车站，而是径直去寻找一个店铺，就是上次来县城时发现的卖鄱阳湖特产的那家店铺。他的想法是：这家货栈既然售卖鄱阳湖的特产，就意味着有人往来于两地之间。他想为贩卖特产的老板出些力气，这样可以省些盘缠，还能免了问路之苦，即使老板不愿雇佣他，他也可以和贩运者结伴而行，就可以比较顺利地到家。这真是一个非常遂人心愿的回家方案。

当他找到老板说明来意后，从老板那里得到的是让他十分沮丧的答复：这个货栈并不直接从鄱阳湖边进货，所进的货物都是中间经过多位客商之手，才放到他的货架上的。

仁生失望地退了出来，便向汽车站走去，买了去往河南漯河方向的车票，在那里有通往武汉的火车。只要到了武汉，沿江而下，一日水程便可到达九江——鄱阳湖边了。

几经颠簸，中间还换了一次汽车，他来到了漯河火车站，并顺利地买到了第二天去武汉的火车票。正当他准备离开车站、找地方过夜的时候，一个熟悉的声音在耳边响起：“仁生，你怎么会在这里？”

仁生定睛一看，原来是赵吉山。二人几个月不见，且都是从战场上死里逃生，一见面显得十分的亲热，便在候车室里找个地方坐了下来。

仁生见赵吉山穿着还算整洁，但一副焦虑的样子，并且一只手明显残疾。他没有携带行李，只是孤身一人，判断不出他现在的状况，便问：“你现在干啥哩？为什么会在这里？”

赵吉山长叹了一声，接着说出了这几个月的难堪经历：那天晚上，在解放军的猛烈进攻下，国军迅速溃败。他受伤了，一只手掌缺了三个手指，并且紧接着还生病了。在逃跑的路上，和许多人一样，成了解放军的俘虏。解放军对俘虏人道宽厚，治好了他的伤病，又给他发放了路费，让他回家。他现在也是准备从这里乘火车回老家的。

仁生简单地介绍了自己这一段时间的生活，并高兴地说："真是托祖宗的福，我们可以结伴回家了。"

赵吉山又说："我在客栈住的房间有两个床位，今晚我们就住在一起吧。"

太好了。仁生不假思索便同意了，随即跟着赵吉山来到了一家小客栈。进到了房间，但见屋内窄小，散发着臭里带酸但又说不清是什么味道的怪味道，斑驳的墙上好像有小虫子爬动。哎，有地方住就挺好了，并且又是和老乡共住一室，可以安心地睡个好觉了。

三天以后就可以到家了，仁生这一夜睡得很沉、很香，直到天色大亮才醒过来。他伸了伸胳膊，然后轻轻地喊着："吉山，吉山！"无人应声，再一看，赵吉山好像还蒙头睡在床上，怎么叫他不应呢？不会出什么事吧？他爬起身来，近前一看，见赵吉山只是把被子弄成有人在里面睡着的样子，其实是人去铺空。这家伙起这么早干什么去了？

仁生又向四周看了一眼，立即觉得大事不好，自己的包袱不见了。但他还是像许多丢了东西的人一样，尽管知道根本无法找回，也还要天上地下反反复复地寻找，希望有奇迹出现。奇迹当然不会出现，那可恶可恨的家伙偷走了他的包袱，偷走了他所有的东西，包括盘缠和火车票，也偷走了赵叔一家的真情和心血。万万没有想到，这个平常还以老乡和同姓套近乎的赵吉山，竟是一个无情无义的盗贼加骗子。

是的，赵吉山对他下了第三只手。昨天赵吉山告诉仁生的大都是自己编造的假话。真实的情况是：在大战的那天晚上，他并没有受伤，而是在溃逃时当了俘虏。几天后，解放军发了遣送费让他回家。他来到了这里，准备坐火车回家，但他却赌性发作，走进一家赌场，把遣送费输了个精光。这样不但回不了家，就连买一碗稀粥的钱也没有了。于是他便做起了偷鸡摸狗的生意，一次行窃时被事主发现，剁去了他三个指头。他不但不思改悔，反而破罐子破摔，既然无钱无脸回家，又失去了三个指头，不便干活，便重操旧业，还加入了一个盗窃集团，成了职业扒手。昨天去车站“找活”时碰上了仁生，设下圈套，把仁生的包袱席卷而去。

仁生气得浑身发抖，猛力地连连用拳头捶打着桌子。响声惊动了店家，一个伙计敲开房门，说道：“客人，把桌子弄坏了可是要赔偿的。”

仁生这才稍微安静下来。但不曾想到的麻烦事来了，店家伙计又问：“请问客人，你今天走吗?”

“当然走。”

“那你把房费结算一下吧。”

仁生听了又是一惊。一问才知道那赵吉山在这里住了好几天，只是付了定金，还有三天的房租没有结算，店家要求仁生一并交清。

仁生连忙争辩，自己只住了一晚，赵吉山的住宿费不应当由他来支付。但说完又气馁了，即便是一晚的房钱他现在也付不起了。

但这伙计要的还不只是一宿的房钱，说：“你们熟悉，同住一个房间，就是一起租房子。一个人走了，就得由另一个人全额支付。并且他早上走的时候还特地给我交代过，房租全部由你来支付。”

仁生真是气得四肢发凉、七窍生烟。

老板也来了。尽管仁生一再解释，一再论理，外加求情，但老板丝毫不肯让步。分文必计，这是老板的天性，也是赚钱的诀窍，怎么会轻易饶豁？况且是三天的住宿费。

老板最后的意见是：仁生确实没有钱，就给客栈干七天活，抵房租。真是手中无钱汉子呆，仁生此时说什么也无济于事，只有无奈地屈从，便累死累活地给客栈整整砍了七天柴火。

仁生离开了客栈，来到火车站，希望找到那赵吉山，他只想要回那火车票，其他的都可以不要，也不想对他施加惩罚。但这好似在一块水田里找一条泥鳅，是不可能的。

现在最重要的是想办法回家。但坐车，无钱买票，必须另想办法。看见那长长的铁轨伸向远方，他灵机一动，有了办法，沿着这铁路走，不就可以和火车一样到达武汉了吗？好，就这样，走！当年，祖辈不也是靠一双脚走到鄱阳湖边了吗？或许，沿着祖先的足迹走一趟是一件很有意思的事情呢。想到这里，他下定了决心，也平添了信心。

说走，容易，但真正走起来却大不容易。精疲力竭可以休息，脚上起水泡挑破后几天就会变成硬茧，可以继续行程。但饥饿却是无法战胜的恶魔，他这次特别地体会到了“饿鬼”这个词新的含义。这饥饿会像鬼一样折磨你，让你浑身无力，头昏眼花，紧张恐惧，欲生不得，欲死不能。他应对的办法是，像鸟一样采食路边树上在冬季残存的野果子，挖路边的野菜，还冒着刺骨的寒冷在淤泥塘里采过莲藕，甚至吃过生鱼生虾。有一次，他采到两个野柿子，在老家柿子要插进半寸长的芝麻秆，放置好几天后才能催熟催甜，但他却饥不择食地吃下去了，顿时生涩像无数针扎一样，由口腔放射到全身，他除了忍受没有别的办法。眼见得自己一日比一日消瘦乏力，步履一日比一日沉重，他的心也变得一日比一日沉重起来。

这一天傍晚，他看见路边不远处有一座寺庙，他想起，师傅住的龙泉寺在节日时会施舍僧粥。于是他攒足力气，抱着碰碰运气的想法走进了寺庙。一看，在灯影里，人排了一长溜，都是来乞食的。原来这一天是小年，寺庙行善施粥。

他总算领到了一碗粥和两个馒头，便在寺边找了一块石头坐下来，正美美地喝着粥，却不料从山林的黑暗中蹿出一个黑影，以迅雷不及掩耳之势，抢走了他放在腿上的馒头，行抢者是一只猴子。他无可奈何地叹了口气，不远处黑漆漆的树林里传来了几声似叫似唱的声音，那是胜利者的欢呼。唉，这年月，连猴子都敢欺侮人了。

按规矩，他不能再领第二次了。他希望等到最后，如果有剩下来的馒头，或可以再道明情况，以求施舍。他眼睁睁地看着那大筐里的馒头越来越少，排在最后的三个人居然没有领到馒头，仁生也和那三个人一样失望。

但，一个小和尚又从橱柜里找出了几个馒头，给了那三个人。也给了仁生两个，其中一个是破碎的。一个和尚看见了刚才猴子夺食的那一幕。

他在寺庙的走廊上，垫上狗皮背心睡了一晚。又一次感受到了那狗皮背心给他的温暖。

第二天继续赶路，这时却遇见了比饥饿还要难以解决的问题。前面是一条长长的隧道，隧道口有人看守，只准火车通行，行人不许进入。这条隧道要穿越一座高山，望了望那重峦叠嶂的山势，他的心和腿一起变得软而无力，他现在绝对没有能力跨越这座大山。

整整好半天，他都在隧道口前面坐着，苦思苦想着穿越隧道的办法。寺庙里施舍的馒头全都吃完了，他也好像有了一些力气，有了力气好像脑筋也变得灵活了。他忽然想起，几个月前在开往前线的火车上，听有士兵说过，铁路边的抗日力量，常常扒火车夺取敌人的军用物资。自己何不也扒一次火车？不仅可以穿过山洞，还可以不用双脚，说不定一天就能走出去好几百里。反正就这一条铁路，只要往南走就会离家越来越近。

天黑以后，一辆火车亮着刺眼的灯束开了过来，并在隧道前减缓了速度。仁生用尽全身力气纵身一跳，跃上火车车厢交接处，又咬牙使劲，翻进了车厢里。这是一辆运煤的货车，仁生便在车厢的一个角落，把煤扒拉了几下，然后用那块一直不离身的方格毛巾裹住头，躺下来睡觉。

不知什么时候，天亮了，火车也停了。莫非到武汉了？仁生心中一喜。忽听车厢“哗”的一声响，是有人打开车厢卸煤，仁生一下随煤滑到了地上。卸煤的人见煤里有一个眨巴着眼睛的人头，吓了一跳。仁生从煤堆里爬了出来，说明缘由，那些人哈哈一笑，友善地让他走了。

走出煤场。仁生一打听，知道这是湖北的一座县城，离武汉有50里地。再细一问，是武汉南面50里，他坐过站了。真是人不走运，处处有碍，还得再返回武汉。但这50里地又怎么办呢？要是平时，他花半天多的时间即可大步流星地丈量完。但现在，他觉得再走五里地就会倒下，并且倒下后就会再也爬不起来。

饥饿的恶鬼又在肚子里、在全身作祟。他想了想，在县城里要找吃的有两个办法可行，沿街乞讨和到饭馆里吃客人剩下的饭菜，这都是他不愿做的，太有损人的尊严，他觉得这还不如找野果野菜。但城里无法找到野菜野果，又该怎么办呢？

他来到了菜市场，渴望着能找到可以果腹的东西。

时近旧历新年，市场上熙熙攘攘，人们在忙碌地、带着喜庆的心情采办年货。谁又会想到，一个身过五尺、堂堂一表的汉子正在为维持生命艰难地寻找食物呢？仁生找到一些摊主扔掉的萝卜和白菜，拿到水边清洗干净。当他起身回返的时候，眼睛一亮，人在这个时候对食物本能地敏感，他发现水边竟然有几只脚鱼。冬天，脚鱼把脑袋和脖子缩进身体里，一动也不动，大概这就是“龟缩”一词的来历。只要头和脖子缩在一起，就表明这脚鱼是活着的。原来当地人在除夕不吃脚鱼，春节期间也不愿让脚鱼留在家里，这缩头缩脑的东西过年待在家里会不吉利，所以这个时候卖不出的脚鱼便扔在水边，也等于放生。

仁生一见这脚鱼，可是喜出望外。抓起两个大点的洗了洗，又在菜市场边捡拾了枯枝旧木，找个吸烟的汉子要了火种点燃起来，然后把那两个脚鱼在火上来回烧烤。一会儿竟烤得香气四溢，引得许多人闻香张望甚至来观看，他又把捡来的萝卜白菜也烤了烤。脚鱼就萝卜，外加白菜，有荤有素，饱饱地吃了一顿，身上一下子便来了力气。没有吃完的，找了张旧荷叶包上，带着准备在路上再吃。就这样，他一口气走到了武汉。

他看到了宽阔的长江，水流湍急，许多船扬起白帆，或逆流而上，或顺江而下，有的船可能就是去九江、进鄱阳湖的。从这里坐轮船到九江是顺水而下，很是快捷，但走旱路却要好几天，并且中间有河流阻挡。越接近家乡，他越是心急如焚。但若要完成这最后的旅程，他必须得有钱购买船票，而他身上早已无一分一毫。

武汉是个大城市、大码头，楼房林立，街肆繁华，但这一切对他来说都好像是虚幻的存在。脑海里反复滚动着的是三个字：钱、船票。他无意中看到一个店铺门口写着一个大大的、黄澄澄的“当”字，那是当铺的标志。但自己有什么东西可以典当吗？当他的手触到了身上毛茸茸的狗皮背心时，心里一动，或许这是唯一能换些钱的东西。但这可是子英的一片深情厚意呀，怎能忍心当掉？但事到如今，悬崖峭壁中只有这一条路了，还不知能不能走得通。既而又一想，子英送背心正是为了让他免受困苦，顺利回家，如果这一个背心能帮他换得一张去九江的船票，那她一定会极为高兴的。

他满腹心事地走进了当铺。当铺老板戴着一副镜框圆得像铜钱的老花镜，先端详了一会儿仁生，然后不慌不忙地接过背心，像是掸灰似的拍了拍说：“这是一件旧货。”

“掌柜的，没有穿几次，你仔细看看。”

老板认真地看了起来。他先看了有毛的一面，用手掌在皮毛上熟练地、轻轻地刮了刮。又鼓圆了嘴在皮毛上吹了几次，气贯到毛皮上，那毛便分向两边，走气的地方便形成一条笔直的、窄窄的缝，像一条小路，这样便使那毛从根到梢看得清清楚楚；停止吹气了，那缝也随之消失。有经验的老板发现，这背心中间镶着的是两张黄鼠狼皮，可见是一件很考究的背心。掌柜的又把背心翻过来看另一面，是上等的丝织锦缎面料，呈暗红色，和深黄的毛皮色搭配在一起，很是好看。

老板以生意人惯用的架势和口吻说："古董越老越值钱，衣服新的才有价。加之你这皮子比较嫩，穿不了多久就会掉毛，所以值不了几个钱。"

"你给我能够到九江再到余南的船钱就行。"

老板抬起头从眼镜片后面把眼睛瞪得大大的，问："那要多少钱？"

"三块花边，也就是三块大洋。行吗？"仁生不知道这背心能值多少钱，也不想讨价还价，能回家即可。

老板立即回答说："三块大洋，回家的船钱？我这里可不是慈善机构。"但他又不由自主地把背心看了看。他发现，那背心有一处不太平整。便说："你这背心在做工上还有瑕疵，里面还夹着杂物。"找出毛病再压价，这是生意人惯用的办法。

仁生自己把背心拿过来，仔细摸了摸，确有一处内衬不是很平整，又一细摸，夹层里像是有东西。又见毛皮和内衬之间好像故意留了一个小缝，他从有缝处伸进一个指头探了探，随着跟进的目光，他不由得又惊又喜：是纸钞。他顿时明白了，是子英在背心里藏了纸钞，怪不得临走时，她交代"这背心，你千万可别弄丢了。"原来这里面有玄机啊?！好一个情真意切而又聪明过人的姑娘。

仁生把背心收起，不动声色地说："既然不怎么值钱，我就不当了。"

这时那老板却快速回应说："今天第一笔生意，讨个彩头，我让点，三块就三块吧。"见仁生已经转身，那老板又赶忙说："适当加点也行。"

但仁生已快步离去。在一个僻静处，他小心翼翼地从背心夹层里取出了四张大面额的钞票。握着这钞票，他像在惊涛骇浪中抓住了救生圈，而这个救生圈又眨眼间变成了子英的双手。

购买从武汉到九江的船票他用了不到两张钞票，从九江到余南县的车票则只用了一张钞票。

船顺江而下，速度很快，但他仍然觉得很慢。到了九江他又迅速换上了开往余南的轮船。看到了那熟悉的鄱阳湖，他心潮激荡，但他极力扼住自己的思绪，只是闭目养神。

到了余南县，船停马背嘴码头，船还没有靠稳，他便第一个跳到了岸上。多少悲伤，多少愁苦，多少思念，此刻都扔在了脚下的波涛之中。

在这一年多一点的时光，县城原本并无什么变化，依然是那熟悉的街道、熟悉的店铺，但此时他却觉得十分的新鲜而又亲切。他在内心激动地喊着：回来了，真的回来了。他又对着北面在心里喊着：赵叔、赵婶、子英，我回到了鄱阳湖边。但愿老天爷有眼，让我有一天再回到长湖村，去寻找你们，去感谢你们。

他路过铁匠铺，见又换了主人。他想起了师傅，随之想着不知加庆现在怎么样？又想起了小鲤，她说来县城接我，人呢？如果她此刻真的出现该有多好？他又觉得自己的想法很可笑：小鲤怎么能知道自己的归程呢？

这些都暂时放一边吧。现在，最要紧的事是快快回到铜钩村，回到叔叔和母亲身边。

打从仁生被抓走后，叔叔和母亲心如箭穿，度日如年。母亲每天三次在她供奉的佛像前，跪拜泣告，求仁生平安无恙，早日归来。

当仁生出现在门口时，叔叔和妈妈简直不相信自己的眼神。母亲的双眼因为天天想望、日日流泪而变得视物模糊了，她听见了仁生的声音，确认了进门的是自己的儿子时，便紧紧地抓住仁生的手好一阵哭泣，她的哭声由伤心到激动，由激动到欢畅。已长高了许多的水花也陪着哭了一场。

接着母亲告诉仁生：他被抓后，亏得小鲤前来告诉消息。后来，被抽丁的人和被抓的人有的也回来了。可就是不见仁生的踪影，她一次又一次地打听，一回又一回地做着噩梦。她要感谢菩萨救苦救难，仁生今天终于活着回来了。

明天就是春节。这和已是在远方的赵叔预计的完全一样，他又不由得想起了赵叔一家人。

这次的春节，除了饭菜好于往年外，叔叔特意买了一对很大的红蜡烛和一挂长长的鞭炮，一家人过得比任何一年的春节都要欢乐。

回到家以后，仁生每每看见那不曾离开自己的方格毛巾，都不由得想起了小鲤。

但小鲤此时正处在人生的路口和艰难之中。

第八章 湖上新潮

『黄竹片有返青之时，人也会有时来运转之日。』这是人们对苦难的诅咒和抗争，也饱含对新生活的向往，实际上也是和事物发展规律相契合的信念。

为小鲤定亲

朱继元的这次患病非同小可，真是大病一场，一年后才基本康复，但总算大难不死。疾病在很大程度上改变了他的外形：他的一只手已变得不怎么灵便，一条腿也不太听使唤，走路一颠一颤的，看上去像一下老了十岁。但重疾并没有使他精神委顿，也没有使他滋生宽容退让之心，而是更加深了他对铜钩村的仇恨。他又多了一条对赵家报复的理由，如果不是铜钩村的所作所为，他自己绝不会变成现在这个样子。现在是己残、子亡、孙死，人生的巨大不幸几乎全集中在了自己身上。在他看来，不能强吞苦果，而是要在困厄中挺立，在艰难中前行，寻机复仇雪恨。

朱继元恨不得再与赵家立即开战。但他还另有考虑，当下还有一件要紧的事情必办，那就是女儿的婚嫁，不能因两村械斗耽误了女儿的终身大事，这件事几年来已成心病，一定要在有生之年祛除这块心病。他还想借着热热闹闹、喜气洋洋办婚事冲冲晦气，然后再和铜钩村彻底算账。

早春的一天午后，朱继元觉得精神状态甚好，便把小鲤叫到了眼前。女儿一降临人间，他便万般疼爱，真是视若掌上明珠，所以他同女儿说话比同儿子们说话要慈爱和温和得多。

他端详了一会儿女儿，很是关切地问："小鲤，你年龄都二十好几了，村里这般大的姑娘都成亲了，有的还当了母亲，所以我不得不操心你的婚事。"

"没关系，现在和你小时候不一样。如今过了20岁还没结婚的人多哩。爸爸，您身体刚好，别操心。"

"不能这么说。你知道，家里连遭不幸，我也快油干灯芯尽了，现在最牵挂的就是你的婚姻，希望你找到一个合适人家。这样，全家便可以放心，也许还能减轻我一些内心的不快。"父亲的话里带着几分悲戚。

这席话给了小鲤很大的震动。从道理上讲，父亲一直处在病痛和哀伤之中，现大病初愈，如果自己完婚能为父亲带来宽心和快乐，那是儿女完全应该去做的，于是她沉默着。

朱继元见自己的话起了作用，便趁热打铁："其实男孩我已物色好了，就是曹家村曹德昌村长的儿子，他家也算是个大户人家，那男孩也是一表人才。"

竹篙打水连河动。一听父亲说到曹村长，小鲤认识，但她却立即想起曾经和仁生一起在曹家看出谱仪式、看戏的情景，她的心思因此忽地一下转向了仁生。屈指算来仁生被抓丁已一年多了，他现在在哪儿？情况又怎么样？这时女儿和父亲想的好比是马和骡子合辕拉车——不是一码（马）事。

父亲接着说："我看，过几天，让曹家摆个酒席，我带亲朋好友过去，两家会个面，就算把婚事定下来了。"

"这也太急了吧，如果我不喜欢他怎么办？"小鲤收回自己的心绪，立即表示了不同意的态度。

朱继元变得语气严肃起来："俗话说，父母之命，媒妁之言。过去婚姻大事都是父母说了算，哪有自己挑挑拣拣的？现在我同你商量，已是很尊重你了。"

"爹，现在和过去哪能一样？再者说，你这能叫商量吗？你实在是要我答应。"小鲤说得像是认真，又像是开玩笑。

"我是先了解了男方的情况，才商量着叫你同意，这有什么不妥吗？"

"那只是你看好了，我并不了解也。花钱买块小饼也得摸摸薄厚，何况是终身大事？"小鲤似乎说得头头是道。

朱继元只好把火气压一压："篮里挑花，越挑越差，也不能太挑挑拣拣了。"然后又耐心地问："那你有什么想法？"

"谁都不能在父母身边让黑发变白，都得嫁人，就像盆里的水终究要泼出去。我只希望找个我喜欢的人。"小鲤的话里有怨艾，也有期待。

"那你喜欢谁？"

小鲤差点顺口把仁生的名字说了出来。但马上觉得，这时候一说，父亲一定会激烈反对，那就可能会引起冲突，便犹豫着，又抬眼看了看父亲的表情。

"你如果确有中意的，说出来，我倒想听听？"

"我觉得像一些书里戏里的故事讲的，女子找夫婿，尽量找一个自己认识的，甚至有恩于自己的比较好。”小鲤想绕道走向目标。

嗨，这姑娘识一些字，知道一些戏文故事，居然在婚姻大事上还有想法，要自作主张了？朱继元知道自己的女儿比许多乡村姑娘有见识，有能耐，这使他很高兴。但一旦这种见识、能耐变成对付自己的本领，他便变得不高兴、不耐烦了。

但他还是不温不火地说：“那只是戏里、书里的故事，当不得真。你没见那戏台上的对子写着：‘八尺戏台，演绎天下事；三句台词，唱尽人间情’，戏都是编出来的、演出来的，供人娱乐而已。”

“那为什么那些戏能长演不停，大家也喜欢看那些戏？说明有道理呀！”

“难道你真能找到于你有恩的人？”父亲盯着小鲤问。

“能。并且可以说是大恩大德。”

小鲤说得这么肯定，朱继元觉得很奇怪。随之警觉起来了，猛然间他想起了仁生等进院子杀鬼子救他们父女一事。她中意的人会不会是仁生？

他脸上原来就很勉强的笑容消失了，认真而肯定地问：“你说的是仁生？”

小鲤没有吭声。

朱继元像揭开了蒸笼盖，“呼”地来气了：“仁生，那不是我们的恩人，而是我们的仇人。”

“那天不是他，我们还能活到今天说这件事吗？救命还不算有恩？”小鲤反问。

“你一定要把桥和路分清楚。他那天是为了杀鬼子，而不是为了救我们。如果是换成我，鬼子要杀他，我也会杀鬼子救他。桥归桥，路归路，这是两码事。鬼子走了，亲人还是亲人，仇人还是仇人。”朱继元对小鲤的话毫不含糊地给予了辩驳。

“皇帝可以推翻，鬼子可以打走，冤家就不能和解了吗？”

“不能。只能以血换血，在这一点上和打鬼子没有什么差别。”朱继元说得斩钉截铁。

“你去换吧。反正我不会去曹家。”

“不去？反了你。不去也得去。”朱继元的怒火迸发了。

小鲤“哇”的一声哭了起来，跑开了。母亲把女儿拉进屋里，劝慰着，并陪着小鲤抹了好一阵子眼泪。

朱继元越想越气恼，小鲤居然提出要和仁生结为连理，这是他绝对不能答应的。无形中，他又对仁生多了一分憎恨，这个家伙居然让我女儿对他痴迷，不知他使了什么迷魂药，其中可能又藏着什么见不得人的诡计。同时他又觉得，事不宜迟，必须尽快把婚事定下来，以免丝瓜藤里长出葫芦苗来，时间越长，越扯不清楚。

几天后，朱继元带着十几个亲友来到了曹家。曹德昌盛情相待，大摆宴席。朱继元见过未来女婿，觉着满意，便把婚事定了下来，并确定在当年过大年前结婚，农历十二月是人们普遍认定的结婚办喜事的最佳时间段，因为这时秋收冬藏已毕，有了收入，也有了时间，天气变冷也有利于保持饭菜的新鲜。

虽然姑娘没有来，曹家还是特地备了一个重重的银质颈扛箍[①]，作为给未来儿媳的礼物。

朱继元看到曹家村人口众多，地理位置甚好，很是高兴。还暗暗想着，成了姻亲关系后，将来双方在重要时刻，还可以互为左膀右臂，彼此有个照应。或许，这也是他心中的门当户对，可见他对儿女的婚事考虑得很细很深。

朱继元满意地回到家里，但他听到的是女儿的哭泣声和朱王氏的劝慰声。这一天小鲤没有吃晚饭。做母亲的十分担心："妈养活你不容易，只有你是妈的小棉袄，你得想开点，千万别……那妈也活不长了。"

想不到听了这句话，小鲤不但收住了哭声，还"噗"地笑了出来。小鲤为什么会笑哩？因为母亲太不了解她了，她想的是追求幸福自由的生活，母亲却担心她寻短见，这是她从未产生过也许永远不会产生的念头，活着多美好！所以听了母亲的话以后，她忍不住笑出声来。这让母亲觉得十分奇怪，也收住了眼泪，并立即把女儿破涕为笑的事告知了朱继元。

朱继元点了点头：姑娘不懂事、任性，闹腾几天也就过去了。过两天再给她买一身新衣服，哄一哄也就行了。当然，他不曾想到，这个女儿实在是不好哄的，后来的事情让他更加头疼。

---

① 颈扛箍：粗重的银项链

此刻，小鲤已在打着自己的算盘，她不肯屈从父亲的安排，并将要采取令人难以想象的行动。

义生典当媳妇

大家听说仁生当兵回来了，一个个跑来看望。但勇生等发现，一年多的时光，让仁生发生了很大的变化。不仅他说话偶然会漏出外乡口音、用词，更重要的是，他好像变得沉默少言了，和大家不如过去那么亲密无间了。什么原因呢？离别的时间长了，艰难的日子，或许都会让人改变性情，但过些日子可能就会一切回归正常。

仁生此时越来越想见到小鲤，但他去过县城，去过锣鼓山镇，还赶过几次集，都是失望而归。最管用的办法当然是直接去铁网村一趟，这是他不愿去、也不能去的。他有时暗自闷想，人往往是受到一种看不见的力量的捉弄，你希望出现的事，磨破三双鞋底也找不着；你不希望出现的事，却是躺在三层铁柜里也无法躲避。是的，生活时时在捉弄人，要想见的人见不着，但由于贫困造成的伤心事、苦难事却是躲不掉，甩不开。

虽然抗日战争结束整整快满三年了，县里也来了新的县长，但人们生活状况似乎没有任何变化，甚至是更困难了。烧了的房子需要维修、重盖，但大多数人家没有钱，只能用一些竹木搭一个架子，再铺上稻草，建成一个茅屋暂挡风雨。仁生家的三间房子被烧毁了一间，无钱修葺，一家人挤在剩下的两间房子里度日，烧毁的部分只好用竹竿和稻草编成的草帘临时遮掩着，房子已有点倾斜了，便用几根粗大的竹子抵住，免得倒塌下来。

大家的日子过得更紧，对鬼子投降后生活会改善的希望逐渐破灭，打败鬼子的喜悦早已被生活中的窘困、忧虑所取代。人生悲剧还在上演。

这一天，义生的家里来了三四个陌生人。交给义生一沓法币，又拿出一张契约，让义生摁上手印。然后义生把妻子从临时搭盖的茅草房里叫了出来，以平缓的语调说："实在对不住你，家里穷得常常无米下锅，我的一只手也半残了，没办法，已把你典给外村的一户人家了，时间三年。他们家里生活会比这里好一些。”

那可怜的女人眼泪顿时流了下来，像刚拖出水面的罩网直往下滴水，但她没有哭闹，也没有言语。也许她认为女人的命就是如此，或相信另一家的生活真的会比赵家好。自从婆婆和儿子被鬼子杀死、自己又惨遭鬼子蹂躏后，她变得话语越来越少了，目光也显得呆滞了，刚过30岁，背就有些变驼了，也没有再怀上孩子。从心态上说，她已变成风波浪里一条无舵无锚无桨无帆的小船，向东向西，上颠下簸，是沉是浮，全然不在乎了。

义生一示意，来人便把女人让上了一辆手推独轮车，“吱吱呀呀”地推出了村外。义生心里一阵心酸，好在这还只是典，而不是卖。由于贫困，典妻卖妻的事并不罕见。典入他人妻子者，多为了传宗接代，按契约，典当期间所生的孩子归典入者，每年女人还可以回丈夫家住一段时间。

让义生大为失望的是，典妻得到的一大沓法币，几天后购买力就像断了绳索的船帆一样直线下降。所以他找仁生诉苦来了。

仁生正在和母亲一起做一种混合的食物，把湖边割来的野菜切碎，同细糠、米面掺和在一起，再做成巴掌大小的饼子，放在铁锅上蒸熟。虽然粗糙，但却能充饥，并还有一种特别的香味。见义生来了，仁生妈便给他一个混合饼，义生吃得津津有味，吃完了才叹了一口气，说：

“仁生，日子真没法过了。”

“是啊，但大家都一样。”

义生把典妻的事告诉了仁生。

仁生听了惊愕而难过，责骂着：“义生，怎么能做这种缺德的事情呢！”

“实在没有办法，房子没了，妈和儿子又死了，我的一只胳膊被鬼子打伤后，拖了半年多才好，已经萎缩了。她跟着我，只能过猪狗一样的生活。”

仁生无奈地摇了摇头。

义生又带着愤怒的语气说：“还倒霉的是，得到的那些票子只过了不到十天，就贬去了一半。我这人就像踩着了西瓜皮，跟头一个接一个，这是为什么？我可从来没做过坏事。”义生今天的话变多了。

仁生深深地同情，并安慰说：“好在又要到捕鱼旺季了。”

这时飞天拐子也来了，便插话说：“捕鱼季是要到了，可我们的水域越来越少，这样下去，村子就完了。只有河里丢了篙，还到河里捞，从朱家夺回我们的水域，确立新的界线，各家各户的日子才会好过一些。”

仁生说：“这件事大，过了捕鱼季再说。我们还可以想想别的法子。比如打打工，跑跑生意。”

“但总不如把自己的东西要回来踏实、有面子，并且要回水域比其他办法更管用。”飞天拐子说出的是大多数人的想法。

仁生没有和他们再讨论这个非同一般的问题，只是说：“做好捕鱼的准备，把钩磨得更快[1]些，八月后早点起，晚些睡，多捕些鱼，日子就能过得好一点。”

义生和飞天拐子心情郁闷地走了。仁生心里是阵阵酸楚、百般同情，他们两人一个卖老婆，一个典媳妇，实在是人间的不幸，并且是令人蒙羞抱愧的不幸。两人现在搭帮合伙捕鱼，成了梯子没横挡，两条光棍。仁生也更深切地感受到，与朱家的水域之争，确实犹如身上的疖肿痈毒，一日不去，便日日伤身体，日日叫人不自在。但打仗绝不是最好的办法，那有最好的办法吗？又在哪里？

盼着、等着的捕鱼旺季到了，渔民更加勤快地上船下湖。但一件令渔家难以接受、也是极少发生过的事情发生了：好几百个住在离湖不远的农民，带着自备的鱼叉、鱼罩、小网、鱼罾等渔具进入本属铜钩村的水域，无所顾忌地捕鱼。原来，这些农民上半年遭水灾，下半年又遭旱灾，许多农户所得无几，有的甚至颗粒无收，又不见政府赈灾，情急之下，便群起下湖捕鱼，这其实是聚众抢鱼。

蛇叔和勇生等问仁生怎么办？按惯例这是一定要迅速有力地加以阻止的行为。一般的办法是先礼后兵，首先喊话劝退，再施以威胁，最后动用扁担棍棒把抢捕者赶出去，有时由此也会发生伤亡。仁生在听了几个农民的诉说后，心像煮过的汤圆一样，变软了。告诉蛇叔等说：算了吧，人家也是到了山穷水尽的田地，才走这一步，就当我们捐款给邻村救灾吧。

“偶然一次也许可以。但弄不好这些人会像小孩吃奶一样，越吃越舍不得

---

① 快：锋利。

放，也可能会不断有人效仿，那我们的饭碗可就又缺了一大块。”蛇舌俚忧心忡忡地说。

“今年先这样吧。如果明后年无荒无灾而有人无理夺鱼，那我们就再按老规矩办。”听了仁生的回答，大家也就不再说什么。是啊，将心比心，于心何忍？做点好事吧。

由于捕鱼工具和技术远不如职业渔民，这些农民捕得的鱼很有限，但毕竟多少有些收获，特别是铜钩村没有强力阻拦，这在过去是几乎不可能的事情，所以每个人心里都很高兴，并从心底里感谢铜钩村的人。

这些农民又进入到了铁网村的水域，虎根立即组织渔民劝阻、驱赶，并又喊又骂：“我们的水域，又正是捕鱼旺季，哪能让你们脱了裤子兜顺风？操你个老拐，赶快给我滚。”

有农民问：“为啥哩铜钩村的水域可以让我们捕，你们的水域就不让捕？你们也学赵家行行好吧。”

“别啰唆。朱家是朱家，赵家是赵家，就是不一样。既然赵家愿意让你们捕，你们就在他们那里捕吧。”

但随后情况像夏日的雷雨天，一下变了，朱继元传下话来：“对受灾的农民要网开一面。何况赵家已有行动在先，我们朱家要比赵家做得更好。”

其实，没有赵家行动在先，朱继元也会对来捕鱼的农民采取宽容的态度，今年旱涝双灾，他已把耕种自己农田的佃农们的租子都全部豁免。

农民们便又怀着感激之心，兴高采烈地捕鱼。

这样的情况出现，也就意味着渔民的处境会比过去更加艰难，尤其是经过日本鬼子洗劫后，家家的日子真如鱼胆般的苦。这样下去，铜钩村渔民因鱼源不足而越界捕鱼的事随时可能发生，势必冲突又起。

为此，勇生提出，必须为下一次械斗做准备，这代表了许多人的意愿。尽管上次派勇生送信送粮不见有什么实际效果，但仁生还是希望两村继续商谈。他认为：两村联合打鬼子，互相救援，这为商谈提供了一个很好的气氛和新的基础，目前要加紧朝讲和方面使劲。上战场的经历，目睹尸首如山、鲜血遍地的惨状，使他越来越厌恶争斗，越来越想以和代战。

赵家村再次商谈的要求传到了朱家。朱继元便召集金根、虎根等人商议对策。金根知道父亲不仅不愿谈，还在精心地谋划着开战，便说："还费口舌同他们谈吗？"

朱继元摆了摆不太灵便的手说："谈。不仅要谈，还要让外界人知道甚至见证我们的商谈。"这很出大家的意外。

"那谈就要考虑方案。我们让步吗？"金根心有忧虑地问，他对以武力解决问题已远不如过去那么感兴趣了。

"国与国的土地一寸不能让，村与村之间的利益界线也一样，半寸也不能让。如果能激怒赵家，让他们主动挑战，或同意接战，谈判就成功了。"

金根慢慢品出了父亲话里的意思，觉得父亲的用意总是非常高深，主意也是非常的高明。

朱继元又进一步解释说："本是我们要打，但要想办法变成他们要打，并且还是他们首先提出来要打。这样，对械斗发生的后果，赵家就要负主要责任，就会在官家、在民间受到谴责。我们以被欺侮者、被迫应战的形象出现，无论是输是赢，在道义上就都占了上风。"

"但据我的了解，仁生是不愿再打的。如何能变成他们要打？"金根还是有些疑虑。

"这就要想办法。一定要想办法逼他们首先提出要打。实在不行，让他们同意应战也可。"接着朱继元又就具体方法做了布置。其实这些天他一直在反反复复地琢磨这件事。

金根完全明白了父亲的意思，觉得父亲还真是老谋深算，那就照父亲的主意办吧。

朱继元接着说："这次不要在赵家或朱家谈，另找一个村子作为谈判地点，也让这村子的人起一个见证人的作用。"

"那，在哪里合适？"金根不明白这谈判地点的选择又有什么奥妙。

朱继元略加思索："就在曹家。"朱继元又交代，打仗的事虎根领头，这谈判一类的事还是由金根继续负责。

双方如约而至，到了曹家的祠堂。仁生带着勇生和蛇叔来了，他也没有细想这次为什么要在曹家村商谈，只要能谈就好，在什么地方谈并不重要。

曹德昌也欢迎双方在本村谈判，这样无形中自己成了中间人、调停人，这在乡间是很有面子的事情。表示双方对曹家信任，并且确认曹家有能力主办这样的大事，所以他做了很好的安排。在商谈开始时，他还一本正经地说了一些刀切豆腐两面光、不痛不痒的话。

商谈正式开始后，仁生一片善意，并表示铜钩村对这次商谈怀着极大的诚意。

金根的开场白也很干脆：本来没有什么可谈的，因为界线清清楚楚，并书写在案。铁网村也是因为有善意才来谈的。

曹村长一听，开局气氛不错，或许真能在曹家村解决问题，心中暗喜。

仁生为营造好的气氛，接受过去的教训，便又说："俗话说，轻轻的碓舂出米来，轻轻的话说出理来。这次商谈中最好双方尽量摆事论理，心平气和，互相尊重，而不要大吵大闹，动怒动气。"

金根一听，心想这家伙想先来个约法三章，占据有利位置。但，你有你的办法，我有我的主张。便说："有理不在声音高。我们会像过去一样，以礼相待。"这话的潜台词是：我们一直是有理的、讲理的，我们的态度和过去一样，你要什么花招，我们自有办法。

仁生又说："能不能这样？我们都替对方想一想。都尽可能做一些让步。"

"这意见很好。你们先说，想做怎样的让步？"金根适时发起了攻势。

仁生立即回答："我们可以考虑在明代划的界线的基础上适当让步。"

"这不是我上次到你村里商谈时提过的方案吗？还是炒现饭。我还以为有什么新鲜的呢？"金根一副不屑一顾的样子。

"现饭也是饭，总比没饭强。并且上次没有好好展开谈，我们还没有听你们的方案呢？"仁生把球场给了对方。

男孩在父亲面前好像永远长不大，但一经离开父亲，就好像立刻长大了。金根在父亲面前唯唯诺诺，好像少有主意，只要不在父亲面前，他便能显示出并非平庸之辈。他略微顿了一下说："你刚才说要按着上次在你们家提及的内容接着谈，也好。上次你们承认了我幼弟土根和我儿子之死是你们搞的鬼，对吧？这账怎么算？先把这个眼前清楚明白的账结清了，然后再算那几百年的陈年老账吧。"

这是哪儿对哪儿？分明是胡搅蛮缠。但仁生还是耐着性子说："我后来才知道，那猪和粪是我们埋的。这件事确实做得不对，对此我们愿意向铁网村赔不是。”

“光赔不是就算了？这可是两条人命哪。如果几句道歉可以抵两条人命，我们可以向你们道歉个十回八回的。”虎根插话了，并且是有着刺耳的弦外之音。

仁生认真地解释说：“埋猪埋粪和人死没有关系。我只是为埋猪埋粪这种行为道歉。”

“怎么会那么巧，你们一动手，我们就死人？并且我们还知道，你们还专门请风水先生看过的。”虎根说话毫不客气。

“那这样行不行？你们也在我们赵家的祖坟上埋两座坟，然后再迁走。这样就扯平了。”仁生尽可能退让，以制造一种能谈的气氛和条件。

“也就是说，你们不怕死人了？那直接从你们村找两个人来活埋不是更省事？”虎根却不依不饶地始终取进攻态势。

这种蛮不讲理的话使仁生很是生气，但他尽量克制自己，以使商谈能够继续：“我的意思很明白，是说埋坟与死人没有关系。死人大概是谁都不愿意的，你们也一样。所以才要谈。”

曹德昌听着听着，觉得不对劲了。又是地域界线，又是风水人命，还有什么猪尸、人粪，这一日半天哪扯得清？并且双方已在较劲了。自己向着谁说话都不行，这中间人不好当。便赶紧找了个理由，走出了祠堂。你们爱怎么争、怎么吵，请便，我懒得耳朵和精神受刺激。

商谈继续。金根觉得仁生这家伙确实厉害，自己没占到什么便宜，不过这次也不是来谈怎么解决问题，只是想办法激怒赵家，让赵家表示出愿意接战就达到了目的。便说：“你开始说，双方都让步，我也可以做一点让步。”

“说具体点，怎么个让法？”仁生觉得事情好像又有了转机。

“让一半。”金根回答得很明确。

“最好再详细一些，在什么基础上让一半？”仁生又问。

“把活埋你们村两个人改为活埋一个人。”

这话让铜钩村人又惊又气。谈的是水域界线的相互让步，怎么朱家却是在纠缠那毫无根据、毫无道理的埋坟问题呢？分明是蛮横无理的挑衅。

勇生这时忍不住开腔了："上次交战我们死了70多个人，在这个前提下，我们才埋坟的。照你们的说法我们也让一半，你们死掉30多个人。这能行吗?"

虎根接腔了："原来你们用阴招让我们死两人个还不够，要杀死我们30多人?"

"别找碴，别胡扯，难道你连我的话都听不懂?"勇生回答。

"这明明是你刚才说的。既然有胆子说出来，又为什么抵赖?"虎根不让，他已经开始在以头人的身份和架势说话。

双方的商谈步步升温，变成充满火药味的争吵，开始"低声讲理"的约定被远远地扔到鄱阳湖了。

金根见火候已到，便止住了大家的争论："看来你们不愿意谈，而是希望用刀枪说话?"

勇生也觉得不能再忍耐了，便冷冷地说："看来，你们不是真的要和谈，而是要挑起又一次械斗。你们用什么说话我们都不会害怕。"

金根站起身来："好，既然你们愿意并已准备开战了，再谈也就没有必要了，那就等着战表吧。"说完带着虎根等气冲冲地转身离去。

仁生这时十分清楚地知道了对方的意图。但他很不明白的是：铁网村人又要挑起械斗，这究竟是为什么呢?

重逢时的约定

走出曹家村的祠堂，仁生心情郁闷而又沉重。风浪又要涌起，并且要躲无处躲、要退无路退。他不想械斗，日思夜想着退出这种制造死亡的恶俗。但完全由不得他，并且即使他不存在，仗还会打，几百年不就这样过来的吗?这次如何应对呢?

这是曹家，是他当年和小鲤一起看过戏的地方。他又想起小鲤，回来一直没有见到她。他无端地涌起到那个看戏的地方再去看看的念头，并身不由己地迈开了脚步。但旋即又否定了自己，身不由己地收住了脚步，为什么会有这个念头？嗨，人的想法和行为有时就是连自己也无法解释。

这里离龙泉寺不远，他让勇生先回村，自己要去看看师傅。自从师傅为掩护自己被日本人打伤，身体便每况愈下。自己又去当兵，已一年多没有能见到他，现在不知怎样。

他还想，有可能的话要向师傅请教，又一场即将到来的械斗如何应对？师傅已是佛门中人，或有什么禅机能给自己以领悟和帮助。

仁生又一次走进了龙泉寺，看到大殿烛光明亮，香烟飘忽，诵经声琅琅，和尚们正在做法事。他用双眼迅速扫视了一遍，僧人中不见师傅的身影，他有点忐忑并产生了不好的预感。

等到法事结束，向僧人打听才知道，师傅那天在厕所里被日本人打了以后，便觉得疼痛难忍，料知日本人见仁生不见了，还会再来找他，便赶忙就地倒下，从而骗过了日本人。但后来伤势反复发作，渐渐不支，一个多月前圆寂了，已烧化归土。今天恰是“七七”，每七日超度一次，今日是最后一次超度仪式，刚才的法事正是为师傅做的。想不到今天来得正是如此凑巧。

仁生颓然地坐了下来，泪流满面，从此再也见不到那可敬可亲的师傅了。许多往事浮现眼前，涌到心头。师傅不仅教会了自己的手艺，也教育着自己如何做人，真是恩重如山。他本想一辈子相伴在师傅身边，尽供养、孝敬的责任，这没有能如愿。现在连常来看看师傅也已经成为泡影了。为此他有着深深的歉疚和悲哀，这歉疚悲哀还有那思念将会伴随他的终生。

一个僧人从僧房里拿出了一个小包袱递给仁生，说：“这是慧空师傅特地留给你的东西。他好像知道这几天你一定会来龙泉寺。”

仁生接过包袱，赶紧打开，都是师傅的私人物品，其中他印象很深的是其中的一个绣花香囊，这是师傅当年的情人所赠的信物。圆寂时交给自己，表达了师傅对情人的永世不忘，也表达了师傅对自己的极度信任，师傅一定是希望那人间美好的感情能够长生不灭。此刻，师傅身上体现的人心与佛心的善良和温暖，真使仁生觉得醍醐灌顶。

包袱里面还有写有文字的一张纸，展开一看，上面写了16个字：

空与不空，尽在心中。

为之当为，出之则出。

这好像是充满禅机的偈语，是师傅对自己人生的概括，还是对仁生的人生提示？仁生似乎能隐隐约约地感悟到其中的一些意蕴，但却又无法参透其中的玄机。留待日后细品细想吧，他重新收拾好师傅的遗物，找到后院掩埋师傅骨灰的地点，点上三支香，跪拜后，起身缓缓离去。

当仁生路过大殿的时候，看见几个人正双膝跪地，拈香礼佛，其中一个人的背影极像小鲤，他停下了脚步。待那人礼毕起身站立，发现那果然是小鲤。此刻他心里如潮水汹涌，又觉得五味杂陈，真想立刻快步走上去，突袭般地拍拍她的肩头，并放肆地喊叫一声，接着敞开心扉，倾吐这一年来许多惊心动魄的日日夜夜，诉说心中的矛盾、郁闷与焦虑。但不能打扰她许愿求佛，他像堵住快要决堤的水坝那样堵住了自己奔涌的心潮和强烈的念头，悄悄地等在了一边，并有意把脸背对着小鲤，以抑制一点此时内心的冲动。

“仁生哥!”一直支棱着耳朵的仁生听见了小鲤的声音。这是多么熟悉、多么美妙的声音，又是他多么希望听见的声音。他迅速转过身，喊了一声：“小鲤!”如果不是在寺庙这样的地方，他们一定会紧紧相拥。

“我的天，你居然回来了？”小鲤说着，眼睛里已闪出泪光。

“是啊，老天爷保佑我。”仁生又故作平静地说，“你怎么到寺庙里来了？现在你也信佛吗？”

“我不是为自己来的。”小鲤一下变得认真了。

“为谁？”

“不想告诉你。”小鲤下意识地用手背按了按眼睛。

“那你想告诉谁呢？”

“这也不能告诉你。”小鲤此时脸上又露出了灿烂的笑意。

“回来后我一直想见到你。想不到我们竟是在这里相见，真是机缘巧合啊。”仁生这句本是寻常的话，此时双方却觉得好像有不寻常的意味。

二人在寺外路边的小树林坐下。远远近近是开得正热烈的杜鹃花，一簇簇，一丛丛，一片片，犹如火焰，燃烧在山顶、山腰、山脚，使青翠碧绿的大地红绿相间，生机盎然而又秀美无比。伴着杜鹃鸟的叫声，阵阵幽香传来，两人的话便如滔滔洪水冲开了闸门，倾泻而出。

仁生有详有略地述说了这一年多自己经历的许多事情，还特别提到小鲤送的方格毛巾给他的抚慰和力量。小鲤听得时而紧张，时而感叹，时而发笑，时而掉泪。

仁生讲得差不多了，小鲤接过话头一本正经地说："我真不知道自己是不是信佛，但这次确实是专门来龙泉寺求佛的。你知道是来求什么吗？"

仁生摇了摇头，本想说句玩笑话：是因为知道我也来了吧？但觉得这样的话不好意思说出口。

"我和许多人一样，对求佛是临时抱佛脚。这次也是临时来求佛指点，求佛保佑的。"

"你有什么迷津需要指点，又面临什么灾祸要求佛保佑？"仁生很认真、很关心地问。

"因为……"小鲤欲言又止。

"说吧。其实你刚才肯定对菩萨已经说过了。现在让我也听听又有何妨？我一定也像菩萨一样对任何人都不张口。"仁生半开玩笑地说。

小鲤望了仁生一眼，鼓起勇气便把父亲逼婚并已办了定亲酒，准备十二月办婚事的事说了一遍。

仁生听了顿时觉得心里很不是滋味，但还是故作平静地说："女大当婚，好事呀！"

"你瞎说什么哩？要真是好事，我就不来龙泉寺了。我现在想的是如何让这桩婚事翻了船。"小鲤说得很郑重。

"现在木头都快成船了。求佛还有用吗？"仁生这下有点着急了。

"所以才像三十夜破了锅，特别着急！"

"结婚是人生大事，也是好事，你为什么倒希望婚事成不了？"仁生此时虽然急，但他想知道底细。

"因为我不喜欢那个人。"小鲤还是那句简单而又明了的话。

"那人什么地方让你不喜欢？"仁生这句话接得很快。

"其实我也没有见过那个人。"

“没见过，怎么就判定喜欢不喜欢？”

“因为我喜欢另外一个人。”小鲤接得很快。

“这个人是谁？”

“远在天边，近在眼前。”小鲤说完，心跳加快，脸上飞起一片红霞，似乎远近开得正欢的杜鹃花影全映在了她的脸上。

其实仁生此刻是很担心又很希望她说出这句话。因为他十分明白：小鲤爱他，他也很爱小鲤。但以现在的情况而论，月下老不会让他们两人成为眷属，仇人冤家怎么可能缔结婚姻呢？刚才还和小鲤的大哥大吵了一通，接下来还极可能又要在战场上刀枪相见哩。于是他很真诚而又带着遗憾说：“我也很喜欢你，只是我们两人或有一人错生了地方。”

“你能详细地讲一下理由吗？”

仁生认真地陈述了自己的理由。

“我父亲也这么说。但，天会时风时雨，人间的事也会有变化。事是死的，人是活的，事在人为。”小鲤这时倒像在对仁生说理和劝慰。

“我是想不出什么办法，听听你有什么锦囊妙计？”

小鲤说开了：“你记得吧，我们有一次曾在曹家一起看《梁山伯与祝英台》，那时我就开始喜欢你了。当时我就对你说过，那祝英台既然爱梁山伯，为什么不直说？十八相送打了那么多比方，绕来绕去，打哑谜。梁山伯又听不明白，最后鸡飞蛋打，祝英台被迫嫁给马家。如果胆子大些，直说了，也许两人就幸福地在一起了。变蝴蝶双飞又有什么意义？就是飞到天堂也没有在人间活着有意思。”

仁生也点点头说：“是啊，就像划船捕鱼，自己的主见和办法太重要了。”他又想起在淮河边赵叔的话：老传统不可能千年不变。当时他对这句话咀嚼了很久。

“我就是这么想的。自己的钱放在自己口袋里好，自己的命运攥在自己手里好。”小鲤说得简单直白却深有道理。

“但我的体会是，世界上许多事都是身不由己。比如，婚姻你想自己做主，但你父亲就是不同意。这就好像大鱼陷进渔网里，无法挣脱，怎么办？”

“办法靠人想，就看你想不想。如果父母不同意这是一张网，我已有一个办法冲开这罗网。”小鲤说得很坚决。

仁生发现，小鲤是一个很有主见、很有担当的女子，便又赶忙问：“什么办法?”

“你把手拿过来。”然后小鲤拉过仁生的手，在他掌心里慢而有力地写了一个字：“走”。

仁生一下明白了小鲤的意思，但好半天没吱声。一起出走？这在古代和现在都发生过，近年来也屡屡听说有男女青年为反抗父母包办婚姻而双双逃出家门。如果真的能出走，对自己而言，不仅能和心爱的姑娘在一起，而且还可以借此机会远离那是非之地、恼人之事，真是一个求之不得的天赐良机、天大好事。

这一瞬间闪现在仁生脑海的是两个字“好，走”。但紧接着的下一个瞬间，浮现在脑海里的是另外两个字“行吗?”两村械斗在即，自己能一走了之吗?叔叔和母亲日见衰迈，且身体不好，自己能忍心远走吗？他又犹豫了。这一瞬间占据他脑海里还是两个字“难啦”。

“说话呀。”小鲤推了仁生一把。

仁生说出了自己极为矛盾的心情。

小鲤想了一下说：“打仗是全村人的事，没有你也能打仗，有了你未必能打胜仗。”

仁生听了，觉得这说得也对。当然后面一句话是玩笑之词，但让他多少有一点点难堪。

“至于你叔叔、母亲生活的艰难，这只是暂时的。我们赚了钱就把他们接走，这样他们会更幸福。”

仁生觉得这小鲤头脑确实不简单，见识超过须眉，谁说女人头发长见识短？这些话如春雨滋润土地，说进仁生的心坎里了，由于有这绵绵春雨，使他埋在心中的土壤中、追求幸福阳光的种子在迅速破土而出并茁壮成长。这坚定了他愿一同出走去寻找属于自己生活的信心。他已像一叶风帆，开始时是一叶升起不到一半且风力很小无力鼓动大船的风帆，现在则成了一片高高升起并鼓满长风可以远行千里的风帆了。

因为父亲已定下大年前办结婚仪式，所以小鲤和仁生商定，十二月初八在

“江湖客栈”会合。这样出走可以在父亲定的时间之前，且那天是腊八节，便于记住。他们做出了人生的重大决定，要远走天涯，共同去对命运做一次勇敢的抗争。但天下有情人皆成眷属却并非易事。

新娘子不见了

仁生以一种复杂的心情回到了渔村。因为勇生先行回村时，已把与朱家商谈的情况告诉了大家，所以村里弥漫着准备械斗、讨回血债的气氛。

那飞天拐子最为积极，因为开战这很符合他的心愿。他说自己更不怕死了，房子没有了，老婆也没有了，父亲病逝了，连眼睛也少了一只，更没有什么可值得眷恋的了。人不怕死的原因有多种多样，无财无亲、少有牵挂或许是其中一种。既然不怕死，其他的便全然不怕了，自然也就不怕打仗了。

飞天拐子又悄悄地告诉仁生：“这次打仗我们有必胜的把握。”

“别吹牛皮，放大话，你的根据是什么？”仁生并不认为有打赢朱家的把握，便睁大眼睛看了飞天拐子一眼。

飞天拐子很得意地说：“上次我们输了，主要是输在朱家有枪。有枪对无枪，就像下象棋，有车杀无车。现在我们也有枪，并且比他们的更多更好。不但有枪，还有手榴弹。”

仁生觉得很是奇怪：哪来的枪和手榴弹？即使有处卖，铜钩村也根本无钱买呀。这一年多别的变化没有，一下有了好多枪，这可是一个令人难以置信的大变化。

仁生一问才明白了：在备战中，勇生一直想着上次的失败是因为对方有枪，如果再战，赵家也必须有枪，否则，又将和上次一样惨败。但枪从何来？即使能买到，赵家村也是两手空空干瞪眼也。倒是飞天拐子想起来了，根据他的经验，鬼子的汽艇有底舱，可能有武器，在康郎山围歼鬼子时，把敌人的汽艇撞压沉湖后，没有搜寻，有必要再去找寻一番。

勇生立即带了几个水性好的小后生，迅速赶到康郎山附近，在鬼子汽艇沉没的地方潜入水中，找到躺在水底的汽艇，在汽艇的内内外外和周边，反复搜寻，果然大有收获，找到了十来支长枪，其中有一支是冲锋枪，另外还有两箱手榴弹。为了不走漏风声，他们一直悄没声地藏着。

勇生还说，已经悄悄地到湖边试用过步枪和手榴弹，都很好使。那手榴弹扔到水里轰然炸响，随后还浮上来好几条被炸死的鱼。

仁生听了这些，没有变得高兴，反而心情沉重：这下更坏了，不但打仗无法避免，而且因为双方都有枪，会造成更大伤亡。他的眼前立即浮现出血染湖水、尸陈船头的可怖画面。自己又该怎么办呢？他出走，械斗无法避免；他留下，械斗同样不可避免。他希望找到一个能避免械斗的办法，但这谈何容易。

此时，呈现在人们面前的是全村上下摩拳擦掌，准备械斗的场面，修补船只，打磨刀枪，进行训练。他自然想到，朱家也一定在为械斗做着积极而周密的准备。

确实，朱家也在备战。但因为有上次大胜而形成的心理优势，加之还有枪，且持枪的“铲刚”们枪法更准了，更认为胜券在握。但朱继元的想法是，先让女儿完婚，因为打不打、什么时候打、以什么方式打，主动权都在自己一边。女儿结婚在即，不能因为械斗而误了女儿的终身大事。女儿婚事宜早不宜迟，朱继元与曹德昌商定，选十二月初八这个黄道吉日为女儿大婚的日子。

进入腊月后，曹家与朱家立即有了越来越浓的喜庆气氛。朱继元非常喜欢这个唯一的女儿，加之家境宽裕，所以办的嫁妆与一般人家相比，那是又多又好。一般人家的嫁妆为八件：大小衣箱、梳妆台、椅子、木盆、洗脸架。另有两件是家家必备的，一是小孩用的马桶，象征着生儿育女；二是一杆秤，表示生活称心如意，当然这秤在日常生活中用途也不小。小鲤的嫁妆除了这八件以外，还有高低柜子、饭桌饭椅、茶桌茶凳。大大小小有十几件，全是朱红大漆，绘有鸳鸯戏水、莲花结子、五福捧寿等吉祥图案，有的还描金镶银。这叫村里人称羡不已。至于衣箱里装了多少衣服、布料，外加压箱钱，一般人是看不见的。母亲告诉过小鲤，衣箱里面光压箱钱就有60个花边，还有几十件厚厚薄薄的衣服。

男方家也不含糊，新房布置一新，喜气洋洋，门口的对子也是请书法高手蘸了金粉写的：

子孙贤达辞章追曹氏风流；
家族昌隆大业承朱家气象。

这副对子气魄不凡，把曹操父子、洪武皇帝都嵌在里面了，称儿孙的文章要有曹氏父子那样瑰丽的风采，家族大业要有朱元璋帝业那般宏大的气象。

给朱家送彩礼的人也是大大多于寻常人家。这两家的联姻被许多人称为真正的门当户对。

婚礼的前一天，男方必办的事情是为女方家送婚宴礼。这一仪式的内涵是：女方家因女儿出嫁要宴请宾客，收得的贺礼也要随女方全部带到婆家，所以婚宴的费用便理所当然地要由男方承担。在这个时候，女方家一般还会半真半假地称男方是打劫，并且是劫人又劫财。所以，支付女方的婚宴之资那是天经地义的，并且丝毫不能吝啬。

曹德昌家适时把专为婚庆饲养着的大肥猪宰了，将其中的一大半不加分拆，固定在一根粗大的竹杠上，由二人抬着送往女方家。一同送去的还有两只鸡、几条鱼和一些大米。送宴礼的这些人也是第二天迎亲队伍的主要成员。

第二天，是娶亲迎新的正式日子，吃过早饭，迎亲的队伍在爆竹声中出发。四人抬的花轿忽悠忽悠地走在前面，乐队吹吹打打地紧紧跟随。另还有两位伴娘，更有多个带着扁担、竹杠、绳索去扛回嫁妆的人。

这支队伍中，最重要的人物是一个提灯笼的男人。他走在队伍后面，每经过一个村庄或见附近有行人时，便会以喜悦而得意的心态点燃一两个响炮向空中抛去。旨在宣告：我们家要迎娶新人了。他也是整个迎亲队伍的领导者，要与女方就一些具体事务进行衔接、交涉。这人便是新郎的母舅，这个时候亲家双方的大大小小都会称他为“舅公”，舅公本是新婚夫妇未来的孩子对这个执灯笼人的称呼，此时抬高辈分称作“舅公”，一是表示了舅舅在这个时候的尊崇地位，二是希望新郎新娘能够早生贵子。

空轿刚到村口，许多孩子蹦着、跳着、喊着，以竹竿横着挡住去路。其含意是：这是我家地，不能随便过，今天娶新娘，更要买路钱。舅公便拿出一把零钱，撒向地面，象征着花钱买路，趁孩子们哄笑着忙于捡钱的时候，抬轿的人疾步快走，便进到村里。孩子们不会再行阻挡，而是改为跟着看热闹。

轿停朱家大院，乐队便开始奏起喜庆欢快的曲子。舅公这时还有两件事必须办理：一是与新娘家里"吵架"，就是女方必定会要求额外加一些礼物，舅公不愿意，双方吵了一阵后，舅公妥协，把早已备下的红包送上。这种"吵架"，是婚俗的一项内容，取意为"吵发"，越吵越发，将来子孙兴旺、家业兴隆，所以吵架实则假戏真做。第二件事，则是要求女方尽快把新娘装扮好，早点发轿，"早发"寓意为早日生儿育女，快速发财发家。

婚宴的饭菜是特别的丰盛，整整有菜16道、汤两道，也是多于一般人家。桌子上放不下那么多装菜的盘子，便一层一层地摞起来，成了半截宝塔的形状。朱继元和许多人一样，平时很是节俭，但请客和平常待客，都是十分大方。菜肴太多，吃不完，可以大量剩下，但绝不能被客人吃得盘干碗净，这样就会被人说成小气，落下话把。此时面子比金钱要重要得多。

但这时的朱家却处在十万分的焦虑之中。从表象上看，客人盈门、张灯结彩、喜庆热闹，但朱继元的内心此时却是又急又烦、痛苦不堪，因为万万不曾想到的怪事出现了：新娘不见了踪影。

小鲤一早起来照常洗漱吃饭，按规矩然后就应是躲在自己的房间里，等待穿嫁衣，化新妆，由兄长抱上花轿。但不知在什么时候，并且谁也没注意，小鲤不见了。现在，时间已到中午，迎亲的队伍早已到来，可四处寻找，也不见新娘的影子了。朱继元很快判断出，小鲤出走了。因为小鲤早已明确表示不同意这门亲事。任性倔强的女儿不仅没有改弦易辙，反而以出走的方式来对抗，这可如何圆场？虽是寒冬腊月，但他却一次又一次地用背蹭着椅子，擦拭后背上沁出的冷汗。

在伴随着猜拳行令的午饭结束后，就到了新娘上轿的时间点了。乐师们会的所有曲子都演奏完了，演奏的激情也逐渐消减了，音乐远不如刚开始时那样充满激情，加之本来就是业余班子，这时吹奏的乐曲时不时走音跑调。但仍然没有新娘子走出闺房的动静。

不能再无谓地等待了。朱继元找到舅公，焦急而又带着歉意地告知：小鲤不见了。

舅公的脸色立即变了，由喜悦变为紧张，由紧张变为愠怒。口气由亲近变为严肃，由严肃变为严厉：“亲家，这个玩笑可开不起。打自盘古开天地，那有迎亲日赖婚的？”这个舅公也太不客气了，不问青红皂白，张口就说亲家赖婚。

朱继元没有了平常的沉稳和威严，苦笑着解释：“这哪是玩笑？也更不是赖婚。是小鲤她自己跑了。”

“不管是不是赖婚，也不管是怎么跑的，反正今天你朱家必须把新娘送上轿让我们抬走。”

“我们已整整找了大半天了，实在找不着了。她一开始就不同意这婚事。”朱继元继续解释着。

“你这就更不对头了，既然一开始就不同意，你们做父母的又做不了主，那就应及时告知我们，为什么直到上轿时找不到新娘才说出来？这不明明是骗我们。”舅公逮着理又说了一通。

朱继元搓着手，跺着脚：“骗你，从何谈起？现在重要的是我们商量商量如何办？”

“你还要把责任变成两家的？”舅公火气增大了，“反正今天新人必须娶走，娶不了女的就娶一个男的走。”

朱继元哪受过这种侮辱，便也不客气地说：“亲家，亲情为上。姑娘订婚后就一半是曹家人了。光逼我能解决问题吗？难道我愿意吗？”

“那你说怎么办？”舅公也觉得自己说得有些过分了，且一味催逼也不是办法，口气和缓了一些。

“这样，如果十天内找不到人，我把彩礼加倍奉还。今天你们先回去。”

舅公说：“娶新娘，却抬着空轿回去。这算怎么回事？不仅会被人当笑话，而且还会不吉祥，有灾祸。这个你怎么赔？”

“好事说不坏。如果真有这等事，我们另赔。”朱继元只想解燃眉之急，不想再争辩。

“自从盘古开天地，不见新娘不上轿。哼，这是中了魔法，还是新娘另有所爱。太，太奇怪了。”一个喝多了的客人在发酒疯，金根端起一个菜盘，把里面的剩菜剩汤全泼到了那个说醉话的人脸上。

这时，朱继元的夫人给每个来迎亲的人发了一个红包，再致歉意。舅公也知道，再逼迫也是要尼姑生孩子，办不到的事。双方的亲友又纷纷苦口婆心地加以劝解，舅公只好带着曹家人，抬着空轿子往回返。

舅公此时最大的改变是，把手提的灯笼吹灭了，并塞进轿子里，而不是拿在手上。乐队也哑了，轿子一看就是无人乘坐的空轿，晃晃荡荡地没有稳实感。整个迎亲队伍就像打了败仗的军队，稀稀拉拉，无精打采。

这一夜，朱继元几乎没有合眼。他在反复琢磨着小鲤为什么会出走，又到哪里去了？鸡叫头遍的时候，他若有所悟：对了，小鲤拒嫁的时候，说过愿嫁仁生，那这事肯定和仁生有关系，卯不准就是仁生给拐走了。他越想越觉得自己判断无误，也越想越怒气上蹿。

天刚亮，他就把一位脑瓜子比较灵的亲戚叫了过来，让他立即去一趟铜钩村，并把要去办的事和如何办这件事详详细细地交代了一番。

朱继元草草吃完早饭，闷闷地等待这位亲戚归来。快到中午时分，派去的亲戚回来了，告诉朱继元：已打探清楚，仁生一家人昨天一大早出去了，家里现在什么人也没有。

朱继元觉得这完全证实了自己的判断：仁生带着家人和小鲤一起跑了，并且是事先合谋好了的。这使他顿时怒恨交加，新仇旧恨，一起袭上心头。哼，除了向铜钩村开战别无选择了。

但春节将到，决定待节后再选个日子下表开战。

仁生无奈失约

腊月八日这一天，仁生究竟在哪里呢？其实，他没有能如约去“江湖客栈”，而是身在锣鼓山镇。

十二月初八，是他和小鲤约定在“江湖客栈”会面、然后远走高飞的日子。他早就默默地掐算着、等待着这个日子。但当这个日子真的到来的时候，他的心却在颤抖着，意志在动摇着，更有两件事的发生销蚀了他出走的意志，绊住了他去客栈的脚步。

腊八前一天的晚上，勇生给他送来了一支枪，让他先摆弄摆弄，以便能更好地使用这枪。并说：“这里只有你当过兵、打过仗，这次械斗你既是帅，又是兵，还得靠你发挥作用。”

“说来可能是笑话，实话告诉你，我在战场上连一枪都没有放过。”仁生一点也没有隐瞒在军队里的实情。

“啊？”这让勇生觉得不可思议。怪不得国民党那么多军队会一败涂地，当兵的在战场上竟不放一枪，天下哪有这样的军队，这样的战争？

勇生递过来的是一支在日本汽艇上捞寻起来的三八大盖。仁生接过枪，拿在手里掂了掂，沉甸甸的，枪身的金属部件锃亮闪光，木质部分油漆发亮，是一支保养得很好的步枪，这比他当兵时拿的已经发旧的“三八”式要好。他端起枪来试着瞄了瞄，在不远处叶子落尽的树上，有一只喜鹊，衔着一根小树枝，在已筑了一半的窝巢边跳来跳去。它把嘴上叼着的树枝放下又衔起，衔起又放下，是要摆放在最适当的位置上，连鸟建造自己的家也是如此精心、用心。又一只喜鹊飞来，也衔了一根树枝，落在树上。于是两只喜鹊在窝边不停地跳动，嘴里发出令人欢悦的叫声。看得出，这是一对情侣，它们是兴奋的、充满幸福感的，它们在一起精心地构筑着自己的爱巢。仁生目不转睛地看了许久。

仁生以那喜鹊窝为瞄靶，三点一线，又试着扣了一下扳机。他似乎看见了，那未成的鹊巢顿时像一件精美的瓷瓶般地被击碎，一根根树枝四处飞散，两只刚才还跳跃欢唱的情侣羽毛飘零，尸体跌落地下，身边一摊鲜血。这画面又幻化成了湖上交战的画面，枪声起处，一个人淌着鲜血倒下，既而更多的人带血挣扎。这使他心里顿时发紧，接着是一阵恐惧感摄住了他的全身，便慢慢地把枪放下。

这时，勇生却向他提出了他不曾想到的要求，让他赶紧打造几支枪。仁生断然拒绝了。

“你会造枪，这关键时刻得把本事使出来。”

仁生很严肃地说：“什么情况下才可以造枪，我师傅有过严格的交代，我绝对不能违抗师命。”

“你不是造过枪吗？”

“造过，那是为了打日本人，打中国人不可以。”仁生说得斩钉截铁。

“什么中国人不中国人，朱家不仅买枪，还拿枪打得我们一塌糊涂，可曾想过我们都是中国人？既然要打仗，当然是枪越多越好。”

“朱家人可以买枪，但我不能造枪。”

勇生又与仁生争辩了好一阵，见仁生还是半点不松口，只好满腹气恼地走了。

躺在床上，“离开”二字立即又开始占据仁生的大脑，纵然有严苛的村规族规，他也不再想那么多了。但他又想，自己离开，双方依然会发生械斗，而且是有枪和手榴弹的战斗，上次双方死者近百人，这次如果再战，死的人则远不止这个数了。人啊，平常那么笑脸相对，有困难还会慨然相助，为什么都又会无情地刀砍枪刺、取头索命呢？

如果自己走了，情况将如何？械斗依然不可避免，大量的伤亡必然发生。如果他留下，可否有助于减弱冲突，减少死亡？

但阻止械斗，自己有这个力量吗？又从何处下手呢？一想到这里，他就像是兜头被浇了一盆凉水，觉得自己头凉脚凉心也凉，这械斗就好像鄱阳湖的水春夏上涨、秋冬消退一样，任何人不可能阻挡、改变。他在痛苦地思索着，犹豫着。

快到天亮的时候，响起了“笃笃”的敲门声。仁生翻身起床，叔叔焦急地告诉他，母亲突然患病。

仁生急忙走到母亲床头一看，只见她痛苦地捂着胸口，呼吸急促，脸上蜡黄，额头上沁出绿豆般大小的汗珠。他对着母亲呼唤着，问候着。母亲有气无力地回答：胸部像石头压着般的疼痛，浑身无力。

仁生和叔叔稍加商量，便把母亲抱上了船，和叔叔、水花一起，快速向有私人诊所的锣鼓山镇划去。

经过医生一番诊治，母亲病情略有好转，但必须住院继续观察治疗。

在医院里，当母亲在病床上睡着了的时候，他在破旧的窗户前静静地站着，向湖的远处眺望。今天正是腊月初八，是和小鲤约定出走的日子，而自己却失约了。为此他痛苦不堪，他想象着小鲤见不到自己的失望和伤心，似乎看见小鲤美丽的脸庞上阴云笼罩，漂亮的杏眼里满含泪花。但除了万般的歉意和痛苦之外，他没有任何办法，甚至连告诉自己失约和解释一下失约的原因都不可能。母亲病重，也许这是将来可以向小鲤解释的理由，他相信会得到她足够的谅解，尽管不知道有没有将来。这样一想，他的心似乎又轻松了一些。

忽然，从窗外传进了“苦哇——苦哇——”的让人心悸的鸟叫声，这是一种叫“苦麦鸟”的飞禽发出来的。流传在当地的故事是：一个儿媳妇对婆婆很不孝顺，后来婆婆的眼睛由于生气流泪而变瞎了，可恶的儿媳竟然把面条与蚯蚓一起煮，让婆婆度日。有神仙知道了，便让这儿媳妇失足落水而死，并变作苦麦鸟，经常唱着“苦哇——苦哇——苦，蚯蚓和面煮！”作为对恶媳的惩罚，也以此警示世人。仁生此刻听着那悲苦的叫声，他不仅想到为恶为非者应当遭受报应，更想到的是人生真是“苦哇，苦哇——”因为械斗制造的伤亡、母亲的病重、失信于小鲤、自己昏死战场，还有那饥寒交并，无一不是人生的痛楚与苦难。

第二天，母亲的病没有再犯，便急着要回去，因为在这里住一天，吃几服药都要用仁生好多天的汗水去支付。拗不过母亲，仁生只好带了几服医生开的药，回到家里。

母亲的病情相对稳定。现在，对不时来找他谈论与械斗有关的事情的人，他已觉得十分厌烦。便以母亲有病为由，把与朱家村交战的事一股脑儿地推给了勇生。他想好了，要让勇生成为领头人，并逐步把责任特别是组织械斗的责任交给他，这勇生不仅有大大的眼睛，更有聪明的大脑、壮实的肩膀，已显示出超越一般人的能力，完全能挑得起重担。

时间又过了一天，母亲的病情算是稳定了，仁生便抽出身急急地赶到县城，大步跨进了“江湖客栈”。尽管约定的时间早已过去，小鲤不可能依旧在这里等待，他还是希望美好的愿望成为现实，就好像每日捕鱼时，希望最后一个钩上能有一条大鱼。

他向客栈大堂伙计描绘着小鲤的体貌特征，打听是否有一个这样特征的姑娘住过这里，或是来过这里。

伙计告诉他，肯定没有这样一个姑娘在这里住过，但可能来过。在问明了仁生的名字后，他从柜子里找出了一样东西，交给了仁生。这是小鲤留交给仁生的一封信，仁生心慌意乱地展开了信笺，上面写的是：“你失约了，那我就走了。如果有来生，我们再相守吧。”

仁生看完这封信，真是悲从中来。这信有对自己的责难，更有对自己的真情，还充满情意地希望来世相聚相守的表白。真是一个令人敬佩而又爱慕的姑娘啊！但她现在哪里去了呢？信中的“走”字和“来生”二字让他不敢往下再想，但祈愿那几个字的字义只是寻常的表达而不是另有意蕴。他不信鬼神，从不拜仙求佛，但这个时候他却很想有一个寺庙或一尊佛像在面前，从而重重地、虔诚地跪下去为小鲤求安求福。

就在他揣好信，准备走出客栈的时候，一个熟悉的身影走了进来，是曹加庆，双方几乎同时大声呼喊着对方的名字。二人每次相见都是亲近有加，话语绵绵。这次一年多不见，又经历了抓丁、上战场的经历，更有死里逃生、劫后重逢的感觉，激动得好一会儿才平静下来。

加庆首先讲了自己的情况，在兵船夜宿岸头的晚上，由于仁生的帮助，他侥幸逃脱。但不敢立即回村，便到邻县打了好几个月短工，然后才回到家里。但日子实在难熬，准备再出去讨生活。

仁生也把自己当兵时曲折惊险的经历说了一遍。

加庆又说：“听说你回来了，我这几天一直想去找你。”

“一定是有什么事吧？”

“是的，有很重要很重要的话要跟你说。”加庆的语气和表情显示出这“很重要的话”大概不是什么好事。

“这件重要的事好像与我有关系？”仁生想，难道又摊上什么麻烦事，真是狗撕破衣裳，雨打漏顶屋。

“不仅有关系，而且关系大得很。”加庆说得一本正经。

他们找了个僻静的地方坐下来，加庆便把腊月初八曹德昌到朱家娶新娘空轿而归的事细说了一遍。

“朱继元很怀疑是你拐走了他女儿。第二天还派人到了你家察看，见你果然不在，更认定你是拐走新娘的骗子了。”

仁生无奈而又气恼地说：“这可是天大的冤枉啊，腊八节那天的一大早我就送母亲到锣鼓山镇看病去了，第三天才回村。看，我不正好好地和你待在一起吗，怎么出走了？并且还骗了人家姑娘出走？真是人在家中坐，祸从天上来。”

“麻烦的事还在后面呢。朱家告诉曹家，责任全在你身上，但曹家半信半疑，如果春节前找不到小鲤的下落，曹家也可能要找朱家算账。因为大家觉得这件事太有损曹家的面子，必须挽回，弄不好又是械斗。我也想找个理由避一避，真不愿卷入这样让人厌恶的纷争中。”

“远离械斗，我和你想的完全一样。”

“但你我不一样。我和这件事毫无干系。你呢，朱家认定是你肇事起祸，本来他们就在找机会与你们再杀一场，现在又增加了新的理由，这下可是猪咬羊屁股——肯定（啃腚）了。”

仁生的心一下变得沉重起来。听加庆说完，他真感到自己确有责任。要不是自己的出现，也许小鲤就和许多当嫁的姑娘一样，顺利地结婚，朱曹两村就不会因此发生冲突了；要不是自己和小鲤约定出走，小鲤不见影踪，朱家赵家的开战也不会如此之快。他深深地自责，并把这种自责告诉了师弟。

加庆想了一下说：“也不能全怪你。因为即使你和小鲤不认识，小鲤也不一定就会同意按父亲的意愿嫁到曹家，现在女孩的观念和过去已大不相同；即使没有你和小鲤的关系，朱家要与赵家开战，一定也会找到别的理由，那南宋皇帝要杀岳飞不是随便就编出罪状来了吗？”加庆极力宽慰着仁生。

听了这番颇有道理的话，仁生心头的重负减轻了一些，便问加庆也是问自己：“那我该如何办？”

加庆不假思索地说：“我们一起走，天下这么大，难道容不下两个男人？再找个地方抡锤去。”

仁生心里一想，这倒是一个痛快而有效的办法。但三个村的纠葛就像更如乱了的鱼钩，理不清了。因为自己一走，朱家说自己拐走了小鲤那就更有人相信了，就好像黄泥巴掉进裤裆里——不是屎也是屎，跳到鄱阳湖也洗不干净了。如果因此朱家和曹家联合讨伐赵家，那自己更成罪人了。

他毅然地对加庆说：“我不但不能走，而且还要让曹家和朱家人知道，我没有走，还住在铜钩村。这样，说我拐走小鲤也就没人相信了。”

加庆想了想，点头称是。他也决定不走了，为了师兄，他要立即回村告诉曹德昌和村里人：他见到仁生。仁生还像过去一样，好端端地住在铜钩村里，仁生与小鲤的出走没有任何关系。

二人便分头回村。在路上，仁生把小鲤的信看了一遍又一遍。虽然信上的文字他已记得滚瓜烂熟，但还是忍不住一看再看，并且每看一遍，都好像有新的感觉、新的满足，就像吃霜后的甘蔗，每一口都是甜的。

当加庆把见到仁生的事对曹德昌一说，曹村长立即来气了。但这次生气的对象由仁生改为了朱继元："朱继元这只老狐狸，还想嫁祸于人。"接着又有几分得意地说："想让我迁怒于仁生，帮助朱家攻打赵家，也太小看我了。朱继元这家伙看起来是个铁算盘，其实用起来只是个瓷器算盘[①]。亏得我还有点头脑，动作不快，不然上他当了。"

曹德昌当即派人到朱家，告诉朱继元：小鲤出走与仁生没有关系，仁生还在铜钩村。新娘跑了的事到底怎么办？要有个了结，不能一天天拖下去。

朱继元一阵心惊：这仁生居然没有走？那原来的计划又得重来。因为情况有变后，曹家看来不会和自己联合攻击赵家，搞不好还会联合赵家攻击朱家。

朱继元小心打发曹家人走后，又开始转动他的大脑。这仁生怎么像只泥鳅似的，实在令人难以捉摸。自己的判断居然又错了。这样一来自己也就更难堪了，面临的是更加复杂、更有危机的情势了。他轻轻地拍着脑门，是自己老了，或是因为久病和不停的劳顿，无尽的烦恼，使自己的脑子不够用了，以致屡屡出错？但关键时刻不能轻易言退，更不能言败，必须拼尽全力，想尽办法，找到有利于自己的解决方案。他已经认定，也许这是他一生中要做和必须做好的最后一件大事情。

正理和歪理有时都是想出来的。他又在往深处想：即使仁生这次没带小鲤走，但他也脱不了干系。因为小鲤对仁生产生好感，并愿意以身相许，原因是仁生的教唆欺骗，否则一个不谙世事的女孩子怎敢拒嫁出走？小鲤是听了仁生的花言巧语，才拒绝了与曹家的婚事，才决定出逃。所以仁生有教唆、引诱良家妇女之过，把账算在仁生头上绝对没有错。现在不管仁生他在不在、在哪儿，要紧的是挑战、交战，让铜钩村再吃一次败仗，以解心头之恨，也

---

① 瓷器算盘：意指中看不中用，不会算计。

使今后双方少有争执。但这次更要精心谋划，做好充分准备，有了八成把握才能开战。当然，同时要稳住曹家，只要他们不倒向赵家，只像篱笆桩一样，不偏不倚就可以了。击败赵家后，朱家自然有足够的力量和办法对付曹家。那时谅那曹家村对小鲤的未嫁出走不敢提出苛刻的赔偿要求。朱继元想着想着，心中宽松了许多，这一晚他睡得少有的好。

联宗联姓

朱继元早早地醒来了。他来到院子里，走了一趟拳，一直有病在身，这一段时间少有练习，觉得手脚明显不那么利索了，已远没有了过去的力量、速度和勇猛。他更觉得岁月不饶人，应当惜时如金，把要办的事情抓紧办了。几声感叹后，拿起他用过多年的瓷制小茶壶开始喝茶。本来每当太阳升起在湖面的时候，孙子便会蹦蹦跳跳地跑出来，喊着："爷爷，吃早饭！"然后以他嫩嫩的、胖胖的小手拉着爷爷走向餐桌。现在没有了这种天伦之乐，不由得心里一阵难受，与赵家开战的事情蓦然又上心头。

这些天他一直盘算的是胜战之术，战则必求大胜。他进行了多方面的分析，本来以实力而论，主要是有枪，打败赵家，那是三个指头捏田螺——十拿九稳的事，但现在有了变数，就得以变应变，见招拆招。

他呷了一口茶，继续盘算着：这变数就是与曹家的关系。曹家为娶亲空轿而归的事一直不依不饶，威逼不断，并好像越催越紧。这小鲤如今是生是死，如湖鸟远飞，无踪无影。可曹家村一定要有个结果，声称活要见人、死要见尸。自己虽然一再搪塞、周旋，赔礼送礼，但这不能从根本上解决问题。要是放在平常，朱家并不惧怕曹家，完全有实力相抗衡，由不得曹家人这么三番五次地施压加辱，还索要天价赔偿。所以打败了赵家，与曹家的纠纷也就迎刃而解了。但现在面临的情势是，曹家的想法难以断定，如果正在与赵家开打时，曹家趁势插进一脚，朱家断然没有能力同时对付两个村庄。那朱家不仅无法打败赵家，还会遭到难以想象的惨败，那就可能多年翻不过身来。听说那仁生和加庆是同一师傅的徒弟，有师兄师弟之情，更极大增加了赵曹联合制朱的可能性。因为从长远看，朱家的衰落对他们两个村子都是大有好处的。他苦笑着想出了一个比喻：真有一点《三国演义》的味道。

有人敲门，虎根带进一个人来。

那人先主动自我介绍：本人姓朱，叫朱三，是岭背朱家人。

朱继元立即表现出了热情："原来是华宗，欢迎。"

朱三接着介绍说：我是来找哥哥的，哥哥叫朱二，一个明显的标志是耳朵缺了一块。听说是抗击进犯鄱阳湖的日军，被日本人打死了，但也不知真假。日本人走了以后，他一直在寻找哥哥的下落，哪怕找到尸骨，也是一种安慰。朱三的儿子便是朱长财，自去当兵后，已长年杳无音信，这使他寻找兄长的想法愈加强烈。

朱二？朱继元怎么不熟悉呢？太熟悉了，就像熟透变烂的倭瓜，熟得令人生厌了，并且是自己最后把朱二的尸体扔进鄱阳湖的。那朱二绝不会是什么抗日被打死了，天晓得他是怎么把性命丢了？他当时任县"维持会"的副会长了，是日本人的红人，还能抗日？并且这人长得就不像个正人君子的模样，跟抗日人士完全搭不上界。当然，这些个他不能说出来。他忽然记起：朱二曾经主动说过和两个朱家村联手一起对付赵家，当时自己拒绝了。但现在看来，这不失为一招好棋。这时朱三的到来，真好比是春天雨、夏时风，来得太适时了。

朱继元故意放慢了语调："我和你哥很熟悉，不但是同宗，还是老朋友，还有过很好的合作。"朱继元说到这里，顿了一下，又以动情地声调说："想不到你哥哥失踪了，真是很可惜，也叫人很难过。我们一定尽力帮助查找，要人我们出人，要船我们出船。"

这一席话让朱三大为感动，连连称谢并感叹着："真是一笔写不出两个'朱'字！"

"对，对，天下朱姓是一家嘛。有福同享，有难同当。"朱继元进一步发挥着。

"如果你们有什么事要帮办，但管开口，我在岭背朱家大小也是个头目。"朱三一副古道热肠的样子。

朱继元心里暗喜：好，有福之人不惧祸，机会来了。他迅速接过话头：

“一家人不说两家话。你可能知道，湖对面有个铜钩赵家，与朱家因500年前划定的湖界常发生冲突，几年前还打过一仗，结果是我们大胜。”

“打仗就是要打赢。俗话说，上场打架不用劲，下来思量扳本难。”看来朱三很是谙熟争斗之道。

“那也要非常感谢你哥哥给了很大帮助，他当时还提出组织你们岭背朱家的人一起来参战。”朱继元开始把话引向他需要的方向。

“这是应当的。如果现在需要我们还可以帮忙。”朱三显出一身豪爽之气。

朱继元叹了一口气：“我不惹狗狗咬人。想不到那赵家一直记恨在心，并且不肯服输，最近又摆出架势要和我们在鄱阳湖再作较量，这仗不打还真不行。”

“那还犹豫啥？就打呗。一次被打败了不服，就打他第二次、第三次，一直打到他服输为止，就像诸葛亮七擒孟获。在余南，我们朱姓绝不能受别姓的欺侮，只能是我们欺侮别人。”

朱继元故作为难地说：“我们也这样想。可这次有些不同，赵家要联合其他村子一起向我们朱家进攻。”

“这不用害怕，他们联宗，我们也可以联宗。这样吧，到时我们派三五千人来。”朱三说得如豆爆竹裂般的干脆。

朱继元赶忙站起，深深作了一个揖：“那太谢谢华宗了。”

又说了一阵，说到了实质性内容：械斗时岭背朱家来3000人，不直接与赵家交战。一半留在铁网村里看守村子，一半集结在插旗洲预备着，如果对方有外村人助战，或战场确有需要时再出阵。兵对兵，将对将，铜钩赵家如果无外村人参战，岭背朱家人也就待而不动。

“好。就这样。这些年我们还没有与别人开过战哩，这次可以练练手。”朱三故作轻松地说着，显出一副好斗的样子。

朱继元招待吃中午饭，免不了吃鱼喝酒，感情又进一层。

午饭后，朱三要离去，继元送了一个红包：“兄弟你现在有难处，我当然要帮助，算是帮你寻找兄长的一点盘缠吧。”

朱三几次推托后，收下了。

临行，朱继元又特地提示说：“如果你方便的话，可以到赵家村看看。”

“有必要吗？”朱三问。

“很有必要。”朱继元告诉他：朱二在赵家水域捕菜鱼时，曾和仁生发生过冲突，他们一定相识，他们二人也许后来可能又会有接触、碰撞。所以，仁生或许会知道什么线索呢。再说赵家村也在加紧备战，你可以借机顺便摸摸情况，说不定对打仗会有帮助。

朱三连连点头。与赵家村人因捕鱼、还有在集上卖鱼打架的事，他都听哥哥说过。现在经朱继元这么一点，他突然觉得：哥哥之死说不准和仁生有什么关系呢。这使他决定去赵家一趟，也坚定了支持朱家联合攻击赵家的决心。其实这也正是朱继元劝朱三去赵家村走一趟的用意所在。

朱三走进了赵家村，看到当年遭日本鬼子洗劫后留下的痕迹仍然深深，多幢被烧毁的房子，都还没有完全修好。一些树被烧成了木炭，墨黑墨黑，似乎还在冒烟。还有些树虽然树枝全无，只剩树干，却依然顽强地挺立着，有的还长出了新叶。而人们好像并不在乎战争的创伤，平静地过着自己的生活。这村里的大人小孩都很和善，朱三渴了，向一户人家要水喝，主人很热情地给了他茶水；当他要找仁生时，几个人认真地为他指路，后来还有人特地把他引到仁生家中。

仁生和勇生、飞天拐子等，正在商量事情。见有不速之客来访，便起身迎客。仁生看了来人一眼，微微觉得奇怪又有趣，这人如果不是耳朵完整的话，他真会误以为是朱二。

来人自报了姓名之后，仁生这才恍然大悟，原来是朱二的弟弟，怪不得和朱二如此相像。

接着朱三说明了来意，特地来找哥哥朱二。

“我见过他，已有好几年了。后来就再也没有打过交道，确实不知他的下落。”仁生很认真地告诉朱三。

“你们是不是打过两次架？”

“准确地说是一次，是因为他要强行捕捞我们水域的鱼，双方发生打斗。第二次是在鱼市上他带人来打我，我跑开了。”仁生很平静地回答。

“是不是这以后，你们就结下仇恨了？”

“说不上什么仇恨。后来各做各的事，连面都没见过，以前的那些事就像风一样过去了。”仁生说得极为平淡。

“是真的没见过还是假的没见过？”

飞天拐子见这人语气生硬，便不耐烦了，说：“你这个人说话灶王里卷门神，话里有话（画），问这些事是什么意思？别把我们当二万倌。”

“你别打岔，我和仁生说话。”朱三现在的目标只是仁生。

“什么打岔？这是我哥。你可以为哥哥的事来找我们，我就不能为哥哥说句话？”

“真人面前不说假，我只是想知道我哥哥的下落。你们告诉我实话，我会很感谢你。”朱三的语气和缓了一些。

“知道的我已说过了，其他的我确实不知道。”仁生强调着。

“我听有人说你知道得很清楚。好汉做事好汉当嘛。”

听鼓听音。看来这人认定自己知道他哥哥的下落，甚至隐含着自己和朱二的失踪有关联的意味。真是胡乱猜疑，甚至是找碴闹事。那朱二本就不是什么好货色，谁知道他哪里去了，又是什么下场？仁生便软中带硬地说：“我确是不知道。如果有谁知道，你就找谁去。”

“如果有人说你知道呢？”

仁生本不想再理他，但一想，这里面一定有什么蹊跷，便又耐着性子问道：“你告诉我，谁说我知道？”

朱三一时无语以对，只是重复着：“反正有人说你知道。”其实他这时也是连蒙带唬。

“看来，你哥哥可能真的发生了什么事？我很怀疑，说我知道真相的人倒可能真的知道你哥哥下落。”仁生把自己判断说了出来。

“世界上就有那么一种人，自己做了坏事，偏偏嫁祸于人。”蛇舌俚补充着。

朱三远不如朱二能说会道，找不到合适的话回应，便说：“反正有线索就得问，因为我哥哥至今下落不明。”

“下落明与不明，跟我们没关系。你别在这里找碴，好不好？”飞天拐子又发话了。

“什么找碴？为了找人，该找碴的时候还得找碴。”那朱三又硬起来了，好像不避此时人少力单，其实这是他平常习惯性言行方式的自然流露。

“你想干什么？有话直说，用不着说那些不明不暗的阴阳话。”飞天拐子眼珠变得出奇地大。

“找我哥。将心比心，换成你，你能不急吗？”这朱三依然显得声调高亢，态度强硬。

“你今天是来找哥哥，看你还是有情义之人。否则对你不客气。”勇生也有气了。

“不客气？我们朱家怕过谁？谁是水中龙，谁是水爬虫，什么时候可以试一试。”说完起身离去，朱三担心再争执下去，自己会吃大亏，他发现那拐子虽然只有一只眼睛，却已露出几分凶相，那只坏了的眼睛更让人感到害怕。

“哼，你还真像蚂蚁爬到秤钩上，想称称自己几斤几两？别走，把话说清楚！”飞天拐子提着拐杖气冲冲地站了起来。

仁生把飞天拐子拉住，对朱三说：“你快走吧。”

朱三起身离去，但他并没有立即出村，而是还在铜钩村转悠。他想照朱继元的交代，再摸摸情况。在路上，碰见一个小伙子拿着一颗手榴弹，便赶忙走上前去，问：“老表，你拿个手榴弹做啥哩？”

那小伙子回答：“客人真是好眼力，这是假的。”

朱三近前看清楚了，那手榴弹确是假的，便又问：“你拿这假手榴弹有啥用？”

“当然有用。”那人欲再说下去，但又顿住了，并转身匆匆离去。

这颗假手榴弹只进了朱三的眼睛，却没有进朱三的脑袋，因为他没有能力推断出这假弹与真弹有什么联系，也就没有去推断手榴弹和械斗有什么关系。他又到处看了看，觉得没有发现跟械斗有联系的东西。回去后只是重点告诉了朱继元关于与铜钩村人争吵的内容，并特地渲染了自己的胆大无畏，在动怒生气的争吵中占得上风。

但朱继元真正关心的却是朱家在备战方面有没有什么动静。朱三想了想，称自己并没发现什么这方面的线索，只是不经意间把看见一个年轻人拿假手榴弹的事情说了出来。

当朱继元听到了这一线索，立即高度警觉起来，此时他像经验丰富的猎手，见到一根雁毛，就要弄清楚落下这根毛的雁是大是小、是雄是雌、是走是留？他慢慢地得出了结论：赵家一定有手榴弹。否则，怎么会有人玩假手榴弹？显然是为用真而练假。再者说，上次械斗赵家因没有枪吃了大亏，绝不会眼睁睁地看着自己重复上次的套路，再吃一次亏，这次寻求制胜的武器是非常自然的事。所以必须对赵家拥有手榴弹甚至有枪做出应对。

朱继元看了一眼朱三说："你说的情况太重要了，看来赵家有手榴弹了。"

朱三这时好像也明白了，说："对，我也这么想。不过他们有也不用怕，我们村还有两挺机枪呢。"

这使朱继元顿时心花怒放。此时有机关枪对朱家来说，既像久旱甘霖，又像老虎生翅。当即商定，租用岭背朱家的机枪。

朱三走后，仁生觉得这件事很有些奇怪，这岭背朱家人跑这里来问他哥哥的事干什么？又是谁叫他来的？但实在想不出个头绪。

两天后，加庆来了。他带来了重要消息：铁网朱家和岭背朱家已结成同盟，要共同与赵家作战，为提防曹家帮助赵家，安排有专门力量对付曹家。曹德昌村长为此十分生气，迎娶新娘的事还没有个结果，朱继元反倒先下手为强，开始怀疑、防范曹家，这也欺人太甚。朱家一旦得势，新娘失踪的事就会不了了之，曹家将来也难免受气受压，因此决心和赵家一起，联合对付朱家，加庆正是为此事而来。

"我还有一件急事要办。勇生，你们先和加庆谈吧。"仁生觉得事情已经越来越复杂，越来越可怕，借故走开了。

仁生满腹心事地走到湖边，在一草滩上坐了下来。他已清楚地看到，事情已越闹越大，这种联盟还会扩展。那要真的开战，将会是一个无法估量的惨剧。而这种惨剧现在已如冬天的衰草，一经点着，便会烈焰腾空，势如燎原，铺天盖地，无法扑灭。他自己完全没有力量能阻止这场灾难发生。该如何办呢？他猛地想起，几年前县政府要加征捕鱼税时，政府方面的人说，已成立了水警队，专管鄱阳湖治安的事，何不去找找水警队？或许他们能管一管，能在炸弹爆炸前的一瞬间拔除那引信。

水警队公署设在锣鼓山镇，有一个很大的牌子和几间房子。这个机构隶属于县警察局，队员都配枪械。仁生急急地向门内走去，却被一个持枪的人拦住了，喝着："干什么的？随意往门里闯，也不看看这是什么地方？"

仁生以枪弹出膛般的语速把来意说明，请求水警队加以干预。

对方听了一下，然后说："你先等着，我去看看我们队长有空没空。"说完转身向里屋走去。

过了好一会儿，才招呼仁生进到一间屋里。里面坐着一个30多岁的男子，嘴里不停地吸着烟。仁生此时心急如焚，说了声："队长好。"便把两村的械斗的情势和可能造成的严重后果简要陈明，特别请求水警队紧急处理。

那队长深深地吸了口烟说："我还当是什么大事呢，这种事在鄱阳湖边多得很，哪管得过来？"

仁生听了这话大吃一惊，便赶忙说："人命关天，务请队长辛劳。"

"这种事就像一团乱麻，谁也理不清。并且旧债新账叠加，多村多姓参与，就是神仙也管不了。"

"我听说，你们水警队就是专门管这类事的。"

那队长一听这话，马上不高兴了："你这小子还想挑刺？别找不痛快。"

"队长，别误会，我是万般无奈，为了两村许多人的性命才找政府的。"

"告诉你吧，你万般无奈，我可是十万般无奈。我这几十人的队伍就剩下四五个人了，想管也管不了。"

"为什么？"

"你说为什么，那些人都抽去打仗了。现在要让我们抓个土匪蟊贼，也许可以，要我们阻止上万人参加的械斗，那不是让鱼爬树？"队长说着把烟头扔在地上，又吐了一口浓痰，然后用鞋在地上踩了踩。

仁生忽然发现，这个人很面熟，他想起来了，他和师傅被灰鲇鱼抓到土匪窝时，正是这个人向灰鲇鱼求证自己和师傅的身份，还推了自己一把，想不到他已由保安团员变成水警队队长了。一想到这里，他的心就像开水锅里扎进一瓢冷水，全凉了。他摇了摇头，自言自语地说："这下该怎么办？"

"怎么办？你自己刚才不是说了吗，上县城，找政府。"那队长冷不丁接上了一句，并又点上了一支烟。

仁生若有所悟地点了点头。对，政府应当有这个力量，而且也只有政府才有可能阻止这场巨大悲剧的上演。

第二天吃过早饭，仁生急急地赶到县城，他要去县政府报告鄱阳湖上将发生规模空前的械斗，请求政府采取措施加以阻止。抗战以后的政府应当不会再像抗战时的政府吧，一定会运用政府的权力和力量，保护民众，安定秩序。

但当他来到政府门前一看，却又吃了一惊，因为院子里、衙署里又是空无一人，和那几年前为阻止两村械斗，他来催问黄县长案子办得如何的情况几乎一模一样。天下竟有这等几乎一模一样的怪事？大街上人们交头接耳，议论纷纷，人心浮动。有人把箱子、提包、包裹等装到车上，驮在马上，一些有钱的人在准备外逃。

他木然地站在那里。耳边有报童的声音传来："买报，买报！重要消息，南京解放！"他买了一张报纸一看，头条新闻是中国人民解放军打过长江，占领南京的消息，并且九江也是解放军的一个重要渡江地点。他明白了，一定是听说解放军已打过长江，县政府的官员都像倒了大树的猴子，吓得四处逃散。

他转而希望报纸上的这则消息能缓和两村的冲突。他又到茶楼里坐了坐，人们谈论的中心内容是解放军过江。有的人兴高采烈，欢呼庆贺；有的人心中不安，眉头紧锁；有的人则莫衷一是，听天由命。

仁生心想：俗话说，黄竹片有返青之时，人也有时来运转之日，也许世道真要发生翻天覆地的大变化。他首先希望的是这种变化能阻止迫在眉睫的两村大战，但这可能吗？

当他傍晚回到村里的时候，形势更复杂了。和朱家联盟的村已增加至六个；经过蛇叔联络，赵家也另有五个村结盟。这也是千百年来形成的习惯，在村与村的械斗中，不仅有同姓村参加，有时也有异姓村庄的加盟，很有春秋时代合纵连横的遗风。这种联盟一般和村子之间的交情与利益相关。今天中午朱家村已送来战书，双方约定在三天后开战。

仁生苦苦地想了许久，便把五大罗汉召集在一起，提出战事能不能暂缓？其他人一致坚定地表示：绝不能缓。开战的时间都已约定，多方人马已经集结，箭已上弦，刀已出鞘，根本没有延缓或改变的可能。仁生见大家一个个眼珠子都好像变成红色了，说话都带着火药味，自己完全是孤掌难鸣。

仁生便临时对大家做了一个分工：勇生负责打仗的组织，蛇叔负责后勤，飞天拐子负责督战和执行纪律，祥生负责与各村的联络，自己则为总负责。这种分工实际为的是尽量减少自己的参与程度，总负责实际成了不负责。竟然找政府没有丝毫作用，甚至找不到政府的人，既然双方的战车已经驱动，自己已无力阻止，他便想以自己的消极来延缓或阻止这场战争。

但勇生等并没有细想仁生安排的深意，各自欣然同意，并一起卖力地做着战斗准备。

尤其那勇生，见仁生如此信任自己，喜不自胜。这跟他改名改姓、小时候有过精神创痛有关。他父亲成年后，因为家贫，被姓刘的人家招为上门女婿，其中有一个苛刻条件：结婚后生下女孩可以姓赵，生下男孩只能姓刘，为的是延续刘家香火。所以勇生降临人间后，依照父亲入赘时的约定，还有刘氏这一辈定名的规则，名字叫刘传久。这让勇生的父亲心里大为不快，尤其令人难以忍受的是，在这个姓刘的村子里，他作为唯一的外姓人，时时处处受到歧视和排挤。有一次和邻居发生冲突时，对方的三个兄弟竟抬来一桶人粪泼在了自己的厅堂里。

勇生的父亲实在受不了这种将会是无穷无尽的屈辱，一气之下带着年满6岁的儿子回到了赵家村。对方前来索人，但势力敌不过赵家，只好作罢，刘传久的名字也就换成了赵勇生。勇生逐渐长大后，并没有忘记父亲和自己儿时受过的痛苦与心灵创伤，所以对赵家的喜爱和归属感似乎比任何人都强烈，对于本村与外村之争也就格外上心，此时义无反顾地以一腔豪情挑起了仁生交付的担子。

春风中的声音

开战的日子变得如此之急，是朱继元的考虑。他也知道了人民解放军渡过长江，国民党军队一溃千里的消息，他觉得这是攻击赵家最好的时机。在这人心惶惶、战火弥漫的时刻，无人顾及百姓的死活，械斗的结果无论怎样，都不会有人追究双方的责任。即使过一段时间大局安定，但新政府有许多事情要办，也不可能有精力和兴趣去处理民间打架这种见怪不怪的事。并且新政府最需要社会安定，极有可能一如惯例，新官不理旧事，不了了之。所以他在又很快联合了几个朱姓村落以后，迅速主动地向赵家送达了战书。

勇生等人自然也不示弱，虽然仁生当时不在，去了县城。便立即表示应战，并也联系好了几个赵姓村落，加上曹家村共同对付朱家。

开战的前一天上午，在村边大祠堂的空阔地上，赵家对战斗人员进行了再一次演练。几千人在彩旗、锣鼓的指挥下，练习着进攻、防守、撤退的队形和动作。这些参战人员都是18—40岁的男性，身体素质较好。虽然没有穿军服，只在每人胳膊上系了一个红布条做区分敌我的记号，但士气高涨，大有气壮山河的架势。

为了鼓舞士气，负责打仗的勇生让枪手和投弹手进行了现场表演。在30丈开外，立起了9个人头靶，9个枪手趴在地上做实弹射击。一声令下，枪响后其中8个靶应声倒下，大家一阵欢呼、一声叫好、一片喧腾。

接着是12个投弹手出场，因为总共只有48颗手榴弹，还在湖里试用了一个，所以没有用真弹，只用形状重量相等的模型，这便是朱三在村里见到的一个青年手里拿着的那种假手榴弹。在10多丈远的地方用石灰画了12个像晒鱼的簸箕那么大的圆圈，12个投弹手在一条白线前站定，勇生喊了一声“投！”12个人握住手榴弹的手向上举起，助跑几步，身子往后一仰，然后脚用力一蹬，腰一扭，手榴弹便腾空向前飞去，然后“嘭嘭”地掉在了那些石灰圈里，又是一片叫好声。

接着祥生率领20个人出场了，祥生平时话语不多，他的特点是臂力过人，在湖面用瓦片打水漂比赛时，他比任何人都打得多、打得远，因而他练的功夫是飞镖。但见20个飞镖手，一字站定，祥生一挥手，只见那一个个飞镖像利箭疾驰，“唰唰唰”飞出10丈左右，全“噗噗噗”地钉在了用木板做成的标靶上。就在一眨眼的工夫，每人已连发5个飞镖，可见功夫不浅，杀伤力不可小觑，又是一阵掌声。义生虽然一只手不灵便，仍然领着一拨人，把那三尖六刃的铁叉扔出去很远很远，并深深地扎在土地之中，那铁叉的上端还不停地直晃悠。

仁生看了，心里直发紧，并一阵紧似一阵：这意味着，这九支枪一响，就可能有九个人死于非命；一拨手榴弹投出，就有可能12条船船碎人亡。还有火铳、大刀、长矛、飞镖、飞叉、火球、石灰包，都有一定的杀伤力，结果的可怕可想而知。对方也一定做着充分的准备，朱家枪早已有了，手榴弹有没有不得而知，会不会还有别的更厉害的武器也很难说。这场双方共有约两万人参加并使用军队制式武器的战斗，又加上在水上作战，因船破船翻而造成的溺水者也必然难以计数，这样一来，将是死伤惨重和绝没有赢家的血腥大战。他觉得浑身的汗毛像刺猬一样一根一根地竖起来了。他又一次暗下决心，必须尽己之力，阻止开战才好。这肯定比划着船上山还难，但也得试试。即使不能阻止和减少死亡，也至少可以安抚一下自己的良心。

演练后由飞天拐子宣布规矩：所有符合条件并已配给武器的人必须参战。不参战者剥夺财产，铲掉族谱，扫地出村；在战场上贪生怕死，避战逃跑者可以当场打死；战斗结束后，表现好的有功者给予奖励；死者家属和丧失劳动力的伤者也由全村奉养。飞天拐子还特地挑选和训练了10个一条腿有残疾者，组成了一支特殊的督战队伍，随大家一起上阵。

对宣布的这些纪律无人有异议之声，因为在人们的观念里，历来如此，理应如此。

晚上则是一场十分隆重的仪式。参战者聚集在大祠堂里，一起吃一顿晚饭。菜有四道，酒则每人只有三杯，因为怕喝醉了误事。这是开战前的慰劳，也带有诀别的意味。在饭桌上，有的人心事重重，少言少语；有的人则一如以往，有说有笑。那飞天拐子从来无所忌讳，大声喊着："吃饱，也许明天晚餐就在阴间里吃了。"有人嬉笑着附和，有人则半开玩笑地骂着："一说话就像放屁，真是个臭拐子。"

真正的重要仪式在晚饭后。在祖先的牌位前，高烛亮起，高香点起。祭案上放着三牲祭品：一个猪头，一只整鸡，一条青鱼。几千人次第像风刮倒了的稻子一般跪下，悲壮地辞别祖宗，做战死的准备。人太多，祠堂里面装不下，一部分人便跪在祠堂外的空地上。老村长慷慨激昂地念《辞祖词》：

列祖列宗在上，垂听子孙泣告。天有风雨，时有冬春。今赵家子孙面临大厄大难，盖因铁网朱家恃强欺我，侵占我捕鱼水域数百载。为复祖辈之荣之威，亦为后代无忧无灾。赵家儿孙群力奋起，将于明日与朱家人在鄱阳湖上决一死战。我们当不辱祖先，舍死向前，誓夺胜利。更乞祖宗显威显灵，庇我佑我，使子孙能全胜而归，光祖耀宗，昌我赵氏。

这宣读《辞祖词》也是战前宣誓、激励士气的仪式。至于其内容，基本上是世代相传的范本，只是根据现实情况临时有所增删而已，许多人对其中的词句并不陌生。上次没有举行这辞祖仪式，所以战败之后，许多人认为是没有求祖宗保佑所造成的，因而这次的仪式便显得十分隆重。

在仪式很快就要结束时，仁生站起身来，他有话要说。这个时候，作为大家遵从的头人讲话，自然是大家很期待的事情。

仁生先向祖宗牌位深深鞠了一躬，又向大家鞠了一躬，开始了他想了许久、很想要说的话："为了祖宗的荣耀，为了全村人的利益，有时不得不舍生忘死，刀枪对外。"

"这个时候，别说长了，把你的主要意思说明白，给大家鼓鼓劲、提提气就行了。"飞天拐子轻声地催促着，他还真有点像监督官了。

"但是，我们想一想，打了几百年的仗，得到了什么？上次死了那么多人，问题解决了吗？"

台下先是一片寂静，既而议论声像轻轻的涛声涌起。维持秩序的拐子们赶忙叫大家安静。

"这次双方各有上万人对打冲杀，死伤人数会很大很大。今天在这里的许多人都可能成为鬼魂，我们村里又将有许多妇女和孩子会成为孤儿寡母。这值得吗？"

勇生发现有点不对劲，便轻轻提醒声："别说泄气的，说正经的，鼓劲增气的。"

仁生说正经的了："我们难道就不能想想别的求生求富的办法？比如，像我这样学一门手艺，还可以在湖边开荒种田种果树，也可以外出做工、做个小生意，等等。门路多得很，俗话说，不能在一棵树上吊死。"

勇生忍不住了，大声问："那这仗怎么办？"

"不打了。"仁生回答得很干脆。随之台下一片轰然作响，就像祠堂遇风暴或地震倒塌了一样。

这回答让勇生惊得好一会儿嘴没有合上，仁生哥怎么能说出这样的话？到了这个时候怎么能说不打？这不明明是临战退缩，必然动摇军心吗？这可要坏大事，不能让仁生再往下说了。他朝飞天拐子努了努嘴。

飞天拐子便喊："这简直是膝盖着地，贪生怕死。绑起来。"这督战官完全不讲情面，一副铁面无私的架势。

几个拐子冲了过来，把仁生按倒在地，三下五除二捆了起来。

其实，飞天拐子误会了勇生的意思。勇生的意思是让他把仁生带走，飞天拐子则理解为要执罚。

勇生又轻轻地说了一声："带到耳房里去！"拐子们这才连拉带搡地把仁生带进祠堂的一间小房子里。

勇生似乎一下成熟了。他对着窃窃私语、开始骚动的人群喊道："仁生哥今天过于激动了。他本来不会喝酒，但因为明天要带领大家上战场，所以喝多了。"他吸了一口气，又接着说："他刚才说的意思不知大家听明白了没有？他讲了打仗会造成死伤，这是对大家的关心；他说过去打了许多仗，不解决问题，所以这次要联合几个华宗大干一场，一定要解决问题。"

他顿了一下加重了语气说："战斗的部署、各人的职责、出发的时间，一切都不变。这次一定要打出我们赵家的威风来，上次因风向的缘故输了，这次无论如何也不能输。再输，我们赵家村就会永无出头之日。再输，我们死了都无脸见列祖列宗。"

勇生太认真了，太激动了，以致声音直发颤，并有些上气不接下气，他略微停了片刻，接着以更大的声音说："我再次明确地告诉大家，谁违反规矩，都必然受到惩罚。大家看到了，刚才仁生哥只是酒后说了几句糊涂话，就被绑了起来。这次大仗，不是鱼死就是网破，只能进，不能退。因为退就是死，进才是生。我们不能死，只能生。"经他这一说，大家又似乎恢复了常态。

勇生又说了几句壮胆提气的话，然后宣布："大家回家，好好睡觉。"

大家散去后，勇生立即走进仁生所在的房间里，让"护法"拐子们为仁生松绑，然后痛心地说："仁生哥，你今天是怎么了？你平日那么精明强干，什么事都明白。大家拥戴你，你的话大家看得像圣旨一样。但今天怎么说那样让人痛心的糊涂话?”

仁生握了握因绳绑而变得有些麻木的手掌，认真地说：“我没喝醉，也不是糊涂，这是我想了许多年的真心话。”

“但你怎么也不能在这个节骨眼儿上说呀！”勇生满腹怨气。

“就得节骨眼儿上说才有意义。我希望收刀停船，不打这次大仗。”仁生态度十分明确。

“这怎么可能？即使我们不愿打，朱家村也不会愿意，其他华宗也不会同意。如果突然说不打，我们的人会像散了的篱笆一样，一根根、一排排倒下。其结果是我们必然会大败，就会有许多人倒下，就会重复上次的结局。同时这也失信于华宗。”勇生也许是第一次这样毫不客气地否定仁生的意见。

“不至于。我们只要不划船上湖，守在村口，朱家不会贸然进攻。至于华宗他们参战是为同宗之义，主要为了面子而来。我们不打，他们不会坚持要打，更不会主动去打。”

“打，还有一个很重要的原因，就是这次我们也有枪，并且有手榴弹，一定能赢。这样就可以根据500年前的分界线夺下插旗洲，这可是有益子孙后代的大事啊。”勇生又解释着。

“即使你这次赢了，便又是下一次冲突的开始，恩怨相报何时了？”仁生像是要提醒大家。

夜已越来越深，离战斗也越来越近，勇生不愿再争论下去，便放缓口气说：“这个时候只能向前，不能退后。现在是如何取胜的问题，不是讨论打不打的时候，有些事我们打完仗再慢慢谈吧。你先指挥好明天的战斗，我们都会拥护你。”

“我不当指挥。”仁生坚决拒绝。

勇生只好让步：“我和你换，你负责我的事。”

“我也不能干。”

“那你就什么事也不负责，明天在我的船上帮着我就行了。”勇生一让再让，也是以退为进，要自己担起更大责任。

“也不行。我压根儿就反对这次械斗，既不想指挥，也不想参战，也希望大家都不要参战。”仁生再一次坚定地亮明了自己的态度，还在做着可怜的努力。

勇生想，这平日令人敬重的仁生哥怎么一下成了擂不响的破鼓？不，更像一个糊涂虫，怕死鬼。他带着火气对仁生说道：“你不参战，这绝对不可以。村里的规矩你是清清楚楚的。”时势造英雄，勇生似乎转眼间已成了赵家村的主宰者了。

“知道。无非让我倾家荡产离开赵家，我想过了，不怕。甚至还愿意。”仁生拿出了打铁的劲头，每一下都是硬对硬了。

飞天拐子插话了：“现在你这已是临阵脱逃，是毁我们赵家而帮助朱家人。处罚不只是铲谱出村，按械斗时的规矩应当是砍你的脑袋祭旗。”

“砍就砍吧。”仁生这时好像已经疯狂了，砍头剖腹、粉身碎骨全都不怕了。

“为了打胜仗，为了大家，为了千年相传的规矩，恐怕只能如此了。”从不客气的飞天拐子今天对仁生也不客气了。

勇生想了一下说：“没有开战就杀自己人，有些不吉利，等打完仗再确定如何处理。但仁生必须同大家一起上船，上战场。”

“我不会去的。”仁生似乎理直而气壮。

“那就绑了去。”勇生说得极为坚决。

这时，随着声声哭泣，仁生的叔叔和母亲走了进来，他们是闻讯而来的。两人“扑通”跪在地上，向勇生和飞天拐子求情。叔叔年龄大，见过的事多，他知道这个时候违背大家意志的严重后果，便一个劲地说：“仁生确实有错，请原谅他。如确实为维护规矩要把他砍头、沉湖，就让我来顶罪吧。”

仁生妈则在一边不停地啼哭。

勇生连忙扶起仁生的母亲和叔叔，并趁机给了双方一个台阶，说：“大叔大婶，这样吧，今天你二老把仁生带回去，让他自己好好想一想，你也劝一劝。但要担保他明天随我们上船去参战，行不行？”

叔叔连连说：“可以，可以！”便领着仁生走了。

勇生说：“真是马变牛变，不如人变。仁生哥怎么一下会变成这样呢？十天十夜也想不明白其中的原因。”

“看他明天的表现吧。否则只能砍头示众，紧要关头，大事前面，没有人情可言。”飞天拐子紧绷着一副变得更难看的脸，说完，大家也都表示赞同，因为这个时候的任何一点闪失，都可能造成可怕的后果。

大家又商量了一些细节，便各自回家睡了。那从不失职的公鸡已亮开大嗓门开始报时了。此时雷声轰鸣，雷神爷好像藏在一个巨大的圆球里，带着吼声在天边、在地上、在远处、在近处不停地滚动，有时发出的是劈山断峰的巨响；闪电像力大无穷的天神挥动的银色长鞭，把天幕抽得处处断裂，大雨在被抽开的裂缝里向下不停地倾泻着，江南的雨季踩着春天的节奏到来了。

第二天早饭后，大家拿着刀枪，扛着旗帜，陆陆续续上船把桨，准备出发。勇生焦躁不安地等待仁生，如果他今天真的不出阵的话，就只能依规而行了。这是他，也是所有人不愿见到的一幕。

就在他有些失望的时候，仁生在叔叔的陪伴下出现了。原来，叔叔和母亲苦口婆心地劝了半夜，叔叔还拿出了仁生父亲的血衣，带着眼泪又劝又求，泪水和亲情又一次发挥了巨大的威力，为了表示对叔叔和母亲的尊重，仁生终于无可奈何地表示愿意上船参战。勇生就像什么事也没有发生一样，招呼着仁生上了自己的船。勇生十分担忧的事总算没有出现。这样，不仅不用对仁生施罚，还可以有助于提升士气，他便对着正在集结的船队高喊：“仁生哥已上船了！马上出发！”欢呼声从许多船传来。

仁生有气无力地说：“嚷什么？我上了船也只是一根木头，不会动手的。”

勇生微微一笑：“你看着办吧。”他已想好，尽管现在仁生蔫不啦唧的，像离了土扔在太阳底下的瓜蔓，但只要枪一响，有人倒下，他一定会像鲨鱼闻到血一样亢奋起来，投入战斗的。

人船已齐，按计划排列停当后，勇生一挥手，鼓声骤起，鞭炮声喧天动地。一艘艘战船如尖刀利刃切开波浪，向前疾进。此时大雨已停，湖水比昨日上涨了许多。鱼儿在水中欢快地游动，偶尔还会有一二条鱼跃出水面，似乎想看看如此多的船只结队开行，到底发生了什么事情？那芦苇的簇簇新叶露在水面，如在水上漂洗的绿毡。远处田里的红花草①开得热烈，姹紫嫣红，铺满远近的田野，由于一夜春雨的浇溉，叶更新碧，色更浓艳。鄱阳湖上好

① 红花草：也叫紫云英，农民种在地里做绿肥用的植物。

一片烂漫的春色，这便是江南时风时雨、桃红柳绿、杂花生树的美好季节。

但，一场空前的渔民大战，一场人间的悲剧马上要在这美好的季节、天堂般的湖上上演。

赵家加上其他村参战的船队，共有大大小小三四千只船相拥而行，密密麻麻，船桨时起时落，溅起春水万顷。快到插旗洲了，快到血肉相拼的战场了。勇生指挥乘坐着枪手和投弹手的船靠前，整个船队就像排排巨浪向前涌动，又像一支支巨大无比的箭头向目标飞去。

对方的船队出现在不远处的水面上。同样黑压压的一大片，铺天盖地而来。此时，已看不见碧绿的湖水，看到的只是在水上随着波浪时高时低的木船。在仁生眼里，这些木船就像制造死亡的机器，又像是浮动的棺材。

双方的船队越来越近了，就在勇生准备发令向对方开枪攻击的时候，天空中骤然响起了“嗒嗒嗒”的机枪声。抬眼一望，左前方不远处三只鼓满风帆的大船正踏浪而来。就在双方惊愕莫定、想弄清楚究竟发生了什么的时候，那三只船已如战马般冲到近前，把朱家和赵家的船队隔在两边。

帆船两边的船舷上坐满身穿军装的士兵，他们一个个精神抖擞，紧握着枪。仁生认得出，那战士手里的有步枪、冲锋枪、卡宾枪，还有轻重机枪。

这时一个年纪稍大的军人，挺立船头，手里拿着一个薄铁皮卷成的喇叭向两边喊话：

“乡亲们，大家好！我们是中国人民解放军先遣队，昨天已解放了余南县。得知你们几个村要进行大规模的械斗，特来劝和。我们都是劳动人民，要团结一心，不要械斗仇杀。”

一直在船上如梦如醉、心如死灰的仁生看到眼前的景象，霎时如惊雷醒梦、灵丹解酒，一下子变得清醒、振奋：难道一场马上就要上演的死亡大戏就这样被阻止住了？难道数百年来越结越深的仇恨就由此开始消解了？他不能完全相信，但他却实实在在地看到了希望，就像常常在捕鱼船上看到启明星的光辉。因为朱赵两家的战船虽然相隔不过数丈，但中间横亘着的兵船却是不可逾越的界线，那船上鲜艳的红旗分明主宰了整个湖面并已控制了这片土地。这真是千年巨变、万代幸事啊！

仁生又向喊话的船上看过去的时候，忽然眼前一亮，发现那船上还有好几个戎装女兵，其中一个很像小鲤。啊，难道小鲤回来了，她去参加解放军了？啊，那里面会不会有山花呢？要她也在该有多好哇！就在他再加仔细辨认的时候，喇叭的声音继续传来："请大家听着，下面请你们非常熟悉的一个同志讲话。"说完那人把喇叭筒递给了一个女战士。

鄱阳湖上响起了一个亲切而又亮中带脆的声音，千真万确，是小鲤的声音："铁网村和铜钩村的父老乡亲们，我是朱小鲤，是中国人民解放军的一名战士。现在我们县解放了，全省和全国都要解放了。县里已经有了新的临时政府，这是为人民服务的政府。我们两村几百年的纠纷将会在新政府的领导下得到合理的、公正的解决。不能再延续旧社会的仇恨，不要再以刀枪对准自己的兄弟，不要让旧的观念、旧的传统像渔网鱼钩一样束缚我们。大家收船回去吧，我们要把心连起来，把手拉起来，在鄱阳湖边共同建设美好的新生活!"

她的话语伴随着浩荡的春风，追逐着鄱阳湖奔涌的春潮，传得很远很远。

雨后的天空一片湛蓝，淡淡的云像棉花一样懒洋洋、随心所欲地飘在天幕上，或许是这些棉絮把天空擦拭得如此洁净，不见一尘一埃。风平浪静，碧水连天，鄱阳湖真的犹如巨大的镜面把一切收纳其中，那镜子里有渔村、渔船、渔民的身影，有过去、现在、未来的图景，有美丽、富饶、神奇的画幅，还有哭声、笑意和思考的涟漪。

图书在版编目（CIP）数据

铁网铜钩 / 吴仕民 著. -- 北京 : 作家出版社, 2016. 4（2017.1重印）
ISBN 978-7-5063-8913-6

Ⅰ. ①铁… Ⅱ. ①吴… Ⅲ. ①长篇小说－中国－当代 Ⅳ. ①I247.5

中国版本图书馆CIP数据核字（2016）第089091号

铁网铜钩

作　　者： 吴仕民
责任编辑： 宋辰辰
装帧设计： 曹全弘
插　　画： 陈　虹
出版发行： 作家出版社
社　　址： 北京农展馆南里10号　　**邮　　编：** 100125
电话传真： 86-10-65930756（出版发行部）
86-10-65004079（总编室）
86-10-65015116（邮购部）
E-mail:zuojia@zuojia.net.cn
http://www.haozuojia.com（作家在线）
印　　刷： 三河市北燕印装有限公司
成品尺寸： 170×240
字　　数： 364千
印　　张： 25
版　　次： 2016年5月第1版
印　　次： 2017年1月第3次印刷
ISBN 978-7-5063-8913-6
总 定 价： 35.00元